半步情错

上册

爱已凉

著

青岛出版社

QINGDAO PUBLISHING HOUSE

图书在版编目（CIP）数据

半步情错 / 爱已凉著. -- 青岛 ：青岛出版社，
2018.6
ISBN 978-7-5552-6628-0

Ⅰ. ①半… Ⅱ. ①爱… Ⅲ. ①言情小说－中国－当代
Ⅳ. ①I247.5

中国版本图书馆CIP数据核字（2018）第012590号

书　　　名	半步情错
著　　　者	爱已凉
出版发行	青岛出版社
社　　　址	青岛市海尔路182号（266061）
本社网址	http://www.qdpub.com
邮购电话	010-85787680-8015　13335059110
	0532-85814750（传真）　0532-68068026
责任编辑	郭林祥
责任校对	耿道川
特约编辑	李金旺
装帧设计	苏　涛
印　　　刷	三河市南阳印刷有限公司
出版日期	2018年6月第1版　　2018年6月第1次印刷
开　　　本	16开（700mm×980mm）
印　　　张	32
字　　　数	400千字
书　　　号	ISBN 978-7-5552-6628-0
定　　　价	99.80元（全二册）

编校印装质量、盗版监督服务电话　4006532017　　0532-68068638
建议陈列类别：畅销·言情小说

【上】目 录
CONTENTS

目 录【上】
CONTENTS

【下】目 录
CONTENTS

目 录【下】

CONTENTS

Chapter 1

再次相遇，属于这个男人的气场和气息，却
是她逃不过的一场浩劫。

鑫灏集团公司是一家国家级化工集团，在国内拥有数十家子公司，而位于云海的这一家子公司的前身曾是某国营大厂，后改制加入鑫灏，虽然是子公司，但却是云海最好的企业。所以，它的招聘流程很繁冗，要先通过专业笔试，才能获得面试资格。

放榜的那天，乔以陌查询了电子邮件，看到自己取得笔试第一名的好成绩从而获得面试资格的时候，她松了口气。能进入鑫灏集团，云海最好的集团公司，是她多年以来的梦想。

刚看完邮件，乔以陌就接到了一个陌生的电话，她不知道对方是谁，但是那边却精准地叫出了她的名字。

"乔以陌，你好！"

"您好，请问您是哪位？"乔以陌怔然。

那边传来低沉的男声，很陌生，却又似乎在哪里听过，"恭喜你笔试取得第一名的好成绩！"

乔以陌一怔，有点错愕，她刚知道成绩，怎么就有人打来了电话？她顿了下，才道："谢谢，先生您好，请问我认识您吗？"

"乔小姐，咱们见个面吧，我在荣丰酒店咖啡厅等你，有事要跟你面谈！"

电话那边的男声不疾不徐，却又不容拒绝。

"先生，有事还是电话里说吧！"乔以陌并不认为跟陌生男人在咖啡厅见面是恰当的，何况对方还不肯说出自己姓名，也没有说出具体什么事情，所以，她并不打算赴约。

听到乔以陌的话，那边似乎嗤笑了一声，"没想到乔小姐戒备心这么强，好吧，我姓顾。乔小姐不必担心，只是一点事要跟你约见一下，关于鑫灏面试的事情，必须面谈。"

乔以陌疑惑了一下，找她面谈面试的事？她犹豫了几秒，终于还是点点头，"好吧，什么时候，您说吧！"

对方听到回答，爽快地开口："就现在，可以吗？"

乔以陌又是一愣，道："可以，不过您要等一会儿，我过去需要时间。"

"我可以派车子去接你。"那边的男人说道。

乔以陌立刻拒绝，"不用了，我自己打车过去。"

"也好！"对方并没有强求。

乔以陌很快换了衣服，洗了把脸，头发放了下来，心想这也不是面试，就穿得随意了点，灰色的棉布裙子，蓝黑格子棉布衬衣，赤脚穿球鞋，安静而清澈。

没有打车，坐了公交车过去，到达时刚好过了半个小时。

她直接上了酒店的咖啡厅，偌大的空间里，放眼望去，寻找刚才打电话的人，哪一个是呢？

她往里走去，看到几个人，有男有女，都似乎不像，靠直觉，乔以陌朝窗边安静的位置寻去，果然，在东南角靠窗的位置看到一个男人坐在那里，安安静静的，好似一座雕塑。

那人一身黑衣，个子很高，因为即使坐在那里，也可以看出男人修长的身材，五官隔得有点远，她看不清楚。

乔以陌掏出手机，然后拨了刚才给她打电话的那个手机号。

接着，她便看到那个男人在摸电话，视线似乎也朝她这边射过来，那眼神，带着凌厉和敏锐。

于是，她确定，是他。

然后，乔以陌走了过去。当她走到那张咖啡桌的时候，男子站了起来。

她刚要开口，视线却在对上男子脸的时候瞬间僵住。

属于这个男人的气场和气息，是她逃不过的一场浩劫。

竟然是他！

她立在原地，唇哆嗦了一下，却只能以仰视的姿态僵在那里，心中早已兵荒马乱。

男子站在她对面，穿了一件黑色的衬衣，衣领扣子解开了一个，露出一段修长的脖子，一双深邃的眸子里面盛满了冷傲，却在看到她时有片刻的怔忪。

乔以陌想转身逃走，却又努力强迫自己镇定，镇定，不会的，他不会认识自己！

她终究还是平稳了自己的情绪，用很淡的声音问道："请问您是顾先生吗？"

那个人定定地注视着她，眼神若有所思，却没有回话，这让乔以陌努力平复的心情瞬间又慌乱了起来，本能地只想逃开。

然而，这时，男人却说话了，"乔以陌？"

乔以陌微微点头，努力克制自己的情绪，让自己保持平静，她微微垂眸，低声答："是的，先生，我是乔以陌！"

"你好！"男人伸出手，"我是顾风离！"

乔以陌微微垂了视线，却还是清楚地看到了他伸过来的手，手很大，手指骨节分明，她只能出于礼貌伸出手，握住了那只大手。

心，瞬间猛地一提。

那夜，迷离的夜，红酒的芬芳，炽热的唇落在她滚烫的肌肤上，那双大手所到之处都是火焰……

呃……乔以陌猛地刹住脑海里的一切回忆，跟顾风离握了握手。

"乔小姐请坐！"顾风离绅士地沉声说道。

乔以陌还是坐了下来，抿唇，没有说话。

顾风离看了她一眼，然后问道："乔小姐，喝点什么？"

乔以陌一顿，直言道："顾先生还是有事直说吧，我还有事，说完了要走。"

顾风离似乎不着急，招手叫了服务生，"一杯拿铁，一杯黑咖啡。"

乔以陌倒是没想到他会帮自己点，但是此时她也顾不得太多了，"顾先生还是有话直说吧！"

"乔小姐倒是个痛快人。"顾风离往沙发上一靠，姿态慵懒，脸上带着漫不经心的表情，但是又不会让人觉得不受尊重。

从乔以陌的角度看过去，那张侧脸当真是完美无缺，四月底的阳光从咖啡厅外的大窗户照进来，好像都洒进了那双眼睛里，眼底都是细碎璀璨的光。

他嘴角微弯，带着若有似无的笑意，那双眼睛瞥过她的脸，悠闲地说了一句："乔小姐，我们以前见过吗？"

"没有！"回答得太快，反而暴露了真实的情绪。

顾风离深邃的眸子一滞，笑了笑，"是吗？"这话，语调有点轻飘，却又意味深长。

乔以陌心中打鼓，却也跟着笑了笑，缓和了自己脸上僵硬的表情。

咖啡这时送来，顾风离把拿铁推到她面前，他自己喝黑咖啡。

乔以陌看到顾风离用勺子缓缓地搅动着咖啡杯，姿态优美而高雅，让人不由得觉得看顾风离喝咖啡也是种享受。

终于，顾风离开口了，"乔小姐，今天我请你来，是劝你主动放弃面试的。"

乔以陌愕然地抬头，对上他凝视的目光，那眸子冷而专注，似乎在思索，又似乎在专注地等待着她的回答。

乔以陌以为她听错了，本能地问道："您说什么？"

顾风离再度重复了一句："乔小姐，我说，希望你放弃面试！"

其实，乔以陌刚才就已经听清楚了，她只是有点不相信，她也不敢相信，怎么会这样？他是谁？让她放弃这样的机会，要知道她笔试成绩可是第一名啊！

她想站起来把咖啡泼到他脸上，但是理智不允许她这样做，她仿佛被魔法定住了一般，一股难言的刺痛侵袭着她的四肢百骸，她本能地低声拒绝，"这不可能！"

"乔以陌！"顾风离突然沉声开口，语气硬了一些，"别急着做决定！"

乔以陌心里一跳，唇边一抹冷笑，"顾先生，您找我就是为了这件事吗？"

"是！"顾风离供认不讳。

"还是那句话，不可能，办不到！"她为了考进这家集团公司付出了很多努力，好不容易考了第一名，只要面试一过就可以成功捧上云海最大公司的饭碗了，前途无量，怎么可能把到嘴的肉吐掉呢？除非她傻了！

但是顾风离似乎不在意她的态度，也猜到了她心中所想。接着，他从沙发上拿出一只黑包，递了过来。

乔以陌一愣，本能地问："什么？"

"如果你放弃，这就是你的！"顾风离望着她，目光深幽，牢牢地锁住她的眉眼。

乔以陌不用猜，就知道里面是什么，应该是钱，而且不少。

但，钱，买不来她的未来。

顾风离见她不打开包，微微蹙眉，接着，他拉开黑包的拉链，推到了乔以陌的面前。

乔以陌看到了那包里，不多不少，整整十捆百元大钞，十万！

她从没有见过这么多钱。

为了买她一个面试机会，居然花这么多钱，这在云海无疑是大手笔。

乔以陌麻木地扫了扫那十捆红票子，捆得可真是整齐啊，刚从银行提的吧！她微微抬起头，脸色煞白，苍白几乎成透明色。

"怎样？可以考虑吗？"顾风离恰到好处地开口，火候拿捏得很到位。

如果是爱财之人，此刻必然会欣然接受，十万啊，那可不是小数目。但，她不是那样的人，尽管她也很爱钱，但是她还没有到为了钱什么都可以卖的地步，因为她不想再卖一次尊严。

"那么，顾先生可否告诉我，为什么一定要我退出面试？"她想，一定是后面的第二或者第三要进来，把第一的她给去掉，机会会更多一些。

"乔小姐又何必追问那么多呢？"顾风离语气依然不疾不徐，波澜不惊。

"顾先生，如果这不关乎我，我可以不问。"乔以陌的语气也很冷。

他一瞬不瞬地盯着她，然后一扬眉，"乔以陌，你真的以为笔试第一就能进入鑫灏集团工作了吗？"

笔试过关只是过了第一关，还有第二关，这点她当然知道。乔以陌问得很直接："这么说，无论我答应不答应，最后面试都不会让我过关是吗？"

顾风离听到这话微微眯了眯眼，聪明的女孩，至少比他想象的聪明。他也没有隐藏，微微点头："明年，你还可以再考。我可以承诺，明年只要你笔试入围，你一定会过关的。"

乔以陌扯了扯唇，"即使这样，我也不答应呢？"

"那我只能说，乔小姐不适合做这一行！你考的是秘书，做秘书，首先要懂审时度势，你未曾学会！"顾风离不急不躁，说话的语气依然慵懒平和。

只是，他嘴角那一抹淡淡的讥讽看在乔以陌眼里是如此的讽刺，她受不了这样的蔑视，抿唇，良久，她平静地说道："能不能做这一行不是顾先生说了算的，我命由我不由你！"

"是吗？"顾风离一副无所谓的态度，"可惜这一次，要由我了！"

她心中砰的一下，犹如踩空，"顾先生，这个工作对我来说很重要！"

"乔小姐，同你，这个位置对别人来说一样重要！"

"但是你们这些手握权力的人又怎么能够理解一个普通人的悲哀和无奈呢？"乔以陌激动地反驳，"这是我一家人的命运，不是我一个人的！"

"乔小姐，这个位置对别人来说并不是一家人的事，而是几家人的事！拿了包里的东西，足够你几年生活所需，你可以明年再继续考。再说你们前几名水平都差不多，在一个档次上，你不拿，我可以找第二名，或者第三名，相信他们其中一个总会拿的，那样的话，面试完后，你还是不能进入鑫灏。"

乔以陌仿佛是被雷惊醒，猛地退了身子，面色更苍白，"第四是吗？"

顾风离一愣，没有回答，真是一个聪明的女孩。

"去掉我们前三里面的任何一个，第四就能面试了，这个位置就是预先为那个人准备的是吗？"

"可以这么说。"顾风离十分坦诚。

"那顾先生去找第二、第三名试试吧！"她说完站了起来。

"乔小姐，你很不识时务！"顾风离抬头看着她。

乔以陌低头，对上他深邃的眼眸，"这事我不会答应的，不好意思，我先走一步。"

未等他开口，她便逃一样离开了咖啡厅。而身后，紧追不放的目光，仿佛要灼伤她。

第二天。

电话又响起来，还是那个号码。

乔以陌的心咯噔一下，没有接电话。她知道，顾风离想要再度说服自己，但是她不能再见了，那个人，能跟他不见就不见吧！

可是，电话却以一种执拗的方式连着响了三遍，最后，她依然没接，铃声停了一会儿，一条信息发了过来。

"乔以陌，我知道你不想见我。再翻倍怎样？"

乔以陌看着信息，二十万啊！但她还是果断地按了删除键，信息很快消失不见。

电话没有再打过来，乔以陌也没有打过去。

那天之后，她耐心等待着。即使她知道自己根本不可能通过面试，她也一定要去参加面试。因为既然做了，就要尽全力，尽力不给自己留遗憾。

乔以陌现在并不是完全待业在家考试，她目前还在云海一家房地产公司做着销售工作。又过了两天，乔以陌正穿着制服站在销售大厅招待顾客，突然，一个玉树临风的身影映入眼帘。

顾风离！

他从大厅门口走了进来，一眼就瞥见了他要找的人。

今天乔以陌换上了销售制服，黑色的小西装套裙、丝袜、高跟鞋，完全一副职场装扮，那双包裹在丝袜里的腿修长优美。

顾风离远远地停住脚步，挑起剑眉，一双深邃的眸子里透出几丝慵懒，斜睨着打量着远处似乎一见到他就局促不安的纤影。

乔以陌也是远远地望着他，那男人有着女人都羡慕的好皮肤，五官如雕刻，身材健美匀称，头发有些长，额前的发几乎盖过了眼睛，尽管如此，乔以陌还是能透过那层浓密的发，窥见一对冷漠又充满了兴味的眸。

接着，她看到顾风离径直走到她跟前，微挑起一侧眉头睨着她，"乔小姐，我们又见面了！"

乔以陌垂下眼眸，沉了声音，"顾先生，您好！"

顾风离勾唇一笑，那笑容之中，有几许玩味，几许邪肆。倏地，他庞大的身躯靠了过来，微微俯身。

乔以陌慌得抬头，彼此的气息瞬间迅速蔓延成一片，乔以陌慌乱中飞快地后退一步。

见她如此，顾风离却笑得更甚了，站直了身体，还未开口，乔以陌却抢先一步说道："顾先生，那件事，不行！"

"呵呵！"顾风离笑出了声，好看的眉头又挑了起来，"乔小姐，我这次来，是想买房子的。"

乔以陌轰的一下红了脸。

顾风离充满了磁性的嗓音又响起，"乔小姐，麻烦你给我介绍一下房子吧！"

乔以陌一怔，随即镇定下来，微微勾起红唇，带着礼貌而疏离的客气微笑，"那么请问顾先生想要什么样的房子呢？"

"什么样的房子？"顾风离咀嚼着这句话，然后看向她，眸如点漆，凝视她的时候，会让乔以陌有种被脱光的感觉。

她赶紧别开脸，不再看这个人的眼神。

"当然是大一点的好，三室一厅的吧！"他说道。

乔以陌点点头，"那顾先生想要什么地段的房子呢？"

"风景优美一点的，安安静静的，最好适合……幽居的！"他说到"幽居"时嗓音似乎格外的沙哑。

乔以陌身子一僵，脸色一变，"乔先生是想要远离市中心一点的房子吗？"

顾风离望向她，眼神深邃，眨了眨眸子说道："可以这么说，远离市中心，最好靠近山水，空气好一点的。"

乔以陌点点头，"好的，您看玉山花苑这里如何？"

"是个好地方！"顾风离点点头，忽然想起什么似的问道："乔小姐，不知道你去过B市没有？"

乔以陌听到B市，脸色一变，笑容僵硬地说道："去过！"

"那乔小姐应该知道幽居苑吧？那里风景很美的！"

乔以陌的脸色更加苍白，她反问道："是吗？很不好意思，顾先生，我不了解B市，没办法跟您讨论那边的风景！"

"哦……"顾风离似乎有点失望，然后又缓缓说道："那真是可惜了！我还以为你去过呢。"

"没有！"乔以陌快速地否认。

顾风离转头，盯住她的眼睛说道："那以后乔小姐去B市，一定去幽居苑看看，这对你卖房子很有好处！"

"好的！"乔以陌敷衍地点头，"您来看看玉山花苑这边的小区楼盘吧，这里地处玉山脚下，东临玉湖，临东南两处外环，附近的市场有东郊市场、双龙购物广场，交通生活都十分便利，是您非常好的选择。目前十六层还有两套，十九层还有三套。"

顾风离突然开口："那就十九层的吧，我喜欢阳数，最大的阳数，讨个吉利。乔小姐，现在可以出去看房子吗？"

乔以陌心里明白，出去意味着她极有可能会再度被顾风离游说，显然顾风离这次来根本是醉翁之意不在酒。买房是假，游说是真。

而她，自然不会得罪客户，于是笑眯眯地开口："顾先生，真是不凑巧，我手里还有其他活，不如这样吧，我让同事带您去看房子，如何？"

顾风离反问道："乔小姐，万一我看上了，直接签合同，算你的提成还是你同事的？"乔以陌一怔，没有想到他会这么问。她上月只卖了一套，这月如果再卖不出一套的话，她就真的要喝西北风了。但是，这个人的钱，她乔以陌，此生都不想赚。

"顾先生跟我的同事签订售房合同，提成自然算她的。"乔以陌平静地回答。

顾风离眯起眸子望着她，良久，玩味地笑了起来："乔小姐真是千金不移，好品格！"

"顾先生缪赞了，如果没有问题的话，我去叫我同事过来。"

"乔小姐，等等！"顾风离喊住她。

乔以陌微微垂眸，等候。

"如果我没记错，乔小姐的档案里写了老师的评语：乐于助人，那么这次，乔小姐可以当是助人为乐好了。再说别人，我不熟。"

"顾先生不需要熟悉人，只要熟悉下房子就好了。"乔以陌说什么也不想带他去看房。"我马上叫同事过来！"

"乔小姐，不如叫你们经理过来吧。"顾风离不疾不徐地开口："我来问问他，能不能安排你跟我一起去看房。"

"你……"乔以陌咬了咬牙，这个人真的太强势了，每一句都逼得她无处遁形，找来经理她只怕要饭碗不保了。

顾风离笑而不语，等候她的决定。

"那就走吧，我回来再办别的事情好了！"乔以陌终于妥协。

顾风离看乔以陌同意，又是微微一笑，这笑容，很淡，很得体，也很高深莫测。

两人离开大厅，乔以陌跟着顾风离走到了一辆黑色的轿车前，顾风离绅士地打开副驾驶的车门，"乔小姐，请！"

乔以陌没有推辞，安安静静地坐上去，擦肩坐过去的瞬间，顾风离身上好闻的薄荷香拂过她的鼻翼间，顿时，乔以陌呼吸凝滞了一下，有点紧张。

顾风离淡淡一笑，关上车门，眼中流露出一抹意味深长的笑意。

玉山花苑。

电梯外。

乔以陌刚要按电梯开关，同时，顾风离的手也伸了过来，两个人的手就这样猝不及防地碰触在一起。

乔以陌仿佛触电般，飞快地缩手，动作幅度大得吓人。

顾风离微微一怔，侧头看了她一眼，眼神意味深长。

乔以陌尴尬地垂眸，没有说话。

"叮咚"一声，电梯门打开。顾风离示意乔以陌先请。

乔以陌没有谦让，迈开脚步进了电梯。刚才她碰到他的手，一股电流从手指传到四肢百骸，让她无比惊恐，也格外尴尬，所以进了电梯，她不再手贱，不按楼层号了。

整个电梯里只有他们两个人，新楼房的住户还没有全部到位，人员稀疏，电梯空旷。

两人并肩站着望着前方，电梯的内侧擦得很亮，可以映出两人的身影。乔以陌不自觉地看过去，她穿着高跟鞋也只到他的下巴。

顾风离没有按楼层号，乔以陌无奈，只好上前一步，按了十九楼的楼层。

"乔小姐工作几年了？"电梯上升的同时，顾风离似乎随口一问。

乔以陌可不认为他是随口一问，因为这个男人看起来高深莫测，问什么问题都带着目的性，让人紧张。她停顿了下，缓声道："不到一年。"

"不到一年？"他说这四个字的时候有点玩味的语气，像是在思索着什么。

乔以陌轻轻地拨了拨额前的碎发，这是她紧张时的小动作。

顾风离微微眯眼，目光深邃地从她脸上扫过，优美修长的鹅颈，肌肤白皙，脸蛋巴掌大，不算十分漂亮，但也绝对称得上是清丽佳人。

"工作习惯吗？"顾风离又是随口一问。

"不习惯！"乔以陌本以为自己会说"还好"或者"可以"这样的外交辞令，但是，一出口竟然是"不习惯"。

是的，不习惯，极其不习惯。

售楼小姐并不是每个人都能做的，上个月她只卖了一套房子，好几次跟男性客户去看房，他们都是话里有话，有的甚至还动手动脚，乔以陌都是反射性地后退一大步，搞得很是尴尬，所以房子也就没有卖出去。诸如此类的情况遇到太多，乔以陌甚至都在怀疑，是不是卖个房子都要被潜规则？最后，她还是坚持自我！当然，她也是实实在在的，遇到老年人来买房，猛不丁地她就卖出去一套两套的，这快一年的时间里，她卖的房子，大都是老年房！于是整个公司给她取了个绰号：中老年杀手！

"所以才想考进鑫灏？"顾风离问。

乔以陌脸一红，很直白地说："是！但是如今也泡汤了，不习惯也得继续卖房子！"这么说完，突然又觉得自己回答得太多，不免有点懊恼，难道她还指望这个男人良心大发，让她公平竞争一次面试吗？这是绝对不可能的！

顾风离不禁笑了，"这么说，是我阻挡了乔小姐的前途？"

"可以这么说！"乔以陌很平静地回答。

"其实女人没必要那么辛苦，嫁个好男人，比什么都强。"

"前提是这个世界要有好男人。"

顾风离哑然："没有好男人吗？"

"顾先生认为呢？"乔以陌淡淡地反问。

顾风离无声地笑了，眸底的一汪碧湖，波光粼粼，深邃幽深。

电梯"叮咚"一声到达十九层。

就在乔以陌以为刚才的话题已经结束的时候，顾风离突然开口："我以为以好坏来区分男人这本身就有问题。这个世界上，好坏并不是定义一个人的标准，尤其是一个男人！"

乔以陌无声地撇撇嘴，很不赞同。

结果，走在身侧的人突然侧过头来，恰好看到了她撇嘴的动作，"乔小姐好像对我的说辞很不屑一顾？"

乔以陌险些跌倒，这人什么时候走到她身侧的？明明是她先出电梯的，没想到还没走两步就被他的大长腿给追上了。

"是非黑白或许在顾先生的眼里已经不是衡量的标准了，不过我还是坚信，做人应该有点道德，还要有点羞耻心。"乔以陌也侧过头看向身侧的男人。

顾风离低低地笑了起来，笑声沙哑而又性感，"乔小姐对我很有敌意！"

"顾先生对我没安好心！"

"你倒是伶牙俐齿！"

你人面兽心！

当然，这话，乔以陌只在心里说了说，解解恨。

很快到了那三套房源门口，乔以陌掏出钥匙，打开其中一套。房子很空旷，采光很好，一进门，两人都因为光线明亮而皱了皱眉。

乔以陌很喜欢这种光线通透的房子，可惜，她住的地方是老式的小区，这更让她对这种房子喜欢得不得了。

"顾先生，您好好看一下，这个房子真的不错，采光很好，是目前云海最高的住宅楼楼群之一，两面采光，最适合居住了！"乔以陌本着专业精神，很实诚地为顾风离介绍。

顾风离也很认真地看着房子，一间接着一间地看。

乔以陌并不认为他会真的买房子，顾风离不过是醉翁之意不在酒而已。

果然，乔以陌猜对了，顾风离微微一笑，对她说道："怎么办呢？乔小姐，这里的房子我都没看上。"

乔以陌在心底冷哼了声，脸上没有任何的不耐烦，依然带着职业化的微笑，"那么顾先生可否告诉我，您对这里的房子哪里不满意？"

"乔小姐，我们再谈一次，如何？"顾风离看向她。

虽然明知故问，但是乔以陌还是自嘲一笑，问："谈什么？"

"放弃面试机会，你的人生有很多种选择，如果你肯帮这个忙，我保证明年你还可以进鑫灏，并且明年会有更多名额。"

"顾先生，人生有很多种选择不错，但是我不想有一种选择让我后悔。"乔以陌的语气很快变得冷冽起来。她说这话的时候，好似有什么抱憾终身的事经历过，而她那原本深邃且带着一丝淡淡忧郁的眸子里竟然水光闪闪，让人动容。

顾风离凝望着她的眼睛，似乎心也跟着软了起来，脸部的线条也变得柔和，他朝乔以陌走了过来。在离乔以陌只有一步之遥的位置，止步，低沉的男声沙哑地响起："这一次，或许不会让你后悔。"

这话，一语双关。

乔以陌的面容一滞，随即敛了眸子，好似他说的事和她全然无关。但是，只有她自己知道，她的心已经提到了嗓子眼。

"我的决定，不会改变。顾先生，抱歉了。"乔以陌飞快地说完，转身就走。

"乔小姐，我还没说买不买房呢，你这就要走吗？"身后传来顾风离低沉的声音，听不出情绪。

乔以陌的身体明显地紧绷了下，没有转身。

顾风离深邃的眸光中泛起了狡黠的光芒，"乔小姐，鑫灏的职员做不成，售楼员也不想做了吗？"

一抹尖锐的刺痛在心底闪过，乔以陌紧绷的身体反而松弛下来，握紧手，再松开，她猛地回头，语气十分冷漠："顾先生想要一手遮天，连我这个工作的权利也剥夺吗？"

顾风离微微一笑，不紧不慢地说道："生气了啊？我好像没说什么吧？这么容易动怒，可不适合进鑫灏哦！"

他的语气里充满了亲昵的调侃，乔以陌回转身，有点疲倦地答道："对不起，顾先生，我很忙。"

"二十万怎样？"他打断她的话。

乔以陌身体再度紧绷，眼底划过一抹嘲讽，"二百万也是这样，不做交换。"

说完，转身朝外走去，背影有些仓皇、无措。

身后，顾风离轻轻地笑了，好听的男声再度传来，"这套房子送你，如何？"

"送给你妈吧。"乔以陌觉得屈辱，气愤让她不由得问候了他老妈。

顾风离不怒反笑了起来，"我妈有我爸送房子，不需要别人送，不然我爸会吃醋的。乔小姐，我说真的，这房子送你，怎样？"

他调侃的语气让乔以陌脚步走得越来越快，她只想逃离，逃离那道灼灼的仿佛要把她后背看穿的目光。

顾风离望着她逃似的背影，微微地挑眉，薄唇勾出一抹意味深长的弧度。走的时候没有忘记帮她关上房门，那个女人逃走，连房门都不管了。

待顾风离下了楼，乔以陌的身影已经不见了。

他拿出手机，直接拨了她的电话。

她不接，电话锲而不舍。

她只好接通，但不说话。

"乔以陌，有些事情，逃避是逃不掉的。"

"顾先生，我真的挺忙的，再见。"乔以陌挂断了电话。

顾风离看了眼电话，这个女人居然敢挂他的电话？她还是目前为止唯——一个敢挂他电话的女人。他脸上的神色没有任何变化，但是周围的气息却有明显的波动。

调出一个电话，他拨了过去，"喂，黄总吗？我是顾风离。"

"啊！顾老弟，我正想找你出来吃饭呢。"

"好啊，正好有点事找你。"

"老弟先说。"

"呵呵，小事一桩，不着急。"

"你总要给我个心理准备不是？"

"哦，我只是听说你的手下报考了这次鑫灏的招聘，成绩不错，给你祝贺祝贺呢。"

"谁？"黄总一惊，"兄弟，你这不是打我脸吗？我们公司可是规定了，想跳槽，先辞职。谁这么大的胆子？"

顾风离却只是笑笑，"见面谈吧！"

Chapter 2

脆弱的身躯，强大的灵魂，努力活
好每一天。

周一。

黄总召集了全体销售人员开例会。

乔以陌老老实实地坐在一角，华丽的办公室里，黄总正在眉飞色舞地讲着新的销售额度，另外辅助讲了销售策略。

嘀嗒嘀嗒。

乔以陌的手机居然在这时候响了起来，原本神游太虚的她一下子回神。而整个会议室的气氛也因为这突如其来的手机铃声变得格外肃杀，连风吹进来翻动纸张的声音都显得格外清晰。所有人的视线都整齐划一地向乔以陌投来，当然，这其中也包括黄总阴森森的目光。

乔以陌赶忙抓起手机，看都没看就关机了，怯怯地道歉："对不起，对不起。"

黄总瞥来冷冷的一眼，继续眉飞色舞地讲他的课。

乔以陌尴尬地低下头去，最近她总是心神不宁，今天更是紧张得忘了开静音就跑来开会，手机还偏巧在这时响起，上月她只卖出去一套房子，这月的房租都是问题，考试也要泡汤，她真是流年不利啊。

散会后，乔以陌拔腿想溜走，却被黄总叫住，"乔以陌，你等会儿。"

乔以陌只觉得头皮发麻，如坠深渊，"是。"

"乔以陌，刚才那个电话是不是鑫灏通知你去面试啊？"黄总直接开口，"我都忘记祝贺你了，取得鑫灏笔试第一名啊。千军万马过独木桥，比高考还难的鑫灏考试，我的员工考了岗位笔试第一，我还被蒙在鼓里呢。"

"黄总，我……"乔以陌紧张地低喊。

黄总冷冷地打断了她的话："回去收拾收拾你的东西吧，我这座小庙，只怕留不住你这尊大佛。人往高处走，水往低处流，你能走这一步，我也理解。以后你风光了，哥哥我还想跟你沾光呢。到时候可别忘记哥哥我啊。"

乔以陌呆在原地，黄总这是要辞退了她啊。不行，她不能丢工作，丢了再找真的太难了。况且任何行业，入门都要至少一年的锻炼时间，而且她没有积蓄了，生存都是迫在眉睫的难题。

"黄总，我错了。"乔以陌并不是急于认错的那种人，但是现在，她不得不权衡利弊，不得不低头。何况明明公司有规定，她还是明知故犯，的确是自己的错。

"请您再给我一个机会儿，我会好好卖出几套房子的。"

黄总望着她，深深地打量了良久，然后异常和蔼地对她说："以陌啊，你来公司快一年了，话不多，是个很懂事很听话的小姑娘，虽然业绩不咋样，但是人品不错，我还是很看重你的。但是，哥哥也觉得去鑫灏真适合你，不能挡了你的前程不是？你还是回去好好准备面试吧。"

黄总说完，笑得极其玩味，眼睛盯着她，像是在打量她的反应一样。

乔以陌被他盯得心里发毛，也听出了他话里有话。

"我不会考上的。"乔以陌摇头，然后扯动嘴角，露出了一个标准而职业的微笑，说道："但是，我不能放弃，我相信这个世界上还是有公平的。您要开除我的话，我也没办法，我这就收拾东西离开，不让您为难。"

说完，乔以陌以为黄总会大发雷霆，但是，黄总只是玩味地看着她，良久没有说话。

乔以陌愣了下，走也不是，不走也不是，黄总到底是什么意思？

"以陌啊，"黄总笑了笑，这次的笑容竟有些慈祥，语气也很真诚，"我像你这么大的时候也是这样认为的，这个世界还是有公平可言。"话到这里，黄总一顿，"但是……"

一个转折，让乔以陌心凉。

"把希望寄托于这个世界的公平规则，这本身就很冒险！步入社会二十年，我的人生经验告诉我，一切都在自己手中，这个世界只遵循一条成功准则：识时务者为俊杰。人生，铤而走险也需要破釜沉舟的勇气。你有吗？"

乔以陌一怔，微微垂眸，良久，她轻声却坚决地回答："我没有勇气，也不会识时务，或许我的人生就不会成功吧。黄总，我明白了，谢谢您的忠告。"

黄总也是一愣，视线在乔以陌的脸上扫过，"回家准备面试吧。如果面试不过，再回来上班。这段时间，你的工资底薪保留，当然了，对外千万别声张，我相信你明白我的意思。"黄总说完，笑了笑，"好了，你走吧。"

乔以陌困惑了，猜不出黄总的意思，他到底是没有开除她，这倒是很出乎她的意料。

"谢谢您！"乔以陌在惊愕之后，突然深深地对着他鞠了一躬。

黄总的眼底闪过一抹微光，一闪而逝。

乔以陌收拾了个箱子，抱走了自己的东西，同事都以为她被开除了。

走出售楼处，乔以陌坐在公车站牌下的座椅上等公车。

身旁，一道阴影遮住了照射过来的夕阳，一抬头，对上一张俊颜，乔以陌顿时紧张起来。

顾风离！

在她心惊的同时，他笑了起来，"你似乎不愿意看到我？！"

"顾先生说笑了，我只是觉得巧得很，在哪里都能遇见您。"

"你的意思是……我阴魂不散？"

"是您这样认为的。"乔以陌低下头去，长长的睫毛敛起两片阴影。

顾风离竟然在她身边的长凳上坐了下来，"公车站牌是惠民的公共设施。"他身上淡淡的烟草味袭来，让乔以陌呼吸一紧。

"顾先生要坐公车吗？"她抬头，却见他也侧头正一瞬不瞬地盯着她。

乔以陌心一颤，为了掩饰慌张，解释道："我并没有说顾先生不可以坐公车。"

顾风离淡笑，"抱着箱子做什么？被开除了？"

乔以陌张了张嘴，仿佛什么卡在喉咙里，只感觉到疼。她想起刚才在办公室里黄总的话里有话，又想到顾风离的阴魂不散，顿时感到胸口烦闷不已，口气不善，冷笑一声："这不正是顾先生所希望的吗？"

顾风离淡淡一笑，双眸上扬，"哦？我希望的是什么？乔小姐倒是说说，或许不是你想的那样呢。"

"抱歉，我还有事，先走一步。"乔以陌捧起箱子，狼狈得想逃。

"公车还没来呢。不如我送你吧？"顾风离在后面跟着。

乔以陌很无奈，只好停下来，转头，恶狠狠地看着顾风离，"你到底要怎样？"

"当然是要你好了。"他回答得很认真。

"我不会放弃面试机会的，你就死了这条心吧。"她认真地盯着他的眼睛说道。

顾风离眼底闪过一抹笑意，"成啊。还有三天就面试了，你准备好了吗？"

"这事跟你没关系。"

"乔以陌，你何必这么固执呢？二十不是个小数目了！"或许是因为在外面，他并没有在二十后面加上单位，说话很是谨慎，"再说我已经承诺，明年会让你过。"

"抱歉，我不要。"她就是这么固执。

"你是不是傻？"

"或许。"

"那你能告诉我，你守着这个没有意义的面试，没有成人之美的豁达胸怀，你的人生路能走多远？不过是让自己更窘迫。"

"谁说没有意义？我就当是经场面了不行吗？"

顾风离望着她，"为了经场面你放掉二十，不觉得亏了吗？"

"顾先生，亏不亏，我自己心里清楚。面试的殊死搏杀我不想错过，谁能成为最后的强者，面试就是决战的舞台。"

"所以呢？"

"所以您说得对，我明年可以再考，但是我明年没有面试技巧，倒不如今年练兵，与其把机会让给别人，不如自己积累，成败无怨无悔。今年十月，我还想考公务员呢，到时，您还能左右我的面试吗？"

"你还真是固执。"顾风离听了这些话，摇摇头。

"您不是第一个这样说的人，我就一根筋，走到底。"乔以陌说得十分认真。

顾风离注视着她，眉毛挑了挑，"那么，既然如此，我们也算是……认识一场。我送你回去吧，顺便跟你说一点面试的要领，算是对这段时日骚扰你的一点补偿，如何？"

乔以陌摇头："谢谢，不用了。"

"不想听？"他挑眉。

"不是。"乔以陌再度摇头。

"那是什么？"

"我……"

"走吧，我又不会吃了你。"

乔以陌还没回答，手里的大箱子已经被顾风离抱了过去。

"顾先生……"

"我是顾风离。"顾风离重申了自己的名字。

乔以陌无语。

"我不喜欢被人叫顾先生，要么顾风离，要么风离，你选一个称呼吧！"他又说道。

乔以陌不说话了，她跟他还不至于亲密到直呼名字的地步。

但是，她还是被顾风离带上了他的车子。

坐在车里，乔以陌微微垂眸，身侧的人身上淡淡的薄荷香传来，搅人心魂。

车子朝东外环开去，并不是回家的路。

乔以陌惊恐，"你要带我去哪里？"

"临海山庄！"顾风离沉声回答。

果然，不多时，就到了临海山庄，"这里是后天面试的地点。"

"我已经知道了。"乔以陌道。

"那你准备好了吗？"顾风离转过脸，望了她一眼。

乔以陌也抬眸，意外地对上了他凝视的目光，眸子冷而专注，似乎看穿了她的心思，"你并没有准备好。"

面对那双眸子，乔以陌心底生畏，只能摇头，"或许我还真的没有准备好。"

"那么，你到现在还是确定，不会让步？"

"不会。"她回答得坚决。

他双眉一抬，目光冷冽，如画的眉目像是一把利剑牢牢地盯住了她，"那就回去好好准备，还有三天！乔以陌，以你现在的素质，考上鑫灏的可能性并不是很大，加油吧！"

乔以陌全身有些僵硬，被人贬低，她认了，但是被顾风离这样贬低，让她有些懊恼，脸色煞白几乎成透明。

顾风离仿佛看出了她的窘迫，淡淡道："那么咱们来说说面试着装吧。"

乔以陌哑然，他这是在教她吗？

"乔以陌，面试的时候，你不能穿得太随意，切忌穿太紧、太透和太露的衣服。西装、套裙，这是女士最通用、稳妥的着装。色彩不可以太跳跃，会让人觉得你太轻浮，不能委以重任。还有一点，乔以陌，无论你的腿有多漂亮，也应该在穿裙装的时候配上肉色丝袜，而且裙摆要长及膝盖。鞋子也是如此，不要细高跟，中跟鞋就行，你的一切着装都要体现既稳重又职业的女性气质。"

乔以陌无语，也疑惑，顾风离这是在帮她吗？

"面试的时候，入场一定要自信、从容、热情，走路肩膀不可以晃动，步伐轻快有力，问好的声音要洪亮，气定神闲鞠躬适度。"

乔以陌微微一怔，这些话，没有人告诉过她，她还是第一次听到这样的细节。

顾风离突然伸手，修长的手指托起她的下巴，"我在说话，你确定要走神？"

乔以陌猛地回神，拉下他的手。

顾风离的眼神有些玩味，"是不是觉得我挺帅，走神了？"

乔以陌慌乱地别开眼，不再看他。

顾风离又道："难道你是觉得我很面熟？"

乔以陌的头垂得更低了，掩饰失态，飞快地说道："我从来不认识顾先生。"

"现在认识了不是吗？"他反问。

她仿佛被雷惊醒，低垂的头僵在那里。

他一瞬不瞬地盯着她，双眉一扬，"乔以陌，认识我，比认识狼还恐怖吗？

不过，见到你，我还是挺高兴的。世界不大，遇见你，心情不错。你让我想起很多事，难以忘记的很多事。"

乔以陌的心如坐在过山车上，一下子失重了。

"接下来，我们再来说说如何回答面试问题。"顾风离的语气又认真了起来。

"面试一共有三道题目，十二分钟，有录像全程监控，试题是随机抽取，当着你的面开封，之前谁也不知道题目是什么。"

说着，顾风离伸手从自己车里拿出一个档案袋，厚厚的。

乔以陌讶然，顾风离已经塞到了她手里，"回去好好看，把所有的题目都看一遍。这是鑫灏数十年来所有面试的题目，还有记录的每个被录取职员的答案，或许对你有利。另外，我再说一次，回答的时候语气要沉稳，语速要连贯，不要有喘息，不要让任何人看出你的紧张，灵活和沉稳要同时具备。"

"为什么帮我？"乔以陌握着手里的档案袋，心里惊愕着。

"你会知道的。"他突然笑了，而她的心，漏跳了一拍。

隔天。

临海山庄。早晨八点。

乔以陌带着面试通知准时来到门口，她深呼吸，再深呼吸，握了握身前的黑色小皮包，挺直了脊梁，大步朝里面走去。

山庄院内已经聚集了很多考生，每个人都表情严肃，略显紧张。

乔以陌看到有工作人员在举着喇叭喊话，请考生依次进入第一、第二考场休息室。这一次鑫灏招聘五十人，据说报考的有五千人，很多大学毕业生都回来考试，想留在云海的也都不放过进鑫灏的机会。

乔以陌被安排在第一考场，工作人员拿着签号让他们抽号，而另外一间，所有考官也都在等候。

考官有十几名，听说都是鑫灏的高层，集团分公司的负责人。

轮到乔以陌的时候，她深呼了一口气，站起来，走路的时候挺直了肩膀，面容沉静。她记住了顾风离的话，虽然那个人没安好心，但是，他说的却是事实。

依赖于顾风离给予的那些资料，乔以陌恶补了三天，胸有成竹，她自信满满地走进了考场，只见台下一共坐着三十多个人，其中考官有九人，考官是按照

ABCD……排列，没有名字，而后面十几二十几个人好像是旁听的。

然而，当乔以陌看到考官C的瞬间，整个人被震住了！

那原本自信满满的笑容僵在脸上，直愣愣地看着考官，犹如做梦一般，不真实。

那个人在看到她的时候似乎也是微微一愣，继而玩味地勾起了唇角。

那是个年轻的男人，有着出挑的长相。

车明剑！

就是这个人，让她整个人生陷入了一场浩劫，从此万劫不复。原本她是要爬上这个男人的床，结果，床上的人却是顾风离。

世界真小，她居然再度遇到了他们两个人！

那个男人眨了下眼睛，显然，他也认出了乔以陌。

乔以陌暗暗握紧了拳头，此刻，她只能装作不认识，装作若无其事。她竭力平复情绪，上台，微微鞠躬，然后声音平静而又响亮地问好，"各位考官，上午好！我是乔以陌，应聘秘书职位。"

乔以陌刚一说完，那位姓车的考官微微点头，然后低沉的男声响起，"乔小姐，请坐吧！"

"谢谢！"乔以陌很注意自己的礼貌，尽量做到不卑不亢、不紧张。

于是，她坐在了前面安排好的考生位置上。

车考官面容俊雅，他身上的清贵之气，令他看起来高高在上，但是，在乔以陌坐下来望向他时，他却是微微一笑，极尽邪肆，那眼神，充满了探究、考量，让人如坐针毡。

主考官开口："乔小姐，你好，欢迎你参加今天的面试。"

乔以陌立刻互动，只是微微点了点头，并没有问好打断主考官的话。

主考官接着说道："今天的考试试题一共有三个，答题时间是十二分钟。每道题念一遍，你面前的桌子上有试题，每个问题回答完之后，请说答题完毕。好的，我们现在开始，第一题，工作中，如果上司脾气急躁，经常对你进行批评，你如何应对？第二题，你认为应该如何与同事建立良好的关系？第三题，假如你是某一工程的负责人，承建方给出方案，领导同事都说好，但你总觉得有细节缺陷，你该怎么办？"

"首先，我认为领导对我进行批评是一种爱护下属的表现。这是自我认识的问题，我认为领导的批评能促使我更快地进步，我应该对领导的批评认真接受，不能因为领导的严厉批评而产生逆反心理，以致影响工作。其次，我会认真反思、总结经验和教训，找出自己的不足，尽量做到与领导的步调一致。是我的问题，虚心改正，不是我的问题，也不会当面顶撞。反抗和过分顺从都不是恰当的解决问题的方式。我可以事后私下找机会跟他沟通。如果沟通之后没有效果，我会再找机会努力，婉转地让领导知道，同时，我也会注意将自己的负面情绪转化为积极正面的情绪，这样工作效率才会提高。回答完毕！

"第二题，我认为能否与同事建立良好的关系，是考验我人品的试金石。同时，我认为我不能只顾人际关系的协调而忽视工作的落实，在不丧失原则性的前提下，工作必须及时圆满地完成。而积极主动、认真负责地做好本职工作，这是建立良好人际关系的前提和基础。只有做好本职工作，才能赢得别人发自内心的信任和尊重，才能真正地为别人所接受，在此基础上建立起来的人际关系，才是一种健康的、牢固的人际关系。回答完毕。

"第三题，诚实和责任是每个职员都应具备的基本素质。维克多·弗兰克曾说过：'每个人都被生命询问，而他只有用自己的生命才能回答此问题；只有以负责来答复生命。因此，能够负责是人类存在的最重要的本质。'诚实的人从不为自己的诚实而感到后悔。人若失去了诚实，也就失去了一切。职责所在会要求我看到问题、发现问题并且诚实地提出来。所以，我不能因为可能被领导批评、被同事误解而幸灾乐祸、坐视不理，那不是一个'人'所为。而同时我也相信我的领导是一位睿智的上司，一定会对我诚实的提议而慎重决策的。回答完毕。"

三个问题乔以陌都回答得很认真。

她在回答完三个问题的时候，看到车考官的唇边竟然溢出了一抹赞赏的笑意。她赶紧移开视线，在考官的示意下，礼貌地退出了考场。

荣丰酒店。

餐厅包厢。

顾风离到的时候，包厢里已经有人在等候。

推门看到来人，顾风离开口道："不去吃公务餐跑来这里，还把我叫出来，你还真是有闲情。"

"我来云海你请客，难道不行？"说话的正是考场里出来的车明剑，此时他正坐在沙发上，茶几上摆了一杯清茶，"今天可累死我了，你猜我遇到谁了。"

顾风离也走到一旁的沙发上坐下来，服务员这时走来问需要什么。

"今天的招牌菜，上几个，你喝红酒还是啤酒？"

"红的！"

"行，来瓶红酒，半小时后上菜，这之前请勿打扰！"顾风离简单交代了一句。

"好的先生。"服务员离开了。

"遇到谁了？"顾风离继续问道。

"这不是让你猜呢嘛。"车明剑笑了一声，"世界小得让人不得不相信缘分。"

顾风离并没有露出一丝惊讶的表情，或者说他已经知道车明剑说的那个人是谁了。

"你见到汪凝了吗？"顾风离答非所问。

车明剑眼神颇为玩味，"你知道我说的不是汪凝。"

"汪凝今天的表现怎样？"顾风离忍不住又问。

"坦白说，不及某人。"车明剑笑眯眯地开口，"不过我看你的样子好像丝毫不惊讶，不会是见到我说的那个人了吧？"

顾风离笑了一声，反问："不知道你说的是谁。我认识吗？"

似乎早就料到顾风离会有这个表情，车明剑一点都不意外地说道："没意思了啊，顾风离，你骗得了别人，可骗不了我。"

"现在，我们不是B城的花花大少了！是集团公司的负责人之一，请注意你的行为！"顾风离淡然以对。

"哦？"车明剑语调更加玩味，"原来是担心这个呀！怕什么，我感觉她好像比我们更怕。"

"别惹她，她决定忘记，就让她忘记吧。做人要厚道！"

"什么时候，你对美人儿这么体恤了？"

"一向如此！"

"她今天的表现，总的来说，很优秀。"车明剑抽了一支烟，递给顾风离，"时隔三日，当刮目相看，那小菜鸟，居然面不改色地应对下来今天的面试，说话没有丝毫的停顿。虽然她回答的技巧并不是最好的，但却是临场表现最淡定的一个。我们那公正的考官都忍不住给了她高分，那丫头分数很高。”

顾风离点了烟，抽了口，并未接话，他盘腿坐在沙发上，一副慵懒的样子。他早已看过了视频资料，那丫头是他亲自挑选的秘书，二十万加上一套房子都没有撼动她，这个秘书他要定了！

“你不知道那是给你招聘的秘书？”车明剑挑挑眉，“这不是你的风格啊。”

“不知道。”顾风离淡淡给出三个字。

车明剑一听这话，立刻坐正了身子，“你真不知道？”

“我该知道吗？”顾风离墨黑的眼睛直视着车明剑的眸子，回答得脸不红心不跳。

“她居然人在云海，要是在我的地盘，这丫头……”车明剑说着看向顾风离。

“行了，别试探了，我根本不知道你说的是谁。”

“靠！”车明剑骂，“装什么装？刚才还说不要打扰她，这会儿就又不认识了啊？”

对于车明剑的骂声，顾风离无动于衷，微微前倾拿起桌子上的茶悠然自得地品了起来。

“风离，说真的，那丫头在云海，你要不要纳为己有？你要不动手，我跋山涉水地过来搅和下，怎样？”

顾风离淡淡一笑，“回你的地盘去祸害别人，她不行！”

“还说不认识，这不是认识嘛！”车明剑啐了他一口。

“我选的秘书，就她了！”顾风离笑得如奸诈的狐狸般。

乔以陌面试完就没有抱任何希望，所以，第二天她就回公司上班了。

一大早售楼处的人看到她有点意外，“咦？乔以陌，你不是辞职了吗？”

乔以陌一怔，有点不解。

看她如此表情，同事立刻明白她还不知道消息，于是很八卦地小声告诉她：“前天黄总亲自在全体会议上说的，你另攀高枝要去别处上班了。以陌，你去哪里了？”

黄总不是说还可以回来上班吗？

乔以陌非常惊愕，那天黄总明明说好可以让她回来上班，怎么又公开宣布她已经另找别处了呢？

乔以陌带着疑惑去了黄总办公室。

敲门后，里面传来黄总的声音，"进来。"

乔以陌推门进去，看到黄总正在写着什么，她走了过去，离办公桌一米远的地方站定，不紧不慢地开口："黄总。"

听到乔以陌的声音，黄总抬起头，面容没有任何变化，"以陌啊，面试完了？"

乔以陌点点头，"是的，黄总，我想回来上班了。"

"哦，上班啊？不急。"黄总立刻笑着开口，"你先休息一阵子，考试挺忙的，这月带薪休假，下月上班。"

乔以陌刚要说什么，黄总的电话响了。他立刻对乔以陌道："快回去吧，好好休息。"

乔以陌抿唇，无奈地点点头，退了出去。

在房门关上的一刹，她似乎听到了黄总接电话的声音，"顾老弟，你交代的都办好了……当然当然。"

姓顾？！巧合吗？！

乔以陌走出公司的大门，就听到有人叫自己的名字，"乔以陌！"

一抬头，竟看到了车明剑。

那一刹，乔以陌眼底闪过一抹慌乱，却又瞬间归于平静。

车明剑站在售楼处，长身玉立，笑眯眯地望着她。

今天乔以陌没有化妆，素颜却令她更增添了几分雅致，她的眼睛很大，眼形有些圆，当她专注地看一个人的时候，眼神里总带着一种无辜可怜。正是这眼神，让人过目不忘，那几缕哀愁，平添了些许风情。

"先生，有事吗？"乔以陌平淡的语气，仿若从来不认识。

她这样淡定的神色，让车明剑微微蹙眉，"我好像欠了你三万块钱，还没还你吧。"

他用的是肯定的语气。

乔以陌表情没有任何变化，连眼神似乎都没有焦距。

"当然，你似乎也欠了我，我可是一直念念不忘哦！"车明剑的语气充满了玩味，饶有兴致地看着她。

"这位考官先生，我不知道你在说什么，除了昨天在考场见过你，我真的不知道我欠你什么，不好意思，我还有事，先走了。"

"我有说之前咱们认识吗？"车明剑眨了眨眼睛，"你讲那么清楚干吗？太此地无银三百两了，丫头！"

车明剑的语气和眼神，让乔以陌立刻知道自己被带到了套里。她深呼吸，她真的难以形容自己现在的心情。

"别激动，我不吃人的。"车明剑饶有兴致地打量着乔以陌的神色，"我只是跟你叙叙旧而已，好歹咱们当年也算是有点缘分，你说是不是？"

话说得如此坦白，乔以陌的心中一阵慌乱，忍了忍，还是平复了下去，淡色发白的娇柔唇瓣勾出一抹浅浅的弧度，"先生，您真的认错人了。失陪。"说完，转身就走。

身后传来车明剑低沉而邪肆的声音，"怎么？当年有勇气爬上我的床，现在连说几句话的勇气都没有了吗？乔以陌，不如，当我的女朋友吧？我是很认真的！"

闻言，刚走两步的乔以陌险些摔倒在地上。

车明剑低低地笑了起来，真是个可爱又有趣的女孩，以为逃避就真的可以逃脱了吗？"乔以陌，你不说话我就当你是默认了。"

乔以陌不理他，继续往前走。

"再走你就是我的女朋友了，需要我昭告天下吗？"

乔以陌被这话激得停下脚步，转身，远远地瞪着车明剑。

车明剑缓步走了过去，坚毅俊朗的脸上浮起一丝笑意，"乔以陌，当年有猎艳的心，现在没有了吗？"

"我不认识你！"乔以陌再度硬声否认。

"那么，这个东西是谁的呢？"车明剑说着从自己裤兜里掏出一串钥匙，而那钥匙上面挂着一个水晶球挂件，水晶球上赫然刻着三个字：乔以陌。

看到这个水晶球，乔以陌脸色瞬间苍白。这个东西怎么会在车明剑这里？她是丢了，可是不该在车明剑这里啊？

"是你的名字吧？这物品，在我的床上发现的哦！"车明剑继续暧昧地说道："爬上我的床，吃干抹净想不认账了吗？"

"我没和你上床！"乔以陌飞快地反驳，想要撇清。

"咳咳、咳咳……"一口气笑岔了，车明剑重重地咳了起来，"还说你不认识我，这不自己都承认了？"

乔以陌皱眉，被他带进套里了。一阵懊恼，低垂着头，"总之我真的不认识你！"

"其实你不如说你是不想跟我有任何交集，那样我反而能尊重你的选择。"车明剑笑眯眯地开口，完全不被她的坏脾气影响。

"你到底想怎样？"

"我是车明剑，当年的事，我有点遗憾，那天晚上我不在，你好像跟别的男人那啥了吧？"

"车先生，我没兴趣知道当年的事，我也不想知道你所谓的遗憾。"

"啧啧啧……"车明剑啧啧有声地叹息道："我还以为你跟我一样遗憾呢，看来遗憾的人只有我一个！真是可惜了，这么多日子，我每次看到这个水晶球，都遗憾地想要撞墙呢！"乔以陌听了这话，毫不客气地狠狠地剜了他一眼，再度转身，只听到身后车明剑又喊："你知道你的新上司是谁吗？我可以告诉你，你未来的上司，是顾风离哦！"

乔以陌一下惊愕住了。

转角再遇，你的试探触动我灵魂深处最忧伤
的时光。

隔天，当乔以陌接到录取通知的时候，心中还在嘀咕，顾风离到底是不是她的新上司？

同时，接到录取通知的时候她还真是蒙了，倘若不是收到邮件，她真以为不会考上，没想到考上了。

很快，乔以陌就按照规定去报到。

鑫灏集团云海这家分公司的办公大楼有八层高，是负责对外接洽的办公区，而工厂则位于云海的开发区，只是接洽，所以这栋八层楼的建筑足够了。

负责接待的人把大家召集到一起，开了一个小会，然后再由各部门负责人把人领回去。

之后，乔以陌才知道跟她一起报考秘书部的人一共被录取了三个，两女一男，另外两个应该跟她一样，是应届毕业生。

负责接他们的人是一位四十多岁的男人，据说是秘书部的负责人。

一看到他们，那位负责人就打着官腔，说他代表副总来迎接新同事，欢迎他们加入鑫灏，一起为鑫灏作出自己应有的贡献之类的话。

经过一番自我介绍，乔以陌才知道新同事的名字，一个叫安晓培，一个叫蒋楠。

秘书部之前还有三位职员，一个叫赵琳，另外一个叫王亚樵，还有就是接待他们的刘部长。

"顾总可有说怎么安排？"赵琳坐在自己的位置上，宽大的办公桌，豪华的老板椅，办公设施还真是没的说。

"安排了，安晓培和蒋楠负责材料，乔以陌负责顾总的日常生活安排。因为顾总办公室存有绝密文件，卫生都是由秘书部负责，之前负责顾总办公室卫生的小姚辞职了，以后就由小乔你来负责顾总办公室的卫生。"

"是。"乔以陌赶紧回应。

刘部长瞅瞅乔以陌，指了指办公室最角落里的一张普通写字台，"小乔，以后你就在那边办公吧。电脑和办公用品我等下分发给你，这会儿还有个文件没做完，你先等等啊。蒋楠和安晓培，你们去隔壁，那边写材料不乱。"

"好的部长。"乔以陌走到了刘部长说的办公桌前，这里虽是角落，但是靠窗户，明媚的阳光洒进来，让人心情一片大好。

赵琳这时站起来，朝着乔以陌笑了笑，"小乔，你多大了？"

乔以陌立刻站起来，她不知道这位姐姐的身份，只是看她的穿着雍容华贵，她恭敬地回答："二十三！"

赵琳还没说话，王亚樵就搭了句，"赵姐，你不会是想给小乔做媒吧？"

刘部长忙着自己手里的文件，也搭了一句，"赵姐，您高抬贵手，别吓住人家小姑娘了，才刚来啊！"

"刘部长，瞧把你吓的，你嫌弃我跟你王姐给你帮不上忙，直说就是了，还说我吓她。你不想让我给小乔做媒，不就是想让她心无旁骛地给你卖命吗？也是啊，小年轻，跑跑颠颠的是比我们这老胳膊老腿的强多了。"赵琳说话柔中带刺，让人听着很不舒服。

刘部长却是哈哈一笑，接了过来，"哎哟我的姐姐！被您看出来了，您两位就是我的亲姐姐，哪能让你们再做跑跑颠颠的活，别说我舍不得，被高局和马书记知道我对两位嫂子不够怜香惜玉，还不扒了我的皮？小乔啊，赵姐要给你介绍对象呢，你可得好好谢谢赵姐！赵姐和王姐家的亲戚可都是在政府要职部门工作呢！"

乔以陌很是尴尬，有点答不上话。

王亚樵这时看了看乔以陌，笑着开口："小乔，你父母是做什么的？"

乔以陌一怔，说了两个字，"农民。"

赵琳和王亚樵都是一愣，接着彼此对看了一眼。

王亚樵先笑了，"农民好啊，劳动者最光荣。"

赵琳也随即笑了，又问："小乔，家里几口人？"

"六口。"乔以陌老老实实地回答。

"啊？这么多？兄弟姐妹多？"

"不是，只有一个哥哥。"乔以陌老实地回答，"哥哥结婚了，生了个侄子，哥哥嫂嫂加孩子、父母还有我，一共六口。"

"好福气啊！现在一大家子住在一起的不多了。"王亚樵又随了句，然后站起来，"赵姐，我有事先走了，你们聊着啊。"

"哎，等等我，我今天没开车，你送我一程。"赵琳也跟着走了。

乔以陌错愕：这才四点半，她们就这么走了？

她不由得转头看向刘部长，刘部长也抬起头来，用一种任劳任怨的眼神望着她，语重心长地开口："小乔啊，王姐和赵姐是咱攀不了的，咱就这命，以后工作繁重，你得做好思想准备。"

"是的部长，我会努力的。"乔以陌乖巧地点点头。

刘部长瞅瞅她，笑了笑，"你主要负责副总的一切工作事宜，随叫随到。"

"是！"乔以陌点点头。

刘部长突然抬起头来，似乎想起了什么，惊呼一声："哎呀，瞧我这记性，今天忘记打扫办公室了！小乔啊，我们秘书部也是文件较多，所以清洁工一星期来一次大扫除，平时小卫生都是我们自己人打扫办公室。"

乔以陌一听这话，怎么感觉像是说给自己听的，赶紧道："您先写您的材料，我来打扫吧！"

闻言，刘部长笑了笑，似乎很满意，但是嘴上却说："哎呀，这多不好啊，你才刚来。"

"部长，我以后就是咱秘书部的一员了，您有事尽管吩咐。刚才您也说了，顾总办公室我以后负责打扫，现在我当是练习吧。"说着，乔以陌已经去门后拿拖把了。

"好好干，今年年底争取弄个先进。"刘部长笑眯眯地说道。

"是！"乔以陌去干活了。

她拖地的时候，感觉有人走过来，她立刻站直身子，躲到一边，没想到一抬头，居然看到一张熟悉的脸。

而那男人，漆黑沉静的眼瞥过她，乔以陌感到自己的心脏似乎停止了跳动，是顾风离！真的是他！

他没说话，只是眼里微微蕴了笑。

他身后还有一个人，乔以陌咽了咽口水，以烈士断腕的决心梗着脖子想喊一声"顾总"的，可是，顾风离却先她一步开口："新来的吗？叫什么名字？"

摆明了，顾风离的意思是装作不认识，乔以陌只能低低地配合了一句："您好！我是乔以陌。新来的秘书。"

闻言，顾风离的眼底闪过一抹幽光，"欢迎你加入鑫灏的大家庭，我是顾风离。"说着，向她伸出了手。

乔以陌惊得呼吸都停滞了，把拖把杆从右手换到左手。

若不是顾风离身后还有个年轻小伙子，笑眯眯地看着她，她还真的不想伸出手跟顾风离握手，但是在有第三个人在场的情况下，顾风离又是这里的老大，她自然不敢怠慢。

乔以陌只好伸出手，顾风离小麦色的大手包裹住她白皙的小手，乔以陌只觉得一股电流通过手心传到四肢百骸，身子瞬间僵硬，而那只大手的其中一只手指还十分调皮地挠了挠她的手心，好像在故意逗弄她一般。

乔以陌想要甩开，没想到顾风离却握紧了她的手，"欢迎！"

这时，顾风离身后的那位小伙子笑着给他介绍，"乔以陌，这是我们云海鑫灏的负责人顾总，同时也是鑫灏集团总公司的副总。"

"顾总，您好！"乔以陌表现得很谦恭，但是手已经十分僵硬。

顾风离放开了她的手，乔以陌立刻后退一步，双手握着拖把，深呼吸。

"好员工啊，刚来就知道打扫卫生了。"顾风离对着她眨巴了下眼睛，意味深长的眼神让乔以陌有种想跳楼的冲动。

大概是刘部长从屋里听到了顾风离的声音，立刻跑了出来，"呀，顾总啊，您回来了？"

顾风离正色地点点头，"刘部长，辛苦了！"

"不辛苦，不辛苦。"刘部长忙不迭地接话。

顾风离微微点头，"对了，我要的材料，准备好了吗？"

"马上，马上！"

"好的，送到我办公室。"顾风离略一颔首，穿过走廊，上楼去了。

刚拖好的地，一行脚印，那样清晰，只是，并不脏。

乔以陌盯着这串脚印，良久没有反应过来。

刘部长瞅了瞅乔以陌，眼神有点微变，"行啊，小乔，刚干活就遇到顾总了，年底先进绝对是你的。"

说完，刘部长就进了办公室。

乔以陌傻愣愣地站在那里，怎么都觉得部长话里有话，但是她也来不及多想，就陷入了顾风离真的是她顶头上司的恐惧里。她觉得自己肠子都悔青了，怎么报考的时候没有查看一下这里的老大是谁呢？

可是，她能进这里，应该是顾风离的功劳吧？终究，他还是没有把她踢出去。

继续低着头拖地，刚才那个小伙子并没有离开，而是低声道："乔以陌，你名字挺好听的呀！"

乔以陌一怔，抬头，对上一双含笑的眸子。

那小伙子自我介绍道："我叫亓云峰，是顾总的司机，以后咱们就是同事了。"说着，这位顾总的专职司机也伸出了手，乔以陌只好握上，"您好！"

"跟我不用客气，我发现你说话挺有意思的，都用尊称，咱云海小地方，不用那一套。以后有事尽管找我。"

乔以陌竟有点不好意思了，因为这个亓云峰太自来熟了，跟她说完，竟直接接过她手里的拖把，"我帮你拖地。"

"你小子一看见美女就献殷勤，平时叫你们拖地，个个都推三阻四的。"刘部长说着已经走了出来，跟亓云峰开了句玩笑。

"刘部长，您老太不给面子了，美女面前怎么能如此诋毁我？"

"我哪是诋毁你，我说的是美女效应。"

刘部长手里拿着一摞资料，拍拍乔以陌的肩膀，"小乔你真是我的福星，以后那帮小子看到你，保证都会屁颠颠地帮我干活。"

司机其实也隶属于秘书部，归秘书部调配，只是平时他们都不在办公室，随时工作在路上。

刘部长说完就上了三楼给顾总送材料，敲门后进去。

顾风离正在接电话，好像是公务电话，见刘部长进来，他很快说完挂了电话。

"顾总，您要的材料。"刘部长把材料放在顾风离的办公桌上。

顾风离点点头，"嗯，辛苦了！"

"顾总，新来的人都安排下去了。"刘部长汇报道。

"嗯，刘部长，这段时间，你的工作很辛苦，以后希望能给你减轻点负担。"

"顾总太体恤了，也没多辛苦。"刘部长客气了句。

顾风离拿起文件，似乎不经意地说道："刚才那个小乔，在打扫卫生吧？"

"啊！是呀！"刘部长一顿，有点猜不透顾风离的意思。

"我的办公室也该打扫了。"顾风离漫不经心地说道。

"好的，我来给您打扫。"刘部长赶紧拍马屁。

"刘部长，你是中层领导，哪能让你动手？就让那个小乔过来帮我打扫一下吧，叫她跟亓云峰那小子一起。"顾风离说着从自己的办公桌里抽出一份文件，"你回去把这个月的销售数据统一下，明天给我。"

虽然顾风离的话很受用，但是刘部长还是觉得有点不对劲，可是又说不出哪里不对劲。他只能接过文件说道："我马上叫小乔和小亓上来给您打扫卫生。"

"嗯。"顾风离继续看文件。

乔以陌听到让她去给顾总打扫办公室的时候整个人都傻了。这个顾风离，他一定是故意的！

可是，亓云峰却很不生分地拉着她胳膊就上楼，"不用带东西，顾总办公室隔壁的小屋里有专用的拖把和扫把，顾总一直嫌弃我大手大脚不会打扫，好在你来了，以后他的办公室，咱两个包了。"

乔以陌无奈地被拉着上了楼，顾风离的办公室在三楼，烫金牌子上写着四个字：总经理室。

"顾总，我们来给您打扫卫生了。"亓云峰似乎跟顾风离关系不错，说话也没多毕恭毕敬的。

"嗯，好好打扫。"顾风离头都没抬一下。

乔以陌被亓云峰带着洗拖把，洗抹布，在顾风离办公室里忙活，忙了十分钟不到，只听顾风离喊了声："小亓，我没烟了，你帮我去买条烟。"

"好的，顾总。"小亓立刻要走。

"等等，去烟草公司买，楼下小卖铺的我怕是假烟。"

"烟草局？"亓云峰愣了下，"会不会太远？我打扫完了再去吧？"

"不远，快去吧。烟瘾犯了。"顾风离催促道。

"好的，顾总。"亓云峰刚要走，看到乔以陌，嘿嘿一笑，"小乔，不好意思啊，我回来立刻帮你，半个小时就回来了。"

"啊，好。"乔以陌只能点头。

等到亓云峰一走，乔以陌偷偷回头看顾风离，发现他正抬起头眼睛一眨不眨地盯着她看呢。看到她回过头来，顾风离眨巴了下眼睛，笑得像只狐狸一般奸诈。

"你想说什么，就请说吧。"乔以陌先他一步开口，把亓云峰支走不就是有话私下说吗？刚才还装作不认识，这个人心里打什么主意，还真的不好说。

谁知乔以陌的开门见山，引来的只是顾风离摊摊手，耸耸肩。

乔以陌的脸瞬间涨红，难道是她搞错了？人家根本就没有那个意思，只是出去买烟而已？一切都只是她自己自作多情的胡思乱想？

但是话都说了，干脆一次说清楚吧，免得以后抬头不见低头见的别扭。

于是，乔以陌深呼了一口气，头都没抬就对着顾风离说道："我知道我能考进来是你高抬贵手，但是你也别指望我感谢你，以后在公司，我会装作不认识你，从来没见过你，这点顾总你不用担心。"

刚才，他在外面装作跟她不认识，不就是不想让任何人知道他们曾经有过接触吗？这一点她还是能看懂的，反正她也不想再跟他有任何瓜葛，话说开了最好。

"过河拆桥说的就是你这种人吧？"顾风离终于开口，而他只是坐在大班椅上，隔着偌大的办公桌看着她，态度漠然，沉稳得没有一丝波动。

乔以陌被顾风离的一句话堵得哑口无言。

顾风离又接着道："乔以陌，你扪心自问，倘若没有我的提点，你能进鑫灏吗？那些资料是白白送你的吗？你倒好，非但不感激，还想逃避，你这是典型的忘恩负义。"

"那我谢谢你。"乔以陌反应不算迟钝，只想快点结束话题。

顾风离唇角一勾，语气阴森，"乔以陌，我能让你进来，也能让你出去，做人别太嚣张！"乔以陌一愣，到底是谁嚣张？

好吧，在这种时候，她识时务者为俊杰吧，不说话了。过了一会儿，她低着头，觉得自己真的太低了，低到了尘埃里，她试图说话，"我可以打扫卫生了吗？"

他凉凉地打断她："乔以陌，你以为我为什么让你进来？"

乔以陌脊背一阵冷意袭来，摇头，"不知道。"

顾风离道："我就看中你千金不移的好品格了。"

乔以陌哑然。

"希望你以后继续保持。"

乔以陌震惊了，原来是这样，原来那是个考验！也就是说，即便她当时答应了他，那钱也不会落到自己手里。

真恐怖啊，这个人简直就是妖怪啊！攻心之术用到极致了。

她还没回过神来，就听到顾风离继续问了句："有男朋友了吗？"

乔以陌错愕，抬头看向他。

顾风离眼中有漫不经心的慵懒，薄唇间说出的话却残酷无比，"我这个人喜欢先给予，再索取，所以想想看，你准备拿什么回报我呢？"

乔以陌瞠目结舌，完全不明白他话里的意思，"你……什么意思？"

顾风离双手交握，放在办公桌上，他的表情在一刹那妖艳无比，"这得你自己想喽！"

乔以陌一听到这种别有用心的话，心底的怒意被挑起了，她就知道这个人不会那么好心，亏她还以为他是良心发现，原来不是。

她犹豫了下，冷着声音开口道："顾总，请恕我愚钝，实在不知道该怎么报答您的大恩大德，是要给您立牌坊呢？还是给您建寺庙以供我家万代敬仰？要是这样的话，您放心，您的大名一定会在我家的功劳簿上流芳百世的！"

乔以陌这些话，听着真是令人惊心。敢这么跟顾总说话的人，她恐怕还是第一个。

但是，顾风离是谁，人家只是很平静地、玩味地看着她，"小猫的爪子露出来了？挺犀利的，不过我很喜欢啊！"

乔以陌听到这样的话，莫名地心惊，如果顾风离被她激怒了，或许她还不这么害怕，可是他偏偏没有一分一毫的生气，只是笑了，笑得那样妖孽。

他就坐在那里，窗外的阳光透过百叶窗斜打在他的身上，光线阴影交叠恰好挡住他的半张脸，只看到他光洁的下巴，嘴角微扬，似嘲弄，似睥睨。接着，他眯起眸子，唇角桀骜地挑起，沉声开口："想立牌坊和建寺庙？那好啊，我就给你这个荣幸，先给我设计个图纸看看吧，满意的话，就按照你的图纸设计建造，我没意见。"

乔以陌彻底无语了。

是的，她失策了！

她没有料到顾风离是这么无耻的人！

枉他还是个总经理呢！

"怎么？你有意见？"

"没有。"乔以陌摇头，"对不起，顾总，是我失言了，图纸没有，也没法给你建造牌坊和寺庙，要怎么罚我，随你吧！"

是的，她妥协了，妥协得那么早，那么缺乏技巧，他让她的性情层次如此简单，她斗不赢他，唯有妥协。

突然，顾风离站了起来。

虽然他离她很远，但是乔以陌还是感觉到了他周身散发出来的一股寒气，她退了一步，"顾总，你要干什么？"

"当然是干我想干的事了。"顾风离声音喑哑道："怎么？我要干什么还得跟你汇报吗？"乔以陌迅速低下头。

顾风离走近了她，扫视了一圈，视线转向门口，门开着，不过走廊里没有人，也没有脚步声。

"抬头。"他走近她说道。

乔以陌知道，这语气是命令。

她只能抬头，对上他的一双深眸。

他唇角勾起，面容清俊，却透出一股奸诈。

她大气都不敢喘一下。

只见他突然伸出了手，她吓得后退，他却迅速截获住她的下巴，"别动。"

然后，他突然迅速俯下身，在距离她唇瓣一公分的地方停住，悠然说道："我可不喜欢有人忤逆我。"

"我没有。"她吓得否认。

"呵呵，撒谎的小东西。"他温热的气息直接喷洒在她的脸上，像风暴一般，切割着她原本就脆弱的神经。

抬起眼，顾风离那张放大的俊美脸庞就在眼前，眉眼清俊，眼眸深邃，里面藏着太多她看不懂的情绪。

这个男人，说真的，是货真价实的大帅哥，年纪轻轻，位高权重，乔以陌在气势上就差了人家一大截。

而此刻，他这样靠近自己，她只能愣在当场，脑中一片空白。

维持着这个姿势足足有三十秒，顾风离终于再度打破沉默，"乔以陌，你打算在我面前装傻多久？"

她的脸腾地一红，额上渗出一层冷汗，忐忑许久，终于将手一握，唇一咬，怕什么？既来之，则安之，难道他还能吃了自己不成？

于是，她绽开一个如春风般温暖的笑容，说道："顾总您目光犀利，洞察力极强，以陌岂能在您面前装傻？我是真的不明白，请您明示。"

闻言，顾风离也同样回报给她一个夏日熏风般和煦的微笑，说道："不急，咱们来日方长！"

说完，他的手指滑下她的脸，在她心里松了口气的同时突然上移，落在她的发丝上，乔以陌再度紧绷，顾风离从她头发上取下一个脏东西，好像是蜘蛛网之类的毛絮，"你的头发脏了，帮你拿下来。"

他的手掌伸到她面前，乔以陌在那双骨节分明的大手上看到了一团毛絮状的脏东西，她脸色又一红，讷讷道："多谢顾总。"

顾风离嘴角带着意味深长的笑意，"不客气。"

"那我可以去干活了吗？"乔以陌往后退了一步。

"今天晚上有空吗？"顾风离对她一笑，声音很轻，配合着他的笑容，顿时让乔以陌毛骨悚然。

"没……没空。"乔以陌忙着摇头，却没有注意到，一道捉摸不定的光，在顾风离眼中快速闪过。

顾风离正色道："真是不巧，我还想让你帮我整理整理材料呢。"

"顾总，我才刚来。"乔以陌赶紧说道："还不熟悉业务。"

"就是因为你刚来，才要多看多熟悉，争取早日上手不是吗？"

"……"

"看来你比我这个总经理还忙。"

"不是的，顾总，我今天家里有事。"

"据我所知，乔小姐老家不在云海市里，晚上回老家，是不是太晚了？"

"不，我爸妈来！"乔以陌赶紧解释道。

闻言，顾风离细长的眼睛微合，眼角弧度更为绵长，像狐狸一般，狡黠中带着妖魅，妖魅中带着奸诈，奸诈中带着戏谑，戏谑中带着无数复杂的情绪，然后意味深长地对她说道："那好吧，明天咱们再约时间。"

五点半下班时间一到，乔以陌便以最快的速度离开了公司。她走得很急，并没有看到刘部长望着她背影略显不悦的神情。

走出鑫灏办公大楼，乔以陌终于长嘘了口气。

第一天上班，可真不轻松，尤其成为了顾风离手下的一名小兵，可不是一般的悲催。上午被他那样近距离的一番审问让她整个人都虚脱了，幸好后来亓云峰买烟回来了，不然还真不知道怎么摆脱呢！

天色渐渐黑了下来，乔以陌走累了，便坐在广场上看公共电影。电影里播放的是周星驰的《大话西游》，她看得很开心，只是笑容荒芜。

想起顾风离，想起那一场错误的风花雪月，顿时心情抑郁，靠在椅子背上，看着电影的屏幕，唉声叹气。

"怎么看这个电影居然让你这么不开心？"一个声音忽然在她身后响起。

乔以陌猛地回头，竟然是顾风离！

顾风离顺势在她身边的椅子上坐下，乔以陌顿时紧张起来，还没想出该怎么回答，就听见顾风离说道："没想到那个说家里有事回去陪父母的人，居然在小店里吃了米粉，在广场上看电影，却拒绝上司的要求，乔以陌，你还真是稀罕。"

谎言被揭穿，乔以陌顿时羞愧难当，不敢抬头，只是问道："你跟踪我？"

"我可没有盯梢的习惯。"顾风离淡淡一笑，眼眉里含着几分意味深长。

下班的时候车子在她身边开过，他看见她在街上打电话，然后他就走了，回家后取了私家车，准备出来吃饭，结果又看到走街串巷进了米粉店的她，于是就一路跟着，他可不认为这是故意盯梢。

乔以陌愣住，微微低头，她还真是自作多情，怎么会以为他跟着自己呢？

可是，他这样无处不在，随时出现，让人太难捉摸了！她有些尴尬，垂了眉敛了眼，沉默。

无法解释时，唯有沉默是最好的武器。

顾风离伸了伸懒腰，有些懒散地靠在椅背上，淡淡开口："有不开心的事啊？"

"……"

"要是有解决不了的事，跟我说说，怎么说我也是你的领导，家里有困难的话知会一声，公司帮你解决。"

"多谢顾总，没有困难。"乔以陌晒笑。

顾风离拧了眉，眼睛眨了眨，突然说道："那以前一定有困难吧？"

乔以陌脸色瞬间苍白，她觉得顾风离就是个地雷，在自己身边这么突然出现，有意无意地跟她说着某些话题，就是要她心惊，要她害怕，要她想起不愿意想起的事情。可是，这对身为上司的他有什么好处？

乔以陌真的不明白，也不想明白，不过有一点可以肯定的是，顾风离已经知道那天晚上的人是自己，就算她装得再淡定，并不代表他们之间没有那一夜的存在。

但是，她不会承认的，死也不会承认。

"太晚了，还是回去吧，云海的治安并不是太好。"顾风离淡淡地开口，并没有再继续撩拨她，这让乔以陌很是意外。

"呃……顾总说得是，那，再见！"乔以陌赶紧站起来，作势要走。

"你好像很开心，终于逃离了我的视线。"顾风离瞥了她一眼，似乎只一眼就能看透她的心思。

乔以陌脸一红，尴尬道："顾总说笑了，我先走了，明天见。"

"好的。"顾风离看着她，微微一笑，"很期待与你明天再见。"

闻言，乔以陌眼中闪过一抹纠结，唇边的笑容有点苦涩，看得出，她一点也不想跟他再见，这让顾风离有点怀疑自己的魅力，什么时候他成了别人不待见的对象了？

乔以陌转身，离去。

顾风离望着她的背影，眼底深处闪过一丝微光。

第二天上班的时候，乔以陌一进办公室就看到刘部长已经来了，她吓了一跳，看看表才七点半，她觉得自己提前半小时到已经很早了，结果部长比她还早。

她赶紧道了声："部长，早！"

"不早了！"刘部长淡淡地应了一句，完全没有了昨天的热情。

乔以陌不知道自己哪里得罪了这位上司，但是明显感觉出部长的疏离。

她怔了怔，不知道回答什么。

刘部长瞥了她一眼，又道："秘书部的工作就是，早晨最早一个来，晚上最晚一个走。"乔以陌茫然，难道是昨天下午自己下了班就走，惹到刘部长了？乔以陌不知道是不是因为这个，那么，她是不是以后都得最后一个走呢？

于是，她抿唇，没有说话，装作什么都没有听懂，就去拿拖把，想先把办公区打扫一遍。许是见她主动干活，刘部长放下手里的文件，又道了句："秘书部要负责公司市场部的签到，人员到了都得来咱们办公室签到，你先不要打扫了，来，过来把这份名单看看，等下有人来签到，你盯着点。"

"是！"乔以陌放下拖把，接过考勤表，一看名单才知道市场部大约有八十名员工，顾风离出现在第一个。

不多时，陆陆续续就来了人。

安晓培来的时候看到她，想要签字，但是那考勤表是原来的，还没登录上他们三个新人的名字，所以没地方签字。

乔以陌赶紧问刘部长，"部长，安晓培、蒋楠我们三人的名字怎么签？"

"考勤表要重新做了，还要重新做电话号码簿，你们三个先在后面签一下吧！"

"是！"乔以陌把本儿掀到后面，安晓培签上名字。

这时，来了一位年轻的男同事，瞅了一眼乔以陌，说道："哟！刘部长，你们这里来了位漂亮妹妹啊！"

"是呀。刚来的。"刘部长连介绍都没有介绍。

那个男的从兜里掏出笔，在考勤本第一页签上自己的名字，乔以陌看到是穆斐。只是，他签名并不是只签了自己，他还帮另外一个人签了名字，好像是陈玲。

乔以陌一看这样，没有思考就直接脱口而出："哎！你怎么签了两个名字？！"

男同事一听到她这么质问自己，顿时眉头一挑，"我哪里签了？你哪只眼睛看到我签了两个名字了？"

乔以陌就没有见过这样睁着双眼说瞎话的人，他不仅明目张胆地签了两个名字，还矢口否认！

刘部长听到两人的对话头都没有抬，完全置之不理。

乔以陌的脸涨得通红，"你明明就有！"

"小同志，看在你是新来的分上，哥哥我就不跟你计较了，以后你给我注意点啊！"

"部长！"乔以陌一时间被说得哑口无言，眼圈瞬间就红了，只能求助刘部长。

刘部长被乔以陌这么一喊，这才不得不抬头看向她，在看到她眼圈微红时，又看看那男同事穆斐，然后对乔以陌道："小乔，你下楼去前台看看今天的报纸送来了没有，等下顾总要看报的。"

乔以陌愣了下，部长这是要支开她吗？难道，她错了吗？她不觉得自己错了，倔强地抿唇，她看到那位男同事的眼睛眯了起来，危险地扫过她的脸。那一刹，她才有点害怕，恍然明白自己得罪人了！第二天就得罪人了！可是，这不是她的错啊，是那个人在作假。

乔以陌顿时没有了力气，无精打采地下楼去。

支走了乔以陌，刘部长抬头看向男同事，笑着道："穆斐，你小子不会又帮陈玲签到了吧？"

穆斐一愣，随即对着刘部长嘿嘿一笑，"刘部长，什么事都逃不过您的眼睛。"

"欺负新来的同事有意思是不是？"

"我这不是逗着她玩吗？"穆斐笑眯眯地道："谁知道她这么不经逗，一逗就要哭了。"乔以陌在电梯里情绪还是很激动，惨白着脸，眼圈通红，很多人看到她这个样子都投来打量的目光，女同事都没说话，一个男同事却大胆地向她打招呼，"新来的妹子啊，云海哪里的？"

乔以陌只能点点头，道一声："您好！"

别的什么也说不出了，也不敢抬头，电梯停下门打开，她立刻快步冲了出去，却不承想一头撞进一个结实的胸膛，差点摔倒，那人却稳稳地扶住了她的胳膊。

熟悉的男声在耳边响起，"乔以陌，欢迎我也不用投怀送抱吧？这才一晚没见，你就这么想我，真让我受宠若惊啊！"

居然是顾风离！

乔以陌觉得自己跟顾风离就是冤家路窄，越是不想碰面，越是会遇到。尤其是这个时候，她猛地抬眼，红着眼圈看他。

顾风离一愣，"怎么了这是？谁欺负你了？"

乔以陌愣了愣，忽然说道："顾总您不觉得我们的点名机制很落后了吗？签到这种事谁都能代笔的。"

顾风离闻言，瞬间就笑了，然后望着她，语重心长地说："小丫头，有什么建议，你就说吧！"

乔以陌叹了口气，"如果换成别人没有办法作弊的那就好了。比如指纹考勤机。"

"行啊，那就换成指纹机吧，你等下告诉刘部长，今天就着手准备换吧。"顾风离说完，别有深意地看了她一眼，上楼去了。

乔以陌觉得这事有点邪乎，顾风离今天怎么这么好说话了？

到了前台，一个年轻的小姑娘瞅瞅她，问了句："你新来的吧？"

乔以陌点头。

"报纸早就送上去了，谁给送到我们这里啊，一看你就是新来的！"

"啊！"乔以陌这才回神。

"回去吧！"

乔以陌回来的时候刘部长正在忙，桌上的点名簿就搁在那里，来了人就签到，刘部长连头都不抬一下。

乔以陌皱眉，狐疑地看着，瞬间明白了，自己真的得罪穆斐了，原来平时人家签到都是这样啊，睁一只眼闭一只眼就过去了！

乔以陌进了屋里，这会儿差不多都签完了，只剩下她跟刘部长两人，她走到自己的位置坐下，没有说话，情绪还是有点低落，有点懊恼。

刘部长抬头看她一眼，然后道："小乔，你今天的表现非常好啊！"

"啊？"乔以陌错愕，她哪里表现好了啊？

只听见刘部长又道："签到这事，本来就是各人签各人的，你勇于站出来指出同事的错误，可见你是个对工作负责任的好员工，值得表扬啊！"

乔以陌听得一愣一愣的，可是看部长这表扬好像是出自真心呢！

乔以陌羞赧地低头，"部长，今天真抱歉，我还以为给您惹麻烦了。"

"没有。没有。很好，以后就应该这样。"刘部长笑眯眯的，一副慈祥大哥哥的样子。乔以陌顿时觉得欣慰不少，看刘部长这表情，想到刚才给顾风离的建议，于是试探着说道："部长，刚才顾总说换指纹考勤机，今天就让您着手准备。"

闻言，刘部长脸上的笑容顿时僵住，他脸色一沉，问道："顾总亲自跟你说的？"

乔以陌也一愣，点点头，"嗯，是的！"

刘部长听完唇边竟勾起一抹轻蔑的笑，接着道："小乔，你还真有领导风范，将来一定成大器啊！"

乔以陌又一怔，怎么这话听着味道不太对呢？

刘部长这时又说道："既然是领导安排你的，那你就去联系吧，争取明天就能用上。"

"我去合适吗？"乔以陌犯了嘀咕。

"怎么不合适？再过一阵子，你就是我的领导了，得领导我呢，我现在提前听你的安排，乔领导快去吧！"话说得越来越让乔以陌惊心。

"部长，我是不是做错了什么？"她听着刘部长的冷嘲热讽，心惊胆战。

"没有！你做得很好！刚来第一天就得到顾总的赏识了，亲自安排你，可见你有多优秀了！"

乔以陌打了一个激灵，瞬间明白过来，越级汇报是职场里最忌讳的事。可是，她刚才的建议也只是随口一提，没有想很多啊。她不懂，顾风离难道也不懂吗？抑或是，顾风离的安排根本就是在故意陷害她！

思及此，乔以陌出了一身冷汗。

𝒞hapter 4

他不是你的谁，无法恃宠而骄。

　　第二天一早，顾风离第一个到了秘书部，录入了指纹，然后当着刘部长的面笑着对乔以陌道："小乔，你的建议不错，指纹考勤机昭示着咱们公司又朝着现代化迈进了一大步啊，给你记头功！"

　　顾风离说这话的时候，还专门拍了拍她的肩膀。

　　乔以陌被他这一拍拍得差点趴地上。心想他是故意的，是在陷害她。

　　果然，乔以陌偷偷打量刘部长，只见他站在那里，一脸僵硬。

　　顾风离说完，又别有深意地看了乔以陌一眼，对刘部长道："刘部长，通知下去，市场部即日起设立全勤奖，每天十块钱，按时按点到的都给发，晚一分钟的，一个月全勤奖扣除。"

　　"好的，顾总。"刘部长连忙点头。

　　"等下召开中层会议，你通知各部门，九点集合。"

　　"好！"

　　顾风离这才离开，走的时候对她笑了笑，那笑容里带着一丝戏谑。

　　乔以陌突然觉得现在比在售楼公司上班累多了，这里每个人都戴着面具生活，说话也是话里有话，真累啊！

　　下班路过广场的时候，她坐在长椅上看着落日，长叹了口气。

她微微眯着眼，盯住那落日，有那么一丝恍惚。可是没多久，便被一股香烟味道惊扰，她下意识地转过头去，却只能呆呆地看着近在咫尺的人，那突然落入眼中的英俊脸孔，几乎将她震得忘记了呼吸。

又是顾风离！

她皱眉。

那个挺拔的身影在落日的余晖里，更显更加冷酷桀骜。

然后，低沉的男声传来："怎么样，这三天过得可好，乔以陌？"

他喊她的名字，语调微微上扬，她的心竟没来由地一颤。

昏暗暧昧的夕阳余晖中，顾风离盯着两米开外那个坐在长椅上不知所措的女人。

她的眼神是困顿的，似乎陷入了某种纠结里。而这眼神，让他想起了那一夜，清澈里，带着点倨傲，迷茫，却又倔强。

"要是你没陷害我的话，或许会好过一点。"她的嘴角牵起一抹冷笑。

"乔以陌，我发现你跟每个人说话都战战兢兢的，唯独不把我放在眼里，这是为什么呢？"顾风离走了过来，在她身边坐下，又道："觉得我好欺负？"

乔以陌微微皱眉，张了张嘴，却没有说出话来。

他顾风离要是好欺负的话，这个世界就没有好欺负的人了！

"怎么？见到我激动得说不出话来了？"顾风离眨巴了下眼睛，"还是太感激我给你上了一堂生动的课？"

乔以陌尽量用平静的语调道："是。顾总教会了我不可越级汇报。"

顾风离十分赞同地点点头，"怎样，感谢我吧？"

乔以陌就没有见过这样的人，太自恋了吧！但是她随即又道："要是顾总直接说，不可以这样提建议，那我会更感激你的。"

"我一直觉得言传不如身教，我这是让你用实际体验来深刻记住，这样你记得才牢靠，不是吗？"

乔以陌张了张嘴，竟说不出话来。

顾风离侧身，看着她，眼神犀利，继续问道："你似乎被打击了？这么不堪一击吗？"乔以陌突然发现，坐在她身边的这个男人，有着太犀利的眼神和敏锐的洞察力。

他这么看着自己的时候，她不得不抬头，静默了好一会儿，对着他的眼睛，终于找回自己的声音，她尽量平静地说："多谢顾总关心，我还好！"

顾风离紧紧盯着那张漂亮的脸，道："那就继续吧，撑不住的时候说一声。"

乔以陌一愣，有点不解。

顾风离却不说了，站起来似乎要走。

乔以陌有点着急，"你什么意思？"

顾风离脚步一顿，看着她，然后道："什么什么意思？"

"撑不住你有办法？"乔以陌盯着他的眼睛。

"想知道？"他语气有那么点……暧昧。

乔以陌竟没有听出来，因为她也没有看他，微微低了眸子，感觉很是疲惫，真的有点撑不住的感觉。

"请教问题不看着对方的眼睛，乔以陌，你太不虚心了！"顾风离的声音又低沉地飘来。

乔以陌立刻抬眸，对上他的眸子，有点被指控的尴尬，还没反应过来，只听到顾风离盯着她的眼睛一字一句地缓缓说道："潜、规、则，听过吧？"

猛地一僵，乔以陌的脸色瞬间苍白。

顾风离微微眯起了眸子，倒不像是开玩笑的样子。

乔以陌愣在那里，半天说不出一句话。

顾风离的面容没有丝毫变化，等了良久，站起来深深地看了她一眼，转身大步离去。

第二天上班的时候，乔以陌的精神很不好。昨晚，她失眠了！

刚进办公室不多久，突然来了一个女孩子，手里捧着一束鲜花，问："哪位是乔以陌小姐？"

那束鲜花是红艳艳的玫瑰，大红得如血一般绚烂。

听到找她，又飘来花香，乔以陌、部长，以及其他几位同事都抬起头看向门口。

乔以陌十分惊恐，愣了半天才小声道："我是！"

那送花小妹道："有人给你订了鲜花，乔小姐，请签收一下吧！"

"呃？"乔以陌呆住。

不只是她呆了，办公室里的所有人都呆了。

在云海这种县级市，送花这么浪漫的事并不多见，且送到了办公室，更是少见。乔以陌这下还真是风光了！

几个女同事对看一眼，彼此耸耸肩，眼神既羡慕又嫉妒。

乔以陌很快签了字，却百思不得其解谁送的，赶紧问了句："有名字吗？"

"没有。客人打电话订的。"

"那有电话吗？"乔以陌又问。

"客人说不能透露他的电话，不过是位男士。"

乔以陌再度傻了，究竟是谁给她添乱啊？

送花小妹一走，赵琳问她："小乔，行啊，被阔少爷看上了？哪里的公子哥啊？"

乔以陌捧着花，尴尬地笑笑，顺手把花放在桌上，心里想着，谁会知道她在这里上班呢？才来三天，而且送的还是玫瑰花，这不是整她吗？这么想的时候，顾风离的脸在脑海里一闪而过，还有那双别有深意且锐利的眸子。恰好此时，窗外走过一个身影，正是顾风离！

高大的身影走进来，眉目沉静，英俊清朗，一件妥帖的灰色衬衣，勾勒出完美的身形，一只手垂在身侧，另一只手握着手机，姿态慵懒，脸上似乎带着一贯的漫不经心，但是又不会让人觉得不受尊重。

他进来后，刘部长立刻笑脸相迎，"顾总，您怎么亲自来了，有事吩咐？"

"通知下午开会，市场部全员参加。"顾风离沉声开口，"缺席不到者按迟到扣全勤奖。"

"好的，我马上打电话通知各部门。"刘部长赶紧执行任务。

顾风离说完，瞥了下屋里的人，才发现赵琳和王亚樵一起看向他，而乔以陌正低着头似乎不敢看他的样子。

赵琳也许是仗着自己年长几岁加之老公有点地位，自己也不要求进步，无须那么恭敬就开起了顾风离的玩笑，"哟！顾总，您今儿个怎么这么闲，亲自来我们这里，打个电话直接安排不就行了？"

王亚樵也调侃顾风离，"就是，顾总，今儿个哪阵风把您给吹进来了？"

顾风离也不拘谨，嘴角微弯，带着若有似无的笑意，那双眼睛往她们这边一扫，同样开起了玩笑，"这不是你们两位大姐太美了，弟弟我在楼上太想念两位姐姐了，就下来了呗！"赵琳瞥了一眼乔以陌，眼神犀利地看向顾风离，"顾总，你这哪是想我们啊？我们这都人老珠黄的了，叫男人们看都不愿意看了。你想美女是真，看我们未必是真吧？"

"就是，我们这里来了大美女，又年轻又娇嫩，这几天来的人可多了，都来看小乔，顾总也把持不住了吧？"王亚樵和赵琳一唱一和地调侃顾风离，也不怕得罪他。

乔以陌一听到自己的名字，顿时诚惶诚恐起来，头垂得更低，装没听见。

"我说你们这几天工作效率怎么这么高，原来是美女效应啊！"顾风离幽默风趣地跟大家开起了玩笑。

从乔以陌的角度看过去，顾风离那张侧脸当真是完美无缺，夏日的阳光从窗外照进来，好像都洒进了那双眼睛里，眼底都是细碎璀璨的光。

他嘴角微翘，眼神却又犀利无比。他一个侧目，对上乔以陌的眼睛，惊得乔以陌赶紧别开眼。

顾风离看到了她桌上的玫瑰花，目光一凛，朗声道："玫瑰花啊，可真漂亮！"

"顾总你是说人漂亮还是花漂亮啊？"赵琳酸味十足地说了句。

"花美人更美！"顾风离是话到嘴边，信手拈来，十分得心应手。

乔以陌心想，这花八成是顾风离送的，除了他，谁还会这么陷害自己啊？

而此时，他那双眼睛亮若星辰，看过去的时候却是眼底一抹凌厉，但，他却笑了，微微眯起来的眼睛里夹杂着寒冰，竟是威严十足，看得乔以陌心漏跳了一拍。

顾风离很快回到了自己的办公室。

玫瑰花摆在桌上太扎眼，进门看到花的人几乎都会问一句，"谁送的花？"

乔以陌不知该如何回答，于是赶紧把花放在桌下，可是，居然还有眼尖的，低头专门看她桌子底下，比如前两天跟她吵架的那个穆斐，说话带着刺，"哟！这是什么味道啊，这么香啊，听说秘书部来了一只小妖，我来看看是不是狐狸精。刘部长，你看到没有？"

刘部长闻言抬起头来，"你小子今天没去跑业务？"

"这不是顾总一声令下，把咱们都给召回来了嘛！"

"听说刚来的那只小妖把顾总都给迷惑了，是不是真的啊？"穆斐说完还朝乔以陌的方向看了看。

乔以陌心惊，这话里有话，她也不是不懂，抿了抿唇，眼底闪过一抹苍凉。嘴巴长在别人的脸上，想说什么随便吧。低头看了眼时间，十一点半了，等下她要回自己的出租屋做午饭吃，而此时，办公室电话响了。

只听刘部长恭敬地说道："顾总，哦，好的，您放心吧！我一定安排好！"

放下电话，穆斐好事地问了句："怎么？什么人要来？中午要招待吧？"

刘部长只是笑笑，没回答。

穆斐撇了撇嘴，似乎很不满意刘部长的保密，但是也没说什么就走了，走的时候眼睛又朝乔以陌看了看。

刘部长等穆斐走了，这才道："小乔，今天中午你别回家了，就在楼下买点吃的，在办公室值班，有事我也好找你。"

"哦！好的。"乔以陌点头。

刘部长说完打了个电话好像是订餐，标准和档次很高呢，订完餐，刘部长就先走了。

十二点后，几乎所有的员工都走了，只留下了值班的，乔以陌等到大家都出去吃饭，才抱着那束玫瑰花偷偷地丢进垃圾桶里，长嘘了口气，准备下楼，一回头发现顾风离正用一双鹰一般的眼睛盯着自己。

乔以陌一愣，招呼都没打就进了办公室，而顾风离也跟着走了进去。

"那么漂亮的一束花，丢进了垃圾桶，真是太可惜了！"顾风离的声音阴飕飕地从背后飘来。

乔以陌有点懊恼，本来想下楼买吃的，结果被顾风离惊了下居然回到了办公室，而他还跟着进来了。她回头，忍了又忍，结果还是忍不住说道："你想整我就直接整，不用花钱买那么贵的花，为我破费太不值得了。"

顾风离微微一怔，眼中闪过一抹复杂的情绪，继而扑哧乐了，"你不会以为花是我送的吧？"

"难道不是你吗？"

顾风离再度笑了，笑容放肆，透着一股妖凉，让人不寒而栗，"能让你第一时间想起我，这是我的荣幸，不过我现在有事，没时间跟你讨论这个问题，今晚八点，广场见，咱们继续讨论讨论这束花到底是谁送的。"

下午三点，鑫灏云海分公司大会。

会议室在八楼，基本全员到会，除了两位请假的。

乔以陌发现，几乎所有人到会场都是选择坐在后排，似乎极其不喜欢这种会议。后面坐满了，后来的人才陆续坐到前面。

耳边充斥着细碎的喧哗声，看了眼外面刺目的阳光，这是她到了新单位参加的第一个全体会议，不知道顾风离要讲些什么。

乔以陌发现所有的女同事，尤其是年轻的，个个都精神抖擞，甚至有的还化了淡妆，个个都很兴奋，仿佛在期待着什么，只是她们眼里的兴奋还是有点奇怪。

几个中层负责人也都来了，坐在主席台上，最中间的那个位置是顾风离的，但是他老人家到现在还没来。

不多久，顾风离终于来了，他步子坚定，面容坚毅，几乎是面无表情地走上主席台，面朝大家坐下来。

乔以陌从来没有见过这样的顾风离，他以一种前所未有的清俊姿态出现，五官如雕塑，透过窗户照射进来的阳光打在他侧颜上，鼻翼投下一小片拉长的剪影，深邃，略显迷离，却更加清俊。

顾风离坐下后，视线几乎没有什么感情地扫了一眼全场。

会场顿时鸦雀无声，几乎在一瞬间所有人都看向了顾风离，当然眼睛瞪得最大的要数女人了！

他动了动话筒，俊美的脸上似乎透着丝丝青白之色，那般森冷，只让人觉得异常诡异和阴寒。

接着他沉声开口："今天把大家百忙之中召集到会议室，只强调两件事！"

同时他语调一沉，继续道："第一，业绩决定升迁，旁门左道少走，重心放在工作上。第二，除了出去洽谈业务者，其余员工中午不得饮酒，违令者禁止加薪和升迁。"

几乎是同时，听到很多人似乎呼吸都粗重了些，乔以陌从会场里闻到了浓郁的酒味。

"公司最近频繁接到一些投诉，说我公司员工四处勾结，破坏集团利益。"他话一说出口，下面鸦雀无声，甚至台上的几个中层脸色都微微改变。

顾风离说到这里，身子正了正，眼神犀利地带着异常浓重的压迫感扫向全场，然后毫不客气地开口，音质清洌，"过去，既往不咎，未来，如若还有类似投诉，严惩不贷！"

话说完，他站了起来，沉声两个字："散会！"

整个大会，只用了五分钟，简洁明了得让人心惊。乔以陌以往听说开会都是老太太的裹脚布，亲自经历了才知道传言是多么的不真实！

顾风离第一个离开会议室，接着中层领导和其他同事也陆陆续续走出去。乔以陌跟在刘部长身后最后离开，下楼的时候还听到有人骂骂咧咧地抱怨："真是神经病！"

傍晚的时候，突然下了一场雨，五月的雨淅淅沥沥的，颇有浪漫的气氛。

晚上七点钟的时候，乔以陌就开始频繁地看表，虽然她已经下定决心不会去赴约，但是还是紧张得不行。

八点十分的时候电话突然响了，乔以陌吓得心都跳出来了，不会是顾风离吧？

结果，一看电话，是个陌生号，她顿时松了口气，接了电话，轻声道："喂！哪位？"电话那边传来一道清朗的男声，有一丝丝熟悉感，却想不起哪里听过，只听到对方说："你的情人！"

乔以陌皱眉，懊恼，这就是个骚扰电话，她刚要挂了电话，只听到对方哈哈一笑问："乔以陌，喜欢我送的花吗？"

握住电话的手一下僵住，"是你送的花？"

"当然是我！"

"你是谁？"乔以陌冷漠地开口。

只听到电话那边传来一声嗤笑："乔以陌，你真够有意思的，记性这么差，当初那么绞尽脑汁想爬上我的床，如今翻脸就不认账了啊？"

错愕一愣，脑海里闪过另外一张同样俊逸的脸庞，乔以陌停顿了半晌，讷讷地问道："车明剑？"

"还好，还记得我的名字！回答我，喜欢我送的花吗？"

乔以陌此时才知道自己错得有多离谱，回想起顾风离嗤笑她时的样子，瞬间感觉脸上热辣辣的，如火中烧。

可是电话那边的人还在等她说话，她于是很冷淡地说道："对不起，我不觉得我们是可以送花的关系，车先生请您自重！"

"乔以陌，自重什么？我未婚，你未嫁，窈窕淑女君子好逑，我喜欢你追求你，就算到天边我也不犯法吧？"

"你！"乔以陌气得不知道应该说什么。

"我打电话是要通知你，这周末我会去云海看你，记得到时候留出时间来陪我，我们共同了解了解，也许以后没准就成了一家人。"

"你有病啊？"乔以陌真是没见过这么自大的男人。

"对，我有病，而且是相思病！非要见到你才能治的相思病！"

"请你不要再打电话，我真的不认识你，再见！"说完，她砰的一声挂了电话。

车明剑没有再打过来，乔以陌却坐不住了，自己真的误会了顾风离，她很心虚，看了看表，快八点半了，不知道他还在不在广场。

乔以陌不知道自己是出于一种怎样的心情，她竟抓了一把格子伞毅然决然地跑去了广场。

雨一直在下，路上行人很少，到达广场时，八点四十五分。

她气喘吁吁地搜寻着，在离路灯最远的一个休息椅旁边，一个身影突然闯入了她的视线。乔以陌一下怔住，脑海里不知道怎的就冒出了那句诗：无边细雨密如织，犹记当初别离时。

顾风离，就这么孑然而立，在一片细雨中。

天边细雨淅淅沥沥，他伞都没打，就站在那里，垂手插在裤袋里，淡定如雕塑。寂静中，他似乎很享受这样的淋雨，却又似乎在想着什么，细雨如织，整个画面充满了孤独萧瑟感，而他，仿佛天地间，只有他一人存在。

乔以陌不得不承认，顾风离这个人有太多面。而这，又是他的哪一面？

她举伞走了过去。

顾风离发现了她，只是静静地看着她，没有责怪，没有戏谑，只是说了一句："比我想象的时间，早了！"

乔以陌的心在那个瞬间颤抖如风中树叶。

"顾总！"她轻声开口，伞送到了他的面前。

他没有接，只是低头看着她，乔以陌有点尴尬，雨不大，但是学环境工程的人，还是知道的，在如今大气污染相对严重的时代，淋雨不是什么好事。

一把小伞，遮住了两个人，而她，和他，齐聚伞下。

她纵然十分尴尬和窘迫，还是忍不住低头说："顾总，对不起！花的事，是我误会了！"他耸耸肩，"这么说，你已经知道是谁送的花了？"

乔以陌一怔，眼中闪过一抹微光，那个车明剑只怕跟顾风离也是认识的吧？她摇了摇头，轻声道："我很抱歉误会了顾总，对不起！"

再度道歉，并且微微鞠躬。

顾风离眸子一紧，俊脸上透着一丝说不出的压迫感，"我在问你，谁送的花？"

"既然不是你，那就跟你没有关系了。伞给您，我先走了。"她把伞递过去，觉得于公于私都不该让顾风离淋雨，于公，他是她的上司，于私，今天她误会了他，自然该道歉，伞也给他吧。

可是，顾风离并不接伞。

他看着她，只说了一句话："我今天很累！"

乔以陌心里一抖，两人面对面站在同一把伞下，细雨密密如织，乔以陌跑出来穿的是帆布鞋，才勉强到他肩膀那里。

他的眉宇间似乎真的弥漫了一丝难以言说的疲惫。

他也会累？！

乔以陌不禁腹中冒出这样的疑问，纤细的眉宇皱了皱，似乎带着点疑惑。

"我也只是个普通的男人，自然会累，我又不是机器人！"他突然的开口让乔以陌一下心惊，他怎么知道她心里这么想的！

可是，他们目前的关系也不到互相诉说压力的地步吧？

"顾总，已经很晚了，累的话，就赶紧回去休息吧！"乔以陌一边说一边握紧了雨伞的把手，有点紧张的时候，不自觉就会多点小动作。

顾风离目光落在她的脸上，说："可是我现在想赏雨，不过这里不是好地方，跟我来。"说完，他突然抓住她的手腕，一把抓着伞，带着她上了停在广场边上的车子。

乔以陌还没来得及反抗就被他塞进了车里，她错愕，顾风离已经上了车，并且把伞收起来，放在了后座上，发动车子，一溜烟地开了出去。

她心想，罢了，既然出来了，就一次性说清楚，省得大家以后见面尴尬。

她没再开口，侧脸看向窗外，车窗上映出她慌张的小脸还有他坚毅的侧脸，这个男人真不是一般的帅，而且这样年轻就当了总经理，上天给了他好长相，还给了他好工作，真是没天理。

正恍惚，只听到他说："想看我可以转过脸来，绝对比车玻璃上的清楚。"

"我才没有看你。"她马上矢口否认，出口之后，又顿时觉得自己的回答有点此地无银三百两的味道，真是太傻帽了。

她的脸上一下子热辣辣的。

顾风离不禁笑了，他笑时，只是嘴角微微上扬，牙齿一点未露，有些含蓄却又不做作，真是无比的诱惑。

车子直接开到了云海外环的一处僻静处，停在这里可以看山看水。

车子停下后，顾风离解了安全带，突然凑了过来。

他一靠近，乔以陌惊得心都要跳出来，"你……你干吗？"

只见顾风离的视线一眨不眨地望着自己，远处微弱的灯光映射过来，他漆黑的眸子闪烁着点点细碎的光芒。

这样近的距离，近到乔以陌仿佛忘记了呼吸，眼神不自觉地恍惚了。

而顾风离显然不打算放过她，再度凑近了一些，乔以陌吓得连连后退，最后只能靠在副驾驶的车门上。

顾风离一只手搭在她这边的车窗上，另一只手搭在她身后的椅背上，定定地望着她，似乎想了一会儿，又深深地吸了口气。一刹那，心念电转，微微勾起了唇，然后慵懒地开口："嗯，就是这个味道……"

乔以陌陡然心慌。

顾风离又道："留在记忆里……似乎……越来越清晰……"

乔以陌吓得脸色惨白，低声道："顾总，请你不要这样。"

"哦？不要哪样？"顾风离修长的手指轻轻敲击着车窗的玻璃，那修剪整齐的指甲精致得让人叹息。

"顾总，以后我只是公司一个普普通通的小职员，您位高权重，前途无量，请不要再跟我开玩笑，我受不起，也不想被人误解。"

"误解？"他嘴角一翘，开口道："什么误解？"

"顾总您知道。"乔以陌低声回答。

"我真不知道。"顾风离耸耸肩，又往前凑了一点，距离近得只有十公分了，"我没跟你开玩笑，我觉得我挺认真的，不过有一点你说对了，我的确是前途无量！"

"祝您高升！"乔以陌有点尴尬，再往后退也没地方了。

顾风离眯起眼睛，深眸透出几丝慵懒，打量着乔以陌。白皙的皮肤，五官精致，颈子修长，锁骨很性感，几缕发丝垂在胸前，跟着前胸的浮动而颤抖。

再然后，他庞大的身躯突然又靠近了一点，五公分的位置，彼此的喘息迅速蔓延成一片。这样近的距离，让乔以陌原本所有的慌张都绷紧却在最后崩断，她随即镇定下来，慌乱过后的眼底是轻蔑和挑衅以及倔强，"顾总，您似乎太心急了，跟我一起来的新人也挺漂亮的，您是都想单独聊聊吧？不是玩笑，是某种特殊爱好吧？"

顾风离倏地挑眉，一只手突然捏住她的下巴，眸如点漆，凝视她的时候，有种冰冷刺骨的感觉。他说："乔以陌，我最近一直单身，没有女人，生理得不到解决，很容易动怒的，千万别激我，否则我可不保证我会对你做出什么事情来。"

她不知道从何而来的勇气，迎上他的目光，轻声道："顾总，装模作样太久，人是会累的。"

他一手捏住她，"装模作样的女人是你，乔以陌！"

说完，他猛地吻上她的唇。

他的吻来得太过突然，突然得让乔以陌错愕，惊慌再度袭来。

可是，她不能这样，她不能冒险，她深知这个时候推开顾风离，他只怕会对自己更感兴趣，倒不如顺水推舟让他反感，从此不再纠缠。

她在心里告诫自己，眼前的男人高攀不起。

他的吻波涛汹涌，她被吻得几乎要窒息。

他的舌尖滑进她的口中，唇齿相交间，她不由得发出迷乱细微的声响。

五月，并不冷，隔着薄薄的单衣，顾风离清晰地感受到她胸前的柔软在渐渐升温，而她没有任何迎合，只是发出一点声音，他就浑身如被点火。

骨节分明的手指，顺着她的身体，滑落。不轻不重的力道，让乔以陌再度情不自禁地发出一声低吟。

她眉头一皱，想到自己刚才所想，仿佛下定决心般，双手勾住他的脖子，紧紧地贴住他的身子，然后加深了这个吻。

乔以陌的这个举动太让顾风离疯狂了，他更加用力地抱紧了她，与她抵死缠绵。

乔以陌提醒着自己，不可以迷醉，不可以的！

直到他终于气喘吁吁地放开她，她才附在他耳边沙哑地说："如果这就是顾总想要的，那么今天晚上我就满足你，也好见识一下你跟别的男人有什么不同。当然，顾总也要承诺以后要保护我在办公室里不被任何人欺负，那样的话，我愿意跟你潜规则。"

话一说完，那个紧紧抱着自己的男人，倏地停止了一切动作。

顾风离抬起头，冷漠地注视着眼前的女人，倏尔，他微微一笑，语调暗沉地问："你经常跟男人上床？"

乔以陌心底悲怆，嘴角却噙着一抹讥诮，伸手扯住他的衣襟，手指挑逗似的抚过他的喉结，"那么顾总，你很在意这个问题吗？"

顾风离倏地一把推开她，然后坐回自己的位置，冷睨着她，"我不喜欢衣服随处穿，也不喜欢自己看上的衣服被别人穿！乔以陌，一件衣服被多个男人穿来穿去，即使是貂毛名品也不值钱了，何况还不是貂毛名品！"

乔以陌的脸色未变，只是身子轻轻颤抖，长长的指甲抠进了肉里，抿唇，不发一言。

顾风离冷冷一笑，倏地发动车子离开，雨没有赏成，唇被吻得红肿，还落得一个破烂衣服的名声，乔以陌一路没有再说话。

车子在自己住的小区外停下，她下车，头也没有回，径直离去。

身后，顾风离眯起眸子盯着她的背影，握着方向盘的手青筋毕露。

一侧头，看到那把格子伞落在后座，他眉头一皱，踩了油门箭一般地离去。

Chapter 5

醉酒之夜，寂寞的花朵为谁而开？

第二天，天气依然灰蒙蒙的。

乔以陌顶着黑眼圈上班，今天的她，穿了件白衬衫，领口有花边的装饰，下身一件米色长裤，一双三寸高跟鞋，典型的白领装扮。

顾风离将车开到公司门口时，远远地看到这抹身影进了公司大门，只是扫了一眼，就不自觉放纵自己YY了一把。

她这个样子一点都不性感，可是，他却有把她摁倒的冲动。

可惜，她太随便了！

今天乔以陌来得挺早的，因为她记住了刘部长那句话，秘书部的人要第一个来，最后一个走。

因为秘书部所在的楼层不高，乔以陌已经习惯了走楼梯，顺便还能锻炼身体。正走着，身后突然有一道高大的身影夹杂着冷然的气息从她身旁一刻不停地掠过。

乔以陌一惊，下意识地赶紧往旁边躲了下，才发现走过的身影是顾风离。只见他一步迈了三个台阶，转眼身影就消失无踪。

乔以陌不由自主地叹了口气，心里轻松的时候，却又有点莫名的压抑。

后面又走来一道身影，乔以陌恍然抬头，恰好对上一双含笑的黑亮眸子，

"乔以陌，原来你每天都来这么早啊？"

是亓云峰，顾风离的司机。

她微微一笑，点头，道了声："早！"

亓云峰并不着急走，对乔以陌笑道："怎么样，这几天适应了吗？"

"还好！"

"有人欺负你没？谁欺负你就告诉我，我在顾总面前说他坏话，保证他提拔不了。"

亓云峰说话的语气透着浓浓的关怀，又带着点孩子气，但是，乔以陌不由得心中一暖，摇了摇头，"谢谢，没有。"

亓云峰淡淡一笑，示意她一起上楼。

到了秘书部，亓云峰也跟着她走了进来，双手插在裤子口袋里，也不坐下来，就靠在桌前，低头看着她，淡笑着道："周末我们要去B城，我给你带礼物吧，你想要什么？"

乔以陌有点惊讶。

"B城的鲜花很不错，我给你买一束吧？"

"不用了，谢谢！"乔以陌礼貌地拒绝。

亓云峰听了，却也不尴尬，而是顿了下，问："那……昨天给你送花的那人就可以吗？"乔以陌猛然抬头，对上亓云峰那黑亮的眼眸，有点不知道如何回答他。

亓云峰挑眉笑了笑，"不难为你了，好好工作，我就看着办了。"

"真的不用了，谢谢你！"乔以陌再度道谢。

亓云峰刚要说什么，突然门口传来一道低沉的男声，"亓云峰，不去加油检查车子，在这里磨蹭，你小子不想干了啊？"

乔以陌一听到这个声音就慌了。

门口站着的人正是顾风离，乔以陌低垂下头。

"顾总，我马上去！"亓云峰急匆匆地跑到门口，"那我九点过来接你。"

顾风离很具威严，头都没点，亓云峰就灰溜溜地走了。

乔以陌看了眼时间，才七点半，其他同事还没来。

亓云峰一走，顾风离就走了进来，在打卡机前站稳，低头看着乔以陌。

乔以陌被迫抬头，只见顾风离一咧嘴，笑意森然，"要不要给你买个花瓶，把你插里面养着？"

乔以陌愣在原地，不说话，死死瞪着面前的男人。

顾风离充满侵略性的视线紧紧锁定她，又道："想不想知道我去B城做什么？"

乔以陌又是一愣，眼神有点慌乱。

"也是，对于一个随随便便就把第一次丢给陌生男人的女人来说，根本不会知道什么是怀念。"他留下一句讽刺的话，转身就走。

乔以陌惊慌得止不住颤抖，心里反复地震荡着一句话：该来的，总是会来……

周六一大早，电话就响了。

乔以陌被吵醒，一看电话，居然是车明剑，吓了一跳，赶紧挂断。

结果，不多时，敲门声就响了起来。

乔以陌迷蒙中睁开眼睛，心想大概是隔壁王阿姨，王阿姨喜欢一大早给她送点吃的，只穿了一件保守的睡衣睡裤，就朝门口走去。

打开门的一刹，听到了啧啧有声地叹息："我可真是艳福不浅啊，居然会见到如此私密的一幕！"

乔以陌的睡虫一瞬间被赶跑，瞪大眼睛，就看到车明剑站在门口，她几乎是下意识地伸手就关门，只见一只修长的手已经快她一步，伸进了门板内，阻挡了她关门的动作。

乔以陌没有办法，只能拉开一个门扉。

"这么对待情人可是不应该哦！"车明剑在门外哈哈一笑，带着戏谑，"怎么？我的到来没有给你带来惊喜？"

惊吓还差不多。

"你到底要怎样？"乔以陌满是戒备。

"不请我进去？"车明剑大有不让他进门就不走的意思。

在僵持了三分钟后，听到了楼梯上传来脚步声，乔以陌赶紧开门，车明剑却不急着进门，反而在门口磨磨蹭蹭地道："好像有邻居上来了，我打个招呼再进去吧！"

乔以陌赶紧伸手将他拽进来。

门关上，车明剑笑得很是爽朗，"瞧把你吓的，邻居又不是老虎。"

"请你等三分钟！"她要去换衣服，乔以陌转头就进屋。

"急啥？"车明剑却一把拉住她的胳膊，戏谑地开口："别换衣服了，这么聊天就很好！"

"松手！"乔以陌吓了一跳，忙挣脱。

乔以陌的反应似乎有点过度，倒是把车明剑也给惊了下，他反而更紧地抓住了她的手，"干吗这种反应，我又没怎样你。"

"放开我！"乔以陌吓得拍打他的手，却被他力道强悍地握住手腕，挣扎中身上的棉质睡衣突然"嘶"的一声，撕开一条口子。

"啊！"乔以陌赶紧揪着身上的布料，一只手慌乱地掩住胸前暴露的大片春光。

车明剑也没有想到会这样，有点尴尬，但很快就恢复了戏谑的本性，"呃！我可不是故意的，是你这衣服太次了，一扯就破。"

乔以陌脸红得如煮熟的虾米，看来便宜货真的不经穿。

他没再抓着她，反而松开了她。乔以陌这才得以跑回卧室换衣服。

车明剑打量了一圈乔以陌的住处，简单的两室一厅，很小的房子，客厅小得可怜，却被收拾得很温馨。

他在沙发上坐下来，然后拿出电话，玩味地找到一个号码。

乔以陌很快换了衣服出来，看到车明剑已经坐下来了，她直接问："车先生登门造访所为何事？你还是一次说清楚吧！"

"跟我去一趟B城！"车明剑也单刀直入说出目的。

乔以陌一惊，忙摇头，"我不去，请你立刻离开我家，我不认识你！"

"哦？是吗？"车明剑笑起来，"等等啊，我打个电话。打完电话咱们再聊。"

车明剑呵呵一笑，拨了号码。

乔以陌抿唇，忍耐。

只听车明剑对着电话朗声道："风离啊，你猜我在哪里？"

乔以陌一下子惊慌起来，伸手就抢过他的电话，飞快地挂断，她甚至听到里面传来了顾风离的声音，一如既往的低沉，好像在骂车明剑神经病什么的。

"你干吗挂了我的电话？"车明剑根本就是故意的，一脸笑意，"你好像很怕顾风离，为什么呀？"

　　乔以陌也知道自己反应过度了，可是，她刚才的确控制不住自己。但面对车明剑那玩味的笑意，她眸子一眯，把电话递给了他，挺直了脊梁，眼光森然，"你到底要怎样？"

　　"陪我去B城！"车明剑这时站了起来。

　　"我不去！"乔以陌摇头。

　　倏地，车明剑站起来，拿出自己的钥匙挂，晃荡着上面的水晶球，"你不去的话，我就把这个交给顾风离，正好，他也在找当年跟他上过床的女人呢！"

　　乔以陌的心好似被什么揪住了一样，窒息、难耐，她望着车明剑，神色复杂难辨。

　　车明剑将她的反应尽收眼底。

　　短暂的沉默过后，乔以陌终于开口，当年的事，她不承认，谁也不能奈她何，"随便你吧！"

　　"哦，看来你是不怕被顾风离知道了！"车明剑又笑，"还是你原本就想被他知道？"

　　乔以陌的手慢慢捏成拳，渐渐收紧，"我不认为我有什么怕被顾总知道的，倒是你，我有什么义务陪你去B城？"

　　"那这个呢？"车明剑从自己的上衣口袋里掏出一张照片，很小，也就二寸吧，像是从彩色打印机上随手打印下来的。

　　她接过去，简单的纸张，却是她不着寸缕被顾风离压在身下的一幕。

　　难道那晚还留下了照片？！

　　错愕，惊愕！

　　乔以陌从来不知道，那晚，居然还留有照片。

　　心，更是被收紧，那样的紧室，难以呼吸，她看着眼前的照片，终于明白，这个世界，其实真的很公平，无论你做过什么，做对的，做错的，最后兜兜转转，都会回到原点，都会有一个结果。

　　她不禁苦笑，"车明剑，你想要害顾风离？"

　　车明剑耸耸肩，"我跟顾风离是好朋友。"

　　"那你这么处心积虑是为了什么？"乔以陌紧盯着他，心中却是百转千回。

　　"我喜欢你啊！"车明剑回答得很直接，"只是当初不知道你是美女，要是知道你这么漂亮，我说什么也不会让顾风离给白白捡了去，如今看到你，还真是有点可惜。"

乔以陌低下头，整理了一下自己的情绪，事已至此，她哭也好叫也好，都改变不了什么，倒不如以退为进。

她微微抬头，再次对上车明剑的眸子，"既然你这么可惜，也找上了门，不如我现在就成全你好了。"

她不喜不怒，眼底尽是凄楚。

车明剑闻言却是大惊，"这么说，你想现在叫我睡了你？"

"你不是可惜吗？"乔以陌面无表情冷声道。

车明剑的神色稍一犹豫，眼底闪过一抹精光，"要是这样的话，我们试试也可以。省得我这么惦记你，天天茶不思饭不想的！"

说完，他一弯腰一把抱起了乔以陌，进了她的卧室。

诧异、惊慌、无助，一下子接踵而来，乔以陌心中想着，糟了，车明剑不是顾风离，这家伙太奸诈了，以退为进这招对他根本不管用。

被车明剑压在了身下，乔以陌的长睫颤抖，却又不甘被这个人这样威胁、耍弄，于是她抬起头来对上他的眸子。

车明剑压着她，仔细打量着，眼中竟多了一抹认真，"乔以陌，你皮肤真好啊，这么白白滑滑的，是个男人都会忍不住的！"

说完，他修长的手指轻轻地摸了一把她的脸，"哎呀，手感真好啊，跟剥了皮的鸡蛋似的！"

乔以陌的心底这才隐隐生出莫名的惊惧。

"其实，我真不在意你跟顾风离之前睡过，怎么样，做我的女朋友吧，反正当初你喜欢的就是我，不是吗？"

乔以陌想起自己当时的确是有想过爬上这个男人的床，那时，她想，第一次给予这样一个面容漂亮身材修长的男人是值得的，更重要的是他能解她的燃眉之急。

可是，却阴差阳错地被顾风离给……

如今，她谁的床都不想上，当初的不得已，已经让她后悔得要死，她认为这一切都是上天对她行为轻浮的惩罚。

车明剑已经低下头来，深邃的眼眸里笑意闪过，在她耳边低喃道："我来尝尝顾风离吃过的点心是什么味道，让他如此着迷，难以忘记。"

乔以陌还没反应过来，他已经低头含住了她的耳垂。

乔以陌惊得推他。

"怎么？你刚才不是说要给我吃的吗？"车明剑眉头一挑，语调暧昧，"这会儿反悔了？"乔以陌刚要说话，车明剑的手机又响了起来。

这急促的铃声缓解了紧张的气氛。

乔以陌松了口气。

没想到，车明剑突然又低头含住了她的耳垂。

乔以陌惊得低喊，"我跟你去B城！你起来，你电话响了，你快接电话！"

车明剑这才从兜里拿出电话，一看名字，又是诡异一笑，道："是顾风离呢，你说我接还是不接？"

乔以陌再度被吓到。

车明剑忽然放开了她，道："洗漱干净，换衣服，十分钟下楼，我的车子在楼下等你，去B城！"

说完，车明剑接了电话，乔以陌只听到他说着就走出了她家的门，"风离哥啊，我啊？我在云海呢，想你了呗，然后就想叫你一起出来吃饭啊……切……你才神经病呢，你在B城啊？那咱B城见面好了！你请我，老子最近没钱……"

B城。

到了B城，乔以陌的心情很复杂，想当初离开时，她恨不得一辈子不要再回来，如今，再次面对这个城市，心里都是说不出的酸楚。她不知道车明剑带自己来干吗。

谁知，车明剑竟然首先带她去买了一身衣服，乔以陌不要，车明剑就威胁她，"不要的话，我立刻把你是那晚的女人告诉顾风离，你看他会不会把你抓走，反正他正怀疑你呢！"

"你到底叫我来做什么？"乔以陌有点忍不住了。

车明剑耸耸肩，"很快你就知道了！"

乔以陌只好去换了衣服，一件短款礼服裙，一件精致的小毛衣罩衫，一双到膝盖的酒红色皮靴，乔以陌走出来时，低着头。

车明剑皱眉："抬起头来！"

乔以陌慢慢将头抬起，露出一张绝色的面容，精致的五官，白皙似雪的肌肤，如水的双眸，温柔的气质，似乎可以激起任何一个男人的保护欲和占有欲。

　　车明剑叹息道："美！真美！看到你，我就想起……"

　　"想起什么？"乔以陌敏感地问。

　　车明剑一怔，立刻回神，哈哈一笑，道："想起之前不该把你让出去！"

　　乔以陌望着他，直觉他要说的不是这个，车明剑身上究竟埋藏了什么秘密，她不知道，只觉得B城，她真的不该来。

　　乔以陌忐忑不安地等待着，车明剑将她安排在酒店后就走了，而她知道，车明剑在隔壁开了个房间。

　　莫名被带到这里，她还真是无奈。打开电视，百无聊赖地看着。

　　B城某酒吧。

　　车明剑进去的时候直觉地望向最深处的角落里，果然，他看到了一个黑色的身影，于是，加快了步子，走了过去，"顾风离，你太不够意思了吧？不等我就在这里喝起来了？"

　　目光微微地抬起，注视着对面已然坐下来的男人，对上车明剑那一脸邪魅的笑容，低沉的嗓音冷酷地响起，"不是不让你来，你又跑来做什么？我想自己安静一会儿不行啊？"

　　"我这是关心你啊！"车明剑一脸好奇地看着顾风离，"你别不识好歹好不好？我从郊城到云海再到B城，可是一心为了你好啊！"

　　"你又想说什么？"顾风离给他倒了一杯啤酒。

　　车明剑双眸里都是玩味，"我说了啊，为了你好！"

　　顾风离眼皮都不抬一下，径直道："你为了我好的时候，基本上都是我倒霉的时候，所以，你还是别为我好了，算我拜托你！"

　　"风离哥！"车明剑笑着低叫。

　　"别叫我哥，你叫我哥的时候，我觉得更诡异，说吧，你到底又想干什么？"

　　"你多久没有女人了？"车明剑知道顾风离不是个随便的男人，但是一个正值壮年的男人整天禁欲，终归不是件好事。明明不是和尚，却过着和尚般的生活，这事搁谁都受不了吧？但是偏偏顾风离就忍了这么多年，唯一一次意外跟女人上床就是跟乔以陌，乔以陌逃走后，顾风离再也没有女人。

　　车明剑一脸好奇地看向顾风离，虽然他知道顾风离内心的苦楚，但是也不能因此而耽误了大好的青春吧？难道是……因为他身体有了毛病？

　　"我的事，你不要瞎操心。"收回视线，顾风离冷漠的目光望着酒吧门口的方向，昏暗的灯光下，却是一张冷漠孤傲的脸庞，那眉宇间笼上一抹复杂，是无奈，是寂寞，是隐忍的思念和对宿命的无言认可。

　　车明剑望着他，张了张嘴，看到顾风离这样子，他也叹了口气，"有些事，往前看，你这样大家都会担心的。"

　　顾风离微微低下了头，再度给自己倒了杯酒，此刻，微微低垂的眸子里不再有犀利和冷傲，也不再有戏谑和狂傲，就是一个孤寂的男人，对着夜色独斟独饮。

　　大家的担心？顾风离的目光剧烈地痛着，担心什么呢？真正担心的人有几个？

　　谁都希望他顾风离就此一蹶不振吧，但，亲者痛、仇者快的事他不做。

　　饮着酒，顾风离希望自己可以一醉方休，可是越喝却越清醒，那蚀骨的痛和恨只能在心底郁积，化成片片愁绪，难以排遣。

　　"风离哥，既然那个乔以陌现在是你的下属……"

　　"我的事你不要插手！"又是冷漠的声音。

　　"你不喜欢她？"

　　"明剑！"

　　"我不是要插手啊，我是说你要是不喜欢，我可不可以喜欢她？"车明剑看着他的眼睛，一字一句地问着，语气里是前所未有的认真。

　　顾风离皱皱眉，竟然摇了摇头，"那种女人，不适合做车家的女人。"

　　"哪种？什么意思？"车明剑有点意外，"你很了解乔以陌？"

　　"太随便！"顾风离给了三个字。

　　"随便？"车明剑有点咋舌，"咋随便了？"

　　顾风离眸子一沉，"总之她不行！"

　　"那我玩玩成吧？我不认真，没准玩了之后我就没兴趣了。"

　　顾风离又是一怔，喝了一大口酒，"你不嫌脏？"

　　车明剑眨巴了一下眼睛，道："我看乔以陌挺好的，要不是有事情逼着，她能走那一步吗？再说当年……"

"当年的事我还没找你算账，你小子再给我捣鼓，我可真怒了！"顾风离沉声开口。

"哥！我错了，我错了还不行吗？"车明剑身子往前一凑，黑亮的眼睛注视着顾风离，玩味地问："我看乔以陌就很好，一点都不随便。"

"车明剑！"顾风离沉下声音，周身散发出冷厉和阴森。

"嘿嘿，我知道了，我不动，我不动乔以陌还不行吗？"车明剑笑得十分奸诈。

但顾风离看着他，却突然冷哼一声，"随便你，你想要的话，我可以帮你做个媒！"

"哥！"这下轮到车明剑大惊了，"你开玩笑的吧？"

"你今天不是说带了女朋友来吗？人呢？"顾风离又问。

"嘿嘿，回家了。"车明剑道，"你又不见人家，我赶着来关心你，没人陪她，当然是送回去了。"

顾风离这时候站了起来，车明剑不解，"哎，你去哪里？"

"厕所！"顾风离淡淡地丢给他两个字，然后迈步就走。

"去吧去吧！"车明剑挥挥手，然后侧身看着顾风离消失在酒吧的转角处，他顿时警惕地看了眼四周，又瞅了眼顾风离离去的地方。

见顾风离没有回头，立刻从自己兜里拿出一个纸包，自言自语地嘟哝道："不知道这东西管不管用！"

说完，把那包东西倒进了顾风离的酒杯里，还晃动了下酒杯。

然后快速地坐好，他一本正经地掏出兜里的香烟，点燃，却不知道这一幕，恰好落在躲在暗处等待他捣鬼的顾风离的眼里。

这个小子！

顾风离无奈地摇摇头，去了洗手间，回来时车明剑正拿着杯子，见到他回来，立刻举杯，"我敬你啊！"

"帮我再去要两瓶百威，今晚不醉不归！"顾风离没有喝酒，而是抽出烟点燃了一支，抽了起来。

车明剑一愣，马上说："喝了酒再要！"

"急什么，先拿来再喝，一口气喝够，如果我醉了，你带我去酒店。"顾风离靠在沙发上，吞云吐雾，不动声色。

"好吧，我去给你拿，不醉不归！"车明剑说话的时候视线特意瞥了下桌上的酒，确定都有标记才离开。

这个眼神自然没有逃过顾风离的眼睛，只是他刚走，顾风离就抓起酒杯，把酒倒在了沙发下面，然后从桌下拿出一瓶啤酒，倒入杯子里。

动作很快，快到车明剑走了一半回头时，就看到顾风离坐在沙发上吞云吐雾，一副慵懒的样子。

再回来，两人举杯，顾风离一口气喝下自己倒的那杯酒。

凌晨一点，乔以陌刚洗漱完，正准备休息，就听到有人敲门。

她赶紧又换了衣服，有了早晨的经验，她已经怕了那个车明剑，于是换好衣服才去开门。果真是车明剑回来了，满嘴的酒气，指着她道："乔以陌，你去隔壁睡，我不喜欢那间房，我要跟你换房间。"

"你……"乔以陌刚要反驳就被车明剑打断，"你什么你？要不咱们就一起睡？"他凑了过来，一把抱住她的身子，然后将头搁在她的肩膀上，"乔以陌，你别一副谁都欠了你的样子，这世界他妈苦命的人多了去了。"

乔以陌错愕，她没有惹他啊，怎么莫名其妙跟她说了这么一句话。

"乔以陌，顾风离比你苦命，你若敢对不起顾风离我跟你玩命！"车明剑说完，就一把将她推了出去。

乔以陌瞪大眼睛，她真的被他推出了门外？

她愣在门口，不知所措，不多时，门又拉开，"我让你去隔壁睡，听到没有？你身份证我扣留了，现在出去，也没地方收留你，你好自为之吧。"门砰的一声又关上了。

的确，她的包还在房间里，空着手就被车明剑推了出来，乔以陌很无奈，只好去了隔壁。

当她走进隔壁房间，却惊愕地发现，有个男人躺在床上。

乔以陌瞪大了眼睛，彻底呆住。

那人，竟是顾风离！

她本能地想要逃走，可是，床上的男人突然爬了起来，似乎要吐，他飞快地往洗手间跑去。乔以陌吓得躲到一旁，好在顾风离因为醉酒并未看到她。

果然，卫生间里传来男人的呕吐声。

她皱眉，又想起那晚，也是同样的一个夜晚，进了房间，发现床上躺着的男人不是车明剑，而是另外一个男人，那个男人眉头紧皱，吐过了之后回来看到她，突然紧紧地抱住她，呢喃着什么，再然后她想逃都逃不掉。

而今天呢？

这就是车明剑的目的吗？

叫她跑来陪顾风离？

不！

她凭什么要被别人玩弄于股掌之间？

然而，她刚要走，洗手间里突然砰的一声巨响。

乔以陌吓了一跳，好像是什么摔倒的声音。

她犹豫了下，走到门口，从门缝里看过去，果然，顾风离躺在地上，竟睡着了！而他的嘴巴上，还有牙膏的沫沫，像是吐过了，然后刷牙。

这个男人还真是奇怪，醉到这个程度了，吐了还知道刷牙？

又看看地上，果然有摔了的口杯和牙刷。

她看着他躺在地上，想走，又被他紧皱的眉头蛊惑，一时站在门口，低低地看着这个男人，竟没有离开。

良久，她叹了口气，蹲下去，把他托起来。

"顾风离，去床上睡觉！"乔以陌喊他的名字。

顾风离微微哼了一声，竟然叫了句："妈，别吵！"

乔以陌错愕，什么时候她变成他妈了？

她真是哭笑不得，好吧，看来是真的睡着了。

于是，她再度道："顾风离，去床上睡！"

"别吵，让我睡！"他又嘟哝了一句。

乔以陌无奈，只好使劲用力抬他，顾风离这时睁开一双醉眼，迷茫里看着抱自己的女子，竟然皱眉，"你不是我妈！"

乔以陌对上他的眼睛，惊慌得想要跑，却被他抓住，他似乎在努力想着什么，然后突然喊了一声："丫头……"

乔以陌心惊，这声丫头，似乎包含了太多的缠绵悱恻之意，喊得人心痛。

乔以陌低头看他，只见他眉宇间都是悲怆，那浓浓的剑眉下似乎有着凄迷，微微上翘的唇角勾勒出的也是悲恸的弧度，一抹绝世苍凉就那样自唇角蔓延出来。

那一刹，乔以陌的心突然就痛了起来，她望着他，想起太多，那是失去人生至宝的悲凉，而她同样经历过。

乔以陌猛地闭上眼睛遮掩住内心深处的酸涩。

不能跟顾风离有任何交集了，这一刻，乔以陌在心底告诉自己。

可是，就在她狠心想要逃脱的时候，却听到顾风离喊，"丫头，我疼！"

乔以陌停下脚步，微微转身，看着他，他闭上了眼睛，很累的样子，眉宇间都是疲惫和伤感，只听到他又说："丫头，别走！"

她的身子瞬间顿住，低头看着这个面容上都是苍凉的男人，轻声道："你也有难过的事吗？"

她不知道他这样的神情算什么，只是，她突然觉得，他这样的神情，让她想起了自己，想起人生最低谷时的自己。

没有回答，顾风离的手紧紧地抓着她的手腕，隔了良久，她才又说："喝多了，好好睡觉吧，一切都会过去的！"

可是，他还是不放手。

"丫头……"顾风离又低低地叫了一声，再然后，他睁开眼睛，对上乔以陌的眸子。

错愕、惊慌再度接踵而至，她看到他眼底的迷离，看到了他眼中复杂的情绪，一瞬间呆在那里，仿佛被抽走了灵魂。

顾风离看着她，眼底一片深邃潋滟的波光，俊美的脸上罩了一层苍凉，却又醉醺醺地道："丫头，别走。"

终于，乔以陌找回自己的理智，唇，不自觉地抿紧，哑着嗓音道："放开我。你快去睡觉。"

"丫头不走吗？"他问。

"嗯，不走。"乔以陌点头。

于是，顾风离竟然乖乖地爬起来，闭着眼睛，任凭乔以陌扶着他往床上走去。

直到坐在床上，乔以陌才看到他唇边的牙膏沫，起身想给他倒水，顾风离却拉住她。

"别走！"

"我去给你倒杯水。"她说。

"哦！你可要回来。"他说。

"知道了。"她保证。

他这才松开她，让她去倒水。

倒了一杯水给顾风离漱口，结果他居然咽了下去。乔以陌惊了下，赶紧说："顾风离，这水不能喝。你嘴里有牙膏沫，快吐出来。"

她手里还拿着个空纸杯，给他吐水用。

顾风离又喝了一口，这次很听话地漱口，吐了。

然后连着漱口三次，他坐在床边，闭着眼睛，也不说话。

乔以陌拿毛巾帮他擦了下嘴巴，说了句："躺下睡吧！"

顾风离不动，她只好托着他的身子把他放倒在床上，然后帮他盖好被子。她想，看来她今天真的得露宿街头了，她可不想再跟他待在一个房间里。

刚要走，手突然被顾风离再度抓住，"不要走。"

原本狂傲而冷酷的俊颜此刻却不再有任何的气势，只余下那浓郁而凝重的痛苦，英挺的眉宇深皱着，那抓着她的手更是用力地收紧，似乎无论如何都不会放开。

"丫头，陪我躺一会儿，好不好？"黑眸依然紧闭着，带着一抹小心翼翼的卑微，顾风离清冷的脸上痛苦慢慢散去，转为一丝甜蜜。

乔以陌一愣，只见顾风离一个用力，把她扯了过来，然后一个翻身，压住了她。

他结实的胸膛紧紧地圈住了她，深情的嗓音在她的耳边低喃地响起，"陪我！我疼！"

乔以陌被顾风离压得几乎喘不过气来，她不得不狠狠地拍了下他的后背，"顾风离，你起来！你放开我！"

"不放！"顾风离沙哑的嗓音里有着坚定的执着，收紧了双臂，冷硬的五官柔软下来，含混不清地低喃，"我疼！"

他这一会儿说了三次他疼了！

"你哪里疼？"她想开口说你放开我，结果话到嘴边却是变成了这句。

"我这里疼！"他说着，抓着她的小手摸到了他的胸口，"疼！"

乔以陌的手如同触电一般。

他的心疼？

因为什么？顾风离这样的男人怎么会心疼？

她狐疑地看向他，发现他闭着眼睛，那剑眉此刻都是褶皱。

"顾风离，疼的不只是你，这个世界，别人也一样会有心疼的时候，只是，每个人都要忍受！"她轻声地开口，不承想，语气竟带了哽咽。

"帮帮我！"磁性的男声在耳边响起，乔以陌闻声惊颤，没料到，下一刻顾风离蓦地张口含住了她的耳朵。

乔以陌一惊，心中懊恼，这个男人根本就是个色魔，刚才装可怜骗取她的同情心，就是为了要非礼她。

乔以陌用力挣扎着扭动着，她不能再一次跟他错误地发生关系了，这不行！

"别动！"他突然抬起一只手把她双手控制住，另一只手开始解她的裙子，一扯拉链，直接把她的衣服扯掉……

Chapter 6

粉饰太平，是我最重要也最可靠的
砝码。

"不！"乔以陌慌了，发出的声音却更像是猫叫。

顾风离此时睁开了眼睛，一双醉眼格外黑亮，他似乎被她身上馨香的气息吸引，一时间竟有些恍惚。

他一睁眼，乔以陌就吓呆了，猛地挣扎起来。

不要！她不要这样，她只想好好上班，好好工作，不想跟顾风离再有任何的交集，倘若她真的跟他怎样了，以后在单位只怕要更惨了。

见她惊慌地挣扎，顾风离高大的身子死死地压住她，他的脸埋在了她的高耸里，而那里，此刻正剧烈地起伏。

乔以陌不知道他到底是真的醉了还是假装醉，醉了酒的男人，怎么会有这么大的力气？她都挣脱不了，最后，只能被他吃干抹净。

而他深深凝望着她的眼神更是让她惊愕，她怎么觉得他根本就没有醉？！

折腾了大半夜，乔以陌才明白他之前说的很久没有女人是什么意义。她很累，很累，全身都像散了架一般。

等到结束的时候，顾风离似乎还醉得不省人事，可是那握着她手腕的手却紧紧地收住不放。

乔以陌吓得一动都不敢动。

不知过了多久，耳边传来沉稳的呼吸声，身边的男人似乎睡着了。

乔以陌试着抽了抽手，居然抽出来了。

她一喜，赶紧下床，然后，小心翼翼地拖着沉重的身子去了浴室，梳洗自己。

而她不知道的是，她刚进浴室，床上躺着的男人，本该是累到极限熟睡过去的男人却睁开了眼，那鹰隼般的黑眸里闪过一抹玩味，有着被喂饱后的满足。

浴室里的乔以陌此时正愤恨地冲刷着自己，那白皙的身躯从胸口往下都是吻痕，奇怪的是，胸口以上干干净净，如此清晰的界限让人忍不住怀疑，那个男人到底是不是故意这么留下的。

头有点痛，乔以陌烦躁地揉了揉太阳穴，该死的，这辈子还不曾这么郁闷过，竟然被同一个男人吃干抹净两次。

那个用下半身思考的动物，让她全身的骨头都像被重组了一般，酸痛不已。

而此时的顾风离正支起头望着浴室的方向，那关闭的门扉里有着纤细的身影，朦胧，看不清，却透着极致的诱惑力。

顾风离的目光深邃复杂，如果她知道自己是清醒的，会是怎样一种表情？原本以为她不在乎，太随便，可是，他睁眼看她的时候，她似乎格外的慌张，惊慌失措的样子让他觉得她好像很害怕他，好像被他发现就万劫不复了一样。而且，她的身体是如此的生涩，对他而言太具有诱惑力，而他，索性也将计就计，反正一切都在他的掌控里。

车明剑的意图他不是不知道，只是没想到那小子这么大胆，居然把乔以陌送到他身边来。不过这里是B城，山高水远，倒也不怕什么。

而他现在想看的是，乔以陌到底要干什么？他一方面期待看到明早起来时她的神情，又有点矛盾，严格说，他不想被女人纠缠。

思及此，他薄唇忽然微微地上扬，似乎已经定了心思。

然后，在浴室的门突然要打开的瞬间，他放下手，躺下，闭上了眼睛。

乔以陌先露出一个头，然后打量了下床上的男人，确定他睡着了后，这才出来，擦干净身子，去换衣服，还好，他没有撕破她的衣服。

把衣服一一穿了回去，乔以陌第一感觉就是要逃。

可是，没有钱，什么都没有，去隔壁敲门，车明剑肯定不会给她开门的，她万般无奈之下，只能去翻顾风离的长裤，从他的裤兜里掏出钱夹，心想，就拿一点回去的路费，他应该看不出来吧？

一打开钱包，一张照片印入眼帘，照片上的人戴着一个宽大的墨镜，遮住了眼睛，露出一张红润的小嘴，挺翘的鼻子，漂亮的鹅蛋脸，长发飞扬。

女人？乔以陌望着这照片，心，突然疼了起来。

虽然看不清楚这女人的容颜，但她却莫名地有一种熟悉的感觉。

乔以陌望着那照片怔了一分钟，深呼吸，抽了两张大钞，又把钱包放回他的兜里，然后套上鞋子，深深地看了床上的男人一眼，转身决绝地离开了。

门一响，床上的男人睁开了眼睛，那一刹，他的唇微微上扬，有点意外，却又似乎格外满意，再然后，他起身，下床。

乔以陌回到家，从电表盒子上拿出备用钥匙，打开门，将自己摔进床里，时间的指针是中午十二点，坐上车时是早晨八点，用了四个小时回到云海。

躺在床上的时候忽然又想起什么，她迅速起身，换了衣服，换了鞋子，抓了个布包就下楼了。

去了云海最偏僻的药店，犹豫着，咬牙，从货架上拿了一盒紧急避孕药，然后赶紧付款，买了一瓶水，按照说明吃了一粒。再低头看自己手里的药盒时，一滴泪竟这样莫名地冒了出来，滴落在眼前，瞬间，视线就模糊了。

深呼吸，使劲儿咬了咬唇，乔以陌慢慢地步行往自己的住处走。真的很累，一点力气都没有，可是，她还是咬着牙一步一步走回来，表针指向下午三点。

到了小区门口，看到一辆熟悉的车子停在那里。

似乎看到她走回来，车里的人赶紧下车，修长的腿从车里迈了出来，乔以陌一滞，停在那里，等待那人走过来。

来人正是车明剑。

他看到了乔以陌，总算是放心了，长嘘了口气，大步走了过来，手里还提着她的包，一开口语气里满是指责，"喂！乔以陌，你真的回来了，你知道不知道，我差点报警，我还以为你想不开。"

乔以陌心平气和地抬起头，望着他，冷声道："我不会想不开，我就算走投无路了，也只会杀人，而不会让自己想不开。"

她说这话的时候眼里闪过一抹锐利，看得车明剑心一震，竟有些心虚，立刻很狗腿地示好，"对了，你吃饭了没有？我还没吃午饭，我请你吃饭吧？"

乔以陌冷冷地看他一眼，唇抿紧，透出的凌厉竟带着肃杀的气息。

车明剑知道这丫头怒了，但他还是笑着，凑过去，"别这么凶嘛……"

"滚！"乔以陌动了动唇。

车明剑头皮一炸，看来这次真是把这丫头惹急了，他的眼睛骨碌碌转了一圈，面对她那样冷漠至极的眼神，竟有点心虚，"咳咳，那啥，我又不是个蛋，滚不了啊！对了，昨晚睡得怎样？"

乔以陌只是无力地看了看他，然后默默无言地抓过自己的包，还有一个袋子，那是去的时候她穿的衣服，话也没有说，转身直接上楼。

"喂！你这个反应是不是有点过度了？乔以陌，你要是生气就骂我一顿好了，你干啥这个表情？"

乔以陌回转身，冷冷地注视着车明剑，一字一句地开口："车明剑，玩人也没有这样玩的，如果你觉得兔子是温驯的，那你一定没有见过兔子咬人的时候。"

"怎么？你想咬我？"车明剑又露出玩世不恭的表情，"来呀，来咬我！"

"我警告你，你不要再出现在我的面前，我不想……杀人！"乔以陌说完，淡淡地转身，离去。

车明剑打了个寒战，"我靠，你居然想杀我，你知不知道成为杀人犯是需要勇气的！"

说着，他跟着她上楼，"话说，你既然有了杀念，肯定是有原因的吧？说吧，你昨晚到底那啥没有？"

他追上来，低头看她，似乎在检视她的脖子，不过不巧的是，顾风离的吻痕都留在了她的胸口以下，脖子上一个都没有。

乔以陌应该感谢顾风离的吻痕没有留在明显处，不然她就糗大了，不过如今听车明剑这么问自己，大概是不知道昨晚发生了什么。

那么顾风离呢？

醉酒的顾风离是不是也不记得了呢？

车明剑还在说："乔以陌，我知道你很生气，但是一次跟两次有什么区别？我可以给你钱的，包括上次还欠你的一半。"

乔以陌陡然转身，视线里如同淬了毒，直接射向车明剑，一字一句地道："你别逼我！"

车明剑又惊悚了下，"没有，我没逼你！"

乔以陌唇边都是落寞，好吧，是她错了！她，从一开始就做错了事，而做错事的人是要遭到惩罚的。

车明剑并没有错，如果当初自己没有走上那一步，没有因为钱而出卖自己的那一夜，那么，现在，车明剑又有什么理由来让自己抛却自尊呢？

问题是，她做过了，且错了，又能怪得了谁？

"如果昨晚就是你带我去B城的目的，我想说你真的很卑鄙！但是，你却让我再度知道什么是耻辱，什么是想忘也忘不掉的耻辱。而我，的确是很贱！我再一次明白了我很贱！谢谢你，让我忘不掉我曾经做过什么，也让我更清醒地知道，人生的平静对于我这样一个女人来说，真的太奢侈了。我现在，没有自尊，没有骄傲，被扒得一层不剩，这样没有尊严地站在你面前，车明剑，这就是你想要的吗？！如果是的话，你做到了，我的尊严，不及一个小姐！我，也不如一个小姐坦荡！"

车明剑一愣，看着乔以陌良久不语。

乔以陌低头，视线有些模糊，深呼吸了下，才淡淡地开口："我只是想要平平静静地生活，怎么就这么难呢？"

她打算忘记，打算忘掉耻辱，怎么就那么难呢？

她无力地垂首，闭了闭眼，然后拿出钥匙开门。

车明剑跟着进去，乔以陌也不管他，无力地倒在沙发上，将身体蜷缩在沙发的一角，单薄的身影此刻显得更加的娇小孱弱。

车明剑看着她，心中明白，自己似乎伤到她了。她的自嘲、她的绝望让他的浓眉不由得蹙了起来，他在想，当初到底是什么原因让她出卖了自己的初夜呢？可是出卖之后，她连余款都没有拿就逃走了。

他没再说话，只是从钱夹里抽出一张卡，"我欠你的，无论怎样都该付给你。"

他把卡放在茶几上，推过去，"密码是六个九。"

乔以陌被这张卡刺痛，她一瞬不瞬地望着这张卡，用极冷的声音说道："拿走你的卡，请你远离我的视线！"

"这不行！"车明剑沉声开口。

"你到底要怎样？"乔以陌终于忍不住，对着车明剑吼了起来，浑身颤抖，那因为一夜没睡留下深深暗影的眼睛看起来是如此的憔悴不堪，"我已经受到惩罚了，你还要我怎样？"

"我不要你怎样，你是这几年来唯一爬上过顾风离床的女人，他有多苦你永远不知道，我只是希望能有个人陪着他，给他温暖给他爱，如此而已！"车明剑看了她一眼，又道："乔以陌，如果他爱上你，你这一辈子都会是幸福的，反正现在你跟他一个单位，你试着去爱他，或许，他也会爱上你。"

"爱？"乔以陌苦笑，"车先生，你不觉得很讽刺吗？谁会喜欢一个拿人生最宝贵的东西做交易的女人？更别说爱了！我自己尚且都嫌弃我自己，又怎么期许别人来喜欢？"

"你不试试，又怎么知道顾风离不会爱上你呢？"车明剑望着她，语气认真。

乔以陌抿唇，贝齿陷入粉嫩的唇瓣里，眼中渐渐湿润，是耻辱，是绝望，是讽刺。

"这是你上次应该得到的，我答应给的，后来找不到你，没想到你回了云海，如果你觉得不够，我还可以再汇给你。"

乔以陌越听越愤怒，却又偏偏一句话说不出，谁都不知道她究竟经历过什么，她因为那一夜失去过什么！不愿意回忆和不愿意提起的伤痛一直如影相随，如今被他戳中痛处，她才发现，有些伤口不是好了，是表皮结疤了，里面却在化脓。

终于，她受不了地低吼："你给我滚！谁稀罕你的臭钱！"

"乔以陌！"车明剑震惊，难道自己又说错了吗？

"你滚！"乔以陌手指着门，"你滚出我的家，我这里不欢迎你。"

说着，她拿起桌上的卡，一骨碌爬起来，塞到他手里，推着他低吼："你给我滚！滚！"车明剑被她推出来，门砰的一声关上。

他站在门口，听到门内传来低低的哀鸣声，而那哭声很小很小，是压制不住的抽噎声，那么无助绝望。他低头看看自己手里的卡，那上面有一片水渍，应该是她的眼泪吧。

车明剑在门口站了半个小时，一直听着那低低的哭声，竟再也没有了勇气敲门，他也在问自己，是不是真的做错了？！

离开的时候，他打了电话给顾风离。

"我回郊城了！"

顾风离语气淡淡的，"嗯，路上小心点！"

车明剑很是纳闷，难道昨晚真的什么都没有发生过？从B城回来的路上，顾风离坐的是他的车子，他的司机亓云峰自己开车在前面走。

车明剑几次都没探出话来，顾风离一直是一副什么都没有发生的样子。

终于，车明剑在电话里又忍不住问他："昨晚……你睡得还好吧？"

顾风离还是那句话，"不太好，喝了那么多酒，一晚上翻来覆去没怎么睡着。"

车明剑心想，要是发现乔以陌的话，顾风离一定会找他算账的，可是他也太平静了吧？他心里没底，于是也没有再问。

"那就这样吧！"他挂了电话。

电话那边的顾风离似乎精神不错，握着电话，竟哼了一首歌。看来，他心情真的挺不错。

第二天周一。

乔以陌穿了一件白色的衬衫，下面一条薄薄的牛仔微喇叭裤，刘海梳了下来，遮掩住她红肿的眼睛，提了包包去上班。

还是七点多点，她就到了公司。刚进公司大门，一辆车子在她身后鸣笛了一下，她下意识地躲开，发现竟是顾风离的车子。

乔以陌身子倏地绷紧。

车子很快停在一号车位，那里是顾风离的专有车位。

车门打开，顾风离从车子里下来，视线犀利地一瞥，精准地对上了她的眸子。

那一刹那，乔以陌突然想起在B城的那晚，他们融为一体的时候，他的那双眸子，深邃而迷离。

她一个心惊，觉得自己立刻上楼躲避似乎不太合适，毕竟他是上司，她不能不给上司面子，于是，她停在那里，很快平复情绪，见顾风离走了过来，她低声道："顾总，早！"

顾风离望着乔以陌，勾起唇，俊美无俦的脸上扬起一抹意味不明的笑，"早，周末过得愉快吗？"

乔以陌一怔，许是做了亏心事，她觉得心虚，只能小声道："还好！"

"怎样，工作几天，对公司有什么意见吗？"顾风离似乎也不打算急着上楼。

这时，亓云峰从车里下来，走到后备厢，搬出一盆绿色的植物，捧着走了过来。

顾风离回头看他一眼，皱眉道："一个大男人家，养什么花？"

亓云峰嘿嘿一笑，"顾总，我不是自己养，是送给小乔的。您看，这是含羞草，我觉得很像小乔呀，小乔有时候笑起来就跟含羞草似的。"

乔以陌心惊，顾风离凌厉的眼神扫过乔以陌的脸，玩味地语音上挑，"哦，是吗？乔以陌笑起来的样子像含羞草？"

"当然了，小乔很容易害羞的，顾总您快上去吧，您挺忙的。"

"我正跟小乔同志探讨工作心得，你小子别打岔。"

乔以陌还敢说吗？她已经领教过了，这里就是龙潭虎穴，一个不小心就被咔嚓了，她自然不敢乱说，只能说："很好，这里很温暖，顾总领导有方。"

顾风离听着这话，皱眉，才几天，这女人就学会拍马屁了！

亓云峰哈哈一笑，"小乔，你是不是怕顾总啊？我跟你说，咱们顾总平时看起来很严肃，其实只要你不犯错误，顾总是不会批评你的，别怕！"

乔以陌的头垂得更低了。

顾风离鹰隼般的目光落在了乔以陌的脸上，在看到那过长的刘海下，那双红肿的眼眸时，微微地挑了挑眉。

"上楼吧！"他说。

然后率先上楼。

亓云峰在后面把一盆精致的含羞草递给乔以陌，"小乔，这是我从B城的花鸟市场买的哦，漂亮吧？送给你！"

乔以陌一听到B城，连忙惊慌地道："不，不，我不要！"

亓云峰有点失望，"别呀，一个盆栽，你看，这叶子很有意思，一碰，它就合上，害羞呢！"

说着，亓云峰就给她示范了一下，那小小的叶子一经手指碰触就会合上。

乔以陌也觉得很神奇，可是无功不受禄，她不能收，只是道："谢谢你，我不会养盆栽！"

"我问过卖花的师傅了，人家说很好养，这花不金贵，放在办公室里就好了，每天看着绿色植物，心情也好！"亓云峰充分发挥自己的三寸不烂之舌的功夫，希望乔以陌收下他的花。

而走在前面的顾风离却突然回头，看了一眼两人，开口道："我的烟忘在车里了，小亓，去给我拿一下。"

"啊？"亓云峰有点懊恼，顾总真是讨厌，他都摸到乔妹妹的手了，多么难得的机会，顾总却让他去拿烟，真是太不是时候了！

亓云峰也没多想，脱口而出："顾总你还是戒烟吧！"

顾风离停在电梯口，沉声道："你活得不耐烦了？"

亓云峰立刻反应过来，连忙说："没，没有，我马上去给你拿！小乔，你拿着花，回头我再告诉你怎么养。"说完，硬是把花塞到了乔以陌的手里，一溜烟跑了。

然后，电梯门口，就只剩下乔以陌和顾风离两个人。

顾风离停在那里，乔以陌一抬头又对上他的眼睛，发现他正一瞬不瞬地看着自己，眼睛异常明亮，似乎藏着一把火，已经接近燃烧的边缘。

乔以陌吓得往旁边一躲，低下头，抱着含羞草进了电梯。

顾风离也跟着进去，没有再说话，只是低头看着她手里的含羞草，不知道在想些什么。

进了秘书部的办公室，乔以陌把那盆含羞草放在自己的办公桌上。一回头，看见顾风离也跟着来到了门口，只听到他忽然开口："乔以陌，周六你去过B城没有？"

乔以陌觉得否认是行不通的，他一查就能查到，于是小声道："去过。"

"哦，去做什么了？"

乔以陌一愣，心都快要跳出来，"没什么，就是去看看。"

"住在凯悦酒店吗？"顾风离精眸一转。

乔以陌心惊，身子瞬间绷紧，几乎是下意识地否认："没有。"

"哦？是吗？可是昨天早晨我从酒店的监控室无意中看到你五点离开的酒店，你确定没住凯悦吗？"顾风离笑，不动声色地问。

乔以陌惊愕，他看监控录像干吗？

顾风离似乎看透了她的心思，于是解惑道："我昨天住凯悦，丢了两张人民币，所以报警了，警察调取了监控录像……"

乔以陌的眼睛都要瞪出来了，他是不是也看到她从那个房间里出来了？

"乔以陌，你好像很紧张，怎么了？"顾风离话锋一转。

乔以陌长长的睫毛垂了下去，微微咬着下唇。

顾风离还在等待，眼神犀利得让人惊恐。

良久，乔以陌突然抬起头来，注视着他的眼睛，问："顾总的钱找回来了吗？"

顾风离笑，语气玩味，"你猜！"

二百元的事让乔以陌无法不心虚，可是，现在不是心虚的时候。

她没有说话，努力装出一副事不关己的样子，但那双眸子里闪烁的惶恐和紧张却出卖了她。

顾风离唇边的笑意加深，这丫头真不善于撒谎，的确是只菜鸟。

顾风离不动声色地开口："其实呢，我也很好奇，为什么那个小偷只偷走两张钞票，我钱包里有两千元现金呢，这小偷真是太傻了，你说是不是？"

"呃……"乔以陌语音一颤，"是，是这样吗？您是不是看错了？也许，也许根本没有丢！"

"不！我这个人记性不错，账目向来都很清楚。"

乔以陌无语，早知道这样的话，还不如砸开车明剑的门拿走自己的包和电话。

"只偷两张你不觉得那个小偷很傻吗？"

"那，警察怎么说？"

"你看起来很紧张！"顾风离再度笑道。

乔以陌连忙否认："顾总，您说话真有意思，我为什么要紧张？"

"唉！"顾风离突然叹了口气，"乔以陌，你说警察何时能抓到那小偷呢？"

"……顾总，这你得问警察。"乔以陌的心提到了嗓子眼，却仍然死鸭子嘴硬。

"其实我只是希望那个从我钱包里拿钱的人能主动还回来，并且解释一下为什么只拿两张，我更好奇的是这个，看来她想偷的不是钱，应该是别的东西。"

"既然如此，顾总为什么还要报警？"一紧张，乔以陌说出心中的疑问，同时在心底狠狠骂了这个男人一通。

顾风离笑得高深莫测，"警察说回去好好看看监控录像，然后抓人。"

那一刹，乔以陌整个人呆住。

顾风离看她那表情，觉得很有趣，又道："如果自首的话，我会跟警察讲讲情，没准就放了她，也说不定。"

乔以陌张了张嘴，最后又戛然抿住，纠结了半晌，一抬头，对上顾风离灼灼有神的黑眸，只见他眨了眨眼睛，笑得更加奸诈，那修长的手指伸过来触碰了下含羞草的叶子，一个简单的动作带着几分孩子气。

乔以陌一愣，再度心虚地低头，她总觉得顾风离似乎洞察了什么，不然他不会跟她说这么多的话，而且还是话里有话。

那么，他那晚到底醉没醉呢？

乔以陌的心陡然又狂跳起来，不过，他没有直接说，她绝对不承认，只能装傻。

挺尴尬的，真是挺尴尬的！

"顾总，您不忙吗？"乔以陌心中兵荒马乱，只想赶紧把顾风离赶走。

"今天不算忙。"他说。

乔以陌低头，抿唇，不说话了。

"乔以陌，你考来这里，我还以为你会躲着我。"顾风离又玩味地开口。

乔以陌犹豫了一下，说道："顾总说笑了，我没有什么可以躲避顾总的。"

"是吗？为什么我总觉得你好像有什么事隐瞒着我，一见到我就想跑呢？"

乔以陌淡淡地一笑，开口："没有的事，您误会了。"

"原来没有躲着我啊！"顾风离垂眸，心情似乎大好，"看来是我误会了，这样吧，我为我之前的误会向你道歉，为表达我的歉意，下班后我请你吃饭吧。"

乔以陌惊恐万分，"不，不用了。"

"这么说，你希望我继续误会着？"顾风离盯着乔以陌的眼睛，"吃个饭而已，我又不能拿你怎样。"

乔以陌迟疑，"不是，顾总，这对您影响不好。"

"我都不怕你怕什么?"他反问,"怎么?同事间,不能吃个饭?"

乔以陌一下子竟不知道说什么了,她又是一阵迟疑。

"就这么说定了,下班后你先回去,我去你住的地方接你。"

乔以陌踌躇,她真心不愿意跟他有丝毫的牵扯,可是他为什么突然要请她吃饭?

而顾风离似乎看透了她的心思,笑意逐渐加深,道了句:"不是这么小气吧?我是真心向你道歉,况且,我们以后还要在一起共事,你不希望一直有芥蒂吧?"

好吧!她妥协了,微微点头,"那我请您吧,无论如何,我都该谢谢您在考试前给予我的指导。"

顾风离眼睛一亮,仿佛很满意,扬了扬下巴,"这点,你的确要谢谢我,不过我还是要说一句实话,你是靠真本事考进来的。"

乔以陌一直紧绷的表情稍稍松弛了些,再也没有比这更能鼓舞人的了。

顾风离刚走到门口,就听到一人恭敬地道:"哎呀,顾总,才七点半不到您就来公司了,您可真是好领导啊!"

一番寒暄后,顾风离似乎并没有把那人带到自己办公室的意思,只是转过身对着乔以陌道:"小乔,把隔壁招待室打开。"

"是!"乔以陌赶紧拿钥匙把招待室的门打开。

他们进去落座后,乔以陌还没走远,就听到顾风离道:"小乔,倒一杯茶过来。"

不多时,乔以陌端着两杯茶送了过去。

只听到那人道:"顾总,您无论如何都得照顾一下,今年形势严峻,出货时间给个宽限。"

"杨总,倘若真的有生产方面的困难,我会考虑的。"

杨总一听这话,瞬间眸子里就燃起了希望,"真是太感激了,我最近愁死了,老担心供应不上,真有点吃不消,不怕您笑话,我最近成宿成宿地睡不着。"

顾风离微微一笑,"公司有刚性需求,合约在,有时候也很为难。不过呢,我也会在一定范围内尽量照顾力扬的生产和生活。"

乔以陌的茶送过来。

"杨总，喝杯茶吧。"顾风离笑着开口，把话题岔开了。

杨总低头看向纸杯里的茶，不由得赞叹，"瞧这茶泡的，真是漂亮！"

顾风离一低头，扫了眼杯子里的茶，果然，那茶水嫩嫩绿绿的，很是漂亮，茶叶一个都没破，还真是泡得不错呢！

亓云峰让乔以陌去给顾风离打扫办公室，乔以陌因为有事找车明剑，找了个理由，躲到洗手间打电话。

车明剑接了电话，"喂！乔以陌，你不会是想通了吧？接受了我的提议？"

乔以陌一听这话就很反感，但是还是不得不开口，"车明剑，我找你，是有事请你帮忙。"

"请我帮忙？"车明剑有点意外，"真是太阳打西边出来了，说吧，啥事？"

乔以陌小声道："那天我从他的钱包里拿走了两百元现金，他报警了，我不想被警察抓走。"

"呃……"一听这话，车明剑皱眉，这事他怎么不知道？算了，还是先套乔以陌的话吧！

于是，他装傻问道："他谁啊？"

"你知道！"乔以陌沉声。

"哈哈，你说的是顾风离吧？"

"嗯！"

"那你们那天晚上到底发生什么没有？"

"没有！"就是两个字，回答得很快。

语速这么快，车明剑顿时就怀疑了，他不动声色地摸了摸自己的剑眉，唇边一抹奸诈的笑，"乔以陌，你撒谎！"

乔以陌被堵得一顿，"没有！"

"实话告诉你，那天我可是给顾风离下了药的，你们要是没有发生点什么，真是见鬼了。"车明剑说得很直白，"说吧，你帮他解决生理需要没有？"

乔以陌怔住，心想这是什么人啊？居然给自己的朋友下药！

长嘘了口气，乔以陌还是否认，"没有！"

"就这样？"

"他吐了，我就帮他收拾了下。"她的语气有点颤抖，却又努力让自己说得斩钉截铁。

车明剑一愣，就这么简单吗？难道那药是假的，不管用？

乔以陌的语气冷下去，"你必须帮我，这是你欠我的。"

车明剑勾唇一笑，"说吧，你想我怎么帮你？"

"你就说那钱是你拿走的，叫他不要报警，我会给你两百元的。"乔以陌抱怨道："那天要不是你，我也不用拿他的钱回来。"

车明剑爽快地道："我当什么事呢，就这点事啊？好，我打电话跟他说。"

报警？！扯犊子吧！这事绝对不可能的！但是，车明剑突然很好奇，那晚一定是有他不知道的事发生，不然依照顾风离的性子，怎么可能一大早就吓小白兔呢？显然，小白兔被大灰狼给吓住了。

"我会感激你的。"乔以陌又道，"你现在就打电话告诉他，倘若我被警察叫走，你也逃脱不了干系。"

"呃……你这是威胁我？乔以陌，做人要厚道！"

"这句话与你共勉！"乔以陌冷声说完，啪地挂了电话，去顾风离办公室帮他打扫。

此时，顾风离正坐在大班椅上，看到她，淡淡地道："去，先给我泡杯茶！"

乔以陌手里还拿着抹布，正准备擦窗台呢。

只听顾风离又道："去洗了手再泡茶，别把灰弄到茶水里。"

而恰恰在此时，顾风离的电话响了。那边不知道说了什么，顾风离眼神犀利地扫过乔以陌的脸，黝黑的眼眸深处释放出华丽的波澜来，语调飞扬地问："哦，你怎么知道我钱包里少了两百元现金的事？不会是小偷告诉你的吧？"

乔以陌整个人都僵了，后背挺直，肌肉发硬，真是车明剑打来的电话，那家伙真的帮她了。

顾风离眼神玩味地看向乔以陌，却是对着电话道："报警？你知道得倒是很详细啊，谁给你透的风啊？！"

乔以陌再度紧绷身体。

"哦！是吗？"顾风离不动声色，反问："你在哪里动了我的钱包？那钱，你用在什么地方了？"

顾风离注视着乔以陌，那眼神，让乔以陌心惊。

车明剑在电话那边道："你是故意的吧？你根本没有报警！"

"对啊！两百块钱多大点事啊，我报警做什么啊？"顾风离说得如此悠闲，"警察已经够忙的了，我为了两百块钱给警察添乱，也太没意思了。"

$\mathcal{C}$hapter 7

亦真亦假，留一抹浅香于心间，红尘相遇，
为你滴落倾城雨。

乔以陌整个人都傻了！

原来顾风离根本没有报警！

那么之前他跟自己说的那些话，是故意的？

他那晚根本没醉吗？

这个挨千刀的男人，根本是耍人！

思及此，乔以陌恶狠狠地瞪了一眼顾风离。却一不小心对上了顾风离那双深邃的眸子，他眨巴了下眼睛，笑呵呵地对着电话道："我早就知道是谁拿走的了，不过是吓吓小白兔而已，没想到真把她给吓坏了。"

乔以陌吓得赶紧别过脸去，别急，别急！乔以陌，你不能慌张，你要稳住！他真的知道吗？

顾风离此时不再看乔以陌，而是对着电话道："好了，就这样吧，我还有事，先挂了。"

乔以陌心中兵荒马乱。

顾风离挂断了电话，吩咐乔以陌，"别给我烧饮水机里的水，我喝自来水！"

"是！"她赶紧逃离。

这时候电话响了，是车明剑的。

乔以陌顿时惊慌，下意识地抬头看向顾风离的方向，只见顾风离别有深意地瞥了她一眼，然后就低头做他自己的事了。

乔以陌挂断了电话，关机！

可是，这个时候顾风离却说话了："小乔，怎么不接电话？"

"呃……不是什么重要的电话。"乔以陌赶紧回答。

"不接电话很不尊重人的。"顾风离说道，"不用因为在我这里就不接，这样我会很有负担的。"

乔以陌垂眸，尴尬至极，很快岔开话题，问："顾总，在哪里烧？"

"就这里。"顾风离指了指自己桌上摆着的烧水用的专用工具。

"哦！"乔以陌走过去，把一切弄好，发现没有地方插电。

顾风离似乎意识到她有疑问，抬头看她，"有问题？"

乔以陌只好道："我没找到插座。"

"哦，在桌子底下。"他往后滑动了下座子，退了一点距离，却没有帮她插电。

乔以陌要是亲自钻到桌子底下去就势必要碰到他的腿，她觉得他根本是故意的。

她站在那里，看看他，等着他继续往后退。

可是，顾风离就坐在那里，也看着她，丝毫没有要动的意思。

僵持了几分钟，乔以陌只好蹲下身子，拿着电壶的插头找插座。左侧手臂碰到了顾风离的腿，她的脸一热，又想起那晚，两个人热烈地纠缠，而今，她要装作什么都没有发生的样子，是如此的艰难。

终于插好插头，乔以陌突然敏锐地感觉到投注在自己身上的探究目光，她抬起头来，与顾风离凝望她的视线对了个正着。

她的身子一颤，腿没蹲稳，往前一栽，碰到了桌子，"哎哟！"乔以陌被撞疼又下意识地往后一躲，结果又没稳住一下撞到了顾风离的腿间，而手因为失去支撑胡乱地一抓，竟然那么巧抓到了他的敏感处。

乔以陌瞬间失语，脸上如火烧，烧到了耳根，手还没放开就听到属于男人特有的一声低吟，"呃！"

乔以陌吓得赶紧松手。

"小心！"紧接着她的肩头被一只温热的大手握住，顾风离的椅子往后一滑，躲开这尴尬的一幕。

"小心点啊！"顾风离一本正经地说道，"这事怪我，刚才你要用电说一声就好啊，你也不说，我哪里知道你要干什么？撞到哪里了？"

顾风离低头检视乔以陌的额头，刚才的暧昧似乎没有发生过一样。

乔以陌却红了脸，赶紧后退一点，"对不起，对不起，顾总，是我太不小心了。"

心中一千个一万个想骂人的理由，到最后只能怪自己太笨了。

"我马上烧水。"乔以陌找了个理由走开了，不敢看顾风离一眼。

顾风离低头瞅了眼自己的腿间，用了三分钟的时间，直到三百毫升的水烧开，他才不再蠢蠢欲动。

不由得有点懊恼，什么时候他这么不经事了呢？

乔以陌脸还红着，终于，顾风离沉声开口："水开了。"

乔以陌心里一惊，赶紧过去给顾风离泡茶。不一会儿，茶的香味就冒出来，直沁入人的肺腑。

"可以了。"乔以陌声音低得像蚊子叫。

顾风离端起桌上的茶水，抿了一口，茶好，泡茶的人技术也很高，味道恰如其分的好。

乔以陌偷偷看了一眼正在喝茶的顾风离，他的表情似乎很享受，面容安宁，俊美的五官完美地组合在一起，那样惑人。这个男人，车明剑说过的，他很苦，可是她真没有看出来他哪里苦。那么苦的人，怎么还有心情捉弄人？

顾风离感觉到乔以陌那偷偷打量他的目光，不动声色，喝了一口茶，然后点燃了一支烟，依靠在椅子上，冷眼睨着窗外，任凭乔以陌打量。

这个小女人很有趣，他倒要看看她如何在他这里一直装下去。

突然，顾风离转过头来。

一刹那，乔以陌有被抓包的尴尬。

"小乔，要不要喝杯茶？"顾风离眉眼含笑。

"不，不用了！谢谢顾总！"如同受了惊吓，乔以陌立刻摇头。

"茶泡得很好，令人回味无穷，乔以陌，你有两下子啊！"

乔以陌被顾风离夸得心里有点发毛，只能讷讷道："您喜欢就好！"

"嗯！我很喜欢……这味道！"顾风离朗声说道，一脸高深莫测的姿态。

"那就好。"乔以陌赶紧回答。

"茶如其人啊！"顾风离突然开口，语气不缓不急，那种音调让乔以陌惊愕，感觉他话里有话。

"技术有待提高，味道却是卓然超群。"顾风离又道。

乔以陌再度惊愕，疑惑地看着他。

顾风离却是笑眯眯地望着她，眼神灼灼。

乔以陌吓得赶紧别开眼，不看他。

晚上的时候，乔以陌先一步回去了。到了家，换了衣服，穿了最喜欢的格子衫、棉布裙、帆布鞋，又恢复了平时的装扮，舒适，单纯。

头发本来是梳起来的，想着跟顾风离吃饭，还是低调点吧，于是长发放下来遮住了半张脸。

等了很久，天都快黑的时候，电话才响起来，顾风离低沉的嗓音传来，"我在你小区门口，车子你认识，上次那个。"

乔以陌"嗯"了一声，抓了个包，就出来了。心想，吃了这顿饭，以前一笔勾销，以后只做同事。

走出小区，果然看到路口停着一辆黑色轿车。乔以陌走过去，伸手拉后面的车门，却没有拉开。

顾风离神情冷淡地开口："坐前面，我不喜欢转头跟人说话。"

乔以陌无奈，又唯恐被熟悉的人看到还以为她跟顾风离有什么关系，于是只能悻悻地拉开了副驾驶的车门，坐了上去。

顾风离不说话，立刻开动车子。

乔以陌很不自在，有些紧张又莫名的压抑，下意识地朝旁边躲避了下，可是，这狭小的车子又能躲到哪里去？

顾风离开口："别躲了，再往外靠，车门都快被你挤坏了。"

她的脸一下红了起来。

顾风离又道："怎么？跟我在一起很紧张？"

"不，不是。"

"那你躲什么？"

"我……我没有！"乔以陌小声回答。

顾风离把车子倒出了巷子，开上了大道，一只手握着方向盘，一只手从后面抓了一个袋子，里面竟是一包零食，直接塞到她手里，"紧张的话，吃点糖果吧，胃里甜了人就会放松不少的。"

乔以陌低头看那里面的零食，奶糖、水果糖、阿尔卑斯、旺仔小馒头，几乎都是小孩子吃的零食。她有点诧异，顾风离还真是奇怪，居然爱吃这种零食。

可是，又突然觉得很温馨，但是手里抱着这个袋子，却没有动一下的意思。

"怎么？怕我下药害你？"顾风离一手开车，一手拧开音响开关，放了一首舒缓的钢琴曲，顿时，气氛缓和了不少。

"不，不是。"乔以陌再度否认。

"那就先吃点吧，已经过了吃饭的时间了。"时间的指针指向七点整，顾风离的车子却是朝着郊外开去。

乔以陌有点讶异，紧张地问："这是去哪里？"

"昌南。"顾风离道。

昌南是隶属于另外一个省的县级市，跟云海挨着，大约五六十公里的路程。

乔以陌愣住了，只怕到了昌南也差不多要八点钟了。

顾风离接着道："昌南的特色菜不少，想安安静静地吃个饭不被人打扰，那里是最好的选择。乔以陌，我觉得你是喜欢安静的人，应该没有异议吧？所以我就自作主张订了昌南那边的饭店。"

"没关系的。"乔以陌赶紧回答，毕恭毕敬。

这人都自己决定了再来问她介意不介意，她还能说什么呢？反正这也是他们之间的最后一顿饭，无所谓了。

她打开了里面一颗阿尔卑斯糖，塞到嘴里，奶油味道的，很甜很腻，唇边一抹满足的笑不自觉地露出。

"好吃吗？"顾风离转头看了她一眼，恰好看到她柔和的表情，不由得问了一句。

乔以陌点点头，"好吃，您要不要来一块？"

"跟我说话不需要用敬语。"顾风离纠正她，然后道："你刚才吃的什么味道的？"

"阿尔卑斯奶油味道的。"

"那给我也来一块。"他说。

"好的。"乔以陌低头给他找，找到后递到他面前。

顾风离看了一眼，没接。

乔以陌一怔，他开着车呢，似乎不方便剥开糖果。

她迟疑了下，"那我帮你剥开。"

乔以陌剥好后，手指拿着糖，递过去，顾风离张口，含住了糖，可是在那一瞬间，他温热的唇也一同含住了她的手指。

乔以陌浑身一颤，如电流袭击一般，惊惧。

"顾总。"乔以陌赶紧低呼。

顾风离慢慢张口松开了她的手指，然后低沉地道："不好意思，吃到你的手指了。"

乔以陌羞红了脸，只能道："没关系。没关系。"

还未等她脸上的红晕褪去，顾风离又道："味道真不错！"

也不知道他说的是糖，还是她的手指，总之，这话，很暧昧。

乔以陌局促不安地坐在那里，红着脸低垂着头。顾风离也不说话了，乔以陌就更不知道要说什么。

一时间，车里只有钢琴曲在静静地流淌。

乔以陌靠在椅背上，把手里的袋子抱紧，好似不抱着什么东西，就没着落似的。

"你想吃什么？"顾风离过了一会儿开口。

"都好。"乔以陌乖巧地回答。

"姑娘，这难办了，世上没有都好这种菜。"顾风离又开起了玩笑。

乔以陌小声回答："你想吃什么，我请你，说好了的。"

顾风离看着前方的道路，笑眯眯地开口："虽然我这个人吧，赚得不多，不是十分有钱，但是还不至于让女孩子请客，尤其你还是我的下属。"

乔以陌顿了下，又道："感谢您是应该的。"

"那就说说你喜欢吃什么吧。"

乔以陌屏息，笑了笑："一切有绿色叶子的蔬菜我都喜欢。"

"你倒是很会养生，怪不得皮肤这么好！"顾风离说的时候眼睛带着一丝迷离之色望着前方的路，想起周六那晚的旖旎，肌肤相贴时的柔软，某处竟不由自主地热了起来。

两人都没有说话。

车子开到昌南市一处旅游区的山中饭店停下，那是一家很有特色的大庄户城，已经订好了房间，所以到了后也没有再排号。

顾风离在前面走，乔以陌在后面跟着，直到进了一个房间，是那种古香古色的小亭子，独成一体，环境清幽，看起来更适合约会。

一个五十多岁的中年妇女笑着走来，手里拿了支笔和菜谱，"客人，今儿个想吃点什么？"

顾风离很客气地说道："你推荐下吧。"

"辣烧野兔，今天刚打的兔子。"

"猎枪打的？"顾风离似乎很感兴趣。

"哪里有猎枪啊，猎枪早收走了，是用网和狗，前面撒网，后面放狗，兔子跑网里的。"中年妇女耐心解释。

"那这网可真够大的！"顾风离笑道。

"可不，不撒网逮不住兔子啊！"那女人也很好笑，"猎物哪里那么容易就钻进套里的，可费力呢！"

"说得是，行，老板娘，就来一只野兔吧！"顾风离问都没有问乔以陌，就径自决定了。

"再来一只小公鸡吧。"顾风离又道。

"就二位吗？菜太多了怕你们吃不了。"

"我们打包。"

"哦！打包好啊，真会过日子，客人是跟老婆出来的吧？"

顾风离笑笑，挑眉问："我们看起来有夫妻相？"

那五十多的中年女子笑了起来，"当然像了，你们一看就是男主外，女主内，小伙子雷厉风行，一脸官相，小丫头秀外慧中，标准的贤妻良母。绝配啊！"

顾风离笑得玩味，瞥向乔以陌。

乔以陌却傻了，她想张口解释，可是一想，两个人大老远地跑来山里吃饭，不说是两口子，一定会被误会是情人。于是话到嘴边，又咽了回去。

吃饭的时候，顾风离也不说话，要了一瓶酒，倒了酒就喝。

乔以陌吓坏了，"顾总，您喝酒没办法开车的。"

顾风离皱皱眉问："你会开车吗？"

"不会！"她老实地回答。

"放心，我只喝一瓶。"他回答。

虽然是这么说，但是乔以陌还是有点着急，"可是酒后驾车不安全。"

"你的命比我的值钱？"

"不，不是！"乔以陌摇头，"我们一起出来的，万一出点事怎么办？"

"不会出事。"他沉声开口，眼睛微微眯了起来，"放心，我酒品很好！"

"还是别喝了！"乔以陌真是担心死了，一是怕酒驾不安全，二是怕他喝醉了，那晚的事她想起来就一阵后怕！

"怕我吃了你？"顾风离握着酒，漫不经心地扬起了下巴，目光如墨，直直地望进乔以陌的眼里。

乔以陌顿了顿，摇头，心中一阵慌乱，"不是，顾总真会说笑，您不是那样的人！"

"哦？那我是哪样的人？"顾风离反问。

乔以陌无语了，不再说话。

"只喝一瓶！"顾风离淡淡地开口，眸子也沉了下去。此时的他，像那天喝醉的时候一样，一脸苍凉。

乔以陌垂眸，他这样的神情，真是让人不知道说什么好，索性就由着他喝吧。

顾风离没说什么话，只是一再点烟，然后看着窗外浓浓的夜色，安安静静，独斟独饮。

几乎没有吃什么菜，下酒菜就是烟。

乔以陌夹了几口菜，就觉得气氛不太对，她偷偷看了看顾风离，寂静里，他手里夹着一支香烟，不疾不徐地抽了一口，那一小撮火头在他的指间燃起，白色的烟雾吐出，明明是无声的，却让人不由自主地想起惆怅之人的叹息声。

这样一个男人，心底在思念着谁吗？

乔以陌清丽的眸敛起，想起那晚他低低地叫着两个字："丫头！"

那一声丫头，不是在叫她的吧？

他这样子，本和自己无关，但是，却让她莫名地心疼，为他这样落寞和寂寥而心疼。

轻轻地叹了口气，乔以陌用另外一双筷子给他夹了一块兔肉，小声道："空腹喝酒伤身，还是吃点东西吧。"

顾风离靠在椅子上，忽然抬起头，注视着她，那一双利目，如黑曜石一般幽深，流光中是深沉的悲恸和沉寂，冷漠且疏离。

他没有吃她夹的肉，良久后，淡淡地垂眸，倒了杯酒，继续喝酒。

乔以陌一怔，没想到他会这样，于是轻声道："您还是吃点东西再喝吧，无论遇到什么事，再苦，也不要亏待了自己的身体。"

顾风离握着酒杯的手一僵，然后倏地抬起眸子，一脸沉郁地看着乔以陌，"乔以陌，那天晚上，是你！"

她脸色一白，身体僵硬，直接否认，"不是！"

话一说完，顾风离就笑了，笑得高深莫测，看在乔以陌眼里却是惊心动魄。

"你知道我说的是哪天？"他说。

"哪天都不是！"乔以陌尴尬地低头，掩饰自己的窘迫和心惊。

顾风离这时放下了酒杯，然后倒了一杯，推到乔以陌面前，"喝了这杯！"

"我不会喝。"乔以陌老实地回答，"我从不喝酒，一杯酒就醉！"

顾风离闻言，眼眸一转，"是吗？"

"嗯！"乔以陌点点头。

"只喝这一杯，喝了以后咱们就只是上司和下属的关系。"他似乎打定了主意，语气十分精简。

乔以陌犹豫了下，她是一杯酒就会醉的人，不知道这一杯酒喝完后，她会怎样，大概会趴下睡着，可是，以后如果只是上司和下属的关系，那么，一杯酒，醉了，也很值得了。

思考良久，她点点头，"好！"

听到她这么回答，顾风离深邃的眸光一凝，"祝你工作顺利！"

"祝您前程似锦！"

一杯酒咬牙喝完，真是辣死了，白酒呢！

乔以陌只喝了一杯，顾风离连着喝了几杯后没再喝，吃了点东西。

再后来，只有十五分钟左右的时间吧，乔以陌就好像穿越了，做的事不太清楚，说的话也似乎不受控制了。不一会儿，她就趴在桌上起不来了。顾风离推了下她，她只嘟哝道："别推我，我想睡觉，好困。"

理智似乎还在，又似乎没在。

顾风离眯起眸子，又倒了一杯酒，走到她身边，托起她的下巴，低声开口："喝了这杯水，才可以睡觉。"

乔以陌皱皱眉，被托起来，睁大迷离的眸子，看着眼前的人影，一张俊脸在眼前晃悠，晃得她一点精神都没有，只想睡觉，她难受地伸手抓着顾风离的手，那杯子递了过来。

"乖，把这杯水喝了！"顾风离又道，语气里带着诱哄。

"哦！"乔以陌听话地喝了一口，立刻皱眉，"骗人，不是水，好辣！"说着，就要吐。

顾风离立刻托起她的下巴，低头就吻住了她的唇，把那辛辣的酒送进了她的口中。

咕咚一声，咽下去。

乔以陌辣得直抽气，"辣！"

"再喝一口！"顾风离将剩下的酒含在嘴里，一低头含住她的小嘴，把酒全部喂进了乔以陌的口中。

咕咚咕咚两声，连着咽了两口，乔以陌被辣得直挣扎，扭动着身子。

顾风离一把抓住她，抱进怀里，低声哄着，"好了！睡吧，不会再吵你了！"

乔以陌皱皱眉头，抬起潋滟的眼眸，迷惑地看着眼前飘忽不定的俊脸，她好奇地伸出手，摸了一下那张脸，咯咯一笑，"真帅！"

顾风离整个人一愣，随即唇边溢出一抹笑意，"胆子很大啊，敢摸我的脸！"

乔以陌又摸摸他的脸，突然难过地说道："为什么跟顾总长得这么像？好讨厌……"

顾风离听到这句话，瞬间怔住，这女人不会是酒后吐真言了吧？

一瞬间，乔以陌觉得身子突然腾空，整个人已经被人抱了起来。

"你讨厌你们顾总？那你知道我是谁吗？"顾风离低头看她，打算把她抱到车子里去。

乔以陌想了半天，摇头，又点头，然后娇羞地开口小声道："我告诉你，你不要跟他说！"

顾风离皱眉，不知道她要说什么，"嗯！"

乔以陌突然伸手勾住了他的脖子，在他耳边低声呢喃，"你长得好像我们顾总哦，千万别告诉他……咯……我胃里着火了……"

她打了个嗝，喷出古井贡的酒气，却又吐气如兰，夹杂着她特有的香气，那热热的气息喷在顾风离的耳边，让他整个人瞬间僵硬。

顾风离贴着她的脸，声音喑哑道："我帮你灭火，放心吧，不会烧到你的胃。"

"真的吗？"乔以陌小声嘟哝道："你没骗我？"

"没有！不会让你胃里起火的，放心吧！"他继续哄骗她。

"你真好！"她小手不由得搂紧他的脖子，在他耳边再度低喃，"可是你的声音……有点像我们顾总哦！"

"你们顾总是谁？"顾风离挑眉，坏坏地问道。

"是……"乔以陌想了想，"是坏蛋啦！"

呃……顾风离从来不知道自己在她印象里这么坏，于是低声问道："他怎么坏了？"

"他……就是很坏！"说完，她趴在他的脖子上，喘息着，嘟哝着，"我好困！想睡觉！"

"我抱你去睡觉好不好？"

"好！"她点点头，额头摩挲着他的脖子，摩挲得顾风离心猿意马。

没再多说，先把她抱进了车里，然后顾风离回来打包，心想半夜醒了一定会饿，就索性带了菜和饭，付账后，他开车到山庄外，这才转头看向身侧的女人。

乔以陌瘫在椅背上，睡得很不安稳，长长的发丝凌乱地盖在她白皙的脸蛋上。

顾风离转身，借着月光打量她的脸。看着那紧闭的眸子，眼底闪过一抹复杂，也许，这是一个好时机，那些疑问也许会问出答案。

于是，顾风离拿出了手机，按下视频功能，对着她的脸，伸手轻轻拍了拍她的脸蛋，"醒醒，回答我几个问题，才可以睡觉。"

乔以陌皱着眉头喊："好困！不要！"

"乔以陌，回答我几个问题，才可以睡！不然我把你丢火里去了！"顾风离又道。

"不要！"她嘟着红唇拒绝，"你是坏人！"

没想到她喝醉了会这么可爱，有小女孩的别扭和倔强，那嘟起的红唇更是诱惑着顾风离的感官。

他低下头，唇凑到她的唇边，低声开口："不回答的话，我会吻你的，吻得你不能呼吸！"

闻言，闭着眼睛的乔以陌突然就哭了，"呜呜，你欺负人……"

顾风离好笑地摇头，"我怎么欺负你了？"

"你不让我睡觉！"她指控。

顾风离继续道："那你回答我几个问题，回答了就让你睡又软又温暖的床，好不好？"

乔以陌摇头，谁知道这一摇头，她的唇就碰触着他的唇，来回刷了一遍。

顾风离一下子情动，低头含住乔以陌的红唇，大手更是瞬间就勾住了她玲珑的身体，哪有心思再问，这一刻，禁欲很久的顾风离在B城尝过她滋味后更是怀念，手，一瞬间就探入了她的格子衫里。

"唔……"乔以陌惊慌地叫出声来。

顾风离的吻就顺着她的脸蛋往下，落在她的脖子上，那温热潮湿的触感一直落在她的脖子上，辗转到了她的耳侧，含住了她的耳垂。

"顾风离！别！"突然，乔以陌低喊了一句。

顾风离倏地起身，低头看她，她闭着眼睛，喊出的话，几乎是下意识的，他刚才几乎以为她是清醒的，但是看到她脸上的表情后，又觉得不像。

他等了良久，探究了良久，才终于确定，那只是她下意识地呼出的话。

只是，这一个下意识，居然叫的是他的名字，这让顾风离很是惊讶，同时也很意外。

顾风离眯起眸子，大手已经覆盖上那对羊脂玉般的浑圆，用那滚烫的掌心握住那盈盈一握的丰满。

"唔！"乔以陌又喘息了一声。

"告诉我，我是谁？"顾风离低声问。

Chapter 8

人生最重要的一次蜕变，是他给予的。

乔以陌哼哼一声，伸手去拉他的手，被人抓着胸很不舒服。

她使劲拉他的手，可是那双手说什么就是不肯放开她，她下意识地感到害怕，身体开始不安地扭动，蹭得顾风离的身体像要燃烧了一般。

"告诉我，那天晚上是你吗？"顾风离开口诱哄着问，"你回答了我，我就放开你。"

"不要！"那是她心里的秘密，下意识里就是谁都不会告诉的，她在一种本能里选择保护自己埋藏最深的秘密。

于是，顾风离换了个问法，"乔以陌，周六那天晚上，在B城，为什么会跟我发生关系？"

这话问出来，本没有想着她会回答的，可是没想到她居然回答了。给了他三个字："不知道！"

顾风离皱眉，"为什么不知道？"

"不知道就是不知道！"她回答得挺干脆。

"那知道跟谁上的床吗？"顾风离有点懊恼，没想到套话还需要技巧，真是太不容易了。

一阵沉默，接着，顾风离用力一握，她身子紧绷，娇声道："是顾风离！"

"为什么不拒绝他呢？"这才是他最想知道的答案。

乔以陌摇头。

顾风离另一只手解开了她格子衫的扣子，一低头，咬了一口。

乔以陌大叫一声，"别咬我！"

"说，不说我在这里要了你！"他的大手一路下滑，移到她的布裙里。

"不！"

"告诉我！"他语气坚定，志在必得。

乔以陌的身体在他肆意地发坏下，已经越来越烫，不安地扭动着，极力抵御着顾风离狂野的攻势。

"说不说？"

"不！"乔以陌难耐地推他。

顾风离的一只手已经伸到她的大腿，把她的长裙撩起来，将她用力地贴近自己，而他的身体也濒临崩溃。

"顾风离！"乔以陌喘息着，语气里有着迷茫和急促，"不要，这是错的！"

"现在知道我是顾风离了吗？"他看着她，知道她此时的意识是混乱的。

"一直都是顾风离！"她低叫。

"一直？什么意思？"

"一直就是一直！"

"那天为什么要给我？今天就不行了？"他语气低沉地问。

"因为……"她小声哼哼，结结巴巴地道，"因为伤心！"

"伤心？伤心了就跟男人上床吗？"他皱眉，有点不解，不能理解她的思维。

"顾风离在伤。"她喘息着小声嘟哝出口。

顾风离眼神一凝，低头注视着紧闭着眼睛一脸春色的女人，眉宇间竟锁了一股淡淡的哀愁，只听到她小声道："顾风离伤心了……"

又是这句话，顾风离的心一刹被震得疼痛，良久，他问："你怎么看出顾风离伤心了？"

乔以陌还是重复着那句话，"顾风离伤心了，疼，他在疼！"

顾风离真是很难理解，他疼，她心软，就把自己给了他吗？

"所以，你愿意用身体慰藉他吗？"

"不想他伤心！"她突然嘟哝着又道。

顾风离错愕，这丫头要不要这么善良啊！

"那会给别人吗？"他又问。

"才不！"她低叫，几乎是下意识地就那么喊出来了。

"为什么是顾风离？"

"不告诉你！"

"你爱上顾风离了吗？"顾风离几乎不敢想这个理由，可是，还是不由得问了出来。

没有回答，乔以陌闭着眼睛。

顾风离的手又是一紧，开始在她身上摩挲，"说话，乔以陌！"

乔以陌没说话，而是搂住了他的脖子，唇贴在了他的脖子上。

顾风离身体一僵，差点控制不住，他捺着性子低叫了一声："乔以陌，你知道不知道你在勾引我？"

乔以陌不说话，只是蹭着他的脖子。

顾风离一只手搂着她，另一只手举着手机拍摄，他要这丫头醒酒后无法赖账，这可是她主动的，怪不得他！

突然，颈上一疼，乔以陌小嘴一张，居然咬住了顾风离的脖子。

"该死！"顾风离低吼一声："松口！"

没有松，牙齿咬得也不痛，似乎没有力气，她只是本能的反应，扭动着身子，咬了他好一会儿，微微的刺痛感袭来，让顾风离险些崩溃。

终于，这丫头放开了他，小嘴呜咽着道："你是大坏蛋！"

"你知道你在做什么吗？"顾风离声音异常的沙哑。

不说话，她的小嘴亲着他的下巴。

他关了手机，忽然出手扣住她的腰，用力往自己怀里一带，低头就攫住了她的唇。

辗转流连，耳鬓厮磨。

乔以陌的气息乱了！

他抵着她的唇问她："今晚跟我回家好吗？"

"好！"她竟然点了头。

他微微抬起脸，在月光下捏起她精巧的下颌，"乔以陌，醒了，你会后悔吗？"

可惜，回答他的却是她沉稳的呼吸声。

太快了！

这丫头居然就睡着了！

顾风离一句话还没有说完，这丫头就睡着了，这叫他情何以堪？他都做好了迎风战斗的准备，哪承想这风突然就偃旗息鼓了！

该死！这个折磨人的乔以陌！

顾风离低头看着她，无可奈何地叹息："幸好你睡着了，不然我顾风离的一世英名就毁在你身上了！"

没有立刻走，因为他也喝了酒，但是，本以为一杯酒喝完，做了决定，不再有任何纠缠的，却没有想到会有意外惊喜。

顾风离承认自己不是良民，但也不至于饥不择食。

点了一支烟，修长的手指夹着，烟雾升腾，隐匿了他的情绪。转过头来看身侧熟睡的女子，她的眉峰紧锁，似乎在做梦，唇线紧抿，突然低叫了一声："我不是坏女人！"

顾风离眉头一皱，再细看时她又睡着了，眉头依然是皱紧的。

顾风离望着这张容颜，沉默良久。

浓重的夜色里，他再度皱眉，拿出自己的钱包，看了看照片，微微凑过身子，伸手拿出车抽屉里的宽大墨镜，架在了乔以陌的脸上。

那一刹，看着照片，再看看乔以陌，顾风离的眼眸一紧，射出凄迷的伤痛，手微微一个颤抖，轻轻地抚上乔以陌的脸，声音沙哑地低叫了一声："希言！"

一低头，就要吻上她的唇，但，许是他唇边的烟味，乔以陌不舒服地扭动了下身子，朝旁边转了转，手胡乱地抹了把脸，墨镜滑下。

那一刹，顾风离整个人陡然清醒！

他突然长长地嘘了口气，有失落，有如释重负，更多的是——荒凉。

差一点点，他把这个女人当成了希言！

怎么能把她当成希言呢？

希言，是这个世界上，唯一的，最难能可贵的女人！无可替代！

忽然觉得内心酸涩，抹了一把脸，顾风离双手抱住方向盘，趴在上面，一动不动。

周围重归宁静。

午夜的时候，酒劲儿下去了，顾风离再抬头，收起了掉落的墨镜，放在车抽屉里，然后，发动车子，离去。

乔以陌一直睡着，顾风离车子开得很慢、很稳，乔以陌没有醒来。

终于到了乔以陌的小区门口，车子停下，顾风离转过头，定定地看了乔以陌一会儿。

为什么是她？

为什么在她身上一再失控？

难道，就因为她的轮廓有点像希言吗？

顾风离望着她，又想抽烟了，只是，摸了摸烟，又放弃。

整个空间里安静无比，只有他和她的呼吸声。

她还在睡，顾风离终于还是伸手拍了拍她的脸。乔以陌被拍得有点疼，迷糊地睁开了眼睛，渐渐地，视线终于有了焦距，她一眼看到顾风离，瞬间所有的醉意和睡意都没有了，吓得差点张口大喊。

顾风离的唇边溢出一抹光怪陆离的笑意，同时戏谑的声音在耳边响起，"睡得差不多了吧？酒醒了？"

乔以陌一下慌了神，"顾……顾总！"

"看来是真的清醒了！"顾风离玩味地开口，"醉了的时候叫我名字，醒了就叫顾总。乔以陌，你还是喝醉了比较可爱，胆子也够大。"

"顾总，对不起！"乔以陌赶紧别开脸，避开了身侧顾风离灼热的眼神。

"对不起什么？"他笑得玩味。

乔以陌低垂着小脸低声问："我给您添麻烦了吗？"

"是呀，挺麻烦的！如果你知道你醉了后对我做过什么，你就不会只抱歉这么简单了。"顾风离并没有打算放开乔以陌。

"我做了什么？"乔以陌心虚起来，她醉了后没有乱说吧？没有做什么失礼的举动吧？

尽管内心惴惴，毫无把握自己究竟做了什么，但乔以陌还是很快镇定了一下心神，又接着说道："以陌不胜酒力，若有冒犯之处，还请顾总见谅！"

好不容易才将话说完，却发觉自己的手心出了许多汗。

"呵呵。"顾风离笑了笑，低沉的男声在车子里响起，充满了蛊惑。

乔以陌的身子顿时僵硬，"你……您笑什么？"

半晌，没有听到顾风离的回应，笑声也突然停住。

乔以陌抬眼偷偷去看顾风离，却蓦地发现他的眼眸正一直盯在她的脸上，根本就没有移开过。

她的脸更红，用很委婉的语气道："顾总，我是不是出糗了？"

顾风离居高临下地看着她，良久，才低声道："乔以陌，你醉后很可爱，说了一些话，如果那些话，你清醒的时候告诉我，我会很高兴的。"

乔以陌心惊，她说了什么？

顾风离高深莫测地笑道："还有，你醉酒后的举动太大胆了，竟然随意占我的便宜，你可是要负责的。"

乔以陌惊愕，脸上火辣辣地燃烧着，嘴巴却忍不住反驳，"你骗人！"

她不可能胡说八道的，醉酒了最多就是睡觉，以前宿舍的姐妹都这么说，一杯酒的酒量，酒品却很好，喝了就睡，她怎么可能去占他便宜？

"是不是骗人以后你会知道，我有证据的。"他笑，眼睛一眨不眨地看着她。

"什么证据？"乔以陌急声问。

"算了，现在给你看，也没有什么成就感，想要你负责，我这里还得做好思想准备不是？所以呢，改天再给你看吧！当然，你可以自己去回想，想到了欢迎你来跟我探讨！"顾风离摆明了不打算说。

乔以陌颔首，一双长长的睫毛垂下，掩去了眼底的窘迫，良久她才小声反驳，"一定是你故弄玄虚，你根本就没有证据！"

就像之前说的报警，结果根本没有报警，害得她给车明剑打电话，早早就乱了阵脚，这次她绝对不会上当的！

"要不要跟我打个赌？"顾风离笑了，露出满口白牙，在夜色里阴森森的，更显得他奸诈无比。

乔以陌低头打量了自己一圈，发现自己衣服完好无损，头发也很柔顺，应该没事。她摇头，"我不打赌，很晚了，谢谢顾总，我该回去了！"

"是很晚了！"顾风离呵呵一笑，指了指表，"凌晨两点了！"

乔以陌瞬间惊慌，一看自己的表，果真是凌晨两点了！

顾风离从后座上拿出打包的菜和零食，递给她：“回去吧！好好睡一觉，仔细回想一下今晚你说了什么，做过什么，我等着你来跟我探讨。”

乔以陌脸红地推着递过来的东西，“我不要！”

“不要的话，就跟我回家吧！你醉酒后说好要跟我回家的。”他说。

“你胡说！”她再度反驳。

“那就拿着，回去吃饱了好好想想今天自己做过的事。”他笑着递过去。

乔以陌无奈，心中咒骂了他一通，怕再继续纠缠，赶紧抱住一堆吃的，飞快地逃离了顾风离的车子。

顾风离看着她慌忙逃走的背影，微微眯了眯眼睛，滑下车窗，似乎有点舍不得。说好了今天跟他回家的，结果他一心慈手软，就放过了这丫头，下次再得手，不知道是什么时候了。

乔以陌下了车子就赶紧走，走了十多米，回头一看，车子还没走，借着月光，她似乎看到车里的顾风离朝她挥了挥手。

而此时，路灯早就熄灭了，云海市里的路灯夜里十一点灭，只留昏暗的平安灯。

顾风离在车里冲着她喊了一句，“回到公寓，打电话，确定你安全回了家，我就走！”

乔以陌的心里一颤，说不出的滋味，然后转身，大步离去。

大门都关了，只留下个小侧门，乔以陌走进去，回到自己的住处，开门，然后看着手里的手机，想了想，终究没有拨号，只是发了个信息。

“我已经安全到家，您也快回去吧，谢谢，晚安！”

谁知道信息发过去后，不多时，顾风离竟然给她回了一条信息，上面写着：你连打电话的胆子都没有，看来清醒时候的你，真的一点不可爱！不过，今晚很愉快，同样感谢你的大胆。乔以陌，无论如何，你都得对我负责，别问为什么，你懂的！

乔以陌看完信息一下子如坐针毡，觉得这话太暧昧了！

她懂什么？她什么都不懂！

她猛地摇头，不是的，不是的！什么事都没有，顾风离就是喜欢故弄玄虚，她才不信。

拉了窗帘，乔以陌脱掉衣服去浴室洗澡，当站在花洒下看着镜子里的自己时，她呆了！

因为那唇，是如此的红，脸也红得如六月芙蓉般娇艳，一直红到了耳根。嘴巴处居然还破了一点点皮，好像被人咬的。

再往下看，在B城那晚留下的吻痕还不曾褪去，而此刻，她白皙的胸口竟然多了一抹草莓印！

瞬间，乔以陌的眼睛惊恐地瞪大！

难道他们又做了？

不！不可能啊，她身上没有那种感觉啊！

可是，胸口的吻痕怎么又多了？

她洗干净自己，围了浴巾出来，然后回到卧室，靠在床上，拿出手机充电，却怎么也睡不着，终于，她沉不住气了，发了一条信息给顾风离：你到底对我做了什么？

刚发过去没几分钟，电话突然响了起来，清脆的铃声在黑夜里是如此的突兀，乔以陌吓了一跳，赶紧挂断，拒接。

然后，很快地，来了一条信息：这个时候发信息给我，是后悔没跟我回来吗？如果是的话，我现在去接你。没关系，长夜漫漫，还来得及做很多事。

乔以陌看着这个让她脸红心跳的短信，一种前所未有的挫败感在心中油然而生。

没有回信息，过了不多久，又来了一条信息：我在你楼下。

乔以陌错愕，倏地关灯，屋里一片漆黑，她跑到窗边往下看，发现下面黑洞洞的，什么都没有，没有人，也没有车子。

心想，被骗了！

正暗骂一声，又来了个信息，上面写着：没有看到我是不是很失望？

乔以陌再度错愕，难道他真的来了？

不可能的！

只是她心里越来越惶恐。

信息又飞快地来了一条：比狼来了的游戏好玩吧，小白兔？

终于，乔以陌忍不住了，她按了电话，直接拨过去，语气十分冷硬，“顾总，你闹够了没有？”

顾风离的声音通过无线电波传来，性感而充满了磁性，他说：“我很认真，乔以陌，你懂的！"

"你是我的上司！"她低叫一声，"请您别开玩笑了好吗？"

乔以陌觉得自己被顾风离逗弄得快要崩溃了。

顾风离淡定地接过，"是，我是你的上司不错，但是首先我也是个男人，长夜也会寂寞！"

"猥琐！"乔以陌低吼一声。

"我光明正大，乔以陌，你是喝酒后猥琐！"

"你胡说，这不可能！"

"那就给我开门，我进去跟你说！"

"你……你不会真的在我家门口吧？"乔以陌惊愕地喊道，随后脚步凌乱，跑去客厅，一路上撞到了好多东西，乒里乓啷的，好不热闹。

"呵呵，真是好骗，我现在回到家了，没在你家门口，如果你很失望的话，我倒是不介意现在过去。不过啊，乔以陌，我这个人不喜欢主动进女人的门，我只让女人心甘情愿地跑来找我！"

"你……"

"晚安了，姑娘，做个好梦！"说完，顾风离竟没有再纠缠，挂了电话。

乔以陌气鼓鼓地愣在门口，开了灯，发现自己一慌张撞倒了置物架，地上都是零碎的小东西，她懊恼得简直想要撞墙！

这一晚，乔以陌再度失眠了。

第二天顶着不算大熊猫但也绝对小熊猫的眼睛去上班。

上午十一点多，售楼公司的黄经理打来电话，乔以陌有点惊愕，然后恭敬地接了电话，"经理，您好！"

"小乔啊，早就听说你进了鑫灏集团，祝贺你啊！以后哥哥有事找你帮忙你可不要说不认识我哦！前阵子想给你祝贺，怕你忙，这会儿应该可以抽出时间让哥哥我为你祝贺了吧？"

乔以陌有点不适应，赶紧道："经理，谢谢您的栽培，我正要跟您说呢，我考上了！"

"不用说了，你的工资领到下个月，多给你发一个月的，你可是给咱们小公司争光了！"

"不，不用了！"乔以陌怎么能再拿售楼公司的钱呢？虽然现在因为债务问题很缺钱，但是君子爱财取之有道。

"我已经让财务把工资打到你卡上了。"黄经理道，"离职的员工都会多发一个月的工资，所以，这是程序，你不用觉得有负担！"

乔以陌一怔，有点奇怪，自己以前怎么没听说呢？

还没说话就听到黄经理说："对了，小乔，你今天有空吗？"

"什么时候？"

"今天晚上啊，我们公司全体给你庆祝，咱们在钱多多聚聚，吃吃喝喝，唱唱歌，公司做东！"

"这……不好吧？"

"怎么？没空？"

"不是，我有空！"乔以陌立刻道。

黄经理径自做了决定，"那就这么定了，下班后我让司机去接你。"

"那好吧！"乔以陌觉得有点莫名其妙，可是想到售楼处全体人员参加，也就同意了，在那里工作了一段时间，多少也有点感情。

挂了电话，又接到原来同事牛小宝的电话。牛小宝跟她一样在售楼处工作，是个很活泼的女孩子，前阵子请假一个多月也不知道去了哪里，这会儿应该是回来了。

接到她电话，乔以陌很高兴，"小宝，你回来了啊？"

电话那边传来牛小宝兴奋的声音，"行啊，陌陌，你居然考进了鑫灏，要不是刚才黄经理说，我还以为你跟我一样请假了呢！"

"对不起啊，我想等你回来后告诉你的。"

"我回来了，晚上我们见面说啊。"

"好的。"乔以陌笑了。

牛小宝回来了，她最好的朋友回来了。

午饭时间，公司里的人都去吃饭了，乔以陌买了个饼回来在办公室啃，啃到一半的时候噎得难受，倒了杯水，正喝的时候，余光瞥到秘书部的门口站着一个高大的身影，正望着她。一刹那，乔以陌整个人被水呛住，"咳咳。"

顾风离皱皱眉，沉声问："我是鬼吗？喝个水吓成这样？"

乔以陌咳嗽了一会儿，觉得舒服了点，站稳，低声叫了句："顾总！"

这个点都出去吃饭了，没想到顾风离还在。

顾风离走了进来，看看她桌上，只买了一个饼，大概也就五毛钱，他眼中闪过什么，语气不自觉地硬了几分，"一个饼当午饭，是不是太简单了点？"

乔以陌一怔，听到这话，抿唇，贝齿咬着下唇，不说话了。

顾风离那锐利的视线攫住了她，再度不客气地挑开话题，"是想折磨自己吗？不吃给谁省啊？"

乔以陌还是没有说话，微微垂眸，安安静静。

她这样子，让顾风离觉得自己真是多管闲事，但是，他发现自己好像没办法不多管闲事，这个女人，他就是忍不住地想去关心她。

"谢谢顾总关心，我觉得一个饼足够了。"

"是没胃口还是缺钱了？缺钱的话跟我说，我给你点，千万不能饿着自己。"

乔以陌觉得这话很讽刺。

"谢谢顾总，我很好！"

"我倒是没有看出来你很好，乔以陌，你的经济条件差到一定程度了吗？差到有时候不得不做出一些奇怪的事？"

乔以陌无语，被顾风离这样尖酸的问题问住了。其实，她知道他说的是什么，那一夜的事，她的身不由己，被逼无奈。

乔以陌望着顾风离，倔强地抿唇，良久，才终于开口："顾总，抱歉，这是我的私事，我没有义务回答你。"

顾风离的唇角微微翘起，像是有笑容的样子，却透出一种凉薄的妖异，"有件事，我想你必须清楚！"

乔以陌又是一愣，不知道这个祖宗要说什么。

顾风离盯着她的眼睛，一字一句道："女人要自重！"

乔以陌脸色瞬间惨白。

"这里有五万，你用着吧！"说完，他站起来，把卡放在她旁边的桌上。

乔以陌僵在原地，她的视线盯着那张银行卡，整个眼底都是难以置信，脑海里闪过无数的场景，最后都是酸楚的屈辱。

"顾总，我不要！"乔以陌低声喊了一句，却发现自己的声音异常沙哑。

这张卡，打在了她的心里，让她心头跟着颤抖，收紧，刺痛，同时也感到羞辱。

"我本就欠了你的，不是吗？"顾风离轻身向前，声音低沉，玩味地盯住她的眼睛，"至于为什么，你知道！"

乔以陌心中悲凉，脸上都是自嘲的笑，却是坚定地开口："我不要！"

"乔以陌！"顾风离眸子眯起，"你最好记住我的话，我这个人的耐心一向有限！"

乔以陌气极了，大声嚷道："我凭什么要你的钱？你不用羞辱我！"

"我不想你因为缺钱做出极致的事，我给你钱，只当是行善积德，如此而已，也请你不要多想！"

"顾总，你的行善积德我受不起！"

"那是你的事！"

乔以陌无言，这个人太霸道了，他凭什么这样？他说话的语气，真是如刀锋一样锐利，轻易割破人的心。

她抬头看着他，他的唇角下沉，不经意里露出一抹轻蔑。

她收起一切的情绪，微微地笑了笑，"顾总的好意我心领了，钱，我不要！"

说完，她拿起桌上的饼，提了自己的包，朝外走去。

走到门口，她没有回头，冷声道："麻烦顾总帮我锁了办公室的门，谢谢了！"

说完，毫不留恋地离开。

顾风离望着门口，那里已经空无一人。

他低头拿起桌上的卡，皱眉。

Chapter 9

姹紫嫣红的人生路，却也一地荆棘。

晚上，在钱多多聚会。钱多多是云海当地的一家娱乐城，集合了餐饮娱乐为一体的所有休闲方式，就是个大杂烩娱乐城。

到了楼下，牛小宝已经等在那里了，穿得很喜庆，一身火红，跟过本命年似的。

一看到乔以陌，牛小宝就冲了过来，抱住了她，"乔以陌，你行啊，居然考上了，那么难你都能考上！"

乔以陌觉得牛小宝有点夸张了，"是有点难，但是只要努力还是可以的，你也考考吧，以后我们就可以一起上下班了。"

牛小宝摇摇头，苦着一张脸，小声对乔以陌道："我对那个不感兴趣，我受不了大公司的规章制度。"

乔以陌知道牛小宝的脾气，知道这丫头不太喜欢受约束。

牛小宝伸手揽住乔以陌，抱怨地跺跺脚，"以后你在大公司混着，妹妹要是赔了，朝不保夕的时候，你可得伸出个援手啊！"

"说得这么可怜！"乔以陌笑着握住她的手，两人一起进了KTV包房。

里面几个人已经在等着了，吃吃喝喝后，就收了吃的东西上零食，开始唱歌。

黄经理趁别人不注意的时候从兜里掏出一个信封，塞给乔以陌，"这个呢，是我的一点心意，祝贺你的，拿着！"

"经理！"乔以陌低叫一声，这信封里是钱，一定是钱，而且不少，无功不受禄，她怎么能拿这钱。

牛小宝激灵地转过头来，握住乔以陌的手，对黄经理嘿嘿一笑道："经理，这是陌陌的奖金吗？"

"对！对！一直没给她呢！"黄经理点点头，就觉得牛小宝这丫头聪明激灵。

"既然是奖金嘛，那就收起来，陌陌，经理给的，能不要吗？"

乔以陌却还是摇头，"谢谢经理了，这奖金我不能要，我之前已经领过了。"

"这真是你的奖金。"黄经理解释道："前些日子，你卖了套房子，不记得了？"

乔以陌诧异，她没有卖出房子啊？

"就在玉山花苑那边，十九楼，忘记了？"

一瞬间，乔以陌想到了顾风离。难道他买了？

黄经理继续说："提成算你的，小乔，这钱你拿得当之无愧。"

"可是……"

"可是什么啊？你的提成，干吗不拿？"牛小宝拍了她一下，"这可是上了税，青青白白的酬劳，对吧经理？"

"对！对！"黄经理猛点头。

乔以陌还想说什么，牛小宝立刻高声对大家说："兄弟姐妹们，你们别光自己唱啊，叫咱们经理也唱个啊，经理的声音就是美声啊，简直比杨老师还厉害啊，叫咱们经理献歌一曲，就唱《三国演义》里的主题曲吧！来！咳咳咳……滚滚长江东逝水……"

话题被牛小宝轻松地岔开，气氛一下子活跃起来。

黄经理得意地献歌一曲。

牛小宝把乔以陌拉到僻静的地方，伸出修长的手指指着她的额头道："你傻啊！给你钱为什么不要？"

乔以陌哭笑不得，"小宝，我没想到那房子能卖出去，我以为这钱是……"

"切！你以为老黄真是给你的祝贺钱啊？那家伙可是有名的铁公鸡，他这么做，背后一定有高人。"

乔以陌愣了下，那个高人，是顾风离吗？

乔以陌想着这个问题去洗手间，一转弯，迎头撞上一个坚实的胸膛，熟悉的味道传来，乔以陌本想说的"对不起"卡在嘴边，一抬头对上顾风离那双深邃的眸子。

狭路相逢！

为什么最近跟顾风离撞到的机会越来越多了？

而她此时的感觉，是窒息！

乔以陌往后退了一步，低下头，道了一声："顾总，好巧，刚才对不起，撞到您了！"

她的客气、疏离、撇清一切的态度让顾风离再度眯起了眼睛。

一夜之后，顾风离发现装得若无其事的是这个女人！

而他，才是那个在乎得要死的人！

这个游戏，好像不太好玩！

顾风离朝前一步，乔以陌就后退一步。

顾风离恼怒，一伸手截获住她的腰身，拖着乔以陌就进了男洗手间。

刚才看过了里面没人，所以他才这么明目张胆。

乔以陌吓坏了。

顾风离把她拖进了洗手间里，然后关上了门，上锁。

乔以陌小声低叫："放开我！"

"乔以陌，车接车送，傍上黄总了吗？"顾风离低沉的声音在耳边响起，带着极致的危险，"谁准你跑出来玩的？"

乔以陌错愕，她何时傍上黄总了？

她忽然想到下班的时候自己上了黄总的车，正好顾风离的车子开过来，原来，这样也能做文章，这样也能让他胡思乱想。

她咬住唇，不说话。

顾风离微微垂眸，看着她，乔以陌那微微低垂的脸蛋隐隐带着悲伤。

那一刹，顾风离敛了下眉，手一动，扣住了她的纤腰。

乔以陌惊恐无比，呼吸急促起来。这里是男厕，他这样把她掳进来，胆子可不是一般的大。

她承认自己怯弱了，可是，害怕也不能改变什么，所以她没有叫，只是抬起头，眼睛倔强地看着他，一字一句地冷声质问："就算我傍上了黄总又怎么样？关顾总什么事？顾总你是不是管得太宽了？"

顾风离的眸子更冷，忽然俯身，定定地看着她，那眼神，既犀利又骇人。

乔以陌在他这样迫人的危险眼神里下意识地后退了一步，可是能退到哪里去？身后就是厕所的门，已经无路可退了。

乔以陌只能低低地喊道："你放开我，不然我叫了……"

顾风离视若无睹，嗤笑一声，"你叫？叫啊？这里是男厕，乔以陌，你跑到男厕来耍流氓，还贼喊捉贼了啊？"

乔以陌就没见到过这么不讲道理的人，"你不讲道理！你根本是强词夺理，你——"

话没说完，就被顾风离那充满压迫性的气息包裹，他身上那股慑人的煞气让乔以陌镇住了，话到嘴边，又咽了回去。

她终于低下了头，脸上露出畏惧，怯怯地叫了一声："顾总……"

"你打算跟黄总做什么？"他终于开口。

乔以陌怔住，两眼喷火地怒视着他，"我没有！"

闻言，顾风离的怒气似乎一瞬间收敛，他的视线变得慵懒起来，"真的？"

"我没有！"乔以陌坚定地说道。她没有做那种事，那样的事，做一次就够了，再做一次，就真的万劫不复了。

"你最好不要撒谎！"顾风离又开口，声音不高，却震慑人心。

乔以陌有点惊讶，"可是，这关你什么事？"

顾风离站在原地，嘴角扬起桀骜冷笑，"关我什么事？你会知道的！"

乔以陌瞪大眼睛，"你还是现在说吧！"

顾风离倏地一下低头，凑近了她。

乔以陌低叫："你要干什么？"

顾风离只是抬手把她额前散落的发丝拢到耳后，手势温柔而轻缓。

下一秒，他忽然扣住她的腰将她带向自己。

乔以陌叫了出来："你不要这样！"

"乔以陌！"顾风离顿时笑了，"我想，有件事，你最好清楚一下比较好……"

他低下头，抵着她的唇道："要怎样，我说了算！你当真以为我的记忆不好是不是？我告诉你，我的记忆力是非常好的，即使在梦里，我也能记住一个女人的脸，而她就算是在梦里出现，我也会把她抓到，想逃离，需要资本，我想她是没有那个资本的。"

乔以陌愕然，暗自揣测这话的意思。

而顾风离却已堵住了她的唇，然后以唇舌打开齿关，邀她共舞。

错愕！

呆滞！

心脏撞击着胸腔，以前所未有的频率和声量。

他对她深吻，近在咫尺。他和她之间，隔着两人的眉睫、浮动的情意、沙哑的低喘，隔着他的深不可测与她的不知所措，隔着太多惶惶不安的猜测。

乔以陌慌得不知所措。

顾风离索取了一个霸道而又缠绵悱恻的吻，满意地抵着她的唇瓣，声音沙哑地开口："我要这样，不，比这还多！"

说完，他的手托住了她的臀部。

一刹那，乔以陌全身都燃烧起来，惊呼："不！"

顾风离只做到这里，并没有乱来，然后把一张卡放在她裤兜里，说了句，"密码是六个零。"

说完，他的大手顺着她身体的曲线滑上来，乔以陌全身仿佛触电一般麻酥酥的，而后他的大手滑到她的脖子，卡住她纤细白皙的脖颈，一字一句地说道："乔以陌，你给我记住，敢傍大款，我会掐死你！"

手指倏地用力，瞬间乔以陌有种窒息的感觉。

而顾风离却及时松了手，再度低头，吻落在她的额头，"今晚十点，等我电话！"

说完，顾风离彻底放开她，然后开门，先打量了一下四周，确定没人，这才看向乔以陌，"出去，你打算在这里待到人来吗？"

乔以陌刚想说什么，可是，顾风离已经走了。

乔以陌整个人都虚脱了，快速地跑了出去，站在洗手间的玻璃墙前，看着里面的自己，眼神迷离，泛着水光，嘴唇红肿，似乎还残留着顾风离的味道，只要一想，耳边的红晕就很快扩大到了耳根。

顾风离已经不见了人影！

乔以陌低头从裤兜里拿出那张卡，还是中午的那张，那卡上似乎还带着顾风离身体的温度，而刚刚被他抚上的身体，也还好热，乔以陌觉得，这真的是奸情了。

她跟顾风离真的有奸情了。

想到这里，乔以陌懊恼地拧开水管，凉水打在脸上，降低了她脸上热辣辣的温度，却更红晕了。

刚走到包房门口，牛小宝就迎了上来，"陌陌，你干吗去了？掉厕所里了啊？"

"没有，没有！"乔以陌赶紧回答。

牛小宝疑惑地看了看她的脸，"咦？你的脸怎么这么红？见到帅哥了，发春了？"

听牛小宝这么一说，乔以陌瞬间心虚，连忙说："别瞎说，哪有啊！我只是洗了把脸，水有点凉。"

"哦！"牛小宝目光柔和下来，伸手挽住她的胳膊，"对了，你这周回家不？你都考上了云海最大的公司，是不是该骑着驴，戴着大红花，回去臭显摆一下？"

乔以陌微微低头，无语。

牛小宝看着她，眼神犀利，"你不会是还没有跟你爸妈说你考上的事吧？"

"嗯。"乔以陌点点头，"的确还没说。"

"我的天哪！乔以陌你可真够沉得住气的！"

乔以陌笑了笑。

牛小宝突然停下来，"为啥不说？你爸妈还没消气？"

被牛小宝看得有点无处遁形，乔以陌掩饰地一摆手，讪笑道："没有，我爸妈还好，只是对我有点恨铁不成钢。"

牛小宝见她如此，了解她的难处，拍拍她的手臂，安慰她，"你这要是在过去，可是属于中了秀才的进士啊！打起精神来，乔以陌，你可不是尿包！"

"我已经很好了。"乔以陌笑着告诉她："我精神一直很好，没有萎靡，没有颓废！我还活着，并且进了云海最好的单位，我的确是不会倒下的。"

"我就知道我们陌陌是最厉害的，打不倒的！"牛小宝揽住她的肩膀，"对了，你要请客，你可是考上了工作又拿到了奖金，说啥都得请我吃一顿大餐。"

"好，我请你！"

还不到十点，就散了。

乔以陌走在街上想起很多的事，攥了下柔软指尖，眼里氤氲一片。天空，一片黑暗，一颗星星都没有，空气也沉闷得像要下雨。

她去了自助银行，把奖金存在卡里，她的生活很拮据，日子不好过，房租和生活费加起来令她吃不消，好在进了鑫灏，以后工资待遇会慢慢好起来。

还没走出银行，电话就响了起来，听到顾风离的声音，乔以陌吓了一跳，"顾总？"

"我不是说了十点等我电话！"顾风离的声音听不出任何的情绪，"忘记了吧？"

"什么十点钟，我不记得了，也请你以后不要再这样了！"乔以陌在电话里不由得抬高了声音，只要一想到在洗手间里被顾风离强吻，她就惊惧不已。

"这个嘛，不一定！"顾风离打起了太极。

乔以陌砰地挂断了电话。

顾风离把车子停在不远处，点了一支烟，眯起眸子，打量着从银行走出来的女人，清爽而简单的装扮，还是上班的那一套，白衬衣，下面一条牛仔裤，有点古板，却纯真清爽得让人不敢相信，这样的女人居然会出卖自己的初夜。

这几天顾风离一直在暗暗观察她，尤其是在B城那一夜之后，他发现她比自己还淡定，居然装得像是什么事都没有发生过一样。即使在刚才的娱乐城的洗手间里他吻了她，她也能瞬间粉饰太平，好似什么都没有发生过。这个女人还真是充分吊起了他的兴趣。

风突然凛冽地刮了起来，夏日的夜空此刻是狰狞的黑暗，大片的云层堆积在夜幕中，让天地在一瞬间变得更加阴暗。

乔以陌一步步朝着住处走去，几声响雷响彻夜空，犹不自知。

大雨瓣里啪啦地砸下来，乔以陌就那么走着，任凭自己被雨水淋湿。

她走了良久，忽然蹲在地上，抱着自己的双臂颤抖着哭了，她出卖过自己的第一夜，却一再跟那个男人纠缠，越来越难以控制，她自己都有点恼怒这样的自己了。

顾风离看着外面的瓢泼大雨，眉峰越蹙越紧。

但是，他没有下车，而是再度抽出一支烟，点燃，英俊的脸庞被烟雾笼罩着。他眯起深邃的眸，手指抚了抚眉心，似乎想要驱走什么。

雨刷有节奏地摇摆着，四周雾蒙蒙的一片，视野开始变得越来越窄。

终于，香烟燃尽，眸色幽然一暗，不再多想，他打开车门，却又随即停止了动作。

因为那抹身影从大雨中站起来，抹了把眼泪，继续往前走。

顾风离开着车，继续跟着她。

乔以陌在大雨中一遍遍骂自己，乔以陌，你活该，你没有什么可委屈的，你别觉得委屈，顾风离说的没有错，你就是卖过一夜啊！

出租车都没有，她疾步走了几步，雨越下越大。

风很大，雨点被风卷起，全都砸在了身上，乔以陌穿的本就单薄，白衬衫贴在身上，露出里面白色的胸衣，下面的裤子更是紧紧地贴在了身上，让她整个人曲线毕露。

顾风离就这么一直跟着在雨中行走的身影，那样纤细，摇摇欲坠，有出租车过来，停下来问她坐不坐车，她也不回答，继续往前走。

那一瞬间，他的心一紧，终于还是忍不住把车子靠了过去。

车子"嘎"一声刹住。

乔以陌听到刹车声，突然一惊，看到一辆车子在自己身边停住，车窗滑下来一点，里面的人对她喊道："上车！"

乔以陌一愣，抹了把脸上的雨水，心中慌得不行，"不……不用了！"

顾风离倏地关了车窗，然后打开车门，站在门口对她喊："上车，别让我喊第三遍！"

乔以陌瞪着一双大眼看着眼前的男人，那眼神就好像是小绵羊见到了大灰狼一般的惊恐。

顾风离站在雨中，沉眸看着她，"乔以陌，我的耐心是有限度的！"

说完，他不顾她的反抗，将她塞进车里，他也坐进去，拿了后座的毛巾，劈头盖脸地丢给她。

乔以陌擦了把脸，坐在车里，冷得直哆嗦。

"没事发什么神经要淋雨？"顾风离似乎不经意地开口，抽了纸巾擦脸，一侧头看到她，然后蹙眉问了句。

乔以陌没有回答，从兜里掏出卡放在他的车抽屉里："你的卡还给你。"

顾风离微微挑了挑眉，眼中掠过一丝疑惑，"你在银行里做什么了？哭什么？"

"顾总，既然你要载我走，那就谢谢你，天不早了，请快点回去吧！"乔以陌别过脸去，看着窗外瓢泼的大雨。

顾风离一动不动地坐着，手指轻轻地敲打着车窗，一下一下，反复敲打。

这声响，反反复复，敲得人心烦意乱。

乔以陌觉得那声音就像是什么东西砸在她的心尖上，一下一下，很轻，却很疼。

他不走，就这么看着窗外的雨，然后忽然说了句，"雨夜，可以让人的心更大胆。"

乔以陌心底一颤，不知道这个瘟神又要说什么。

他的声音带着微微的嘶哑，转头看向她，"你有没有这么觉得？"

"我不知道。"乔以陌想沉静下来，却发现自己的嗓音是发颤的，她清了清嗓子，说道："顾总，快走吧！"

车子终于滑出去，却不是去往她的住处，而是开进了玉山花苑的那栋样板房楼下的车库里。

乔以陌错愕，惊呼："这是哪里？"

"我家。"顾风离沉声道。

乔以陌怔愣地看着他，"你……你到底要干吗？"

"你说呢？"他反问。

乔以陌忽然有种茫然无措的失重感，没来由地，如同踩空了一般，心跳加快。

难道，难道他真的要跟她……而且还以这样强势的方式？

不！

这绝对不行！

乔以陌慌忙去开车门。

"你走出去，外面的监控就可以看到你，你想被人知道你雨夜走出我的车库吗？"顾风离扬起下巴，以一种警告的语气告诉她这个事实。

乔以陌心头震颤，手僵住。她一直认为，也许顾风离是想找个情人，养个情人对他这样的人来说很容易，但是为什么要找上自己？

她看着他，很快平静下来，沉声道："顾总，您是不是想猎艳？觉得我是这样的女人？如果您有那个想法的话，我希望您最好打消，我不是那样的人呢，请您自重！"

听着她的话，顾风离笑了，转过身来，伸手捏住她的下巴，"乔以陌，我坦白告诉你，我的目的，就是你！"

乔以陌仿佛早已料到他会这么说，没有害羞，也没有愤怒，而是眯起眸子，眼神冷淡地望着顾风离，"如果是那样的话，我也许会过失杀人！"

"呵呵……"顾风离失笑，捏着她下巴的手倏地用力，"乔以陌，原来你也会害怕。"

"我害怕什么？"

"你怕你自己控制不了自己的情绪，对我有了非分之想，不是怕我，是怕你自己，对吧？所以，你不敢玩这个游戏。"

"你说什么游戏？"她再度心慌。

"一个男人和女人之间的游戏，人性和欲望之间的游戏。"顾风离目光迷离地看着她。

这眼神，让乔以陌忍不住蹙眉，她真的怕了。

"看吧，我说对了，你不敢！"

"我是不敢！我为什么要跟你玩游戏？"乔以陌冷声反问，说完拉下他的手臂，开车门就要下车，冒着被监控拍到的危险，她决定下车。

啪的一声，车门突然关闭了！

乔以陌气恼，瞪大了眼睛："顾风离，你到底想干吗？"

车里光线很暗，顾风离慵懒地坐在那里，邪肆的目光落在乔以陌的身上，唇瓣诡秘地翘起，"乔以陌，有没有兴趣看看那天在昌南你对我做过什么？"

乔以陌一下愣住，她不明白那个所谓的证据是什么，她压根没有想起来，她一直觉得是顾风离在故弄玄虚，难道不是吗？

她故作镇定地看着他，"好，你拿出来！我倒要看看，到底是什么？"

顾风离不说话，只是慵懒地一笑。

乔以陌压抑住自己的情绪,一字一句地开口:"根本就没有,一切不过是你故弄玄虚而已!"

顾风离只是半掀眼皮,瞥了她一眼,眼底的蠢蠢欲动,被他巧妙地掩藏了起来。

"把车门打开!"乔以陌开口。

"我喜欢不屈服我的女人,乔以陌,你倒是越来越对我的口味了!"顾风离说完,伸长手臂,勾住了乔以陌的肩头,一把将她扯了过来,动作强硬而野蛮。

乔以陌心头倏地升腾起惊恐和怒气,她撞在顾风离的胸膛上,因为隔着车里的座位,她身体还在副驾驶这边,所以被阻挡了。她扭脸恨恨地瞪着顾风离,从牙缝里生硬地挤出几个字:"顾总,请您把手拿开!"

"这就是你的真面目吗?平时装得低眉顺眼的,实则是小辣椒一枚?"顾风离抬眸,直视着她,诡异地一笑。

乔以陌咬牙,却红着脸说不出话来。

顾风离侧身看她,像是看闹别扭的小孩子,然后,他的眼睛不由得微微眯了起来,突然笑了,笑得不怀好意。

因为,乔以陌的衬衣湿了后,正好晕染出里面内衣的轮廓,自然她胸部美好的轮廓也展露无遗了。

乔以陌看到他的目光,一下子脸红,"你流氓!"

顾风离笑了笑,慢悠悠地说道:"乔以陌,要说流氓,我觉得我真不及你。"

乔以陌再度惊愕,她什么时候流氓过了?

顾风离似乎看出她的疑惑,直言道:"我不是说了,让你回去好好想想,你那晚醉了后到底对我做了什么?!"

他用只有彼此才能听懂的口气,对忍气吞声无处发泄的乔以陌来说,无疑是火上浇油,她顾不得形象礼仪,对顾风离吼道:"这不可能!我醉酒了只会睡觉,别的都不会做!"

顾风离不怒反笑地看着她,好像对她的怒火格外的包容,而那表情,就像在看一个要不到糖吃的小女孩无理取闹一般。

他忽然凑了过来,低声说:"乔以陌,我不会纵容别的女人,但是我的女人我倒是乐意纵容。"

"你什么意思？"乔以陌的一颗心如被猫抓。

"我就是那个意思，如你所说，猎艳！"他笑，一本正经，带着淡淡烟草味的气息喷过来。

乔以陌目瞪口呆。

顾风离抽了一支烟，淡淡地开口："陪我说会儿话。"

"抱歉，顾总，我没时间！"她不给他好脸色，说着又要去开门。

顾风离也不在意，点燃香烟，抽了一口，闲散地道："再闹的话，信不信我在车里要了你！"

乔以陌身子一僵。

他又抬起头，重新打量下她，然后他凑了过来，乔以陌身子僵硬，动也不敢动。

顾风离就这样以绝对的气势逼得她无路可退，他睨着这个小女人，声音极轻，"你知道什么是粉饰太平吗？"

"知……知道。"乔以陌垂下头，乖乖地回答，"就是……装作什么都没有发生过。"

"好！"顾风离微微一笑，突然搂住她，力道强悍地扼住她的手腕。

"你……"

"明天，在我这么做了之后你可以继续粉饰太平。"

他霍然吻上她的唇，一手抓住她的手腕，另一手捏住她的下巴，固定住她猛烈摇晃的头。

"唔……"乔以陌慌了，又是这样突如其来的吻，让她的脑海一片空白。

顾风离毫不费力地抱起她，然后车座向后一拉，把她整个人抱了过来，卡在自己和驾驶座的位置上，她的衬衣被他一把撩上，大掌直接探到她的胸口。

乔以陌只觉得脑袋嗡的一声炸开，她抬起手就要落在他的俊脸上。

顾风离好像早就预料到了似的，轻松地就握住了，"别试图激怒我，乖乖的，不然今晚你真跑不掉。"

"你……"乔以陌羞愤地咬紧双唇，瞪着他，努力不让自己哭出来。

顾风离慢慢松开手，却不让她离开。

乔以陌赶紧把衬衣抚平，尽量往下拽，遮住胸口。

顾风离没动，只是近距离地看着她。

这个姿势，令乔以陌极度难堪，她跨坐在他的身上，明显地感到他的某处在不断地壮大，再壮大……

顾风离又道："乔以陌，我们谈谈吧！我不想再兜圈子了，我很累！"

乔以陌心里莫名一颤。

顾风离的语气很冷，的确有点疲惫，他直言："直截了当地说吧，我对你很有兴趣，做我的女人吧。"

乔以陌错愕、尴尬，神色开始局促不安，更因为气愤而全身颤抖。

她往旁边躲，想要坐回去，可是，顾风离却一把扯住她，身子往上警告地一顶，她惊恐地抬起头来，对上顾风离那双深邃的眼眸。

"乔以陌，我不是开玩笑！再动，我不能保证会做出什么事来！"他低头看着她，警告味道十足。

他知道，他的话太大胆了！

但是，他觉得对她，大胆一点也好。不霸道，这个女人似乎不知道什么叫男人的脾气！

乔以陌犹豫了半晌，心都要跳出来了，她真的不敢惹他，她害怕他会真的在车里对她做出那种举动，于是她示弱了，"顾总，对不起，对不起！请你放过我吧！"

"哦？你想起来什么地方对不住我了？"他玩味地开口。

乔以陌一下愕然，身子往后依靠，方向盘卡在后腰上。

他又朝前靠了一点，她吓得后退，他把她逼迫到无路可退。

乔以陌吓得屏息，呼吸的频率都变了，"顾总，我错了，求你，放过我吧！我真的不知道我哪里对不起您，但是，但是请您放过我吧！"

见她脆弱地道歉，好像真的怕极了的样子，顾风离的心开始微微地软化，异样的感觉席卷而来，"如果我就不想放过你呢？"

乔以陌看着他阴晴不定的表情，吓得一动都不敢动，只能一味地道歉，"我求求您了，我真的错了，我不该招惹您！"

顾风离只是看着她，然后，挑眉，"这么说昌南那晚的事你想起来了？"

"什么？"又提起喝酒那晚的事，乔以陌吓坏了，赶紧摇头，"顾总，我真的该回去。请您放开我吧，明天还得上班，求您了好不好？"

顾风离笑，"看来我真的要提醒你了！"

乔以陌惊恐，随即深呼吸，回了一句："我不需要顾总提醒，我只知道我是顾总的下属，一个普通的职员，请顾总……自重！"

"自重？"顾风离听着乔以陌的回答，觉得很可笑，伸手解开自己领口的衬衫扣子，往下一拉，"乔以陌，看到这个，还想不起来吗？"

乔以陌被迫抬起头，看到他锁骨靠上一点的位置有一个牙印，如此的醒目，让人惊悚。

错愕，惊叹！

难道那是她喝醉酒后留下的？

这不可能吧？

乔以陌惊慌之后，抬起目光，对上顾风离的眼睛，"对不起，顾总，我什么都想不起来，我也不认为我做过什么。"

顾风离皱眉，拿出手机，把自己昨晚剪辑好的视频放在她的眼前，"看看吧！"

乔以陌无奈，只好接过来，看了一眼，瞬间就傻眼了。

当她看到自己主动吻上了顾风离，还抱着他的身子咬上他脖子的时候，她的脸腾地红了，错愕地惊呼，"这……这不可能！"

"有什么不可能的？"顾风离问，"这是视频，上面的人是你吧？"

乔以陌无言。

顾风离邪恶地勾起唇角，慵懒一笑，"你可看清楚，那晚是你主动的，亲了我，还咬伤了我，这笔账，我能就这么罢休吗？"

"你……你要怎样？"她惊恐地问。

"看起来，你真的很饥渴。而我呢，闲得也没事，可以试着满足你。咱们各取所需怎么样？"

听他这么说，乔以陌顿时火冒三丈，"我怎么知道这不是陷害呢？也许是你剪辑的！"

"你觉得我有必要去剪辑？要是你觉得是剪辑的，拿去找权威部门鉴定下，我没意见！"

"你就不怕受到影响？"她咋舌。

"我怕什么？"顾风离笑道："反正我是你的上司，长得不差，多少女人想上我的床，且我的口碑一直很好，到时候我只说是你勾引我，你说，别人是相信你，还是相信我？"

乔以陌终于忍无可忍，怒道："你一天不陷害我，全身就不舒坦是不是？顾风离，你到底要干什么？"

"要你做我的情人！"顾风离一脸认真的神色。

乔以陌看着他近在咫尺的脸，恨不能一拳挥过来。如果他不是她上司的话，她真的会跳脚揍他一拳的！

"你做梦！"她低吼。

"给你一段时间考虑，我知道你一时接受不了。但是这视频，如果到了别人手里，你说，会怎样？"

"你无耻！"

"有时候为了达到目的，偶尔无耻一下，也不是不可以。况且我什么都没做，都是你主动的，不是吗？"顾风离睿智的目光里带着一股戏谑。

乔以陌的眸光里闪过一抹震惊，真的太无耻了！

"这不可能！"乔以陌在经过各种复杂的情绪之后，终于淡漠地收回目光，冷声道："无论你想怎样，都不可能！"

"我说了，给你时间考虑，不过我的耐心有限，时间不会太长，最多三天！"

"三十天、三十年都不可能！"直接拒绝，没有一点掩饰，没有一丝圆滑，连拒绝的借口都省下了，乔以陌的回答让顾风离皱眉。

"如果我非要呢？"顾风离慵懒的声音带着挑衅的意味，"还是你有自信能逃脱？"

乔以陌面无表情地答道："我没自信，但也不能！"

"别做无畏的挣扎，这事，你不吃亏！"顾风离嘴角的笑容加深，抬手看了一眼腕上的手表，笑道："给你时间考虑，三天后，你若是不给我答复，我就把这视频发给你的家人！"

乔以陌脸色一变，"你卑鄙！"

"兵不厌诈不是吗？"他笑。

乔以陌无言，气得浑身直哆嗦。

顾风离却松开了她，让她坐回到副驾驶的位置，然后，他开了车库门，发动车子把她送了回去。

终于到了小区门口，乔以陌气愤地开门要走。

可是，顾风离却突然抓住了她的手腕。这女人只会当逃兵，他偏偏不让她这么做！

顾风离懒散一笑，这辈子他遇见过很多女人，还没有一个像她这般，对他避之不及。

人就是贱，越是扑上来的，越是不想要，越是躲避的，越想征服。

她成功地勾起了他的占有欲。

"顾风离，你到底要怎样？"此时，乔以陌已经彻底没了耐心，只剩下疲倦。

顾风离勾唇一笑，"不怎样，要个吻，今晚放过你。"

乔以陌还没反应过来，就被顾风离一把抓住，单手扣住她的双手，同时低头。

乔以陌低吼一声："放开！"

顾风离浑然不理，低头，温润的唇压了上来……

吻越来越重，乔以陌这下慌了，拼命挣扎起来。

"放开我！"

"乔以陌，你跑不掉的！"顾风离的声音在她唇边响起，声音异常的沙哑。

乔以陌错愕，瞪大眼看着他。

顾风离慢慢勾出一个笑容，右手捏着她的下巴抬起来，看着她的眼睛，一字一句地道："你只能做我的情人，三天后，我要兑现，否则，什么后果你知道的。"

顾风离这个人不随便，但是，只要他想要的东西，一定会不择手段地得到！

乔以陌绝望地闭上眼睛，"你别逼我！"

"我就是逼你了！"顾风离阴狠地开口，"而且你只有三天的时间考虑，今晚就算一天，别让我自己找上你，不然你会很惨的！"

这一夜，乔以陌又失眠了。

Chapter 10

一再的纠缠，只因你是我生命中很重要的一个人。

周四上班。

一大早，乔以陌还是顶着熊猫眼来到了公司。

"小乔，早啊！"亓云峰跟她打招呼。

"早！"乔以陌也点头。

"亓云峰，走了！"背后突然传来一道声音，正是顾风离。

乔以陌身子瞬间绷紧，回头，从齿缝里硬硬地挤出了几个字，"顾总，早上好！"

"哦？小乔啊，早上好！"顾风离眨了下眼睛，直视乔以陌，诡异地一笑，"小乔的睡眠质量挺高的，每天都能起得这么早。"

乔以陌无语，心中了然，顾风离这是话里有话，她也不怕他的撩拨，不动声色地合了下眼眸。

"顾总，您等下，我去趟厕所。"亓云峰走到门口跟顾风离说了句，就先去洗手间了。

顾风离站在门口，点点头，视线一直望着乔以陌。

乔以陌知道他在看她，但是她不动声色。

顾风离终于开口问道："考虑得怎样了？还有两天的时间哦！"

乔以陌双手捏拳，忍住，没有把桌上的东西砸过去。

顾风离目光充满了邪恶，"别动怒，动怒对女人的内分泌不好。"

乔以陌攥紧了拳头，不说话。

顾风离也不说话，只是一瞬不瞬地盯着她，盯得乔以陌心里发毛。

"你到底要怎样？"她终于忍不住低吼。

他看着她，表情温和，"就是那样喽，还能怎样？"

乔以陌开门见山，"我不同意！"

顾风离轻轻扯了下嘴角，淡定地说道："这可由不得你，用强的事，我也不是做不出来，那样或许更刺激……"

乔以陌顿时整个人都怔住了，确切地说，是傻了。他现在的样子看上去极其的温柔，明明说的话很龌龊，脸上却带着温和的笑容，云淡风轻地好像在说：今天天气不错。

乔以陌被气得直哆嗦，却说不出话来。

他居然在秘书部门口公然威胁她，可是，她能怎么办？

好吧，她承认，她不是顾风离这个男人的对手。

一番较量，乔以陌败下阵来。

顾风离神情慵懒地看了她一眼，转移话题，"今天我出差，你可别趁我不在招蜂引蝶啊！"

"你！"乔以陌瞪了他一眼，"你才招蜂引蝶！"

顾风离往她背后看了一眼，突然把食指放在嘴边比了个噤声的手势。

乔以陌刚想说什么，就听到顾风离用一本正经的语气说道："乔以陌，最近有了点名机后，是不是都来得很早啊？"

乔以陌有点错愕，这人变换话题也太快了吧！

结果，她还没有反应过来，就听到外面传来脚步声。

乔以陌瞬间了然，赶紧收敛了情绪，一本正经地回答："是，都来得挺早的！"

那人很快就到了门口，一看到顾风离，赶紧打招呼："顾总，您来得这么早？"

"嗯！孙总监也很早啊！"顾风离点点头。

来人是财务总监孙艳芬，笑道："这不，今天我们财务部李染染要结婚嘛！

事多，我怕做不完，早来半小时。"

这时候，亓云峰从厕所里出来。

顾风离道："孙总监辛苦了，我还要去总部开会，先走一步了。"说完和亓云峰两人一起下了楼。

孙艳芬目送顾风离离开，却也没有急着离开秘书部。

乔以陌见孙艳芬没有离开，赶紧站起来，"孙总监，您坐一下吧？"

孙艳芬笑笑，竟真的坐下来了，笑得慈眉善目，像极了在学校时候的班主任。乔以陌看着她，觉得亲切。

"小乔啊，别叫我总监，小地方没那么多叫法，我这人也不喜欢那一套，叫我孙姐吧。"

乔以陌听着她这话也不像是客套，于是赶紧叫了声，"孙姐！"

"嗯，这就对了！小乔啊，以后有什么事不懂的，或者是拿不准主意的，可以来问你孙姐我，只要你看得起啊！"孙艳芬突然这么说道。

乔以陌一怔，有点受宠若惊，"孙姐，真的吗？"

"当然是真的！"孙艳芬呵呵一笑，看着乔以陌，叹息道："年轻真好啊，小乔，今年多大了？"

乔以陌赶紧恭敬地回答："二十三了，过了年就二十四了。"

"嗯。"孙艳芬点点头，"好好干，以后前途无量啊。"

"谢谢孙姐，我没想那么多，就想干好本职工作。"乔以陌的确是这么想的。

孙艳芬却是笑了笑，"小乔啊，孙姐看跟你挺投缘的，送你句话吧。"

"嗯，您说。"

"女人事业再辉煌，家庭不幸福，都没用。女人没有野心也好，伺候好男人就行了。"

乔以陌挺尴尬的，她没想过伺候男人。

"你看顾总，多年轻，要是有个坚实的后盾，他会飞得更高！谁跟了顾总照顾好了他，这辈子都会幸福的。"孙姐突然给乔以陌来了这么一句。

乔以陌一时间没有反应过来，有点不能理解孙姐的意思。

孙艳芬也没再多说，就站了起来，别有深意地看了她一眼，笑了笑，"我先去办公室了，有时间来找我唠嗑啊。"

"好的，孙姐，您慢走！"

直到孙姐走远，乔以陌也没有琢磨过来孙艳芬这话啥意思，怎么听着好像是做了顾风离的说客呢？

不喜欢多想，索性也不多想了。

乔以陌开始了一天的忙碌。

下午五点，已经有人开始陆陆续续地走了，顾风离一直没有回来，大家都等不及去婚宴现场打牌了。

乔以陌自然是要忙到最后的，刘部长吩咐她一定要等到所有人都走了才能去。

乔以陌坚守岗位，等到五点半，终于没人了，她才收拾好东西准备离开，结果在门口的时候又遇见顾风离了，他刚从车里走下来。

乔以陌看到顾风离，下意识地想要避开，结果晚了一步，只听到顾风离在她后面喊道："小乔啊？不参加婚宴，你在这干吗呢？"

因为就在公司门口，不说话好像不太好，毕竟他还是她的上司。

万般无奈，乔以陌只好走了过去，远远地，毕恭毕敬地喊了声："顾总，我这就去，您回来了！再见！"

几乎是机械化地重复完这句话，乔以陌拔腿就走。

"亓云峰，把车停好，咱们走着过去。小乔，你也一起走吧。"顾风离沉声开口。

"好的。"亓云峰也看到了乔以陌，还没顾上说话呢，于是把车子赶紧拐到院里。

乔以陌一听要一起走，心里那个恼怒哦！睁着一双大眼，瞪了顾风离一眼。

顾风离也凝视了她一眼，笑了笑，丝毫不以为意。

这样的感觉，让乔以陌觉得自己就像个闹别扭的小孩子一样，索性低头看自己的脚尖，耳边传来顾风离的声音，"想好了吗？打算继续折磨我？"

乔以陌愤恨地回道："折磨人的是你！"

顾风离眨巴了下眼睛，似乎很得意地道："是吗？那真是我的荣幸，能折磨到你，也不错啊！"

"你！"真是无耻至极的顾风离。

乔以陌知道自己不是他的对手，窘迫过后，她逐渐冷静了下来。她觉得自己的脑袋真是被门挤了，竟然去招惹这样一个人物，实在是不智。

后背上，冷汗刷刷直流。想到自己的冲动，她心中一阵后怕。

"我是认真的！"顾风离瞅瞅她，语调低沉。

"无聊！"乔以陌恨得牙痒痒，虚伪的小人！

"时间一到我就要得到！"顾风离忽然又开口，眼底是暧昧的蠢蠢欲动。

"无耻小人！"乔以陌咬着牙，低低地闷哼。

为了防止自己的肺会气炸，用力地深呼吸着，她不要和这种人一般见识。

她要保持微笑，微笑……

因为不微笑也没办法，来往都是人，亓云峰也很快就出来了。乔以陌突然有点佩服自己，在这样糟糕的心情下，她还能装得若无其事，来应付顾风离。看来她也是吃一堑长一智，不是十分傻。

"顾总，小乔，走吧！"亓云峰已经大步流星地走来。

因为酒店就在公司往北三百米处，所以不需要开车。

乔以陌没有说话，只是微微点点头。然后，她脚下没有任何的停顿，大步往前走，也不等他们，只顾走路。然而，只有她自己知道，她的心已经提到了嗓子眼，害怕被顾风离威胁，害怕跟他相处，只想赶紧逃离他的气息范围。

在顾风离一再的撩拨和刻意的威胁下，她也乱了心神，难道，真的要做顾风离的情人吗？

不做，他就这样一再骚扰自己吗？

而他这样子，分明是知道B城那晚的人是她。

乔以陌觉得自己想要粉饰太平的心，真的被搅乱了！

"哎，小乔，你走那么快干吗？"亓云峰的喊声，惊醒了乔以陌。

乔以陌只能停下来，而顾风离和亓云峰也疾步追了上去。

乔以陌走在前面不合适，只能放慢脚步，刻意落在他们后面。

"小乔，你怎么了啊？不是走前面就是走后面。"亓云峰有点奇怪乔以陌的行为。

"没有。"乔以陌笑笑，眼底却是迷茫。

亓云峰更加不解了，只能岔开话题，"小乔，你会喝酒吧？"

乔以陌忙摇头，"不会。"

"那你惨了，今天一些同事肯定会灌你酒的。"亓云峰笑了起来。

乔以陌惊出一身冷汗，"那怎么办？我不会喝酒。"

"不会喝酒的人学会躲酒就行了。"顾风离在旁边冷冷地说了一句。

"是呀，顾总太英明了！小乔，你会躲也行啊！"

乔以陌却更忐忑了，她能躲开吗？

李染染的婚礼现场。

酒店外搭了热热闹闹的花墙，新娘李染染和新郎正在迎接他们，同事去酒店东大厅，亲朋去西大厅。

乔以陌一到酒店就躲开了顾风离，她深知跟顾风离走在一起有多扎眼，所以她还是尽量躲开。

乔以陌进去后，孙艳芬眼尖，立刻喊住了她，"小乔，过来这边坐吧。"

同坐的都是单位女同事，一共十个人，年龄上大大小小的参差不齐。

"坐我旁边吧。"孙艳芬笑着拍拍她旁边的位置。

乔以陌就坐了过去。

旁边几个老同事撇嘴，"孙姐，你对小乔这么好，不会是想让她当你儿媳妇吧？"

孙艳芬笑道："只怕人家小乔看不上我家儿子，眼光高！"

乔以陌受不了老大姐们这样的玩笑，只能红着脸低头。

六点钟，婚宴正式开始。

顾风离作为今天到场的最高领导，被司仪叫起来代表大家说几句祝福的话。

顾风离也没有客气，站起来，冷冽的目光先扫了一眼全场，带着居高临下的气势，随即，全场安静，都看向顾风离的方向。

"既然让我说两句，那我就简单说两句吧。今天是李染染女士跟谢长军先生的大喜之日，在祝福的同时，我们也跟着分享这份快乐。祝福他们二人百年好合、白首偕老、天长地久。大喜的日子我就不讨人厌多说了，再说一句，小两口好好过日子，孝顺双方父母！"

顾风离的话不长，很简短，尽管隔得很远，乔以陌还是看到了他眼底的真诚的祝福。

再转向那对新人，乔以陌的心不由得柔软起来，新人永结同心，这是美好爱情最终境界，但，这个世间，并不是每一对新人都能走向结婚这条路。

爱情的路太长，走一半就掉队的人太多了，有的即使步入了婚姻的殿堂，也会中途失足，形同陌路。

再反观自己，一瞬间的哀默让她整个人即使坐在那里，也如同身在半空，无法与周遭相融。

"让我们共同举杯祝福新人！"

乔以陌恍然，跟着人群站起来，握着酒杯，只是象征性地抿了抿，一口都没有喝。

放下酒杯的刹那，她抬眸，恰好看到顾风离那好似不经意的一瞥，目光与他短暂地相触，他的眸子深不见底，让人无法推敲出他真正的心思。

而乔以陌，没有忘记他说的三天期限。

她抿唇，低头，长睫掩饰住眼底的一刹慌乱。

"哎呀，小乔，你怎么不喝酒啊？"检测科的李玉华看她一眼，"来，借着李染的喜事，咱们几个姐妹聚到了一起，我们小范围喝一个，谁也不准不喝，谁不喝我跟她急！"

"可是，我不会！"乔以陌低声说道，有点着急。

孙艳芬笑笑，"别怕，一杯酒而已，你以后总要喝的，一点不喝也不行。"

乔以陌心中慌乱，"可是，我真的不会，孙姐！"

看她那可怜兮兮的样子，孙艳芬刚要说情，结果李玉华就喊道："不行，老孙，你绝对不能帮腔。小乔，你今天不喝这酒，可就是看不起你姐姐我！"

乔以陌为难，最后只能点头，"好吧！"

她终究还是没有逃过那一杯酒，于是一饮而尽，李玉华这才放过她。

乔以陌后来是真的不知道怎么回事了，一杯酒下肚，不多久就昏昏沉沉起来，不省人事了。

等她醒来时，发现自己身在一个陌生的房间里，她惊慌地检查自己的衣服，发现衣服完好无损，这才放心。

"有人吗？"她低叫了一声。

结果，没有人回答她。

乔以陌环顾四周，发现床头柜上有一张纸条，上面是很秀气的一行字：小乔，你的酒量还真是不咋地，一杯酒下肚就睡着了。因为不知道你住在哪里，所以没办法送你回去，只能给你开个房间了。孙艳芬留。

乔以陌脸红了，她这酒量真的是没办法练出来的，这下好了，出丑了，希望以后同事不要再逼她喝酒了。

看看时间，已经是晚上十二点，她身上的衣服皱皱巴巴，回去吧，明早还得换衣服上班。

提了包，去了酒店前台结账，却被告知已经结账了。

乔以陌心想，第二天还给孙艳芬吧，孙姐还真是个好人。

刚走出酒店，电话就响了。

乔以陌一怔，低头看看电话，发现显示的是顾风离的手机号码，于是她立刻惊悚地看向四周，那反应几乎是下意识的。

没有看到人，她接了电话，那边传来顾风离慵懒的声音，"醒了啊？"

许是宿醉后脾气有点大，乔以陌瞬间就怒了，"你到底想要怎样？"

"担心你，一个女孩子不会喝酒，也不会躲酒，你可真够笨的。"

"这关你什么事？你没事干了非要管我？"乔以陌觉得这个人阴魂不散，她早晚要被他逼疯。

顾风离，根本就是个恶魔，无处不在的恶魔。

"因为你比较顺眼。"他给了个答案，"还因为你今天挑衅了我，难道你不知道寂寞的男人是不能招惹的吗？"

"你浑蛋！"乔以陌吼出三个字。

"呵呵……你是第一个敢骂我的人，这样骂我，可是要付出代价的，姑娘，你做好思想准备了吗？"

"你给我滚远点，你根本不是领导，就是个流氓！"说完，她砰地一下挂断电话。

直到挂了电话，乔以陌瞪着手机，还是不明白，自己不算是最好看的，身材也一般，顾风离到底为什么要这么执着地招惹她，难道就因为之前的那两夜吗？这种事，会上瘾吗？

只是，如果他一再地招惹，她真怕自己撑不下去，会被他逼疯！那时候，怎么办？

乔以陌叹了口气，咬唇，深呼吸，那一刹，似乎下了决心。

由于时间太晚，酒店外居然没有出租车，街上也几乎没有行人，黑洞洞的一片，乔以陌无奈，只能拔腿往前走，心惊胆战。

过了不多久，突然停下一辆车，车窗滑下来，乔以陌吓了一跳。

一个男人，双下巴，一双眼睛很猥琐地落在她身上，"小姐，一晚上多少？"

乔以陌惊恐地瞪大眼睛，下意识地后退，再后退。

电话这时候再度响起来。

乔以陌赶紧接起，声音颤抖而激动，"你在哪里？"

"知道害怕了？"那边传来顾风离低沉的男声，却比以往任何一次都要让人踏实。乔以陌原本惊恐的心在听到这一声略带着责备的声音时，终于松了口气。

那男人有些急躁，明目张胆地又说了句："喂！你到底卖不卖啊？"

乔以陌如同抓住了救命稻草一般，急促地低叫一声："你在哪里？"

顾风离不紧不慢地说道："往左走，三十米，路南，过来吧！别挂电话！"

乔以陌撒腿就跑，一口气跑到顾风离说的地方，果然有一辆车子停在那里，左侧的车门也在瞬间打开，车里没有开灯，黑咕隆咚的，看不见人。

乔以陌脚步犹豫，一时间不敢上车。

只听到车里传来低沉的男声，"怎么？跑都跑来了，不敢上车了？还是想上刚才那人的车？"

听到顾风离的声音，乔以陌莫名松了口气，恐惧没了，紧张和忐忑又涌上来。

她这是逃离虎口又入狼窝啊！

刚才，她应该跑回酒店的啊，可是，她居然跑向了顾风离。

乔以陌，难道你忘记了，这一生，你最不该靠近的就是这个人啊！

直到坐进车里，她仍像木偶一样僵在那里。

顾风离也不说话，径自开车。

乔以陌不知道他会把她带到哪里去，或许，一切早已经偏离了原来的轨迹。

她没说话，什么都没有说，只能安静地坐在那里。

"怎么这么安静？"他突然开口，打破了这一刻的静寂。

乔以陌无言，不知道该说什么，最后，只能问了句："你……你怎么在这里？"

这么晚了，他不回去睡觉，怎么会在酒店外？难道是守着她？她不想这样自以为是，可是，事情怎么会这么巧合？

"浪漫一点的说法叫作守护，直白一点的说法叫作守株待兔，恶俗一点的说法叫作狩猎。想要得到猎物，是需要精心做点工作的。"顾风离的回答就是这样的不靠谱。

　　乔以陌咬着牙，默不作声。

Chapter 11

明明前路迷茫，怎么就妥协了呢？

车子一路开到了玉山花苑，依然如昨天一般，开进了车库。

顾风离二话没说，打开车门准备下车。

乔以陌突然回神，低喊："我没有说要跟你上楼。"

顾风离回头看看她，然后道："那你在车库里睡吧，晚上喂蚊子别怪我没警告你。"

说完，他就开门走了。

乔以陌气得直跺脚，却也只能跟着上去。

进了电梯，乔以陌突然想起摄像头，然后下意识地抬头看了一眼，似乎猜透她的想法一般，顾风离道："甭看了，电梯的摄像头拆了。"

"为什么？"

"因为侵犯隐私。"顾风离冷哼一声。

乔以陌松了口气。

一直到了十九楼，顾风离进门后往主卧室那边走去。

乔以陌只觉得全身都在发烫，她知道，今晚来了，是什么意思。

其间她无数次想逃，可是，她知道，顾风离志在必得，而且，她想快点结束这样的折磨，安安静静地生活。

顾风离走到门口，说了句："主卧室有洗手间，你可以用里面的洗浴，壁橱里有衣服，明早可以穿。晚安！"

说完，他并没有进主卧室，而是去了隔壁的房间。

那一刹，乔以陌整个人呆住。

顾风离看她还杵在那里，挑眉，坏笑，"怎么？想什么呢？"

乔以陌回神，赶紧一溜烟地跑进主卧室，关了门。

她没有动，背靠在门板上，听着外面的声音。

顾风离好像是进了洗手间，哗哗的流水声传来，让人心悸。

乔以陌站在那里，良久，下了一个决心！

她脱去衣服，然后去了洗手间，在里面冲刷了半个小时，洗净了自己，才发现，洗手间的浴室里放的是女式的浴袍，不过是新的。她裹了浴衣，擦干了头发，然后把自己的衣服叠好。

拉开门，走了出去。

门外，顾风离已经洗完了澡，正裹着浴巾在抽烟，头发湿漉漉的，不时滴着水，腹部上的肌肉线条十分惹眼。

乔以陌脸上热辣辣的。

听到她开门的声音，他看都不看她，只是说了句："这么出来，不会是想要跟我发生点什么事吧？"

乔以陌红着脸，有想要逃离的冲动，却生生顿住了脚步，艰涩地开口："如果跟你……是不是你就肯放过我？以后不再骚扰我了？"

闻言，顾风离抬起头，挑起一侧的眉梢，"怎么？你想现在跟我做？"

乔以陌抿唇，忍住羞涩，"我只想尽快回到平静的生活，不想再这样惊恐。请你，得到后，不要再来招惹我了，可以吗？"

"坦白说，那要得到之后我才能知道。"顾风离耸耸肩，回答得模棱两可。

乔以陌心中恼怒，想起之前的那些事，已经被他占了便宜，再多一次又有什么区别？

只是，眼睛突然有点酸涩，她茫然地伸手，抹了一把，手心一热，原来竟然是落泪了。

顾风离眼神一滞，一抬手，关了灯，屋里只留下一盏壁灯，光线瞬间暗了下来，只听他沉声道："你没有勇气，就别逞能，回屋吧！"

说完，他往隔壁客房走去。

但是这话，却刺激了乔以陌，她突然颤巍巍地跟着他走了过去。

客房里黑漆漆的，窗帘拉上了，看不见光亮，只有客厅外的这盏壁灯照射进来微弱的光线。

顾风离没有开灯，只是走到床边，拿了一支烟，点燃，抽了起来。

满室的烟味带来不一样的暧昧气息，那是独属于顾风离的。

而乔以陌站在门口，真的没有勇气走进去了。

最后，她终于咬牙，关门，隔绝了一切光线，屋里只剩下猩红的烟头，映衬着他的俊脸。

"算我求你，做过了，还彼此平静，可以吗？"她终于找到了自己的声音。

顾风离深深地吸了一口烟，然后，他忽然开口，声音格外低沉沙哑，"过来！"

乔以陌站在那里，一动不动，真的要开始了，她却害怕了，想拔腿就跑，可是脚却像是被黏住了一样迈不动。

顾风离终于没了耐性，一下熄灭了烟蒂，噌地站起来，走了过去，大手直接袭上她的腰身，二话没说，浴衣直接卸掉。

"不！"乔以陌尖叫一声，下意识地躲避。

顾风离嗤笑一声，"你搞清楚，是你主动的，这会儿要是后悔，就回去！"

乔以陌羞愧难当，低声道："我……"

顾风离没有再说话，只是扯去了自己腰间的浴巾，伸手就勾住了乔以陌。

"啊！"乔以陌再度尖叫。

黑暗里，听着这声音，滑腻的肌肤相触，顾风离的身体开始有了反应。

"不！我不做了！我后悔了！"乔以陌尖叫着推搡他。

"可是，已经晚了！"顾风离瞬间压上她洁白的身子，炽热的吻落下来，欺上了她的唇，大手则抚上了她光滑的肌肤。

"不！等等！"她低叫一声。

顾风离皱眉。

"我……我说不要了……你放我走吧，求求你……"直到这时，面对强悍的顾风离，乔以陌才知道自己多菜，她根本不是他的对手。

他却轻柔地在她耳边说："放松！"

乔以陌怔了下，咬住唇，身体还是无法放松。

"要不要喝点酒？"他突然开口。

"不要！"她立刻拒绝。

"呵呵。"他低笑，手指温柔地抚上她的脸，"闭上眼睛，跟着我来感受。"

乔以陌依言，闭上眼。

他的吻零零碎碎地落下，很轻，似羽毛般温柔地拂过她的肌肤。先前的恐惧，渐渐被一种奇异的感觉所代替。

乔以陌觉得自己快要爆炸了，体内有股诡异的浪潮，猛烈地掀起了一个又一个高浪。

"啊……"她情不自禁地扭动着身体，娇吟声不绝于耳。

虽然她很青涩，不过她的感觉，却让顾风离很满意。

当她准备得足够了！

他也觉得她足够了！

一切都泛滥成灾的时候，他终于亲密地融入。

乔以陌倏地睁开眼睛，黑暗里，她似乎看到顾风离那俊逸的脸上带着一种奇异的神情，如此华丽，如此妖异，如此满足，却又如此……落寞。

是的，有种落寞，在顾风离的脸上浮现。

猛然想起在他钱包里看到的那张照片，乔以陌瞬间明白，其实，男人心里也是有秘密的吧？那个女人，是他的爱人吗？如今，那个女子身在何方？

终于，一切都停止了。

趴在她的身上，他喘息着。

过了一会儿，他躺下来，说："明天早晨，记得吃药，因为太突然，我没有准备，所以先委屈你了。"

乔以陌心底一颤，点点头。

开了床头灯，看了眼时间，已经是凌晨两点钟了。

顾风离起身去外面冲洗，走的时候不忘记对她说："去冲一下吧，睡得会舒服点。"

乔以陌没说话，等着他离开自己再找浴袍，那浴袍，现在在地上呢。

她去洗澡，洗完后，就躲在主卧室里，没有再出去。

顾风离只是敲了下门，并没有强迫，他说："为了咱们都睡得好，今晚还是分开睡吧！"

他怕一起睡，他会再来一次，那样明天就没法上班了。

乔以陌心底松了口气。

许是一夜折腾，她终于筋疲力尽，许是觉得这样完了，她可以恢复到平静的日子，这一晚，她竟然睡得很踏实。

清晨六点醒来时，乔以陌看看房间，惊醒。

起身去壁橱里找衣服，拉开之后，发现里面有太多的衣服，没有拆标签，却是另外一种风格，跟她平时穿的不一样。

那衣服，过于成熟，看起来更精英，也妖冶。

乔以陌拿了一套，换上，把自己的装好，然后准备走。

一开门，看到顾风离正在外面，他似乎刚起来。

看到她穿得整整齐齐，清新的白色衬衫搭配一件收身的深色窄裙，更显得她身材纤细高挑，时尚而优雅。

顾风离的眼睛眯了眯，一抹异样的情绪划过，"很漂亮！"他开口。

乔以陌脸一红。

只听顾风离又补充了一句："我说的是衣服。"

乔以陌有种想揍人的冲动，却还是收敛了。

她站在那里，微微垂头，低声开口："从现在开始，我们两不相欠了，可以了吧？"

顾风离倒了一杯水，喝了一口，漫不经心地开口："那是你自己一厢情愿的认为，怎么？昨晚我的表现没让你舒服吗？"

乔以陌脸上火辣辣的，"你……你说话不算话！"

"姑娘！呃，不，女人，你搞明白一件事，我自始至终都没有说只要一次，不是吗？"

乔以陌被这句话堵得说不出话来。

再度确认了一点，顾风离就是个浑蛋！

她真是要疯掉了！

"吃完早餐，我送你。"他说，"还有时间回去放下衣服。"

"不用了！"

"这么走出去的话，你不怕被人看到？"

"原来你不是不怕！"乔以陌冷眼注视着他，"其实你也很怕被人知道是不是？"

"是呀！"顾风离大方承认，随即反问："难道你不怕？"

乔以陌再度无言。

"会做饭吗？"他忽然岔开话题。

乔以陌愣住，没答话。

"随便弄点吃的吧，我饿死了！"他说完，打开电视，看早间新闻。

乔以陌无奈，只好走进厨房，发现里面什么都没有。她又走出来，忍不住问他："没有东西，你让我怎么煮？"

"冰箱里不是有鸡蛋吗？"

他指了指厨房门口，那冰箱居然在厨房门口放着，而不是在厨房里。

乔以陌走过去，打开冰箱门，看到里面果然有鸡蛋，且整个冷藏室的两个抽屉里都是鸡蛋，足足有二十多斤！

这家伙只吃鸡蛋吗？

看她愣在冰箱前，顾风离道："这鸡蛋可是柳岸镇的特产，来自你的家乡。"

乔以陌身体一僵，转头看向顾风离，"你什么意思？"

顾风离漫不经心地回答："什么什么意思？这鸡蛋是全云海最没有污染的，生态绿色的，你可要给我好好地煎，别浪费了！贵着呢！"

乔以陌无语，拿了鸡蛋发现里面还有挂面，这人不是只吃鸡蛋挂面吧？

单身男人的生活就这样吗？

乔以陌想起顾风离说他是单身，三十二岁，这样的年龄不结婚，真是奇葩！

煎了几个鸡蛋，然后煮了一锅面条，端上桌的时候，顾风离深深地吸了口气，"嗯！真香！"

说完，就坐下来，然后道："筷子，筷子呢？"

那急切的语气，宛如好久没吃饭的孩童。

乔以陌没有跟他置气，走到厨房，拿了筷子，回来，递给他。

顾风离低头开始吃面。

乔以陌也坐下来，安安静静地吃了一小碗面，一个煎蛋。

"味道不错！"顾风离再度给予赞扬。

乔以陌没说话。

"吃完把碗洗了！"他居然支使她一遍又一遍。

乔以陌翻了他一眼，又去厨房把碗洗了。

最后走的时候，她又忍不住开口："顾总，结束吧！算我求求你了，行吗？"

"不行！"他换好了衣服，一本正经地回答她，"本来还想就这么放过你的，可是你煮饭挺好吃的，我觉得放过你太可惜了！"

"你！"难道会煮饭是罪过吗？

他忽然凑了过来，低头吻住了她的唇，他的吻带着强烈的占有欲，不容她拒绝。

"放开！"

"再挣扎今天咱们别去上班了！"他忽然低声威胁，并且加深了这个吻。

乔以陌只能放弃，最后被他吻得没了力气，他才放开了她，低声道："没有办法，就是你！"

这话，说得乔以陌心底打颤，却不敢乱想。

她别开脸，不再说一句话。

他却再度开口，言语无比认真，"乔以陌，你很聪明！"

乔以陌以一种难以置信的表情望着顾风离。

他又说："你用一夜赌的不是我放过你，而是你和我会不会有开始。其实你一直在装傻，你想用这一晚作为结束，同时又想用这一晚作为开始。对于你和我来说，开始和结束都是一场豪赌。你明明对我有感觉，心甘情愿献上你自己，却不敢轻言开始，因为你怕！至于怕什么，你心里清楚。今天我只想告诉你一句话，怎么开始的已经不重要，重要的是已经开始了，谁都别想当逃兵！"

乔以陌脑袋里的震动瞬间停止了，取而代之的是一片僵死的空白。

他笑了，似乎很满意她的目瞪口呆。

再然后，他说："承认吧，我说得没错！"

乔以陌抿唇，脸上涌现出一抹绯红，终于，她点头，"你猜得没错！但男人喜欢打闪电战，用最短的时间拿下女人，把喜新厌旧的周期缩短。"

顾风离补充道："而女人喜欢跑马拉松或加时赛，吊着男人的胃口，得不到的才是最好的。"

乔以陌深呼吸，问道："那么，你是吗？"

他挑眉反问："那么你呢？是在吊我胃口吗？"

"我赌不起！"乔以陌认真说道。

"可是你已经在赌了！"顾风离给出了答案。

乔以陌屏息，然后道："我不够好！"

顾风离微微一笑，"彼此彼此！"

"那么你呢？是闪电出击吗？"乔以陌再问。

顾风离伸出手轻轻地抚上她的脸蛋，叹息了一声道："承诺是没有可信度的，这个世界上最美的谎言就是承诺。即便是你需要谎言，我也给了，但是谁都不能保证天长地久，也许下一秒，我就不在了。这个世界意外太多，谁也保证不了下一秒，这才是现实。而当一个人无法守约时，你会守着承诺孤单一生吗？"

乔以陌一下子哑然，怎么听着顾风离的话，觉得那么伤感呢？

她定定地望着他的眼睛，看到他平静的笑容，眼底无波无澜，只是，她还是感受到一种深沉的悲哀，似乎从他的心底发出来。

"不会吧！"乔以陌给了三个字。

"看吧，你自己都不能确定自己的心。"

乔以陌咬唇，良久，咬牙道："我能！"

"别撒谎了！"顾风离扯了下唇，似乎带着一抹讥笑，"你能做到的话就不会爬上我的床了，你本就是个随便的女人。"

错愕！

乔以陌眼底闪过一抹慌乱和受伤，她想反驳，可是，话到嘴边却又戛然而止。

是啊，她若不随便，又怎么会一再爬上他的床呢？

顾风离真是犀利，一语破的，直接戳向她的心窝子。

她的脸色瞬间苍白。

"谁都保证不了什么，喊口号的时候永远都是最响亮的，做的时候却是另外一套，所以，乔以陌，别把格调定得那么高，走得反而很失调。"

乔以陌站直身体，轻轻飘地说出一句话："我只想知道，你是不是闪电战，我总要为我自己打算吧？"

"嗯！识时务！"顾风离赞赏地点头。

乔以陌无言。

"我不知道！"顾风离给了四个字，干脆简洁，惜字如金。

乔以陌无语，却知道这句话是真真切切的诚实话。

或许，顾风离真的不知道未来到底怎样吧？！

乔以陌犹豫了，这场游戏，到底要不要玩？要不要赌？

见她还在犹豫，他笑了。

乔以陌深吸一口气，眸子一顿，道："还有一天！"

"呵呵。"顾风离乐了，"好！那就再给你一天时间考虑。"

"好！"乔以陌点了点头，脸上一片绯红。

谁知顾风离突然又说："闪电出击，加时耐力组合，如何？"

乔以陌又是愣了愣。

顾风离再度直言："如果你喜欢你逃我追的矫情戏码，我不介意陪你演，只是，你不觉得浪费时间吗？有那时间，还不如做点滚床单促进阴阳和谐的事，你说是不是？"

乔以陌觉得自己只能无语，除此之外，没别的高招了。

终于回到了公司，结果刘部长先一步到了。

一进办公室，就看到有很多同事都在打卡机前排队。

见到她，都笑。

乔以陌不知道怎么回事，蓦地想起昨晚的宴会，自己喝醉的事，也不知道是被谁抱进酒店的。

"部长，对不起，今天我来晚了点。"乔以陌小声地跟刘部长道歉。

刘部长笑笑，"没事没事！"

很难得，刘部长今天很和善。

"小乔，你可真是我见过的人中酒量最差的一个，一杯酒就睡得呼呼的，怎么叫都叫不醒，问你住哪里，还不告诉我们。"

"呃！"乔以陌更窘迫了，"不好意思，给大家添麻烦了。"

刘部长笑道："这事你要感谢孙姐，是她和亓云峰把你送去酒店的。"

"嗯！"乔以陌点头答应。

后来，她去找孙艳芬，"孙姐，昨天真是给您添麻烦了，这是住酒店的钱，还您！"

"哎呀，钱别给我，是顾总付的账，你还给顾总吧。"孙艳芬笑呵呵地告诉她，"小乔，你可真是太可爱了，一杯酒喝完不多会儿就趴在那儿睡着了，弄得你孙姐我直喊罪过，不过以后好了，大概没有人会劝你喝了。"

"真是不好意思。"乔以陌再度小声道。

"没啥不好意思的，酒量因人而异，有的人天生不适合喝酒，不用介意！"孙艳芬对她笑笑，"对了，昨晚睡得好吗？"

"嗯！还好！"

"一直在酒店？"

乔以陌一怔，摇头，"没有，后来睡到一半就回去了。"

"嗯。"孙艳芬看看她，笑笑，没再说什么。

"那我走了，孙姐。"

"去吧！"孙艳芬点点头，送她出来。

乔以陌觉得孙艳芬对自己真的很友善，一直送到走廊拐角，恰好遇到从五楼开会下来的顾风离。

他一点波澜都没有，淡定地开口："孙总监，小乔，你们两个勾搭上了啊？"

"顾总，这话可不像是你说的啊！注意素质！"孙艳芬笑着道。

"呵呵，平时大家是同事，不过上班气氛过于严肃也不好，私底下大家还是兄弟姐妹不是！"顾风离今天的心情似乎很好，气色也格外好。

乔以陌一想到昨晚的事，就忍不住脸红，头垂得低低的。

顾风离突然说道："昨天酒量最差的那个好像欠了我房钱吧？"

孙艳芬眨了下眼睛，似笑非笑道："你一大老总还差那点钱啊？"

"一码归一码啊，亲兄弟还得明算账呢，再说我跟小乔也不熟，是吧？"顾风离说着看向乔以陌。

乔以陌回神，赶紧把手里一直攥着的钱递给了顾风离，"顾总，谢谢您！给您添麻烦了！"

顾风离接过钱，耸耸肩，"不麻烦，举手之劳而已！"

说完，收起了那钞票，装模作样地放进了兜里。

一切，不动声色。

一切，如正常同事。

乔以陌心里那个懊恼哦，昨晚他怎么就不说钱的事？

一想到昨晚，乔以陌就脸红心跳，尤其此刻，顾风离站在她身边，淡淡的薰衣草香味似有若无地飘忽在她的鼻翼间，更让她情不自禁地胡思乱想起来。

"小乔，你怎么？不是昨晚喝醉还没醒酒吧？怎么这会儿脸这么红啊？"孙艳芬奇怪地问了一声。

顾风离扫了她一眼，一本正经地道："可不，跟下蛋的鸡似的，红得吓人呢！"

"哎呀，顾总，你怎么说话呢？人家可是个姑娘！"

乔以陌赶紧道："没事，没事，顾总爱开玩笑，孙姐，那我先下去了。"

"对不起了啊小乔，我说话一直如此，别见怪！"顾风离调侃着开口。

不见怪个鬼！乔以陌在心底低声咒骂，这个男人分明就是故意的。

"小乔，要是不舒服就去医院看看！"孙艳芬又嘱咐了句。

"对，不行买点药！"顾风离说"药"这个字的时候格外加重了语气。

乔以陌忙道谢，终于逃回了秘书部，突然想到自己还没有避孕，于是坐公车去了一个偏远的药店，买了紧急避孕药，这是一周内第二次用了。乔以陌买了一瓶水，吞了一粒药，然后又坐公车回到了自己的住处，没有吃东西，躺了一会儿。

她觉得再这么躺下去只怕自己要爬不起来了，越躺越觉得懒，于是爬起来，还是打算去公司。

周五下午，下了班后，就没有再遇到顾风离，听说去了B城。

果然这一晚，顾风离没有骚扰她。

周末很快到来。

乔以陌在家里过得很忐忑。

一大早六点钟，就有人来敲门。急促的敲门声显得那样理直气壮。

乔以陌起来开门的时候就觉得不妙，果然一眼看到了车明剑，那家伙手里提了很多袋子，衣冠楚楚地站在门口。

乔以陌呆住，不开门。

她回去换衣服。

可是敲门声锲而不舍。

她无奈，走了回来。

只听到外面传来邻居王阿姨的声音，"找小乔呢？"

"阿姨，您好！"车明剑嘴很甜，立刻跟邻居王阿姨打招呼："对！我找陌陌呢！"

"小伙子，长得可真俊啊！"王阿姨笑眯眯地看着车明剑，那眼神不用说，就是在看乔以陌的对象呢。

"小乔在家吧？"

"在家，这丫头一定在的！你再敲敲门！"王阿姨很热心地帮他敲门，"小乔啊，小乔，开门啊，有小伙子找你呢！"

王阿姨简直就是八卦界的祖宗，边敲门边问车明剑，"小伙子哪里人啊？"

"B城！"车明剑笑着说道。

"哎呀，省城啊！"

"嗯！"车明剑笑笑。

乔以陌意外，车明剑是省城的人？真是一直没看出来，他不是在郏城工作吗？不过这些人谁知道咋回事呢，都喜欢说谎话，让人不知道哪句是真的。

"一大早从B城赶来看小乔啊？"

"不是啊，阿姨，是半夜就往这赶。"车明剑笑着回答，一口一个阿姨，叫得那个亲哦。

"那你可真够辛苦的，从省城过来得好几个小时吧？"

"是呢！不过能看到小乔，再辛苦都值得！"车明剑回答得很暧昧，彻底满足了王阿姨的好奇心。

乔以陌无奈，这么下去，只怕要玩完，赶紧拉开门。

"你真在家啊！"车明剑一看到她，就笑了起来，笑得异常奸诈。

"王阿姨，早！"乔以陌先跟王阿姨打招呼，又把车明剑拉了进来。

"早！早！小乔，好啊！我下楼去锻炼，你们年轻人好好唠唠啊！"说完，王阿姨暧昧地笑着走了。

等到关上门，乔以陌看到车明剑笑得奸诈无比，"早啊，乔以陌，惊喜吧？"

"惊喜你个头啊！"乔以陌咒骂一声，"你能不能也别这么阴魂不散？"

"也？"车明剑一下抓住要害，"难道还有人比我厉害？那人谁啊？"

"没有人！"说漏了嘴，乔以陌赶紧否认。

"这一周想我没有？"车明剑把袋子放在她家的茶几上，里面是菜和零食。

乔以陌惊讶，"你来做什么？"

"当然是来跟你一起吃饭的啊，今天太阳有点大，我不想出去，带了碟片，咱们在你家看电影，你做饭给我吃，顺便培养下感情，如何？"

"你神经病啊？"

"嘿！你怎么知道？我神经确实不太好，你骂我，我的神经会自动忽略掉一切不好的话，只听好的。"车明剑厚颜无耻地说道。

乔以陌彻底无语。

"小陌陌，我给你带了个礼物过来，要不要看看？"

"不要！"乔以陌冷声说道。

车明剑也不生气，拿起电话就说："把我家宝贝儿抱上来！"

电话挂断了，不多时，有人敲门，车明剑赶紧跑去开门，倒是把她这里当成自己的家了。

车明剑对着门口的人说："你先去玩你的吧，我不打电话，就好好玩啊！"

不知道那人说了什么，乔以陌从厨房里出来，就看到车明剑手里抱着个女娃娃，三四岁的样子，一双大大的眼睛，忽闪忽闪的，穿着粉红色的公主裙，扎了个小辫子，好像刚睡醒，眼角还有眼屎呢，车明剑给拭去，即使有眼屎也掩不住这孩子的漂亮，可见父母基因的优秀。

车明剑指了指乔以陌，"禅儿，叫人了！"

那孩子扁扁小嘴，瞅了瞅乔以陌，瞪大了眼睛，然后就一直看。

乔以陌对上那双眼睛，心莫名地轻颤了下。

"这是？"她错愕地问。

车明剑嘿嘿一笑，颇有些得意，"我女儿，漂亮吧？"

乔以陌怎么也没想到车明剑会抱着个孩子过来，而且还是他女儿。一瞬间，她被这消息震到了。

乔以陌可以拒绝车明剑的嬉皮笑脸，板着一张脸，但是面对孩子那黑白分明的大眼，竟有点熟悉的感觉，就忍不住伸出手，要抱她。

"妈妈！"谁知道小家伙突然喊了这么一声。

这一声，吓坏了乔以陌，她的手缩了回去。

孩子见她手缩回去，立刻抿唇，不说话了。

乔以陌看着孩子委屈时跟自己一样抿唇的样子，顿时心疼得不得了，又伸出手。

小丫头这次不伸手了，而是仰头红着眼圈跟车明剑说："爸爸，妈妈不喜欢禅宝宝。"

"没有！宝宝，这不是妈妈，是姨姨。"车明剑很尴尬地解释。

哪想到小家伙一听这话，立刻哭了，"爸爸骗人，宝宝要妈妈！"

"呃！"乔以陌真是不知道车明剑葫芦里究竟卖的什么药，抱着这么个孩子跑来，乱认妈妈，她都傻了。而她看着这个孩子，还真的有点拒绝不了，也不管他了，就伸手抱过来，小家伙胖嘟嘟的有点重呢。

"宝宝，你叫什么啊？姨姨抱。"

"叫车小禅，原本是婵娟的婵，但是后来觉得那个字不好，又改成坐禅的禅了，大彻大悟的意思。"车明剑解释了一句。

乔以陌抱着那软软的小东西看向车明剑，"这到底怎么回事啊？你结婚了啊？"

车明剑嘿嘿一笑，挑眉，有点玩味，"你是不是很失望啊？哥哥我二婚还有个孩子。"

"我失望什么啊？"乔以陌皱眉，"你抱着孩子来我这里想干吗？"

"我女儿缺母爱，没妈妈了，我寻思一圈也没几个顺眼的，就想起你，所以我就抱着她来你这里找找母爱。"

"什么意思？你老婆呢？"乔以陌惊呼。

"没了！"车明剑眼底流淌过一抹悲伤。

乔以陌一下不知道说什么了。没了的意思，就是死了吧？

不过，车明剑很快就恢复了嬉皮笑脸，璀璨一笑，说："小陌陌，我女儿可爱吧？"

乔以陌一愣，再看看那窝在她怀里的小娃娃，的确是很可爱，唇红齿白的小丫头，身上香香的，干干净净的，一看就是被呵护得不错。

"很可爱！"

"妈妈！"小丫头又喊她。

乔以陌刚想说什么，车明剑的手就抚上了她的肩膀。乔以陌被吓得一顿，忘记了说话。

只感觉那手微微用力，车明剑认真地说道："陌陌，我女儿很可怜，她喜欢你，她可不是见了谁都喊妈妈的。"

乔以陌垂头，笑容掩饰了唇边的一抹苦涩，"可是我不是，不能欺骗孩子不是吗？"

"她还小啊，给点母爱啦，反正最近我也不想给她找后妈。"

听他这么说，乔以陌竟然不知道说什么好了。

许是一大早就把孩子吵醒了带着来云海，车小禅一会儿就困了，紧搂着乔以陌的脖子，喊了两声妈妈后，带着微笑在她的怀抱里睡着了。

乔以陌抱着她，轻轻地摇晃。

车明剑望着她，目光柔和，说："陌陌啊，你抱孩子很熟练啊，不知道的还以为你生过呢。"

乔以陌脸色一白，低头，"胡说八道什么啊？"

"估计我女儿要睡几个小时了，放你床上去吧。"车明剑说。

乔以陌抱着小丫头回了自己的屋，轻轻地放下，然后给她盖好被子，把周围都围好，防止掉下来。

车明剑站在卧室门口，看着她这么细心地做这一切，目光再度柔和，轻声开口："小陌陌啊，要不你跟我吧，当我女儿的后妈吧。"

"神经病！"乔以陌回头白他一眼，压低声音，"你小点声！宝宝睡着了！"

乔以陌轻轻关好门，这才看他，车明剑也看着她，"我说真的，当我女儿的后妈吧！你刚才叫禅禅叫得那么熟练，好像真是她妈妈一样。"

"不可能！"乔以陌摇头。

"不屑当后妈啊？"车明剑挑眉。

"这对任何女性而言，都是很难的。"乔以陌直言。

"为什么？"

乔以陌看他，然后道："以后有爱上你的女人，也许会甘心情愿当你孩子的妈妈，但是不会是我，我很喜欢禅禅，觉得她很好，但我不喜欢你，车先生，你明白了吧？"

"你当初不是想爬上我的床吗？"

"你再提这事，就出去！"乔以陌立刻冷声说。

"我出去了，你养我女儿啊？"他又是好诈一笑。

"你妻子去世很久了吗？"乔以陌忽然开口。

车明剑的眉头轻轻一颤，原本笑着的面容一僵，好像是被人打了个耳光，整个人都怔住了。

看到他这样，乔以陌知道自己的问题问得太过直白，"对不起！不过你妻子一定很欣慰，你把孩子照顾得很好！"

车明剑眸中流淌过一抹自嘲，"可不是我，是我爸妈照顾的，我哪有那个时间啊！"

乔以陌不再说话。

车明剑很快又恢复了老样子，直接命令她，"陌陌，你忙你的，别管我，我先看电视，你要是不忙，就快点做饭！"

他说完，脱掉鞋子，直接靠在她的沙发上，穿着黑色棉袜的脚大大咧咧地放在她家的茶几上。

乔以陌无言，瞪着他。

车明剑立刻说道："我洗了脚的，没有脚气，而且袜子也是今天刚换的。"

不再理会他，乔以陌知道轰不走这个人，所以提了袋子，去厨房做饭。

这个人买了不少东西，又新鲜又漂亮，每个都是精品。

"陌陌啊，鲫鱼炖汤，豆腐干煸放小葱，肉红烧，小青菜凉拌，对了，还有肉馅是不是？禅禅喜欢吃肉丸子，你给做点肉丸子啊！"车明剑还不忘记嘱咐她。

乔以陌择着菜，心想这个人真是不客气，跟谁都这么自来熟。

就算是当初她有心把第一次给他，但是，他们见面的次数加起来也不超过十次，不至于这样吧？

等到乔以陌忙起来的时候，车明剑打量了一下四周，看到屋里被收拾得真是一尘不染，而茶几下面的茶盘里放了一个药板，上面还有一粒药。

车明剑皱眉，收腿，拿了起来，一看，顿时目瞪口呆——毓婷！

Chapter 12

冥冥中的注定，折射出最忧伤的光。

事后避孕药！

车明剑在一刹那简直犹如发现了新大陆！

难道最近有他不知道的事情发生吗？不行，他得打电话问问，探探口风。

于是，拿起电话，拨了顾风离的。

那边的声音似乎有点慵懒，"一大早的你搅人清梦，烦不烦啊？"

"是清梦还是春梦啊？"车明剑在这边很痞地开口。

"一大早的你打来电话干吗？"顾风离皱着眉头尚且在睡梦中，被吵醒真是有点烦躁，半夜才睡，连着两天熬夜了，前晚有福利，昨晚可是只应酬了，没有福利。

"我想你了呗！"车明剑继续废话。

"你就想算计我！"顾风离冷哼一声。

"我成功了，是不是？"车明剑嘿嘿地笑。

"不知道你在说什么！"

"真的不知道还是假不知道啊？我现在在云海呢，在福海小区某个美女的家里呢！"车明剑把乔以陌的住处说出来。

果然，那边停顿了一下，随即传来顾风离慵懒的声音，"你在哪里关我什么事啊？有美女好啊，祝你抱得美人归。"

车明剑一副很不满意的样子，"嘿！你越是不问我，我越是觉得你什么都知道。"

乔以陌在厨房里择菜，听到车明剑的电话，有点担忧，难道这电话是给顾风离打的吗？

"没什么事的话，就挂了吧，我继续睡个回笼觉！"顾风离语气平平。

"你真的不介意啊？那我真追小乔了！"车明剑见顾风离不在意，干脆都招了。

"随你！"顾风离还是表现得十分冷淡。

"那我就这么干了，今天就把小白兔吃掉！"

"祝你吃得开心！"顾风离砰地挂了电话。

车明剑挑挑眉，露出奸诈的表情，不会是生气了吧？别以为不动声色我就看不出来，哼！

顾风离放下电话后，再无睡意，下床朝浴室走去，窗外阳光柔和地洒落在他修长的身影上，却怎么也化不开那周身的冷漠气息。

在浴室冲了个澡，顾风离走出来，裹了浴衣，然后拿出另外一部电话，拨了一个号码。

乔以陌洗菜的时候，电话响了。

她擦了手，准备接电话，刚拿出来，电话就被一只大手抢了过去，乔以陌忙回头，看到车明剑已经接了起来。

他打开电话，不说话。

那边也不说话。

"把电话还给我！"乔以陌低叫一声。

车明剑一手挡住乔以陌，然后对着电话道："我是乔以陌的男人，有什么事就跟我说，喂！你是哪位啊？"

那边没有说话，然后，砰地挂了电话！

车明剑耸耸肩，把电话还给乔以陌，"骚扰电话，一个字都没有说。"

乔以陌接过电话，看着这个陌生的号码，皱眉，再皱眉。

车明剑斜靠在厨房门上，挑衅的目光看向那电话。

"你出去！烦不烦啊？"乔以陌把电话放进兜里，继续洗菜。

倏地，身影掠过，车明剑出手，轻佻地揽住乔以陌的肩膀，一脸哀伤地抱怨道："陌陌，你这么说太伤我心了，我这么喜欢你，千里迢迢地来给你食补，还把我女儿都带来给你当女儿了，你怎么能这么践踏我的真心呢？难道一星期不见，你就出墙了吗？难道你一点也不明白我对你的真心吗？"

乔以陌浑身僵硬。

车明剑轻浮地笑着，修长的手指也随之抚上乔以陌的俏脸。

"你能不能别这么恶心人？"冷斥一声，乔以陌伸手把他的手拉下。

状似受伤，车明剑抚住自己的胸口，"哎呀！真是太伤心了！小陌陌，你怎么能这样对我呢？"

乔以陌又踹了他一脚，满意地听到一声闷哼，这才继续手里的活，不理会身后的哀号，像是什么都没有发生过。

"小陌陌，想不到你出手这么狠！"车明剑委屈地大嚷着，再度八爪鱼一般扑过来。

乔以陌往旁边一闪，躲过。

"小陌陌，这要是换了顾风离，你是不是就不躲了？"车明剑嘿嘿一笑，没扑到也不恼，继续奸诈地笑着。

乔以陌一怔，转过脸来久久地凝视着他，把车明剑看得一阵心虚。

"陌陌啊，你这么看我，我会误会你爱上我的！"

乔以陌冷哼一声："你今天不就是来做顾风离的说客的吗？"

"咦？你想顾风离啊？"车明剑的眼中闪过一抹诧异。

乔以陌直接开口："说吧，你到底要我怎么对待顾风离。"

"小陌陌，你想通了？"车明剑立刻来了兴趣。

乔以陌冷笑，"我若是想不通，你就一直这样骚扰我？"

"原来你不是很傻啊。"车明剑哈哈一笑，目光犀利地重新打量了一下乔以陌，"不会是最近发生了什么事情吧？所以，你突然改变了主意？"

被车明剑看得有点无处遁形，乔以陌转过身，继续洗菜，"如果非要玩这个游戏，而我无处可逃的话，那么游戏规则，要按照我的来！"

"你想干吗？"

"我选顾风离！"乔以陌一字一句地开口，"所以，请你以后尽量不要出现在我的面前，也不用再做这些幼稚的事情了。"

"呃……"车明剑眨巴了下眼睛，惊讶的同时也有点失落，"你确定没有吃错药？你当初不是对我挺有意思的吗？"

乔以陌看看他，来了句，"而事实，顾风离比你好很多！"

车明剑深受打击，"都说女人对第一个男人记忆格外深，看来真是如此啊！"

乔以陌点头，"是！顾风离在我心里留下了难以磨灭的印象，而你只是个过客！"

车明剑一皱眉，怔了怔："陌陌，你是不是挺记恨我的？"

乔以陌垂头，笑容掩饰住了眼底的黑暗，低声问："那么，你是不是对此愧疚过呢？"

车明剑又一怔，想起上周乔以陌哭的样子，他伸手按住了她的肩头，"对不起，陌陌，我正式向你道歉，是我设计了你，把你送到了顾风离的床上，不过怎么说顾风离都不差是不是？跟着他，你也不亏，对吧？"

乔以陌听着这话，心里一紧，眼睛突然酸酸涩涩的，她问："你设计顾风离是想要他忘记心底深处的恋人是不是？"

车明剑一怔，乔以陌看不到他的神情，只是感觉到他握着她肩头的手指倏地一僵。

他的手，将她的肩头捏得很痛。

他说："陌陌，我的初衷的确是这样！"

乔以陌仰着脸，苦笑道："那时我叫你一声车哥，你的笑容那么清澈，我从没想到你居然会骗我！"

"虽然有点残酷，但是我还是想说，陌陌，你太单纯了！"车明剑望着她，看到她的脸色越来越苍白，他竟有些不忍心。

上前一步，伸手拥住了她单薄的身子，这个举动，无关风月，只是想要给她一些温暖。

"忘记过去吧，让一切重新开始。"车明剑低声说，语气里都是诚恳，"我希望我们以后可以成为朋友，忘记最初的开端好吗？"

乔以陌反问："你觉得那样的事可以忘记吗？"

"很难，但是只要努力，一定可以走出去的！"

"我可以重新开始，也可以不去想过去，但是，现在，别再算计我，否则，我不知道自己会做什么！"

车明剑的眼底闪过一抹琉璃之光，"乔以陌，在你之前，我也设计过几次，可是都没有成功，只有你成功地爬上了顾风离的床，这就是缘分。如果你能成为顾风离的妻子或者爱人的话，我是乐见其成的。"

"为什么要你乐见其成？"乔以陌推开他，冷冷地说："你出去，我想安静会儿。"

车明剑还想说什么，最终还是尊重了乔以陌，退出了厨房。

乔以陌很快平复了情绪，拿出电话，拨了刚才的那个号码。很快那边就接通了，却没有人说话。

乔以陌低声道："你好，我是乔以陌，请问一下，刚才是谁打了我的电话？有事吗？"

那边停顿了五秒钟，果然传来顾风离的声音，语气坚硬，暗含威胁，"想爬墙先确定墙头是不是坚固，别摔下去被墙砸死！"

乔以陌听着这话，淡淡地开口："这话好像是对围城里的人说的，很遗憾，我并不是围城里的人。周末愉快，顾总！"

此话一出，顾风离立刻愣住，一时间竟然不知道说什么好，有点卡壳。

最后，顾风离只能蛮不讲理地说了一句："你胆敢再惦记车明剑，我会让你三天三夜下不了床！"

乔以陌脸一红，这个人果然够无耻，只是，他到底把自己当作了什么？

这样强烈的占有欲，是正常，还是畸形？

况且，他们也只是上过床的关系而已！

于是，乔以陌下定决心，对顾风离道："我答应你！"

那边一怔，语气随即平静下来，"好！识时务！"

"小陌陌啊，亲爱的，达令，你快做菜啊，我要饿死了！"外面，车明剑突然大声地喊道。

乔以陌已经压低了声音在厨房里通话，没想到还是被车明剑发现了！

他跑了过来，一把抢过电话，对着里面喊："小陌陌，达令，亲爱的，来亲一个啊！"

乔以陌看着自己的电话又被车明剑抢过去，无语地翻了个白眼，朝外走去。

那边，又一次无声地挂了电话。

车明剑露出奸诈的微笑，就知道这电话是顾风离的，还装，小样儿，玩不死你！

乔以陌开始专心致志地做菜。

车明剑就在门口看着她，不到十分钟，车明剑的电话就响了。

车明剑没接电话，就笑，"我猜是顾风离。"

乔以陌没说话，已经不想理会他了。

只见车明剑低头看了一眼电话，瞬间脸色一白，"妈的！够狠！顾风离，老子跟你没完！"

骂完后，车明剑接了电话，立刻换了种口气，低眉顺眼地笑着开口："爸，您老一大早打我电话干啥啊？……禅儿啊，我带着呢，当然了……"

原来是他爸爸打来的，乔以陌心想，这个车明剑这么大了，还这么怕他爸，还真是少见。

"爸，我啊？我工作忙呗！我这不是想着再进步进步嘛……没有的事，绝对没有……谁在后面告我状啊，简直是给我扣屎盆子……我真没有，您老消消气……爸，我知道了，是不是风离哥给您打电话了？我就知道是他，那个贼狐狸……"

车明剑一直赔着笑，好像真的很怕他爸爸，最后他说："好！我知道了！我马上带着禅儿回家，您消消气啊，别动怒，血压不好！您老可得长命百岁，保佑我高升呢，是吧，爸？"

挂了电话，车明剑立刻换了副嘴脸，恶狠狠地直接拨了顾风离的电话。

一接通就骂道："顾风离，你这个闷骚的狐狸精，我说你怎么能憋得住呢，敢情是打老爷子这张牌，你狠！行！你够狠！"

"明剑，别跟我玩，你输不起的！"那边传来顾风离慵懒的声音。

车明剑大怒，"你弄这么一道子不就是不想我跟我女朋友在一起吗？"

"我可没有这么说，你继续谈你的恋爱啊！"顾风离的语气不疾不徐，气得车明剑咬牙切齿。

"我告诉你，我可是带着禅儿来这里的，给我女儿找后妈哦！"车明剑突然贼贼一笑。

那边终于传来顾风离带着情绪的声音，"明剑，如果你继续这样，我可能会改变主意，把禅儿接回来。"

车明剑一愣，立即道："可是我已经做了，覆水难收！禅儿自己就找了妈妈！"

"立刻带她回去！"顾风离的语气里已经夹杂了冰霜。

"好，我知道了！"车明剑被吓了一跳，不敢再招惹顾风离。

放下电话，眉头皱了皱。

乔以陌还在忙活。

车明剑看看她，若有所思。

乔以陌一转头，就听到他说："陌陌，我突然想起来，我还有事，我要回去了。"

乔以陌看看他，皱眉，带着点疑惑，"吃了饭再走吧。"

"你不是很讨厌我吗？还留我吃饭？"

"孩子还在睡觉。"乔以陌淡淡地回了一句，"别再吵她了，小孩子睡不好会不健康的。"

车明剑有点感动，然后又问了句："陌陌，你觉得禅儿这样的孩子要不要找个新妈妈？"

乔以陌皱眉，"为什么问我？"

车明剑尴尬一笑，"我是说如果，如果你很喜欢一个男人，而他有个孩子，你还会继续跟他在一起吗？"

乔以陌坚定地摇头，"不会！"

车明剑一顿，似乎有点失落，没说什么就走了出去。

乔以陌看到他那失落的样子，有点不忍，却最终还是什么都没有说。

一个多小时后，乔以陌把饭菜摆上桌子，蒸的鸡蛋糕，做了水氽丸子。

车明剑就坐在沙发上，也不说话，安安静静的。

乔以陌刚摆好桌子，就听到禅儿在屋里哼唧，似乎是醒了。

她赶紧朝卧室走去。

一开门，果然看到小家伙在床上爬起来了，一只手还揉着眼睛，稚嫩的童声嘟哝着："妈妈！"

乔以陌有点心酸，心想这个孩子是不是太需要妈妈了，怎么见谁都是喊妈妈啊？

"宝宝，饿不饿？"乔以陌在床边坐下来。

车小禅听到温暖柔和的声音立刻抬起头来，眨巴着大眼睛，突然就笑了，她笑起来的样子让乔以陌觉得有点熟悉，好似在哪里见过。

"妈妈！"小家伙又喊她。

乔以陌耐心地纠正她，"宝宝，我是阿姨，不是妈妈。"

四岁的车小禅突然可怜兮兮地眨巴着眼睛，弱弱地问道："妈妈不喜欢禅宝宝吗？禅宝宝每天都很听话的，等妈妈回家。"

"呃……"乔以陌轻咳了一声，"宝宝，你真乖！"

"那妈妈还走吗？"

乔以陌抚了抚她白白的小脸，竟然不知道怎么回答。

车明剑在门口叹息，"唉！这孩子想妈妈想疯了！陌陌，对不起啊！"

车小禅嘟起了小嘴，似乎听到了爸爸在说她的坏话，她瞪大一双黑溜溜的眼珠子，看着站在门口的车明剑，无声地抗议。

乔以陌摇头，伸出手，温柔地对着小家伙开口："来吧，妈妈抱你去吃饭！"

小家伙一听，眼睛立刻弯了起来，扑到乔以陌怀里，"妈妈！妈妈！"

那喊声真是亲哦，好似乔以陌就是她的妈妈一样。

乔以陌也没有再介意。

一餐饭，小丫头吃得很开心，车明剑一直沉默，似乎满腹心事。

乔以陌悉心照料着小娃娃，也没有顾得上车明剑。

直到吃完饭，车明剑想要抱禅儿走，结果禅儿死抱着乔以陌就是不肯走，哭得眼泪鼻涕一大把，哭得乔以陌直心疼。

最后，乔以陌说："你晚上再来抱她吧，睡着了抱回去应该可以。"

车明剑叹了口气，"陌陌，你待她真好！你们真有缘分！"

乔以陌没说话。

车明剑又道："那好，傍晚我办完事再回来接她，谢谢你！"

"不用客气！"乔以陌抱着小丫头，送走了车明剑。

小丫头还在哭，乔以陌轻声哄着，"乖，不哭哦，不哭！"

"禅禅要和妈妈在一起！"小家伙哭着喊。

"嗯，好！"乔以陌耐心地保证，"禅禅不哭啊，我们去外面玩，好不好？"

"好！"小家伙一听说要出去玩，立刻就破涕为笑。

乔以陌带着禅儿去找牛小宝。

约好了在步行街见面，牛小宝看到乔以陌领着个漂亮的小公主过来，顿时大惊，"哇，这是谁的孩子啊？怎么长得这么漂亮啊？"

乔以陌笑笑，"朋友的。"

小家伙一见到牛小宝，嘴巴跟抹了蜜似的，闪动着黑亮的眼珠子，喊道："漂亮阿姨好，这是我妈妈哦！我妈妈漂亮，爸爸也漂亮，所以宝宝就漂亮。"

牛小宝的下巴差点掉下来，"我的妈啊！这孩子喊你什么？"

"我也很奇怪，她没喊你妈妈，见我就喊我妈妈！"乔以陌压低了声音，怕小丫头听到。三言两语说了这孩子认她的经过，说了孩子没有妈妈，很可怜，牛小宝像是听故事一般，只瞪大眼睛，同时同情心也跟着泛滥成灾。

结果，小丫头伸手摇了摇乔以陌的手臂，拉回她的注意力，"妈妈，不许讲秘密，宝宝也要听。"

"呃……"乔以陌立刻低头看她。

牛小宝赶紧蹲下来伸手抱了抱车小禅，"宝贝儿，你为什么喊她妈妈，不喊我妈妈呀？"

"可是，你不是妈妈呀！"小家伙笑，瞪大眼睛，带着疑惑问："阿姨，你傻吗？妈妈怎么可以乱认的？"

乔以陌和牛小宝都忍不住笑了。

带着孩子买了小零食哄着，乔以陌的电话响了。看到来电的时候，乔以陌的心咯噔地跳了起来。读书时候家里不给学费，她勤工俭学赚的也只够生活费，后来乔妈妈突然生病，乔以陌万般无奈去借了高利贷，之后还了一部分，如今利滚利还欠人两万。

果然，那边传来债务人的声音："小乔，那个钱到期了，该还了。"

乔以陌知道时间到了，但是还差几天，"宋叔，还差几天，您再宽限几日好吗？"

"按正数是差三天，我就提醒你一下，三天后你可一定要还。"

"一定！"放下电话，乔以陌开始犯难了，三天上哪弄两万啊？

踌躇了良久，乔以陌对身旁的牛小宝说："小宝，你借我点钱吧，我保证很快还上！就是之前我妈看病我家借的高利贷，说好了剩下两万我还的。"

一听到这事，牛小宝就有点恨铁不成钢，立刻没好气地数落她，"我怎么会有你这种朋友？乔以陌，你真是我见过最傻的女人！乔家还不上那高利贷吗？你说你一个刚毕业不久的学生，自己学费都是勤工俭学赚来的，他们一家人连两万都弄不出来？乔家又不是只养你一个孩子，你哥你嫂两个大活人连两万块钱都没有？"

"当初说好的，该我还。"乔以陌知道借钱很尴尬，所以只能小声道。

"姑娘，帮人是要在能力范围之内的，是要有资本的，你现在没有这个资本啊！"牛小宝继续数落她。

"我知道！"乔以陌点头，"你说得都对，我就借你两万，我给你打欠条，算利息好不好？"

"姑娘，你的工资不吃不喝一年也还不上我，你打算何时还上啊？"牛小宝就没有见过这么倔的人。

"这个你别管了，我会还上的！一年内保证还给你！"

"呜呜……"牛小宝一数落乔以陌，把车小禅吓住了，她忽然哭了起来，伸手推着牛小宝，十分委屈地哭着喊："漂亮姨姨坏，凶妈妈，禅禅不喜欢你了！"

"呃！"牛小宝一看这阵势，傻了，"乔以陌，这孩子真是你刚认识的吗？怎么比亲生的还孝顺啊！"

乔以陌听到孩子这么说，一种奇异的温暖涌上心头，她怎么都没有想到，这个孩子居然对自己的感情这么深！

乔以陌赶紧弯腰把她抱起来，"不哭了，禅儿不哭了，姨姨没有凶妈妈！"

"对！对！姨姨没有凶你妈妈！"牛小宝是完全败给这个孩子了，"得了，你这种女人，叫我说你什么好啊？好吧，我借给你，但是你得跟我保证，这是最后一次了，如果还有下次，我牛小宝跟你绝交！"

"好！知道了！谢谢你小宝！"乔以陌真心地感谢。

牛小宝很无语地动动身子，"交友不慎啊！交到你这种傻瓜！钱乱借，孩子也乱认，真是没辙了！"

两个人哄好了孩子，去银行取了钱，牛小宝心疼地对着自己的两捆人民币亲了下，很是伤感地说："为了友情，我这血汗钱怕是要打水漂了！"

"不会的，小宝，我会还给你的！"乔以陌赶紧保证。

"禅禅也会还给你的！"车小禅也跟着乔以陌保证。

乔以陌再度感动。

牛小宝是彻底败给了乔以陌和车小禅，"好吧，看在禅儿的面上，今天就不数落你了，不过这孩子真的跟你很亲啊！"

"我也很奇怪。"乔以陌的疑惑一点不比牛小宝小。

后来，两人带着孩子在步行街吃东西，牛小宝突然问了句："陌陌，你们顾总挺帅啊！"

乔以陌脸一红，垂眸，掩饰自己一刹的情绪波动，道："是，看起来的确很帅！"

"居然还是单身！"牛小宝叹了口气，"可惜有点老了，三十多了吧？"

"应该吧！"乔以陌小声道。

"大叔更有味道吧！"

"你韩剧看多了吧？"乔以陌失笑地望着她。

牛小宝十分可惜地道："可惜我最近找了个男的，不然我就追你们顾总了。"

下午四点。

乔以陌接到车明剑的电话。

当时她正领着车小禅跟牛小宝分开准备回家。

"陌陌，你在哪里呢？"车明剑的语气有点焦急。

乔以陌皱皱眉，"外面，正准备回去呢！"

"你说地址，我马上去找你。"

"哦，我们现在在步行街最北面。"

"好！我十分钟到。"

等待的时候恰好临街大头贴在搞活动，十元照三套。

禅禅看着那边，扯了扯乔以陌的手，"妈妈，宝宝可以照吗？"

一低头，看到小家伙那可怜兮兮期待的表情，乔以陌点了点头，"好，咱们去照！"

拿了十块钱，挑选了各种边框的，两人还摆了很多造型，笑得阳光灿烂。

乔以陌觉得跟孩子在一起，自己的心，似乎一下子阳光了许多。

拿了照片出来时，禅禅小朋友兴奋得不得了，抱着照片咯咯地傻笑，"妈妈，妈妈一起！"

她终于跟妈妈在一起了，真的很开心。

乔以陌也被那上面的笑脸感动，"嗯，一起的！"

果然，十分钟不到，车明剑的车子就飘飞而来，他的神色急匆匆的，鼻尖都是汗，完全失去了以前的潇洒，此刻看起来有点狼狈，一看到她们，立刻松了口气，抱起禅儿，"我的公主，玩得开心吗？"

"开心！"小家伙一手抱着照片，一手搂住车明剑的脖子，"爸爸，看！妈妈一起！"

车明剑低头看了眼大头贴，有点诧异，"你们照了大头贴啊？"

"嗯！"乔以陌点点头。

车明剑一看到那上面的笑容，眼底流淌过一抹温柔，"陌陌，你就该这么笑！"

乔以陌微微垂眸，扯了扯唇，笑容又僵硬苦涩了很多。

"一切重新开始吧，别想那么多了！"车明剑道了句，"我要带禅儿回去了，今天谢谢你！"

"不客气！"乔以陌觉得只是举手之劳。

车明剑看了看她，欲言又止，最后对孩子说了句："跟妈妈再见，咱们要回去了！"

一听要走，小家伙立刻摇头，"不走不走，要跟妈妈一起！"

车明剑哄着她，"禅儿，妈妈要工作的，咱们以后再来看妈妈好不好？"

"可是，别的小朋友都是跟妈妈在一起的！"小家伙出声反驳。

车明剑被堵得哑口无言。

乔以陌看车明剑那样子，真是有点好笑。

车明剑叹了口气，"可是，禅儿不是别的小朋友，禅儿是最懂事的小天使，爷爷奶奶需要禅儿的照顾，禅儿不回去，爷爷奶奶会伤心的，下个星期我们再来看妈妈好吗？禅儿要是老缠着妈妈，妈妈会生气的！"

乔以陌以为禅儿会不同意，还会哭，没想到她忽闪了几下大眼睛，红着眼睛抿唇，最后竟然点头同意了，"禅宝宝听话，妈妈别不要禅宝宝！"

看她如此，乔以陌心酸得难受，忍不住上前安慰，"宝宝，真乖，妈妈不会不要禅禅的！下周再见好不好？"

说完，抽了一张大头贴，又道："这一张妈妈拿着，想禅儿的时候就看看，好不好？"

小家伙低着头，红着眼圈，最后点了点头。

乔以陌看着她天真稚嫩的小脸上都是不舍，自己也更不舍。

但是，禅儿还是被车明剑抱走了。

车子刚走，电话就响了起来，竟然是顾风离，乔以陌吸了口气，道："喂！"

"在哪里？"顾风离的语气里有点急切，那是乔以陌没有听过的情绪。

乔以陌有点紧张，颤声道："在外面呢！"

"我去接你！"他说。

"不！不用了！"乔以陌道。

"你，是不是领着个孩子？"顾风离突然开口问道。

"你怎么知道？"乔以陌惊愕地问。

"你们现在在哪里？"

"现在就我自己，孩子走了。"

顾风离顿了下，不知道是不是一种错觉，乔以陌似乎听到了顾风离在那边松了口气，良久，他才说："我现在去你家！"

"啊？"乔以陌再度惊讶，急切地说道："现在是白天！"

顾风离突然笑了，低沉的嗓音传来，"呵呵……白天怎么了？难道我不能去？"

"不！"乔以陌几乎要咬掉自己的舌头了，她听着顾风离笑声里的戏谑，更是恼得红了脸。

"现在回去，给我开门！"他说。

"你，你不要过来！"她拒绝。

"乖！我很累！"他语气柔和了些。

乔以陌心慌，知道自己阻止不了他的决定，最后只能低低地"嗯"了一声。

带着慌乱回到了家，乔以陌刚要收拾，就听到了敲门声。

她心慌，又怕被别人看到了顾风离，所以，惊慌地一把拉开了门，以至于动作太大，惊到了门口的人。

随后，她看到站在她面前的人。

真的是顾风离！

白衬衣，黑裤子，像是从会场里刚走出来的样子。

顾风离见她愣住，一伸手，抓住她的手腕，轻轻一带，人也跟着进去，门就关上了。

乔以陌忽然戒备起来，"你来我家干什么？"

"看看你和你的家啊！"顾风离松开了她，边轻描淡写地说着，边走进去参观她的房子。

"我没有准许你随便乱看啊！"

顾风离在客厅的沙发上坐下来，然后看到茶几上的大头贴，伸手拿了过来，当视线触及上面的两张小脸时，他的眸子一紧，指尖也跟着泛白，微微地颤抖了下。

乔以陌紧张地跑过来，"这，这是车明剑的女儿。"

"你喜欢孩子？"顾风离垂眸看着那照片，眼睛竟然移不开。

乔以陌不知道是不是自己的错觉，她觉得顾风离的声音格外的沙哑，似乎夹杂了一丝沉痛。

良久，顾风离将视线从照片上移开，声音更沙哑地说："照得真好！"

乔以陌立刻接道："这个孩子好可怜，没有妈妈了！"

顾风离突然开口："给我倒杯茶好吗？"

"哦！"乔以陌一愣，点点头，"稍等！"

她去厨房泡茶了，顾风离别过身，继续低头打量那张照片，身子颤抖着，微微垂着头。而光滑的地面上，啪地两声响，接着水渍蔓延开来。

他一晃，微微抬头，深呼吸，然后颤抖着手把照片又放了回去，拿出一支烟，点燃，狠狠地抽了一口，似乎，只有这样才能将情绪平复。

乔以陌在厨房里看了一眼顾风离，他就坐在她的客厅里，背对着她，猛抽烟。

不知道为什么，她竟觉得，他像是一匹孤寂受伤的狼，正在低头舔伤。

看着这样的顾风离，乔以陌深深地疑惑了。

她在想，她的决定，到底对不对。

她有能力和信心驱走他心底的那个女子吗？

端了茶走出来时，顾风离转过身子，乔以陌看到他的眼睛又黑又亮，里面星光点点，似乎还有点微红。

她轻声开口："你没事吧？"

顾风离却一伸手，扯住她的手，把她拉过来，一下抱住。

乔以陌坐在他腿上，感受到他的力度，尴尬地道："顾总！"

"嘘！别说话！"他低声道。

乔以陌没敢再动，只是坐在他的腿上，他的脸贴过来，埋在她的颈窝里，烟草味在空气里缭绕。

乔以陌没有再说话，就这么任凭他抱着自己，姿态暧昧地坐在一起。

过了好一会儿，他再抬头，她松了口气。

"你，你放开我吧！"她小声说。

"为什么突然答应了？"他已经恢复到慵懒邪肆的样子，甚至嘴角噙着一丝暗暗的笑。

"因为……因为逃不过。"她小声嘟哝了一句。

他的眼睛习惯性地半眯，更显奸佞，"就这么简单？"

乔以陌一顿，不敢看他的眼睛，轻声道："反正你早就认出我来了，你知道那晚的人是我，对不对？"

顾风离黑亮的眼底闪过一道光泽，笑了，"你指的是哪一夜？去年的第一夜还是上周的第二夜？"

"你都知道？"乔以陌咋舌。

他的嘴角噙着一抹魅惑不明的笑意，嗓音迷人，"当然！"

好像有什么东西在她的心尖轰然炸开，震得她心神乱颤，浑身虚软，"怎么可能？你明明已经醉了！"

"傻瓜，醉了的人是做不了的！"这丫头还真是挺单纯的。

"所以你没有真醉？"她惊愕。

正在脸红时，乔以陌已经被顾风离揽进怀里，呼吸不由得快了几分，本能地扭捏了一下，却见男人把食指放在唇上嘘了一声，她便不作声了，拿一双大眼巴巴地瞅着他，直到热热的鼻息压上她的脸，他带着烟草味的唇压在了她的唇上。

呼吸一窒，乔以陌本能地往后躲。顾风离却一手托住她的后脑，就像吃番茄的时候吸番茄汁那样吸着她的嘴唇，力道有点儿重，还时不时地用牙齿轻啮她，磨得两人都气喘吁吁。

乔以陌被他吸得嘴巴又疼又肿，终于忍无可忍地学他的样子吸了回去，使了点力气，结果引得顾风离一下情绪失控，发出"嘶嘶"的倒抽气声。

这孩子动作太生涩，一点技巧都没有，差点把他嘴巴咬破了！

"会不会接吻啊？"他终于放开她一些，但也只是稍稍后退点，却没有完全放开。

乔以陌还在他的腿上坐着，听到他这么说，脸红得像熟透的苹果，她是不会接吻，这很丢人吗？

顾风离眉眼微醺地看着她，神色轻佻，"我教你！"

"不！"她猛地推开他，站起来。

"生气了？"他看她反应那么大，有点好笑。

乔以陌却站起来拿了照片，然后头也不回地闷声对他说："你快喝茶吧！"

顾风离看她拿走了照片，眼睛微微转了下，然后端起桌上的茶抿了口。

乔以陌把照片放到了卧室的抽屉里，又把床上因为禅儿睡觉拉开的被子叠起来。

叠被期间，突然听到背后传来脚步声，她一回头，看到顾风离已经走到了窗边，一伸手把窗帘拉上。

她顿时惊叫："喂！你干吗？"

他似乎微微地诧异了下，"关窗帘啊！难道你希望被看到？"

"你不要乱来！"她忽然喊道。

他扑哧乐了，"谁说关窗帘就一定要乱来了？不过看你这样子好像挺想的，小生我恭敬不如从命了！"

说完，他就大步走了过来，乔以陌脸红地躲开，恨不得咬掉自己的舌头。

可是房间本就不大，顾风离轻易地就把她堵在床和墙壁之间。

他走过来，笑得一脸奸诈。

"你别过来！"她尖叫，"现在是白天！"

"谁说白天不能做了？"他笑她的单纯。

说完一把将她扯住，一瞬间，两人就倒在了床上，一个翻滚，她下他上。

乔以陌惊慌地挣扎，却因为动作太大而扫掉了桌上的照片，啪的一声，照片掉在地上。

两人都是一惊。

顾风离还说："看吧，别乱动了，再动下去，床就塌了。"

乔以陌立刻不动了。

谁都没有去捡地上的照片，只是，顾风离在看到地上的照片时微微愣了下，忽然神色凝重，眉眼低沉，而后他将目光移开，直勾勾地锁着她。

两人面对面喘着气，心脏的跳跃互相撞击，他一点没犹豫，低头猛地吻上她。

来势汹汹，几乎是要把她拆卸八块然后吞入腹中，乔以陌甚至能感受到他皮肤下的脉络，血液汹涌奔流。

突然，身上一凉，衣服竟然被他快速地卸掉。

她不自觉地又要惊动，身上的男人突然在她耳边"嘘"了一声，在她愣神的时候，他把她整个人翻转过来，背对着他。

等到他再次覆上来时，乔以陌感觉到他的身体紧紧地绷着，浑身肌肉僵硬。

这样的姿势让她看不到他的表情，她更是慌得不行。

学过心理学的人都知道，这样的姿势是在逃避，不愿面对。他以一种逃避姿态来做这件事，让乔以陌心底说不出的难受。

而顾风离就是顾风离，他把自己高效率的行事风格发挥到极致，而且无比霸道，不容她有丝毫抗拒。

乔以陌被他折磨了大半个钟头，她一直把头埋在枕头里。

最后，当一切方歇的时候，顾风离在床上躺下来，闭着眼睛，喘息着说："别吵我，我要睡一觉，半夜还得回B城。"

"嗯！"乔以陌闷闷地应了一声。

在床上躺了一会儿，乔以陌受不了身上滑腻腻的感觉，起身下床，想去洗漱，却一脚踩在地上，"啊！"她低呼一声。

顾风离闭着眼睛，慵懒地问了一句："怎么了？"

乔以陌回头看到床上的他，那慵懒中透着疲惫的样子，终于还是忍了，低声道："没事！"

她的脚踩到了相框的碎玻璃，扶住了床，低头找拖鞋，然后瘸着腿去了洗手间。脚上可真疼啊，一直等到走到了洗手间，才发现脚掌被扎破了，流了血。不过还好，玻璃没有在肉里，伤口只是有点深，并不大。

乔以陌咬住唇冲洗了自己，又找了毛巾擦了脚，贴了个创可贴，换了新袜子，然后拿着扫把去卧室打扫。

衣服散落一地，还有一堆卫生纸，昭示着刚才的战况有点激烈，乔以陌的脸再度红了起来。

顾风离此时已经睡着了，呼吸的声音均匀又绵长。

她把照片放在了桌上，然后悄悄退了出来。

Chapter 13

外表冷漠，内心脆弱，还有什么比男人的眼
泪更动人的呢?

顾风离是在夜里十点钟醒来的，一觉睡了四个小时，醒来时，外面开着灯，
灯光从客厅映照过来，借着微弱的灯光，他环视了一下四周，怔了下，继而坐起
来。

一条浴巾搭在床尾，他扯过来围在腰间，就这么走出来。

乔以陌正在客厅沙发上坐着，手里捧着一本书，安安静静地看着。

一听到开门声，恍然惊愣，抬头，那双湿漉漉的大眼睛带着恍惚和羞涩望着
他。

四目相对的刹那，她羞怯地别过脸去，因为她看到他只裹了个浴巾，赤膊走
出来的。

他看看她娇羞的样子，没说话，然后就闻到了饭菜的香味。

顾风离朝洗手间走去，冲洗了自己，然后出来时，还是裹着浴巾，头上搭了
一条乔以陌的毛巾，问了句："煮了什么? 挺香的!"

乔以陌一怔，赶紧说："一些家常饭菜。"

菜还是车明剑早晨买的，没有煮完，下午刚好用，她已经吃过了，桌上是给
顾风离留的。

顾风离擦了下头发，问道："我衣服呢?"

"在卧室里。"她赶紧去给他拿出来。

顾风离眉头一挑，然后就当着她面要换衣服。

"你，你不能去卧室换吗？"

"姑娘，你把衣服拿出来了，不就是让我在客厅换吗？"他说得理所当然。

乔以陌见他已经扯开了浴巾，赶紧躲开了。顾风离看她慌忙躲避的样子，只是笑笑，换了之前的衣服。

乔以陌再出来时，顾风离已经在餐桌前吃东西了。

桌上有上午做好的丸子，四个小菜，一碗米饭，好在天不冷了，饭也不算凉。

乔以陌发现他似乎格外喜欢吃丸子，不由得想起上午禅儿吃肉丸子的情景，两人还真是如出一辙。

"过来吃啊！"他说了句，头也没有抬。

"我吃过了。"乔以陌道。

"那我都吃了！"他可真不客气，一阵风卷云舒，跟饿了多久的难民似的。

"你中午没吃饭吗？"她有点惊讶，这个时候的顾风离与平时衣冠楚楚的模样大相径庭，完全没了吃相。

"没有，开完会就回来了。"

"为什么没有吃？"

顾风离一滞，随后抬头，目光带着一抹揶揄，"这么关心我啊？"

乔以陌脸一红，又看他只吃肉丸子，忍不住蹙眉问了句："你怎么这么爱吃肉丸子啊？车明剑的女儿也很喜欢吃，不知道的还以为禅儿是你女儿呢！"

话一出口，顾风离的手一抖，迅速低头。

乔以陌没有察觉什么，又随口说了句："你跟车明剑是朋友吗？"

顾风离一口饭卡在嘴里，喝了口汤，只是"嗯"了一声，然后只吃了几口，就放下了筷子。

"不吃了？"乔以陌有点疑惑。

顾风离站起来，没有看她，道了句："突然想起还有事，我得回去拿衣服，然后连夜回B城。"

乔以陌一怔，说道："你还是吃了再走吧。"

"吃饱了！"他说。

可是她明明感觉他刚才很有胃口，突然就没有了胃口，不知道为何。

"以后离车明剑远一点！"

又是一怔，乔以陌惊讶地问了句："为什么？"

"为了你好！"乔以陌听到他的声音很轻，溪水般的目光缓缓地投向她，让她感到的并不是清澈，而是深不见底，明明那么近却又像是隔着万里之遥。

她看着他，没说话。

他眉头皱了皱，然后道："难道，你遗憾一年前那晚的男人不是他？"

她一下脸红，低下头。

而后，他走向她，站在她面前，伸手拍了拍她的肩头，说："乔以陌，对我来说，走出这一步，实属不易，我是把你当成很重要的人来对待的。"

说完，他也没看她，只是说："周一见！"

"嗯。"她点了点头。

顾风离就这样走了。

乔以陌在客厅里站了良久，这才移动了下自己的脚，脚掌处真疼啊！

转眼周一。

一大早上班，乔以陌远远地就看到了顾风离，今天的顾风离面容清俊，看到她，只是淡然地瞥了一眼，然后就上楼了。

还是亓云峰跑来跟她聊天，"小乔，你今天很漂亮啊！"

乔以陌今天算是打扮了一下，头发梳了起来，穿了件格子衬衫，扎进了腰里，更显得纤腰盈盈一握。

亓云峰这么一说，乔以陌倒有点不好意思了。

十点半的时候，办公室电话响了，刘部长接了电话，然后说了句："是，我知道了，我马上带她过去。"

放下电话，刘部长对乔以陌道："小乔，你跟我去下顾总办公室。"

"呃！好！"乔以陌心里一惊，不知道顾风离找她干吗，说真的，尤其是发生那种事后，她突然很怕在单位见到顾风离。

乔以陌跟在刘部长身后上了三楼，只见顾总办公室已经坐了一个人，正是销售部的陈玲，乔以陌一看到她心里咯噔一下。因为之前陈玲找她改过一个数据，是关于产品的数据，当时她没太注意，也没多问就帮她改了，难道出了什么问题吗？

再看向顾风离，他的脸色冷得吓人。乔以陌心里隐约滋生一种不好的预感。

乔以陌怯怯地看了一眼顾风离。

顾风离只对刘部长说了句："坐！"

陈玲坐在沙发上，一脸的忐忑不安。

顾风离坐在他的老板桌后面，面前放着一沓A4打印纸，不知道是什么。

乔以陌看到顾风离斜目望她，乌黑深邃的眼眸中毫无感情，依旧是带着冷漠的语调，问她，"乔以陌，你过来看看这个，你见过吗？"

乔以陌一愣，低着头，走过去。

顾风离把文件扭转了个角度。

乔以陌看了一眼，确实是那天修改过的数据。

她微微点了点头，刚要解释，顾风离却突然大声吼道："你改没改过参数？"

乔以陌被吼得一愣，她从来没有见过这样的顾风离，只能点点头，想说那是陈玲让她修改的，可是，顾风离根本不给她说话的机会！

他又吼了起来，"谁准你修改的？你长了几个脑袋？你是不是觉得你能耐很大啊？你比机器还精准是不是？"

乔以陌看着怒气冲天的顾风离，她觉得自己的心脏仿佛骤然停止，喉咙里像被什么东西堵住了似的，无法开口。

她不知道陈玲是怎么跟顾风离说的，她下意识地把视线转向陈玲，没想到陈玲却对她说道："小乔，我真没想到那天你去我们部门，会擅自改数据！"

乔以陌一下愕然，陈玲这根本就是恶人先告状，做人怎么还有这样的？

顾风离面色一沉，眼中怒意明显，沉声吼道："乔以陌，你好大的胆子，你虽然是考进来的，但你不要忘了，你还有一年的试用期，合格不合格还另说！你居然敢跨部门修改参数，谁给你的这个权力？"

乔以陌浑身僵硬，无法言语，她完全被顾风离的怒气吓到了！

刘部长觉得很没面子，咳嗽了声，站起来道："顾总，这事赖我，是我没有教好！"

"与你无关！"顾风离冷喝一声："刘部长，难道是你让她修改的？"

"当然不是！"刘部长压根不知道这事啊！

陈玲坐不住了，也跟着站起来，一脸的后悔和懊恼，可是说出的话，却让乔以陌彻底心寒，她说："顾总，这事怪我，是我疏忽了，当时只说让小乔帮忙整理一下数据，没想到她会修改，而且她是新来的，不太了解，我当时没有注意，这事赖我！是我失职！"

乔以陌深呼吸，说了句："顾总，我可不可以……"

"顾总，顾总，您消消气，您有气就批评我！"陈玲似乎很怕乔以陌说什么，赶紧截住乔以陌的话。

"你的确有责任！"顾风离稍微收敛了一点脾气，然后冷声道："陈部长，你先回去，我要机器记录的结果，不要人为结果，以后谁再敢擅自改数据，就滚回家！"

"是！我立刻回去改回来！小乔啊，对不起，真对不起！"陈玲一脸尴尬地跟乔以陌道歉。乔以陌看着她这样的神情，带着一点哀求，她知道陈玲不想她说出来。

她没再说，只是抿唇，倔强地望着顾风离。

陈玲一时间不敢走，怕乔以陌背后告状。

刘部长很尴尬，也是进退两难。

乔以陌缓步上前，目光清冷，淡然一笑，语气坚定而平静，"顾总，我知道这件事如果追究起来，是要负法律责任的，参数是我改的，我现在知道错了，给公司带来了麻烦，很抱歉！以后，我不会再犯！"

虽然她是菜鸟，虽然她刚步入这个行业，但是，她也有她的骄傲和尊严，不会任意被人这样践踏。

她被人陷害，是她笨，但是她也要让顾风离和陈玲知道，她不是不懂法！她想要安安静静地上班，当个好职员，却发现，好像有时候没那么容易。

顾风离眯起凤眸审视着她，她的话语虽无怒气，却柔中带刚，不卑不亢，能将内心的不悦完全掩藏在心底，表面上不露半点痕迹。

他今天看到这份数据的时候，就知道是陈玲从中做了手脚，一个数据有数百万的缝隙可钻。但是顾风离没办法直接惩办陈玲，她用乔以陌做挡箭牌，叫他说什么呢？

他今天批评乔以陌，就是杀鸡给猴看，另外也给这丫头一个警告，居然这么轻易就相信一个人，中了别人的圈套。

但是，他没想到的是，这丫头居然说了这样的话！

他觉得，他对她的了解，似乎还不够。

最后，顾风离红唇微勾，收敛了语气，却还是沉声开口："你能认识到自己的错误最好！"

然后，一抹嘲讽漫上他的嘴角，缓缓地荡漾开来，一直延伸到那冰冷的双眸之中，"只此一次，下不为例！都滚蛋！"

这样的粗话都出来了，乔以陌的脸色更苍白，她并没有立即回应，也没有立刻走。

刘部长也因为顾风离后面的那句话脸色变了变，轻咳一声，"顾总，那我们就先回去办公了。"

顾风离"嗯"了一声。

乔以陌却挑眉，转眸对顾风离说："顾总，我知道此事不小，是我的错，一不小心也许会害得陈部长触犯法律，甚至连带您，顾总愤怒是理所应当，所有批评我都接受，也会认真反思！但是……"

说到此处，她一停顿，凝望着顾风离，一字一句道："我不是蛋，不会滚！请顾总注意措辞！"

顾风离坐起身子，凝眸望她，目光凌厉逼人，似是要将她看个仔细透彻。他缓缓开口，语带轻蔑道："这么说来，你还是很不服气今天我的批评？"

乔以陌抬头，淡淡一笑道："没有！顾总批评得都对，只是我不接受后面的骂人！"

顾风离凤眸一挑，嘴角含着冷笑，"那你想要如何？"

乔以陌勾唇浅笑，朝他望去，一字一句地开口："顾总，请你道歉！"

顿时，刘部长和陈玲都傻了！敢叫板顾风离，这丫头脑子坏了吧？

顾风离望着乔以陌，双眉紧皱，明确表达着他的不悦，那一双邪眸，忽然间变得阴冷异常，迸射出一丝杀气。

乔以陌镇定地与他对视，朱唇轻启，声音坚定，道："错了我不会否认，但是侮辱我人格的话，我不接受！"

顾风离眯眼望她，她的眸中，有计量，有叫板，唯独没有丝毫的怯弱，就像之前他要买她面试资格的时候，她在金钱面前毫不示弱的样子。

顾风离望着她，站起来，唇边绽放出一抹华丽的笑容，"最后一句话，我收回，再有下次，你立刻走人！"

"是！"乔以陌应了一声。她强压下心头的不适，这个时候不要退缩，绝对不能。

刘部长和陈玲都傻了眼，从来没有人敢跟顾总公然叫板。但是，他们也看到了顾风离眼中闪过一抹冷厉，浅淡之中却带着一丝阴狠。

谁都知道，得罪顾风离的人，都会被他在工作中抓到把柄，一番收拾，最后服服帖帖。

这下，乔以陌跟顾总的梁子算是结下了！

同时，他们也都认为乔以陌就是个二百五，菜鸟果然是菜鸟！

乔以陌最后看了一眼顾风离，然后转身，一步一步走了出去。

顾风离望着她的背影，眸中闪过一抹复杂的情绪。

乔以陌走出去后，迅速下楼。

陈玲追上去，伸手拉住她的手腕，"小乔啊，对不起啊！"

乔以陌一怔，看着陈玲，却只是扯了扯唇，道："没什么，陈部长，我没事！"

陈玲看着她，突然觉得不了解这个女孩子，刚才她在里面那么对她，她居然没有出来质问自己，这丫头是二百五，还是太聪明？一时间，陈玲有点不好琢磨下定义了。她只能尴尬地解释，"你知道的，刚才如果我承认是我的主意的话，顾总可能会开除我的！"

"真的没事！"乔以陌再度笑笑，"这件事我不会说的，请您放心吧！"

陈玲看看她，突然后背一阵发凉，乔以陌说这话，根本是要自己欠了她情分，于是她也不再多说，只说了句："总之这次谢谢你！以后用得到陈姐的地方，尽管开口！"

"好的，陈姐！"乔以陌也笑了笑。

门外走廊里有人经过，乔以陌觉得时间似乎一下子静止，空气里的目光都带着鄙夷。

突然，她的电话响起。

她低头看到上面显示的是顾风离的号码，无奈只能接了起来，她冷着声音公式化地道："上班时间，有事请讲，无事挂电话！"

"你好大的胆子！"顾风离在那边沉声开口，"你是不是缺心眼？"

乔以陌佯装淡定道："你早该料到这一点，从周六开始我们之间就不一样了！"

她既然答应了他，就不会再让自己当软柿子，他不愿意，大可以把她放了，反正她也不愿意当谁的情人！

说完，她就挂了电话。

中午的时候，亓云峰急匆匆跑来，逮着乔以陌紧张地问："小乔，你今天被顾总给吼了啊？"

乔以陌一抬头，看到他紧张的神情，心底掠过一丝温暖，道了声："嗯！"

"你没事吧？"亓云峰又关切地问。

"没事。"

"可是小乔，我听说，听说……"

"什么？"乔以陌见他欲言又止，很奇怪。

"我听说顾总骂了你，你要求他道歉了？"

"嗯！"乔以陌淡淡地应了一声。

亓云峰张着嘴，愣在乔以陌的桌边，然后，就一直张着嘴巴，维持这个姿势半晌没变。

最后，亓云峰来了句："小乔，你不会大脑进水了吧？顾总这个人其实有时候很小气的，会报复的！"

"哦！"乔以陌点点头，"我知道，但是我不喜欢被人骂。"

正说着，电话就响了。

"我赶紧回去了，小乔，你自己以后别冲动了，知道吗？"

乔以陌点点头，再度觉得这个人真的对自己挺好的，"谢谢你！"

晚上六点的时候，办公室只剩下乔以陌一个人。

顾风离从二楼上三楼，特意走到了秘书部，他站在门口，轻轻地咳嗽了一下。

乔以陌抬头，望向来人，没有说话，只是远远地注视着他的眼睛，没有丝毫躲避和隐藏。

最后，走廊里有人走过，顾风离没说话，就上了楼。

下班后，乔以陌就回了家，然后该吃吃，该喝喝。

夜里，下起了大雨。

九点的时候，乔以陌的电话响了。

她低头看看电话，没有接。

电话一直在响，还是没有接。

终于，电话挂断了。

雨夜里，黑色车中的男人嘴角带着一抹隐隐的笑意，那笑容有点高深莫测，修长的手指在方向盘上搭着。

良久，轻转手腕，简约精致的黑色调手表上指针已经到了深夜十点，思量几秒，顾风离再度掏出手机打给乔以陌，可是依旧无人接听。

眉间骤然紧了一下，再次拨过去，一次又一次。

最后，顾风离在不知听了多少次的"对不起，您所拨打的电话暂时无人接听，请您稍后再拨"中缓缓扣上手机，眸色渐渐变得阴暗不明。

她居然不接电话，还真是长了胆子。觉得他们开始了，她就可以恃宠而骄吗？

顾风离终于还是什么都没有做，回了自己的家。

第二天一早，乔以陌去上班，依然打扮得光鲜靓丽，丝毫没有被影响的样子。这倒让所有同情她的人有点意外了。

顾风离回到办公室就拿出电话打给乔以陌，结果她的电话是关机状态。

顾风离一愣，在心中咒骂了一句："该死！"

她一定是故意的。

顾风离微微眯起了眸子，沉思了良久，拨打了秘书部的电话，刘部长接了电话，"喂，顾总！"

顾风离一听到刘部长的声音，立刻皱眉，随后道："我这里没茶了，去采办点！"

"哦！好的！"刘部长赶紧答应。

"你亲自去！"

"是！"刘部长放下电话，不多久就走了。

办公室只剩下乔以陌一个人，其他同事都有事外出了。乔以陌今天是故意没有开机的，她觉得她需要冷静，顾风离也需要，是的，在那么做了之后，等于是公开跟顾风离叫板，她要用足够的勇气承受一切的后果。

不多时，办公室电话又响了，乔以陌接过，"喂，您好，秘书部。"

"把你的电话开机！"那边突然传来一声命令。

乔以陌一顿，立刻道："顾总，您好！我电话坏了！"

"你找借口！"顾风离语气很不好，这事搁谁大概都不爽，打了一晚上电话，这边却跟没事人一样。

乔以陌没有接口，只是问道："你有什么事吗？"

听着如此疏离冷漠的话，顾风离在那边握着电话几乎要爆粗口。

"我再说一遍，把你的电话开机！"

乔以陌依然没有理会他，缓缓开口道："顾总，手机不是公司配备的，属于职工私有财产，坏掉了，这个应该允许吧？"

顾风离张了张嘴，竟被堵得哑口无言，乔以陌那平静冷淡的语气让他的眉头皱紧，最后，他咬牙吼了一句："乔以陌，行，你够狠！"

电话砰的一声挂断，乔以陌回到自己的位置，给自己泡了杯茶，悠闲自得地品了起来。

不多时，门口气冲冲地冲进来一个高大的身影。

乔以陌抬头，对上顾风离那张冷艳的俊脸。

她站起来，十分恭敬地问道："顾总，您有什么吩咐吗？"

顾风离看着她这副装模作样的样子，瞬间就火大，但是没有忘记这里是办公室，他很快平复情绪，人站在门口，也没有往里走。

因为这个位置，可以轻易听到外面的声音，不用被人误会。所以，他就站在门口，居高临下地看着乔以陌。

乔以陌也没有往前走，就站在自己的位置，桌上的茶香四溢。

"顾总，没事吗？"乔以陌又问了一句，没有等到顾风离的回答，她就坐了下来，然后端起桌上的茶，喝了一口。

这一动作，彻底引发了顾风离那拼命压抑的像火蛇一般的怒意，蓬勃的烦躁愈演愈烈，他抽紧下巴，却也只是不紧不慢地盯着她，然后深深观摩。

屋里很安静，寂静滋生的凄惶一点一点流入心窝，乔以陌习惯性地咬住下唇，也同时抬起头来，盯着对面那双意味深长的幽深黑眸，蓦然惊觉自己又乱了，但，她很快就说服了自己，别自乱阵脚。

最后，她深吸一口气道："顾总，这里是办公室！"

她是好心提醒他，不要做出越举的事来。

"你觉得激怒我的下场是什么？你以为这样做，就可以让我更在乎你了？"顾风离终于开口，冷声质问了一句。

乔以陌望着他，轻轻地笑了，"顾总，不好意思，我没有那么想，也不善于揣测别人的心思。"

"是吗？那为什么要关机？"忍了很久，他说出的话，还是带着刺。

"关机是我的自由不是吗？更何况，手机坏掉了！"乔以陌心平气和地说道。

"是吗？你的手机呢？"顾风离终于走了进来。

乔以陌身子一颤，心里也跟着一紧。

顾风离走到她跟前，伸出手，"手机呢？"

犹如被揭穿，乔以陌的指尖骤然发麻，她从那双目光炯炯的眸子里看到了心虚的自己。

终于，她还是把手机递了过去。

顾风离直接开机，然后冷笑，"这不是很好吗？"

乔以陌无言以对。

"今晚再跟你清算！"他说。

顾风离把乔以陌的手机丢在桌上转身就走。

乔以陌突然开口："今晚我没有空，以后再说吧！"

顾风离霍然转身，冷声道："我劝你最好不要跟我玩欲擒故纵的花招，也不要试图挑衅我！你当真以为你有这个资本？"破空而出的清冷声线，讥诮讽刺的语气，像是粗重的绞绳，将她不留情面地凌迟。

疼，乔以陌觉得全身的肌肤都很疼。

"乔以陌，用不用我提醒你一下你的身份，或者你可以选择，继续用你那些没有意义的言论和手段，来挑战一下我的底线？比如，你被人暗算了，比如我不该用粗口叫你滚蛋。我再告诉你一次，那样说你，是轻的！自己蠢，还不让说，像你这样的年轻人我见得多了，羽翼未丰就想飞，也不怕掉下来摔死！真以为自己是老孔雀了，其实你不过是掉了毛的丑东西！"

这席话，每个字，都狠狠地刺入了乔以陌的心脏，把她从高傲的姿态中瞬间拉了回来，脸色苍白。

"我有权不接你的私人电话！"最后，乔以陌觉得自己疯了，她当着他面，把电话再度关机。

顾风离倏地眯眼，皱着眉，"注意你说话的态度，你应该知道自己的身份！"

"身份？"乔以陌冷笑，"什么身份？请顾总提醒一下！"

她被这个男人潜了，晚上暖床，白天还得受气吗？那她这样委屈自己被他潜做什么？

"你不要以为你跟我睡过了，就可以为所欲为，凌驾于我头上！蠢货！"

"蠢货？！"乔以陌麻木地重复着这两个字。

"错！你连蠢货都不如！"顾风离再度冷漠地给了一句话。

乔以陌承认，他真厉害，每句话都直接击中要害，让她连还击的机会都没有。没错，是她傻，她怎么就那么傻呢？居然试图打败这样一个男人，真是自不量力到可笑的程度了。

顾风离看着她苍白的脸色，也觉得说得有些过分了，他忍不住起身走过去，在她面前停住。她在抖，嘴唇已经咬出血来，他有点心疼，最终却还是说了句："看来你一夜反思得还是不够！"

"我后悔了！"乔以陌终于抬起头，咬咬牙道："请你以后别再骚扰我！"

说完，她垂下头，却听到更加清冷的声音，"你以为我当真看上你了啊？"

"我从没有那样认为！"她冷声道。

顾风离冷冷一笑，"没那么认为，却想利用我在办公室为所欲为，你还是省省吧！"

说完，他转身走了出去，最终，他还是没有说放不放开她。

过了好半天，乔以陌发现自己的身子还是颤抖的，她坐下来，强迫自己镇定，安安静静地饮茶。

Chapter 14

在这烦扰的世界里，寻求你的一点点庇护不可以吗？

下午，下班时间一到，乔以陌就离开了公司，今天，她没有最后一个走。

她在菜市场买了菜，给自己做了几个小菜。

刚坐下来吃了几口，牛小宝的电话就打过来，"陌陌，快出来玩，我今天一个人闷得慌！"

"现在？"

"是啊！"

"你来我这里吧，我刚做了饭！"乔以陌说。

"哎呀，在家里多没意思啊，我们出来玩吧！"

最后，拗不过牛小宝，乔以陌把菜收起来放在冰箱里，然后换了身衣服，背了个包就出来了。

没想到接她的人是亓云峰，牛小宝跟亓云峰都在车里，这车子是私家车，不是单位的那辆，乔以陌愣了下。

"我表哥请我们去唱歌！"牛小宝的表哥正是亓云峰。

"你今天没有陪顾总？"乔以陌不自觉地问了句。

亓云峰道："顾总今天很早就回家了，他今天没有应酬。"

"哦！"乔以陌暗自骂自己傻，怎么又想起那个人了，伤你还不够吗？

"要不打电话给你们顾总吧，表哥。"牛小宝说。

"啊？"亓云峰愣了下，"小宝你干啥？打他电话干啥？今天他好像有点脸黑呢！不要了，我可不想没事招惹他！"

三个人唱歌，折腾了几个小时，回来的时候都晚上十点半了。

乔以陌上楼，刚进家门，就听到敲门声，她从猫眼里看到是顾风离，错愕了一下。

赶紧打开门，真不想把隔壁王阿姨吵醒，要不然不知道会出什么事情！

"真有闲情逸致，玩到半夜三更才回来。"一进门，讥诮的声音就不紧不慢地响起。

乔以陌猛然抬头，对上顾风离暗沉的眸子。

被他幽亮的目光看得心慌，乔以陌别开眼，一语不发地走到桌边给自己倒了杯水。晚上唱歌，吼得嗓子都哑了，好像把很多的不愉快都发泄了出来。

他走了过来，从后面，把她挡在他和桌子之间。

"让我出去。"

"去哪里了？"顾风离有些不悦地吐出四个字，不仅不躲开，反而更凑近了些，高大修长的身影立刻罩住了她纤瘦羸弱的身躯。

乔以陌没有心情跟他玩游戏，便直接问道："你来做什么？"

他很坦白地回答："晚上寂寞，找你暖床。"

"我这种蠢货可没有那个荣幸给您暖床，您的寂寞我也排遣不了，所以，您还是回吧！要不就找别人！"

顾风离依旧不恼，只道："我怕别人没有你好。"

乔以陌瞪着他。

顾风离的眸子倏地凌厉起来，继而更加玩味，"难道你不好？"

"你走开！"乔以陌因为那笼罩下来的阴影又开始惴惴不安，语调在这样的压迫感之中渐渐呈现出抵抗的姿态。

他当然不干，说得冠冕堂皇，"不行，我来了，就没打算走。"

乔以陌无法站直，身体被他圈在他和桌子之间，她身体微微后仰，紧张地低吼："你觉得这样有意思吗？"

"怎么，你不喜欢吗？"

"我不会再给你当情人！"

"为什么？"

"因为一点好处都没有！"

"那你想要什么好处？"

"总之不可能！"

"你的意思是，不会白白给我压？"

"你说话很低俗！"

"高尚的人就不解决生理需要吗？"他反问。

"总之，我不会再这样下去了！"被他那样讽刺后，她还这样傻的话，那就真是二百五了。

"你如果再这样的话，我就继续在公司公开反驳你，到时候你下不来台别怪我！"乔以陌威胁道。

"这么说你昨天在办公室是故意的了？"顾风离的眼中闪过一抹浓重的墨色。

"是！"她供认不讳，"你不也一样？你明知道我是被陷害的，还那样骂我！"

"我冤枉你了？"他眼中的墨色变得绵长，"所以你觉得委屈了？"

她冷哼，"总之，我不会白白被你欺负，我也会反抗的，你不要再惹我！"

顾风离伸手，勾住她的腰身，接着，眼角眉梢盛满暧昧，"关于昨天的问题，我想我们可以在床上慢慢讨论。"

"这不可能！"乔以陌直接拒绝。

斟酌着这般执拗的语气，顾风离沉吟片刻，放缓情绪浅笑道："沉淀了一天多了，还没放下？"

突然温柔下来的语气让乔以陌惊愕地噤声，然后就被一个带着他特有气息的语调裹住，"屁大一点事都不能承担，以后怎么能够承担更重的任务？"

乔以陌瞬间无语。

顾风离灼热的气息喷洒过来，"乔以陌，你能当面承认错误，却瞬间就挟私报复，一点亏都不吃，说你蠢货不如，冤枉你了吗？"

"狡辩！"乔以陌冷哼一声，"你……"

话还没有说出来，字的尾音就消失在印合的唇间，突如其来的温热让乔以陌吃惊地睁大了眼，这个男人，他怎么可以在百般羞辱她之后还这样若无其事地继续吻她？！

只是，推不开，撑在他胸膛的手，一点力气都用不上，就那么虚推着，摆出一副欲拒还迎的姿态。

心，连同手腕，都是软的。

下一秒，随着细碎摩擦，肩头倏地一凉让乔以陌骤然清醒，原来如此，她早该想到的，他上门来就是为了跟她做这事！

呵，果然如他所说，他感兴趣的，不过就这么点事。

好凉，一直凉到心里。

苦涩酸胀蔓延，乔以陌狠狠地咬住他的唇，然后趁他吃痛大力推开他，看着他一脸的错愕，乔以陌居然快慰地笑出来，"你别想再碰我！我不会再让你随便碰！"

顾风离的神色渐渐恢复淡然，食指轻触了一下被咬伤的下唇，轻勾唇角，"还在生气？"

"我哪敢生您的气，只是不喜欢被陌生人乱碰自己的身体罢了。"乔以陌整好衣带冷冷地笑道，"你说了那么多，不就是想让我陪你上床？"

顾风离微微一怔，勉强维持着邪肆的笑容，走过去，伸手握住她的手，带着一抹柔情，轻声道："我只是不希望你继续有情绪，另外在办公室里小心点，以后不要再被人算计！"

乔以陌一愣，心尖微颤。

顾风离看着她木然的表情心中一喜，她动摇了，要趁势进攻才对，可是，刚想开口，便觉手中一凉，掌间就这么，空了。

"你说的我懂了，我也知道自己被人算计了，你昨天批评我的没有错，我当时就知道，但是我接受不了被人骂，任何人都别想骂我！"这才是她最在意的！

她转过身去，留给他一个坚定的背影，不可以忘记，他那样羞辱她之后，她若是这样轻易地妥协，那才是真的傻子。

良久的静默，乔以陌凝神静气地听着身后的动静，他还会有什么话说？

"既然想知道我说什么，就转过身来！"他说。

乔以陌被猜中心思，只能转身。

他正冷冷地望着她，目光带着浓重的压迫感，"若是昨天换了别的男人，你还敢那样当面顶撞吗？"

乔以陌愣了。

周围很安静，安静到连浅淡的呼吸声也一并消失了。

乔以陌瞪着眼前这个俊逸的男人，这个夺走她人生中最美好东西的男人，他是如此轻易地就指出了问题的症结所在。乔以陌也在心里问自己，是的，若是换了别人，她还敢那样反驳吗？

一股无形的气流在空气中逐渐地拢聚膨胀，仿佛随时都要爆炸开来。

终于，乔以陌找到了自己的声音，她低声道："会！"

"为什么你回答的底气这样不足？"顾风离眉头一挑，出言反问。

乔以陌嘴角微微一僵，下意识地望向顾风离，只见他眯着凤眸，语带寒气，道："换了别人，你不敢！因为你跟我睡了，所以你觉得我不会把你怎么样！"

乔以陌被他说得面露窘迫，抿着唇，深呼吸，"我承认这是其中的原因之一，但是我们这样的关系，我索取点东西，难道不行吗？"

顾风离瞥了她一眼，"你想索取什么？"

"一点点庇护也不可以吗？"乔以陌同样反问。

"乔以陌！"顾风离的手忽然伸过来，压在她的肩头，"如果我没有动一点私心，你还能站在这里跟我斗嘴吗？你知道你犯了多大的错误吗？还说我没有庇护你，真要追究起来，你觉得以你，能承担得住修改参数的后果吗？"

乔以陌微怔，继而不动声色地淡笑道："我又不是负责人，就算要我承担后果，陈玲本身也要负责任，而你也要负监管责任！别以为我一点不懂，我大不了还是回去，这份工作虽好，但是整天这样被你骚扰，也没有什么意思！"

顾风离望着她明澈的双眸之中有着充满智慧的镇定，隐隐觉得熟悉。

在这个世上，敢这样同他说话的人，还真不多。他收了手，目带探究道："你想要什么？"

乔以陌肩头一轻，浑身自在了一些，"要你保护我在公司不被欺负，平静地生活，你若不能保证，我也不能轻易被你占了便宜！"

"真是这样吗？"顾风离反问。

"要么你就别来打扰我！"

"恐怕这才是你的目的吧？"顾风离冷笑一声，"不想当我的情人，却又怕我的骚扰，想激怒我，让我自动远去，对吧？"

乔以陌没动，只是轻声道："我只是想平平静静地生活、工作。但是我发现，我即使诚惶诚恐，战战兢兢，老老实实，也还是不经意掉进别人的陷阱。尽管我不喜欢，但这就是现实，我知道我只能适应。我很不喜欢公司里的氛围，我甚至分不清谁是真心，谁是假意。想必你也有体会，但你身份地位都高，没人敢暗算你。你要我当你的情人，我要想工作，就得答应，但是这对我来说实在太屈辱。顾风离，我从来没有妄想过你会喜欢我，我觉得那是不可能的，但我们之间，若只是睡觉的关系，对我来说太屈辱了！没错，我是卖过一次，万劫不复了，下地狱了，但是不代表我在十八层地狱里就不能抗争了，就算下油锅，我也要挣扎。我也必须抗争，用我自己的方式。我想要重新开始我的生活，错了吗？"

她本是说给顾风离听的，但说到最后，心里却生出许多悲意，往事点点滴滴浮上心头。如果她没有卖那一夜……

她叹了口气，道："如果你不是发现我是B城那一晚的女人，你又敢这么明目张胆地欺负我吗？你问我是不是跟你睡过了就觉得有恃无恐了，那么我也问你，如果不是我们睡过了，你会这么大胆，要我做你的情人吗？"

顾风离眸光微变，幽深如潭，在那一汪潭底，似有无数情绪涌动，又被压制消弭。

良久，他说："你冷静一下吧。这种分歧，也不是一天能想清楚的，但是乔以陌，我并不是只把你当情人。我先回去，你也早点休息。"

说完，顾风离转身拉开门走了。

乔以陌愣了，他居然就这样走了？！

第二天醒来，乔以陌发现她那只被相框碎玻璃扎了的脚，因为没有处理好，有点发炎，走路的时候很疼。

上班的时候遇到亓云峰，被他一眼发现，"小乔，你的脚怎么了？"

"没事！"乔以陌赶紧回答。

"那你走路怎么有点瘸，崴到了？"亓云峰有点不依不饶的架势。

乔以陌无奈，只得说："被玻璃碎片扎了下，不过已经快好了。"

"我说昨天晚上你走路怎么回事，原来是扎到了，抹药了吗？"

"嗯！"乔以陌点头。

下午二点的时候，大家都去吃饭了，亓云峰竟然又走了回来，买了碘酊、酒精、棉球和消炎药，甚至还给她买了午饭，"等下你把药抹一下，我要去接顾总，今天有事！"

"你去忙吧！谢谢你！"乔以陌没想到亓云峰会这么细心。

"别客气了，记得吃午饭，受伤的地方尽量晾一下，好得快！"亓云峰来去匆匆，说完就赶紧走了。

走到酒店的时候，顾风离正从洗手间出来，他赶紧跑过去，"顾总，您找我了啊？"

"你跑哪儿去了？"顾风离一看到他就忍不住火了，"我这等着用人，你不见踪影了，干吗去了？"

亓云峰本不想说，但是看到顾风离真火了，就老老实实说了，"小乔脚受伤了，我刚才得空给她送了点药过去。"

"脚受伤？"顾风离微微一怔，"怎么受伤了？"

"说是被碎玻璃扎了下，不知道呢！"亓云峰道。

顾风离脑海里突然闪过那天傍晚相框摔了的情景，难道是那天吗？可是这两天那丫头走路也没什么事啊？

"顾总？"亓云峰看顾风离微微怔忪的样子喊了一声，顾风离忙回头，皱眉，"她受伤了你跑回去干吗？下次再敢擅自离岗看我怎么收拾你！"

亓云峰被惊住，顾总今天的火气好大啊！

下午三点。

乔以陌正在忙着整理文件，办公室的门口有人敲门，她一抬头，竟然看到了车明剑。

"你怎么来了？"乔以陌站了起来。

车明剑就站在门口，手里提了个袋子，然后道："出差，工作上的事，但是也假公济私一下，给你送东西！"

"给我？"乔以陌再度错愕。

车明剑走了进来，把那手提袋打开，里面是一只小猪存钱罐，"禅儿的，说是给你！"

乔以陌整个人都呆了，难以置信地望着放在眼前的小猪，她仿佛看到了一个小孩子最真最纯的灵魂，想起那天禅儿说过的话，要跟她一起还债，当时以为是戏言，却没想到，这孩子竟兑现了自己的承诺。

乔以陌抬起头来，声音因为感动而哽咽，"这……这我不能要！"

"为什么不要？这里面可是不少钱呢！"车明剑笑，"禅儿是小富翁呢，里面可不是硬币哦，都是百元大钞，禅儿的压岁钱，这几年亲戚给的，都塞这里面了，少说也有万儿八千的！"

"这我更不能要了！"乔以陌赶紧推辞，"你把这个拿回去！"

"拿回去禅儿会难过的，你知道这对禅儿来说有多困难吗？拿出这个罐子给你，可不是那么简单的，她就是个小财迷，以往我们谁要都不给的，但是却要给你，走的时候她再三嘱咐我一定要给你带过来，我要是再带回去，她会伤心的。"

"可是我也不能要孩子的钱啊！"

"感动了吧？"车明剑笑，"是不是觉得灵魂都跟着升华了？"

"是的。"乔以陌没有否认，"不过你还是把这个带回去吧，我会亲自告诉禅儿的。"

"拉倒吧，我可不忍心伤害一个小丫头纯真的灵魂，要还你自己还吧！"车明剑摆明了不愿意，"先存在你这里，以后我们再来，你给她，这样行吧？"

"这……"乔以陌刚要说话，车明剑的电话就响了。

他接过，只对着电话说了句："我在秘书部呢！给小乔送东西！"

话只说了一句，电话似乎就挂断了。

不到一分钟，楼梯上就传来脚步声，然后顾风离高大的身影便出现在了秘书部门口。

乔以陌看到他，先是愣了下，继而垂眸。

顾风离在门口站着，没有走进来，只是沉声道："明剑，跟我来三楼！"

车明剑回头，耸耸肩，专门侧了下身子，让顾风离看到桌上的小猪存钱罐。

顾风离看到那个罐子有些诧异。

车明剑解释道："我是奉我女儿车小禅之命来送东西给她新找的妈妈的。"

乔以陌当着顾风离的面，又道："你把这个存钱罐拿回去！"

"走了，我上三楼，跟老朋友叙叙旧，回见啊！"车明剑笑得十分暧昧，不管乔以陌的惊愕和顾风离的怔愣，就这么拉着顾风离上了三楼。

刚到办公室，关了门，还没坐下来，就听顾风离说道："你说禅儿把小猪送给了乔以陌？"

车明剑点头，"对，小财迷把钱送给了乔以陌，说是跟她一起还钱，还一个漂亮阿姨的钱！"

"该死！"顾风离握拳，控制不住地捶了桌子一下。

"这不是好事吗？禅儿喜欢她，她对禅儿也不错。"

"明剑，你打什么主意我心里很清楚！"顾风离望了一眼窗外，一丝不易察觉的深思染上了那张略带纠结的俊美面容，"只是，她是不是适合还有待观察！另外，我自有打算，你不要乱了我的计划。"

"我要是不出来搅局，你打算何时出手？"车明剑掏出一支烟，递了过去。

顾风离点燃，回到自己的位置坐下来。

"你把一切都搅乱了。"顾风离看着他，沉声开口。

"是，你有你的打算，但是我也有我的打算。"

"你搞清楚，是我在找女人，不是你！"顾风离狠狠地抽了一口烟，俊美的脸上染上一丝无奈的笑容。

两人对望一眼，车明剑耸肩，"再遇到她，就是缘分！"

"谁能保证不是孽缘？"顾风离勾勒起的嘴角上染上无奈的笑纹，"谁能保证她靠近我，不是另有所图？"

"你想太多了！这年头，虽说人不为己天诛地灭，但也实属正常不是？要是遇到个大公无私的，上来跟你说，她爱你，她什么都不图你，就爱你，你不会被吓一跳？这男女之间看对眼了，也得互相有用吧？不能光靠爱过一辈子吧？"

顾风离扑哧乐了，"这些话，你还是送给你自己吧！"

"顾风离同志，你别笑，我很认真的。"

"我也是很认真的。"顾风离又抽了口烟，"禅儿真的那么喜欢乔以陌？"

"喜欢啊！两人拍了大头贴，那孩子把照片贴到画笔盒子上，去幼儿园跟老师说，这是她妈妈，见了小朋友也显摆。我爸妈是又难过又伤心又欣慰，想见见乔以陌呢！"

"她不是希言！"顾风离忽然沉寂了眸子，周身散发出一丝冷厉。

车明剑叹了口气，认真地说道："姐夫，我姐已经去世很久了，拜托你醒醒吧，为了禅儿，为了你自己和顾家，重新开始吧！"

顾风离站了起来，沉寂着一双眸子走到窗边，如同孤傲的雄鹰一般，径自站在那里，"明剑，重新开始，说起来容易，做起来太难了！"

"有什么难的？我姐不在了，不是你背叛了，再说乔以陌是我挑上的，禅儿也很喜欢，你自己也喜欢，不是吗？"

"我会自己来的！"顾风离突然回转身，冰冷的脸上终于有了一丝淡淡的表情，"让我自己来，别再插手！"

"禅儿想见她，这周六我还要带着禅儿过来，无论你答应不答应，我都要带过来！姐夫，如果你自己做不到，为了禅儿，我或许会追求乔以陌，让她当禅儿的后妈！"车明剑望着顾风离认真地说道。

"把她当成你姐的替身，这件事对你姐、对乔以陌都不公平！"顾风离低吼道，语气里夹杂了太多的沉痛。

"我没有当她是替身！她只是长得像我姐，但我们都知道，她不是我姐！我挺喜欢她的，如果你不喜欢，努力还是做不到的话，我来娶她，给她幸福！"车明剑用余光瞄了一眼顾风离冷峻如霜的面容，明显感觉到那双眸子里有片刻的动容，果真如此，顾风离对乔以陌不是无动于衷的，只要提到乔以陌，他的情绪就控制不住。

"这不是买卖，明剑，不是说着玩的。"

"我知道，但是，如果你不出手，我不出手，也许日后，她会遇见一个更好的男人，可以照顾她一生一世。到时候，你想要，都来不及了！"

顾风离冷寒的脸庞痛苦地纠结在一起，垂在身侧的手慢慢地攥成拳头，随即转身继续看着窗外。

"可是，倘若她知道一切真相，你觉得她会接受吗？"

"爱上了，就会接受！"

"并不是每个人都像希言一样优秀的，我不能保证自己会爱上。"顾风离深邃的眸子里染上一丝沉痛。

"你自己努力吧！我知道你需要时间。"车明剑不再多说，"司机还在等我，我先回去了。"

"去吧。"顾风离淡淡地应了一声。

车明剑下楼，又去了秘书部，乔以陌还在望着那只小猪发呆。

笃笃两声敲门声传来，乔以陌一抬头，看到车明剑。

"别发呆了，好好工作！我走了啊，别想我！"车明剑对她眨了下眼睛，转身大步离去。

"喂……"乔以陌追出去，可是走到楼梯口的时候，车明剑已经不见踪影了。

Chapter 15

原来所有的纠缠，不过是一场早已谋划好的局。

当晚，带着那个小猪回去，乔以陌内心是又温暖又沉重，这个孩子把心爱的小猪给了她，她又能给这孩子什么呢？

心情真的很沉重，晚上十点多点，敲门声又响了。

她心里一颤，噌地一下站起来，走到门口。

是顾风离！

她拉开了门，门外，顾风离站在那里，一双深眸崭亮，直勾勾地看着她，问道："可以进去吗？"

乔以陌一怔，侧身让开。

顾风离走了进去，门关上后，她回转身去屋里，走路的时候脚还是有点疼，一瘸一拐的。

顾风离蹙眉，望着她走路的姿势，问："你脚还没好？"

"好多了！"乔以陌低声回答。

两人很有默契地没有再提昨晚的事，争执似乎就这么放下了，随着顾风离的到来，这样轻易放下了。

乔以陌去厨房泡了两杯茶，端着走出来，递给顾风离一杯，顾风离尝了后，赞道："不错！"

乔以陌坐到沙发上，抿了口茶后，道："你来做什么？"

顾风离说："我来告诉你，如果我不是把你当成情人来养，而是试着跟你处男女朋友，你会怎么想？"

乔以陌微微一怔，她没有想到顾风离会这么说。

良久，她皱眉道："我不觉得我们能成为男女朋友。"

顾风离道："第一，我是个传统的男人，当然也跟所有的男人一样都喜欢女色，只是身份和地位都不允许我出任何纰漏，同样我也不喜欢自己太随便，所以我跟你是交往，不是交易。第二，我的身份不允许我们的关系在公司立刻公开，如果到后面，有结果，我不排除跟你有结婚的可能，那么，我们那时再公开关系，对你对我都好，你认为呢？"

乔以陌冷笑，反问："就算你想跟我结婚，我就一定要跟你结婚吗？"

她说什么？

顾风离有瞬间的恍惚，怔怔地望着她。这几日，他偶尔路过秘书部，时常看到她一个人端着一杯茶，很安静地坐在那里出神，仿佛灵魂脱离了躯体，不知飘向了何处。

她究竟是怎样的人，有时候，他真的不是十分了解。

"那么，你呢？想要什么，不妨开诚布公地说一下。"顾风离直言。

她一愣，思维有点跟不上他转变的速度。

"为什么不说？"顾风离走过来，在她对面的沙发上坐下来。

乔以陌的面容沉静淡定，心中却百转千回。要什么？开诚布公地说出来？

有时候，只怕连她自己都不知道自己想要什么吧！

顾风离握着茶杯，抿了一口，等待着她的回答。

乔以陌抬眸望了他一眼，终于开口："要你爱我！"

正捧着茶杯的顾风离心中顿时一惊，眸光微变，定定地望着她俊俏的容颜，用肯定的语气道："谈恋爱，自然要有感情的。"

她回望着他的眼睛，试图从那双邪妄的眸子里看出些什么，但那双眼慧深莫测，什么也看不出来。她淡淡地笑，不答反问道："你没有正面回答我的问题，是不是知道自己不会爱上我？"

她无法确定他是否会爱上自己，她想到了他钱夹里的那张照片。

屋里很安静，灯光倾洒在二人的身上，他们就那样静静地对望，相互猜测疑感着，心思各异，仿佛过了一个世纪那样长，手里的茶，冒着腾腾的热气，在两人的视线间升腾缠绕，如烟如雾。

顾风离忽然笑了起来，道："你是不是想得太多了，我如果没有一点喜欢你，又怎么会要你？"

乔以陌淡笑不语，又抿了口茶，站起来，指着门道："顾总，你回去吧！"

顾风离一愣。

乔以陌接着道："我感受不到你百分之百的真心，所以，无法留你。"

顾风离也没有否认，只是说了一句："乔以陌，我可以试着去爱你。"

乔以陌一怔，忽然笑了，"这是你今晚说的最真的一句话！"

顾风离也笑，"乔以陌，你比我想的要聪明很多。"

乔以陌也不否认，"谢谢你的夸奖！"

当晚，顾风离还是走了。

第二天上班，乔以陌拿着抹布去顾风离办公室打扫卫生。

他正在翻阅报纸，表情专注，头都没有抬一下。

拖地拖到他位置的时候，他站起来，表情肃然，看不出情绪。

乔以陌也没说话，老老实实地打扫卫生。

谁知顾风离突然问了一句："昨晚睡得可好？"

乔以陌心里一惊，微微抬头，看到顾风离正望着她，眼神深邃。

她立刻小声道："还行！"

于是，他又说："如果昨晚你配合点做了的话，今天的精神会更好的。"

乔以陌华丽丽地被他这句话给雷到了，她脸一红，道："如果您不说这句话，会更帅！"

顾风离乐了，哈哈一笑，"今晚，请你吃饭！"

"不，还是别了！"乔以陌拒绝。

"那你煮？"他反问。

乔以陌真是有点跟不上他的思维，一时间不知道说什么。

"我很久没有吃家常菜了，有点想念。"说这话的时候，顾风离的声音出奇的温柔，下一秒，忽然语调一转，本质又暴露无遗，"昨晚我就那么走了，身为女朋友的你，是不是要为我考虑一下？顺便用你的温柔安慰安慰我受伤的灵魂？

我是个正常的男人，被你折磨得都内分泌失调了。"

乔以陌发现顾风离就是一个超级无敌不要脸的臭男人！

应对这样的男人，也许最安全的方法就是沉默。

思及此，乔以陌决定沉默以对。

于是，她低下头，继续拖地。

顾风离站着，让开一点，然后还是说："以以，听到没有？"

"以以？"乔以陌惊愕，险些跌倒。

"对！以以，我以后就叫你这个名字了！"他华丽丽地告诉她。

"顾总，请你闪开一点，我要拖地。"乔以陌决定无视，因为太惊悚了！

"好！就这么决定了！以以！"他又道。

乔以陌握着拖把差点绊了一跤。

顾风离一伸手勾住她腰，"小心点啊！"

乔以陌大惊，低呼："顾总，这是办公室，你别乱来！"

"多谢提醒！"他突然开口，然后直接抱着她，来到了门前，然后把门关上，将她压在了办公室的门板上。

"这样，别人就看不到了吧？"

"喂！你别！"乔以陌用手使劲地推他，"你别这样！"

"哪样？"他挑眉，已经低下头来，"吻你吗？你猜对了，我就是索要一个吻！"

乔以陌一下怔住，浑身僵硬！

说出这句话时，震惊的不只是乔以陌，还有顾风离，他从来没有想到自己会在办公室有这样的一面。

而此刻，他禁锢着她，她娇柔的身躯就在自己和门板之间，如此亲密地贴合在一起。

时间，仿佛凝滞了一般。

"这里是办公室，你最好克制点！"她小声提醒，感受到他的变化，虽然心中有些迷乱，但还是理智战胜了一切。

"我知道是办公室，如果不是办公室，你以为你还跑得掉吗？"他声音清冽，邪魅的眸子里盛满了狂放邪肆的笑意，笑容勾魂摄魄。

乔以陌望着近在咫尺的完美俊脸，心中有些慌乱，稍稍偏过头去，低低地叫道："快放开我！来人了怎么办？"

他无动于衷，眼中的火光更剧烈，猛然低头，狠狠地吻住了她的唇。

乔以陌不可置信地睁大了眼睛，惊呼之声还未出口就被他无声地吞进口中，强悍的舌趁机滑入，有力的纠缠带着无法抵挡的狂热。

她只觉耳中嗡鸣作响，整个身子无法控制地一寸寸软了下去。

从来不知道，原来一个吻，也能带来这样销魂蚀骨夺人心魄的感觉。

而恰恰此时，竟然有人敲门。

顾风离一瞬惊醒，做了个动作，"嘘！"

笃笃的敲门声再传来。

乔以陌顿时心中大急，胸口急剧起伏。

顾风离回转身把拖把递给她，然后快速回到自己的位置，十分镇定地开口："小乔，你拖地就拖地吧，居然把门关上了！"

乔以陌立刻握着拖把，迅速拉好自己的衣服，然后赶紧开门。

她的脸还红着，拉开门就低头拖地。

进来的是李副总，那双眼在乔以陌身上别有深意地一扫。

顾风离此时正捧着报纸，手里夹着一支刚点燃的烟，平静地抬头，看了一眼李副总，"哦，一大早的有事？"

李副总看了看他，笑笑，"汇报一下工作！"

乔以陌赶紧退了出去，临走的时候看了一眼装模作样的顾风离，她觉得自己也变成了跟他一样虚伪的人！

晚上，乔以陌买了菜，她觉得顾风离一定会来。

果然，七点半多一点，门铃就响了起来。

她去开门，门口站着玉树临风的顾风离。

她已经做好了饭菜。

顾风离似乎格外疲惫，说了句："把你家的钥匙给我一把，下次我直接开门，不想再敲门了，感觉跟外人似的。"

"你本来就是外人！"乔以陌没好气地道。

顾风离回头看她，"怎么说话呢？自己的男朋友是外人吗？"

"你能不能正经点啊？"乔以陌瞪他，发现他一双鹰目正锐利地盯着她，她吓了一跳，"你……你这么看着我干吗？你在办公室也不是那么好过，李副总一直在觊觎你的位置吧？你还这么不小心！"

顾风离薄唇淡勾，道："你这是在关心我吗？"

乔以陌眼神躲闪，"谁关心你了？我就是提醒你一下，以后注意点！"

说完，转身去了厨房，把做好的菜一样一样端出来。

顾风离看了一眼墙壁上的钟，快八点了。

他去了洗手间洗手，乔以陌给他拿了一条新毛巾，话也没有说直接递过去。

顾风离看了看她，眉眼间似乎染了一层愁绪。

他皱皱眉，问："怎么？谁又惹你了？"

乔以陌看他一眼，没说话。

顾风离今晚的心情也不是很好，工作上有点小不如意，那些都不在话下，只是这小女人很难拿下让他有点恼。

之前没有要求她当自己的女人的时候，她对自己起码还是低眉顺眼的，做了他的女人后，他发现她完全是蹬鼻子上脸，不但不尊重他了，还动不动跟他来冷战，摆脸子。

顾风离有时候会想是不是自己哪里惹了她，让自己这么不被待见。

心下转过很多念头，结果发现没有一个让他舒服。顾风离淡淡扫了乔以陌一眼，漫不经心地开口道："摆这个样子，我还以为你是为了我担心呢！"

乔以陌一听这话，回头看了他一眼，看到他那高高在上自作多情的样子，顿时有点恼火，"你可真够自恋的，我为你担心什么啊？"

他自己都不担心，她担心什么？真是笑话！

"那你怎么忽然就这么不高兴了？"

"我一定要高兴吗？"乔以陌低下头，觉得自己似乎真的有点情绪化，于是缓和了语气道："吃饭吧，顾先生，现在八点了！"

"哦！原来是等我等急了啊？"他恍然大悟地开口，"可我总要等天黑了才能来啊！"

乔以陌冷笑，"是呀，别人谈恋爱都光明正大，跟您老人家谈恋爱就得藏着掖着，吃个饭都比别人费劲！"

顾风离坐下来，冷静道："你觉得被大家知道了，好吗？我无所谓，但是你呢？别人会说你攀高枝，你想过没有？我完全是为了你好！"

乔以陌一下子熄了火苗，是的，公开了，也只是她受委屈，别人还指不定怎么说她呢！

"吃饭吧！"她说。

顾风离笑了笑，低头看了眼桌子上的菜，四菜一汤，他耸了耸肩，赞美道："看起来很好吃的样子！"

乔以陌白皙的手掌突然伸到了顾风离的眼前。

"干吗？"顾风离不解。

乔以陌淡漠地开口："伙食费，我的饭菜可不是白吃的！"

顾风离一听这话，火气噌噌地往上冒，"有没有搞错？"

乔以陌十分平静，"我的工资太低，你交你自己那份伙食费，我觉得没有什么不公平的，你自己计算下，你预计在我这里吃多少次饭，你看着给吧！"

顾风离看看她，然后从自己的皮夹里抽了一张卡，递过来，"五万块，预支的，你自己算算，能吃到何时，以后就从这上面扣！"

"我不要这么多，一个月一个月地交！"她说。

见她又把卡递过来，顾风离淡淡一笑，他对乔以陌这样的胡搅蛮缠来了兴趣，那表情就像是看一个小女孩在无理取闹不讲道理。

他忽然伸出手，握住她的小手，"你看吧，给你钱，你不要，不要大钱，偏要小钱，你说你到底是傻呢还是聪明呢？这钱呢，我预存在你这里，你也别矫情了，不然的话，你动不动就问我要伙食费挺伤感情的，如果你把这个当成情趣的话，我建议换个别的方式。"

他说得正义凛然，乔以陌一下子被堵得卡壳。

"看来你没有意见，那就这样吧！"顾风离眨巴了下眼睛，似乎哄孩子一般拍拍她的小手，又说了句："辛苦了，乖啊！"

乔以陌听着那话，觉得他根本是在嘲笑自己无聊，没事找事。

她赌气似的把卡收起来，道："我会一笔笔扣的！"

"如果你不嫌麻烦的话，随你！"他倒不在意，"请问女士，我现在可以吃饭了吗？"

乔以陌立刻盛了一碗汤递给他，"先喝汤吧！"

顾风离接过去，低头喝了一口，玉米浓汤，味道很地道。然后一口气喝光了一小碗，开始拿筷子吃菜。

乔以陌把红烧肉往他面前推了下，他吃了一口，问了句："你怎么知道我爱吃肉？"

乔以陌没回答她。

"我还挺喜欢吃红烧排骨，明天做排骨好了！"他双目锁住她，浓密的长睫铺上一层柔光。

"顾风离，你还能再得寸进尺一点吗？"乔以陌咬牙。

"点菜就是得寸进尺吗？"他耸耸肩，有点不理解她的思维。

乔以陌没好气地道："知道了！"

刚吃了一半，乔以陌的电话就响了，她愣了下，看到上面显示的是亓云峰的号码，然后看看顾风离。

顾风离皱眉，"谁啊？怎么不接？"

乔以陌站起来，去了卧室接电话，"喂，亓云峰，有事吗？"

亓云峰说话的语气似乎有点不好意思，"小乔，我从山里摘了点樱桃，你告诉我地址，我现在给你送过去。"

乔以陌一听，立刻道："不用了，谢谢你！

"没关系的，很新鲜的！"

"真的不用了，我现在不在家，不太方便，亓云峰，谢谢你！"

亓云峰没有再强求。

放下电话，乔以陌长长地叹了口气，亓云峰这是要干吗呀？为什么对她这么好呀？

门口突然传来一道低沉的男声，"你这是打算脚踏几只船啊？"

乔以陌身子一僵，猛地回头，看到顾风离慵懒地斜倚在门口，一双利目紧紧地盯着她，眼底似乎还夹杂了一丝嘲弄。

乔以陌被这样的眼神刺伤了，一脸的惨白。

顾风离看她那样子，嘴角的讥讽更深了，"其实从你第一次爬上我的床，我就知道你这个女人挺随便的。"

说着，他走了过来，在她面前站定，低头看着她，"乔以陌，你现在摆出这种委屈的样子，真的很虚伪。"

听他这么说，乔以陌不知道哪里来的勇气，扬起手一巴掌就甩了过去。

顾风离动作也很快，伸手就挡住了她挥过来的手。

顾风离额头的青筋突突地跳了几下，握着她手腕的双手使劲地攥紧，乔以陌很疼，吃疼地皱眉。

她突然想到母亲说过的话，男人要的是脸，任何时候都不能动男人的脸，而她刚才居然一怒之下想要打他的脸！

她垂下头，咬住唇瓣，没有说话。

顾风离冷冷一笑，"把亓云峰解决掉，做我的女人，就给我老老实实地做！"

乔以陌没说话。

顾风离突然一把甩开她，将她摔到床上。

乔以陌以为他又要对她乱来，心中慌乱，谁知他只是眼神冰冷地看了她一眼，然后转身走了出去。

门关上的时候，乔以陌叹了口气，突然发现，她跟顾风离的相处，并不是那么容易，他们之间，似乎不经意就剑拔弩张。

乔以陌一夜都是辗转反侧，睡睡醒醒。

早晨起来时有气无力，似乎生了一场大病，到了公司的时候，已经八点半多了。

乔以陌上楼，打开门，陆陆续续有人来按指纹。

"老大这次真的动手了，拿老陈开刀，停了全部工作，这是要大刀阔斧收拾人了！"

"早说了老大可不是吃素的！"

"就是，听说他可是部队大院里长大的少爷！雷厉风行！狠着呢！"

"谁有他底细？有没有人知道？"

"这还真不知道，秘书部应该有他档案吧？老刘知道吧？"有人问了句。

刘部长立刻道："这我哪里知道啊？都封存了。"

"说得也是啊！下一个，你猜老大会收拾谁？"

"这谁说得准啊！"

"呵呵。"另外一个人大概是只老狐狸，只是敷衍地赔笑，并没有发表意见。

那几个人也识相地不说了。

乔以陌很安静，一直低头做着刘部长安排的工作，整理电话簿，各部门月工作总结，还有几个发言稿，她今天的活还真的不少，都得封档。

一直在电脑前打字，一一备案，刻盘，贴了标签，忙得很。

"小乔，上次的会议你刻盘了吗？"刘部长问了句。

"刚刻好。"乔以陌道。

"你上去给顾总送一份，他说要看的。"刘科长吩咐道。

乔以陌有点踌躇，但也不好推辞，只好道："好的，我这就去送！"

拿了刚刻好的视频盘，乔以陌上了三楼，敲了门后，听到磁性的男声从里面传出来，"请进！"

Chapter 16

刺青，永远是前爱的幸福，后爱的伤痛。

乔以陌推门进去的时候，顾风离正在打电话，看到她时他的眉头皱了皱。

乔以陌心悸，想把视频盘放下就走，结果他却抬手示意她等一下，她只好站在原地。

顾风离很快就说完，挂了电话。

乔以陌连忙道："顾总，您要的视频盘。"

顾风离放下电话，身子靠在大班椅的椅背上，一手搭着扶手，一手敲着桌子，懒洋洋往后靠，眉目冷清，对她视若无睹。

乔以陌见他这样子，不知道刚才他啥意思，于是道："您还有什么吩咐吗？"

她竭力恢复冷静，不让自己带着情绪化，一再告诫自己不能把私人情绪带入工作中，这是愚蠢人的行为。

他只是看了看她，道："放下吧，你可以出去了。"

早知道如此，她刚才就该放下走的！

中午休息时间，乔以陌最后一个下楼，刚走到楼下，电话就响了起来。

她愣了下，一抬头看到了站在三楼总经理办公室窗口的男人，正举着电话，对她说："给我买一份吃的回来。"

乔以陌有点懊恼："你为什么不出去吃？"

"好啊，你跟我一起出去？"

"你想吃什么？"不理会他的话，她又问。

"你吃什么？"

"我就吃一个饼！"

"那我也吃一个饼好了！"

乔以陌无语，终于还是道了句："那我看着买了！"

她本来想在小摊上买点算了，但是想到顾风离的卡还在自己这里，于是去了快餐店，要了一份外卖，蒸饺、西米粥、两份小菜，给自己就买了一个鸡蛋饼一杯豆浆。

乔以陌回来的时候，公司里人很少，顾风离站在走廊里，她上楼，走到他跟前，把袋子递给他，"顾总，您的午餐。"

"帮我放到桌上去！"

"是！"她淡淡地应了一声，进了办公室，把袋子放在他的桌上。

顾风离在门口站了一会儿，视线凌厉地扫了两边走廊，这才进门，反手关上了门。

乔以陌刚要走，看到他关了门，她脸色一冷，道："我先下去了。"

顾风离一言不发，却挡在了她面前。

乔以陌瞬间就失了底气，清了清嗓子道："你想干什么？"

她没有抬头，只觉得他的气息那样近，就在鼻端萦绕，淡淡的薰衣草的香味夹杂着香烟的味道形成他特有的气息。

她闻着这个味道，有点浑身不自在，最后低下头，盯着自己的脚尖沉默，手里的袋子也不由得紧了又紧。

"有必要装成这副小媳妇样？"冷冷清清的声音从头顶传来。

"我该下去了。"她答非所问。

顾风离望着她的头顶，忽然弯了眉眼，扬了扬下巴，似笑非笑，"你有头皮屑。"

瞬间，乔以陌脸红地抬头，窘迫地低叫："不可能！"

"骗你的！"他忽然笑了，"乔以陌，你不设防的时候还是很可爱的，一设防就很讨厌，你知道吧？"

不设防？在这个社会上，在人和人的交往中，谁会不设防？！

这个要求真的太高，只有在至亲至爱的人面前才会不设防吧？但是他们之间好像还没有到至亲至爱的地步。

顾风离又道："你为什么设防呢？人无害人之心，无苟且之意，无不轨之念，无非礼之思，防什么呢？"

乔以陌深呼吸，望着他的眼睛，反问了句："顾总，据我所知，不设防的核心一是光明磊落，二是不怕暴露自己的缺点。而我，既不光明磊落，又有一堆缺点，我为什么不设防呢？"

"你这不是挺诚实的吗？"顾风离笑。

"顾总，我不是猫，你一定要这样逗弄我吗？"

"你是我的小猫，利爪一伸，也挺可爱的！"

一股莫名的情绪在乔以陌的心海荡漾，她忽然伸手抓住了他的手臂，另一只手还提着袋子。

顾风离一愣，看着那小手抓住自己的胳膊，白皙的小手让他视线一紧。

他不由得侧目，如刀剑般的眼神紧紧地锁住她，像是要看透她的心思一样。

"姑娘，你不是急着要逃离我这里吗？"他语气毫不客气，说得很是暧昧，"这样我会误会的！你这么主动是为了什么呢？"

既然这样，就一次说清楚，省得大家都这么别扭，乔以陌昂起头迎向他冰冷的视线，豁出去地说道："我们说清楚吧！我知道你昨晚突然发火的原因是亓云峰的电话，但是亓云峰打电话给我，我根本不知道是什么意思，我对他也从来没有任何想法！如果有想法的话，我不会跟你在一起。另外，你说我的那些话，我很难过！希望你能照顾到我卑微的尊严，哪怕只是一点点也好！人有卑微，爱情是绝对没有卑微的！"

她说得勇敢，顾风离却注意到了她眼神里的委屈。

他知道昨晚自己说得有点过分了。

他只是低头看着她，并没有立刻回应，一双黑色的眼睛专注地注视着她。

等不到他的话，乔以陌的脸色涨红，只是那双眼睛仍然望着他，表情很认真，小手紧握，手心冒汗，她硬着头皮道："错的不只是我，你的脾气也不好，你不能自己吃肉就要求别人当和尚！"

顾风离不语也不笑，只盯着她瞧，那眼神看得她头皮发麻。

还不行吗？乔以陌词穷了，咬咬唇瓣，鼓起来勇气又说："你不会这么小气吧？男人不是应该大度点吗？"

"闭嘴！"他终于开口，嗓音醇厚如酒，垂眸注视那张绯红的小脸，挑眉道："这次我就原谅你了，看在你主动道歉的分上！不过，你以后能不能别忽冷忽热的，这样很矫情，让人很别扭。"

乔以陌怔愣，望着他高深莫测的表情，心中懊恼，他说得跟皇帝似的，真是太讨厌了！

顾风离眼底一片深邃，然后别过脸。

乔以陌几乎以为自己看错了，那别开的视线，流转的眸光仿佛带着——笑意？

笑？

"要笑你就光明正大地笑吧，不用憋着！"她懊恼地说。

顾风离竟伸手勾住她的腰，乔以陌被他猛地一拽，没有防备的她，结结实实地砸在了他的胸膛上。

乔以陌恼火，直接喊道："顾风离……"

话一出口，他的唇便覆了上去，一只手紧紧地勾住她腰，一只手固定住她的后脑，将她未完的话一并含在口中。

如遭电击，她大脑一片空白，唇舌纠缠带来的酥麻之感瞬间传遍四肢百骸，心底久违的悸动不知从何而来。

她努力维持着自己的理智，好不容易才侧过头去，抚着胸口直喘气道："别！"

"这个时候，没有人，放心吧！"他声音沙哑地说。

乔以陌听到这话，心底惶然，顾风离说完这句话，抱着她，却是保持了耐人寻味的沉默。

一时间，密闭的办公室，窗帘是拉起来的，门是关着的，独处的两个人，暧昧的气流，全部都是滋长暧昧情绪的温床。

乔以陌觉得自己的心脏都要跳出喉咙了。

他的呼吸热乎乎地喷在她的颈侧，"乔以陌，我现在很想要你，怎么办？"

乔以陌心慌，尽量忽略他霸道而肆虐的气息，小声道："顾总，我也很想，可是这里是办公室，这样是不行的！"

"呵呵……"顾风离愉悦地开口："胆小鬼！"

乔以陌的下巴搁在他的肩上，道："随你怎么说，我只是不想你被处分，我被开除，为了你我都好！"

"我是不是得感谢你的理智？"

"你想的话，我不反对！"

顾风离微微躬身，目光落在她翘起的红唇上就动不了了，他低声说："试试怎样？这个点不会有人！"

"不行！"她语气十分坚决。

顾风离又靠近，"你觉得你还能跑得掉吗？"

他再次俯身攫住她的唇，深切又辗转地掠取着，他的吻技向来让乔以陌迷乱，可此刻，又多了一种要将她焚烧的灼热急切。

他的手扣住她的腰，将她更紧地贴近了自己，而后大掌游走在她的腰背，唇舌的侵略也越发激狂起来。

乔以陌终于忍不住一颤，低声呻吟："唔……不行！顾风离，今天晚上，我答应你今天晚上，这里不行！"

他的动作渐渐缓了下来，踟蹰着，徘徊着，终于顿住。然后维持着这个埋头的姿势，久久不动。

终于，顾风离松开了她，走到桌边拧开杯子咕咚咕咚灌掉一大杯水，然后点了一支烟，猛抽了两口。

乔以陌心中是有丝甜意的，尤其是，看到他因刚刚的失控而害羞得不敢看她的眼睛。

终于，他用了五分钟平复了情绪，说了句，"如果这两天你不这么憋我，或许我不会这么失控！"

"……"

"吃饭！"

乔以陌的脸通红通红的。

她赶紧插了吸管喝豆浆，顾风离看她喝豆浆，自己面前是粥，于是看着她问："为什么只有一杯豆浆？"

"我只给自己买了。"她老实地回答："你要喝的话，我下次给你买。"

他站起来，把她手里的抢过去，低头就着她用过的吸管喝了起来。

乔以陌的脸更加红，"那是我喝过的！"

顾风离邪肆一笑，"姑娘，你不要忘了，刚才我还吃了你的口水呢！"

乔以陌脸红燥热，赶紧别开了脸，不敢看他。

安安静静地吃了午饭，顾风离亲自检查了走廊，确定没人，才让她下楼。

下午上班，乔以陌的状态格外的好，工作效率也提高了。之后因为工作安排，有加班任务。

乔以陌加班到了十一点多，亓云峰在公司门口碰见她，诧异地问道："小乔，你怎么这么晚还在公司？"

乔以陌老实回答："加班。"又奇怪地问道："你怎么也没走？"

"顾总加班，我来接他，可是没接到，他先走了。正好，我送你回去吧，太晚了。"

乔以陌一怔，忙摆摆手道："不用了，我打车回去就行。"

亓云峰又道："哎呀，那么麻烦干什么，反正我也顺路，再说这么晚了也不好打车。"

乔以陌没有再推辞，自己回去的确很害怕，尤其是在那晚遇到那个司机后，更是不敢走夜路了。

车子到她住的小区后，亓云峰似乎有点恋恋不舍，"小乔，你明天还加班吗？"

"还要加。"乔以陌道。

"哦！"亓云峰还想说什么。

乔以陌道："你快回去休息吧，太晚了！"

"那，好吧！"亓云峰点点头。

乔以陌正要下车，突然，亓云峰一把将她拉了回去。

在乔以陌还未反应过来时，一个吻就落在她的脸颊上。

耳边是低低的喃语，痛苦无奈而缠绵，"小乔，有一句话憋在我心里很久了，我喜欢你，做我女朋友吧！"

"啊！"乔以陌吓住了。

亓云峰脸一红，放开她，"对不起，我不是故意的。"

乔以陌刚想开口，亓云峰就道："你快回去吧！我走了！"

乔以陌很是惊讶，她没想到亓云峰会这么大胆，居然吻了她的脸，她想说什么，可是亓云峰躲闪着，她只好先下车，打算第二天再跟他好好说说。

目送着车子远去，乔以陌眉头紧锁地朝家门口走去。

从包里掏出钥匙，刚要开门，忽然有一双手从背后穿过她腰部握住了她拿钥匙的手。

乔以陌头皮猛地发麻，她惊骇得叫出声来，惊惧之下，她条件反射地将那人的手臂一弓，直接攻击那人。

身后传来一声熟悉的闷哼，显然是被撞到肋骨了，但那人却并没有因此而松手，反而握得更紧，一下扭开了门，拖着她进去。

乔以陌在惊吓的同时也松了口气。

她忙转身，看到顾风离，"你怎么来了？刚才吓死我了！"

"我都来了很久了，倒是你，怎么回来这么晚？"他进门没有开灯。

"因为……因为……因为我做得太慢了，走得晚。"乔以陌思索再三还是撒了谎，亓云峰对她告白的事情，一定不能被顾风离知道，否则后果不堪设想。

"你饿吗？"她岔开话题。

她想到他去加班，不知道吃没吃晚饭。她去冰箱里找东西，打算煮点面给他当消夜。

他的嘴角勾起，笑容致命，"你指的是哪种饿？"

她回转身，他走近她，将她扣在怀里，他的鼻息热热地喷在她的脸上，暧昧得危险。

"先吃东西，我有点饿呢！"乔以陌低声。

"可是我想先吃你！"他声音沙哑地说。

乔以陌赶紧一手托着他下巴，道："顾总，先洗澡，吃东西，不然门儿都没有！"

"你是不是格外喜欢吊着我？"

"算吧，轻易得到的，我怕你不懂得珍惜。"乔以陌如实回答。

他笑，"我是个长情的人。"

"希望那感情是对我，而不是初恋！"她眸光一暗，说了一句，转身去了厨房。

身后，顾风离的目光一滞，微微怔怔了良久，这才去了浴室。

冲了个澡，围了一条浴巾在腰间，他就这么出来了。

乔以陌刚好煮了面端着出来，看到他那样子，脸一红，"你怎么不穿衣服？"

"我又没带衣服，穿什么？我这不是腰里穿着条浴巾吗？"他指了指自己，眼神有点暧昧。

乔以陌皱眉，却也无话可说。

顾风离又道："你不会不看我啊？乔以陌，我警告你，别耍流氓，知道吗？"

"……"这世上怎么会有这么贫的男人呢？乔以陌无言以对，把碗猛地搁在桌子上，只给了两个字："吃饭！"

他闻到香味，慵懒地走过来，"好香啊，我还真饿了！"

乔以陌把筷子递给他，然后说："吃饭的时候，请别说话！"

她真怕他又乱说什么，这个人在公司装得一本正经，私下里却是这个德行，说出去，只怕也没人信，会说她造谣。

顾风离被面的香味诱惑，只顾着吃了，还真没再说话。乔以陌就吃了一小碗，剩下的都下了顾风离的肚。

吃完，他站起来收了碗说："我去洗碗，你去洗澡。"

乔以陌一愣，他会主动洗碗？她错愕地望着他，有点不敢相信。

顾风离挑眉，"怎么？你要看我洗碗？不洗澡吗？"

乔以陌退后一步，赶紧转身，红着脸拿了衣服去浴室。

她关了门，刚脱下衣服，门就被人一把推开。

猛地回头，她遮掩住自己尖声质问："顾风离，你干吗？"

顾风离此刻正抱臂倚着门框而立，没有半点尴尬和不妥，笑意盈然，"看你洗澡！"

"你！"乔以陌脸一沉，冷声道："你快出去！"

"这是对你的惩罚，竟然让别的男人亲你的脸，你说我不该惩罚你吗？"

乔以陌错愕，他看到了，看到了亓云峰亲她的脸！可是刚才他为什么不说？一定要等到现在？

"我一直在等你自己坦白，没想到你一直不说，乔以陌，你粉饰太平的本事真是挺大啊！"这个男人变脸比翻书还快，刚才还笑得人畜无害，一转眼便是山雨欲来。

乔以陌只觉他身形一闪，一股强大的力量扣住了她的下巴，他的另外一只手也滑上了她的纤腰，因为没有穿衣服，她瞬间觉得那只大手像是烙铁一般烫到了她。

顾风离面无表情的俊脸凑近她，距离近到彼此鼻尖都能相触。

乔以陌骇得瞪大眼睛，身体却僵硬地定在原地。

他的薄唇开始在她的额头、眉间、睫毛、脸颊处慢慢地游移，"我的女人，我不喜欢别人碰！"

终于，他的唇落在了她因为惊恐而微微张开的小嘴上，炽热的气息喷洒在脸上，"再有下次，直接一巴掌甩过去！"

最后一个字消失在彼此的唇间。

乔以陌错愕，没有办法反抗他，只能闭上眼睛，任由他的舌尖撬开了她的唇齿，夺走了她的一切呼吸。

"没有，亓云峰只是说喜欢我……"她小声说。

唇上一疼，被他狠狠地咬了一口。

"啊！"乔以陌吃痛地低叫一声。

"拒绝他！"他命令道。

"我知道了！"她小声道，"你……你出去好不好？"

她要洗澡了，他在这里，她觉得害怕，也无法洗澡。

"一起洗！"他说。

"你不是洗过了吗？

"再洗一遍！"他回答得十分坦荡。

"……"她脸红得不知道说什么。

狭小的浴室里，水汽迷蒙，袅袅的雾气在浴室里蒸腾，模糊了镜中映着的交缠身影。

情欲在一片朦胧的雾气中升温。

氤氲的燥热。

长夜漫漫，不曾停歇。

清晨，温暖的阳光从窗帘后照射进来，乔以陌微微睁开眼，动了动身体，觉得浑身乏力，酸痛得厉害。而她的身体被人以绝对占有的姿势抱在怀中，腰上一只手，搭在小腹上，身体和身体靠在一起是如此的契合。

乔以陌动了动，结果把后面的男人吵醒，腰上瞬间一紧，沙哑的声音传来，"醒了？"

"嗯。"她有点不好意思，这时候才知道羞涩，仿佛已经晚了。

他手臂一用力，她就被他翻转过来，四目相对，她看到他眼底的慵懒，和早晨起来属于男人特有的攻击性眼神，她的心又如擂鼓般颤动。

他的俊颜在她的眼前放大，她吓得低声喊："你要加班吧？"

他笑，"呵呵……如果我说我下午才去公司，是不是还可以来几次？"

"你！"她低叫，"不要了！"说着就扭动了下身子，可是这一个动作又让他身体的温度一下子升高，浑身滚烫起来。

搂在乔以陌腰间的大手更用力地攥住她纤细的腰肢，乔以陌知道他这样陡然一紧的动作，脸一下子就红了。

昨晚他连着折腾了她两次，不会又来了吧？

他带着撩拨的意味抚摸她，他的强悍、他的力道，都让她节节败退，难以自拔。

但是，终究还是没有再做成，因为在关键时刻手机很不凑巧地响了。

顾风离十分恼怒地放下了乔以陌，欲求不满地下床去接电话。

手机不知道何时被他拿进了卧室，就在床尾那边的桌子上，他下床，没有穿衣服，站在床尾接电话。

是单位汇报工作的，乔以陌看看表，才知道已经八点了。

她从被子里露出眼睛来，偷偷打量他，他背对着她，身材的比例好得真是没话说，只是后背上圈圈点点，一处一处的指甲印，是如此的触目惊心。

那是昨晚她情到深处难以自拔时留在他后背的杰作。

顾风离在电话里简单安排了几个工作，然后转过身来。

乔以陌看到了他的小腹上有一处奇奇怪怪的图案，她错愕了一下，一时间忘记了回避眼神。

如果没有看错的话，那应该是一个小小的文身，有人叫那个东西是刺青！

乔以陌的目光一眨不眨地望着那一处。

顾风离顺着她的眼神一低头，看到自己的小腹，瞬间一愣，想要遮掩，已经来不及了！

强烈的好奇心促使乔以陌忘记了羞涩，她爬起来，抓住他的胳膊，低头去看那枚刺在他身上的文身。

小篆字迹一时让乔以陌没有反应过来那四个字到底是什么，只能更认真地看。

顾风离没有动，眼神微微一紧，只是任凭她看。

终于，乔以陌看清楚了那四个字，她的身体一下子僵硬，脸色瞬间惨白。

希言所有。

究竟亲密到何种程度，爱到何种程度才会让一个男人在自己的小腹上刻了字？

照片？！

他钱包里的照片，就是希言吧？

那个戴着墨镜的女子，就是他心里的那个女人吧？

乔以陌眼前一黑，呼吸都痛了起来。她一下瘫坐在床上，抓住了薄被，指尖泛着丝丝青白，心仿如落入一个无底黑洞，无尽地下沉。她稳住身子，用被子遮住了自己，缓缓地抬起头来，看到顾风离正神色平静地看着她。

他淡淡地说道："每个人都有过去，你不会要求一个三十二岁的男人清白如一张白纸吧？"

多么简单的一句话，仿佛说着最稀松平常的一件事。

乔以陌的指甲在不知不觉中深深嵌入了手心里，纤细的身子微微颤抖着，她张大了嘴深吸了一口气，空气割得她气管生疼。

是啊，她怎么能要求一个三十二岁的男人没有过去呢？她早就知道的不是吗？她看到了那张照片，也知道他一直念念不忘，否则又怎么会装在钱包里天天带在身边呢？

她用力地抱紧了身前的被子，终于开口："为什么带着别人的名字还能与我上床？顾风离，你告诉我，男人都可以分得这样清吗？"

顾风离的眸子一紧，眼神复杂地看着她。

乔以陌低头望着薄被上的图案，有什么东西在疯狂地涌上眼眶，急欲宣泄而出，她连忙背过身，仰起头。

顾风离一直没有说话，只是望着她，然后，他把衣服抱过来，开始穿衣服。

乔以陌也无声地穿衣服，然后笑，只是那笑无比的苍凉。

两人很快都穿戴整齐，本该亲密之后是更加亲密的第二天，却似乎一切都变了。

顾风离伸手去摸兜里的烟，点了三次，才终于把香烟点着。

他深深地吸了一口，终于开口："可以！不只是男人分得清，女人也可以！欲望和感情，是可以分开的，你第一次跟我，不也是分得开吗？

乔以陌的身子跟跄了下，差点后仰。

顾风离的手一紧，香烟被夹出一道隐隐的痕迹，最终却还是没有伸手扶她。

当然，乔以陌也没有真的倒下去。

她扶着床边，站在那里，她从他的眼里看到了两个字：不悔！

是的，青春年少，海誓山盟，无论爱到什么程度，哪怕爱的只是想象的爱情，那爱也是心底的刺青，刻在了心头，一生一世。

乔以陌发现自己很可笑，曾经她根本不相信这个世间会有天荒地老的爱情，那时觉得所有的爱情都会开到荼蘼，所有的情也都会由浓转淡，谁都无法抵挡光阴的凉意。

如今看来，顾风离就是一情痴，而她，竟然发现自己不能怪他！

一切都是自己识人不清，面对情痴，又能说什么？

而他的话，无疑是让她彻底死心，只是心头却难以抑制地痛，往外走去，身子晃了晃。

终于，顾风离还是伸手扶了她一下。

乔以陌往旁边躲闪了下，避开他的碰触。

顾风离也同时放下手，面色平静，看不出表情。

乔以陌走出，极力控制住浮上眼眶的泪水，仰起脸庞，不再说一句话。

顾风离没有走，一直站在卧室的门口。

乔以陌去了隔壁的房间，那是她的书房，她把自己关在了里面，终于忍不住无声地哭泣起来。

顾风离盯着那扇门良久，蹙眉，走到门边，沉声开口："我先走了。"

一句道歉都没有，就这样离开了。

乔以陌再度自嘲，眼泪越流越多，却没有回答。

夜里抵死缠绵，白天形同陌路！

可是，迷失的心，该怎么再找回来？

Chapter 17

分手，我的爱已经成殇。

车名剑打来电话的时候，乔以陌刚刚平复了情绪。

车名剑的声音依旧爽朗，"陌陌，我带着禅儿就快到云海了，可不可以去找你啊？"

还没有说话，那边就传来小丫头兴奋的叽叽喳喳声。

乔以陌沉声道："车先生，你带着孩子直接过来吧，我下楼买菜，请你们吃饭。"

本来听到被邀请应该很高兴，可是车名剑突然皱眉，"车先生？"

她怎么突然这么生疏地喊他车先生？

"陌陌，你没事吧？"

"没事啊！"乔以陌扯了扯唇，"先这样吧。"

乔以陌以最快的速度把家里清扫了一遍，当走到卧室里，看到凌乱的床铺，地上还残留着欢爱之后的狼藉，她觉得就像是做了一场梦，梦醒了，连心都跟着凉了。

收拾好一切后，乔以陌提着垃圾下楼，然后去菜市场。

买了肉馅儿，几样小菜，后来看到新鲜的鲅鱼，乔以陌买了一条大的，打算做鲅鱼肉丸，禅儿那丫头喜欢吃肉丸子，不知道喜不喜欢吃鱼丸，买完了又看到虾不错，于是又买了一斤虾，算算一百多块没了。

可是，她一点都不心疼，因为想到那只小猪，那里面的钱足足有一万多，那是小丫头的压岁钱，车名剑竟然允许小丫头把存钱罐给了自己，而那小丫头居然这样毫不吝啬，要知道，她并不是她的妈妈啊！

提了菜回去，乔以陌面无表情地上楼，车名剑他们还没有来。

乔以陌把菜送到厨房，系了围裙决定先做菜。她觉得自己要是不做点事的话，一定会胡思乱想。

把鱼肉用小刀和勺子一点点剔出来，小心地不留一点刺，然后把鱼肉切碎，鱼皮剁碎，加了一点精肉，和在一起，又切了葱末和姜末，盐和味精都加了适量，打了几个鸡蛋，加点淀粉，做了一小盆的鱼丸馅儿。

肉丸的馅儿也和好，他们还没有来。

乔以陌开始加水煮鱼丸。

等到肉丸和鱼丸都做好后，敲门声响起。

乔以陌洗了手去开门，一打开门，就听到一声稚嫩而欢快的童声，"妈妈！"

接着，一个肉嘟嘟的小东西就扑了过来，一把抱住乔以陌的腿，咯咯笑着，"妈妈，逮到你了哦！"

乔以陌低下头，看着仰着小脸笑得一脸灿烂的小丫头，心头一下子变得柔软。

门外，车名剑手里提了四个大袋子，全部都是零食、滋补品，他狐疑地看了眼乔以陌，没有发现异常。

突然，车小禅惊呼："妈妈，你哭了呀？"

车名剑怔了下，弯腰抬头去看低着头的乔以陌，果然，她的眼睛是红肿的，只是没有泪。

小丫头还抱着乔以陌的腿，堵在门口。

车名剑看乔以陌有点尴尬，于是赶紧说道："禅儿，先进屋里去，堵在门口，爸爸没办法进去了。"

乔以陌弯腰把禅儿抱起来，告诉她，"妈妈没有哭！"

"可是妈妈的眼睛红红的。"小丫头是真的担心了，说话的语气都带着一股焦急。

"上火了！"乔以陌说了句善意的谎言。

禅儿似懂非懂地望着乔以陌，"上火是什么意思？"

"上火会眼睛红！"车名剑补了一句，却没有堵住孩子的嘴巴。

"爸爸骗人，奶奶上火怎么不眼睛红，奶奶上火嘴巴上有好多小泡泡。"小丫头说得头头是道，还摸了摸自己的嘴巴，跟乔以陌说："妈妈，就是这里，长了好多小泡泡，你也会长吗？"

乔以陌有点尴尬，似乎还不能完全理解孩子的思维，可是也无从反驳。

"你妈妈是眼睛上火，不是和奶奶一个地方！"

"为什么啊？"

"十万个为什么啊？禅儿，快下来，给妈妈拿你刚才挑的零食，吃了就不上火了。"车名剑把袋子放进来，深深地看了乔以陌一眼，道："下面车里还有东西，我下去拿。"

乔以陌这才看到车名剑提了好多的东西。

"妈妈，我给你找好吃的。"小丫头摇晃着腿要下来。

乔以陌把她放下，小丫头跑到沙发上去找吃的。

车名剑下楼的时候又看了眼乔以陌，发现她有点反应迟钝。

下了楼，车名剑进了车里，打电话给顾风离，电话接通后，顾风离沉稳的男声传来，"名剑，有事？"

"你跟乔以陌没事吧？"

"没事！"

"骗人！没事那丫头怎么哭了？"车名剑觉得顾风离两个字回答得太快了。

顾风离一顿，语气瞬间低沉下来，"你又带禅儿来云海了？"

"嗯，就在乔以陌家里呢！禅儿喜欢那丫头，就认准了让她当妈妈！"

"或许，最后，她接受不了！"顾风离沉声道，"你想过没有最后受伤的可能是禅儿！"

"不会，就算是没有结果，乔以陌也不会伤害禅儿，你没看到她看禅儿的眼神，充满了母性的光辉。对了，你要不要过来，一起吃饭？"

"你们吃吧，我今天值班，市场部出了点事！"顾风离语调没有多余的情绪，依然十分的沉稳，而这沉稳，让车名剑有点狐疑。

"那好吧，我带乔以陌出去玩玩，也许跟孩子在一起，她的心情会好一点！"

"但愿！"顾风离沉声道。

挂了电话，车名剑下车，去后备厢又拿了剩下的几个袋子，吃的、用的、穿的，他可是买了一大堆，简直就是购物狂，提了上楼。

敲门后，乔以陌很快打开门，嘴里含着一支棒棒糖，想来是禅儿刚才塞给她的。看到车名剑，有点不好意思，她拿出糖，道："你买这么多东西干什么？"

"禅儿要我买给你的，吃的用的，都是小丫头在商场指着要买的，不买就哭，我有什么办法？好不容易找个妈妈，她可不得使劲儿地孝顺，万一你跑了怎么办？"车名剑言语间充满了调侃的味道。

乔以陌扯了扯唇，却不知道说什么。

进来后，车名剑把袋子都放在沙发上，沙发上瞬间就摆满了。

禅儿还在扒拉袋子，把一个个零食袋子都抱出来，摆在茶几上，兴奋地喊着："妈妈，快过来！"

乔以陌走过去，看着孩子兴奋的样子，她心里说不出的辛酸。

车名剑在对面的沙发上坐下来，瞅瞅她，问了句："怎么了？情绪不高啊？"

乔以陌一怔，摇摇头。

禅儿捧着好多东西，忽然也情绪低落下来，自言自语地说道："上次杨浩浩的爸爸妈妈带他去野餐，吃的就是这个饼干哦！他妈妈抱着他拍了好多照片，他爸爸还给他放风筝，禅儿都没有跟爸爸妈妈去野餐过……"

孩子的话立刻引起了两人的注意，乔以陌一低头看到禅儿嘟着小嘴可怜兮兮地看着自己，想提要求，却又不敢说的样子，她心里一紧，看向车名剑。

车名剑也一脸的愧疚，"咳咳咳，那啥，孩儿她妈，要不今天我们去野餐？"

乔以陌听着他那句孩儿她妈，很是别扭，还没说话，车小禅小手就伸了过来，抓住乔以陌的手，也不说话，就只喊："妈妈！妈妈……"

那样子真是好不可怜，想说去，却又不敢说。

乔以陌觉得自己可以拒绝车名剑，却无法拒绝他的女儿，于是点了点头，"好，带禅儿去野餐！"

很快就到了目的地——玉山公园。

车明剑刚停下车子，后面就跟着来了车队，车明剑一下车就注意到了，嗤笑一声："真是热闹，咱们不野餐，公家也不周六视察。"

乔以陌在微怔的瞬间，就看到了鑫灏集团总公司的领导也在，她瞬间就有点紧张，顾风离会来吗？

正想着，乔以陌就看到了顾风离的身影，他站在一群人中，鹤立鸡群。他正在跟旁边的人说着什么，而乔以陌也清晰地看到了那个人，正是云海市的市长，电视新闻里经常出现的一张脸。

一行人朝着公园入口走去，顾风离认真地跟市长说着话，不时驻足，表情拿捏得十分得体，看上去精神十足。

原来，他丝毫未受到影响！

即使她发现了他的秘密，即使他知道她很伤心，此刻，他依然精神饱满地投入工作，很出色！

乔以陌觉得自己跟顾风离相比，差了一大截。她再次看到他，哪怕是隔得很远，心还是像揣着一只小兔子般怦怦地跳着，整张脸煞白。

也许，他们永远不是一个重量级的对手。

小丫头或许是没有看过这么漂亮的草坪，或许是第一次跟爸爸妈妈一起出来野餐，见到草地就撒欢地跑上去，扬着小手奔跑着喊："妈妈，快点，快点来追我呀！"

清澈如风铃般的童声在宽广的绿草坪上回荡，一时间，吸引了检查团的人。

顾风离的视线自然也转过来，看到孩子的刹那，他眸光一紧，同一时间，也转向了乔以陌。

而乔以陌的目光一直在顾风离的身上，看到他看自己，她一下子像被雷击到一般，怔在当场。

车明剑却在此时伸手拉住了乔以陌，提了袋子，转身，背对着检查团，朝女儿走去。

没办法，他认识市长，再看下去，不知道会怎样！他可不想上去打招呼，应酬有时候挺烦人的。

乔以陌傻了一般，任凭他拉着朝小丫头走去。

检查团的人都收回了视线，继续朝里面走去。

顾风离的面容也很快恢复平静，继续跟市长汇报着什么。

在草坪上铺了床单，坐下来，乔以陌的目光还是不由得朝那边的检查团望去。

检查团拐了条小路，朝着水库方向走去，不知道是不是公司又在出资筹建什么项目。

乔以陌隔得很远，还是看清楚了顾风离的脸，依旧在讲话，认真而专注，丝毫未曾表现出什么。

乔以陌低头，觉得自己真的像个傻瓜呢！

她能要求他怎么想？又能期许他怎么想？

心仿佛被浸在了酸水里，眼睛却不受控制地随着他移动。

她就那样看着，而脑海里却是那枚刺青，刺痛了她整个神经。

这边，车明剑把禅儿放下来，亲了禅儿额头一下，结果小丫头心血来潮，突然大喊，"爸爸，你也亲妈妈，亲妈妈！"

车明剑和乔以陌都傻了，这孩子思维太诡异了！

小丫头似乎看到大人们迟疑的眼神，顿时就嘟起小嘴，"人家小朋友的爸爸妈妈都会亲亲的，一家人好幸福好幸福，禅儿也要幸福。"

越说越委屈，弄得车明剑跟乔以陌都挺愧疚的。

车明剑瞅了一眼乔以陌道："好！禅儿看着啊，爸爸要亲妈妈了！"

乔以陌慌了，他不会是要来真的吧？在这里？

车明剑看看她，乔以陌那僵在脸上还未完全盛开的笑容，再次枯萎了，尴尬和震撼让她整个人错愕，那表情可爱又彷徨，惊慌又失措，真是可爱至极。

车明剑突然伸出手，一把勾住她的腰，把她整个人拉了过来，抱在了怀里。

乔以陌惊慌地抬头，对上车明剑的黑眸。他的身上有淡淡的薄荷香，那是一种沐浴露的香味，飘逸清幽，她想要仔细地闻一闻，却害怕自己陷进去，也不敢靠他太近，她挣扎着要退后。

车明剑怔了下，在她慌乱后退的一刹那，压低声音道："配合下，你也不忍心看那么小的孩子失望吧？"

乔以陌一愣，那声音就像是电视里的男主角说话声，性感而低沉，富有磁性，甚至还充满了诱惑。

莫名，乔以陌竟点了点头，是的，她不忍心看那么小的孩子失望。

可是，她也不想被车明剑亲！

趁她愣神的空当，车明剑的唇已经印在了她的额头上，带着微微的凉意，乔以陌瞬间惊醒！

"啪啪啪！"小丫头在那高兴地鼓掌，不忘记在那里大喊着："哦哦！爸爸妈妈玩亲亲了！不是亲额头，是亲嘴嘴哦！爸爸，亲妈妈嘴嘴！"

乔以陌彻底呆住，开始慌乱地挣扎。

车明剑却抱紧她，"嘘！别动！"

乔以陌像是扯线木偶一般被车明剑牵制，她慌张地抬头，压低声音咬牙道："你想都别想！"

"陌陌，你看过电视吗？"车明剑搂着她腰小声问，他们窃窃私语的样子看起来更像是夫妻间的亲密交流。

而刚才那一幕，自然也没有逃过顾风离的眼睛，他伸手去掏烟，却陡然发现他还在陪着市长检查工作，怎么能抽烟呢？

乔以陌此时有点愣，很不习惯被车明剑这样抱着，可是他的问题很奇怪，她只能点头。

"演员知道吧？"他问。

乔以陌再点头。

"你现在可以当我们在演戏！"

"这不可能！"乔以陌到底还是不够淡定，摇头，"你别乱来，快放开我！"

车明剑忽然笑了起来，那笑容亦真亦假，"来吧，我比影帝演技还好呢！"

乔以陌惊呼："车明剑！唔……"

眼前的俊脸突然压下来，四片唇就这么贴在了一起。乔以陌惊得立刻推开他，猛地后退。

车明剑也顺势放开她，然后挑了挑眉，身体向前靠近了几分，"你刚才吃的棒棒糖是橘子味道的吧？"

乔以陌脸红着瞪他！

而草地上，车小禅姑娘却兴奋地奔跑，像只蝴蝶般翩翩起舞地喊着："爸爸亲了妈妈嘴嘴！爸爸亲了妈妈嘴嘴……"

乔以陌几乎是下意识地看向那边的检查团，但是，很遗憾的是，顾风离正在跟人说话，压根没有抬头看他们这边一下！

那一刹，乔以陌松了口气，同时却又有点莫名的失落。

她坐下来，打开零食，饭盒，不说一句话了。

车明剑也坐下来，靠近她。

几乎是同时，乔以陌后退，躲开车明剑。

"被我亲一下有那么恐怖吗？再说我也不是很随便的男人。"车明剑调侃着低声开口。

"别跟我开玩笑，我不喜欢这样的玩笑，离我远点！还有，以后，不要带禅儿来了，会让孩子学坏的。"乔以陌沉声开口，语气很轻，不想让禅儿听见。

车明剑愣了下，但只是一瞬间，下一秒，他又恢复了死皮赖脸的样子，突然整个人贴了过来，捧起她的脸，微笑着说道："陌陌，你信不信我把你压在草地上来个法式热吻？"

乔以陌伸手去打他的手，"一边去！"

结果，车明剑却一下把她掀翻在地，顺势就压了上去。

"车明剑！"乔以陌的语气愤怒到了极点。

车明剑原本只想逗她下，结果她那柔软的胸部，紧贴着他的胸膛，让他莫名地一阵心悸，竟然抱着她久久没有动弹。

乔以陌厉声呵斥他，"车明剑，快起来！"

"哦！叠罗汉喽！我喜欢！"没想到禅儿那小丫头竟然跑了过来，一下子扑在车明剑的后背上，嘴里喊着："叠罗汉喽！好玩！"

车明剑立刻回神，错愕了一下，低吼："这熊孩子，快下来，你想压死你妈妈吗？"

禅儿玩心大起，"爸爸，你在下面，让妈妈在上面，我在妈妈上面，好不好？"

"噗！"车明剑笑出声来，努力撑着身子，"我没有意见，可是你妈有意见！"

"妈妈，好不好嘛？"

"不好！"乔以陌的语气前所未有的冷硬，"快下去，不然就不要野餐了！"

禅儿被乔以陌的语气吓住，立刻爬下去，乖乖地站在一旁。

车明剑把乔以陌拉起来，小心察言观色道："干吗呀，别吓着孩子！"

"那是你的孩子，车明剑，与我何干？"

车明剑一怔，眼神复杂地望着乔以陌。

禅儿似乎意识到什么，小声地问乔以陌："妈妈，你生气了吗？"

乔以陌意识到自己情绪失控，微微柔和了语气道："吃东西！"

说完，她打开每一个餐盒。

用餐的气氛一下子冷了下来。

乔以陌喂饱了小丫头，领着禅儿去买风筝，回来交给车明剑，让他把风筝放上天。蝴蝶风筝飞上天空时，车明剑把线给了禅儿，让她自己拿着去玩。

小丫头自己玩得开心。

乔以陌转头看着车明剑，"请你自重！"

车明剑一愣，挑眉，又是笑，"干吗突然这么严肃？"

乔以陌思考了再三，还是很认真地开口："车明剑，你一定很爱禅儿的妈妈吧？"

车明剑又是一怔，回答道："嗯！我的确爱过她，很深刻！"

"为什么爱？"

"说不清，爱一个人有时候不需要理由，很多的细节累加在一起，组成了一句话，你也许听过。"

"什么？"

"前世注定！"车明剑别有深意地开口。

乔以陌一愣，接着嗤笑道："既然是前世注定，又为何对别的女人行为轻佻？你不觉得这样做是玷污了你们曾经的感情吗？"

车明剑的眼神忽然黯淡下去，想了许久，一字一句地开口："陌陌，对以前的人很认真，不代表她不存在了男人就得继续独身一辈子，就不再有爱情了。未来的路还很长，那些失去伴侣的人，再爱之后，比谁都懂得珍惜。"

"是吗？"乔以陌冷笑道，"你是什么样的人我不管，但是请你以后不要再来打扰我的生活。我的感情里容不下一丝瑕疵，我不喜欢心里装着别的女人的男人。感情游戏，我也玩不起。所以，无论你出自哪种目的，请换一个女人，我不是你要找的那个人。"

"陌陌，太聪明的女人真是不可爱！"车明剑叹息着摇了摇头。

远处，一身黑色的顾风离，修长的挺拔的身影依然跟在市长身后，一行人很快离开了公园。

乔以陌微微低头，轻声说了一句："把别人当成傻瓜，总是自以为是认为自己很聪明的人，更不可爱！"

第二天一大早，乔以陌就到了公司。

到达时，迎头遇到了亓云峰。

乔以陌一看到他，就想起那晚他送她回去时，在她脸上留下了一个轻轻的吻。

乔以陌不由得打了个激灵，自嘲地想，自己这三天真是走了桃花运，三个男人都跟自己有了肢体接触，两个吻了她，一个跟她上了床，这样的情况在旧社会可是要被拉出去游街，最后被浸猪笼淹死呢！

"小乔！"亓云峰终于还是走了过来，喊了她一声。

乔以陌点了点头，"你好！"

亓云峰看着她，眼神挺复杂，最后说了句："我们谈谈吧！"

乔以陌一怔，她不能接受他的感情，还是说清楚的好。她神色冷淡地点点头，"还是去办公室说吧，现在离上班的时间还早，办公室里应该没人。"

"嗯。"

两人一起上楼。

办公室里，乔以陌整理自己的桌子，亓云峰看了看她，张张嘴，似乎不知道从何说起。

乔以陌一抬头，看到他犹豫的样子，叹了口气，道："亓云峰，关于……"

"小乔，你不能喜欢有孩子的男人！"亓云峰突然打断了乔以陌的话，"我不知道我看到的是不是事实，但是你这样年轻，不该受那份苦！"

乔以陌一愣，迅速反应过来，有点意外，问："你昨天跟顾总陪检查团了？"

亓云峰也有点错愕，"你没看到我？"

乔以陌怔然，她的确没有看到他，不是，她压根就没看他，因为那时，她的眼里只有顾风离，哪里还会注意到他。

亓云峰瞬间就明白了，这个女孩对自己一丝感情都没有，他在检查团后面跟着，她都没有看到他，可见，她心里根本没有他，一丝一毫都没有。

他叹了口气，顿了一下才道："你不喜欢我没有关系，但是你也不能跟一个带着孩子的男人啊！"

"我没有！"乔以陌轻声道。

"我听到了那个孩子喊你妈妈，以那个孩子的年纪来看，她根本不可能是你生的，难道你没有上学就生了孩子吗？"亓云峰一字一句地分析道，"所以，那只能是别人的孩子。"

乔以陌点点头，"的确是，总之，对不起，你是个好人，我希望……"

"我知道你后面要说的意思，你不喜欢我，你在前面定义了我是好人，但是你没办法喜欢上我是吧？"亓云峰苦涩地扯了扯唇。

乔以陌心里叹气，他的确是一个好人，也挺聪明的，知道她要拒绝他。

"这事我知道了，你不必觉得困扰，我喜欢你，但也不是非你不可，以后大家还是朋友，还是同事。"亓云峰到底是当过兵的人，为人爽快。

"谢谢你！"乔以陌似乎只能说这句。

"我没事了，先走了。"亓云峰说着挥了挥手，就朝外走去，走到门口，突然又停住，转身说道："小乔，你值得更好的男人，但绝对不是带着孩子的，给人家孩子当后妈，你一定三思而后行！"

乔以陌无奈一笑，"你误会了，不是那样子，我不会当后妈的，绝不！"

"最好如此！"亓云峰深深地看了她一眼，离开了。

办公室里只剩下乔以陌一个人，她坐在椅子上，神情疲倦地往后靠了靠，一抬头看到对面墙壁上的镜子，里面映出了自己苍白的脸，表情忧郁，像个怨妇一样。

怨妇？

乔以陌被这两个字刺激得浑身一个激灵，一股复杂的情绪涌遍全身像是要撑破了血管。她看着镜子里的自己，脸色更加惨白。

乔以陌，你这是做什么？你才二十三岁，至于吗？就算爱了一次，失恋了，又能怎样？你怨什么？

对着镜子，露出一个笑容，可是那笑容怎么看都是苦涩的，她又努力扯了扯唇，然后笑了笑，继而扑哧乐了，大笑起来。

一个人在办公室里大笑，笑到想要流泪。

突然，门口响起一道冷淡的男声，"车明剑什么时候是你的男朋友了？"

乔以陌听到这个声音，心里顿时一慌，抬起头，一眼就看到了顾风离站在门口。

四目相对，屋子里的空气像是凝固了一般。

乔以陌迅速平静下来，"这跟你没有关系吧，顾总？"

"怎么？才刚受了打击就另投他人怀抱，还让人说不得了？"顾风离讽刺地说道。

乔以陌低下头，惨然一笑，他有什么资格说她？还真把自己当成她男朋友了啊？他们这关系，不过就是见不得人的床上伴侣而已，谁都不能当真。

"是！任何人都可以说我，就你不能，因为你没资格！"乔以陌抬起头来，目光飘向了窗外。

顾风离听着这样挑衅的话，唇边忽然浮起一抹讥讽的笑意。

乔以陌接着冷声开口："到此为止吧，顾总！"

顾风离一愣，挑了挑眉，"如果我说不呢？"

可是，她却恍若未闻，只是兀自发怔，目光一直定格在窗外。

但是顾风离知道，她听到了。

果然，过了良久，她说："那就把刺青去掉！"

他又是嗤笑一声，似乎极具讽刺意味，"如果我也说不呢？"

乔以陌搁在身侧的手倏地握紧，她早知道顾风离不会同意的，当然她也不会妥协。

终于，她转回了目光，望着这个身材修长的男人。多么讽刺，直到此时此刻，她看到这个男人的脸，居然会心悸！

终于，她还是自嘲地一笑，说出的话冷厉无比，她说："这话，如果当着希言的面说，你觉得你还说得出口吗？"

刹那，顾风离的脸色苍白！

他突然走了进来，走到了她的桌边，冷着脸，居高临下地看着她。

他的手在身侧攥了攥，握紧，手背上的青筋毕露。乔以陌觉得那一刹那，顾风离有出手想要掐死她的冲动。

她也勇敢地扬起下巴，对上他的眸子，不畏强权，就这样望着他，毫无退却的意思。

顾风离的眼神如冰，吐字如刀剑，"你也太自以为是了，别以为我宠了你两天，你就把自己当回事了，我告诉你，你什么都不是！"

乔以陌浑身冰冷，仿佛置身冰窟，寒意一点一点，浸入骨髓。然而，她的脸上还是挂着笑容，不慌不忙地从抽屉里拿了一点茶，走到了饮水机旁边，接了开水泡了杯茶，然后慢条斯理地倒了，边倒边说："其实，你也什么都不是，就像这第一泡茶，不能喝的，因为太脏，喝了要生病的。"

"你……"顾风离冷喝一声，表情阴寒无比。

这个女人真会讽刺他，果然是小猫利爪。

乔以陌回头，笑容灿烂，"顾总，您是领导，领导轻易动怒，是不合格的，还有，仗势欺人，就更不该了！"

顾风离没有得逞，反而被这个女人将了一军，这是第一次，他发现女人凌厉起来，原来是如此的厉害！

终于，他眯起眸子打量了她良久，沉声道："一大早，喝点茶提神，挺好！"

乔以陌眉梢一挑，笑了笑，道："顾总不必言顾其他，到此为止。"

"你没资格叫停！"顾风离冷笑。

乔以陌也笑，"如果顾总觉得我叫停扫了你的尊严和面子，那么现在由你叫停吧！"

顾风离没想到她会这样说，一时间没说话。

乔以陌望着他，一字一句地开口："其实，即使你把刺青去掉，也去不掉我的记忆。人可以没傲气，但不可没傲骨。而顾总，你的所作所为，让我第一次恨自己为什么不是个瞎子！你的卡，还给你！我只要到此为止！"

乔以陌把卡从身后的裤兜里掏出来递过去。

顾风离没有接，只是冷着一张俊脸转身，大步离去。

乔以陌笑着，目送他离去。

只是，当那个背影消失在门口后，她才回神，收了唇边的笑容。然后抬眼看了下镜子里的自己，脸色更加的苍白。

低头接了热水，端着茶，回到位置上，开始打起精神工作。

凌晨一点钟，顾风离一个人走在街上，回到位于云海市里的家，他一只手插在裤袋里，唇紧抿，拿出上衣口袋里的打火机，拨了两次才打着火，点着了手中的烟，一吞一吐，烟雾上冲入脑，顾风离一直空白的大脑才得以正常运转。

还没开门，门就从里面打开。

车明剑那张悠闲的脸映入眼帘。

顾风离看看他，皱眉，"谁让你来的？"

"禅儿不想走，非要明天继续找妈妈，没办法！"车明剑耸耸肩。

顾风离没有说话，径自走进家门，肩膀撞了下车明剑的身子，把他撞得一个踉跄。

"喂！这么粗暴干什么？"车明剑没好气地道。

顾风离什么都没有说，猛地抽口烟，进了屋里，把烟蒂熄灭在茶几上的烟灰缸里，然后去了卧室。

他的卧室里，床头开了一盏灯，温暖的光线映照在床边，一抹小小的身影躺在床上，盖了一层薄被，正睡得香甜。

顾风离没有走进去，就站在门口，望着那抹小小的身影，眼底都是悲怆。

"进去看看吧，站在这里多不过瘾。"车明剑走过来，轻声开口。

顾风离没有动，只是远远地看着，一瞬不瞬。

车明剑见他如此，也沉默下来。

良久，顾风离轻轻地带上了门，走到沙发上坐下来，抽了一支烟，点燃。

车明剑也拿了一支，点燃，两人就这么坐在沙发上，各自抽了起来。

"姐夫，你这样子，我看着挺难受的，你能说说因为什么吗？"车明剑终于还是忍不住地开口了。

顾风离猛地抽了口烟，没说话。

车明剑知道顾风离是个自控力很强的人，喜怒不形于色是他的生存法则。

只是，现在看这情况，似乎有点不妙。

"我忘不掉你姐，却又想开始新的生活，这就是矛盾所在，我做不到，一团糟！"顾风离终于回答了他的问题，"所以，我放弃！"

车明剑瞪大眼睛，"你说你要放弃乔以陌？"

顾风离点头。

车明剑一下子有些反应不过来，"你不是轻易放弃的人！"

"但我没办法全心全意，我有生以来，第一次觉得我做错了，且错得离谱！我就不该开始不是吗？乔以陌有一句话说对了，当着希言的面，我还真不敢说我要乔以陌！我现在偶尔会睡不着觉，觉得对不起你姐。"

"乔以陌怎么会知道我姐？"

"因为我身上一枚刺青！"顾风离沉声开口。

车明剑错愕，"什么刺青？"

顾风离解了皮带，稍微往下拉了裤子，小腹上那个赤红的印章露出来，车明剑整个人惊到了，"我的天！怪不得她那天会那么精神恍惚，不是我说你，这事换了谁，都难以接受，你难道不知道女人的心眼有时候还不如针鼻大吗？"

顾风离拉上裤子，站起来，道："我去睡觉，不想说话，你不要再做什么了，我很累！"

"可是……"

"没有可是！"顾风离的语气沉了下去。

车明剑没有再说话，脑海里回想起乔以陌那天的状态，长叹了口气。

又过了几天。

"乔以陌，见一面吧，我们谈谈！"接到这样的电话，乔以陌挺意外的。

她顿了下，轻声道："我不认为我们之间还有什么可谈的。"

"我同意到此为止。"顾风离沉声开口。

乔以陌蓦然一惊，脑海里竟然没有来由地空白了一瞬，只听顾风离在那边又说："我们见最后一次，我还有点事，要与你面谈。"

"在哪里见？"乔以陌问。

"就荣丰酒店501包厢吧，我现在就在这里。"

乔以陌顿了下，看看表，晚上七点，还不算晚，于是道："好！"

乔以陌在十五分钟后来到了荣丰酒店，站在门口定了定神，才抬手敲门。

一个低沉的男声传来，"进来！"

乔以陌推开门，看到屋里只有顾风离一个人，餐桌上摆了几个菜，一动没动，他坐在沙发上，沉默地抽着烟。

乔以陌愣在门口，顾风离又道："进来，关门！"

乔以陌走进去，关上门。

"坐！"顾风离指了指他对面的沙发，问了句："吃饭了吗？"

乔以陌点头，"有什么事就直接说吧。"

"我还没有吃饭！"顾风离见她不坐，就站起来，走到餐桌边，坐在椅子上，"一起吃个饭吧！"

乔以陌不知道他磨磨蹭蹭的要干什么，只觉得跟他站在一起，难受！

"不必了，你还是有话直说吧！说完了我就走，你自己安静地吃。"

"也好！"他没有反驳，然后从旁边的座位上拿了一个包，黑色的，跟上次一样，他推了过来，"这些，是分手费。"

乔以陌一瞬间脸色煞白，全身的血液仿佛在一刹那被抽干，一滴不剩。

这个男人，再一次羞辱了她！

可是，他怎么能表现得如此云淡风轻呢？

过了许久，她终于找到了自己的声音，"顾总，你一定要这么羞辱我吗？"

顾风离微微一怔，转头看着她，眼神深邃，"我没有这个意思！无论你信与不信，我都丝毫没有这个意思！"

乔以陌的心止不住地泛酸，但眼里却没有丝毫水汽。

"这里有五万，加上之前卡里的，拿着以备不时之需。如果以后有需要我帮忙的地方，尽管开口。以后嫁人的时候，过往一切都不要提，我，也不会提。乔以陌，希望你幸福！"顾风离认真地一字一句地说完了心里话。

乔以陌完全不能理解他的思维，他们向来都不是一个层次的人。她站起来，不肯再同他讲话，甚至不愿意再多看他一眼。她把自己带来的那张卡丢在桌上，一句话不说，怒气冲冲地往外走，却突然听见他在身后冷冷地说："我允许你走了吗？"

她一怔，下意识地回过头。

顾风离站了起来，一身黑色将本就修长挺拔的他衬得更加冷峻异常。

明明室内光线明亮，可是乔以陌此时却有种错觉，仿佛自己正被黑暗一步步紧逼包围，甚至即将要被吞噬。

她突然迈不出脚步，只能这样看着他慢慢走近。

直到一个巨大的阴影笼罩下来，她才恍然觉察到顾风离已经到了自己的跟前。

"乔以陌，我没有丝毫羞辱你的意思，我只是觉得这是你应该得的，这是我的一片真心，没有丝毫轻薄你的意思。"他的声音轻柔，微微皱着眉，一副十分诚恳的样子。

可是，她抬起脸看到他的眼睛，只觉得那对墨黑的瞳眸仿佛深洞，她不愿再看下去，兀自往后退了一步，后背恰好撞到坚硬的墙壁，"我不要，你不欠我什么，一切都是我自愿的！"

"如果你不拿，那么我就认为你是要继续做我的情人！"他忽然挑起唇笑了笑，伸出手，修长温热的手指按在她的两侧脸颊上，不轻不重的力道，却足以令她浑身颤抖。

"拿开你的手！"她欲挡掉他的手，结果也不知道他用了什么方法，迅速地将她的两只手腕扣在一起，高高举过头顶，一并牢牢地按压在墙上。

"啊！"乔以陌惊呼一声，"你放手，我不会再跟你有任何交集，顾风离，你别想再羞辱我！"

"你不要这钱，那你想要什么？"他压低了声音，不解地问道。

"我曾经想要你爱我，但是，现在我不要了，因为就算你爱上了我，我也觉得不纯粹了，所以我就要自由，要活在阳光下！"

他微微一眯眼睛，似笑非笑地说："那你爱我吗？"

乔以陌一愣，脸上闪过一丝恼怒，"不爱！"

"你不爱我，又怎么能要求我爱你？"

乔以陌一下子被绕进去，卡壳。

"你的爱情又有多纯粹？我的是不纯，你的呢？"

乔以陌听着这话，无语，也不愿意再说，奋力挣了挣，却挣脱不开，最后只能咬牙瞪他，"放开我！"

"我已经给你机会放开你了，但是你不拿钱！乔以陌，不拿钱，就继续当我的情人吧！"顾风离的眸光微暗，可惜又无奈地道："你不拿，我就不会罢手！就算我身上有刺青，也一样不顾你的感受，想要怎样就怎样！钱，你到底拿不拿？"

"不拿！"

"你不是真心想到此为止吧？"

"我不想跟你说话！"

"这可由不得你！"他毫不怜惜地扳正她的脸，最后一个字音犹如一声叹息，化在他与她的唇齿之间。

突如其来的变故令乔以陌睁大了眼睛，可是她的双手被他高举过头顶，膝盖也被他有力的腿顶住，整个人动弹不得，连细微的挣扎也只是徒劳。

他似乎根本没有耐心，只在她的嘴唇上辗转了片刻，便粗暴地强行撬开了她的齿关。

乔以陌抵抗不了，只能狠狠地瞪大眼睛，木然地承受着这个吻。

这一吻，很重，很血腥，点燃了他的全部热情。他却风度优雅，大手箍住她的纤腰，渐渐地，他似要迷失了自己，右腿抵开了她的双腿。

"顾总，难道你想在包厢里跟我做吗？你不怕你的希言知道伤心？别忘记了，你还是希言所有，说真的，别人的东西我没兴趣碰！"

顾风离身子一震，慢慢抬起头，望着她，被情绪熏染的眸渐渐退色。

乔以陌看在眼里，双眸垂落，推开他整理下凌乱的衣衫，不紧不慢地说道："你给我钱，无非是想减轻你的愧疚感，可是我，凭什么要成全你？所以，收起你的臭钱！我们玩完了。"

半步情错

下册

爱已凉

著

青岛出版社
QINGDAO PUBLISHING HOUSE

图书在版编目（CIP）数据

半步情错 / 爱已凉著. -- 青岛 ：青岛出版社，
2018.6
ISBN 978-7-5552-6628-0

Ⅰ. ①半… Ⅱ. ①爱… Ⅲ. ①言情小说－中国－当代
Ⅳ. ①I247.5

中国版本图书馆CIP数据核字(2018)第012590号

书　　名	半步情错
著　　者	爱已凉
出版发行	青岛出版社
社　　址	青岛市海尔路182号（266061）
本社网址	http://www.qdpub.com
邮购电话	010-85787680-8015　　13335059110
	0532-85814750（传真）　　0532-68068026
责任编辑	郭林祥
责任校对	耿道川
特约编辑	李金旺
装帧设计	苏　涛
印　　刷	三河市南阳印刷有限公司
出版日期	2018年6月第1版　　2018年6月第1次印刷
开　　本	16开（700mm×980mm）
印　　张	32
字　　数	400千字
书　　号	ISBN 978-7-5552-6628-0
定　　价	99.80元（全二册）

编校印装质量、盗版监督服务电话　4006532017　　0532-68068638
建议陈列类别：畅销·言情小说

$\mathcal{C}$hapter 18

无法回头的，是人生。

转眼周一。

乔以陌在办公室里听到赵琳和王亚樵在商议要给顾风离介绍女朋友，听说是云海市人民医院院长的女儿，名字叫张婷，31岁，医学博士。

而顾风离竟然欣然答应了，乔以陌心中有点酸涩，才分开他就要找女友了。但是，这是他的自由，再酸涩，都与自己无关了。

下班后，乔以陌下了楼，顾风离正站在车边抽烟，烟头随着吞吐明明灭灭，她突然屏住呼吸，站在楼梯口举步不前。

顾风离只是瞥了她一眼，然后把烟蒂熄灭，上了车。

乔以陌深呼吸，终于迈步朝外走去。

到了门口，发现牛小宝正站在那里等她，旁边停着一辆红色的小轿车，笑得一脸欢快，拍了拍车门，语调慵懒地开口，"美女，上车？"

乔以陌错愕，"谁的车子？"

"我的！"牛小宝得意一笑，"咱有车了，今天庆祝下，请你吃大餐！"

两人上了车子，牛小宝把乔以陌带到了一个山庄。

吃饭的地方要穿过一条长长的走廊，装修得古香古色，很有韵味。走廊周围是核桃树林，一个人工湖从水库那边延伸过来。树林里围了一个网，里面养了些画眉鸟、鹦鹉、八哥。人未走近，就听到鸟鸣，仿佛置身在僻静的世外桃源。

一直走到203门口，服务员引领他们进去，"两位请！"

乔以陌走在最后面，对面204房间的门开着，一股熟悉的烟味弥散出来，乔以陌眼光随意一转，便意外地捕捉到一抹熟悉的身影。那人，是顾风离，他旁边坐着一名漂亮女子。

他似乎总是这么惹眼，随随便便地坐在那里，却有着令人难以忽视的存在感。

自然，里面正在跟美女说话的顾风离也一眼看到了乔以陌，他薄薄的嘴唇微扬，带着轻缓的笑意。

乔以陌一愣，错愕，随后慌乱地低头，迅速转身，进了203房间。

等到她坐下来，再抬起头时，发现对面204房间，一个身材高挑的女子走过来，把门轻轻地关上了。

只是惊鸿一瞥，乔以陌看到了那女子很漂亮，很知性，再然后，她看到顾风离那双含笑的眸子，望了那女子一眼。那一刻，乔以陌觉得自己的心跳，停滞了一拍。

牛小宝没有看到顾风离，只看到乔以陌苍白的脸，关切地问了句："你怎么了？脸色怎么突然这么差？"

"没事。"乔以陌摇摇头。

这时，牛小宝的电话响了。

看她高兴地接电话，乔以陌不用猜也知道是她男朋友。

"喂，曹泽铭，我们到了，你来了啊？"

乔以陌听到"曹泽铭"三个字身子一僵，脸色苍白。

曹泽铭？！

是他吗？

一分钟不到，曹泽铭出现在门口。

牛小宝立刻招手，"泽铭！"

来人长着一张英俊的脸，因着嘴角那淡淡的笑意而显得生动，却在看到乔以陌的时候笑容瞬间僵住，随后目不转睛地盯着她，用猜测与不解的目光在她身上来回探询。

乔以陌的脸色苍白，一直都没说话。

牛小宝介绍道："泽铭，我给你介绍一下，这是我的好朋友，乔……"

曹泽铭笑了笑，突然打断她，"小宝，不用介绍了，我跟陌陌认识也不是一天两天了。"

牛小宝有些震惊，"你跟陌陌认识？"

她看向乔以陌，乔以陌的眼睛里闪过一抹自嘲，最后还是客气地开口，"好久不见，曹先生！"

"你……你们怎么认识的？"小宝惊讶得不得了。

曹泽铭挑起好看的唇角，走了过来，在椅子上坐下，说："这事说来话长，陌陌其实是我的……"

"曹泽铭！"乔以陌突然开口，以一种恳求的眼神望着他。

曹泽铭似乎早就料到她会是这样的反应，看向小宝，不疾不徐地接着道："陌陌是我的……妹妹！"

"啊？"牛小宝惊得下巴差点掉下来，"陌陌怎么可能是你妹妹？她姓乔啊，你姓曹！"

"她从小被寄养在乔家。"曹泽铭不紧不慢地从兜里拿出烟盒抽出支烟，然后问她们："两位姑娘不介意吧？我抽支烟。"

乔以陌原本有些紧张，突然听到曹泽铭这么说，微微松了一口气。

只是，她怎么都没有想到，曹泽铭会抽烟了。是啊，毕竟五年多不见了。

"你什么时候变得这么绅士了？你以前不是想抽就抽吗？"牛小宝完全没在意，"我都不知道陌陌是被寄养的。"

"你不知道的多着呢！"曹泽铭点了烟，抽了口，喷出烟雾，高声喊了一句："服务员，点餐！"

这时候，服务员拿了菜单走进来。

曹泽铭把菜单推过来，给乔以陌和牛小宝一人一份。

"你们喜欢吃的，点吧！"

乔以陌没有动，她有点局促不安。

曹泽铭看看她，突然扑哧一声笑了起来，"看来陌陌突然看到我有点儿不适应，小宝你自己点吧，我来点陌陌喜欢吃的：孜然羊排，素三鲜水饺，醋熘西芹，麻汁豆角……"

曹泽铭一下就点了六七个乔以陌爱吃的菜，她惨白着一张脸坐在那里，好久都没有反应。

"你真是她哥啊，她的确爱吃这个啊！"牛小宝感叹道。

上了菜，乔以陌刚吃了几口就站起来，"我去洗手间一下，你们聊！"

说完，也不等他们说什么，就径自走了出去。

一路上，乔以陌都是恍恍惚惚，直到走进树林里，她才蹲下来，眼泪哗啦啦地冒出来。

怎么都没有想到，有生之年，还能再见到曹泽铭。

她在那里蹲了很久，一动不动。

"陌陌，好久不见！"突然，身后一道低沉的男声传来。

乔以陌身子一僵，转头看过去。

曹泽铭慵懒地靠在她身后的一棵树上，从兜里掏出一根烟叼在嘴里，微微歪着脑袋，用打火机把烟点着，半眯着眼睛深吸了几口，然后把烟夹在两指之间，低沉着嗓音说："你倒是很有骨气，我走的这几年都没有回过曹家，我写的信一封不回！这些年看来是过得不错！"

他的声音很温柔，却暗含了一种说不出的复杂情绪，似乎有点咬牙切齿的味道。

"我过得还可以！"乔以陌低声开口，"你……回来了？"

曹泽铭没有说话，只是抽了口烟，眼睛一瞬不瞬地望着乔以陌。

气氛很尴尬。

乔以陌站了起来，轻声道："我先进去了！"

倏地，手腕一紧，被人握住。

那是一双修长的手，乔以陌低头看着，这双手，比当年大了很多。

她抬起头来，轻声道："哥，小宝是我最好的朋友，你跟她谈恋爱，我真的很高兴，希望你好好对她！我们进去吧！"

曹泽铭拉住她的手腕，力道不重但很牢，这举动让她浑身一颤，"放手。"

"生气了？"曹泽铭问得有点急迫。

她拉下他的手，摇头，"你真是说笑了，你是我哥，我怎么会生气呢？"

曹泽铭看着她，突然再度握住她的手腕，眸光冷郁，咬牙切齿地道："陌陌，你不用我的钱，你把自己卖了也不用，你就那么恨我吗？"

乔以陌身体一僵，他调查过她？一股厌恶的情绪升腾而起，她努力克制住自己，从容不迫地回视着他，良久后开口道："我不恨你。"

"那你为什么不回我的信？不打一个电话？四年不回乔家，也不去曹家？困难了，去卖自己也不肯花我给的一分钱？"

乔以陌终于忍不住轻笑出声，"哥，我凭什么花你的钱呢？你又什么时候给过我钱呢？"

"因为你是我的未婚妻，我定下的妻子！"曹泽铭的声音里是极致的愤怒，握着她手腕的手也突然用力，"你难道没有收到过钱吗？"

乔以陌扯了扯唇，笑容艳丽，眼底却尽是悲凉。

她笑是因为曹泽铭出国后她就回了乔家。曹太太赶她走，曹先生本就不喜欢女儿，自然也没把她当回事，即使考上了大学，曹先生也不曾表达什么。昂贵的学费乔家出不起，更何况还有哥哥嫂子小侄子，自然顾及不到她这个收养的女儿。

四年里，她每天辛苦打工，贷款上大学，乔家也给了部分学费，但是杯水车薪。在最困难的时候，她卖了自己！宁可卖了自己，也不去求曹先生和曹太太，更不会去求走后就毫无消息的曹泽铭，更何况那时候她根本不知道他的地址和联系方式。

"你现在是牛小宝的男朋友，你既然调查了我，就该知道我大学四年做过什么，打过多少工，受过多少难。是，我卖了自己，我还交过一个男朋友，我跟一个男人睡过……"

曹泽铭的手再度用力，那力道，几乎要捏碎她的骨头！他低吼了一声："不要再说了！"

乔以陌却控制不住地一字一句地说道："可是我从来没有收到过你的信，更没有收到你寄来的钱，五年多你在国外音讯全无，你凭什么说我是你的未婚妻？就算当初你定下了我，可是那又怎样？你们谁问过我的意见吗？我从来就没有答应你。"

"你没有收到过？"曹泽铭错愕，皱眉道："你说你从来没有收到过我的信，我寄回来的钱？"

"没有！"她扫了他一眼，冷冷地开口。

"我会调查清楚的！"

"随你！只是，请你记住，从今天开始，你只是我的哥哥，如果你让小宝受到任何伤害，我是绝对不会放过你的！"乔以陌一字一句地认真说道。

"我不管！我心里只有你！"曹泽铭语气冷硬地开口。

说完，他一把扯住她，将她的整个身子都扯到怀中，紧紧地扣住。

极近的距离，呼吸交融，乔以陌紧张，使劲地挣扎，很快，那张温热的唇便覆下来，她挣脱不开！

乔以陌忍无可忍，抬脚去踢他，曹泽铭吃痛出声，松开乔以陌，气喘吁吁地开口，"回到我身边来，立刻！"

"曹泽铭，你休想！"乔以陌睁大眼睛瞪着他，不屈服。

曹泽铭把她压在树干上，低着头，俊脸埋进她的颈窝里，哑着嗓音痛苦地在她耳边道："陌陌，我很想你！我想回来，可是我要读书，姑妈后来断了我的生活费，我回不来！"

乔以陌心酸，"是啊，谁都有那么多的无可奈何。哥，我知道你必然有难言之隐，但，请你放过我吧！我不想跟你、跟曹家再有任何的牵扯了！我姓乔，你姓曹，我们永远不是一家人！"

"陌陌，我等了五年，回来找你，你就给我这样的回答吗？"

"已经不是当初了，况且当初本就没什么！"乔以陌也叹了口气，被曹泽铭这样抱着，很难受。

"陌陌，你忘记了，我姓迟，不姓曹，我很快就会把名字改回去。可是你知道我根本不在意，我想要的是，无论我姓什么，你都是我的妻。"

"不！"乔以陌摇头惊呼，"小宝才是你的女朋友！"

就在这时候，身后不远处突然传过来人的说话声。乔以陌本就心虚，怕被牛小宝看到了，她慌乱地回头，只见有两个人从树林那边走来，很近的距离，微弱的灯光。

而那个人，身材修长，树林里微弱的路灯下衬出一张英俊的脸孔。

正是顾风离，他身边，还有位身材颀长的女子。

他们越走越近，视线出其不意地在半空中对上。乔以陌的心在刹那抽紧，顾风离此时却已经转回了目光，没有丝毫情绪，继续与身旁的人低声交谈。

"空气不错，去那边转转吧！不要打搅了别人！"

"好！"那是一道清朗的女声，声音清冽如甘泉。

乔以陌无言地低了眸子。暗自调整了下呼吸，尽量不让曹泽铭看出自己的异样。

可是，她的眸子，还是忍不住朝着顾风离跟那个女子的方向看去。乔以陌猜想，那个女子应该就是张婷，她看起来很知性，个子很高，目测应该有168公分了，站在身形颀长的顾风离身边，却偏偏生出几分小鸟依人的妩媚感。

那女子像是感受到了乔以陌的打量，转过脸来看了一眼乔以陌，因为晚上光线不是很好，但乔以陌还是感觉到女子的眼神似乎有一点讶异。

曹泽铭倏地皱眉，危险地眯起眼睛，低头托起她的下巴，"陌陌？"

乔以陌忽然回神，猛地推开他，跑了出去。

等到她跑回203的时候，牛小宝还坐在那里，看到她回来，牛小宝嘿嘿一笑，"陌陌，你哥出去找你了，他说你八成是生气了，他之前忽略你太多了。"

乔以陌勉强挤出一个笑容，却是比哭还难看。

不一会儿曹泽铭也回来了，脸上挂着一抹淡淡的笑意，温柔地开口，"小宝，回头你可得帮我好好劝劝我妹妹，这丫头几年不见老哥，居然躲着我！"

乔以陌愣愣地看着他，眼睛瞪得圆圆的，他竟然这么快就整理好了情绪，一副什么都没有发生过的样子。

乔以陌心惊，突然想到了顾风离，想到了车明剑，再看现在的曹泽铭，乔以陌觉得他们都是一样的人，喜怒不形于色，修炼成精了！

"不过泽铭，你真是对陌陌关心太少了，你要是知道陌陌这几年是怎么过来的，你一准会心疼死！"牛小宝说着给乔以陌夹了点菜。

曹泽铭目光一滞，唇忽然一抿，"这丫头倔强，不回家，老记着前面我欺负她的事，不想着她还有我这个哥，吃了那么多苦还是记不住，还真是拿她没办法！不过小宝你还是说一下吧，我妹妹这几年到底吃了多少苦？"

牛小宝刚要说，结果对上乔以陌那恳求的眼神，一时有些为难，想了一会儿，还是说了句："拼命打工呗！一个女孩子赚学费生活费，很不容易的！"

闻言，曹泽铭扯了扯唇，"说得是，打工的确很辛苦，我在国外也打了五年工，知道其中辛酸。是我对陌陌照顾不周，让她吃了这么多苦。"

乔以陌又是一怔，她没想到曹泽铭会去打工，曹太太迟云怎么舍得让他去打工？

乔以陌想起了自己的身世，想起了太多的往事。那是乔以陌记忆中，最不愿提起的事，郊城曹家，是她这辈子都不愿想起的痛。

曹先生应之，并非布衣，因妻不能生育，为求一子，养了情人，就是乔以陌的生母梁青。因为梁青生下的都是女儿，终究未能登上正室之位，却被曹应之太太迟云察觉，终于了断曹应之的荒唐行为。

而曹太太迟云并未因此而与曹应之离婚，而是隐忍了他的所作所为，从娘家把自己的亲侄子，也就是现在的曹泽铭接到了曹家，过继给自己跟曹应之当儿子。

迟泽铭八岁改名为曹泽铭，叫姑妈为妈妈，姑父为爸爸，从此养在曹家。

曹应之几次要求离婚，迟云都用凌厉手段化解，甚至为了讨好曹应之，找到了梁青所生的女儿乔以陌，并在乔以陌十六岁的时候把她接到了曹家，当成自己的女儿养。

于是，十六岁的乔以陌认识了二十一岁的曹泽铭，当时，曹泽铭已经读大三。

初见的那天刚好过春节，曹泽铭放寒假回来，穿着一身洁白的运动衣，手里拿着一副网球拍，一副翩翩公子哥的形象。不承想，在曹家客厅里，看到了衣衫破旧的乔以陌。

听到迟云的介绍，曹泽铭的唇边勾起一抹冷笑。

那微微勾起的唇边绽放的讥讽，把倔强自卑敏感的乔以陌深深刺痛。

果然，曹泽铭接下来的话更是冷酷无情，他说："野生的都登堂入室了，这世间还有天理吗？妈，你这样忍气吞声，我觉得一点都不值得！这丫头您还是保护好了，我可没您那胸怀，我一定会狠狠欺负她的。"

迟云嗔怪了一句："泽铭，怎么说话呢？这是你妹妹，名叫乔以陌，以后会改过来叫曹以陌的。"

"算了吧，没有血缘，算什么妹妹！再说，她亲妈那种货色，我看她也有这基因，留在家里，我长这么帅，勾引我怎么办？"

曹泽铭的话，实在太伤人。

乔以陌至此知道，这个人，不能靠近。

所以，后来不管曹泽铭怎样对她，乔以陌都记得一点：她跟曹泽铭一定要保持距离，绝对不要靠近。

兄妹非兄妹，母亲非母亲，父亲却是冷淡得很，几乎不着家。

有天趁迟云不在，乔以陌收拾了衣物，想要偷偷离开曹家回乔家。她还是喜欢自由自在的山野生活，在曹家可以穿好看的衣服，但是却无法让自己快乐。

她换了自己来时的破烂衣服，背起书包毫不留恋地转身就走。谁知，刚走到楼下客厅，就看到曹泽铭端坐在沙发上，看到她，凉凉地抬眉，"怎么？要逃？"

乔以陌吓了一跳，在看到他嘴角的讥讽后，狼狈地低下头，怯怯地说："我想回家！"

"以后，不要来了，这里不欢迎你！"曹泽铭冷冷一句。

"你放心，我不会再来了！"像是下定了决心，乔以陌往外走去。

似乎没有料到乔以陌会这样说，曹泽铭陡然站起来，高大的身影一瞬间掠过来，吓坏了乔以陌，她赶紧拔腿飞奔，想要快点逃走，却因为奔跑过快，小腹一阵抽痛，下身突然有一股热流涌出，她疼得俯下身去，抱着小腹。

曹泽铭察觉到她的异样，皱着眉头问她："臭丫头，你怎么了？"

乔以陌死活都不想承认，她的大姨妈来了。肚子疼得要死，她却咬着唇摇头，想继续走，却又是一阵呼噜噜的热流。

"肚子不舒服？"曹泽铭见她微微弯了腰捂着肚子，只当她是肚子痛。

她尴尬得要死，又说不出口，索性蹲在地上，一声不吭。

曹泽铭凑过去看她的神色，"乔以陌，你不会是想装可怜让我放过你吧？还是你没听到我留你就装病赖着不走了？"

她抬头看了他一眼，为了避免一会儿出了洋相更尴尬，终究是硬着头皮低声说了句："我没有！我这就走！"

曹泽铭见她面红耳赤似乎要掩饰什么，一瞬间突然领悟过来，一张俊脸竟然涨得通红，错愕地问了句："你不会是例假来了吧？"

十六岁的乔以陌想死的心都有，她突然双手捂着脸，低下头去，再也不敢抬头看曹泽铭一眼。

终于，过了很久，听到曹泽铭说："看在你来例假的分上，我就放过你，今日休战！你想走，可不行，没被我欺负完就这么走了，门儿都没有！"

乔以陌闷闷地反驳，"与我有什么关系？我根本没有要他们那样对不起你妈妈！"

"因为你是他们杂交生出来的，就该替你那烂人亲妈还债！"曹泽铭咬牙一字一句地说完，却突然拦腰抱起她。乔以陌吓了一跳，惊讶和羞窘到一句话都说不出来，头埋在他肩上，睁眼时却看到他微微泛红的耳根，她觉得曹泽铭这样的人脸红真是不可思议。

最终，他还是从迟云的屋里翻出卫生巾给她，然后说："你哪里都不能去，只能留在曹家！"

她错愕，低声指控，"你不讲道理！"

他却说："我的假期不长，你再忍半个月，回头我去了学校，你就自由了！"

那天，曹泽铭虽然对她冷嘲热讽，却还是给她熬了一杯红糖姜水，驱寒暖身。

乔以陌只记得当时自己脸红得不得了。

脑海里一段一段的过往涌出来，乔以陌心底此起彼伏，说不出的酸涩。

牛小宝跟曹泽铭不知道在说什么，笑声挺大，一瞬间打断了乔以陌的思绪。

"陌陌，吃饱了吗？"突然传来的声音让乔以陌错愕了一下。

她抬起头，眼神一滞，对面的位置，曹泽铭眨着眼睛看她，眼底是望不到头的深邃。

"陌陌，你都没吃，想什么呢？"

乔以陌点点头，"我吃饱了。"

"你吃得越来越少了。小宝，我载陌陌回一趟家，你自己回去行吧？"

"我不去！"乔以陌惊呼，反应强烈。

曹泽铭却笑，"别孩子气了，老子都不要的人，可不是好孩子呢！"

说完，他站起来，当着牛小宝的面一把抓住乔以陌的手，拉着站了起来。

乔以陌吓得要抽手。

曹泽铭却背对着牛小宝，眼中都是警告，好像在说，你要是不去，我就跟牛小宝说了。

乔以陌怔忡了片刻，她知道自己躲不过，以曹泽铭不择手段的性子，一切挣扎都是徒劳。最后只能点头，艰涩地开口，"哥，我跟你回家。"

他笑了，唇边的笑容异常华丽，"这才乖，是我的……好妹妹！"

"你们兄妹回家吧，我自己回去就行了。"牛小宝很大度。

"小宝，你也是个好孩子。"曹泽铭对女性的赞美毫不吝啬。

牛小宝娇柔一笑，腻腻地说："本来就是啊，不过泽铭，我发现你有恋妹情结，一见到妹妹，女朋友都不要了。"

"真没良心。"曹泽铭转身，一只手拉着乔以陌的手腕，另一只手伸出一根手指，朝着牛小宝的额头戳了过去。

乔以陌将这一幕看在眼里，突然想起，十七岁的时候，他也是这样戳她的额头。

事隔这么久，她一直不明白，明明恨她恨得要死的曹泽铭为何会在出国深造前突然宣布要跟她订婚，倘若迟云不答应就不走。

那时候，乔以陌彻底慌了！

可是，迟云却答应了！

然而，在曹泽铭离开后，迟云告诉她，她跟曹泽铭是兄妹，她希望有一个女儿和一个儿子，而不是把女儿变成儿媳。

乔以陌最终还是离开了曹家，回到乔家。

曹泽铭是怎么想的她不知道，不过，她真的没有想过要跟曹泽铭怎么样，也一直把那个订婚当成是他的戏言。

只是没有想到，时隔五年，再遇，会是这样的情景。

走出去的时候，乔以陌坚决不让曹泽铭拉着自己，可是，他还是牢牢地牵住她的手。

这情形让乔以陌很无奈。

在停车场，乔以陌一眼看到了曹泽铭的车子，奥迪Q7，豪华奢侈的Q7。

牛小宝开车离去跟他们打了声招呼，她从后视镜里看到了站在车边的乔以陌被曹泽铭强行塞进车里，那一刹那，她觉得有一丝怪异，却又有说不出的感觉。

曹泽铭的车子很宽敞，有一股淡淡的香气暗暗浮动，仔细一闻，竟是自己喜欢的味道，栀子香！

车子发动，大灯亮起，却照向了前面站立的两个人：顾风离和那位博士生医生。

因为车灯大亮，乔以陌清晰地看到顾风离皱起眉头看向这边，而他的手，也在同一时间，绅士地揽了下张婷的腰，两人一同朝后躲了躲。

车子从他们身边擦过，乔以陌微微垂眸，一阵恍惚。她从副驾驶旁边的后视镜里看到那抹修长的身影，心中一片苦涩。

车子开出后不久就停住了，外面一片漆黑，看不清楚是哪里，但是可以肯定是一个偏僻的地方。

乔以陌心惊肉跳，一直低着头，只听曹泽铭问道："你住在哪里？"

"我住哪里不重要，你不要再这样了，我们也不要见面了！"乔以陌低声说。

可是，瞬间，他的身子就压了过来。她还没有反应过来，就已经被他圈死在了怀中，始作俑者正埋首在她颈窝处，低头吮着她白皙的颈项。

她震惊地看着他，"你想干什么？"

"想要你，五年前你太小，现在长大了，我很遗憾不是亲自让你从女孩蜕变成女人，但是，没关系，我们还有很长的时间，长到一生，你是逃不掉的。而我，也没多少耐心再当柳下惠，我要你，陌陌。"

乔以陌怔住，眼底都是苦涩的悲楚，"为什么你们男人满脑子里想的都是这种事情呢？"

"因为男人想要得到一个女人，最直接的表现就是占有，深入浅出的游戏更能交流感情。"他答得漫不经心，专心吻着她修长的颈项，"你不想？"

"你知道的，我的确不想！"

"因为我以前欺负过你？陌陌，我发现你挺记仇的。"

乔以陌觉得对这个男人没有任何道理好讲，她转过头去，推开他的脸。

"如果你非要的话，现在就来吧。我无所谓了，反正跟一个和跟两个对我来说也没什么区别！"

闻言，曹泽铭的眼底闪过一抹痛楚，再然后，他微调了心情，顿时就笑了，"陌陌，看来你还真是不太了解我。"曹泽铭的语气里有一丝失望，"你这样贬低你自己，除了能勾起我的痛楚，你还能做到什么？"

说着他又开始动手动脚，她想躲开他的骚扰，却实属徒劳。最后实在躲不过，她只能叹气，"你回来就是为了和我做这事？"

他不打算否认；抬手解开她的衬衫纽扣，顺便为自己的行为做出解释，"男人的身体，饥渴得太久了，就会不受理智控制。我，只是本能反应，况且我等这一天等了那么多年！"

乔以陌真的怕了，她真怕他会继续下去。

她也不动，她知道依着曹泽铭的脾气，她越是挣扎，他反而越叛逆。索性，一动不动。

只是，很意外的是，她的肚子开始疼了起来，接着便有一股热流呼噜噜地冒出来。

这是吃了避孕药的结果，导致她的经期不规律。

她精致的小脸惨白到毫无血色，纤瘦的身体不受控制地轻微颤抖着。

曹泽铭正在迷乱中，突然感觉到身下的女人有些不对劲，稍微停了动作，低头看她颤抖着身体，身上都是汗，他皱眉问："你怎么了？"

乔以陌不说话，只是抿着唇微闭着双眼。

曹泽铭仔细看了看她的反应，有些意外地道："大姨妈来了？你不是中旬经期吗？"

乔以陌陡然睁开眼，惊叹这个男人的敏锐，更惊叹这个男人的记性，他居然还记得她的经期！

"是不是想起上次我给你拿卫生巾的事情了？"他在看到她错愕的表情后笑道："没错，我不仅记得你的经期，还记得你很多事情，陌陌，你这辈子想逃离我，你觉得可能吗？"

乔以陌再度大惊，忽然有种全身冰冷的感觉。

在五年不见的曹泽铭面前，她依然是透明的，她瞒不住任何秘密。

她没有否认，也深知自己赢不了他，所以她不做徒劳之事。不狡辩，不否认，这是她唯一的自保方式。

"很抱歉，可能弄脏了你的车座。"她岔开话题。

曹泽铭的眼里有一抹深邃的光芒，紧紧锁住她不放，"陌陌，为什么每一次，我都会遇到你的大姨妈？"

乔以陌无言。

他没有再说话，看了她几秒钟，然后发动车子，朝着云海最繁华的商场开去。

到了之后，他说："我现在去买卫生巾，你在车里等我。"

乔以陌一怔，点点头，"谢谢！"

曹泽铭也不多说，快速下了车，关了车门就朝商场走去。

乔以陌见他走远，深呼吸，打开车门，下车，准备逃走，可是刚走了十多米远，身后就响起一阵急促的脚步声，接着一道凌厉的男声传来，"陌陌，我就知道，我一走开，你就会逃。"

乔以陌瞬间僵住了身体，却没有回头，她怎么忘记了，曹泽铭可不是那么容易就能被她蒙混过关的男人！

过去如此，现在依然如此。

"陌陌，你是第一个这样迫不及待逃离我的人。"

她不敢回头，低头看着自己的脚尖，轻声地叹了口气，"曹泽铭，你放过我吧！"

曹泽铭没有说话，而是走过去，轻轻解开自己的衬衣纽扣，脱下，露出精壮的肌肉。

就这么在她面前蹲下来，围着她的腰，系上，遮住了她的裤子后面。

她因为他做出这样一个温情的动作而有点呆怔。

他一条腿半跪着，仰起脸，望着她，轻声说了句："裤子都湿了，你这么跑掉是想整个云海的人都知道你今天来大姨妈吗？"

乔以陌低头怔怔地望着他，忽然，一滴泪毫无预警地落下来。

曹泽铭一怔，站起来，伸出手，将她揽入怀里。

她闷在他怀中，哽咽着喊："曹泽铭，你放过我吧！我玩不过你，我玩不过你们任何人，放过我吧！"

曹泽铭默不作声，只是轻轻地解开了她扎着的辫子，柔顺的黑发一下子散开。

乔以陌再度错愕，即使她再傻，也知道这一动作的含义。

古代女子，结婚之后会盘发，入夜之后，只有丈夫才能解开妻子的发髻，以表爱情的天荒地老。

我的发交给你，陌下去，就爱足一生！

只是，乔以陌怎么都没有想到，曹泽铭会用这样一个动作回答她。

她的眼里瞬间积满了泪水，一脸的痛苦，头被他强制性地按压在他的胸膛上，炽热的泪水濡湿了他的胸膛。

他站在那里，揽着她，低沉了声音说："陌陌，我放过你，可是谁来放过我？"

乔以陌无言，只剩下了哭泣。

曹泽铭微微眯起眸子，望着远处的夜色，不知道在想些什么。

只是任凭乔以陌这样哭泣。

乔以陌哭了足足半个小时，她觉得越来越晕眩，最后只能靠曹泽铭支撑。

终于还是没有去大商场买卫生巾，曹泽铭把她抱上了车子，然后驱车去了一家沿街的医药超市，买了益母草、红糖、卫生巾，再出来回到车里时，乔以陌竟然睡着了。

曹泽铭看着她哭得红红的眼睛、鼻头和可爱的脸庞，永远都是可怜兮兮又骄傲倔强，她就是那样一个小丫头。他看着看着，忽然笑了，笑容温柔。抬手轻轻地抚了抚她的额头，他倾身吻了上去，在她的额头上印下了一个温柔缠绵的吻。

Chapter 19

月下彷徨，你我早已不复当初模样。

乔以陌不知道一觉睡了多久，突然被一个电话惊醒。

她睁开眼睛，才发现窗外一片漆黑，身子在柔软的大床里，温暖的被子里有个温热的暖手宝，暖在她的肚子上。

床头一盏蓝色的台灯，简洁的构造，温暖的光线，让她有一丝的迷离和慵懒。而她的电话也被搁在了床头，正响个不停。

她没接电话，睁开眼睛，看看天花板，突然一个激灵，完全清醒了。

银色的床品，灰色的地板，床头是金属材质的柜子，壁橱的颜色是黑色中点缀了一点金色，呈抽象几何形状扭曲的椅子，稳重奢华，简约明朗，这是一间很男性的卧室。

她的脑海里突然想起什么，赶紧拿起电话，竟然是办公室的电话，确切说，是来自顾风离办公室的电话。

她深呼吸，接了电话，"喂，您好！"

那边，传来顾风离毫无感情的声音，"乔以陌，我晚上写材料，档案室的钥匙你有吧？麻烦你过来帮我开一下档案室的门。"

乔以陌一怔，心底滑过一抹自嘲，大晚上的要档案室的钥匙，可惜，她没有！

她对着电话道："对不起，顾总，我没有档案室的钥匙，您找刘部长要吧！没有什么事的话，我挂电话了！"

说完，她就要挂电话。

"乔以陌！"突然，顾风离的声音有点急促，直接喊了她的名字。

乔以陌一怔，静静等候。

那边传来顾风离的声音，"你在哪里？"

乔以陌怎么也想不到顾风离会打来电话，显然，这个电话打得别有用心，真正的目的也是昭然若揭。只是他们已经分手了，她说得很清楚了，他还要怎样？

她不知道顾风离心里在想什么，但她的直觉告诉她，他是想知道她此时是不是跟曹泽铭在一起。

莫名地，她的心里骤然涌起一股说不出的情绪。

顾风离，你又是何必呢？

你选择了相亲，你选择无法忘记你的希言，又何必折腾这一圈呢？

乔以陌握着手机，闭了闭眼，又睁开，看着天花板，沉默良久，终于开口，"我在哪里跟你都没有关系！"

"乔以陌，我们现在见个面吧！"顾风离根本不理会她的话，简洁地道："我现在想见你，有很多话想说。"

"可是，我对你无话可说！"乔以陌说完，沉默下去。

顾风离也没说话，却都没有挂电话，似是不约而同，却又像是心有灵犀，两人都沉默下来，一同默默听着彼此的呼吸。

呼！呼！呼！

安静的空气里，隔着电波，彼此的呼吸都听得一清二楚。

顾风离终于在停顿了一阵后说："乔以陌，我想，我是真的喜欢上你了，我们现在见个面！"

嗡的一声，乔以陌脑海里一片空白。

终于，她还是恢复了理智，"谢谢你的喜欢，可惜我已经不想这样了，盖着别人印章的东西，我要不起！"

谢谢？要不起？

顾风离眉头微蹙，唇紧抿，显然他不是很喜欢这几个有距离感的字。他不会忘了，当他在山庄见到她被别的男人吻时，他有多愤怒，以至于当时张婷都看出了他的反应。

坦白说，张婷是个聪慧知性的女子，今天一见面，她就开门见山地说："顾先生，我来不是为了相亲。"

当时顾风离惊讶于这位年轻女医生的坦白，所以，并未生出厌恶，反而挑眉道："你来，是为了应付你的父母？"

张婷也有点意外顾风离的坦白，于是点头，"是的，的确如此！"

"可以知道你为什么不愿意相亲吗？"顾风离又问了句。

张婷笑，"听说顾先生今天是第一次答应相亲，我想你之所以答应相亲也是有你的理由，所以，我们都有各自的理由。"

"你很坦白！"

"但也被逼无奈！"张婷笑了笑，摇摇头。

因为坦白了，所以，彼此都不再拘束。用完餐，张婷提议出去转转，看看山庄风景，平时工作忙没时间，今天算是老爸给她放假，说不定半夜还要回医院。

两人在外面走了一圈，就遇到了乔以陌和曹泽铭，那一瞬间，顾风离虽然表面上表现得很淡然，但是立在身侧的张婷还是敏感地发觉了他的异常，看看他，说了一句话："人总是在喜欢的人面前不愿屈服，换来的可能是擦肩而过或者伤痕累累，从此各自的世界不再有彼此，心碎却未必了无痕。"

顾风离当时一愣，低头看她一眼，从她眼中看到一抹伤感，这话，说给他听，又像是说给她自己听。

顾风离看得出这位女医生是个有故事的人。

学历和阅历让她说出的话，坦荡又充满了哲学的味道。

顾风离淡淡一笑，道："有道理！说你自己的吧？"

张婷笑，视线却是望着远处被压在树干上的乔以陌，然后道了句："说谁谁知道！"

"你选修过心理学？"顾风离挑了挑眉。

张婷点了点头。

"那么你能看出我现在想什么吗？"顾风离反问她。

张婷也看了一眼他，直言，"也许你不承认，不过你现在搁在裤兜里的手是握成拳头的，你想揍那边那个男人！"

顾风离不动声色地笑，"我是个文明人。"

她对着电话，一字一句地道："是的，我在他这里，我今晚都不会回去，倘若你能接受，明天再来跟我说喜欢与不喜欢吧！"

说完，她真的挂了电话。

她不知道自己为什么这样说，明明想要逃离，为何又这样？这些话，有点赌气的成分，很幼稚，很别扭，为什么？

乔以陌觉得她越来越不认识自己了。

电话没有再打过来。

乔以陌这才细看这间卧室，而后再度惊了一身汗。

她下意识地高喊一声："曹泽铭！"

没有回答。

接着她猛地坐起来，肚子一阵疼。

她低头检查自己的身体，发现衣服还是那一身，屁股下面垫了一床被子，她坐起来，看到浅色的被子上一片鲜红。

她爬下床，裤子里黏稠的感觉让她很不舒服。曹泽铭并没有做进一步的举动，还好，他并没有帮她换衣服，也没有换卫生巾。

乔以陌四下看了一圈，卧室里只有她自己，这间卧室很大，连带了一个卫生间。

这时，门突然开了，曹泽铭一身简洁的居家休闲装，灰色运动裤，米色T恤，手里端着一杯冒着热气的红糖水走了进来。

"醒了？"

她站在床边，局促不安起来。

曹泽铭走过来，低头看了眼茶几上的电话，把杯子递给她，"喝点红糖水。"

乔以陌不接。

曹泽铭挑眉，"难道想让我喂你？"

乔以陌无奈，只好接过去。

曹泽铭低头扫了眼床上，看到那抹鲜红，别有深意地笑了笑。

乔以陌顺着他的视线望过去，一下子窘迫得脸红。

"好像比这更窘迫的我也见过，没有必要这么矫情吧？"曹泽铭取笑了她一句。

就在她挣扎着要不要开口打破这种沉闷的时候，曹泽铭突然回过头来看了她一眼，开口道："茶几上有益母草，去喝了吧！"

乔以陌无言，他这样体贴，她受不了。

曹泽铭走到沙发边坐下来，点燃了一支烟，抽了起来，并不看她。

乔以陌安安静静地把泡好的益母草也喝了，微微甜涩的味道进了口腔，慢慢从舌尖弥散开来。

安静，沉默。

"陌陌！"终于，曹泽铭开口，声音淡淡的。

"嗯？"她微微低头，不去看他的脸。

"我姑妈做了手脚是不是？"

乔以陌一怔，抬起头来，看着曹泽铭，摇头，"没有！"

曹泽铭扯了扯唇，"如果你收到了我后来寄的学费，你还会做出那样极端的事情吗？"

"没有如果。"乔以陌的声音淡淡的，平静得没有一丝波澜。

既定的事实，没有机会再谈如果。

空气中弥漫着淡淡的痛楚，让二人又恢复了初始的沉默。

曹泽铭若有所思地打量着她，看得她心里发毛。

"陌陌，那件事，我们只提这一次，也是这辈子最后一次！你告诉我，卖了自己你后悔过没有？"

"不后悔，哪怕是那种情况，我也不后悔！"

曹泽铭的眉头倏地皱紧，眼神陡然犀利，里面盛了一抹挣扎和苦痛，"你不是那样的人！"

"那我是哪样的人？"她苦笑，自嘲着问。

"自强，独立，倔强，记仇，却也自重自爱，倘若不是到了最难的地步，你不会那样做！而我想知道，究竟难到什么地步？"曹泽铭隐忍着情绪，眼睛一眨不眨地看着她，问道。

乔以陌的唇哆嗦了一下，沉思了良久，反问："你不是调查了吗？"

"我没有！"他说，"是姑妈说的，她对你很失望，说开始的你，她很欣赏，能够自强自立，后来堕落了。"

乔以陌心里一痛，没想到自己的事，迟云会知道。可是，这四年里，迟云并没有出现在她面前，她一直以为迟云不出现是最正常的，可是她没有想到迟云会知道她的事。

乔以陌没有回答。

曹泽铭接着又道："我回来有三个月了，第一天就去了乔家，乔家说你半年没有回来了，春节也没有回去过。我以为你在B城，所以去了B城找了你很久，但是一直没有你的任何消息。我找不到你，最终决定来云海发展，当时知道你的事后我很烦闷，遇到了牛小宝，我不知道她认识你，倘若知道，我就早一点见你了。"

乔以陌却说："但是曹泽铭，你是小宝的男朋友了。你找我与不找我，都没有丝毫意义了，而且我从一开始就没有答应过你什么，况且你说得这样深情，却还是找了女朋友。其实你们男人都是如此，总是嘴上说着对一个女孩子如何如何深情，却又对别的女孩子做出亲密的举动。"

曹泽铭一愣，张嘴解释，"不是你想的那样，总之我解释你也不会信。"

突然，乔以陌的手机在卧室里又响了，是一条短信息，如此突兀地响起。

她一侧头，站起来，走到卧室去拿电话。打开短信息，发现上面显示的是顾风离的名字。

那条短信依然带着顾风离特有的伤人，"乔以陌，这样折磨我，真的好玩吗？就算你今天跟别的男人睡了，就真的觉得公平了吗？乖，别气我，回家去，好吗？"

乔以陌看着电话，眸光一痛，她没有要折磨谁，她闭上眼睛，握紧了电话。

他居然这样认为她！

夜不归宿，就一定是跟别的男人睡了吗？

可是，她也没有义务跟他解释！更何况，他不是刚相亲吗？

索性，按了电话，关机。

身后突然传来曹泽铭的声音，"陌陌，你只有两个选择，一个是现在去卧室睡觉，另一个是我今晚搂着你睡。"

乔以陌怔住。

曹泽铭的语气又强硬下来，"我在国外几年，深知隐私权是怎么回事，但是这不代表我就没有了男人的占有欲。陌陌，不管刚才是谁给你打电话、发信息，我给你几天时间，给我了结了！"

"你好好对小宝吧！"

"我跟牛小宝就不是男女朋友！我会跟她说清楚的！"曹泽铭沉声开口。

"无论怎样，我和你都不可能！我去睡觉了，晚安！"

说完，乔以陌就回了卧室。

身后，曹泽铭又抽了一支烟，点燃，揉了揉眉心，对着她的背影说道："你不要试图逃开我，这是不可能的！"

她用沉默回答他。

之后，乔以陌躺在曹泽铭的大床上，久久难以入眠。

而屋外，沙发上，似乎一直有翻身的声音，打火机不知道在深夜里响了多少次。

乔以陌一直没有出去，就这样迷迷糊糊过了一夜。

第二天，一大早，乔以陌走出来的时候，曹泽铭正在开放式的厨房里煎鸡蛋。

听到开门声，他转头问了句："鸡蛋你吃几成熟的？"

"我不饿，我要去上班了。"到了门口，乔以陌才发现这门是最先进的密码锁，而且一般防盗门都是朝外开的，这个却是朝里。

她惊愕。

身后，传来曹泽铭的声音，"陌陌，这是我专门从北京买回来的门，专门关你的，有先见之明吧？以后不乖乖听话，我就把你锁在这里，不告诉你密码！"

"你真是有病！"乔以陌懊恼，又走了回来。

桌上摆了一碗红糖小米粥，他拿着筷子，端了煎鸡蛋走过来，一脸的奸诈，"坐下吃。"

乔以陌只好坐下来。

两人安静地用餐，乔以陌发现小米粥真的挺好喝，稀稠合适，鸡蛋煎得也很好，黄黄的，没有煳，很漂亮。

她疑惑地皱眉，不知道这五年，他到底经历了什么？

似乎看出她的疑惑，曹泽铭道："这煎鸡蛋和熬小米粥都是你教的，你忘了？多亏有了这手艺，不然在国外能饿死我！你不知道我吃面包吃得有多恶心，现在想到面包我就想吐！"

他说得夸张，她却听得难受。他以前总爱赖在厨房欺负她，却没有想到，他只是看看就学会了。

一直没说话，曹泽铭看看表，"我今天要去鑫灏。"

"你……你要干吗？"乔以陌惊讶。

"我要办厂，打算购买之前鑫灏置下的地皮。"曹泽铭道。

"你姑妈知道？"

"为什么要她知道？这是我自己的钱。"曹泽铭笑。

"你自己的钱？"

"对！陌陌，不然你以为我三年就该回来的，为何五年才回来？"

乔以陌再度错愕，曹泽铭在美国待了五年，究竟做了什么？

可是，每个人都有故事，在自己不知道的时间和领域里，每天上演着不同的故事和经历。

她没有再问。

去上班的路上，终于，她还是忍不住问了句："你要办什么厂？"

"生物制药。"

乔以陌怎么都没有想到他会涉及这个行业，"你不是学工商管理的吗？"

曹泽铭点点头，"是啊！"

"生物制药不是你的专业。"

曹泽铭扑哧笑了，"陌陌，谁规定元帅一定要会射箭？元帅只要会指挥就行了，有将军和士兵在前面冲锋陷阵。"

曹泽铭一句话说得乔以陌无言以对。

车子到了距离乔以陌单位还有三百米的地方，她说："放我下来，我走着去。"

"可以，我尊重你的决定。"曹泽铭停下车子，"我在你的手机里输入了我的号码，你做好思想准备，这周，跟我回曹家一趟。"

"你凭什么决定我的事？"乔以陌有点上火，"我不去！"

"你打算什么时候去？"曹泽铭也不急，就这么看着她问。

"我不会去的！"

"那我现在就去你公司宣布，你是我的未婚妻。"他说。

乔以陌抿唇。

"下午再联络。"他也没有再纠缠。

乔以陌下车，走着去单位。

曹泽铭的车子瞬间开走，卷起一阵狼烟。真是大排量豪华车，排气管子那么粗！乔以陌咬牙想，什么时候把这种豪车都取缔了，天空得比现在蓝很多！

乔以陌来得不是很早，到的时候，刘部长已经到了。

一进门，就看到刘部长跟曹泽铭在说话，似乎很熟悉的样子。

乔以陌刚坐下，刘部长就对她说："乔以陌，去三楼，顾总要你帮他打扫下办公室。"

乔以陌一怔，深呼吸。

她知道该来的终究会来，只是没有想到顾风离会这样急切地一大早就找她。

乔以陌只好站起来去了三楼。

刚敲了一下，门就从里面急切地打开，接着顾风离的手倏地伸过来，将她一把拉进去。

乔以陌惊慌，门却被他转身啪地一下关上，下一秒，她被他粗暴地推到门上。

顾风离低头低吼，"你昨晚去了哪里？"

她没回答。

"你居然敢一夜不回！"他的声音压得很低，却透着极致的危险。

"你管不着！"她冷声。

他低头看她，突然看见她的脖子上有一处清浅的吻痕，他的身体一下子紧绷起来。

"你真的那么做了？"他错愕，眼底都是难以置信。

"与……"没等她出声，他的唇已经疯狂地堵住了她的嘴。

乔以陌全身本来就软绵绵的，根本不是顾风离的对手，他吻得很用力，用力地揉着她的每一寸肌肤，报复性地咬她的唇。

乔以陌觉得疼痛，忍不住就要推开他，却被他死死地按在门上，像被钉住了一样，躲不开逃不掉，也发不出声音，只能呜咽。

他抱起她，用力分开她的腿环在他腰上，这个姿势真的太可怕了！

"浑蛋！"她叫出声，却被他的唇再次堵住，只能发出支离破碎的声音。

他不松手，也不恼她的怒气，只是叹息了一声，伸出手揉了揉她的发丝，"你要给我时间让我去跟过去告别，我说一下子忘记过去，你只怕也不信，而我也不想撒谎。具体的，我们晚上谈，晚上我带你去吃饭。"

乔以陌怔住，听到他如此坦诚的话，又看到他满是青黛的下眼睑，蓦地没有了声音。

"别哭了，擦擦眼泪！"说完，他从口袋里拿了一张纸巾，帮她抹掉眼泪。

乔以陌深呼吸，用了一分钟，才止住了泪，"我还要打扫卫生。"

她没有回答说晚上要怎样，但是他却满意了，眼底渐渐地浮现一抹笑意，然后回到了自己的大班椅上坐下来。

乔以陌也不说话，拿起拖把，把他办公室里里外外都拖了一遍。

只是拖着拖着，肚子突然就疼了起来。

她痛经一向很厉害，只好在门口抱着拖把蹲下来，额头一阵冷汗。

屋里的顾风离虽然一直坐在那里，却还是注意到了她的反应，看到她蹲下身去，他立刻站起来，在里面着急地问道："怎么了？肚子疼？"

乔以陌没有回答，因为她疼得根本没有力气回答他。

顾风离立刻往外走。

与此同时，三楼楼梯那边，曹泽铭正和李副总一起上楼，突然看到乔以陌捂着肚子蹲在地上，二话不说就跑了过来。在李副总错愕的眼神里，他走到乔以陌面前，什么都没有说，一把抱起她。

Chapter 20

人生，永远没有如果。

　　而此时，顾风离也从办公桌后走过来，还没做出反应，乔以陌已经被旁边急匆匆赶来的人抱了起来。

　　一瞬间，气氛倏地紧张起来。

　　顾风离整个人错愕，陡然抬头，对上了一双同样急切而担忧的眸子。

　　看到顾风离，曹泽铭的眸光倏地凌厉。

　　顾风离也是如此。这个男人不就是昨晚跟乔以陌在一起的那个吗？

　　Q7的主人！

　　该死的，他还吻了乔以陌。

　　"先把人放在我办公室沙发上。"来不及管自己的情绪，顾风离侧开身体，让曹泽铭把人抱过去。

　　而曹泽铭低下头看了眼乔以陌苍白的小脸，原本想要抱着她进顾风离办公室的，却猛然看见她的红唇，肿胀不堪。

　　一瞬间，曹泽铭的目光深沉了几分，但是，他的面色未变，抬头看看顾风离办公室的招牌，微微笑了下，"哦！原来是顾总办公室啊，想必您就是顾风离了？"

　　顾风离听着这语气，怔愣了一下，道："是我，请问您是？"

"我啊？小老百姓一个！"曹泽铭的语气充满了挑衅。

乔以陌一听他们说话，肚子再疼，还是忍不住开口，"放我下来！"

"先放我办公室沙发上，让她休息下。"顾风离又催促道。

"顾总办公室又不能治病，您的沙发也不是医生。我看乔小姐需要去医院，顾总，就不劳烦您和您的沙发了，我们现在就去医院。"

说着，曹泽铭抱着乔以陌转身就走。

曹泽铭才走一步，只听身后传来一道冷声沉喝："慢着！"

乔以陌一听到顾风离陡然冷下去的声音，身子猛然一震，僵硬无比。而一抬头，对面楼梯处，李副总正站在那里。

乔以陌不想被人知道她跟顾风离之间的关系，所以此刻，她不能让顾风离跟曹泽铭这样剑拔弩张，赶紧对曹泽铭小声道："快放我下来，我没事，休息一会儿就好。"

可是，曹泽铭却压低了声音在乔以陌耳边道："就是他吧，陌陌？你还真是给我找了一个强劲的对手，不过你最好闭嘴，否则我现在就在这里吻你！"

乔以陌错愕，瞪向曹泽铭。

曹泽铭却笑了，那笑容冷厉无比。

而身后，顾风离也走了过来。

曹泽铭缓缓转身，抱着乔以陌笑着反问顾风离："怎么，难道顾总还想她疼得额头上的汗更多点？你到底安的什么心？"

一句话，充满挑衅和指责，整个走廊的气温瞬间降至冰点。

顾风离如幽潭般的冷眸冷冽慑人，他就那么放眼一扫，目光落在曹泽铭的脸上，同一时间，那边李副总也被波及。

从没有感觉到顾风离的眼神那样犀利过，李副总远远地被扫了一眼，蓦地心惊。

顾总从来没有这么寒怒过的，此刻这是怎么了？

再看看曹泽铭，抱着乔以陌，这是咋的了？

"把人先放在沙发上，她需要立刻休息！"顾风离一字一句地说道。

曹泽铭依然保持镇定自然的微笑，缓缓迎上去，笑道："顾总可真是体恤下属，要不是你让她打扫办公室，她至于疼成这样吗？这么大的公司，请不起保洁人员？"

被指责，顾风离只觉心口一紧，面色越发阴沉，"先把人抱进去！"

不想再看到他们这样，乔以陌及时出声，"放我下来！"

"去医院！"曹泽铭没有给乔以陌说话的机会，强势地说道："你必须去医院！今天说破天咱也去医院！"

他真的看不了她冒着冷汗走路都走不动的样子。

他一转头，对顾风离道："顾总，我替她请假。"

说完，就抱着乔以陌下了楼。

顾风离站在门口，望着曹泽铭抱着乔以陌离去的身影，手指弯曲渐渐握紧成拳。

这一路下楼，遇到太多同事，个个都惊愕地看着一个帅气儒雅的男子抱着乔以陌下楼，一脸的焦急。

曹泽铭把她放在副驾驶位置，车子绝尘而去。

云海医院。

曹泽铭抱着乔以陌一路小跑进了妇科，"抱歉，急症！抱歉！急症！让一让……"

他这么一说，害得医生以为乔以陌小产了，立刻把检查科的病床帘子打开，"先把人放上去。"

曹泽铭赶紧把乔以陌放上去。

"怎么回事？"医生问了句。

曹泽铭顾不得喘息，在旁边直言道："痛经，痛到难以忍受！"

穿着白大褂坐诊的医生十分惊愕且像看外星人一样看着曹泽铭，对桌的产科医生也看了他一眼，身后被插队的病号也惊愕地看着曹泽铭。

女人痛经有什么稀奇的？又不是小产了，值得这么大惊小怪吗？！

曹泽铭皱眉，眼神凌厉地扫过去，强硬且算客气地道："医生，你别看我，帮她开药，治疗，别让她痛经。"

乔以陌觉得自己真的是要糗死了！这时候也顾不得疼，恨不得背过气去！

大概是看出曹泽铭的确很着急，医生立刻道："不用着急，先生，痛经这种状况就算调理也得一个漫长的过程，您爱人痛经多久了？"

这样关心一个女人，关系应该是两口子吧？

曹泽铭也不询问乔以陌，直接道："五年多以前就痛，痛了五年了吧？"

那医生一滞，后面的病号也都惊了下。

医生原本觉得有点好笑，这下竟然有点感动了，转头看乔以陌，又问她："是这样吗？"

乔以陌无言，心想来了就来了，今天丢人也丢了，囧到家就囧到家吧，于是点了点头。

医生又是一阵询问，"你疼得难以忍受吗？实在难以忍受的话，就打点杜冷丁吧。"

乔以陌还没回答，曹泽铭立刻道："不行，那东西有依赖性，以后更加依赖了怎么办？"

医生张了张嘴，有点无奈，最后只好道："其实作为医生真的不建议你用药，这样吧，如果在你承受的范围内，就不要用药，等到干净之后，来做个B超，化验个内分泌六项，看看激素水平，再调理。"

"不开药她疼怎么办？"曹泽铭又问。

医生真是无奈。

后面一病号好笑地看着曹泽铭说道："先生，开药不行，不开药也不行，你这叫医生怎么办啊？"

乔以陌尴尬得也顾不得疼了，一咬牙从那检查床上爬起来，对医生道："医生，不好意思，麻烦您了，我没事，我休息下就好了。"

说完，她就走了出去。

曹泽铭赶紧喊："陌陌，你去哪里？咱们还没看病呢！"

乔以陌不理会他，径自往外走。

曹泽铭追出去。

屋里产科女主任羡慕嫉妒地叹息，"这男人真是好男人，一个痛经就这么大惊小怪的，以后这要是有了孩子还不得宝贝死！那丫头真是好运气！"

病号附和了一句："我家那死鬼要么对我，我今天死了也值得了！"

……

乔以陌一口气走出医院，有点喘，忍不住又蹲在地上，休息了一会儿。

"陌陌……"曹泽铭有点担心她，又要抱她。

乔以陌忍无可忍，"你别动我，我求求你，曹泽铭，你今天把我害死了。"

"庸医！都是庸医！痛经都治不了，明天我投诉她！"曹泽铭看看云海医院的牌子，"县级市水平就是不行，赶明儿我载你去B城看。"

"……"乔以陌觉得现在不只是肚子疼，头都跟着疼了。

而此时，乔以陌的电话突然响了，她低下头去，看看电话，是顾风离打来的。

她此时很乱，不想接电话，什么都不想说。

偏偏曹泽铭什么都不干就跟她耗上了，把她再度拉上车子，她真是欲哭无泪。

曹泽铭问："怎么不接电话？你确定你没事吗？反正今天不能上班了，你那什么领导，我找他去，居然让你打扫卫生。"

"你能不能不要说话！"她真是愁死了，听到他的话，真是想死的心都有了。

电话又响了起来，曹泽铭皱眉，"不接电话？"

乔以陌无奈，只好在曹泽铭的注视下接了电话，对着电话道："您好！"

"你没事吧？"那边传来顾风离的声音。

"谢谢，没事！"

"你现在在哪家医院？我马上过去！"顾风离的语气带着一丝着急，像是在走路的样子，边喘息边说："市医院对吗？"

"我能去接你吗？"顾风离问得很含蓄，很小心翼翼。

乔以陌怔了下，问了一句："顾风离，你身上的那枚刺青能去掉吗？"

这下，轮到顾风离错愕了，沉默，死一般的宁静。

"乔以陌，这件事，我们面谈好吗？请假的事没有问题！"

"我现在肚子疼，我不想见你，见到你，会更痛！"她望着远处，车窗外，曹泽铭大步离去，不知道跑去干什么。

顾风离又问："那我什么时候能见你？"

"再说吧！"乔以陌望着曹泽铭的背影轻声说道。

"今晚你怎么办？"他问。

"今晚大概还不会回去吧。"依着她对曹泽铭的了解，那人只怕还会不让她走，她现在不想挣扎，一则大姨妈在不怕，二则她实在没有精力应付曹泽铭的死缠烂打。

顾风离沉默了良久，只说了一句："乔以陌，我今晚在玉山花苑这边，其实，我也可以照顾你，妇科用品我帮你准备好，如果你想来，就直接过来。"

乔以陌没有说话。

顾风离接着道："你先休息吧，肚子痛了就暖一下。"

"嗯。"

没说别的，就那样挂了电话。

乔以陌这时再抬头，就看到马路那边，曹泽铭高大的身影走过来，手里提着个袋子，另一只手里端了个杯子，正大步流星地走来。

不多时，就到了停车场。

车门打开，乔以陌才看到他手里端着的是一杯热热的冲剂，用的是玻璃杯，应该是新买的，她稍稍疑惑了下。

杯子已经递了过来，"益母草，先喝点，能暂时缓解。另外这个，暖暖肚子，也许会好点。"

乔以陌才看到袋子里装的是一个热水袋，他直接拿过来，压在了她的肚子上。

那一刹那，乔以陌整个人还是忍不住怔松了下。

肚子上暖暖的，缓和了一点痛。

终于，乔以陌轻声开口，"曹泽铭，别对我这么好，你在我这里什么都得不到。"

曹泽铭却扑哧笑了，"如果我说我什么都不要，就想对你好，你一定以为不可能吧？"

乔以陌抿唇，她知道，没有人会无缘无故地对一个人好，对你好就有需求，谁能做到大公无私，一味奉献不求索取？这个世界有几个那样的人？所以，乔以陌并不强求，也无资本强求。

曹泽铭看她咬着原本就红肿的唇，伸手轻轻地捏了下她的下巴，然后温柔地道："别咬！"

乔以陌恍然，看到他清澈的眼睛里都是心疼。

"趁热快把药喝了！杯子烫过的，用了人家一壶水，烫干净了才给你拿来用。"

"谢谢！"乔以陌低头慢慢地喝了杯子里的益母草。

曹泽铭把空杯子接过去，装在袋子里。

乔以陌的心还是被刺到了，说不出的滋味。

这个翩翩少年已经长成了成熟的男人。

五年光阴，改变了太多。唯一不变的还是曹泽铭的自信和霸道。

"陌陌，你就没有什么想跟我说的？"曹泽铭终于开口。

"我要说的，真的就能实现吗？"乔以陌没有看他，幽幽地问道。

"当然！"曹泽铭说得很认真。

乔以陌只感到人生走到这一步，她依旧别无选择。回想她二十多年的人生，似乎一直都在别人的掌控中，她总是被命运推动着向前，沿着既定的轨道，没有选择。

"陌陌，你说，我帮你实现。"

"远离我！"她说。

曹泽铭一怔，嘴角抽了抽，"远离是不可能的，陌陌，我只是一个普通的男人，我不是耶稣他爸，所以做不到无私奉献。"

"那么，你想要什么？我的身体我的心？"她又道。

"没错！"曹泽铭开口。

"可是我不想给。"乔以陌面无表情，语声平静而淡漠。

曹泽铭昨天和今天做的事情，她很感激，说实话，没有女人不感动。他虽然霸道，却很体贴，女人这辈子求的不就是被男人宠爱被男人疼吗？

可是，他是曹泽铭！她是曹家的人！

从一开始，她就下了决定，远离这个人！

曹泽铭定定地望着她的眼睛，那清澈的眸子没有半点波澜。

他双眉一皱，心中突然多了一丝怨怒。

他没说话，没表态。

乔以陌也垂眸静默，并不催促。

终于，乔以陌还是开口了，"我想要的男人不是你，从来都不是！"

曹泽铭听到这话，搁在方向盘上的手忽然用力握紧，青筋暴露。他沉寂了多年的眸燃起了火光，"那么你想要的是今天早晨的那个男人，那个顾风离？"

乔以陌一顿，轻声道："曾经是。"

"为什么现在不是？"曹泽铭一下抓住了要害，曾经？那么现在不是了吗？

他的眼底一瞬间闪过一抹光亮。

"这是我的事。"乔以陌不想解释。

一下，又是静默。

时间如沙漏里的流沙，一点一点地流掉，逝去。

乔以陌身子微微缩了缩，找了个舒服的姿势。

他忽然转了身子凑过来，将她的身体一扯，抱住了她。可是这动作却又透着一股无可奈何的悲凉。

乔以陌想要挣扎，他说："陌陌，别动！"

乔以陌听到这声音，真的不动了。

曹泽铭的下巴搁在她的头顶，轻轻蹭着她的头发，心下阵阵发软。

"曹泽铭！"乔以陌低声叫了一声，却久久没有得到回应，耳边只有呼吸声。

她忽觉心中一阵发紧，她不得不承认，自己肚子上的这份暖意，那么明显。也不得不承认，倘若曹泽铭没有出国的话，她的生活会跟现在大不一样。

可是，人生不可以重来，走过了，就无法回头。

过了许久，耳边轻轻的一声，"嗯。"

她收敛心绪，平静地道："你到底想对我怎样？"

"陌陌，你害怕了吗？"曹泽铭语声淡漠，听不出任何情绪。

乔以陌淡嘲一笑，叹了口气，道："是的，我害怕你，我从一开始就害怕你。"

"可是你之前也很依赖我，在曹家生活的那段日子，无论姑妈怎么友善，你都不踏实，但我对你不好，时时羞辱你，你却在我身边睡得着。"

"你记错了！我对迟女士是心存愧疚，所以才那样忐忑，与你无关！"她语气平静而肯定，内心却一阵荒凉。

"陌陌，你一定要否定一切吗？"他的声音忽然变得很冷，冷冽之中夹杂着一丝难掩的怒气。

他一把扣住她的双肩，忽然退后一点，他的目光如冰刃般死死盯住她的眼。

她直觉地想躲开他犀利的眼神，但仍然极力镇定，平静地吐出一个字："是。"

她感觉到他身躯一震，半晌无声。

令人窒息的沉默，她心中开始不安。

过了许久，那道声音越发冰冷，"你知不知道，你的倔强会让你更苦？"

乔以陌苦笑一声，"我愿意。"

"就因为我是曹家的人？"

"因为你曾经羞辱过我，你知道我是个恩怨分明的人，记仇也会是一辈子。"她回答得很平静，可是这句话对于曹泽铭而言，却像是一把利刃，狠狠地插在了他的心上。

他的手陡然用力，五指似是要嵌进她的肩骨，他突然低头狠狠地吻上她的唇，带着滔天怒意，惩罚般的力道，仿佛要用唇舌将她碾碎吞进腹中。

她拼力挣扎，他双臂如铁钳，任她如何努力，也只是被他越箍越紧。

一丝血腥气卷入口腔，在喉咙深处蔓延，直抵心尖，不知道是她的，还是他的，总之，这个吻苦涩难言。

他狂吻如骤雨般落下，一刻不曾停歇，不给她退缩的机会。

这样真实的碰触，提醒着他，这一刻，她还是他的，她还在他怀里，在他的掌控之中。

肚子一痛，乔以陌的身子一阵战栗，本能地哼出一声，立时心中一惊，一种屈辱之感油然而生，这个男人，把她当成什么了？！

不知是哪里来的力气，她趁他不防，一把推开了他，毫不犹豫地抬手，一个极响亮的耳光结结实实地甩在了曹泽铭那俊美的脸庞上。

曹泽铭震愣，有那么一瞬，他大脑处于一片空白的状态。他这是在做什么？他在对自己喜欢的女人用强？！

他像是受了巨大的打击，倏地坐起身，薄唇抿成一条直线，心中一片空茫，对脸上火辣辣的痛，一无所觉。

乔以陌也坐直了身体，靠在椅背上，呼吸着空气，却还是觉得胸口闷痛至极。

不知道过了多久，曹泽铭开口问道："陌陌，如果我不是曹泽铭，我们以另外的方式相遇，你不会介意我曾经说过的那些话吧？"

乔以陌垂了眸子。

曹泽铭这么骄傲自负的男人，怎么会这样问？

她还是那句话："曹泽铭，人生没有如果。"

时间一点一点地流逝，只听他苦笑一声，语带自嘲，缓缓说道："一点可能都没有吗？如果此刻我答应给你自由，不强迫，以后有可能吗？"

乔以陌蓦地怔住，很是出乎意料。他会这样轻易地放开吗？

她狐疑，不相信，忍不住侧头去看曹泽铭，这一看，便看到了一抹自嘲的笑意挂在他的嘴角，看上去格外的悲凉，猛然间刺进她的心，狠狠一痛。

曹泽铭似是感受到她的注视，微微抬眼，看到乔以陌眼中一闪而逝的心疼，令他心中生起一丝希望，他遥遥望她，用他所有的真诚，对她说道："陌陌，曹泽铭能给你至死不渝的爱情，与之相比，以往受的委屈和耻辱还算什么呢？你这个小傻瓜，那个顾风离有我对你一心一意吗？"

她心底一震，身子僵了僵，别过脸去，本能地逃避。不愿意去听曹泽铭的话，她不知道自己在害怕什么。

"陌陌，今天那个男人很紧张你。"曹泽铭又道，"这令我很不舒服，却也觉得很荣幸，因为一个强劲的对手出现只会让我更加珍惜你。你知道我是不达目的誓不罢休的人，但是，我并没有到不择手段的地步。如果你真的喜欢他，他也真的喜欢你，你快快乐乐的话，我也不是不能忍痛以成人之美。但问题是，你不快乐，而我，再成人之美就真的太不应该了，对吧？"

乔以陌错愕，眼底都是惊讶。

她忽然觉得这个世界，没有人比曹泽铭更了解自己，五年前是，五年后更是。

"你爱过我。"曹泽铭突然又开口。

乔以陌再度震惊。

"别否认，当年我欺负你，你只是强迫自己离我远点，我输在身份的问题，不是我个人没有魅力。所以今天我想告诉你，你想玩，就去，累了再回来，我当初想要你的时候就说过，我是要与你长相厮守的人，无论有什么事，我都会与你一起承担。我们分开了五年，我不在乎再等五年，你最终，都会回到我这里。"

乔以陌无奈，终于开口，"曹泽铭，我也坦白告诉你，我跟顾风离是怎样的关系，你不会懂。"

"那又如何？男女之间不就那点事吗？最终的关系无非就是深入浅出，我说我在乎，但不怪你，你不用重申。男人和女人之间，还有一种感情，那是与身体无关的。"

乔以陌心底一震，她十分清楚他说出这些话，意味着什么。这对一个男人来说，需要勇气，需要度量，这不是说说就算了的事。

她张了张嘴，一时间，竟不知道该说些什么。只是感觉到眼前的男人，让她一下子有了新的认识。

他不再是当年那个自私狂放的男人，如今更多了一抹志在必得的决心与放长线钓大鱼的耐性。

乔以陌沉默了良久，终于无言。

曹泽铭发动了车子，车子朝着外面开去，却在医院的大门口，被人拦住。

刹住车子的一刹那，乔以陌和曹泽铭都愣了下。

曹泽铭错愕地瞪着拦住他车子的人，竟是顾风离！

此时，顾风离也没有想到他刚到医院，结果一转眼就看到了这辆扎眼的Q7，他一下子忍不住冲了过来，他其实是想知道乔以陌到底怎样了。

曹泽铭望着车窗外的人，忽然挑眉，说了句："没有我想的那么尿，也没有我想的那么理智。陌陌，你真是给我找了个强大的对手，只是你觉得我们谁会赢呢？"

"无论谁赢，我都不是战利品。"乔以陌突然冷声开口。

曹泽铭扑哧笑了，"我也不喜欢赌，但这辈子就赌一次，终生赌注，我就想要你！"

乔以陌心惊，"你们，都不是我想要的。"

"为什么？"

"累！"

"人生本就累，不是这累就是那累。"

"外面那个事后诸葛亮怎么处置？"曹泽铭挑眉，"下完雨了，他送伞过来了，你说是不是有点太慢半拍了？"

而乔以陌只是瞪着车子外的男人。

顾风离很快就走了过来，拉开副驾驶的门，看都没看曹泽铭一眼，只是关切地问乔以陌，"你怎样了？肚子还疼吗？"

乔以陌也很意外顾风离会这么不顾身份，这样冲过来拦车。

她只是摇摇头，"我没事。"

顾风离似乎松了口气，一眼又看到她肚子上的热水袋，微微一怔，视线终于看向了驾驶座上的曹泽铭。

而曹泽铭也正望着他呢！

见到他看过来，曹泽铭眨巴了下眼睛，微微一笑，"看什么看？没见过帅哥吗？"

顾风离一愣，随即微微一笑，道："帅哥见过，只是没见过自称帅哥的。曹先生，你还真是够自信的！"

曹泽铭轻轻一笑，"自信是一种美德，不过我还有个美德，那就是很直接、很坦率，我不载你，你别上我车，我这车只载美女，不载男人。"

顾风离微微眯起了眸子，望向曹泽铭，这个男人，很狂傲，的确不是一般路数。

这时候，乔以陌却下了车。

曹泽铭一惊，"你去哪里？我送你回去。"

"我不是美女！"乔以陌丢给他一句话。

曹泽铭差点咬了舌头，"陌陌……"

顾风离一喜，以为乔以陌要跟自己走，结果，乔以陌却是抱着热水袋下了车，"都别跟着我，算我求你们了。谢谢！"

说完，她就招手打车。

曹泽铭一愣，刚要下车，顾风离却阻止了他，"尊重她的决定，女人痛经不能太激动，她需要安静。"

曹泽铭冷哼一声，"你懂得倒是不少，不过配陌陌真的有点老，老头，你多大了？"

顾风离被问得满头黑线，"你也不年轻。"

"是，但至少比你年轻。"

这时候，乔以陌已经上了出租车，出租车很快就消失了。

曹泽铭叹了口气。

后面有车子鸣笛。

顾风离不请就直接上了他的车，坐在刚才乔以陌坐过的位置。

"我没有让你上车。"

"我有话说。"顾风离没有理会他，"先把车开走，好狗不挡道。"

"是你挡的我！"

"而你挡了后面的车子！"

……

这个问题搁浅，究竟谁是狗，这就是个鸡生蛋蛋生鸡的问题了，讨论不完。

车子拐到了一个僻静处，不挡路了，曹泽铭侧目看了眼身侧的男人，"说吧，什么事？"

"公司之间的业务往来，你想快点解决咱们的合作问题吧？"顾风离很直接。

"怎么？"曹泽铭挑眉，目光倏地犀利。

"正常手续你还需要一个月，我可以在一周内帮你解决。"

"条件？"

"你是乔以陌什么人？"顾风离问。

"我不拿陌陌做交易，老头，如果你打的是这个主意，那么我可能要让你失望了，我宁可走正常手续。至于我是陌陌什么人，你猜去吧！我急死你！"

"我没有说拿乔以陌当条件。"顾风离皱眉。

曹泽铭冷笑，"骗三岁小孩子去吧，你不就是想快点跟我签合同，之后好让我离陌陌远点吗？"

顾风离一滞，挺尴尬的，这家伙猜对了他的心思。

"下车，我告诉你，你想追陌陌，拿出真心来，咱们真刀实枪地较量，输了我愿赌服输，不拿真心你要是敢追她，我灭你九族！"

顾风离被他这话堵得一时间竟然不知道说什么好。

"你想要什么？"顾风离此时不得不郑重起来。

"要你离陌陌远点，你觉得可能吗？"

"不可能！"

曹泽铭眉头一挑，冷哼，"下车！话不投机半句多。"

顾风离点点头，"的确！我有直觉，我们做不成朋友。"

"老头，咱们八仙过海各显神通，走着瞧！"

顾风离下了车，曹泽铭的车子直接飞出去。

顾风离望着远去的车子，眸光里多了一抹担忧。他不得不承认，无论曹泽铭是何方神圣，都是一个强劲对手。

乔以陌回到了自己的住处，简单清洗了下，换了衣服，爬上床，躺了下来。

一觉睡到了下午。傍晚，她爬起来在冰箱里找吃的，刚泡了一碗燕麦粥，就听见有人敲门。

乔以陌一怔，走到门口，从猫眼里看到了顾风离。

她一愣，没开门。

而外面，顾风离沉声道："我知道你在里面，开门吧，我买了吃的东西，送进去就走。"

乔以陌又怕他在外面被邻居看到。

于是拉开门，让他进来。

果然，顾风离手里提了很多东西，都是吃的。

乔以陌看着他进门，看着他关门，也不说话，就径直走到沙发上坐下来，捧着一碗泡好的燕麦粥在喝。

顾风离皱眉，"你怎么吃得这么简单？"

"我饿了。"乔以陌只说了三个字。

"你中午没吃饭？"顾风离惊讶地问道。

"一直在睡觉。"

"我去给你煮。"他说着提了袋子去厨房。

乔以陌惊愕，"你不是说放下东西就走吗？"

"我煮完就走。"顾风离回头关切地问她，"肚子还疼吗？"

乔以陌还没来得及说话，敲门声再度响起，乔以陌愣了一下，这会儿又是谁呢？

顾风离也讶异了，但这次没有躲，就站在厨房门口，看着乔以陌开门。

乔以陌站起来去开门，在猫眼里看到了曹泽铭，她一下子惊住，直接问顾风离，"你把我地址告诉曹泽铭了？"

顾风离一愣，连忙放下袋子走了过来，"你说是曹泽铭？"

还没回答，外面已经开口了，"陌陌，开门，这门不隔音，你们两个嘀咕什么我都听到了，快开门！我是绝对不会允许孤男寡女同居一室的！"

乔以陌无奈，来不及追究，打开门，果然，曹泽铭站在门口，似笑非笑，一脸慵懒，看向顾风离。

那眼神很是奸诈，好似在说：小样儿，你以为我不知道地址是吧？难道我不会盯梢？

曹泽铭手里也提了好多东西，直接进门。

顾风离终于忍不住道："你跟踪了我？"

"错！"

"那你怎么会知道？"顾风离皱眉。

"我盯梢了你！"曹泽铭耸耸肩。

"跟踪和盯梢有区别吗？"

"有啊！字的笔画不一样！"曹泽铭给的理由能把人气得吐血。

顾风离淡淡一笑，不理会他，进了厨房。既然八仙过海各显神通就各自奋斗各自的吧，一味地抬高自己贬低别人是幼稚的表现。

曹泽铭进门后，就在沙发上坐下来，把自己的袋子都放到茶几上，从里面往外找东西，乔以陌坐在沙发上也不管他。

不一会儿，曹泽铭把一碗热气腾腾的粥放在茶几上，然后打开盖子，把勺子放进去，"快吃点，还热呢！我刚让人送过来的！"

一打开盖子，香味就扑鼻而来。

乔以陌却不接，而是拿起桌上之前自己泡的燕麦粥。

"这不能喝！"

话还没说完，乔以陌电话响了。

微微一怔，乔以陌起身去拿电话，一看号码，面容顿时一僵。

她去了卧室，独留曹泽铭在客厅，顾风离在厨房。

电话是牛小宝打来的，乔以陌接通后，听到牛小宝在那边畅快地问道："陌陌，泽铭跟你在一起吗？"

乔以陌一愣，又听到牛小宝道："我打他电话，关机了，你们一起在家吗？"

乔以陌突然觉得这个电话有点烫，于是赶紧回答："你等下。"

说完，她走了出去，把电话给了曹泽铭。

曹泽铭挑眉，"谁的？"

"小宝。"把电话给了他，乔以陌去了厨房，看到顾风离正在熬粥，转头看她，乔以陌走了过去，轻声道："顾风离，你带我走吧！"

顾风离微微讶异了一下，视线倏地收紧。

乔以陌有点局促，也没看他，只是盯着脚尖。

"他怎么办？"顾风离不答反问。

"你不能带我走吗？"她抬起头，看向他。

顾风离脸上闪过一抹疑惑，然后伸手牵住了她手，"好，我带你走！"

顾风离把袋子里的东西装好，然后就牵着她的手走了出来。

客厅里，曹泽铭已经挂断了电话，然后似笑非笑地望着他们，在看到他们牵在一起的手时，他微微眯起了眸子，"怎么，这是要挑衅我，当我死人？"

乔以陌垂下眼，拉着顾风离的手走到曹泽铭的身边，认真地开口道："哥，我要跟顾风离在一起，请你回去吧！"

Chapter 21

不会妥协，每个人都有不可退让的底线。

听到这句话，顾风离和曹泽铭都呆了。

曹泽铭眼神犀利地望着乔以陌，只是这样看着，不发一言。

乔以陌抬起头，看向他，一字一句地开口，"你走吧！"

曹泽铭忽然站了起来，手里握着她的电话，递过来。

乔以陌接过电话，然后在曹泽铭那深邃的眼神里，她觉得自己有点无处遁形的感觉。

这时候，顾风离伸手揽了乔以陌的肩膀，没有说话，只是给予她支撑。

乔以陌轻轻地靠在顾风离的肩头，仰起小脸，望着曹泽铭。

曹泽铭也笑了，只是那笑，带了点讽刺的意味。

终于，曹泽铭说："陌陌，你幼稚的小心思，是骗不了我的，不过你想我走，那我就走好了。"

说完，曹泽铭真的走了，只是走到门口，他又回头道："这几天不要碰凉水，不要光脚穿拖鞋，记得穿上袜子。"

乔以陌整个人蓦地一惊，内心忽然烦闷无比。

曹泽铭又看了眼顾风离，终于开门，离去。

他一走，乔以陌立刻离开顾风离的身边，躲开两步远。

顾风离低头看着她，居高临下，他的眸子也多了一抹犀利和探究，就那样站在那里，静静地看着她，像是要看透她一样，却又一言不发。

屋里很安静，只有彼此的呼吸声。

这样过了一分钟，乔以陌终于开口，"我利用了你，等下你也走吧。"

顾风离没说话，只是身子倏地绷紧。

然后，寂静，死一般寂静。

"我知道，刚才你的话，并非出自真心，只是没有想到，你会真的利用我。"顾风离终于开口，语调里有着复杂的情绪。

乔以陌的目光落在他脸上，看到他眼底晦暗一片，伤感难以言表。她的心蓦地一下抽紧。

"是的，我利用了你，我想要曹泽铭走，你们，让我很累。"

"乔以陌，要怎样，才能让你不累呢？一味地逃避就行吗？真的就可以当作什么都没有发生吗？"顾风离的声音有点沙哑。

"我没有逃避！"乔以陌否认。

"乔以陌，我为刺青的事，向你道歉。"他忽然开口。

乔以陌因为这句话，心中有什么东西瞬间土崩瓦解。

就在不久前，在她的卧室里，他们缠绵悱恻，爱欲纠缠，她心甘情愿将自己给他，可是，转眼，他说那刺青不愿意去掉，如今，又跟她道歉。

乔以陌却自嘲一笑，眼里都是轻蔑，"顾风离，你对希言，感情也不过如此啊！"

顾风离的心因为这句话狠狠一痛，如同重锤在击，心里瞬间多了一个血淋淋的黑洞。

原来，一语伤人的不只是自己，还有她。

原来，话语有时候真的是刀子，可以直插人的心脏。

顾风离觉得自己可能病了，不正常了，神经了，抽风了，原本该十分愤怒的，他却勾唇笑了起来，连他自己都不知道，他嘴角有着掩不住的苦涩和悲凉。

乔以陌看着他的笑容，微微一愣，有瞬间的诧异，因为她从他的表情中看到的不是预料之中的愤怒，而是伤痛。他的眼神异常复杂，就像千万根细丝线纠结在一起，让人的心也跟着揪了起来。

顾风离终究还是成熟的，他抑制住内心狂涌的波动，忽然淡淡地说道："你肚子不舒服，这事改日再谈吧！"

乔以陌的身子一顿，"不必！还是说清楚吧，以后各不相干！"

"到底要我怎样，你才能觉出我的真心？"

"远离我，不要再来打扰我。"

顾风离的目光落在她的脸上，像是要审视她话语里的意思，眼中闪过一抹异样的光芒。终于，他沉声开口，"想不想听我跟希言的故事？"

乔以陌面色骤变，面对着顾风离，清清楚楚地从他眼里看到了一丝痛楚。

他为了希言痛楚！

乔以陌一方面尊重这个男人的痴情，一方面却又鄙视这个男人的背叛，背叛了还找理由！

或许，从来，顾风离都没有把自己当回事，只是利用而已，霸占她的身，如今还想霸占她的心。

她想说服自己相信顾风离没有那样坏，可是，答案，再清楚不过。他从一开始就只是玩弄，只是泄欲，如今，他想认真了，她却不愿意了。

是人，都有骄傲，都有自尊。

"不必了，你们的故事我一点儿都不感兴趣，你走吧，顾风离！咱们两清了！"

顾风离心间一震，刚才尚算温和的眸子此刻变得阴郁至极。

他鼓足了勇气想要和盘托出，可是，她却不听！

他走了过来，下意识地抓住她的手，力道大得仿佛要将她的骨头捏碎了似的。

乔以陌冷冷地看着他，问道："你到底想怎样？"

她抬起另一只手，一根，一根，用力地掰开他的手指，神色倔强而坚持，几乎用尽了全身的力气。

顾风离突然觉得无力，面对这个女人，他竟然不知道自己想怎样。

这是从没有过的感觉，那样陌生。

"我只想知道你想怎样？"

"我说了无数次了，别打扰我！"

顾风离猛地一用力，将她拉过来，乔以陌猝不及防，一下撞到他怀里。

他整个身子坚硬似铁，撞得她身上一阵阵麻痛。

她反应过来后立刻用手推他，却被他一手紧紧箍住腰身，动弹不得。

顾风离冷着脸说道："你怎么就这么倔呢？乔以陌，我们曾经很亲密，你难道忘了吗？骄傲和自尊就那么重要吗？在我面前低一点，真的那么难吗？"

乔以陌身子一抖，"身体的深入浅出而已，灵魂从来不曾碰撞，谈什么亲密？"

"好，我不跟你说了，我先帮你煮吃的。"他终于让步，觉得再说下去，只怕要谈崩了，于是暂且放弃。

顾风离去了厨房，继续忙活。

乔以陌却回了卧室，她肚子一下子又疼了。

一个小时后，时间是晚上八点多。

顾风离终于煮好了阿胶粥，另外做了点小菜，摆放在桌上。

抬头看了眼卧室的方向，顾风离犹豫了下，还是走了过来。

卧室里没有开灯，床上的被子里蜷缩着一个小小的身影。

"肚子又疼了吗？"顾风离还是忍不住问了句，在床边坐下来。

乔以陌抿着唇，没有作声，继续缩着身子，很安静。

"吃点东西吧，你刚才不是说饿了吗？"顾风离看她这样，有点担心。

乔以陌终于开口，"你走吧！"

顾风离把灯打开，然后走出去。

就在乔以陌以为他要走的时候，卧室里突然飘来了香味。

顾风离扫了一眼床上蜷缩着的小女人，那小小的脸蛋有点苍白，自然卷翘的睫毛微微颤抖着，小巧的鼻子下面是一张精致饱满的小嘴，倔强地抿着，肩膀似乎因为疼痛一起一落。

顾风离皱眉，把粥放下。

他犹豫了片刻，躺上床，把她的身子拖过来，不管她的阻止，一双大手就轻轻地伸到衣服里，覆盖在她的小腹上。

肚子上一暖，乔以陌想要挣扎。

顾风离却道："别乱动，这样扭来扭去，你肚子会更疼，我帮你揉揉，会减轻的。"

"我不用你揉。"

"你不疼了我再走。"他说。

她终于没有再继续动。

顾风离的大手带着特有的温度，因为他的碰触，她全身的血脉都往一个地方冲，似乎，很快身子就热了起来。

顾风离的手一直在被子里轻轻地揉着她的肚子，他很有耐心，一直轻轻地揉着。

如此，过去了十五分钟。

乔以陌觉得肚子似乎好多了，没那么疼了。

又过了十五分钟，顾风离还在揉着，也没有倦。

乔以陌哑声开口，"不疼了，谢谢！"

"想吃东西吗？我去热一下。"顾风离把她的衣服拉好，下床，然后端了粥又去热。

乔以陌也下床，安静地走到餐桌前，坐下来，乌鸡汤还热呢，也不知道是买的还是熬的，乌鸡汤里好像还放了高丽参。

顾风离又把阿胶粥端上来，"每样都喝点吧，你大概是宫寒，所以才会痛成这样。这周末去B城吧，我带你去医院看看。"

"不用了，你可以走了。"她还在赶他。

可是，顾风离却没走，厚着脸皮道："等下要洗碗的，你现在还是别碰凉水了，为了你自己的健康，也为了以往我对你不起，你虐我一下好了。"

真是难得，堂堂顾总竟会这样贬低自己讨好她。

乔以陌没说话，吃了一碗阿胶粥，一碗乌鸡汤，还吃了两个水晶虾饺，吃完，也不管顾风离，漱口后就去卧室了，继续躺在床上。

顾风离去洗碗，洗了碗后，自己也吃了几个饺子，垫巴了下，就来到了卧室。

乔以陌似乎睡着了，唇角一抹淡淡的微笑，好像在做梦。

他看着这丫头，叹了口气。终究还是年轻气盛啊，把骄傲自尊看得比生命还重要。

顾风离并没有离开，他只想照顾她。

去洗手间洗漱了下，他再度回到卧室，转身关掉灯，轻轻躺在床上，伸手将旁边的人揽了过来，他的大手还是搁在了她的肚子上。

乔以陌一被折腾，本来睡得香甜，一下子醒了。

感觉到身边温热的身躯，她猛地一顿，"你怎么还没走？"

"别闹了，再闹肚子还会疼。"顾风离轻声开口。

顾风离的大手还真是有温度，搁在肚子上，温热的，很舒服。

只是乔以陌还是接受不了，还是往后退。

顾风离却紧紧地抱住她，"听话！别闹了！再闹我会吻你的！"

乔以陌最后挣扎了一会儿，也没有办法，觉得疲惫又无力，头也跟着有些昏昏沉沉，终于又有了睡意。

早晨，顾风离起床后去给她弄早点。乔以陌拉开被子，长嘘了口气，走到窗边拉开窗帘，一低头，不经意地看到楼下停着的一辆车，有点熟悉。

乔以陌平静的心忽然生出一丝慌乱，那握着窗帘的手，倏地指尖发白。

曹泽铭的车子！Q7，就停在她的楼下，如此扎眼。

她多想那车子里的人不是曹泽铭啊！

可是，车门这时打开，像是看到了她拉开窗帘一样，曹泽铭就站在车门边，抬起头望着她这边的方向。

她心间一震，一时间忘记了躲避。

他穿的还是昨天那一身衣服。

他到底是刚来，还是一夜没走？

乔以陌倏地慌乱起来，赶紧离开窗边。

顾风离在后面已经帮她煮好了早餐，"过来吃点东西吧，你吃了就休息，我要回去换衣服，然后上班。"

说着，顾风离就准备走。

"别走！"乔以陌突然紧张地叫道。

顾风离微微讶异，挑了挑眉，再看乔以陌，她低着头，一副局促不安的样子。

"不让我走？"

接着，顾风离像是发现了什么，大步朝着卧室的窗边走去，当看到楼下的车子时，他微微一怔，转身，又看到乔以陌也走了过来，在卧室的门口站着。

乔以陌没有想到顾风离这样敏锐。

顾风离面色陡然一沉，眸光深深，看着她说道："这算是第二次利用我吗？之前说两清了，这会儿怎么算？"

乔以陌哑然，这个男人也太小气了！

她垂眸，如扇般浓密的眼睫轻轻一颤，轻声道："你想叫我怎么还？"

顾风离微微一笑，那笑容似乎带着一抹愉悦，轻声道："你知道应该怎么还。"

"你不要脸！"

"我一直觉得在自己女人面前没有必要要脸，太要脸的话，是追不到女人的，对吧？"顾风离露出一个奸诈的笑容。

乔以陌低哼，"我不是你的女人。"

顾风离走过去，伸手牵住她的手，低声道："其实，你一直就只是我的女人，无论你承认与否。坦白说抛却过去，我自认还算是个传统的好男人，一旦决定了跟一个女人在一起，就会一心一意。我的身份我的家教我的品行都要求我自律，跟我在一起，这一生你都不用担心背叛的事。"

"可是，你背叛了希言。"乔以陌拿出这件事堵他，也抽回了自己的手。

顾风离眸子一怔，闪过一抹痛苦，轻声道："乔以陌，别学我之前的口无遮拦，这样用话语刺伤人，真的很难受。我只想告诉你，希言她……死了，不存在于这个世界了，我这样，算背叛吗？"

脑中一震，乔以陌低下头，半晌没有作声。

希言死了？！

原来是这样的！

可是接下来的一瞬间，乔以陌又担心了，死了的人，永远存在于男人的心中，美德都被永远地定格，活着的人又怎么能与之比拟呢？

"我下去帮你打发掉他，虽然不知道你们之间发生过什么，但是我想，他应该也是你的过去。乔以陌，是人都会有过去，你要求我过去一片空白，我真的做不到！我很无能为力！"

乔以陌一下怔住，说不出的难受。

看她怔忪，他也没再多说。

他临走前还嘱咐了她一句，"吃完饭就躺着，沙发上放了一个热水袋，我中午让人来给你送吃的。"

顾风离下楼的时候，乔以陌还愣在客厅里。

楼下，顾风离走了出来，径直朝那辆Q7走去。

曹泽铭看到他走出来，下车，手里叼了一支烟，吞云吐雾。

顾风离走过去，微微一笑，很有风度地说："等了一夜？"

曹泽铭冷哼一声，"还不是最后，你别嚣张。"

顾风离笑容放大，"虽然我不知道你们过去经历过什么，但是以前没有在一起，之后只怕也很难，所以，不要再为难她了。"

"顾风离，我就见不得你小人得志的屎样儿！"

"坦白说，你想屎样儿没这个机会不是？"顾风离挑眉，语调带了一丝轻蔑。

曹泽铭被他一句话呛住，"平手而已，前晚陌陌可是在我那里睡的。"

顾风离眸光一沉，又冷厉一笑，"错了，你输了。昨晚，是她亲自留下我的，你已经被三振出局了。"

一大早两个男人都没有刮胡子，凶巴巴地对视着，打量着。

都是狼狈的，却都是俊帅的。

顾风离默不作声，英气的眉头紧锁，若有所思。视线落在曹泽铭的身上，顾风离知道这是个强大的对手，懂得以静制动，以退为攻。

曹泽铭也不得不细细打量顾风离，这个男人倒是很稳重，连他，身为一个男人都忍不住惊叹这张脸的主人，怎会生得这样好的一副皮囊。老男人的魅力有时候不容小瞧，更何况乔以陌那样没有安全感的孩子，大概更喜欢年纪大一点的男人吧，因为稳重可以给人安全感。

两人一个对视之间已是电光石火，全然了解彼此，心中各有想法，但又不约而同地深深隐藏。

顾风离毕竟老到得多，很快微微一笑道："小同志，你也可以再接再厉，这是你的自由和权利，窈窕淑女，君子好逑嘛！"

曹泽铭目光如冰，声音多了几分不耐烦，"老头，你说谁呢？"

顾风离忽地轻笑道："怎么，你也想当老头？"

"那是你的专属词！"曹泽铭道。

"所以我才叫你小同志啊，乳臭未干就想追女孩子，实在太早！"顾风离的唇边泛起深不可测的笑。

"你说谁乳臭未干呢？"一瞬间，曹泽铭眸子里的寒意喷薄而出，"顾风离，你很嚣张啊！"

"小同志，嚣张的是你，乔以陌现在可是我的女友，你公然觊觎别人女友，不是更嚣张？"

"你也说了，她只是女友，又不是妻子。再说了，她还是我未婚妻呢，五年前我就定下了，少跟我说身份，你才是名不正言不顺的第三者！"

顾风离没有想到曹泽铭居然是乔以陌的未婚夫！那个丫头究竟有着怎样复杂的故事呢？

但是，很快，顾风离就收敛了情绪，望着曹泽铭，不喜不怒，看似平淡地反问了一句："乔以陌承认了吗？"

曹泽铭一下子卡壳。

"我想没有吧？是你的一厢情愿吧？"顾风离笑笑，"我劝你还是撤离吧！"

曹泽铭撇撇唇，"不战而退从来不是我的风格。"

"不损一兵一卒拿下战局从来都是我的风格。"

一番对决后，顾风离驱车离开，回去换衣服。

中午，顾风离叫的外卖给乔以陌送去，结果怎么敲门都敲不开。

从邻居那里得到的消息是乔以陌背了个包，出去了，不知道什么时候回来。

这下急坏了顾风离，立刻打她的电话，结果是关机，他只好找到了刘部长。

刘部长告诉顾风离，"顾总，上午的时候，乔以陌打电话说要请假三天，因为肠炎需要打针消炎，说回来补条。"

"她这么说的？"顾风离问。

"是的。"

"知道了，走正常程序就行了。"嘴上虽然这么说，但是顾风离还是担心了，那丫头痛经还乱跑，到底去了哪里？

下午，曹泽铭来签约后，问顾风离："你到底对陌陌做了什么？"

顾风离挑眉，修长的双腿随意交叠，却是不动声色，"你又如何确定她是躲我，还是躲你？"

曹泽铭一顿，眼光犀利，"不会是你把她藏起来了吧？"

"我倒是想这么做，但不是，她身体不好，你也想想她会去哪里吧。"顾风离眉宇间都是褶皱。

曹泽铭一看这情形，顿时打了个激灵，在顾风离的办公室就给牛小宝打了电话，"小宝，你见过陌陌吗？"

那边，牛小宝的声音很冷漠，轻轻一笑，"曹泽铭，你觉得你们这么骗我，拿我当孩子耍就真的那么好玩？我牛小宝是被欺负大的吗？"

"你真的见了陌陌了？"曹泽铭的声音陡然阴森起来，"你究竟跟她说了什么？"

乔以陌离开了自己的住处，此时正背着一只背包，眼里一片荒芜，看不到尽头的凄凉，她在审视自己，一路走来，错得太多。

现在，连最好的朋友牛小宝都失去了。

就在今天早晨，顾风离离开后不久，乔以陌在阳台上看到他在楼下跟曹泽铭说话，然后顾风离先一步离开，接着曹泽铭也驱车离去。

不多久，有人敲门，乔以陌从猫眼里看到是牛小宝，有点意外。

"小宝，你怎么来了？今天不上班吗？"牛小宝看起来面色不太好，像是一夜没有睡觉的样子。

乔以陌正在喝粥，顾风离帮她煮的早餐，看牛小宝进来也不说话就问了句，"小宝，你要不要喝粥？我给你盛一碗？"

"不必了！"牛小宝在沙发上坐下来，"乔以陌，你坐下，我们谈谈。"

乔以陌一愣，因为牛小宝的语气有点奇怪，她这次居然连名带姓地叫自己，这让乔以陌十分的错愕，且她的眼神有点吓人，刚坐下来，一道冷光就射了过来，霎时乔以陌打了一个激灵，心脏都跟着猛跳起来。

瞬间的错愕之后，乔以陌小声问："小宝，你怎么了？有事？"

"乔以陌，这话该我问你吧？"牛小宝的语气十分冷漠。

乔以陌再度错愕，"……小宝，你还是直说吧！"

"行！"牛小宝冷哼一声，"那么我先问你，我牛小宝对你怎么样？"

"小宝，你对我很好，一直照顾我，帮助我，你是我最好的朋友。"乔以陌是这么想的，也真的一直这样感激她。她毕业后工作，一直很沉默寡言，牛小宝一点都不在意，时不时带她出去玩，介绍朋友给她认识，还借给她钱，对她真的好得没的说。

"乔以陌，既然你把我当成最好的朋友，为什么把我当傻瓜一样地耍？"牛小宝腾地一下站起来，两只眼睛幽幽地瞪着她，"曹泽铭到底是你的什么人？"

乔以陌倏地怔住，真的是因为曹泽铭。她的脸色瞬间苍白，心中有个声音告诉自己：要失去小宝了吗？不要这样啊！

"小宝……我没有……我……"

"你说不上来了吧？"牛小宝冷笑，"亏我把你当成朋友，你居然这么骗我，你跟他明明有婚约，你却叫他哥，你当我三岁小孩子好骗吗？"

"不是！"乔以陌猛摇头，"小宝，真的不是这样，我跟曹泽铭的关系不是三言两语能说清楚的，可是你要相信我，我从来没有想过要骗你。"

"呵呵。"牛小宝冷笑一声，"你的意思是曹泽铭故意纠缠你，你乔以陌国色天香，让所有男人都围着你转是不是？你不要的男人，我牛小宝当宝贝，为他死去活来你看着舒服是不是？"

"我不是这个意思，我没有！"乔以陌觉得浑身是嘴都说不清楚。

牛小宝轻蔑地挑起唇角，"你就是这个样子，总是装无辜，矫情，装好人，全世界就你一个好人，别人都不是好人！就你一人无私奉献，我们都是傻瓜！"

乔以陌从来没有想过牛小宝会这样说自己，"小宝我真没有……"

"那天，你明明可以说的，就算那天你不说，昨天你也可以说的，可是你没有！乔以陌，你还别觉得委屈，你一点都不委屈！委屈被骗的人是我！"

乔以陌被最好的朋友这样说，她真是百口莫辩，仔细一想，却又觉得牛小宝生气也没有错。毕竟，她的确有时间去说清楚的，可是她没有，她只顾着自己肚子疼，睡了一天，什么都没有说，她甚至不打算说，从来就没有那个念头要告诉牛小宝，结果弄成了现在这样。

她愣在那里，抿着唇，试着解释，"小宝，我知道我说什么你都会生气，我真的无话可说，只能说对不起！"

"乔以陌，你以为一句对不起就能打发我了？你是对不起我，你辜负了我的信任！我告诉你，我气的不是曹泽铭曾是你的未婚夫，我不管过去你们怎样，你都不应该欺骗我的，有你这样当朋友的吗？"牛小宝的语气十分犀利，面容冷漠，"乔以陌，做人，不能太过分！"

"小宝，对不起，真的对不起！"乔以陌只能说这几个字，她完全理解牛小宝的心情。

"曹泽铭因为你跟我提出了分手，你还真是有能力，有手腕，先是那漂亮的小女孩的爸爸，接着是我表哥，你拒绝了我表哥亓云峰，不就是嫌弃他是一司机吗？哦！差点忘了，还有你之前怀过孩子的爸爸，乔以陌你是不是巴不得全世界的男人都围绕你转？乔以陌我也告诉你，我虽然被你骗了生气，但是我没说出你怀过孕的事，我如果这样告诉曹泽铭，你以为他还会要你吗？你觉得你真的能左右所有的男人吗？"

这话，如一把利刃直直插入乔以陌的心口。

疼！

太疼了！

连呼吸都跟着疼。

她脸上的肌肤褪去了所有的血色，惨白惨白的，无言以对。

她低下头去，咬住了唇。

牛小宝站在她对面，隔着茶几居高临下地看着她，看到她低头，牛小宝眼底闪过一抹挣扎，却一仰头冷笑一声，"你别在我面前装可怜了，我如今算是认识了你的真面目！我们是做不成朋友了，你太不坦诚了，我掏心掏肺对你好，换来的是你背后插一刀！你既然认识那么多男人，有了曹泽铭这么个大靠山，把我的钱还回来，我们一刀两断，从此各走各的！"

"不！"乔以陌摇头，"小宝，我真的不是故意要骗你的！"

"不是故意？你说得轻巧，为什么当时不说？你一定要让曹泽铭说出来，羞辱我才满意吗？"

乔以陌无言。

"一周之内，把钱还回来，我们的友情，到此为止！"牛小宝说完，就气冲冲地走了出去。

乔以陌坐在沙发上，眼泪倏地流出来。

她失去了最好的朋友。

她到底是怎样的人？

真的像牛小宝说的那样吗？她会装，她矫情，她有手段，让所有的男人都围绕她转？真的是那样吗？这一刻，乔以陌反复地问着自己。

最后，她抹掉了眼泪，站起来，走到餐桌前把粥喝掉，然后简单收拾了下，背了个包，就走了。

她不知道去哪里，肚子很疼，可是再疼，也没有心疼。

她忽然很想念禅儿，不知道为何，就突然想起了禅儿。

她也想起了自己怀过的孩子，想起了毕业之前的那个五一，她经历的一次惨痛的人生经历。

乔以陌一直不愿意去回忆那段往事，不愿意去想怀孕之后的经历，可是因为牛小宝的一句话，让她整个人陷入了那段痛苦的回忆中。

去年三月中旬，当她最后用自己的尊严和女人最宝贵的东西换来了学费时，也怀了一个孩子，而那个孩子，因为读书，因为毕业离校要体检，她根本留不住。

孩子50多天的时候，她还在犹豫，医生说马上就要过药流的最佳时间了，可是她还是舍不得，这是她的亲人，她的血脉！所以她一直在犹豫不决，下不去手。

那些日子，她一直沉浸在忐忑不安和极度恐惧的情绪里，导致身体非常虚弱。

最后，她在从B城回云海的路上，自动流产了。

很疼，血流了很多，而心更疼。

然而，她却哭不出来，一滴眼泪都没有，她不知道是肚子疼还是心疼，眼里一片空茫。

这个孩子来得意外，走得也这样意外。

看到她流血的人正好是牛小宝，那时她跟牛小宝刚认识，之后才知道她们都曾在云海一中，说起来也算是校友，同级不同班。

牛小宝送她去了医院，在医院里检查后，医生说没有流干净，还要刮宫，她躺在手术台上，疼得冷汗直冒，死去活来，却再也流不出眼泪。

在云海医院的妇科病房住了一天，牛小宝帮她垫付了药费，从此之后，她跟牛小宝成了朋友。

而今天，这些记忆再次被牛小宝翻出来，乔以陌却觉得很难受，很难受。

她的心里好像被利刃生生刮过，几乎连呼吸都痛得无法忍受。

背了包包，她下楼，打了一辆出租车，去了云海汽车站。坐在候车大厅里，泪水都涌在了心里，却一滴也流不出来。

她扭头看向窗外，外面的天空突然就阴了，似乎要下雨。

不吃不喝，她坐在那里五个小时，终于等来了那辆车，还是那个司机，那个押车员，她买了车票微微低头上车，坐在上一次坐过的位置，司机后面第三排最里面。

她坐在那里，手里抱着包包，扭头看向窗外，外面阴得厉害，不多时就下起了雨。

接着，雨越下越大，她不受控制地把身体蜷缩起来，用手捂住了自己的心口。

心中无限凄凉，宝宝，是不是妈妈太坏了，所以才会失去你？是不是因为有了那样的想法，所以你才会自己离去？你这个贴心的小东西，怎么能那么了解妈妈呢？

乔以陌又想起了车小禅，她把对自己孩子的那一份愧疚和缅怀之爱都给了车明剑的女儿，那孩子也那样的贴心。

孩子！今天妈妈来缅怀你，在你消失的地方，妈妈想念你。

她把手指送到嘴里，咬住，终于无声地痛哭起来。

大雨里，车子开到了B城，乔以陌在汽车站附近找了一家旅店，然后吃了一碗方便面，雨还在下，她淋湿了，又暖干了，肚子疼，疼得浑身出冷汗，却咬牙不说一句话。

蜷缩了一夜，第二天一早，还是那辆车，还是那个位置，坐在那里安静而悲伤地缅怀。

本以为下过雨的天空会变蓝，可是，谁想到第二天天空还是那样昏暗，阴阴沉沉的。

这样的天，有点凄凉。

这样的风，有点萧瑟。

而自己，却是无限感伤。

乔以陌坐车回来了，昨天，今天，她来回了一趟云海，脸色更加的苍白，眼神也越来越荒芜。

她不知道怎么回的小区。

刚到楼下，恰好曹泽铭从楼上下来，看到她顿时松了口气，担忧地喊道："陌陌，你去哪里了？你吓死我了知不知道？"

直抵心灵深处的痛，你又怎么会懂？

　　他看得出来，她的心情不好，整张脸白得跟鬼似的，眼睛也肿了，黑黑的一圈儿，很明显是哭过。

　　"你满意了？"乔以陌语气冷漠地质问。

　　曹泽铭怔住，挡住她的去路，解释道："陌陌，就算没有你，我跟牛小宝也不可能，你不要因此自责。"

　　乔以陌轻轻地推开了他，"我不想看到你！"

　　曹泽铭看到她的样子，只得无奈地皱紧了眉头，沉默了一会儿，换了副样子又扑哧一声笑出来，"可是我想看到你，你现在的表情写着你需要人照顾，所以我要照顾你。"

　　"曹泽铭，你知道不知道，牛小宝从来不哭的，可是她为了你，哭肿了眼，她那样全是为了你，你就真的一点儿也不关心她？"

　　"我们俩的事儿就是一笔糊涂账，牵扯的太多，一时半会儿也解释不清。陌陌，从我的观察来看，她那种女人不适合当你的朋友，你玩不过她！"

　　"我不允许你这样中伤她，你什么都不了解，曹泽铭，你滚！"乔以陌从她旁边绕过，上楼。

　　"我不是蛋，无法滚，我只能用走的。"他说完，从后面跟着她上楼。

乔以陌看他上楼,忍无可忍,却也没有力气再跟他吵架。她打开家门后,开了手机,才发现有很多未接来电,都是顾风离和曹泽铭打的。

曹泽铭进了她家,就去给她倒热水。

还好,暖瓶里还有水,他倒了,过来递给她杯子,却没有说话。

乔以陌抬头,看着眼前的曹泽铭,"曹泽铭,你如果再出现在我面前,我就离开云海,浪迹天涯去。"

曹泽铭还是没说话,眼神变得越发深邃晦暗,握着杯子的手倏地用力,握紧。

乔以陌没有接杯子。

"陌陌,"他气息沉稳地开口,目光仿佛穿透她,直直看到更深的地方去,"你这样逃避我,会让我怀疑,你到底爱的是我还是顾风离!"

"我谁都不爱!"她挑起眉梢肆无忌惮地与他对视。

"好!"曹泽铭没有再纠缠,转身走了。走之前丢给她一句话,"跟我有仇,别跟自己较劲。喝水吧,嘴巴干得都起血泡了。"

乔以陌陷在沙发里,看着他搁在茶几上的水杯。

到了楼下,坐在车里。曹泽铭拿出电话,拨给了顾风离。

顾风离此时正在开会,一看到是个陌生号码,立刻挂断。

结果那电话又打进来。

顾风离只好出去接电话,电话一接通,只听一个男人焦急地道:"顾风离,我是曹泽铭,陌陌回来了,身体很不好,恼恨我,不想见我,你快过来照顾她。"

顾风离一怔,立刻道:"我在开会。"

"倘若你现在不来,以后我保证你没有机会追陌陌了!"

顾风离接完电话后,回到会议室,不动声色地对大家说:"我刚接到总公司电话,有事要去一趟,李副总你来主持剩下的会议,各部门的工作汇报都交由李副总过目。"

说完,顾风离就离开了会议室。

今天是一月一次的例会汇报,倒也不是很重要,但是为了私事这样离开,还是第一次。

他的车子开进了乔以陌的小区，看到那辆Q7还在那里停着，顾风离下车，走过去，曹泽铭打开车门也没下车，手里夹着一支烟，表情有点颓然却又无可奈何，他靠在椅子上侧身，轻哼一声，问："顾风离，你喜欢陌陌什么？"

顾风离没有回答，反问："那么你喜欢她什么？"

"是我先问你的！"曹泽铭挑眉侧头瞄他一眼，"我真是看不出你比我强在哪里！"

"受打击了？"顾风离居高临下地看着他，表情倒也没有太严肃。

曹泽铭看他一眼，哂笑一下，"你不说我也知道，你喜欢陌陌的漂亮优雅，倔强却又温暖。想要不敢要，她其实就是个矛盾的孩子，懂进退，从来就不会纠缠男人，不会给人添麻烦，这种女人做妻子很省心，只要给她真心，她会给你全世界。而恰恰是这样，才最容易伤到自己，让人温暖又心疼的丫头。"

顾风离有一瞬失神，脑海里浮现出她抱着禅儿一起玩的时候，她的笑容那样温柔，那样温暖。

究竟是什么原因让他注意到了她？

是第一次他拿着一沓钱去找她买面试名额的时候吗？

还是发现她就是B城那晚一夜情缘的女人后她一再否认的时候呢？

记不清了，顾风离只知道自己被吸引了。

曹泽铭沉默良久，最后他一手支额抽了一口烟，道："顾风离，我第一次见她的时候就想欺负她，我家的规矩很多，我从不欺负女孩子，可我就想欺负她。她那时候又黑又瘦，大冬天穿一条裤子，里面一条秋裤，唯唯诺诺却又倔强咬唇的样子，一直存在我的脑海里。"

顾风离微微一愣，是的，不过，他用语言羞辱她的时候，她一般都会回顶过来，那个丫头并不是那么好惹的！

曹泽铭又继续说："我用语言羞辱她的时候，她就咬唇，不说话，后来她就不理会我。可是，越是这样我就越是忍不住想要逗弄她，也在这个过程里越来越注意她。"

的确是在一个过程里慢慢加深的印象，不是一见钟情，却是慢慢被吸引，这样的感情，有时候就像是毒药，会上瘾，想要戒掉时，却已经毫无办法了。乔以陌就是这样的人，顾风离此刻还真有点跟曹泽铭惺惺相惜的感觉。

曹泽铭还在说："她倒是不会怨天尤人，她还很努力，一有时间就看书，受了委屈也不会哭，只会半夜做梦偷偷哭。我戏弄她半夜爬上她的床吓唬她，她居然毫无知觉地钻进我的怀里睡一晚，第二天醒来错愕又脸红的样子真的很可爱。那时候她才十六岁，我就喜欢逗弄她，看她跳脚我就开心，看她咬唇我就心疼。我定下了她，才肯出国。可是，我没有想到我出国后她吃了那么多苦，我不算伟大，却恰好爱她。顾风离，她并没有表面看上去的那么坚强，她需要的是一个温暖的家，如果你能给，我认输，如果你不能给，别伤害她，否则，我曹泽铭第一个不答应！"

说完，曹泽铭抬头看顾风离，眼睛亮得震慑人心，却又闪着暗沉的光。他把顾风离叫过来，天知道他心里被撕得有多痛！可是，他不敢冒险！他真怕她突然跑了，再也找不着了。

"你上去吧，我心甘情愿叫你来，就不会打扰！"说完，他关了车门，把车子开出去。

直到开出了小区，曹泽铭将车停靠在路边，抱着方向盘，头埋在上面，肩膀却忍不住地颤抖……

顾风离望着那离去的车子，默然垂首，若有所思。抽了一支烟，才上楼，他觉得自己上楼的步子突然有点沉重。

倘若，曹泽铭是那种不择手段小气到家的男人，顾风离或许不会有这感觉，而恰恰是他的坦坦荡荡，让他脚步沉重。

他深深地明白，曹泽铭是真心爱着乔以陌的，爱到可以为她做出牺牲、让步。

他是男人，懂得那种感觉。

终于，顾风离上了楼，敲门。

乔以陌看到是他，开了门。

顾风离在门口看到她的样子惊了一下，却没说话，走了进来，关门。

乔以陌面对着他，想起他们之间的孩子，她昨天一个人去缅怀。心很痛，真的很痛。可是此时看到顾风离，她更难受了。红着眼圈，眼泪在眼眶里打转。

她在想，如果，那个孩子是爱情的结晶，是不是就不会流走了？

可惜不是，那只是个交易的孽果，而她是罪孽的根源。

如今，她还敢贪心吗？

顾风离站在那里，看到乔以陌尖瘦娇嫩的小脸低垂着，心里的柔软冒了出来。

"肚子好点了吗？"顾风离的声音很柔和，"昨天下大雨，没有淋到雨吧？"

乔以陌听着他极具磁性的好听声音，带着关切，而这关切却让她鼻息间涌上了一股酸涩。

他还不知道她怀过他的孩子，她也本能地抗拒告诉他，因为如今说了还有什么意义？

她深深地吸了口气，问他："你来做什么？"

顾风离听她语气很淡漠，张了张嘴有点尴尬，只说："担心你！"

"谢谢！不用担心，我没事，你走吧！"乔以陌很冷淡。

"你到底怎么了？"顾风离突然上前拉住她，目光从她的脸上移到沙发的背包上，"去了外地？跟亓云峰那小表妹闹别扭了吗？"

那天的电话好像是这个意思，具体怎么回事，顾风离也不知道。

"你别管了，和你没有关系！"乔以陌垂下眼帘，这样的对视，这样的距离，她怕管不住自己的心。

"乔以陌，遇到什么事了，你可以告诉我。"顾风离叹了口气，"我可以帮你。"

不可以说，说多了恐怕就真的会沦陷下去，自尊心让她不能亲口向他求助，自从看到了那一枚刺青，她觉得他们之间再也回不到当初了。

乔以陌终于开口，"我就是个做作的女人。顾风离，我惹不起你，也不值得你这样，你走吧。真的，我不想让自己再这样难受下去了。你是希言的所有，我之前想过要喜欢你，去全心全意爱上你。可是，我发现很难。我曾经爱的人是曹泽铭，只是我这辈子跟曹泽铭都不可能在一起，是我错过了曹泽铭，是我活该被惩罚，一切的一切都是我的错。"

顾风离浑身一震，不是没料到这样的结果，可是话从她嘴里说出来，仍然觉得如此震惊。

"你爱过曹泽铭？"顾风离一字一句地问她。

"是！"乔以陌点头，猛地闭上眼睛，"我爱过曹泽铭！直到现在，我见到他还是会难受，还是会受影响。但我跟他永远不可能在一起，我从一开始就知道。"

她居然真的爱过曹泽铭！

她这样坦荡地说出来，顾风离突然发现自己的心拧在了一起。

他极力控制自己的情绪，低低道："既然不能跟曹泽铭在一起，那么就跟我在一起好了。我曾经爱的是希言，你曾经爱的是曹泽铭，我们在一起配成对，很公平，不是更好吗？"

乔以陌的心一下子被撕扯，猛地闭上眼睛，一滴泪，就这么滑出来，"我想爱你，可是我无法战胜已经死去却永远活在你心中的希言。我不想自己变得懦弱，不想自己永远卑微。"

她幽幽苦笑，指甲一寸寸刺入手心，却也感觉不到痛了，只是无限悲凉地说道："我宁可单身一辈子，也不想要你们两个男人中的任何一个！"

顾风离望着她紧闭的眼睛，那晶莹的泪珠就这么一点点落下。

他审视良久，像是做了一个决定，沉声道："好，我尊重你的选择。另外，我可以帮你摆脱曹泽铭，还你安静生活。无论如何，你都不吃亏，反正你也不爱我。"

周末。

乔以陌以为车明剑会带着禅儿来，但是没有。

禅儿也没有打电话给她，乔以陌心想，应该是车明剑意识到了不该再打扰她，可是不见禅儿，心底却有点难掩的失落，连她也不知道为什么。

曹泽铭没有再出现。

牛小宝的钱还没有还上，周日，牛小宝来了一条短信，让她还钱，她很难受。没有回复短信，也还不上钱。

周一，她又请了一天假。

大姨妈终于干净了，可是她最好的朋友也失去了。

乔以陌很难受，很难受。

周二，去上班。

一进单位，就被刘部长逮住，问东问西，"小乔，你可算来了，身体好点了吗？"

"谢谢部长关心，已经好多了。"乔以陌回答。

"那就好，那就好！"刘部长满意地点头，"不过你脸色真是太差了，需要大补一下，肠炎不是闹着玩的。"

"嗯，谢谢部长，我会的。"

"小乔你可真把我们吓死了！"赵琳和王亚樵也都很关心她。

"那天看着你被个高大威猛的帅哥抱下去，我们都吓一跳呢！还好你没事！"

"谢谢赵姐和王姐的关心！"

正说着，门口传来一道低沉的男声，"刘部长，这是名单，你一一通知，明天上午开座谈会研究方案。"

说话的正是顾风离，他手里拿了一份材料，一进门看到乔以陌似乎有点意外，却瞬间恢复正常，平静地开口道："小乔，祝贺你病好了，假条下午拿给我签字。"

乔以陌一愣，假条？她只能本能地点头，"好的，顾总。"

顾风离把材料递给了刘部长，门口亓云峰在喊："顾总，咱出发吧？时间到了。"

"好的！"

"顾总你又出去跑市场啊？"赵琳问了句，"我还想问你一下跟张婷相亲的结果呢！"

"这事回头说啊，我太忙了，赵姐。"顾风离说完就走了。

整个过程里，顾风离很淡漠，只看了乔以陌一眼，那眼神，就像是看平常的同事。

乔以陌看着他离开，微微怔松了下。

一个上午，很漫长，把刘部长安排的工作都做完了，乔以陌写了个假条，准备下午让顾风离签字。

中午时分。荣丰酒店。

包房外的走廊里，站着两个男子，正是顾风离和车明剑。

两人倚窗而站，车明剑抽着烟，"真的打算放弃了？"

顾风离依旧是漫不经心的模样，"她很为难，是男人就不该那样为难一个女人。"

"那你也别为难你自己！"车明剑说道。

顾风离默不作声，英气的眉头紧锁，若有所思。

"你不会是有打算不想告诉我吧？"车明剑看他那样，眼珠一转，奸诈地问道。

顾风离唇角轻扬，划出刀锋一般的弧度，含着深不可测的神秘笑意，"我该告诉你吗？你想知道，可以当我肚子里的蛔虫。"

"我觉得你不是个轻易放弃的人。"

"可我毕竟没有爱上她。"

车明剑叹了口气，"爱上，真的那么难？"

"相互吸引只是好感，说到深爱，真是有点难。"

"禅儿这个周末一直在哭着找乔以陌。"

"小孩子总会忘记的。"

"希望吧！"

下午。

乔以陌听说顾风离回来，就拿了假条去找他签字。

敲门后经过允许进了办公室。

今天的顾风离一袭全黑的打扮，就算低着头，气势也隐隐有些迫人。

她站在门口，走了进来，抬头看他一眼，顾风离正在办公桌后的大班椅上坐着，皱着眉头低头看着文件，似乎格外的疲惫。

乔以陌看着他，想起那天他说尊重她的选择后离去，他的气息一点点在她的公寓里飘散，那温暖的怀抱终于消失了。

他真的没有勉强她了，给了足够的尊重和宽容。

曹泽铭也没有再来。

也许，这是最好的结束，和平共处。

"顾总。"乔以陌终于开口，公式化的口吻，努力不让自己的声音听出任何的情绪。

顾风离闻声抬头，视线从乔以陌的脸上掠过，有那么一刹那，不着痕迹地微微一晃，眼底像是闪着细碎冰凌的光亮，却又稍纵即逝，然后才开口说："哦，有事？"

他的声音如同汩汩冰泉，清冽异常。

乔以陌走了过去，递了自己亲笔写的假条，上面写的理由是肠炎。

顾风离拿过来看了一眼，"乔以陌，按照程序来说，只有假条没有医生诊断书是不可以的。"

乔以陌一愣，他明明知道肠炎是假，例假是真，她上哪里去弄假条？

乔以陌不说话，抿着唇，等待他的宣判。

顾风离从座位上起身说："乔以陌，我最后一次照顾你，以后，都公事公办了！"

说完，从身后的书架上拿出一张纸，再回来，乔以陌看到他手里拿的是医生签字的诊断书。

看到那个，不知道怎么的，乔以陌的心突然微微一动。

顾风离龙飞凤舞地签了名，递过去，"拿回去吧。"

可是她却恍若未闻，只是兀自发怔，目光定格在他的桌子上，没有焦距。

顾风离看着她，眼底闪过一抹微光。

终于，他又喊了一声："乔以陌，你的假条！"

猛地回神，乔以陌很尴尬，赶紧接过。

"回去吧！"顾风离淡淡地说道，下了逐客令。

乔以陌转身，朝外走去。

顾风离又抬头，看到她这样毫不留恋地离开，他闭了闭眼。

乔以陌刚走两步，就听见身后突然传出一阵玻璃的碎裂声。

她一怔，惊得回头，看见顾风离正微眯着眼睛看她，地上都是玻璃杯的碎片，他的右手正在流血。

"你的手……"

乔以陌突然觉得血液一下子涌上了头顶，她跑过去，一把抓过他的右手，他手心里的血还在不停地往外涌。

"嘶……"本来毫无反应的他，因为她的触碰，疼得倒吸了一口凉气。而她的心也像被他的声音扎了一下。

"你这是怎么搞的？"她拉着他的手检查，忍不住责备。

顾风离没有挣扎，只是用一种很奇怪的表情看着她。

她看到伤口很深，焦急地说道："去医院吧！"

他还是没有反应，眼里一片幽深，黑得如同暗夜。

她们之间的距离太近了，几乎能听到彼此的心跳声，还有他渐渐急促的呼吸，温热地拂在她的脸庞。乔以陌这才发觉两个人的姿势暧昧到了极点。

"你流了很多血！"她紧张地叫道，想要打破此时的尴尬。

"乔以陌，你这样关心我，会让我误会的。"顾风离的声音沙哑而低沉，有点冷漠。

"不是，你流血了……"乔以陌极力平复着自己的心跳，想要站起身来，却被他一下子抱住，"顾总……"

他的怀抱依旧弥漫着属于他的气息，她想挣脱却被他搂得更紧。

他的脸慢慢地凑过来，声音更加迷离，"别动！"

温暖的怀抱，结实的臂膀，乔以陌却感到了从未有过的孤独。

只是几秒钟，他突然放开她，站起来，冷声说："你走吧！"

"你的伤口需要处理！"她也站起来，看着他的手说道，那手还在滴血。

"不用你操心，出去！"他的语气冰冷，没有一丝感情。

乔以陌一怔，没再说话，转身走了出去，行色匆匆。

她几乎是跑着回到秘书处，把假条给了刘部长备案，然后从办公室的抽屉里拿出上一次自己脚受伤时亓云峰买的药，慌慌张张地又跑了出去。

顾风离没有想到她会走了又回来，而且是气喘吁吁。

她走过去，不管他的反抗，一把拉过他的手，给他消毒。

顾风离错愕了一下，要抽手。

乔以陌却说："顾总，您的手流血了，身为下属的我，有义务为您清理一下伤口，请您配合。"

顾风离听着她公式化的声音，冷漠地说道："乔以陌，这是我的手，我愿意流血，就算流死也与你没有关系！"

乔以陌也不说话，直接再一次抓过他的手，把两个酒精棉球直接压在他的伤口上，伤口处被刺激得又疼又凉。

顾风离破天荒地放弃了挣扎。

"忍一下，有点疼。"乔以陌轻声说，然后，换了棉球一点点帮他把手上的血迹都擦干净，再然后用了碘酊稀释伤口，再退碘，最后贴了三个创可贴在他的手心里。

做完这些，乔以陌把消毒用品都放在他桌上，只说了一句，"这几天不要沾水，不然会发炎的。"

说完，她就朝外走去。

乔以陌刚走到门边，身后一只大手，砰地一下把门关上。

乔以陌吓了一跳，还没有反应过来，头顶上一阵气喘吁吁的呼吸声，接着，她的身体就被压在了门板上。

他的嘴唇近在咫尺，乔以陌瞪大眼睛。

"这算什么？"顾风离冷声质问。

"同事的关心。"乔以陌平静地说道。

"你就不能不这么矫情？"他皱眉。

她身子僵硬。

他的唇又贴了过来，轻轻碰触，与她贴合在一起。

"口是心非是要受到惩罚的！"他轻不可闻地吐出一句话，像是小声的呢喃，指控她的言不由衷。

乔以陌的大脑轰然一片空白。

他低头含住她的小嘴，越吻越深，唇齿纠缠间带着不容挣扎的掠夺，想要探索得更深。

他抱得那么紧，几乎要把她深深地嵌进他的体内。

她越是挣扎，他就抱得越紧，等待着她的沦陷，等待着她的屈服。

乔以陌觉得自己一定是疯了，或许她根本就不知道自己是在做什么，仅仅是这一个念头，她的鼻翼两侧就一阵发酸，眼泪不受控制地落了下来。

他，已经停止了，只是与她对视，两只眼睛里有炙热的光芒，盈盈一片。

她的泪水不停地落下来，他又伸出手一下一下地替她抹去，这个细微近乎体贴的动作更加让她泣不成声。

"乔以陌，你舍不得我，承认吧，我不会笑你。"他低声呢喃着，声音很小很小，可是她却恰好听到。

她看着他，心中涌出无限的感慨，是的，她舍不得，真的舍不得！

她就是这样矛盾而挣扎！

"乔以陌！"他的脸并没有离她太远，只有半寸之遥的距离，低声地喊着她的名字。

乔以陌的泪垂挂在脸颊，微仰着头看他。

"我们在一起吧，不是交易，不是逃避，只是想要在一起，就在一起！"只有这几个字，他像是到了极限，再不能言。

乔以陌的心中涌出无限的感慨，最后，却只能推开他，仓皇逃脱。

回到办公室，她的心还在扑通扑通地跳个不停。

办公室里刘部长在忙，乔以陌的电话突然响起来，她看一眼，居然是上大学的时候一位关系很好的师兄打来的。

乔以陌觉得很意外，他们毕业后就很少联系了，他怎么会突然给自己打电话？

她去了洗手间，接起电话，那边传来秦少成清朗的声音，"小乔，你好！"

"秦师兄，你好！"乔以陌也道了一声。

"你现在在哪里呢？"秦少成问，"公司？"

"嗯，是的，师兄你呢？怎么突然想起来给我打电话了？"

"我来云海出差，听之前的同学说你现在在鑫灏上班，正好离我住的饭店很近，就想着跟你聚一下，晚上一起吃个饭，怎样？"

乔以陌一怔，立刻回答："行，秦师兄，我请你！"

五点半，下班时间。乔以陌赶紧收拾好东西，背了包下楼。

出了公司大门，就看到一辆车子从马路对面掉头过来，那车好像是大众系列桑塔纳2000，倒是崭新的。车子很快在她旁边停下，秦少成从里面打开了副驾驶的车门，露出一张脸，"小乔，上车！"

乔以陌一脸讶异，"师兄，你买车了？"

"暂时先这个，不是豪华车，却很经得住磨损，不过不是我买的，公司配备的。"

乔以陌坐进车里，"已经很厉害了，其实过日子，还是低调节俭点好。"

秦少成笑，"小乔，你以为现在的姑娘都像你一样，知道过日子啊？"

乔以陌倒有点不好意思了，"师兄，我没有你说的那么好，自己都过乱套了。"

"哦？是吗？"秦少成把车子开出去，笑了笑，"说说看，怎么乱套了？"

乔以陌叹了口气，却欲言又止。

见她没说话，秦少成也没有追问，载着她去了云海当地一家很有名的菜馆。

两人刚一下车，一辆小车也倏地停在了旁边。

乔以陌从副驾驶的位置下车，旁边那辆车子的司机从驾驶座下来，两人一对眼，乔以陌顿时一惊，立刻喊道："小宝！"

牛小宝看到乔以陌面容冷冷的，又看到秦少成从车里下来，她打量了一下两个人，唇边扯出一抹冷嘲，"你还真是行情好，手腕也高。"

乔以陌脸色苍白。

秦少成关了车门走过来，看了眼牛小宝，皱皱眉问乔以陌，"怎么了？"

"没事！"乔以陌摇摇头，"师兄，你先进去吧，我跟我朋友说几句话。"

"不必了！"牛小宝冷冷一笑，又看看秦少成，再看向乔以陌，"我跟你没什么好说的，先把欠我的钱还给我，我可没有那闲钱供你虚伪。"

乔以陌没有想到牛小宝会这样直截了当地跟她要账，一下子尴尬得不得了，"小宝，你再容我几天好吗？"

"你又不差那钱，两万而已，你的曹哥哥，还有这位，可不是穷人，随便哪个都比我有钱吧？"牛小宝的语气极具讽刺，"你欠他们，总比欠我强吧？我不是大户，指着小钱过日子，你还是借男人的吧，没准人家就不让你还了。"

乔以陌没想到牛小宝说话会这么难听，脑海中突然一片空白。

秦少成皱眉，"乔以陌欠你钱？"

牛小宝哼了一声，"当然，你要英雄救美，替她还吗？我不介意，两万块，你要是还的话，现在还吧。"

"可以！"秦少成说完，回到车里，拿了一个包过来，然后抽出两沓钱，被银行用白纸条捆好的两沓钱。

"师兄……"乔以陌低呼。

秦少成拍拍乔以陌的肩膀，语调温柔地安慰道："师兄先借给你，谁都有个难处，不用在意。"

牛小宝的眸子倏地犀利起来，冷冷一笑，嘲讽在唇边勾勒。

乔以陌的眼睛变得通红，不知道说什么，拼命地吸气，不让自己落泪，只是觉得眼前一阵眩晕。

"我替她还给你，只是这位小姐，请你以后说话积点口德。两万块而已，至于这样冷嘲热讽吗？"秦少成把钱递过去说了牛小宝一句。

牛小宝毫不客气，接过钱，又是冷笑，"对于人品有问题的女人，我就不客气了，你能怎样？"

秦少成微微眯起眸子，望着她，冷声道："人品有问题？姑娘这帽子扣得有点大吧？"

牛小宝瞪眼，嘴角一撇，"是不是她自己清楚！乔以陌，我们两清了，从此你走你的路，我过我的桥！"

"小宝……"

"别叫得那么热情，我觉得恶心！"牛小宝拿了钱，装进包里，朝餐厅走去。

乔以陌看着她离开的背影那样决绝，真的觉得自己彻底失去了牛小宝，眼睛突然一片潮湿。

"小乔，坚强点！"秦少成关切地道。

"秦师兄……"乔以陌差点掉出眼泪来，"我暂时还不上你的钱。"

"这个不着急，虽然你秦师兄很穷，但是两万块还是有的，能帮你，也不枉我们师兄妹一场，别在意，那样的朋友失去了就失去了。"

"是我没有做好，她生气也对，一切都是我的错……只是我没有想到这样……"乔以陌的声音夹杂着轻不可闻的哽咽。

"算了，我看那丫头很泼辣，你不适合跟那种女孩子做朋友，就不要在意了。走吧，别让乌鸦妨碍了我们的好胃口，吃饱喝足继续奋斗！"

嘴角阻挡不住涌出的苦涩，心里却渐渐温暖，"秦师兄，我会争取在一年内还上你的钱的。"

"不着急，我不差那点。"

两人进了餐厅。

那家餐厅挺大的，没有包厢，全部都是大厅，一楼二楼都是。

牛小宝在一楼，秦少成看到她，就拉着乔以陌上了二楼。

刚坐下来，正要点餐，乔以陌就觉得眼前有一道黑影怒气冲冲地压过来。

一抬头，对上曹泽铭意味颇深的眼眸，虽然望着她的时候仍是似笑非笑，乔以陌却没来由地一阵暴寒。

看了一眼乔以陌对面的男人，曹泽铭拧起了眉头，"他又是谁？"

不冷不热的一声，震慑十足，让乔以陌一下子身体僵硬，"你干吗？"

"想认识认识！"曹泽铭看向秦少成，挑眉，微笑，"哥们，报上号来，让哥哥认识认识！"

秦少成看着眼前这个男人，也讶异了下，轻度活动了一下面部肌肉，挂起一个浅淡的微笑。

"你好，秦少成！我的名片！"秦少成自然看出这位男子跟乔以陌的关系不一般，他很快拿出名片，递了过去。

曹泽铭接过去，看了看，耸耸肩，"哦，想不到还是玩高科技的。我是曹泽铭，乔以陌的未婚夫。"

秦少成愣了片刻。

"曹泽铭！"乔以陌低叫，恼恨。

"对待未婚夫可不能这样！陌陌，你的朋友我认识认识，你不要这么小气嘛！"曹泽铭笑笑，"秦先生从B城远道而来，别让人家看了笑话。"

"不会！不会！"秦少成反应过来，伸出手，"你好，我倒是没有想到小乔订婚了，不过这样很好，小师妹找了个玉树临风的男子，我为她感到高兴。"

乔以陌看曹泽铭如此，轻轻挪动了下身体，正色道："曹泽铭，你到底要干什么？这是我师兄，你要在这里吃东西就吃，不吃就去你那边，不要胡说八道！"

曹泽铭这才看她一眼，对秦少成说了声失陪离开。

乔以陌无奈，诚挚地道歉，"师兄，不好意思，让你看笑话了。"

秦少成摇头，温和地笑道："我看他很紧张你，是真的喜欢你，对了，他真是你未婚夫？"

乔以陌摇摇头，"不算，当年我就没答应，他刚回国，总之一言难尽，我都不知道如何解释我跟他的关系。"

"不好解释就不用解释。"秦少成十分温和。

之后，乔以陌几次都感觉到曹泽铭不时地往这边看，再然后，乔以陌就没了胃口。

不多时，乔以陌看到曹泽铭出去打电话。

他的电话是打给顾风离的。

"有事？"顾风离此时正在办公室里加班，接到他的电话有点诧异。

"你丫的，陌陌跟别的男人吃饭你知不知道？"曹泽铭开门见山地问道。

"嗯。"顾风离下班的时候，在窗口看到乔以陌上了一辆车。

"你知道啊？"

顾风离望着桌上的报纸，有点烦恼，"她说你跟我，谁都不要！"

曹泽铭瞪眼，嘴角一撇，"你没拿下？"

"尚在努力中。"顾风离回答得也很坦荡。

"我们在老云海菜馆，你敢不敢来？"

顾风离挑眉，微笑，"可以啊！"

"二楼，你过来吧！咱们的情敌来了！"

顾风离握着电话，咱们的情敌？这个称呼是不是太诡异了？

Chapter 23

你的世界，我只是路过的风景。

二十分钟后。

老云海菜馆停车场，车明剑下了车，对着顾风离一阵抱怨，"我正陪着领导呢，你这着急忙慌叫我出来，到底干什么啊？"

"吃饭啊，叫你陪我吃饭！"

"我又不是三陪！"车明剑咒骂一声，却还是跟他一起上了二楼。

当走到了二楼，车明剑扫了一圈整个大厅，一眼就看到了乔以陌，有点错愕，"顾风离，我说你怎么带我来这么嘈杂的地方吃饭，原来是这样啊！亏我还以为你是良心发现带我来吃好吃的，原来是醉翁之意不在酒啊！小乔在那边，我要去找她！"

说完，也不管顾风离，径直走向乔以陌的桌旁。

"嗨，小乔！吃饭呢？"车明剑走过去热情地坐在乔以陌身边。

乔以陌一听到车明剑的声音，身子一僵，抬头看到他，"你？你怎么在这里？"

"跟老顾来吃饭啊！"车明剑一努嘴，朝着顾风离走过来的地方。

而此时，顾风离跟曹泽铭对视一眼后，就看向了乔以陌这边。

乔以陌顺着车明剑的视线望过去，正好看到顾风离正朝着她走过来。

今天这是怎么了？

乔以陌顿时压力横生，端着水的手突然抖动起来。

秦少成一下子有点应接不暇，还没跟车明剑说上话，就看到顾风离已经走到了面前。

秦少成立刻站起来，伸出手，"顾总，好巧，您也来吃饭啊？"

乔以陌愕然，秦师兄和顾风离认识？

顾风离伸出手，却不是握手，而是摊开给他看，"不好意思，手今天伤到了，怕感染，就不握手了，秦先生，好巧！"

秦少成一看到他手心里贴了好几个创可贴，立刻明白，点头，收回手，"没关系的，您的手没事吧？"

顾风离淡淡一笑，道："没事了，伤口被细心的小护士包得很好，明天再让她给换药，就会没事了。"

乔以陌在一旁，表情僵硬，那创可贴，根本就是她贴上去的，什么小护士啊？顾风离根本就是撒谎！

秦少成扫视了一圈，发现没有空的位置，就说道："顾总不如一起坐吧，这里没有空位置了，赏个光让我请您吃个便饭。"

顾风离看看四周，竟然点了点头，"嗯，秦先生不必客气，下班时间我不是什么总，你来云海，自然该我请客。"

说着，顾风离坐下来，转头看了看乔以陌，"呦，这不是小乔吗？怎么你跟秦先生是朋友？"

乔以陌不敢看顾风离，微微垂头，道："顾总，您也来吃饭啊？这是我大学师兄秦少成。"

秦少成倒是没有想到顾风离会赏光，于是赶紧坐下来。

车明剑眨巴了下眼睛，瞅瞅这个，又瞧瞧那个，挑眉，微笑，"风离啊，你的手怎么忽然受伤了啊？"

"玻璃扎的。"顾风离笑。

"你练习什么功夫了啊，伤成这样？"车明剑笑他。

顾风离不动声色，"有人说伤一下自己可以锻炼下情商，我想试试，看有没有效果。"

车明剑笑，"还有这说法？"

顾风离不再回答，却是转向秦少成，为他们介绍，"这是车明剑，我朋友。明剑，秦先生他们公司供应监控和污染处理设备。"

"车先生您好，我是秦少成，这是我的名片。"秦少成赶紧递出了名片。

车明剑跟秦少成握手，原本两个人坐在一起吃饭的场景变成了四个人，且组合很诡异。

只是令人感到意外的是，曹泽铭先走了，乔以陌甚至都不知道他何时走的。

这时，秦少成的电话响了，他趁机出去接了个电话。

桌上只剩下三个人，车明剑笑得玩味，顾风离不动声色，倒了一杯茶，抿了一口。

"我去看看还有什么好菜。"车明剑也站起来走了。

桌上只剩下两个人。

顾风离侧头看了眼曹泽铭那边的位置，道："曹泽铭五分钟前走的，你当时正低着头。"

乔以陌错愕，瞪大了眼睛，"是曹泽铭让你来的？"

顾风离端起杯子，笑眯眯地道："别这么看着我，大庭广众之下会让别人误会的。"

被顾风离这么一说，乔以陌顿时愣住，低了眸子，说道："你们到底要干吗？"

"吃饭！"顾风离心平气和地回了一句，"刚好想吃云海菜了。"

"曹泽铭真的给你打了电话？"

"是。"

"为什么？"乔以陌诧异。

"因为他是真的爱你，说真的，你们错过，我都有点可惜。"

乔以陌一下怔然。

"爱就爱，不爱就不爱，一直矫情下去很讨人厌的！"

"那是我的事，讨厌还找我麻烦，你们不是更讨厌？"

"女人越矫情，男人越有征服欲。"

"顾风离，你说过你放弃我的。"

"但是你又贴上来了，我手破了关你什么事？你这么关心我，我觉得不把握住，有点可惜。"

乔以陌一怔，做了个深呼吸，"随便你怎么想吧！不好意思，失陪一下！"

乔以陌站起来要往外走，她觉得她得出去喘口气。

顾风离忽然说："曹泽铭在那边跟牛小宝说话呢，好像要吵起来了，你要过去吗？"

乔以陌错愕了一下，四下寻找，果然，在餐厅最北端的角落里，曹泽铭跟牛小宝似乎在争执什么。

乔以陌被惊到，她看到曹泽铭忽然扬起手，眼看着就要朝牛小宝打过去。

乔以陌一下子慌了，跑了过去，高声喊了一句，"曹泽铭！不要！"

那扬起的手，在半空中僵住。曹泽铭回身，看到乔以陌惊慌地跑来。

"哼！还真是够恶心，我有讽刺错吗？她就是那样的人，谁都勾引，多少个男人了！"尽管乔以陌刚才开口阻止了曹泽铭打下来的耳光，但是，她一点都不感激。

乔以陌气喘吁吁地跑过来，"曹泽铭，你在干什么？"

曹泽铭扬起的手缓缓放下来，看着牛小宝冷冷一笑，"牛小宝，你没资格去评价别人，虽然我不介意打女人，但还真怕揍你脏了我的手！"

"曹泽铭，你别说了！"乔以陌在旁边急喊。

"乔以陌，谁让你多管闲事的？"牛小宝冷喝一声，忽然一扬手，啪的一声，一个耳光甩在了乔以陌的脸上。一瞬间，整个大堂吃饭的人都望了过来。

"该死的！"曹泽铭低吼一声，"你干吗，牛小宝？"

曹泽铭本能反应是甩过去十个巴掌，但是乔以陌反应过来，一把拉住他的胳膊，"曹泽铭，不要这样！"

顾风离听到了这一声耳光，也噌地一下站起来，大步朝这边走来。

牛小宝一看这架势对自己很不利，朝乔以陌大吼一声，"乔以陌，我恨你！"吼完转身就跑。

乔以陌整个右边脸都肿了；她一回头，看到大厅里所有的人都在看着她，就连车明剑和秦少成都走了过来。乔以陌尴尬恼羞极了，看都没看他们，转身就跑。

"站住！"顾风离忽然喊道。

乔以陌还是走。

顾风离大步追了过去。

"乔以陌，你敢走的话，我可不介意抱着你下楼。"顾风离低沉的声音在身后响起。

乔以陌继续往前走。

顾风离倏地下去，伸手扯住她的手腕，作势就要横抱起她。

"不要！"乔以陌吃了一惊，尴尬而又无助地低喊："你放手！"

顾风离唇角上扬，眼里却闪烁着某种不安分，"你以为我真的不敢啊？"

"我知道你敢，我知道了！"乔以陌忙不迭地点头，"求你别再让我更难堪了！"

"这点事就觉得难堪了？你的心理素质也太差了！"顾风离毫不客气地指出，说完，也不管她，竟然拉着她的手腕下楼，丝毫不在意一楼大厅里吃饭的人的目光。

"放开我，我跟你走还不行吗？别拉拉扯扯的！"乔以陌急喊，使劲儿抽回自己的手。

看着顾风离追出去，曹泽铭在原地站了很久。

车明剑走过来问了句，"嘿！这位兄弟，你是谁？"

曹泽铭没回答。

秦少成说："他说是小乔的未婚夫，小乔说不是，我也不知道谁说得对。"

"呃！这么复杂？"车明剑很是疑惑。

曹泽铭微微蹙眉看了一眼车明剑，然后停在那里，叉腰，冷声道："拖拉机，几年不见，不认得爷了？"

车明剑一愣，倏地皱眉，视线如探照灯一样扫过来，突然大声惊呼，走上前来，捶了曹泽铭一拳，"是你个破草帽啊？怪不得我刚才看你眼熟，当年我死活让你考郊城一中，你非要去实验中学，你这破草帽没被小姑娘给撕了啊？"

眼看两人开始了叙旧，秦少成很善意地提醒，"两位，再不上去，我们菜要被人撤了。"

"放心，我还没吃服务员不会撤的，那小姑娘被哥哥我一个电眼就电晕了，大概帮我看着菜呢！"车明剑在那里很自恋地说。

"过了十几年你怎么还是这么不要脸呢？"曹泽铭讽刺道。

"你不也是厚脸皮吗？连女人都打了。"车明剑以牙还牙。

曹泽铭冷冷一笑，一点不汗颜，"那丫头欠抽，要不是陌陌拦着，以爷的脾气，非抽得她转向不可！"

这边说得兴高采烈，那边乔以陌却悲伤离去。

顾风离打开车门，沉声道："上车！"

乔以陌扭头，瞪他一眼，咬牙，"顾风离，你到底要干吗？"

"上车！"他又道。

乔以陌停顿了三秒钟，终于还是坐了进去。

车子直接开到了玉山花苑。

乔以陌没有想到会再来这里，但是一路上，顾风离都没有说话。

她也没有说。直到进了他的车库，乔以陌才道："你带我来这里干吗？"

"教训你！"顾风离冷冷地丢给她三个字。

乔以陌深呼吸，拉开车门就要下去。

顾风离拉住她，不许她走，他看着那张小脸，眼神复杂多变。

车库里微弱的淡黄色灯光下，他仔细地看着这张精致苍白红肿了一半的小脸，仿佛在打量一件华贵精美的旷世珍品，怎么看都觉得不够。

只是看着这瘦削的脸庞，顾风离只觉一阵揪心的疼，从看到刺青后她就瘦了很多，她有多难过？

即使心疼，此刻，顾风离依旧不动声色地道："你就是笃定了我不会真的对你怎样，所以才敢在我面前肆无忌惮，在别人面前就是小老鼠一只！"

乔以陌垂下眼睛，不敢看他的眼睛，他的眼神分外刺眼，让她无所适从。

顾风离被她这样默然的无视激怒，狠狠地扳过她的下巴，逼她看向自己，"又想逃避？"

"放开我！"

"不放！"他坚持。

"我自己可以走上去，不就是跟你上楼吗？"她冷声说道，说完，用力拉下他的手，下了车。

顾风离错愕，然后莞尔，也赶紧跟了上去。

进了门，乔以陌看着这个上次来过的地方，心中有点感慨，没说什么，就在沙发上坐下来。

顾风离去冰箱找了个冰块，用食品袋装起来，递给乔以陌，"脸都肿了，冷敷一下吧！"

乔以陌扫了他一眼，拿过去，敷在脸上，不说话。

之后她站起来要走。

顾风离猛地拉她入怀，将她的脸按进怀里，让她能够细致地感受到他满怀期待的心。

"看到你一个人辛苦，你知道我有多心疼吗？我恨不得把你绑在身边，替你摆平所有的麻烦。"

他的嗓音有些沙哑，因为太过用力，呼吸也开始紊乱。

她淡淡的体香，像催化剂，激化了他本就炽热的情。不顾她在怀里的挣扎，他倏地将她推到墙边，捧起她的脸，狂热地吻上。

"顾风离，你等等！"乔以陌狼狈地躲闪着。

"乔以陌，我无法控制！"他激情地吻着，大手更是直接探进她的衣服下摆。

顾风离觉得自己的自控力在她面前轰然倒塌，而她的抗拒让他无所适从。

她挣扎，扯到他手心里的伤口。

顾风离倒抽一口气。

乔以陌想到他手上的伤口，赶紧松手。

接着，她的身子被抱起来，等到她反应过来时，整个人已经陷进纯白色的床被里，她惊慌失措地看着他。

他的眼睛里是深不可测的黑暗，不可见底，闪着无尽的愤怒和痛苦。

屋里的窗帘是紧闭的，他开了一盏柔和的壁灯。

他俯下身子压住她。

"你……不要……这样。"乔以陌颤着嗓音不清不楚地说了五个字，说话的时候唇都在哆嗦。

"乔以陌，我就想这样，一直都想。如果这是一种病的话，我宁愿一病不起！"顾风离低头看着她，随手一勾把她的衣服解开，大片白色肌肤暴露在外，惹得乔以陌一阵冷战。

他想要她，疯了一般想要。

"你……你不能！"乔以陌在他肆无忌惮的攻城略地中惊叫一声弓起身体，下一秒就被他霸道而滚烫的舌堵住所有声音。

所有思维全部被剥夺，世间一切都因为他的吻被碾压粉碎，抽成真空。

啪！清脆的掌掴声响起，瞬间熄灭了顾风离所有的热情。

他愣在那里，动也不动。

乔以陌清澈的眸，此刻却被怒火层层覆盖。

室内的气氛有些凝重。

乔以陌躺在他身下，轻声而坚定地道："请你尊重我，顾风离，我不是傻子，也没软弱可欺到那种地步，我也有底线！"

顾风离一愣，起身，然后深呼吸，道了一句，"抱歉！"

他飞快地出门，门砰的一声猛然扣上，像沉重的魔鬼的叹息。

Chapter 24

有些话藏在心中好久，没机会说，等有机会
了，却说不出口了。

第二天上班，乔以陌在办公室接到了一个电话。

一听到声音，乔以陌就愣住了，竟然是迟云。

迟云在电话里说："陌陌，我是迟云，今天中午十一点半我在云海饭店大堂等你，一起吃午饭。"

不给任何询问，不是商量的口气。乔以陌都没有机会拒绝，就被挂断了电话。

中午十一点半，她去了云海饭店。果然，在大堂里看到了迟云。

几年不见，她还是那么雍容华贵，头发一如既往地盘起，绾了个髻在后面，身上一袭改良式旗袍，素雅的颜色。

"我想你一定知道我让泽铭邀请你回家的事了。"迟云的开场白简洁利索。

乔以陌想，迟女士真是简洁明了，怪不得会辅佐曹先生成为郊城首富。严格说，曹先生发家是靠着迟家的关系和人脉，没有迟女士和迟家，曹先生也不会有今天。

不过，有时候乔以陌会觉得很可惜，以迟云的性格和聪明，找了曹先生那样的人，真是一朵鲜花插在了牛粪上。当然不是说曹先生长得差，而是人品差。

有的人必须依靠父母才能拿到机会成功，可有的人，庞大的背景反而埋没了她本身的光彩。迟云属于后者，所以，她是郊城云翔集团的董事长。

想到这里，乔以陌抱歉地笑了笑，恭敬地道："迟阿姨，好久不见！"

"嗯！是好久不见！"迟云很平静。

乔以陌坐在那里，不知道要说什么。

迟云看看她，然后从精致的包里拿出香烟和打火机。

"陌陌，你挺有出息的，没钱也能读完大学，还考到了云海最大的集团公司里。"迟云吐了口烟圈，凌厉的眉峰一挑，"坦白说，我没有想到你会在那么难的情况下也不肯来求我。"

乔以陌低下头，不敢对视迟云的眼睛，她总觉得迟云的眼睛很凌厉，凌厉得让人无处遁形，"迟阿姨，我已经给你添了很多麻烦了。"

迟云笑了笑，却是笑容不达眼底，有点冷漠，"陌陌，你不是不想给我添麻烦，是怕我吧？"

乔以陌倏地抬头，对上迟云的眸子，又倏地低下去，摇头，"迟阿姨，我没有！"

"说那些都没有意义了，过去的事了，恭喜你进了鑫灏集团。"

"谢谢迟阿姨。"乔以陌低声道。

"听说你看不上泽铭。"迟云的语气是肯定的，不是询问。

乔以陌摇头，"泽铭哥很优秀，是我配不上他。"

迟云端起一杯茶，吹了一口气，淡淡地道："可是为了你，泽铭跑来云海，都不肯接手我的云翔集团。"

乔以陌有点尴尬，苦涩一笑。

只听迟云又道："陌陌，你知道泽铭跟我一样，是那种撞了南墙也不会回头的人，他这辈子可能会因为你而不结婚了。"

说完，她淡淡地瞥了一眼乔以陌。

乔以陌却不知道迟云究竟是什么意思。

"陌陌，坦白说，我最讨厌你这种小女孩，明明一无所有，偏偏天生骄傲，自尊心极强。最可恨的是，总是装出一副娇滴滴的模样到处去招惹男人。"

乔以陌苦笑，迟云总算是说出了对自己的厌恶。可是，自己并不承认。

"迟阿姨，我觉得您说的人一定不是我。"乔以陌不慌不忙地说道："我在曹家的时候是顾全您的体恤，觉得我妈对不起您，您却愿意包容她的孩子，坦白说我很敬佩您，但是我也无法面对您。我不骄傲，我有自尊，但也不是极强，我更没有娇滴滴，我一直觉得我挺正常的。我只是知道自己的身份，什么身份做什么事，这点我还是清楚的！"

"你觉得委屈了？"迟云嗤笑一声，声音不疾不徐。

"没有！"乔以陌摇头，"我没觉得委屈，我只是觉得很奇怪，过去了这么久，您突然来找来，究竟所为何事？我以为对您最大的尊重就是远离您，不给您添堵。我知道您或许过得不开心，但是我真的无能为力，只能说声对不起。"

迟云抬高了下巴看着她，隔着白白的烟圈，两个人平静地对视。

半晌，迟云轻轻地笑了起来，"你倒是比五年前胆子大多了，也靠自己的本事读完了大学，坦白说我很服气。你也别误会，我来只是想告诉你，我希望你跟泽铭在一起。"

乔以陌错愕。当年，她虽然年轻，但也看出来迟云让曹泽铭出国留学的真正意图是不要他在自己身边，那时候迟云虽然没说，却是真的厌恶她的。

只是，今天，迟云一见面就跟她这么说，乔以陌倒是意外了。

她犹豫了一会儿，终于还是坚定地摇头，"迟阿姨，我和泽铭哥哥不可能！谢谢您的好意，我已经有了喜欢的人了。"

"顾风离吗？"迟云的嘴角扬起嘲讽的笑。

乔以陌没有承认也没有否认，只是觉得这是自己的事，没有必要昭告天下。

"陌陌，如果我要求你跟泽铭在一起呢？"迟云望着她，眼睛一眨不眨，"在我看来，泽铭比顾风离更适合你。"

乔以陌没说话，半天摇摇头，"迟阿姨，感情的事，不是儿戏！对不起，我不能拿这个对您承诺，那对我不公平，对泽铭哥也不公平！"

她不是那种凌厉尖锐的女人，但还是会坚持自我。

迟云扑哧一笑，"其实你是怕我吧？你不想面对我，所以死活都不愿意跟泽铭在一起？"

乔以陌沉默不语。

如今，一切都没有意义了，谁都有情窦初开的时候，谁都有想要不敢要的时候，年少轻狂，一切远去，时光不再来，人所能做的也只是活在当下而已。

"吃饭吧！"迟云没有再继续逼问。

吃完饭，迟云也没有再说什么，还亲自让司机把她送回去。

乔以陌一下午都是魂不守舍的，迟云的转变让她感到莫名的心慌和不安。

而顾风离今天竟然也没有来上班。

下班的时候，乔以陌在公司门口看到了亓云峰，他说顾总这周都不会来了，家里有事，他留在B城处理了。

直到第二天，乔以陌收到了顾风离的一条短信，上面说：我很好，家中有事，需要处理，处理完了就回云海，保重！

之后上班，乔以陌才从赵姐和王姐的八卦里得知顾风离的父亲病了，住院了，至于什么病，还不清楚。

乔以陌思想斗争了一天，终于在傍晚的时候还是忍不住给顾风离打了个电话。

电话接了起来，可是并没有声音。

"顾风离？"乔以陌不确定地问了一声，结果那边还是没动静。

乔以陌低头看了眼电话，是顾风离的号码没有错。

她又小声问了句，"顾风离，是你吗？"

"有事吗？"他的声音传来，似乎很疲倦。

她一顿，只说了一句："听闻你父亲生病了，问候一声，希望早日康复，再见！"

说完，就要挂电话。

她觉得自己在这个时候给他打电话，确实不太好，毕竟父亲生病，做儿子的一定很着急，她倒也没怪他。

刚要挂电话，忽然，他在电话里说："乔以陌，明早来B城吧，我想见你！"

就这样一句话，让乔以陌愣了半天，久久不知道如何回答。

但是，可以听出他语气里的疲惫，"明天我在B城幽居苑等你，下午三点，不见不散！"

一刹那，乔以陌整个人惊愕。

幽居苑！

那是她第一次跟他发生关系的地方！他居然会在那里见她！

她不知道是什么牵引着她，就这样冒失地去了B城。

幽居苑是B城富商们开发的一处据说是养小三的幽静居所。依山傍水，让人如入仙境，只是乔以陌却丝毫没有赏景的心思。

她并没有三点钟如约前去，她到达的时候已经是下午的五点，再过一个小时就天黑了。她从B城西郊汽车站坐了公车过去，又转了面包车才到了那里，下了车子，还要步行一段路，过了一道桥，终于到达幽居苑的大门口。

但是，令她意外的是，顾风离居然还在，他从一辆军车上走下来。

乔以陌愣了愣，夕阳的余晖中，那抹高大的身影被金黄的光线掩映，给人一种孤寂感。

他站在那里，远远地看着她。

乔以陌惊得一动不动。

已经离约定时间过去了整整两个小时，他还在等，不见不散的意义，这个男人还真是懂得。

乔以陌逆着光，看不清楚顾风离的神色，她微微眯起了眸子，有一霎的羞恼，被抓包的窘迫，转身要走。

身后那个男人却沉声道："你打算逃到哪里去？"

她停下脚步，却迈不动腿。

"过来！"他说。

乔以陌无奈，只好转身走了回来。

等一步步挨近顾风离的时候，才看到车里没有人，顾风离就站在车边，风拂来，他身上浓浓的烟草气息扑面而来，让人晕眩。

在离他一米的地方，她停住了脚步，手里紧紧地握着她的包包。

顾风离也不说话，只是低头居高临下地看着她。

乔以陌僵硬地抬起头，看到他眼中闪过一抹笑意，淡淡的笑容挂在唇边，眼神也变得温润。

乔以陌大着胆子挤出一抹笑容，"顾风离……"

顾风离笑了，"我觉得私底下换个称呼比较好，比如阿离，我纠正你很多次了！"

乔以陌愣住，然后，看着他的眼睛，那眼底如黑洞一样，可以轻易地把人吸进去。

见她愣住，他似乎把一切情绪都收了起来，然后，上前一步，抓住了她的手。

乔以陌吓了一跳，本能地要躲。

顾风离道："我很累！"

莫名地，乔以陌不动了。

直到被他带到第一次发生关系的那套房子，乔以陌站在客厅里，想起一年多以前的那天，她仓皇离去时的心情。

她握紧了手心，手心里都是汗。

她觉得，顾风离带她来这里，就是想让她无法逃避，强迫她面对事实。

而，那却是她这辈子最不愿面对的事。

顾风离回头看了她一眼，看到她局促不安的神情时，嘴角勾起一抹意味不明的笑容。

他伸手抓住她的手，在她惊愕的瞬间，把她的手心展开，温和地说道："去给我烧杯水，我想喝茶。"

乔以陌转身去了厨房，等到水烧好后，回来，顾风离竟然半靠在沙发上睡着了。

乔以陌远远地看着，他看起来像是好几天没睡好的样子，她隐隐有些心疼。

"茶好了？"低沉的男声突然传来。

乔以陌一惊，猝不及防地对上了他猛然睁开的眼睛，脸上又是一阵热浪翻滚。

还没说话，顾风离的电话就响了起来。他飞快地接起，"喂？"

那边不知道是谁，只听到顾风离似乎长嘘了口气，"好，我知道了，我今晚不过去，你跟爸说，明天一早我带人去见他。"

"嗯。"顾风离点了点头，"妈，我知道了，您别担心成吗？我说了爸爸没事，我保证！"

乔以陌这才知道那边是顾风离的妈妈。

挂了电话，顾风离坐在沙发上，愣了愣神，然后点了支烟抽起来。

乔以陌看着他一口一口地抽着烟，想要安慰他一句，又觉得这个时候说话似乎不合适。

她把茶放在茶几上，明显地察觉到他安静得有些不对劲，因为不太放心他，所以她坐在他身边。

顾风离一语不发，一口接着一口地抽烟，根本不换气，所有的烟雾都进了肺里。

乔以陌不知道他到底怎么了，他爸爸的病到底有多严重。

她很想问，然而终究是什么也没说，只是伸出手，轻轻地把他手里的烟拿下来，"这样抽烟不健康，你是有高学历的领导，不该不懂得养生，况且你爸现在需要你，你妈也需要你安慰。"

顾风离转过头，目不转睛地看着她。乔以陌从他眼中看到了一抹复杂的情绪。

她的手轻轻地落在他的后背上，抚了两下，轻声道："你吃饭了吗？我帮你做？"

他没说话，还是纹丝不动地坐在那里看着她，清冷的眼中不见怒火，是一种，她根本读不懂的情绪。

乔以陌停下手上的动作，忍不住安慰他，"老爷子一定会吉人天相的。"

顾风离张了张嘴，欲言又止，也许是她的错觉，她好像在他的眼中看到了一丝突如其来的纠结，稍纵即逝。

他没喝茶，放在桌上，一伸手，将她整个人抱在了怀里。

那力道很重，像是要把她融进他的骨血之中。

乔以陌愣了一下，她犹豫着，一双纤细的手臂环过去轻轻地抱着他的后背。

这个姿势是相互的，好像在相互扶持，相互支撑，不是谁的独角戏。

在亲情面前，男人也会脆弱，何况在医院里的人还是他的父亲，想来刚才他只是报喜不报忧，其实他父亲的病应该很严重吧？乔以陌伸出手是想给他一些安慰。

顾风离还是没有说话，眼底却渐渐升起一股温暖。

乔以陌被他抱着，感受着他的心跳，轻轻地又说了一句，"顾风离，别担心，一切都会过去的。"

她柔软的声音轻轻地传到他的耳朵里，像春风一样，温暖和煦，带走心头的阴霾和担忧。

顾风离一点都不后悔让乔以陌来B城。

他觉得，此刻，他们这样的拥抱，只有温暖，只有精神的相拥，没有性，只有爱。

是的，爱！

后来，顾风离用了十分钟，调整了情绪，抬头看她时，竟然有点不好意思。

乔以陌却很聪明，明白男人一瞬间的羞赧是什么意思，于是也不多说，转身去厨房帮他做饭。

吃过饭后，他说要带她出去，直到被顾风离拉上了那辆军车，车子开到了B城市里，乔以陌才知道两人是真的从幽居苑出来了。

B城的夜晚很繁华。

乔以陌没有想到顾风离会带她来师大这边的小夜市，而且他父亲此刻还在医院里，她感到心虚，没有闲心逛，"你还是去医院看看你爸爸吧，逛街有很多机会，现在我们逛街不合适。"

谁知顾风离却说："我爸不会有事，已经稳定了。"

"可是你最近很累，你还是回去休息吧，再说我也没有心情逛街啊！"她总觉得顾风离的爸爸病着还住院，他们出来玩真的不太合适。

"放心吧，我守了他几天，心里有数！而且，我叫你来B城的目的，不是那个，等下我会告诉你！"

乔以陌一愣，"什么？你现在告诉我不好吗？"

顾风离把车子找地方停下来，然后看着她，说："从最初相识的地方，回到最初相识的地方。过往一切，都无法改变，从今天开始，只记住美好的，可以吗？"

乔以陌再度错愕。

顾风离却说："女士，你好，我是顾风离，请问，尊姓芳名，可以认识你吗？"

乔以陌一下子哑然，错愕，惊愕，感动，一股脑地涌出来。

她觉得这一刻，这个男人真的是用心了。

她看着他，他的眉眼俊挺，贵气天成，眼神却清澈动人，"喂！女士，说你呢！是不是见到帅哥傻了啊？"

她羞赧地低头，可是，对面的男人却说："女士，你好意思让我一直等着啊？叫什么名字？"

"先生，女士不愿意说的时候，你一定要问吗？"乔以陌努力抬起头来，在他充满了鼓励的视线里低声道："我是乔以陌，还有个小名，叫红帽儿！"

"呃……"顾风离有点错愕，"红帽儿？"

乔以陌有点羞涩，声音也有点微微的颤抖，"你不许笑！"

"呵呵……"可惜，顾风离已经笑了起来，这个名字真的很好笑，"红帽儿？红帽儿？怎么会叫这个小名？"

"小时候我非常喜欢戴一顶红帽，后来人家都这么叫我。"

顾风离听着她说，心情忽然变好，嘴角都是笑纹。

他伸出手，抓住她的小手。

"顾风离！"她猛地抬头，有点不知所措，又像是很期待地看着他，"我们才刚认识，你不要乱来！"

顾风离脸上的微笑，在她抬头说出这些话的时候，一瞬间扩大，笑了良久，才道："小红帽儿，你这名字让我忽然觉得我自己好像是大灰狼！"

"你本来就是！"乔以陌娇嗔地说了一句，抽抽手，想把手从他的牵制里抽离。

"小红帽就是被大灰狼吃掉的吧？"顾风离笑着说，手也不松，就是紧紧地抓住她的手。

乔以陌的脸红扑扑的，不知道说什么，憋了许久，才道："你……你没有小名吗？"

"嗯！有！"

"是什么？"

"我出生的时候是九月，枫叶红遍满山，我爸就给我取了个名字，叫顾枫，枫叶的枫，他喜欢香山的枫叶。我妈看不上枫叶，她喜欢漓江，做梦都想去看那里的山水，非要让我叫顾漓。因为这个名字，他们两人打起来了，也为这个名字吵了半年，我在半年里一直叫小四，因为我是家里最小的，上面两个姐姐，一个哥哥。最后我爷爷拍板，说两个都用，不偏不倚，合起来，就叫顾枫漓！但我那时候上学太懒，写字的时候不愿意写那么多笔画，就把木和三点水都去了，以后就叫顾风离了！我的小名叫小四，比你的红帽儿还逗是吧？"

乔以陌惊讶，小四这名字像饭店跑堂的！

"没什么说的？"他挑眉。

"说……说什么？"乔以陌小声问。

"你是叫我四哥还是阿离？"他给了答案，"选一个吧！"

乔以陌愣住，不知道为什么，脑海里突然闪过什么，随口问了句，"希言叫你什么？"

顾风离面容一僵，随即松开了她的手。

乔以陌收回去，莫名，心底跟着颤了下。

这事怪她，她似乎不该提希言。

可是，不知道为什么，刚才突然就冒出这句话了。

而顾风离的反应让她心里一阵刺痛。

顾风离侧目看着她，看到她懊恼，看到她无措，看到她嫉妒，他莫名有种变态的快感。

希言怎么叫他？

顾风离自嘲一笑，开口道："希言只叫顾，她说只叫姓，应该是独一无二的！"

乔以陌一下子漠然，又不受控制地说了一句，"所以，你让我叫你阿离，或者四哥，因为希言在你心里也是独一无二的！"

顾风离皱眉，看着她，突然再度抓住她的手。

乔以陌愤恨地抽手，顾风离却并不松手。

"乔以陌，有意思吗？"顾风离沉声开口，这丫头真的吃醋了，吃了希言的醋，且很酸，满车都是酸酸的味道。

乔以陌不说话，只是用力往后抽手，顾风离就是不松手。

她鼓起勇气，用另一只手直接掐了他手背一下。

并不是太疼，但顾风离还是被她的动作吓了一跳，轻呼一声，"啊！"

乔以陌如愿了，她抽回自己的手，扭头要开车门。

顾风离眼疾手快，按下中控锁，锁了车门。

这小猫的野性又回来了，总是在被刺激到一定程度无路可退时，她才会彰显出伶牙俐齿的一面，平时胆子小得跟老鼠一样。

顾风离眯了眼睛，看着她，也不着急。

反正她也下不去了！

"我要下车！"乔以陌恼火地拽着车门。

"乔以陌，如果人都要联想的话，那么这日子没有办法过下去了！过去的就是过去了！你愿意叫我顾，风，离，阿顾，阿风，阿离都可以！我刚才如果让你叫我顾，你问我希言叫我什么的时候，我告诉你实话，你会说希言那样叫过你，你也让我叫，你什么意思？对吧？"顾风离微微偏着头，嘴巴贴着她的耳朵，讲话的时候，热气喷在她的耳朵上，麻酥酥的，让她的心跳也跟着加快。

每一个字，她都听进去了。

是的，顾风离说得对，说中了女人的心思！

乔以陌不禁有点懊恼，自己是有点太敏感了。

"是没有意思。"她小声嘟哝了一句，"对不起！"

顾风离因为她这样小声的道歉，又一副做错事的样子感到好笑，还真是像极了小红帽，老实得很！

"你道歉的样子不太诚恳！"他说。

"那……那……"她轻轻地抬头，结结巴巴地道："我……我又不是故意的，是嘴巴……自己说出来的。"

"嘴巴自己说的？嘴巴不受意识控制是吧？"他绷着脸开口，托起她的下巴，然后又把头凑过去，两个人的鼻尖都快要碰上了。

"小红帽，嘴巴做错了事，是要被惩罚的！"

乔以陌一下子惊慌，她知道他的意思，他是要吻她，这就是他说的惩罚！

她愣了一秒，喘不过气来。

顾风离又往前凑了一点，哑了声音道："我要惩罚你这张小嘴，看它以后还会不会乱说话！"

乔以陌知道他的意思，于是猛地闭上眼睛，当看不到他的一刹那，她觉得理智恢复了一点。

可是，没有！

她等了很久，很久，都没有。

但是顾风离没有离开她，呼吸还是喷在她的脸上，却没有下一步的动作，乔以陌僵硬了身体，反而不敢睁眼了。

但是这样也不是办法吧，她只能忍了羞涩，睁开眼睛，对上他幽深的眸。

他还是没有动作，乔以陌咬了咬唇，意识到自己刚才闭上眼睛是多么愚蠢的一种行为，于是双手握紧，推了下他，"请你坐好！"

"哈哈哈……"顾风离突然笑出声音，他的好心情让乔以陌再度觉得自己就是一个大傻瓜，整张脸涨得通红。

"傻瓜！"顾风离笑着，将她揽入怀中，"真是小红帽，很可爱！刚才是不是有点期待我的吻？"

"你去死！"她瞪他一眼要挣扎。

他却再也不敢逗她了，低下头，轻轻的一个吻，落在她的额头，带着无比的怜惜。

乔以陌的大脑顿时一片空白。

接着他的吻滑过她的眉梢落在她的眼皮上，轻轻地，一路游走，落在了她的鼻尖上，最后是唇，四片唇贴合在一起。

他也不着急，只是贴在她的唇上低低地说："小红帽，我死了，你怎么办？"

乔以陌瞪大眼睛，刚要说话，顾风离却突然张嘴，舌头轻轻地舔了下她的唇，"配合一下吧，小红帽儿？"

乔以陌红着脸，身子往前一凑，唇就这样印了过去。

顾风离笑容僵在唇边，嘴巴微张。

意外的惊喜啊！

顾风离哪里肯放过这千载难逢的好机会，猛地深吻下去，她一下子没了力气。

顾风离又难舍难分地吻了她一会儿，这才意犹未尽地放开她，沙哑着声音道："放心，我就亲亲，不会不知道轻重。"

乔以陌大口大口地喘息，张了张嘴，却没有说出话来，只觉得脸上火辣辣的。

"像不像外面恋爱的大学生？"他见她这副呆呆傻傻的样子，心情大好，猛地又搂过她，"我们恋爱吧，小红帽儿？"

顾风离轻啃她的耳朵，咬几下，就顺势向下……

乔以陌推他，"你不是说要逛街吗？"

"对啊！"他挑眉，"可是你还没回答我的问题呢！"

"什么？"

"恋爱！"

"……"

"你搞清楚，是恋爱，不是性爱！"他又重申。

乔以陌身子一紧，吼出三个字，"老流氓！"

乔以陌知道他无耻，但不知道他会这么无耻。知道他不是省油的灯，但没想到这么费油。

有人说恋爱中的女人像傻子，那么恋爱中的男人像什么呢？是不是像孩子？

"嗯？说话呀，红帽儿？"说着，他在她的脖子上啃了啃。

"不……不……我知道了，恋爱！"她赶紧投降，小手使劲儿抵着他。

"好，我们去逛街！"他已经先一步下车。

乔以陌也跟着下车，脚一着地，才感觉是软的，被他刚才一番撩拨，浑身软绵绵的，一点力气都没有。

她扶着车门站在那里，顾风离已经绕着车子走了过来，伸手牵住她的手，关了车门。

两人就这么黏着，一路拉着手，遇到人多的时候，他会不自觉地拥住她，呈现一种保护的状态。

这条街上都是逛街的情侣，摆摊的小贩很多，有的还是学生。

顾风离也曾是学生，如今这样拥着乔以陌走在街上，仿佛回到很久很久以前。只是一晃这么多年过去了，一切都变了，他还从来没有认真陪女孩子逛过街。

他是那种务实的人，觉得逛街这种事很浪费时间，但是乔以陌还很年轻，他不想抹杀掉她属于小女孩的特性。所以，他即使不喜欢出来溜达，也想带她来逛街。他也不想让她感觉，他跟她在一起，除了上床就是上床。

他觉得，他们之间，还应该再有别的，比如共同的精神生活，共同的情趣和情调。

而这些都要在现实里一点点去积累，寻求一份合适的距离，一点点靠近，疏远，再靠近，最后恰到好处。

顾风离指着繁闹的小摊子，问她："喜欢什么？我买给你。"

乔以陌摇摇头，她喜欢的东西还真不少，但是想买的太少，因为生活一直拮据，又一直搬家，所以不太喜欢买东西，丢的时候舍不得。

"不喜欢吗？"他又问。

"还好！看看就好！"她说。

喜欢，不一定就去占有。

顾风离握紧她的手，"既然出来了，就买点，如果你不喜欢，我们现在去百货商场。"

"不！这里就好！"她摇头。

"可是你不买东西！"他似乎有点理解她了，"是不是觉得我给你买，不舒服？"

乔以陌愣住，视线落在他的大手上。

那双手很漂亮，很大，骨节分明，完全包裹着她的小手。

"小红帽儿，男朋友给女朋友买东西天经地义，你看那边，那些小情侣不都是一样，人家女孩子也没有像你这样别扭的！"他似乎有点委屈。

乔以陌看他那样，无语地摇头，然后扯了扯他手，走到了一个卖玩具挂件的地摊前，多看了几眼，那些可爱的小玩具真的很吸引人，她有点目不暇接。

"我想要这个！"她指着一个树袋熊，回头看顾风离。

"好！买！"顾风离十分痛快，说着就拿出钱夹，又看看那个樱桃小丸子挺可爱的，让他忍不住想起小红帽儿，指着说："这个也要！"

然后，顾风离又看到乔以陌在看玩具熊，就指着说："这个也要，这个，这个……"

"不要了！"乔以陌看他一下抓了一堆，立刻阻止。

"好，这些吧，再去别的地方看看！"顾风离也没有继续，小摊很多，可以买的也很多。

接着又买了好多东西。都是些零碎的小玩意儿，小水晶，小挂件，银饰品，乔以陌挑到了两个漂亮的草莓饰品的头绳。

顾风离刚要付钱，乔以陌却按住他的手，说："这个我自己付钱！"

"不一样吗？"顾风离有点不解。

"这个是我买给车明剑的女儿的。"她很坦诚，"我要自己的心意！"

顾风离脸色一僵，然后别有深意地问了句，"你很喜欢那丫头吗？"

乔以陌不疑有他，点点头，"嗯，很喜欢！"

顾风离顿了下，又试探着问："如果，禅儿是我的女儿，你会当她的后妈吗？"

乔以陌一愣，立刻道："不会！我不当后妈！"

说完，她看了一眼顾风离，他的表情很自然，只是乔以陌却觉得他的眼睛里有一丝暗色。

乔以陌不知道他为什么会做出这样的假设，于是挑眉问："你为什么要做这个假设？"

"没什么，你说那孩子可怜，有时候我都想把那孩子养在身边。"顾风离微微垂眸，遮掩住眼底一闪而过的悲怆。

"顾四哥，你真有爱心，你喜欢孩子吗？"乔以陌想起他们之间的那个孩子，还是个胚胎，不到八周，就那样流掉了！可惜顾风离不知道。她没想别的，听到他说禅儿，她就想知道他是不是喜欢孩子。

"我更喜欢你！"顾风离给了她一句模棱两可的话。

乔以陌脸一红，低下头去娇嗔地指控，"没个正形！"

顾风离在乔以陌垂眸的瞬间，整个人却是表情复杂，眼神黯痛。

是时机不到，还是一开始就是错？此刻，所有想说的，都说不出口了。

他忽然很害怕乔以陌的理智。

Chapter 25

时间，可以让深的东西越来越深刻。

两人又逛了一会儿，顾风离又给她买了好多小玩意儿，只是这个过程，突然就冷了很多。

最后，两人都觉得索然无味就回到了车上。

乔以陌这才发现顾风离似乎有点神情恍惚，她以为他累了，就问了句，"你很累吧？我们快回去吧！"

车子开出了那条街，却看到B城最好的连锁蛋糕店。

顾风离看到后，也没有征求乔以陌的意见，就把车子停下来，说："买点蛋糕吧！"

乔以陌点点头。

两人进了蛋糕店，乔以陌选了一个水果奶油的8寸小蛋糕。

顾风离拿了一包蛋卷，又买了些刚烘焙出的小饼干。

乔以陌看了一眼，问他，"你要吃吗？"

顾风离道："你不喜欢吗？"

乔以陌摇了摇头，"你买得太多了！"

"没关系的！"说着，顾风离拿出钱包付钱。

乔以陌跟在他身边，蛋糕店里明亮的灯光照射过来，她不经意地一侧头，恰好看到了他的钱包，那钱包里竟然还夹着那张照片！

戴着墨镜的女子照片！

乔以陌的目光落在上面。

顾风离一直没有发觉。

掏了钱后，把蛋糕糕点什么的都打包装好。

乔以陌低下头，跟在他后面，只是，脚步沉重。

她在后面看他的背影，挺拔，却似乎有点瘦削，连同着他身上黑色的衬衣，微翘起的发梢，都似乎夹杂了一丝落寞的气息，而那落寞，让人心悸。偶然沉思的顾风离，突然变得沉默寡言的顾风离，钱包里还装着别的女人照片却跟她说要恋爱的顾风离，让她觉得心疼！

她知道忘掉不容易，可是，既然不容易，又何必开始呢？在他跟她说开始，在她决定跟他开始的时候，他的钱包里居然还放着那张照片！

眼睛有些刺痛，鼻头也有点酸，恰好，此时她的电话响了。

铃声传来，打断了乔以陌的悲伤，也让前面的顾风离回过头，看到乔以陌落下了，他有点愣。

接着，乔以陌低下头去拿电话，佯装什么情绪都没有，一切如常。

只是在看到来电显示的时候愣了下，那电话是曹泽铭打来的。

她直接按断，没有接。

顾风离走过来，问："为什么不接？"

"无关紧要的电话！"乔以陌这样解释。

顾风离的眼神复杂地一闪，他觉得那个电话，应该是曹泽铭打来的。

再回到车上，乔以陌的视线转向车窗外，而电话也没有再响起。不多时，来了一条信息，上面写了一句话：陌陌，前段时间去找你，留下电话号码给乔叔，今天乔叔打了我的电话，想让你回乔家一趟。另外，我姑妈找过你是吗？无论她说什么，你就当没听到吧！还有，对不起！

信息很简单，陈述了三件事，她只关心第一个，乔爸找她？

乔以陌怔怔地看着手机，她是该回去一趟了。

看她如此，顾风离皱皱眉，还是忍不住问了句，"曹泽铭？"

乔以陌一怔，点头，"嗯。"

顾风离微微地眯起了眼睛，注视着前方，说了一句话，"曹泽铭很优秀，我真的很意外，你为什么拒绝了他？"

乔以陌沉默了良久，终于说："因为我一直觉得一个人若对另一个人执恋，多少都有点画地为牢的危险。而我，不想画地为牢！"

"画地为牢？"顾风离听着这四个字，咀嚼着。

"或许，你就是如此吧！"乔以陌微微低垂了眸子。

顾风离又是一怔。

"爱一个人或许会成为一种习惯，不爱也会是一种习惯。当年的我只知道太软的心敞开了被人一顿乱捅，最后伤的还是自己，倒不如一开始就不敞开的好。所以，对曹泽铭我一直心有保留，但是现在，对你，我决定敞开心扉，无论前路怎样，我不悔！"

只是请你别负了我！

顾风离的眸光一瞬间深沉如海。

乔以陌又说："其实我知道我一直在冒险。"

"冒险？"顾风离重复着这句话，其实冒险的何止她一个人？

"认识你这样的人，我知道我要面临什么，我一直在犹豫挣扎，但最后还是说服了自己，赌一把！"

顾风离觉得乔以陌说话的语气太认真了，他有点恍惚。

她说："时间，可以让深的东西越来越深刻，所以这个世上没有什么能够超越死亡，因为死者的一切都被永远地定格，生者想要超越死者，堪比登天。"

"你是不是又多想了？"顾风离有点不解她这一番话的意义。他听懂了字面的意思，却不知道因何而来，他知道其中含义，却不知道她为什么突然又说出来。

乔以陌自嘲一笑，不看他，只是自顾自地说道："或许我多想了。"

"乔以陌，我真的不知道你们女人整天在想什么！"他又开始叫她的全名，不再是亲密的"小红帽儿"了。多么现实，男人和女人一旦有了情绪，称呼都会变得不一样。

她咬了咬牙，又想起那张还保留的照片，轻声说："顾风离，我只想说，开始了就珍惜！"

顾风离却告诉她："曾经有人跟我说别等到失去了才懂得珍惜，可是却没有人告诉我珍惜了还是会失去！"

"一味地沉迷于过去还是会失去！"她又说。

"你到底想说什么？"顾风离侧头看了她一眼。

"没什么！"她不认为他不知道，钱包里还装着希言的照片，无意吗？

乔以陌不想说不在乎，因为在不在乎跟说不说没有关系！

"女人真是不可理喻！"顾风离最后说了一句话。

乔以陌自嘲一笑，没有再说话。

沉默，长久的沉默，一直一直。

回到了幽居苑，乔以陌拿起车上那些买的小东西，安安静静地上楼。

进了屋，她问："今晚我在哪间屋休息？"

顾风离皱眉，"你当然跟我一起睡了。"

"不方便，请你尊重我！"她冷着脸说。

"你又在闹什么啊？"他也来了脾气。

乔以陌看着他，然后一字一句地开口，"我没有闹脾气！"

"刚才不是好好的吗？怎么突然就这样了？"他很是不解。

"我不知道！"

"你不知道谁知道啊？"

"我觉得你知道！"乔以陌淡然地看着他。

顾风离再度皱眉，"我真是不知道！"

乔以陌又是自嘲一笑，只问了一句话，"顾先生，你肚子上的刺青，收拾干净了吗？"

一句话，顾风离白了脸。

乔以陌低下头，轻声说："没有吧？"

顾风离闭了闭眼，点头，"的确没有！"

"所以请你尊重我，你可以不爱我，但是请你尊重我！"她说得很艰涩。

顾风离的表情有点着急，解释道："我没有不尊重你，我觉得我很尊重你了，至少我在努力！"

"你没有！"乔以陌打断他的话，"顾先生，其实从一开始，你就没有尊重我！你拿钱买我的面试机会，你一再用语言试探我，你找上门来骚扰我，我沦陷了！我斗不过你们，我只能当弱者，我也只能妥协，但是你可以当我弱，不能拿我当孙子！拿我当了孙子，不能拿我当曾孙子！我要起码的尊重！请你扪心自问，真的问心无愧了再拍着胸脯说这句话，我不想吵架，真的，吵架太幼稚！"

顾风离就这么看着她，像是看一个陌生人，他听出了她言语间的冷漠，这样绕着弯说话，让他心底不悦。

只是，肚子上的刺青的确没有去掉，因为他刚去医院，就接到父亲生病的消息，他根本没有来得及！

而此时，乔以陌的神情又恢复了平静，周身仿佛建筑起了一堵无形的墙，将他人限于之外。

他突然感到了一丝甜蜜之后的疲惫。为什么，再迈出一步，这么难呢？

终于，顾风离沉思了良久后，点了点头，"好吧，你进房间里休息吧，我睡沙发。"

这屋里只有一张床，车明剑故意弄的，客房里都没有床，所以，顾风离只能睡沙发。

乔以陌听到他说睡沙发，表情一滞，转身去了房间，每个房间都打开了一下，确定里面真的没有床，她站在门口，有点意外，不敢相信这房子这么多房间，居然只有一张床。

但，乔以陌真的不想跟他同处一室，就什么都没有说，去了卧室，关了房门。

这张床，让她感慨颇多，巨大的床承载了她过去的耻辱和悲痛，如今面对这张床，她想起一年多前倔强的自己，高傲的自己，同时也是幼稚的自己！

回到最初，风景依旧，只是看风景的人，心情可还在？

门外，顾风离看着那扇紧闭的房门，眉头微蹙，唇紧抿。

凌晨五点，乔以陌恍惚中听到了开门声，好像是顾风离出去了。

她爬起来，走到客厅，看到沙发上的被子凌乱，旁边的茶几上放了一张纸条，上面写着：对不起，我不知道你到底怎么了，或者我哪里做错了，给了你压力或者不舒服的感觉，请你相信，这真的不是我希望的，我真的一点都不愿意伤害你。小红帽儿，你能来B城，我知道你是真心真意的，四哥不是无情的人，也不是傻瓜，真的很想珍惜你，倘若我做错了什么，请原谅，我不是故意的。

乔以陌坐在沙发上，心里莫名地抽痛了下，他这是在跟她道歉吗？

难道他真的没有意识到吗？

看着这纸条，乔以陌心里莫名地松了口气，整个人突然困得不行，就在顾风离睡过的沙发上躺下，睡着了。

不知道过了多久，门口突然传来钥匙转动门锁的声音，她一下子惊醒，一看客厅里的挂钟，指针竟然指到了中午十一点！

错愕中，门已经打开。

一道稚嫩的童声响起，"顾爸爸，你不要骗我哦，妈妈要是不在，我会生你气的，你们都骗我，我会不喜欢你们的！"

"应该在的！"顾风离的语调有点不确定，他怕乔以陌不声不响地走了。

在玄关处，看到她的鞋子还在，他松了口气，"禅儿，进去吧！"

乔以陌愣住，是禅儿！

顾风离居然带了禅儿来了！

她腾地从沙发上坐起来。

而禅儿在看到乔以陌的刹那，小脸上立刻浮现出一个灿烂至极的笑容，几乎是尖叫着就扑过来了，"哦！妈妈！妈妈！"

乔以陌赶紧抱住扑过来的小丫头，"禅儿，你怎么来了？"乔以陌来不及看顾风离，就把她抱起来，小丫头的手紧紧地勒住她的脖子，生怕一撒手乔以陌就不见了！

"妈妈，真的是妈妈！哦！哦！哦！"小丫头兴奋地大喊。

看她这么高兴的样子，乔以陌又感动又欣慰。

"妈妈，你去哪里了？爸爸打电话给你，都打不通哦！爷爷奶奶说你出差了，可是他们都骗我，我知道的，他们偷偷讲话我听到了哦！他们说我过阵子就忘记了，他们说我是小孩子，小孩子没有记性，可是我长大了，我都记得哦！我跟爷爷奶奶吵架了，我不喜欢他们了！现在我无家可归了哦！"

小丫头说完，仰起小脸，看着乔以陌，然后很委屈地瞪大眼睛，小声问道："妈妈，你是不是不喜欢我？我很乖的！"

乔以陌鼻头一酸，"不是！妈妈喜欢你，一直都喜欢你呀！"

"真的吗？"小丫头有点不相信。

"当然是真的了！"乔以陌认真地保证。

小丫头看了她良久，然后绽出一个大大的笑容，"妈妈，我就知道，你最喜欢我了！"

"妈妈当然最喜欢禅儿了！"乔以陌哄着她，然后抬头看向顾风离。

四目相对，他的眼睛深邃得像是浩瀚星空，看不到尽头。

她来不及去想，下意识地看向他身后，没有发现车明剑，诧异地问道："车明剑呢？没跟你们一起来吗？"

顾风离还没说话，就被小丫头抢白了，"妈妈，爸爸交女朋友去了哦，我不喜欢爸爸了，我要跟顾爸爸在一起，顾爸爸养我哦！"

"呃！"乔以陌再度错愕得不知道说什么，这个车明剑真是太胡来了，这种事怎么能让禅儿知道呢？

她下意识地看向顾风离，顾风离的视线锁住她们两个，似乎微不可察地叹了口气。

"顾爸爸，我说得对不对？"小丫头没有听到顾风离的声音，转过头去问他。

顾风离眸光一紧，点点头，"对！宝宝说的都对！"

因为昨晚的不愉快，让两人都有点尴尬，却都默契地没有再提。

"妈妈，我有好东西给你哦！"小丫头突然想到了什么，赶紧去拿自己的书包。

乔以陌不知道她要干什么，就看到丫头打开小书包，从里面抓了一沓钞票出来。

一摞百元大钞，看起来有一万的样子！

乔以陌咋舌，"天！这是谁给她的？"

"妈妈，这是顾奶奶给我的哦！说是让顾爸爸给我买好吃的！我不要好吃的，我们把这个还给小宝阿姨吧！"小丫头还记着她欠债的事呢！

乔以陌感动得不知道说什么好，眼睛湿润起来。

"宝宝……"乔以陌没有接她的钱，却伸手紧紧地抱住了小丫头，"这是顾奶奶给宝宝的，宝宝的心意妈妈感受到了，妈妈已经还了小宝阿姨的钱了，这个钱妈妈不要，宝宝自己留着吧！"

"那妈妈帮我保管吧！"小丫头道。

"这……"

"别的小朋友都是妈妈帮着保管压岁钱和大人给的钱哦！"小丫头规划得倒

是很好，这叫乔以陌有点不知道说啥了。

"禅儿也想要妈妈！"小丫头看乔以陌不说话，说话的语气又低了下去。

顾风离的眸光骤然收紧，然后转身，去了阳台，点燃了一支烟。

乔以陌抬头看他，发现他的背影落寞，她又低头看禅儿，不忍心拒绝小丫头，接过来，想着以后都存好，再还给车明剑，"好，妈妈帮你保管！"

"谢谢妈妈！"小丫头很是客气。

小丫头这才满意地拍拍手，仰着小脸对乔以陌说："妈妈，我饿了。"

"呃……饿了呀？"乔以陌早饭也没吃，这一看表，12点多了，难怪孩子喊饿了，应该是没吃午饭吧？她想到昨晚买的蛋糕和饼干，拿出来，摆在茶几上，"宝宝先吃蛋糕和饼干，妈妈去给你做好吃的。"

"嗯。"小丫头趴在茶几上突然一惊一乍地喊道："哦！我喜欢的小熊饼干，小太阳，小萝卜，小花生，小星星，哦哦哦！都是我喜欢的哦！"

乔以陌的脑海里闪过什么，原来这饼干，是顾风离买给禅儿的啊？可是他怎么知道禅儿会过来呢？乔以陌还真是有点不了解了。

顾风离洗了手出来，一看到小丫头在那趴着吃饼干，心满意足的样子，他的眼底都是宠溺。

乔以陌笑笑，跟他说："你看着她点儿，我去做饭。"

"妈妈，顾爸爸有买肉馅儿哦，我们要吃肉丸子，我跟顾爸爸最喜欢吃肉丸子了！"小丫头指着柜子上的袋子对乔以陌说道。

乔以陌看到那个袋子，走过去，心想这两个人还真是奇怪，都喜欢吃肉丸子！

乔以陌回到厨房忙了一会儿，都准备好了，侧头看了一眼沙发这边，发现顾风离正抱着禅儿，两个人相偎在一起，禅儿喂顾风离吃花生形状的饼干。

"顾爸爸，你也喜欢吃这个吧？"

"嗯！"顾风离点点头，目光柔和。

那一刹那，乔以陌仿佛看到一对真正的父女，坐在一起，静静地享受天伦之乐。

乔以陌心中想的却是，顾风离他是喜欢孩子的，将来，他也会对他们的孩子好吧？呃……是不是想得太远了？可是看到他现在对待别人的孩子都这样温柔宠溺，她脑海里就萌生出一种心甘情愿为他生孩子的想法。

或许，真的想得太远了！

乔以陌看着他们出神，禅儿突然转头看了她一眼，接着就吩咐顾风离，"顾爸爸，你去厨房给妈妈帮忙，妈妈一个人煮饭很辛苦哦！"

乔以陌扑哧笑了，这孩子倒是很体恤她，也就这丫头敢支使顾风离干活。

顾风离把禅儿放下来，对小丫头说："好！顾爸爸这就去给妈妈帮忙！"

"顾爸爸最乖了！"小丫头一句话让乔以陌再度笑了。

顾风离也跟着笑，这孩子把大人夸她的话都返还给大人了。

进了厨房，顾风离说："是不是觉得家里有个孩子很有趣？"

乔以陌点点头，"是啊！一看到孩子天真的笑脸，就觉得自己什么烦恼都没有了。"

"你的烦恼是因为我吗？"他眼神深邃地望着她，声音低沉，敲打在她的心上。

乔以陌一怔，没有回答，不知道该如何回答。

"如果是因为我，我很抱歉！"顾风离看了她一眼，乔以陌系着个围裙，拿勺子在搅拌肉馅儿，锅里的水还没有沸腾。

"你不用抱歉，其实仔细想想，你也没有做错什么，要怪，就只能怪我们了解得不够深。"她说得很诚恳，想了很久，努力让自己理智下来，"是我要求太高！"

顾风离目光一痛，"谢谢你的理解！"

乔以陌有点不好意思，背过身去。

顾风离在她的身后道："等下再睡一会儿，我们晚上8点出发，我有足够的时间补眠。"他似乎打算好了。

乔以陌怔了下，心想这个安排也可以，就没有异议。

一下子又想到了禅儿，于是问："车明剑怎么回事啊？禅儿也不管了，他真的交女朋友了啊？"

顾风离看看她，神情有点不悦，"他找女朋友关你什么事啊？"

乔以陌被堵得哑口无言，他走过来，大手一用力，她就被逼得像考拉一样挂在了他身上，不过那紧绷的肌肉，让她似是感觉到他的怒气。

"你！"她恍然，这个男人不会是生气了吧？他有什么好生气的？

"我什么我？"顾风离反驳一句，"车明剑交女朋友是他的自由，他又不是修行的高僧，早晚都得找女朋友的。"

"呃……我的意思是，他为什么不管禅儿？把禅儿丢给你干吗？"

顾风离的表情有点不自然，撇了下唇，道："他的事，我管不着，你更管不着。你要记住一点，你是我的女朋友，以后不要动不动就想别的男人！"

"顾风离，我发现你真是小心眼，我说的是正事！"她觉得冤枉，"什么叫动不动就想别的男人？"

顾风离冷哼一声，"你桃花太多了！"

"你少吗？你不是跟那什么……张婷相亲来着？人家可是医学博士，你们可是相谈甚欢！"她也酸溜溜地说他。

他忽然心情大好，笑着问她，"你吃醋了？"

乔以陌长嘘了口气，"顾总，你能不能别一会儿猫脸一会儿又驴脸好吗？"

"以后不许管别的男人！管我就好！"他霸道地说道。

"成！顾总，我想请问你一下，禅儿怎么办？你那朋友太不负责了，自己的孩子不养着，什么父亲啊！"

顾风离一愣，随即说道："禅儿这么可爱，我养着啊！今晚跟我们去云海！"

"啊！"乔以陌大惊，"你开玩笑吧？"

"啊什么啊？"顾风离挑眉，"这周明剑有事，他父母也有事，我带去云海帮他照顾几天。"

"顾风离，这不是开玩笑！"乔以陌皱眉，压低了声音，怕孩子听到，"她在读幼儿园，你把她带过去，她怎么上学？"

"先去云海幼儿园，我帮她联系好了，读几天，不行再回来。"顾风离道。

乔以陌哑然，"你……你什么时候联系好的？"

"上午！"

乔以陌看他一眼，那边锅里的水已经开了，她来不及跟他废话，推开他一点然后走过去，关了火，把丸子盛了出来，过滤了水，装在瓷盘里冷着，然后又洗锅准备炒菜。

顾风离也没有出去。

乔以陌等油热的空，转头对他说："顾风离，我有时候觉得你做事很成熟，有时候又觉得你很幼稚，孩子成长的环境需要稳定，你知道来回动荡对她多不利吗？"

"可是明剑说这孩子自打见了你之后，每天晚上做梦都喊妈妈，他没办法！"

乔以陌一下子愣住，心疼得不得了，这孩子大概太需要母爱了，"可是我不是她妈妈啊！"

"这是你们的缘分啊！也许大一点她就会理解了！"顾风离又说。

乔以陌只感觉头大，然后也顾不得说了，油已经热了，她把葱花姜末下锅，又倒入菜，然后翻炒，回头对他说了句，"你出去陪禅儿吧，我要炒菜了。"

可是，谁想到顾风离突然从后面抱住了她的身子，附在她的耳边说道："我把刺青洗掉了，用激光洗的，以后，别再芥蒂了，好吗？"

乔以陌的身子一僵，心里说不出的感觉，有点惊喜，更多的是怅然。

禅儿还在外面呢，这个男人要干吗？

"松开啊！"她小声说，继续翻炒。

他的手伸到她的衣服里，探上去，握住她的柔软，乔以陌的腿一下子软了。

"顾风离！"她咬牙切齿地低吼，使出吃奶力气才将这个男人推了出去。

吃饭的时候，乔以陌看着顾风离跟禅儿一样都在吃肉丸子，几乎不吃别的，忍不住说道："你们两个居然口味一样，都爱吃肉丸子，还真是有缘分！"

顾风离闻言动作一滞。

禅儿却笑眯眯地说道："妈妈，他们还说我长得像顾爸爸呢！"

这一下，乔以陌瞪大眼睛。

顾风离表情一僵。

经过禅儿一提醒，乔以陌仔细看看两个人，还真的有点像呢，尤其是那双眼睛，她有点吃惊。

乔以陌惊讶的时候顾风离却开口了，"我看着宝宝更像妈妈呢！尤其是小脸，你们自己看看像不像？"

顾风离这么一说，乔以陌又仔细看了看，真的呢，那张小脸跟自己的脸型有点像呢！

"我像爸爸，像妈妈，像顾爸爸！我是你们的大宝贝！"小丫头说出的话，让乔以陌忍俊不禁。

"多吃点！"顾风离不动声色地夹了个丸子给乔以陌。

吃过午饭后，乔以陌让顾风离去睡觉，自己洗碗，收拾厨房。

　　小丫头跟在她旁边拿扫把帮着扫地，一副很贴心的样子。

　　因为顾风离要开车，乔以陌和禅儿说不要她吵到顾爸爸休息，小丫头也很乖，一直没有大声说话。

　　收拾完了，两个人在客厅的沙发上看少儿频道，看了不多久，小丫头就睡着了。

　　乔以陌把她放在沙发上，盖好了被子，旁边地毯上用最厚的靠垫垫好，以防孩子掉下来摔到。然后自己也靠在沙发上补眠。

　　也不知道过了多久，身子突然一轻，被人抱了起来，乔以陌倏地睁眼，蒙眬中，对上一双深邃的眸子。

　　"你醒了？"她惊呼。

　　顾风离低下头来，道："压根就没有睡！洗了个澡，接了个电话，然后出来看看你们。"

　　他刚才想睡的，洗澡后，看着自己的身体，没有了那枚刺青，突然有种说不出的感觉，没有心疼，没有难受，更多的是松了口气。那枚刺青的存在，或许不只是压在乔以陌的心上，他自己也是如此。

　　"你快去睡吧！"乔以陌说。

　　顾风离低头，"一起睡！"

　　"禅儿一个人在客厅不行！"她真的不放心。

　　"我回来抱她！"他说。

　　先把乔以陌抱进了卧室，顾风离并没有着急出来抱小丫头，而是俯身低头亲吻了下她的额头，鼻尖，最后落在唇上。

　　乔以陌一慌，顾风离已经迫不及待地堵住了那张小嘴，给了她一个强烈的深沉的吻。

　　然后，气喘吁吁地分开，顾风离在她的耳边哑着声音说："小红帽儿，谢谢你，今天是我这一生最开心的日子！"

　　乔以陌哑然，这一生最开心的日子？

　　最？！

　　这是不是代表，比以往他跟希言在一起的时候还要快乐？

她真的好想问，但是，还是张不开口。

许是因为这句话鼓舞了乔以陌，她的手，不自觉地搂住了他，修长的手指轻轻地插进他的发丝里。她不再被动，红唇羞怯而大胆地吻上了他的唇。

顾风离心中一喜，很快，他的手开始伸进她的衣服里。

乔以陌红着脸，看到卧室的门没关，小声低呼，"等等……"

顾风离捺着性子，勉强平复了自己的呼吸，然后哑着声音说："小红帽儿，给我好不好？睡不着！老想你！"

她想拒绝，却又有点心疼他的隐忍，因为她看到他的额上青筋暴起，眼中也泛起血丝。她说不出拒绝的话，于是小声道："你去看一眼禅儿，然后关上门，还有，要快……"

顾风离一愣，突然抬头看她，那羞红了脸的样子真是像极了小红帽儿，他眼中飞快地划过一抹惊喜，"小红帽儿？你答应了？"

乔以陌红着脸点点头。

顾风离猛地亲了下她的脸，然后噌地爬起来跑出去看了眼禅儿，小丫头睡得很好，那张小脸上都是温暖的笑容。

顾风离深深地看了一眼，然后回来，关上了卧室的门。

Chapter 26

有些事存在着，却总是无奈。

回去的时候真的带了禅儿，途中小丫头睡着了，乔以陌抱着她，胳膊累得酸酸的。

"顾风离，照顾孩子可不是闹着玩的。"

"禅儿只在云海一个星期，下周就回去。"

"啊！"

"所以，这一周，辛苦你了！"

"你跟车明剑的关系可真好，让人羡慕！"乔以陌想到了牛小宝，还是唏嘘不已。

"我跟你的关系会更好！"顾风离突然暧昧地开口，并压低了声音说："我跟你是负距离！"

乔以陌脸一红，啐了他一口，"你闭嘴！"

顾风离开了一辆宝马X6，X6果然是X6，性能好得不得了，车速又稳又快，很快就到了云海。

顾风离要载她直接去玉山花苑，但是乔以陌要回去拿衣服和一些东西，于是就先回了福海小区。

顾风离把车子开到了小区里，乔以陌下车的时候，就看到一辆Q7停在她的楼下，深夜十一点多，车里一片黑暗，只能看见一支猩红的火头在燃烧，火光映照下，是曹泽铭那张熟悉而狂放的俊脸……

乔以陌看到曹泽铭的时候，顾风离自然也看到了。

但是，曹泽铭看到乔以陌后，并没有下车。

乔以陌心底一颤，说不出的感受，曹泽铭居然在她的楼下，他到底要干什么？难道还没有死心？她愣了一下，见曹泽铭还是没有下车，她也没有走过去，而是上了楼。

顾风离径直拉开了曹泽铭的车门，坐进来。

曹泽铭沉声说："谁准你上来的？"

顾风离墨黑的眼睛望着曹泽铭，淡淡地开口，"你这是守株待兔吗？不过这种战术不适合她，你出局了，何必再纠缠呢？输得漂亮点，不是更值得尊重？"

"谁纠缠了？"曹泽铭反驳，"老子看见她也没跑过去强来不是？再说我要强来，还轮到你？"

"那么你告诉我，这是什么意思？"顾风离的语调不疾不徐，充满了力度，"大晚上不睡觉，跑到人家楼底下挺尸是成熟男人所为吗？"

谁知曹泽铭并不买账，嘴角勾着讽刺的笑，"这是公共场所，小区物业都没找我麻烦，你管得着吗？我爱把车子停在这里，碍着你什么事了？"

顾风离说道："成啊，我只是告诉你一声，觊觎别人的女人不太好！"

曹泽铭冷笑一声，"顾风离，无论你打什么主意，陌陌都是受伤最深的那个！你不爱她，把她当替身，我告诉你，你早晚都要付出代价！"

顾风离眼神一黯，"你既然知道乔以陌长得像我过世的妻子，为什么不告诉她？"

听到这话，曹泽铭突然砸了下方向盘，极尽恼意，"我他妈早就想说了，可是她不给我机会说啊，她说那是你们之间的事。"

"其实有一天她受伤你是乐见其成的吧？"顾风离说起话来条理分明，声音温润却言辞冷淡，"你巴不得我把她当成替身，等到功败垂成后，你好坐享渔翁之利！"

曹泽铭怒目相对，恨恨地说："顾风离，你别以为别人都跟你一样步步为营，我曹泽铭光明正大着呢！我不说，是因为我不想看到她受伤，看到她难过。"

顾风离轻描淡写地接过，"即使她早已是我的女人，跟我同居多日？"

闻言，曹泽铭猛地一震，整张脸紧绷，额头上青筋直跳。好在车里没有光线，所以异常并没有那么明显。

顾风离没有说话。

许久，曹泽铭点了烟，眯起眼睛，狠狠吸一口，"顾风离，你不要太嚣张，到手的鸭子也是会飞的。"

"就算是飞，也不一定能落在你手里。"

曹泽铭勾唇轻笑，"我在这里看着她，你管得着吗？你不就是怕她跑到我手里？"

顾风离被堵得一怔，却又瞬间恢复自信，侧头看看他，同样点了一支烟，抽了口，烟雾弥漫开来，看不清神色，语气没有任何起伏，"她不是那样的人！"

"你总算说了一句实话！其实我也知道陌陌是不会回头的，只是我，偏偏有点不信邪！"

"那你就继续在这里守着吧！今晚她要搬走了，跟我去玉山花苑住，我告诉你地址，别费心去调查了，你可以继续去那边守！"说完，顾风离下了车。

这时候，乔以陌下了楼，手里提了一个大包，看到顾风离从曹泽铭的车子里下来，她微微一怔。

顾风离走过去，接过她手里的包，也顺势牵住了她的手。

两个人就这样牵着手上了X6。

上了车子，乔以陌始终低头，看了一眼禅儿，确定没有事，"我们快走吧！"

"嗯。"顾风离别有深意地瞥了一眼那辆Q7，发动车子离去。

乔以陌一直没有说话。顾风离把车子开到了玉山花苑，时间已经是深夜12点了。上楼洗漱后，他把孩子放在客房的床上，乔以陌打算跟禅儿一起睡，结果顾风离却把她抱回了卧室。

乔以陌一直很安静，从见到曹泽铭后就很安静，这让顾风离有点难受。

终于忍不住问她，"是不是很纠结？"

乔以陌一怔，反问："什么？"

顾风离的眼神在她脸上来回巡视，寻找着蛛丝马迹。

乔以陌不解，"什么很纠结？"

顾风离的表情有些不悦，咬牙吐出三个字："曹泽铭！"

乔以陌讶然，"我为什么要纠结？不是我让他去的，他去他的，我该说的都说了，他非要在那里，我也没有办法。"

顾风离一怔，眼神更加复杂。

"你不睡的话，我先睡了！"乔以陌觉得太晚了，"明天我还要上班。"

"是不是你一旦决定了一件事就真的不会回头？"顾风离问得别有深意，"尤其是别人对不起你之后？"

"我不知道，应该是这样的！"乔以陌坦诚地点头。

顾风离略微抬头，目光微敛，没有出声。

乔以陌以为他误会了，又说了句，"以后我跟曹泽铭最多就是兄妹，因为一些事，可能无法回避，所以，我不希望你误会，我没有想过跟他暧昧，过去就是过去了，不会再回去，希望你明白，也相信我。"

一番话说完，顾风离仍是默不作声，表情没有一丝波澜，让人根本看不出他在想什么。

"要我相信你可以……"他终于开口，眼底都是坏笑，"但是有个条件！"

"什么？"

"我还要！"说完，他猛地低下头去，亲她。

"唔……顾风离，你这个大色狼！"

"哈哈哈，被你说对了，我就是大色狼，而且只对你色！"他说完，又加深了这个吻。

早晨七点多，三个人下楼，顾风离先把乔以陌送到公司不远处的巷子里，小丫头依依不舍，"妈妈，我从幼儿园放学可以再看到你吗？"

乔以陌点点头，"当然了，妈妈下班后给你做好吃的，今天在幼儿园会勇敢的对不对？跟新认识的老师和小朋友们好好玩，妈妈明天再给你梳好看的小辫子。"

"我会很乖的。"小丫头连忙说。

"好孩子！"乔以陌这时看向顾风离，问他："中午在幼儿园吃饭真的行吗？"

"可以，她以前也是中午在幼儿园吃饭，培养自理能力。"顾风离道。

"妈妈，我可以的！"小丫头立刻保证，"我会当听话的孩子，不让你们讨厌我，送我走！"

顾风离和乔以陌对视一眼，她看到他的眼中闪过痛楚。

她又何尝不是？

太敏感太懂事的孩子总是让人心疼，乔以陌摇头，保证，"宝宝，顾爸爸和妈妈都不会送你走的，宝宝很乖！"

去了办公室，赵琳和王亚樵都在，正在办公室聊天呢，说中午赵琳请客，大家都得去，乔以陌也只好跟着去了。

中午，几个人一起下楼，赵琳开车载着她们一起去了醉香林。

醉香林是云海一家很有特色的餐馆，环境优美，菜干净卫生又新鲜，所以宾客络绎不绝。

尤其是吃烦了大酒店的人，都爱去醉香林，醉香林的菜一点不比星级酒店差。

进了醉香林停好车，几个人在门童的引领下穿过绿色的藤蔓搭成的长廊。

只是令人意想不到的是，乔以陌竟在那长廊上看到了一抹熟悉的身影。

曹泽铭！

今天的曹泽铭穿了一件竖条的蓝色衬衣，齐额的短发闪闪发亮，有那么几根顽皮地翘起，透着一股桀骜不驯。因为他在抽烟，有烟雾缭绕，看不清他的表情。

他也看到了她，微微皱起了眉头，然后大步走了过来。

乔以陌一怔，看到他走过来，心里突然咯噔一下。

曹泽铭走到乔以陌的面前，不顾其他三个女人的目光，大方地打了个招呼，"陌陌，真巧，在这里遇到你！"

乔以陌恍然抬头，对上曹泽铭那双深邃的眸子，忙开口，"你好！好巧！"

说话间，她的刘海顺着额角滑了下来，遮住了一半的眼睛，但是曹泽铭清楚地看到她眼睫颤抖了一下，如流光一般。

"呦！这不是上次抱着小乔去医院的那位吗？"赵琳不经意地说了一句。

"是呀！我看着像呢！青年才俊呢！"王亚樵也说。

孙艳芬倒是没有说什么，却也看向了曹泽铭。

乔以陌微低头，忽然不知道该怎么接话，有点尴尬。

曹泽铭却在这时对服务生说："这几位的账单，记在我的账上吧，跟你们经理说，上最好的美容养颜补汤。"

乔以陌一愣，抬头看向曹泽铭。他冲着她一笑，那笑容有点冷，却也客气，就像初相识，他看她的眼神，很冷，她忽然有点不知所措。

曹泽铭又对其余几位说："几位姐姐不必客气，来醉香林就是到家了。"

几个人都是面面相觑，有点不好意思。

赵琳直接开口，"这位先生，今天可是我请客呢，这多不好意思！"

"姐姐不必见外，我妹妹跟你们是同事，以后就仰仗几位照顾了！"曹泽铭说完，这才自我介绍道："刚才忘了说了，我是曹泽铭，乔以陌的哥哥。"

众人一怔。

孙艳芬忽然笑着问："是妹妹怎么不同姓呢？"

曹泽铭也笑，"因为没有血缘，自然不同姓，不过我待陌陌比亲妹妹还要亲，我们自小一起长大，我的就是她的！所以，大家不必客气，今天我代表我妹妹请大家！"

众人又是一愣，这小伙子也太豪气了吧？

赵琳和王亚樵对视一眼，孙艳芬有点意外，都看向乔以陌。

乔以陌很是尴尬，最后道了句，"泽铭哥，今天谢谢你了！我们先进去了！"

曹泽铭耸耸肩，笑笑，点头，"几位姐姐请！"

去了提前预订的房间，赵琳就开始发挥她老娘们的八卦特质，"小乔，你那哥哥看起来不一般啊！好像是开生物制药厂的吧？我想起我家那口子说最近市里来个大项目，就说他的吧？"

"我不知道！"乔以陌老实地回答。

"行啊，小乔，你居然有这样的哥哥！"王亚樵也惊叹。

乔以陌更尴尬，"他只是我一个远房的表哥，拐弯的亲戚，拐得都没有血缘关系了！"

"但我看着这小伙子很照顾你！"孙艳芬这时候开口，视线落在乔以陌的身上，带着一抹探寻的意味。

乔以陌点点头，只好解释，"他是个好人，热情，大方，平时就爱做好事！"

"小乔啊，这种男人得抓住啊！"赵琳又说了句。

乔以陌赶紧低下头去喝了一口菊花茶，心里尴尬得不行，只能赔着笑，"呵呵。"

这一顿饭，乔以陌吃得很不是滋味，赵琳和王亚樵孙艳芬一直在说着云海各个机关单位的人文趣事，中间服务生送来四张VIP打折卡。

接到卡，几个人都一怔。

服务生说："这是曹先生吩咐的，一定要几位收下，以后几位但凡有亲戚朋友过来用餐，凭此卡可享受八折优惠，还可享受包房待遇。"

乔以陌心里不安，曹泽铭他到底要怎样啊？她都那样拒绝他了，他为什么还要对她好？

"那我们得好好谢谢小乔的这位表哥了！"

"曹先生在哪里？"乔以陌问服务生。

"曹先生在梧桐阁。"

乔以陌跟几位道了一声失陪，走了出去。

只是，怎么都没有想到，当她走到梧桐阁的时候，包房里面只有曹泽铭一个人在用餐。

乔以陌有些诚惶诚恐，站在门口不敢进去。

"曹先生，这位小姐找您。"

"你出去吧！"曹泽铭说，"麻烦把门带上！"

乔以陌站在门口，看着坐在那里一个人用餐的曹泽铭，四菜一汤，摆在桌上，几乎未动，一壶茶，冒着热气，香气缭绕。

两人都没有说话，连呼吸声都细微得可怕。

良久，她终于迈开脚步，走过去，每走一步都很艰涩，脑海里想起很多过往，心底却是微微酸涩。

有些东西，过去了，就回不来了！无论多努力，都回不来了！

五年前他羞辱她时，她坚定信念，有一天要他后悔！

五年后，她面对他的后悔，竟没有丝毫快感，有的只是酸涩，心乱如麻！

只是，面对他，她还是微微迷蒙了眸子。

因为，曾经，他也是在曹家一个人吃饭。

用餐的姿势优雅，却也孤独。

那是一种富人的悲哀！

迟云忙，曹先生更是几个月不着家。

乔以陌自己用餐，曹泽铭也自己用餐。

他们那时候，吃饭，都是各自孤独！

忽然，曹泽铭开口，"陌陌，没有话说的话，就回去跟你的同事吃饭吧，让人家久等不太好。"

乔以陌深呼吸，开口，"泽铭哥，对我好，也不会改变什么！"

曹泽铭一滞，笑了笑，"我没想着改变什么！"

乔以陌也是停滞了一下，没有了下文。

曹泽铭说："陌陌，顾风离如果不适合你……"

"那也不会是你！所以，不要再浪费时间了！请你不要再为我做任何事，算我求你！"

曹泽铭定定地看着她，一字一句地说道："那么我也求你，让我为你做点事，就算是成全我，可以吗？"

乔以陌低下头，"你愿意做就做吧，但是我的答案永远是——绝无可能！以后，我不会再对你有任何愧疚！"

说完，她转身走了出去。

曹泽铭望着她的背影，一个人点了烟，怔怔地发呆，也不知道过了多久，忽然笑了，然后熄灭了烟，开始安静地吃饭。

乔以陌刚走到包房门口，就听到里面传来了几个男人的声音，好像是李副总的，"顾总，她们这群老娘们可真行啊，居然自己跑出来吃饭，也不叫上咱们。"

顾风离的语气也充满了调侃，"女人也应该有自己的世界，下次三八妇女节，公司女同志集体去旅游，费用算公司的。"

顾风离怎么在这里？！乔以陌惊愕了一下，然后推门进去。

乔以陌一进来，就看到顾风离和李副总，还有其余几位部门负责人，并且还给加了座位，这是要坐下来一起吃饭吗？

乔以陌一见这阵势就吓了一跳，不是说女人聚餐吗？

顾风离此刻就坐在她刚才坐过的位置旁边，她那位置倒是给她空着呢，另一边是孙姐。看到她走进来，顾风离抬起眸来看向她，那眼神似乎一闪，却又不动声色。

乔以陌心底一颤，硬着头皮打了招呼，"几位领导好！"

她坐在顾风离身边，席间他们开玩笑，说着一些黄段子，乔以陌的脸红红的，却又不敢说什么。

顾风离偶尔侧头看她。这丫头脸蛋红红的，长长的眼睫轻颤，红彤彤的脸蛋像苹果一样，美丽又可爱。

他知道她不喜欢这样的场合，但是早晚都是要经历的。

回到公司。

顾风离叫乔以陌上楼。

一进顾风离的办公室，就听到他问："你今天吃饭的时候去见曹泽铭了？"

"嗯。"

"他说了什么？"

"没什么！"乔以陌淡淡地回道。

"我不能知道？"

"顾风离，你怀疑我什么？"乔以陌抬头望着他，嘴唇颤抖着，脸颊也晕上了一抹微红。

忽然，她又奇怪地挑起眉，"谁告诉你我去见曹泽铭了？"

"孙艳芬！"顾风离道。

乔以陌若有所思，"孙姐好像格外关心我！"

"孙艳芬人不错的。"顾风离解释了句,"她跟我妈是老相识,我妈说她人不错,我觉得也是。"

乔以陌无言,心里却犯起了嘀咕,被人格外关心有点不对劲儿,联想起之前的事,更是如此。

"曹泽铭没有跟你说什么?"顾风离见她不说话,又换了个问法。

乔以陌一顿,反问:"他该跟我说什么?"

顾风离望着她,没说话,只是眼神复杂地看着她。

乔以陌看他如此,皱皱眉,然后说:"我可以看看你的钱包吗?"

顾风离不解,但还是拿出钱包,递给了她。

乔以陌深呼吸,打开他的钱包,那张希言的照片还在!

她只看一眼,视线就涣散了,然后把装着照片的钱包递给他,说道:"今天就当是扯平了吧!我跟曹泽铭说的话,绝对没有你钱包里还装着希言的照片这种事伤人!"

顾风离瞬间就呆住了,他哑口无言。

乔以陌没有错过他脸上的每一个表情,"顾风离,我觉得我比你坦荡,我今天见曹泽铭只是跟他说清楚,请他不要再骚扰我,我心里没有他了,我要开始我的生活,即使没有你,即使我跟你不能在一起,我也不会再转投他的怀抱了!"

话不多说,她把钱包递给了他,转身走了出去。

她知道自己很小心眼,但是不知道为什么,顾风离刚才一进门就指责她的时候,她就觉得不公平!

一直挨到了下班时间,乔以陌接到了顾风离的电话。

顾风离说晚上有个应酬,他先去接孩子,然后跟她会合,他可能要晚一点回去。

乔以陌觉得回玉山花苑有点不方便,因为那边距离市区有点远,买菜不是很方便,于是说:"我还是带她回我那里吧,我们刚好逛逛!"

顾风离有点意外,在电话里就问:"你还在生气?"

乔以陌道:"没有,已经过去了,中午和下午的事不再提了,我是想带她去买《蜡笔小新》,她不是想看《蜡笔小新》吗?"

"明剑说不让她看《蜡笔小新》,说那动画片有点小流氓。"

乔以陌却道："小孩子就那样，越是不让看只怕越是想看，我们就买几集看看吧！"

顾风离觉得她说的也有道理，就没有再说什么，"那我现在去接她，然后跟你会合。"

乔以陌在百货大楼门口等顾风离，X6开过来，车门从里面打开，后车座上，小丫头可爱的小脸露出来，"妈妈，我好想你哦！"

乔以陌一看到小丫头顿时什么烦恼都没有了，也扬起一个笑容，走过去，把她抱出来，"禅儿今天有没有乖？"

顾风离说："老师说她很乖，老师很喜欢她呢！"

"是吗？真是好孩子！"乔以陌抱禅儿下来。

抬头看了一眼顾风离，他正转过脸，四目相对，他眼底有歉意，"对不起，一些事，真的是我忽略了。"

乔以陌怔了下，摇了摇头，"其实，我说不介意，是假的。在B城师大夜市那晚我就看到了你钱包里的照片，我一直想等你自己把照片拿出来，可是你没有！我也很抱歉让你以这样的方式拿出来，我相信你是忽略了。就像今天的事，我见曹泽铭，是站在我的立场上去说清楚一些事，可是我没有站在你的立场上想问题，所以你愤怒，这都可以理解！所以，不用在意！"

他脸上扬起一抹惊喜的笑容，"你真的这么想？"

乔以陌也笑了笑，点头，"是的，我的顾总大人，你快去应酬吧！"

"我晚上过来接你们，不过不知道会不会喝酒，到时候喝酒就不能开车了。"

"晚上你喝酒的话，我带禅儿打车过去。"

"嗯，好。"

乔以陌牵着禅儿往百货大楼里走去，小丫头还悠闲地晃着乔以陌的胳膊，很是开心的样子。

顾风离远远地看过去，目光里闪过一抹挣扎，深深地拧了拧眉，刚要开车走，电话就响了。

一看电话是车明剑，他接起来，那边立刻传来车明剑急促的声音，"姐夫，糟了！我爸妈疯了，非要我把禅儿接回来，老太太今天就要去云海找你！"

顾风离一愣，眉头皱得更紧，"你到底怎么说的啊？"

"我说把禅儿送去B城看顾伯伯了啊！没想到我爸妈今天去B城看你爸妈了啊，结果一问孩子不在，就这样了！"

"车明剑！"顾风离咬牙，"这事你也骗？"

"我也不是故意的啊！"车明剑先撇清自己，"怎么办啊？先别追究谁对谁错了，你快想办法，老头老太去了云海，你可怎么办？"

"你真是气死我了！"顾风离砰地挂了电话，拿着电话翻号码本，然后翻出车家老爷子的电话，拨了过去，很快电话接通。

顾风离毕恭毕敬地喊了一声，"爸！我是风离！"

乔以陌领着禅儿逛一楼音像超市。

"妈妈，你真的给我买《蜡笔小新》看吗？"

"妈妈答应你的，当然要说到做到了。"

"妈妈，你真好！"小丫头嘴巴跟抹了蜜一样的甜。

乔以陌笑着道："不过妈妈有个条件。"

"什么？"小丫头仰着小脸问。

"禅儿以后也要说到做到，每天只看一集，多了不可以！"

"为什么只看一集？"

"因为小孩子看多了会把眼睛看坏的！"

"可是我眼睛很好啊！"小丫头很聪明地讨价还价，"可以多看吧？"

乔以陌好笑地说道："我知道你眼睛很好，但是看多了就不好了！"

"好吧！"小丫头纠结地答应了，"妈妈，我就看一集！"

"真是好孩子！"乔以陌蹲下身子，亲了亲她的脸蛋，然后牵着她的小手去前台付账。

结果，刚买完，就看到顾风离高大的身影疾速而来，很快就到了她们面前。

"你怎么又回来了？"乔以陌不解地问。

顾风离一把抱起来禅儿，对乔以陌说："陌陌，禅儿的爷爷奶奶来了，已经到了云海，我带她过去，你自己先回去好吗？"

乔以陌一怔，点了点头，"车明剑的父母来了啊？那好吧，你快抱禅儿过去吧！"

"顾爸爸，爷爷奶奶来了吗？"

"嗯，爷爷奶奶来了，要见宝宝！"

"不要，我要跟妈妈在一起！"小丫头伸出手找乔以陌。

乔以陌笑了笑，捏捏她的小脸，"爷爷奶奶来了，肯定是不放心你，宝宝先去见爷爷奶奶，这样才是有礼貌懂事听话的好孩子！"

小丫头被乔以陌这么说，顿时嘬着嘴巴不说话了。

顾风离深深地看了乔以陌一眼，感激她的大度，"小红帽儿，谢谢你！"

乔以陌摇头，"车明剑父母肯定是不放心禅儿跟着你，毕竟孩子应该跟着爸爸，车明剑不靠谱，他父母不放心也正常。"

顾风离眼神一怔，闪过一抹挣扎的流光。

恰好这时候乔以陌的电话响了，她赶紧说："你们快去吧，我自己回去，以后有的是时间！"

"妈妈，我一会儿回来看《蜡笔小新》哦，我还要吃肉丸子！"小丫头不放心地嘱咐乔以陌，"你要说话算话哦，不能送我走！"

乔以陌一愣，电话还在响。

顾风离说："你接电话吧，我们走了。"

说完就抱着禅儿离开，小丫头还在喊："妈妈，我一会儿就回来。"

乔以陌摇头失笑，看他们远走，这才看电话，显示的号码是陌生号，她接了电话，"喂，你好，哪位？"

"陌陌，我是迟云。"

乔以陌吓了一跳，不知道迟云怎么又打自己的电话，她赶紧说："迟阿姨，您好！"

"我在上次的饭店包房，你过来吧，我有重要的事跟你说！"同样不给拒绝的机会，说完就挂了电话。

乔以陌一怔，长嘘了口气。

这个世界，她最怕的人就是迟云，最愧的人也是迟云。

她无法不去，迟云叫她，她也只能随传随到。

到了云海饭店，她被迟云的助手带着去了上次那间包房，一进门，气氛冷清得有点压抑。迟云还是坐在上次的位置，一样的雍容华贵。

"迟阿姨！"乔以陌进门先叫了一声。

看到她，迟云说："陌陌，来了！"

"您找我有什么重要的事？"乔以陌的手里还提着动画片呢。

"好吧！我看你也挺忙的，那我就开门见山了，你知道顾风离……"

"妈，不可以！"门口突然传来一道冷厉的男声，打断了迟云的话。

Chapter 27

说好的永远，可是，却不知怎么就散了。

一个高大的身影走进来，正是曹泽铭。

乔以陌愣住。

"妈，我不是说了，不许找陌陌！更不许你干涉她的任何决定！"曹泽铭一进门就压制不住火气低喊。

迟云也不生气，面容冷漠地说道："无论如何，陌陌都是我们曹家的人，虽然配不上你，但是我也不许她丢曹家的脸，跟顾风离在一起。顾风离那种男人说什么都不能要，也配不上陌陌。我再三思量过了，决定不反对你们。陌陌，现在反悔还来得及，你跟泽铭在一起吧！"

乔以陌沉默，这不是交易，也不是市场买菜，她做不到说喜欢就喜欢，说不喜欢就马上不喜欢。

"妈！别逼她！我说了，这是我的事，我自己会处理。"

"你对她优柔寡断的，我只能给你快刀斩乱麻了。陌陌，你听清楚，顾风离他骗了你。"

"陌陌，跟我走。"曹泽铭突然一把抓住乔以陌的手腕，拉着就往外走。

"顾风离曾是车家的女婿，这样的二手男人，你真的确定你要吗？"迟云却在乔以陌走出门的刹那，说出这句话。

嗡！

如遭雷劈。

一时间寂静如死。

乔以陌被震住了，但很快地，她强自镇静，猛地用力，挣脱了曹泽铭。

曹泽铭一愣，又上来抓她的手。

"曹泽铭，放手！"乔以陌的声音低沉了下去，却出奇的冷静。

曹泽铭更担心了，"陌陌？"

乔以陌竭力维持着自己的理智，她缓缓地转头看向迟云，"迟阿姨，您刚才说什么？"

迟云微微抬头，目光落在乔以陌的脸上，还真是冷静，冷静得让她都有点吃惊了。

"陌陌，我会告诉你，一些事，或许不是你想的那样！"曹泽铭再度抓住了乔以陌的手腕，他怕她跑了，怕她听到更受打击的事难以控制。

"妈，你明知道我不想陌陌受伤害，为什么还要这样？我不是说了，不要干涉她？"

迟云不管曹泽铭的话，望着乔以陌，一字一句地说："陌陌，顾风离是个结过婚的男人，并且还有个孩子，是他跟车希言的孩子，你很聪明，想必你应该猜到那个孩子是谁了。"

乔以陌脸色瞬间苍白如纸，顿时感觉全身上下都一起剧痛起来，差点站不稳。

外面的天空已经完全暗了下来。

天黑了！

屋里一下子安静下来。

沉闷。

窒息。

脑海里犹如划过一道白光，空白成一片。

迟云将视线落在乔以陌的脸上，带着深深的探究和考量。比她想的冷静，比她想的稳重，也比她想的成熟。

曹泽铭脸上的表情很复杂，他的大手还死死地握着乔以陌的手腕，生怕她跑了。

乔以陌觉得时间在这一刻仿佛凝固，每一分每一秒就像是她身体里的血液，变得黏稠异常，缓慢而艰难地流动着。

心跳，缓慢，咕咚，咕咚。

良久，乔以陌深深地呼吸，终于开口，"迟阿姨，谢谢您的好意，我知道了。这就是您说的大事吗？"

迟云一愣，微微皱眉。

乔以陌笑笑，那笑容说不出的荒凉，"如果没有其他事的话，那么我先走了，再见！"

迟云倏地眯起了眸子，她完全没有想到乔以陌会是这样的反应。

乔以陌用尽全力，猛地甩开曹泽铭的手，大步离去。

"陌陌，听我说！"曹泽铭在后面追出去。

乔以陌走得很快，很快，身后，曹泽铭几个大步蹿上来，把乔以陌逮住。刚才她挣脱的力气很大，好像是一种濒临绝望的爆发，让他措手不及。

"曹泽铭，放手！"

"我不能放！陌陌，我很担心你！"

"我不需要你的担心。"

"陌陌，别意气用事，你不是一个人。"

"曹泽铭，你放开我！"

"我不放！"

两个人拉拉扯扯很快到了饭店楼下，曹泽铭拉着她朝自己的车子走去。

乔以陌踢他，他也不放开。

"曹泽铭，你看我笑话很有意思是不是？"她忍不住低吼。

"陌陌，我没有！真的没有！看到你这样，我比任何人都难受！"曹泽铭也吼了回去。

"你早知道了是不是？"

"是的！"

"你为什么不早说？"

"我说了你会听吗？你还记得你说过的话吗？你说那是你跟顾风离的事！"曹泽铭的声音也很大。

乔以陌一下子安静下来，是的，她从来没有给曹泽铭机会说。

肺在燃烧，每一次呼吸都仿佛灼烧般刺痛，眼前的一切模糊起来。

她闭了闭眼睛。

希言？！

车希言？！

车明剑？！

顾风离？！

车小禅？！

原来，他们合伙骗了自己！

她没有了力气，也不挣扎了。

曹泽铭不由得一愣，下一秒他扳过她的肩膀，对上她的眸子，"陌陌，顾风离是骗了你，但不是对你没有一点感情。"

乔以陌怔怔的，视线恍惚着，似乎没有了焦距。

曹泽铭更是着急，"陌陌？你现在可以去找顾风离问清楚。"

乔以陌的视线不知道落在何处，那双没有焦距的眸子就这样望着天空，黑暗的天空，看不到任何光亮。

果然！

私生子被生出来就是要还债的！

果然父债子还，她这是报应，怨不得人。

她活该！

"那么你现在为顾风离说这话是什么意思？"她忽然开口，视线渐渐有了焦距，对上曹泽铭深沉的眸子。

曹泽铭一愣，一时间没有反应过来。

乔以陌的目光冷淡，"你不是说爱我吗？为什么又替顾风离说话？你不就是想看笑话吗？你不就是想看我活该被人甩吗？"

曹泽铭头脑发蒙，错愕着低吼，"陌陌，我没有那么坏！我从来就没有想过要看你的任何笑话！"

"那你为什么要替顾风离说话？"

"因为我了解你！我不想你被伤到极限走了极端！那才是我最不想看到的！我承认我不是什么好人，但是对你，我没有那么卑鄙的心！"

乔以陌无语了。

曹泽铭耐心解释着，"你的脾气臭，记仇，自私，小心翼翼，我不敢说！我只能看着你，陌陌，受伤没有什么，顾风离开始骗你或许处于自私，但是我相信他后期是在乎你的，就像当年的我，那样羞辱你，我为此付出了代价，顾风离比我犯的错要大，他是活该，我不同情他，但是我不能看着你走上极端！"

乔以陌神情恍惚地摇了摇头，"你们都太可怕了，曹泽铭，我就算走了极端，也是我的事，放开我。"

"陌陌，我不放！至少现在不行，你先冷静！跟我回去，什么都不要想，就安静地休息一晚上，明天你冷静下来，再说好吗？"他很紧张地劝她。

"曹泽铭，我是个成年人了，我不用你的好心，别再逼我！我只想安静地一个人待一会儿，你别再逼我，否则……"她突然顿住，目光加深。

"陌陌！"

乔以陌苍白的脸上没有任何表情，她用一种几乎从未有过的语气慢条斯理地开口道："否则这一辈子，你也别想我原谅你！"

曹泽铭一愣，忽然松开了双手。

乔以陌迈开了沉重的步子，径直走了出去。

曹泽铭眉头皱紧，看着她的身影缓慢地离开了云海饭店的停车场。

他飞快地上了车子，开车紧紧地跟着她，怕跟丢了，又怕她想不开。

乔以陌走了很远，曹泽铭一直开车小心地跟着。

忽然就看到前面的那个身影停了下来，然后，她似乎回头朝这边看过来，曹泽铭吓了一跳。

果然，乔以陌忽然朝着他走了过来，她径直走到了车边。

曹泽铭小心翼翼地试探着开口，"陌陌，我送你回去好不好？"

"告诉我，那个孩子是不是顾风离和希言的？"

曹泽铭一愣，"你先上车！"

"告诉我！"乔以陌不上车，就站在车门边眼睛一眨不眨地看着他。

曹泽铭认真地点了点头，"是的。这事知道的人极少，我费了很大劲才查到的。车希言死于车祸，之后顾风离离开B城，来到云海，知道他结婚的人应该是极少的，听说档案上隐瞒了婚史，具体我没查到。"

乔以陌的表情没有任何变化。

"陌陌，有些事，你想知道，亲自去问顾风离，我想他会坦白的。"

乔以陌沉声道："别跟着我！还有，这件事，不要告诉顾风离和车明剑，不要让他们知道我知道了这件事，否则，我永远都不会原谅你！"

"陌陌……"

"别跟着我！"乔以陌说完，招手打车，上了一辆出租车。

曹泽铭没有追出去，他从刚才乔以陌那冷酷得不带丝毫感情的声音里听出了让人胆战心惊的漠然。

他无法不担心，却又不敢再说什么。

他没有跟踪那辆出租车，却还是把车开到了乔以陌住的福海小区。

他就想看看她回来没有。

他把车子停在了不远处的白桦树下，点了一支烟，抽起来。

大约几分钟后，他似乎看到了一个身影朝那楼道走去，然后不多久，乔以陌房间的灯亮了。

曹泽铭松了口气，却没有急着离去。

他发了一条信息给乔以陌：陌陌，人之所以变得狭隘是因为人性都是自私的。每个人都有那样做的理由，包括你，包括我，都不是伟人，自然也包括顾风离和车明剑。别拿别人的错误惩罚自己，如果你想惩罚，就惩罚我好了！我宁愿只做你一辈子的泽铭哥被你惩罚！这次我说的是真的，没有撒谎。

信息没有回。

曹泽铭自嘲一笑，陌陌她到底会怎么对待顾风离呢？曹泽铭真的不知道，他发现五年不见，他越来越猜不透这个女孩了。

顾风离带禅儿见了车家二老，二老劝他不要欺骗乔以陌，人家女孩子也不容易。顾风离一番解释后，打消了车家二老的疑虑，顺利带着禅儿回来了。

X6开到了福海小区。时间是晚上9点。

乔以陌的房间没有灯。

顾风离把车子开到了楼下，再打电话，那边居然通了。

顾风离赶紧开口问："喂？陌陌？刚才怎么关机了？"

那边，似乎停顿了几秒，然后乔以陌平稳的语调传来，她说："手机没电了。"

"你没在家里吗？"顾风离又问。

"没有，我家里有点事，连夜回来了。"乔以陌说道。

顾风离一怔，"你说你回老家了？"

"嗯。"

"哦，要紧吗？要不要我去接你？"

"不用了，我可能要请假一天，我回去再说好吗？我现在还有事。"

顾风离又是一滞，"家里有事的话，给我打电话，我会火速赶去的。"

"真的没事，你别来，我家里够乱的了！"

"那好，我跟禅儿等你回来。对了，你要跟禅儿说话吗？"顾风离又问。

"妈妈，妈妈！"小丫头一听这话，就兴奋了，抢着要手机。

顾风离就把电话放在禅儿耳边。

乔以陌此时就在福海小区自家的楼上，她躺在床上，接着这个电话。

心中觉得无比的讽刺！

顾风离，耍我就那么好玩吗？她也惊愕自己居然还能不动声色地跟他说话，连她自己都佩服自己。

那边传来小丫头的喊声，"妈妈，妈妈！"

乔以陌没有回答，心底一阵刺痛，她明知道不应该迁怒孩子，可是一想到这个孩子是顾风离的，她就一阵窒息的难受。

"妈妈？妈妈？你饿了吗？我和顾爸爸给你带吃的了，好吃的！"

乔以陌一怔，心里有一瞬间的柔软，然后哑了声音开口，"宝宝，妈妈不饿，妈妈有事回老家了，你今天跟顾爸爸一起睡吧！"

"老家？是不是有姥爷姥姥的地方？"小丫头突然兴奋起来，"妈妈，我也去！"

"宝宝要听话！"

"妈妈，为什么我没有姥爷姥姥？"

乔以陌一顿，"宝宝，这个，你可以问顾爸爸，妈妈还有事，要挂电话了。"

说完，怕自己心软，乔以陌砰地挂了电话，然后果断关机。

她走到阳台边，拉开了一点窗帘。

楼下的路灯虽然很昏暗，但她还是一眼看到了那辆X6，又望向远处，那白桦树下，是熟悉的Q7。

乔以陌自嘲地一笑。

她，乔以陌，何德何能，被他们这样看上？

她又何德何能，让他们这么费尽心思？

电话挂断后，小丫头听不到妈妈的声音了，一下子哭了，"妈妈没有了！"

顾风离一愣，接过电话，再打，居然关机了！

顾风离不由得担心起来。家里到底出了什么事啊？

"妈妈家里有事，宝宝不要哭，咱们回去，明天妈妈就回来了。"

"真的吗？"

"当然是真的。"顾风离哄着孩子。

小丫头一听，立刻停止了哭声。

顾风离开车离去的时候走的是另一边，然后在白桦树下看到了熟悉的Q7，他一顿，鸣笛，然后滑下车窗。

曹泽铭的车窗也滑了下来。

顾风离问了句，"你又来了？"

曹泽铭看看他，抽了口烟，姿态慵懒，"嗯。"

"别再来了，你没有希望的。"顾风离说。

"希望很渺茫，不试试，又怎么知道成功不成功呢？"曹泽铭说道。

"你还真是孜孜不倦！"顾风离倒是对他有点佩服了，"对了，你知道乔以陌的老家在哪里吧？"

曹泽铭挑眉，"干吗？"

"好心告诉你，陌陌不在家，你别等了，回去吧。"

曹泽铭嗤笑一声，"这是我的事，我爱等在这里，你管得着吗？"

"我是管不着，我只是想知道陌陌老家在哪里。"

曹泽铭一听顾风离的话，就知道乔以陌撒谎了。她家的灯在很早以前就熄灭了，那是她的习惯，喜欢在黑暗里想一些事情。

"我知道，但我不想告诉你。"

"为什么不告诉顾爸爸？"这时候，稚嫩的声音突然传来，小丫头不甘示弱地爬过来，扒着车窗看着曹泽铭，"坏叔叔，你知道我妈妈在哪里，还不告诉我们，你好坏哦！"

曹泽铭一顿，眼神复杂地看着他们。

顾风离表情一僵。

曹泽铭轻笑一声，"真有意思，自己的孩子，养在老丈人家，跟老丈人姓，这种事还真是不太多见！"

"曹泽铭！"顾风离语气低了下去。

"怎么，做得出，说不得？"

顾风离看看他，把禅儿放回去，"宝宝坐好，我们走了。"

没有再多说，就滑上车窗，车子开走。

第二天一早，乔以陌打了电话跟刘部长请假，说家中有事。

刘部长很冷淡地说："哦，是吗？家里有事得处理，但是啊小乔，要是不是大事，就让其他人处理好了，你还在实习期间，老请假我担心会影响你，领导们有意见，我这里也不好交代。"

乔以陌心里明白，刘部长这人有点小心眼。

"我会争取下午赶回去。"乔以陌于是对着电话这样说。

下午一点半。

乔以陌准时出现在秘书部的办公室里。

顾风离从楼下上来的时候，特意去了一趟秘书部，站在门口，恰好看到了乔以陌，他一愣，就走了进来。

屋里没人，他说话自然也不用避讳，直截了当地问道："小红帽儿，你家里出了什么事？"

本来低着头干活的乔以陌听到声音身子一僵，低垂着的眸子流淌出一抹伤痛。

良久，她唇边绽放了一个笑容，这才抬头，不紧不慢地看向顾风离。

他的脸依然是那么好看，只是，此刻，他的好看却让人觉得好假，就像是画皮。

乔以陌唇边的笑容慢慢地扩大。

顾风离看着那笑容，隐隐约约地感觉不对劲，心里一惊，下意识地问道："你怎么了？"

乔以陌继续笑着，"没事啊！家里没什么大事，谢谢你的关心！"

"真的没事？"顾风离毕竟行走商界这么多年，观人于微，仔仔细细地瞅了她良久，却也没有看出什么来。

办公室不是说事的地方，顾风离站了一会儿，就离开了。

下班了。

乔以陌一个人走在街上，顾风离打她的电话，她提不起精神来接。

坦白地讲，只是一天一夜的时间，她消化不了那些事，即使消化了，她也决定不了。她很难受，说不出的难受，想哭没有眼泪，想笑，却又笑不出来。她不知道自己是什么表情，她就这么走在巷子里，跟跟跄跄的。

顾风离打不通她的电话有点着急了。

他给她发了个信息。上面说：陌陌，我接了禅儿去找你，你是先回你那里还是跟我们一起回家？

乔以陌看着上面的字。

家？

她曾经可望而不可即的一个字眼。

现在依然如此。

身后突然有脚步声传来，她身子一僵，下意识地转身。

曹泽铭就站在她身后，两人的目光相交，他的脸上有着尴尬和担忧。

只是，他的发丝凌乱，衣服打着褶皱，很是狼狈，这跟平时爱整洁的曹泽铭完全不同，她有一刹那的难过。

这又是何必呢？

她并非倾国倾城，他又何必一再纠缠呢？

"陌陌！"曹泽铭倒是先开口了。

"泽铭哥，我真的没有事！"她很平静地说。

曹泽铭走了过去，"陌陌，我很担心你，你想要吵架，就去跟他吵，发泄出来，你这样憋着，对身体不好！"

乔以陌抬头，望着曹泽铭，轻声问："吵架有用吗？吵架就能让一切回到最初吗？"

曹泽铭一愣，"吵架可以发泄情绪！"

"我没有情绪啊！"乔以陌面无表情地说，"我只是突然发现我很失败，到了最后，我连个可以说话的朋友都没有！你说，我是不是活该？"

"陌陌，你还有我！泽铭哥哥可以做你的朋友。"

"如果你能做我的朋友的话，我们也不会走到今天，你走吧！"

曹泽铭叹了口气，岔开话题，"陌陌，你打算怎么对待顾风离？"

乔以陌反问："你觉得我应该怎样对他合适呢？"

曹泽铭停顿了几秒，"陌陌，你至少不要用隐瞒来反抗！"

"你觉得我反抗有效吗？我反抗你们这些人就会走出我的生命吗？我最想反抗的是，从来就没有认识你们！"

"陌陌！"曹泽铭想要去抱抱她，她的样子太无力了，他觉得她随时都有可能倒下去。

可是，她却下意识地后退，"别碰我！"

"跟顾风离好好谈谈吧！"曹泽铭心痛地开口，"别用他对你的方式对他！"

乔以陌忽然抬头，望着他，过了好一会儿，她才一字一句地说："要是我说，我想折磨他，就想看到他难受，就想看到他被我耍毫不知情的样子呢？你会不会说我是神经病？"

"陌陌！"曹泽铭无奈地看着她，眼底都是疼惜。

"你是不是想要我以德报怨？"乔以陌低下头去，哂笑一声。

"陌陌，折磨别人，就是折磨自己！"

"我不是你！你也不是我！我们谁也体会不了谁的感觉！我活该，你也活该！"乔以陌说完这句话，推开曹泽铭，大步离去。

曹泽铭在身后却不敢再追。

只是，奇怪的是，走了几步的乔以陌，哭不出来的乔以陌，突然就泪流满面。

顾风离接到孩子的时候，小丫头的情绪很低落，头发乱糟糟的，早晨的时候，顾风离不会梳辫子，就给她这样送到学校了。

小丫头满脸的不高兴，一见到顾风离，又看看他身后，失落地问："顾爸爸，妈妈还没有回来吗？"

顾风离心里酸楚，弯腰抱起来女儿，柔声道："宝宝，妈妈很忙，姥姥姥爷家有事，宝宝要懂事，妈妈才不担心。"

"我没有见过姥姥姥爷。"小丫头似乎有点委屈。

顾风离一阵懊恼，当初从来没有想过自己有一天会再婚，也没有想过女儿有一天会问自己这样的问题，原来，考虑不周的结局就是如此的无奈。

叹了一口气，抱着小丫头去车里，刚放到车里，顾风离的电话就响了。

他拿出来，看到上面显示的是乔以陌的名字，一下子来了精神，赶紧接了电话，"喂，陌陌？"

"接到孩子了吗？"乔以陌问。

"嗯，接到了，小家伙一直找你呢，没看到你，很不高兴。"顾风离告诉她。

乔以陌在电话里低声道："顾风离，你该告诉车明剑，我毕竟不是禅儿的亲生妈妈，孩子这样跟着我们，算什么？名不正言不顺，我年纪轻轻被孩子叫妈妈委屈不说，以后更受伤的还是孩子。"

顾风离一顿，不知道该说什么好。

乔以陌继续道："我不知道你们怎么想的，孩子是无辜的，我很喜欢禅儿，所以一点都不想她受到任何伤害，你能懂吗？"

顾风离皱了皱眉，他觉得乔以陌最近有点奇怪，只好说："陌陌，跟孩子在一起，人都会变得年轻的，我觉得我们现在这样很好啊！"

乔以陌自嘲一笑，是呀，你是父女团聚了，自然是欢喜了，那么我呢？

她只说："你们回来吧，我坐公车去玉山花苑。顾风离，只有这一周，一周之后，让禅儿回到车家吧，可以吗？"

顾风离欲言又止，"陌陌，我们……"

"我知道你也会同意的，我觉得这对禅儿最好，以后找后妈也不会混乱，你说对吧？"

乔以陌的话让顾风离瞬间无语。

"公车来了，我先上去了，今天给你们做好吃的。"乔以陌说完，挂断了电话。

顾风离整个人呆呆的，半天没有反应过来。

"顾爸爸，妈妈回来了吗？"小丫头眼巴巴地看着顾风离问。

顾风离点了点头，"嗯，我们回家。"

"哦哦！妈妈回来了，顾爸爸，快点，我们快回家！"小丫头已经迫不及待了。

可是，开着车的顾风离却隐约觉得事情很不对劲。

很快回到玉山花苑。

乔以陌此时就在他的门口，她手里提了几个袋子，有刚买的菜，还有昨天傍晚给小丫头买的动画片。

"妈妈！妈妈！"刚看到乔以陌，小丫头就迫不及待地跑了过来，一脸兴奋，"妈妈，你真的在呀，顾爸爸没骗我。"

乔以陌眼神复杂地看着这孩子，不愧是他顾风离的女儿，越看长得越像。

顾风离的视线凌厉地扫在乔以陌的脸上，似乎很想看清楚她心里在想些什么。

乔以陌对上他探究的眼神，微微低头，然后看向禅儿，笑了笑，"宝宝，慢点儿，别摔倒了！"

"妈妈，妈妈！"小丫头已经跑到了乔以陌的身边，仰起的脸上有着灿烂的笑容。

她看孩子的眼神虽然复杂，却是温暖的。乔以陌分得清，孩子是孩子，顾风离是顾风离，她这辈子最不愿意做的事就是迁怒，恩怨分明一直是她的原则。

顾风离看她的脸上带着真诚的微笑，忽然松了口气，然后走过去，把她手里的袋子接过来，拿钥匙开门。

三个人进门。

"妈妈，我好想你哦！你去哪里了？你还要钱吗？让顾爸爸给你钱，我长大了还给他！"小丫头一进门就开始叽叽喳喳地说话，好像所有消失的力气瞬间都回来了一样。

乔以陌笑了笑，摇头，"禅儿乖。"

顾风离顿了一下，下意识地看向乔以陌。她的眼睛似乎有点红，哭过了吗？家里到底出什么事了？

他迟疑了片刻，微微一笑问："没事吧？你家里的事都处理好了吗？"

乔以陌很快回答，"没事了！"

"你哭过了吗？"顾风离走近了一些，靠过来，仔细看她。

他的身上带着香烟的味道，越来越近。

"没有，刚才来的时候风大，进了沙粒，揉了下，有点红是吗？"她说得轻描淡写。

"这样啊？"他轻声地说，"要是家里有事，我能处理的，告诉我。"

"谢谢，没有。都是些小事。"乔以陌小声道，"我帮禅儿弄动画片，你陪她看吧，我还要去做晚餐。"

说着就去开电视，帮孩子放了第一集动画片。

禅儿坐在地板的小毯子上，离电视机很近，乔以陌说："宝宝去沙发上坐着，离电视机太近了会近视眼的。"

"哦！"小丫头乖乖地站起来走到沙发边。

顾风离一把把她捞上来，放在沙发上。

"妈妈，坐在这里可以吗？"小丫头跟顾风离坐在一起，还不忘征求乔以陌的意见。

乔以陌点头，看着他们父女俩坐在一起，心中有点酸涩。

她转身去了厨房。

她低头整理着菜，有气无力地择好，洗好，切了，一一下锅，翻炒，成盘。

不知道过了多久，菜都炒好了，她还在等电饭煲里的饭蒸熟，一时间没事做就愣在了厨房里，神游太虚。

"怎么了？"耳边传来一声熟悉的男声，接着腰上被一双结实的大手缠住，他温热的呼吸，打在她的耳侧。

"没有。"

"你脸色怎么这么苍白？"他轻轻地扳过她的脸，皱起了眉头，眼中的柔情像温暖的晨曦。

乔以陌微微低头，不说话。

"小红帽儿，遇到很难解决的事了吗？"顾风离试探着问。刚才她在电话里说要把禅儿送走，他有点不解她的想法，这种感觉让他很惶恐。

"吃饭了。"乔以陌没有回答他，拉下他的手，从他怀里挣脱出来。

顾风离一愣，怀中一空，竟莫名有点空虚。

"妈妈，我看完了。"小丫头突然在厨房门口喊道。

"哦！看完了啊！"乔以陌看向孩子，扯了扯唇，"那就洗手吃饭吧！"

小丫头忙点头，"妈妈，小新太笨了，帮妈妈买东西都不会，还把妈妈辛辛苦苦做的饭都吃掉了，害妈妈都没有吃。"

"是吗？"乔以陌附和着。

"嗯！妈妈，我也可以帮你打酱油，买绞肉，买白萝卜，我不会像小新那么笨的，也不会偷偷吃掉妈妈辛苦煮的菜。"

"禅儿真是个乖孩子。"乔以陌一边夸奖她，一边暗自心酸。

顾风离端了菜摆上餐桌，回头看乔以陌，她系着围裙的样子真可爱，又贤惠又漂亮，只是脸上的表情怎么看都觉得是敷衍。

顾风离看了很久，还是觉得她今天的笑容有点恍惚，等下一定要问清楚。

一家人在一起吃饭的时候，乔以陌只是看着他们吃，她自己吃得很少。

顾风离和禅儿给她夹的菜，她基本没动，只是说不饿，但是明眼人都能看出来，她没有胃口。他只当她家里遇到了事，所以没心情。

吃完饭，顾风离自动洗碗。

乔以陌陪禅儿看了个成语故事，不知道是有意还是无意，那个成语故事叫作《南柯一梦》。

小丫头看完后很不解地问乔以陌，"妈妈，我不懂呀！"

乔以陌又放了一遍。

顾风离也看着这个成语故事。

乔以陌抱过丫头，柔声解释，"宝宝做过梦吗？"

小丫头懵懵懂懂地点头又摇头。

"宝宝，妈妈小时候经常做梦，梦到自己有很多好玩的东西，漂亮的衣服，好看的玩具，醒来后，却发现什么都没有，这就是南柯一梦！"

"我不懂！"小丫头很诚实地回答。

"妈妈告诉你啊，有一天妈妈不在身边了，宝宝不要哭，要勇敢，因为这是梦，妈妈在梦里陪了宝宝很久，但是梦总有醒来的时候。"

顾风离听到她的话，眸光一紧，眼神复杂地看着她。

"妈妈，那我要做梦，一辈子都不醒来好不好？"小丫头天真地说道。

"可是，梦总有醒的时候，但是，还可以再做新的梦。"乔以陌终究不愿意伤害禅儿，给了她一个渺茫的希望。

"可是，我就想跟妈妈在一起啊，新的梦里还会有妈妈吗？"

"当然会有，只是，到时候妈妈就不是我这个样子了。"

"为什么呀？"

"宝宝到时候就知道了，会有新的妈妈更爱你更疼你的！"

只是，那个人不是我！

"为什么？"这一次，问话的人是顾风离。

乔以陌抬头看向他，然后轻声说："你能从希言的梦里醒来跟我做一场梦，宝宝也能。"

话一出口，顾风离的眸光一沉。

乔以陌笑笑，"我抱孩子去洗澡了。"

八点半，她就帮禅儿洗了澡，换了睡裙，然后抱着小丫头去了客房，把她放在床上，乔以陌也躺了上去。

"妈妈，你要陪我睡吗？"

"不！禅儿长大了，以后都要自己睡，自己照顾自己，还要听爸爸和爷爷奶奶的话，无论妈妈在不在身边，都要好好的，不哭，不闹！"

"可是我想跟妈妈在一起睡呀！"

"大了的孩子都要自己睡了。"乔以陌耐心地解释。

"妈妈，你是不是不喜欢我了？"小丫头很敏感地问。

乔以陌鼻头一酸，摇头，"不是！我很喜欢你！一直都很喜欢宝宝！宝宝又懂事，又听话，又可爱，当然所有人都喜欢你了！"

她不再自称是"妈妈"，无法不介怀，只是不愿意孩子受伤，没有立刻抽身。

"妈妈，你不开心吗？"小丫头仔仔细细地看了乔以陌，她怎么觉得妈妈不开心呢？以前妈妈看着她都会笑，现在怎么不笑了呢？

"没有啊！傻丫头，快点睡觉，明天还要去幼儿园。"她不想多说，于是关了灯。

"妈妈，我给你唱歌好不好？今天幼儿园的老师教了我们一首新歌，叫《世上只有妈妈好》，我唱给你听好吗？"

乔以陌身体一僵，竟有点哽咽，"好！"

"世上只有妈妈好……"在孩子稚嫩的童声里，乔以陌终于心酸地落下泪来。

不知道过了多久，她抱着孩子就这么睡着了。

睁开眼的时候，床头的台灯亮着，她看见顾风离坐在床边看着她，四周一片寂静，温暖的光洒在他的身上。那画面，仿佛是电影镜头给的一个特写，他的眸光挣扎而又充满了隐忧。

她觉得眼花，许是刚睡醒的缘故，觉得不能承受这种场景，于是转头。

"醒了？"他问。

她点头，侧头看看睡熟的小丫头，就在自己旁边，小手还抱着她的胳膊，那张小脸很可爱，粉嫩粉嫩的，小嘴巴翘起来，看着梦里都在笑。

她抽了抽胳膊，小丫头睡着了，却不放手，乔以陌只好狠心抽出来，小丫头咂巴了下嘴，也没有醒来。

"几点了？"乔以陌问顾风离。

"不到十点。"顾风离看了下表。

"哦，我得走了。"说着，她起床。

他的身子突然压了过来，伸手抱住了她。

"顾风离！"她惊呼。

"你想去哪里？"

"我要回去！"她说。

"不准！大晚上的，你闹什么脾气？我不知道你今天到底怎么了，一回来就奇奇怪怪的。"他不确定这感觉是什么，可是，他很惶恐，越想越不对，尤其她对孩子说的话，好像交代后事的感觉。

说着，他已经抱她去了隔壁的卧室。

乔以陌没有挣扎，只是看着他。看得顾风离心惊。

他将她温柔地放在床上，低头去亲吻她的唇。

乔以陌没动，四片唇贴合在一起。她亦没有一丝一毫的反应，只是这么任凭他吻着她。

顾风离感觉不对，支起了身体，居高临下地看着她，小声诱哄，"是不是我有什么地方做错了？我跟你道歉好不好？"

他越说越靠近，最后趴在她的耳边，若即若离，边说边往里面吹气。

乔以陌的脸渐渐升温，心里却无比悲凉。

顾风离忽然又放开她一点，轻轻地笑了一下，"闭上眼睛，感受我！"

说完慢慢向上去亲吻她的眼睛，乔以陌下意识地闭上眼。她觉得自己是真的妄想太多了，所以就要遭受惩罚。人这辈子，千万别去想自己不该要的东西，痴心妄想的结果只会是被老天狠狠地摔一次，才能清醒。

"顾风离，我没有兴趣，放开我吧！以后我也不会有兴趣！"她忽然开口，在他吻着她脖子的时候。

顾风离身子一僵，停住了动作，他半睁开眼睛，神色不明。

室内一片安静，一时间，谁都没有说话。

"乔以陌，你到底怎么了？"突然，顾风离整个人坐了起来，开了大灯看着她，带着点戾气，"你有话就说清楚，不要阴阳怪气的！"

乔以陌轻声说："我不认为谈话一定要以这样的方式进行，顾风离，你如果只是想解决生理需要，你有很多种方式，不一定非得找我。"

他皱眉，像看外星人一样看着她，脑海里突然闪过什么，他觉得不妙了，眼底顿时犀利得吓人，"是不是曹泽铭跟你说了什么？"

她秀眉一挑，苦涩地扯了扯唇，"曹泽铭虽然霸道，但没有你那么阴险，坦白说，他比你光明磊落很多。"

听到她这样夸曹泽铭，顾风离整个人紧绷起来，来不及去想别的，皱着眉厉声问："你说这个是什么意思？"

"没什么意思，是你提起曹泽铭的，还是你怕他知道你的什么秘密？"

顾风离被问得表情一僵，他的秘密，尴尬的秘密，越来越怕说的秘密。他只能恼羞成怒地反问："我看你是后悔跟我在一起了？！"

"对！我是后悔了。"乔以陌说。

"什么意思？"他屏住呼吸问。

"顾风离，天下没有不散的筵席，我们分手吧！"她平静地说道。

在人生的十字路口，不想犹豫彷徨。

顾风离突然瞪大眼睛，眼底都是惊愕，"为什么？"

"我们不合适。"乔以陌不认为他会不清楚为什么，之前在她还不知道禅儿是他的孩子的时候，她就清晰明了地告诉过他，不会当孩子的后妈。

如今，既然决定分手，再说这些伤人伤己的话都没必要了。

没错，顾风离如果冷静想一想，或许很快就会明白乔以陌的言外之意，可是偏偏此刻，他在听到她说分手的瞬间，愤怒淹没了一切理智，他想到的居然是她要回到曹泽铭的怀抱！

这一刻，他被嫉妒冲昏了头脑，他只要想着她会回到曹泽铭怀抱，他就控制不住自己，身体里的血液与脉络都在一瞬间活跃了起来。

他咬牙切齿地攫住她，"你休想回到曹泽铭的身边，你已经是我的女人了。"

乔以陌惊愕地看着顾风离，心中十分鄙夷他这样的行为，她轻轻地笑，讽刺地说："你非要逼着我说出更决绝的话吗？我说了不合适，你也知道我们不合适，又何必这样对我？况且这跟曹泽铭有什么关系？"

顾风离一把扣住她的下巴，"我看你就是想回到他身边去！"

乔以陌刚要反驳，却见他目光蓦然一沉，很快俯下身子欺上来，凭借着天生的优势，将她整个人按压在柔软的大床上。

他的动作十分强硬，每一下都带着浓浓的欲望。

她在他的身下，犹如被一张无形的网牢牢地罩住，逃不掉，连挣扎都渐渐失去力气。

不！

不可以的！

乔以陌在心底告诉自己。

她厉声喊道："放手，顾风离，你这是强暴！"

他听到这句话，黑眸里迸发出熊熊燃烧的火光，盯着她那张因为愤怒而涨红的小脸，猛地吻了上去，带着惩罚，吮吸着属于她的气息和甜美。

白皙而修长的双腿被强硬地分开，带着破竹而出的气势，没有过多的准备，他闯入了她的禁地。

那种痛，在乔以陌的身体最深处一下子炸开，快速地蔓延到四肢百骸。

她浑身僵硬，紧绷着。

他紧紧地压在她的身上，她挣脱不得，只能被动地承受着，忍受着他几近疯狂的动作。

手，渐渐地没入了床单里，心，却越来越凉。

胃里突然一阵翻滚，她猛地拼尽了全力推开他，翻身朝床下爬去，接着一阵干呕……

顾风离错愕。

乔以陌吐出了一口污秽物，胃酸都涌了上来，她昨晚没吃饭，早饭没吃，午饭没吃，晚饭也吃得很少，被他这样筛糠一般的一阵折腾，胃里更难受了。

情欲从顾风离那鹰隼般的黑眸里渐渐褪去，他的面容震惊，看到她吐，他彻底呆了。

接着他恢复了理智，上前拍着她光洁的后背，"你怎么了？很难受是不是？"

"别碰我！你让我觉得恶心，呕……"乔以陌几乎是条件反射地避开他的手臂。

顾风离整个人错愕。

她在恶心自己吗？

看着她又吐了一口，顾风离的眼睛阴沉了下去，她居然敢嫌弃自己！

他下床，捡起他的衣服穿上，然后就在床下的沙发上坐下来。

乔以陌抓了面纸擦了一下嘴巴，拉过被子包裹住自己，蜷缩在被子里。一双戒备的眸子盯着顾风离，好像很怕他再来强的一般。

顾风离拿过旁边的烟，点燃，抽了一支，白色的烟雾喷吐出来。

他俊冷的脸看不出表情，似乎没有盛怒，也没有了刚才的震惊，只是用一双冰霜般的眸子盯着她冷漠的脸庞。

屋里一片宁静，弥漫着污秽物的酸腐味和香烟的味道。

顾风离不说话。

乔以陌也不说。

终于，顾风离的一支烟抽完，他将烟蒂按灭在烟灰缸里，轻轻开口，"说吧，到底为什么分手？"

乔以陌的身体还在一阵阵地钝痛，非要让她说出来吗？说出伤他也伤自己的话，才满意吗？

"因为我不想当后妈！这个理由可以了吗？"她一字一句地冷声说道。

她咬着唇，蜷缩着，身体疼，胃里难受，心更疼。

这个世上，再没有比被爱的人欺骗更伤人的了！

尤其是当你想要付出全部时，才发现原来这一切不过是一场局。

自己不过是别人布局里的一枚棋子而已。

而最可怕的是，他们连四岁的孩子都当成了棋子！

原来，所谓的爱情真的就如同玻璃，总是不经意间就碎了。义无反顾爱过后也许就这样轻易地散了。

顾风离已经冷静下来，自然也思量到了这一步，所以他没有十分的震惊。

他抽了一口烟，忽然松了口气，那些压制在心底很久的事，终于摆在了两个人的面前。

这件事，他早晚都得面对，她知道了也好，也许置之死地而后生会是另一番景象。

可惜，他以为她知道了所有的真相，其实，她还不知道整件事情中最重要的一点，她长得像希言！

他没有再说，因为他以为曹泽铭应该都告诉了她，所以，他直接省略了那个难以启齿的部分，只是问她："乔以陌，你分得清自己的身份吗？"

乔以陌一愣，看向他。

"我承认一开始我隐瞒了你不对，把你当成了希言的替身不对，但是以你的条件，即使是做后妈，我顾风离配你也是绰绰有余！"他的嘴角弯出一抹冷冽的弧度，"更何况我自认自己还是个负责任的男人！"

她咬着唇，震惊地望着他。

是的，他说得一点没错，即使是二婚，以他的身份和条件，配她都是绰绰有余。

不！是她配不上他，轻如草芥的她，怎么能够配得上他顾总经理呢？

乔以陌觉得自己跟这个男人已经没什么好说的了！

她抓过衣服，一点点穿上，然后下床，往外走去。

他噌地一下站起来，一把扯住她，将她整个身子狠狠地摔在沙发上。

乔以陌始料未及，被摔得一个跟跄，倒在沙发上，以一种绝望的眼神望着他。

"说清楚了再走！"他冷喝一声。

她猛地闭了闭眼睛，点点头，"好！既然你说我配不上你，那么又何必再纠缠呢？"

"那这中间的付出呢？"他低吼道："你不会以为我在闹着玩吧？乔以陌，你摸着良心想一想，我顾风离对你怎么样！你不喜欢我身上的刺青，我去掉，你不要看到希言的照片，我也去掉了，你到底还要怎么样？是，我是骗了你，可是我也怕你知道后会像现在这样啊！我结过婚，有过一个孩子，这些你一时接受不了，我理解！但是，请你深思熟虑后再做决定！"

"我深思熟虑了，我们分手！"她坚持说。

"如果我不同意呢？"

"顾风离，你讲不讲道理？结婚的还会离婚呢，更何况我们现在只是恋爱，你觉得我配不上你，我也这么觉得，我们不合适，我要分手，你凭什么不答应？"

"我不是说你配不上我，我只是说我配你还配得起，而你错过我，将来一定会后悔的！"顾风离似乎觉得自己说的话有点过了，他只是在理智地分析，告诉她，可是他忘记了，有时候真话说出来真的很伤人。

"你不用再解释了，是我配不上你，我要分手，请你放过我！"

"开弓已经没有回头箭了！"

"这弓从一开始就是你们逼着我开的，我一直不同意。顾风离，我一直是被动的！你们开始错了，就该为此负责！你和车明剑谋划了那么久，你们还可以再谋划别人，但是别想是我！"

"我女儿只认你当妈妈！"他静静地看着她，脸上没有一点表情。

乔以陌再度怔住，一种深深的屈辱感让她镇定下来。

原来，她猜得一点都没错，这个男人一开始就抱着不纯的目的跟她在一起，他需要的不是爱人，而是一个孩子的后妈，因为她恰好跟禅儿很投缘，所以他一再对她展开攻势，一切都是为了孩子！

人生已经跟她开了太多的玩笑，还要她继续玩笑下去吗？

她冷冷地看着他。

而他，似乎懊恼自己说错了话，皱着眉，看着她，"我不是这意思，我……"

她冷冷地打断他，"你是什么意思已经不重要了！我现在要分手，你难道还要绑住我不成？"

"那我们之前算什么？算什么？"

"顾风离，别再这样了，我就当是做了一场梦，现在梦醒了，我们都清醒点吧！我真的不想跟你吵架，我只想大家和和气气地分开。"

"那我怎么办？我已经对你动情了！"盛怒褪去之后，顾风离已经恢复了惯有的冷寂，大手惋惜地抚摸上她的脸颊。

乔以陌躲开，她已经不信了！

"你只是为了你的女儿，如果你担心的话，我会用接下来几天的时间，好好跟孩子说清楚，把伤害降到最低。顾风离，我们都成年了，请你不要再这样幼稚了！"她的脸上挂着冷漠和麻木。

顾风离眯起眸子，锐利的目光像一把刀，仿佛可以在瞬间将她撕裂。第一次，他在一个女人身上尝到了挫败感，她居然这样不屑他！不屑他的付出！

狂笑声在卧室里突兀地响起，顾风离轻轻地摇着头，看来他真的小看了这丫头。

"你还真是冷酷！"他狂野冷笑着，倏地再次倾下身，重重地吻上她的唇，根本不管她的反抗和刚才的呕吐。

"我要你，这辈子就只能是你，下地狱，也是你了！"他狠狠地在她唇上咬了一口，很痛，乔以陌震惊地看着眼前的顾风离。

"怎么？很震惊我竟然敢如此对待你吗？"顾风离冷冷地笑着，再度褪下了她的衣服……

黑暗中，从沙发到床上，顾长而结实的身躯不停地动着，而那被压着的淡薄身影却一直僵硬着，如同一具死尸。

醒来时，天已经大亮。

乔以陌无言，低垂着头，机械地穿衣服。

顾风离也无言，不过他已经把屋里都打扫干净了。

乔以陌走出了那间房，全身都痛。

"乔以陌！"顾风离在后面开口，"我不同意分手，我们就这样过吧！"

她回转身，以一种哀莫大于心死的眼神望着他，缓缓地说了一句话，"我宁愿当曹泽铭的情人，也不当你顾风离的妻子！你，实在欺人太甚！"

"你！"他咬牙，只说了一个字就戛然而止，再也说不出来。

这样的沉默将人的意志一点点消磨，无声却可怕。

乔以陌终于控制不住，索性什么也不顾，抓起了桌上的包，冲了出去。

顾风离痛苦地闭上了眼睛。

他没有再追。

一大早，顾风离在手忙脚乱地给孩子弄吃的。

"妈妈呢？"小丫头也没有梳辫子，头发乱糟糟的，眨着惺忪的大眼，四下寻找乔以陌的身影。

顾风离一对上禅儿那双清澈无比的眼睛，就心虚，也没有回答她的问题。

"顾爸爸，妈妈呢？"小丫头还是那句话。

"先吃东西，宝宝，吃了去幼儿园。"

"妈妈呢？"

"妈妈已经先去上班了，今天妈妈单位有事，要早去，让爸爸去送你！"

"真的吗？"小丫头明显不相信。

“当然是真的。”顾风离撒谎，自然也不敢看女儿的脸。

“顾爸爸，你别骗我哦，奶奶说过，骗女人的男人最可耻！”小丫头突然冒出车明剑妈妈的经典名言。

可耻？

他现在是挺可耻的，大的小的都搞不定！

“快吃东西！”他懊恼地连饭都没煮，直接冲了燕麦粥就给孩子了。

“我给妈妈打电话。”小丫头并不买账。

顾风离一愣，真没想到他的女儿会这么难缠，“不行，快迟到了。吃了饭去幼儿园，爸爸还要上班呢！”

“偏不要。”小丫头也来了脾气，从椅子上滑下来，气鼓鼓地跑到沙发上，嘟着嘴巴冷哼一声，“你才不是我爸爸，你是顾爸爸，我不喜欢你了！”

顾风离皱眉，懊恼，挫败，“好，我不是你爸爸。祖宗，你别添乱了好吗？”

“我要找妈妈！找妈妈！”小丫头说着就哭了起来，豆大的泪珠子一瞬间就从眼眶里滚了出来。

什么叫夺眶而出，顾风离算是见识到了。

“我给你妈妈打电话。”顾风离是又心疼，又难受。

一听到打电话，小丫头那泪珠子收得也快，抽抽鼻子催促，“你，你快点打电话给妈妈。”

顾风离无可奈何，只好拿起电话拨给乔以陌。

“对不起，您所拨打的电话已关机。”

关机了！他十分懊恼地说：“宝宝，妈妈电话关机了，跟你说了，妈妈忙，是去工作的。”

“呜呜……”小丫头又哭起来了，“骗人！顾爸爸骗人，顾爸爸是大坏蛋，会骗人的大坏蛋！妈妈不要禅儿了，妈妈不要禅儿了……呜呜……”

顾风离被女儿骂得一阵无奈，伸手去抱她，“别哭，我打她办公室电话，你先别哭啊！小祖宗，我可算知道你的脾气了！还真是跟你妈妈一样！”

无论是希言，还是乔以陌，都是有脾气的！

现在的女人怎么脾气这么大啊？

吃火药长大的吗？

他闺女简直就是个性女子的翻版，二十年后不知道会让哪个男人头疼呢！

"真的吗？"小丫头又停了，睁着大大的泪眼看着顾风离，"你不许骗我，我真的会不喜欢你的，顾爸爸，你别骗我！"

刘部长接到电话，看向乔以陌说了句，"小乔，你的电话。"

乔以陌一顿，下意识地已经想到了什么，她站了起来。

赵琳和王亚樵也在办公室，坐在自己的位置上正准备泡茶喝。

"快点，顾总找你呢！"刘部长见她慢吞吞的，不由得催促了一声，这丫头怎么没有眼力见儿呢？

乔以陌在大家奇怪的眼神里加快了脚步走到刘部长桌边，接了电话。

她对着电话道："喂，您好，顾总，您有事吩咐吗？"

她尽量让自己的声音听起来很平静，没有丝毫的情绪，但是紧绷的身体和苍白的面容还是让她看起来很奇怪。

赵琳和王亚樵都挑了挑眉，刘部长也有点费解，看乔以陌的眼神别有深意。

顾风离听到她公式化的声音，说道："你把手机打开。"

乔以陌没说话。

"我知道你不会开，你如果不开，我现在带禅儿去公司，她要是在公司里哭着找你，对你我影响都不好，所以，把手机打开，我们私下说。"

乔以陌听着，半天没有动静。

"说话。"顾风离又说。

"好！我知道了。顾总还有事吗？"

"三分钟，你现在下来，离开公司去接电话。"

乔以陌无言。

"把电话给刘部长，我告诉他有事找你，叫你出来帮我个忙，什么忙不用说，别说漏了，可以吗？"他沉声道。

"好，可以。"她终于同意了。

乔以陌低下头去，把电话给了刘部长，轻声道："部长，顾总找您。"

刘部长接过电话，对着听筒道："喂！顾总！"

"刘部长，我借用一下小乔，让他帮我个忙，可以吧？"

"可以！当然可以，您有工作安排就是了。"

乔以陌边走边开机，很快到了楼下。

一直走出了五十米，电话铃声响起来，她接起，对着电话冷声道："你到底想要怎样？"

顾风离的语气软了下去，"禅儿一直哭，不吃不喝，非要找你，陌陌，你回来好不好？"

"你知道不可能的，顾风离，是男人就该拿得起放得下，你这样苦苦相逼也不会改变什么。"乔以陌捺着性子说完，"禅儿的事我无能为力。"

"陌陌……"顾风离急喊。

乔以陌已经听到了那边孩子的哭声，她的心骤然一疼，说不出的酸涩。

"你跟禅儿说几句话吧，就说几句话好不好？"顾风离恳求地开口，"我错了，孩子无辜，一切都是我的错！"

乔以陌愣了一会儿，听着电话那端传来孩子的哭声，小心翼翼地喊："妈妈，我很乖，我会很乖很乖的，别不要我……"

她忽然悲从中来，心揪得生疼。那一刻，她的脑海里闪过无数的画面，那些流光一样的过往，那些她自己感同身受的悲伤。

小时候的她，敏感早熟的她，早就知道自己不是乔家的孩子，那些邻居街坊小声说的话，她都听到了，她是乔家收养的孩子，她也一直在心底小声呐喊着："别不要我……"

而今天，听着禅儿那一声声委屈的呼喊，乔以陌觉得心都颤抖了。

她仿佛看到了多年前的自己，无助哀伤，无处为家……

眼睛猛地一闭，她轻声地说道："宝宝，我没有不要你，不要哭，听我说。"

"妈妈没有不要我吗？"小丫头停止了哭声，问乔以陌。

"没有，宝宝哭什么呢？"乔以陌问。

"禅儿怕妈妈不要禅儿了。"

电话这边，听着对话的顾风离，表情一喜，乔以陌没有拒绝孩子，那是不是代表，他还有机会呢？

"宝宝，不去幼儿园可不是一个好孩子。"乔以陌说。

"妈妈，我去幼儿园，我是好孩子。"小家伙立刻开心地说道。

"那吃了饭，让顾爸爸送你去幼儿园，晚上跟妈妈回家好不好？"

"好！"小丫头轻易被乔以陌哄好。

顾风离又接过了女儿手里的电话，对乔以陌道："陌陌，对不起。"

"不用说对不起。"乔以陌觉得那已经没有必要了，"顾总，我们把话说清楚吧！"

顾风离听着这话，心里一紧，"好，你说！"

乔以陌认真地说道："其实昨晚该说的都已经说了，只是你好像太不理智，这是我怎么都没有想到的。加上禅儿今天又闹，我才答应跟你通这个电话。我的态度就是我们之间没有可能了，希望你能明白。"

她的语气客气而疏离，接着又道："以后你是我的上司，也只是上司，如果你想挟私报复，我也只能认命，但我和你不会再有结果。从今天开始，我想恋爱与你无关，你想恋爱也与我无关，我们谁也别干涉谁了。但是禅儿是无辜的，我答应了禅儿晚上接到我那里去，就在福海小区对面的巷子里，明天一早我再把她送到那里，你送去幼儿园。在这一周内，我会尽力告诉孩子，接受我以后不在她生活里的现实，这是我们认识一场我唯一能做的，请你不要再来打扰我的生活，我只想安安静静地生活。"

说完，她等待着他的回答。

顾风离握着电话，良久，他只说了一句话，"对不起，我不同意分手。"

"顾风离，你这样纠缠，跟无赖有什么区别？"乔以陌漠然地望着远方的天空，眼底都是疲惫，"我真的太累了！"

"你自己再好好想想吧，我知道昨晚我的确不理智，不过我绝对不会放手，我知道你需要时间，我给你时间去好好想想，只是，时间不会太长。"

"随便你吧！"乔以陌觉得更累了。

她不愿意再多说，挂了电话。

她突然想起昨晚顾风离没有采取措施，算算时间，这应该是危险期，她也顾不得太多，在公车站牌前等车，上了一辆去郊区的车子，她不敢在市内买避孕药，怕被熟人看见，引起不必要的麻烦。

郊区的药店，距离开发区很近了，乔以陌进去的时候是低垂着头的，所以并没有看到在里面购买胃药的曹泽铭。

曹泽铭也很意外会在这里遇到乔以陌，他一早去了开发区自己的厂房那边察看建设情况，没想到胃病犯了，就过来买胃舒平。

她的一张小脸透着不寻常的白，清瘦不已，眉宇间都是哀愁，他的眸光不由得温柔了几分，没有动，就站在货架前，看着她朝里面走去。

乔以陌进去就直奔主题，拿了一盒药就朝柜台这边走来。

曹泽铭也走过去，跟在她的后面，当视线看到那盒子上的字时，他的眸光一紧。

毓婷？！

事后避孕药！

曹泽铭眉头拧起来，该死的顾风离，他居然让陌陌吃这种药！

他跟了上去，把自己手里的胃舒平也放在收银台上，拿了一张纸币，递过去，说："一起算。"

收银员看看他，又看看乔以陌。

乔以陌蓦地回头，一刹那，目瞪口呆，愣愣地看着曹泽铭。

曹泽铭的目光对上她，一转，落在那盒药上。

乔以陌一瞬间尴尬无比，却只是闭了闭眼，什么都没有说，只是把那盒药抓了过来，拿在手里。

她又看到曹泽铭的那瓶药，胃舒平？！

他胃不好吗？

她侧头看曹泽铭，果然，他的脸色惨白，眼袋很重，看起来异常疲惫。

付账找钱后，各自拿了药，一起走出了药店。

曹泽铭看看她，解释了一句，"巧遇，我没有跟踪你，正好这药店离开发区近，我在那边检查厂房。"

乔以陌尴尬地点点头，"我知道，胃不好，就去医院看看吧，按时吃饭。"

曹泽铭扯了扯唇，"胃病好几年了，习惯了，我送你回去吧！"

这个时间应该是上班时间，她跑来这里买药就是不想让人看到吧？

"我坐公车。"她说。

"我车里有水，你还是先吃药吧！"他说，"公车没有我的车子快。"

曹泽铭说完，也不管她反应，直接握住她的手腕，拉上了自己的车。

他递过来一瓶矿泉水，她拧开，当着他面，吃了一粒药。

她觉得反正他也已经看到了，这样也好，看到就看到吧。

曹泽铭看着她吃药，也没有说话，气氛一时间有点沉闷。

他也拿了一瓶水，然后倒了药片，准备吃药。

这水，是凉的，虽然夏天喝不算什么，但是对于有胃病的人来说，这水还是凉了。

乔以陌伸手抓住他的手腕，说："泽铭哥，水太凉了，对胃不好！"

曹泽铭一怔，目光转了转，刹那，漾出一抹微笑，傻愣愣的。

乔以陌又觉得自己的关心会让人误会，只好说："去吃早饭吧，要点热水再吃药。"

之后乔以陌没有回公司，反正顾风离已经帮她请假了，索性就回了自己的家。

乔以陌回去后就泡了一包方便面，洗了澡，正打算吃面，门这时候突然开了。

她只穿着浴袍，听到钥匙转动门锁的声音吓了一跳，下意识地看向门口。

只见门打开，顾风离的身影出现在她的门口，一只手提着酒店专用的外卖食盒，一只手拿着她家的钥匙。

乔以陌一愣，猛地回神，错愕地问："你……你怎么会有我家的钥匙？"

顾风离看到她惊愕的表情，眸光一深，道："把钥匙放在电闸盒上面并不保险，每个月都查电费，时间久了就会被人发现，我能发现，别人也能。"

他走了进来，那串钥匙装在了他的兜里。

"请把我的钥匙还给我！"她冷声道。她该说的都说了，为什么他还要这样子？

"我说过的，不会同意分手。"他还是那句话，语气很沉静，幽深的眸子仔细审视着她的面孔，"我不愿意对你用任何的手段，你也别逼我！"

乔以陌不由得一惊，对上顾风离的目光，那里传递出的是冷漠，坚定，不容置疑。

她抿紧了唇，定定地与他对视了一会儿，冷声道："有意思吗？"

顾风离把外卖放在茶几上。

"请你离开！"她一看他的样子，裹紧了自己身上的浴袍，冷漠地指着门口，"拿着你的东西离开！"

他一动没动，表情严肃。

她一刻也不想看到这个人，气氛陷入僵局。

顾风离反而在沙发上坐下来，她知道他不会轻易离开，这人脸皮厚的时候是无人能及的，为达目的不择手段。

她转身离开，可是并没有如愿。

似乎是她的行为激怒了他，下一秒，她又被他按倒在沙发上。

虽然动作粗狂，但是隐隐有着怜惜。可是，她的胳膊还是一阵痛，她忍不住皱眉，心头一震，完全没有主张，只想逃跑。她一向没有胆，确切地说，她在心底隐隐害怕着这样一个时刻的到来。

顾风离的双手扳住她的肩头，牢牢的，撼不动半分。

乔以陌努力控制自己不要吵架，不要发火，竭尽全力地扭动着手臂，半是哀求半是无奈地说道："别这样，放手，请你放开我！"

"陌陌，也请你别推开我！我是真的很认真，你跟曹泽铭到底说了什么？他怎么会知道你避孕的事？"他一副质问的口气，没有意识到自己说话时候醋意十足，也更伤了乔以陌。

无名火烧上心头，委屈愤怒泛滥成灾，她勇敢地回望他，发现他的眼里闪着不知名的怒意和不甘，她立刻口无遮拦，"关你什么事，你有什么资格管我！放手！我叫你放手！"

顾风离手劲一带，她整个人跌进他的怀里，熟悉的气息，带着烟草的诱惑，她忽然觉得自己空下的双手无处安放。

因为她太累了，已经没有力气和勇气去回抱。

他的下巴就抵在她的额头上，手臂箍得紧紧的，仿佛下一秒她就会凭空消失一样，多像呵护着一件稀世珍品。

她心里酸酸涩涩的，如果没有欺骗，没有一开始的谋划，他不是二婚男，没有刺青，没有照片，她和他会是多么亲密的情侣，就像在B城那晚一样。可是，当一切以一种谋划的方式出现的时候，她就无法接受了，她唯有远离。

她低吼，"你走吧，求求你！"

却听到他低低地开口，"吃饭，不吃饭，我不会离开！"

"你到底要怎样？"她吼，"我不想这样！"

他目光微沉，说："吃饭！"

"我不吃！"

"不吃我买的饭菜，就是想跟我赌气吧？没有感情，又何必赌气？"他说。

"我不是赌气，我只是不想继续。"她深深地吸了一口气，目光与他对视，没有躲闪，"我不愿意，你勉强我也没有意义。"

"吃饭吧，你脸色很差，这样对身体不好。"

乔以陌愣住，这是关爱的话吗？

不！

这又是他的利用！只是想利用她，当禅儿的后妈！漂亮的女孩有的是，只是能跟禅儿合得来的只有他！

她心底自嘲地想着，想笑，笑不出来，想哭也哭不出来。

扣在手腕上的力量突然松开了。

顾风离表情凝重地看着她，微微眯起眼睛，"吃饭吧！先把胃养好！"

她一愣，"我吃了饭是不是就可以不纠缠我了？"

"先吃饭！"他已经习惯了避重就轻。

她无奈，打开食盒，开始吃东西。

安安静静的，没有丝毫声响，每一个菜都吃了一点，喝了汤，她一直低着头，也不看他。

她知道他就坐在沙发上，看着她吃。

喝完了汤，她抬起头来，一字一句地道："你可以走了！我已经吃完了！"

他不走，突然说："昨晚……对不起……是我失控了。我想跟你说，你不要避孕，对身体不好，这次如果有了孩子，就生下来。"

他若不这样说，她或许还可以安静，突然听到他说有了孩子生下来，她心里的火气一下子涌出来，站起来指着他，大声指控，"顾风离，你还能再无耻点吗？你还想再利用一个孩子吗？我被你利用，难道我的孩子也要被你利用吗？你为了你的孩子，利用我的，我不要！我偏不要，我不会怀孕，死都不会！"

她突然激动起来，这让顾风离吓了一跳，"我是为了你好。吃药对身体不好。"

"你知道对身体不好，为什么还要强暴我？"她吼了回去。

他再度被震住，微微眯起眼睛打量她，像是重新审视一个陌生人，那目光让人害怕。

他看着她，语气冷淡，"在你心里，难道我就这么无耻吗？好，既然你这么认为，那么，我还可以更无耻一点。乔以陌，我要你，你永远别想逃！"

"什么？"乔以陌愣住。

"那天晚上你喝醉酒勾引了我，我还保留着视频呢！"他的脸上浮现一抹沉痛的笑意，幽深如潭的眼睛从她身上扫过，带着坚决，"我就是不择手段了，你也别想离开。"

"你变态！"乔以陌血气上涌。

他沉声，"你要那样认为，随你。"

他往门口走去。

乔以陌愣了一下，气得浑身哆嗦，语调颤抖，"顾风离，你威胁我？你是不是要逼死我才甘心？"

走到门边的人陡然停了下来。

她看着那道笔直的身影，心口发紧，接着，一种窒息般的疼痛在四肢百骸迅速地蔓延开来。

Chapter 29

那些触手可及的温暖，若水穿尘，
终成了你我再也抵达不了的倾城绝恋。

顾风离回到饭店的包房，满脸的疲惫。

"怎样了？"车明剑问。

"可能更加混乱了。"

"啊？"车明剑晕了。

"我自有分寸，你不用插手！"顾风离说得笃定。

"你有分寸个屁。"车明剑忍不住咒骂了一句，"女人是要哄的！"

"乔以陌如果是哄哄就可以的女人，或许我也不会感兴趣了。"顾风离给自己倒了杯茶，喝了一口。

"你承认你感兴趣了？"车明剑扑哧乐了。

顾风离这才坐下来，抽出一支烟。

车明剑拿出打火机给他点燃。

"她那样的女人，她强，你若不比她强，就压制不了她的气焰。"顾风离深深地抽了口烟，"我就要她绝望，置之死地而后生。如果从她这里过不去，我这辈子也干不成别的事了。"

"你开窍了啊？这都开始想招了，能说说你的招数吗？"

"我只告诉她，开始了就由不得她拒绝。"

"啊？"车明剑错愕，"你，你够狠！小陌陌真可怜！"

顾风离微微皱了皱眉，"她应该是恨死我了。"

"你还有自知之明，不错！还有救！"

顾风离瞥了车明剑一眼，"或许处理问题最好的方式，就是跳出问题，站在圈外看，方能理智，而我现在已经分不出是圈里还是圈外了。"

"你动情了！"车明剑笑他，"对她感觉多点，还是我姐？"

顾风离表情一僵，眼底闪过一抹愧疚，轻声道："明剑，她是她，你姐是你姐，不一样的。"

"怎么不一样了？不都是女人吗？我问的可是咱们男人之间的悄悄话，又不跟女人说，我也不会去我姐坟头上打小报告的。"

顾风离不回答他，只是视线越来越黯淡，渐渐地深邃，漆黑的眼底仿佛是一眼都看不到边际的沉默，"你姐没有让我这么费尽心思。"

车明剑不说话了，"晚上我去看看。"

"你不用去了。"顾风离道，"这一次，我自己来。"

"当初帮你追我姐，现在我照样可以帮你追陌陌。"

"这种事，我必须自己来，你不要再添乱了。"

车明剑点点头，"好吧！"

下班后，乔以陌接了一个电话，然后她去了福海小区对面的巷子里。

果然，看到了那辆宝马车停在那里。

她走过去，车门打开，小丫头从里面伸出头来，露出灿烂的笑容，"妈妈，我在这里哦！"

乔以陌点点头，走了过去，也不看顾风离，伸手把小丫头抱下来。

顾风离没有下车，说道："后备厢里有禅儿的换洗衣服，你拿着吧。"

说完，他已经遥控开了后备厢。

乔以陌走过去，拿了袋子，牵着小丫头的手离开。

"顾爸爸再见！"小丫头回头招手，还不忘记说："顾爸爸，你不要伤心哦，你很帅，会有漂亮阿姨喜欢你的。幼儿园的小方老师就好喜欢你呢！"

顾风离没说话。

他在车里看着离去的两个身影，眼底都是疲惫。

当晚，乔以陌跟孩子试探地说以后要乖乖的，要听顾爸爸的话的时候小丫头就哭了，看着她的眼泪，乔以陌就打住了，没有再说。

第二天，顾风离来老地方接孩子，乔以陌把孩子送到了车里，顾风离没有说话，载着就走了。

乔以陌走在街头，听着音像店里播放着一首暖伤的歌，那歌词，真的挺好。

"一念之间发现你的爱情竟然不见，这几年你留下的原来只有谎言，说得再美也无法沉淀，空洞得可怜，一念之间发现爱情竟然是种危险，这几夜我哭了好几遍，靠得再近也是种亏欠，我不是你随随便便可以敷衍……"

她被吸引，竟然不由自主地走了进去。

老板是位三十多岁的大姐，胖胖的，表情和蔼，看到乔以陌，笑了笑，"姑娘，想要什么？"

这家音像店不算大，二十多平米，货架上摆得满满的，CD、电影、各种海报。

许是那位大姐很和蔼，乔以陌尽管此时很疲惫，却也扯了个笑容，指了下门口音响里放的歌曲问："大姐，那首歌叫什么？"

那大姐一怔，笑眯眯地答："喜欢那首歌啊？"

乔以陌点点头，"嗯，歌词挺好，我听歌喜欢听歌词。"

"那首歌就叫《一念之间》，戴佩妮唱的。"

一念之间？！

乔以陌微微一怔，继而笑了，"我想要这首歌的CD。"

那大姐笑，"好，我给你找。"

乔以陌点点头。

那大姐拿了一张新的CD过来，是戴佩妮的专辑。

递过来的时候，乔以陌的视线在看到那大姐的手腕时一愣，她的手腕里侧有一道丑陋的疤痕，可以看得出，那应该是割腕自杀过的痕迹。

她一时愣住，有点意外。

那大姐看到她的视线停在自己的手腕，豁达一笑，"吓到了啊？我这手腕不太好看，就像这CD里的这首歌，就一念之间的事。"

那大姐说话的时候是笑着的，可是乔以陌还是听出了其中的沧桑，一念之间的事？

她道歉，"对不起，我……"

"甭在意，姐都不在意了，没看我都穿短袖吗？做都做出来了，还不能容人说了啊？"那姐姐说得更豁达。

乔以陌有点钦佩她，要在人前承认自己曾做过的傻事，也是一件需要勇气的事。这位姐姐定然是越过了生死线，再回头，便已然沧海桑田，豁达今生了吧？

"看你看上这歌词啊，我觉得你也是个性情中人，姐送你几句话，一念之间，能够直接指向人的心！这人啊，生活在这个世间，是好是坏，是善是恶，是福是祸，是贵是贱，都在一念之间。一念之间，天堂变地狱；一念之间，立地成佛；一念之间，上穷碧落下黄泉。凡事想开了，对自己好点，就会吃吗吗香，躺下一觉到天亮。"

乔以陌一怔，这些话真是金玉良言，但，很多时候，人的心，就是容易画地为牢。她也不例外。

离去，就没有想过要回头。

爱与不爱，都有最起码的底线。

而她，宁愿自苦，不愿欺心。

这又何尝不是一念之间的事呢？

"谢谢您，这席话，对我真的是金玉良言！"乔以陌拿出钱包，掏出一张五十的递过去。

那位大姐给她找零钱，"十块钱一盘，四十！"

乔以陌点点头，收起来，"谢谢您，大姐，再见！"

"嗯，欢迎再来，妹子！"那姐姐又对她笑笑，很是温暖。

或许，有时候就是这样，在很多熟悉的人面前，人容易戴着面具，在陌生人面前，人更容易放松自我。

乔以陌长嘘了口气，来到了办公室。

一进门，就见到顾风离在办公室里。

其实，她进门的时候，已经八点半多了，她今天故意来得晚一点，因为怕跟顾风离遇到。

结果，还是遇到了！

但是顾风离没有说话，他只是看了她一眼，就走了。

十分钟后，刘部长说，顾总找她。

到了办公室，顾风离说："乔以陌，我要去你的老家办点私事，你陪我去。"

她惊愕，"你要去我老家？"

他点头，"嗯，你要是不去的话，我今天就自己过去，然后亲自告诉你家里人，我是你的男朋友！"

"你！"

"你一起去的话，我就不说。"他又道。

乔以陌瞪着他。

"走吧！"他已经转身，唇边一抹志在必得的笑意，仿若，那只狐狸又回来了。

乔以陌怎么都没有想到顾风离会来这一招！

顾风离此刻就坐在帕萨特后面的座椅上，乔以陌坐在前排，亓云峰已经发动了车子，很快上了路，直奔着她家而去。

她偷偷往后看了一眼，深陷在座椅里的男人看起来清俊而又略显疲惫，两条长腿随意地架起，阳光从车窗外照射出来，在他高挺的鼻梁一边落下一片阴影。

乔以陌只看一眼，就转过头来。

站在自家门口，乔以陌一再地深呼吸，握紧了手里的包，终于迈进了大门。

院子里，正在井边打水的乔妈此时佝偻着身躯，才六十不到的年纪，却已经白发苍苍。

"妈！"乔以陌的声音有一丝哽咽。

正打着水的乔妈听到声音抬头，一愣，突然惊叫，"红帽儿！红帽儿回来了！红帽儿回来了啊！"

乔妈丢下手里的桶，手在围裙上擦了一把，就神色复杂地疾步走了过来，眼底很快红了起来，"红帽儿啊，你……真的回来了！我的孩子啊……"

乔以陌站在那里，看着乔妈那满脸的沧桑和担忧，泪顷刻间就顺着脸颊滑下，不知道是想念还是自责，心底唯有怯怯地对自己说：妈妈，我回来了！

或许，早该回来，只是害怕面对。原来不是不怀念，原来满怀的忧伤和无奈，并不是只有自己有，乔妈也一样。

"红帽儿啊，让妈妈好好看看你。"乔妈走近了一些。

"妈……"乔以陌终于忍不住地哽咽着声音喊,"我回来了!"

"回来就好,回来就好啊,你爸这阵子也想你呢,曹……曹家的那孩子来了几次,说你过得很好,可是我怎么看你这么憔悴啊!"

"妈,我没事。"乔以陌摇头,她忽然发现,这一次回来,乔妈对她好像不一样了,又回到了十六岁以前。

"妈妈,我给你买的蛋糕!爸爸呢?"

"谁知道去哪里了!你爸最近抽烟抽得可凶了!曹家那孩子来了,给抱了两箱说是好几百一条的烟,你爸就跟见到他亲爹一样亲得不行,走哪里揣着两盒,见了谁都分,说是女婿给买的好烟。自己更是没命地抽!"乔妈又絮絮叨叨地讲了起来。

"有人吗?"突然插入的一道男声让乔妈和乔以陌都惊了一下。

乔以陌回头,就看到顾风离站在门口,而他身后,是神情有点不自然的亓云峰。

乔妈有点讶异,看向门口,两个小伙子可真高啊,手里还提着好多礼品,乔妈很朴实,就笑着问:"你们是要问路吧?说了名字我认识的,这村里我都熟悉。"

顾风离震惊地站在那里,他从来没想到自己未来的丈母娘会是这副样子:典型的农村老太太,衣服像是50年代的,腰上系了个围裙,那围裙上的油污跟地面一样的颜色,甚至看不出布料原来的颜色。

一时间,顾风离愣在了门口,张了张嘴,说不出话来。

乔以陌看到顾风离那个表情,顿时就明白了,是啊,他是有钱人,大集团公司的副总,家又是B城的,属于大城市的人。她在云海那个小城还凑合,气质还可以,那是被迟云训练出来的,不然她也只是一个傻了吧唧的土气妞。可是,就算她改变了自己,也改变不了家人,更重要的是,她觉得没有必要改变。爸妈就是爸妈,朴实也好,土气也罢,至少不悦都写在脸上,不像顾风离这样道貌岸然的人,他在看到乔妈时眼底的那抹纠结和轻视,深深地刺痛了乔以陌。

见门口的顾风离傻愣愣地站在那里,乔妈笑了笑,又问了一句,"你们这是去谁家啊?说了名字我才能帮你们指路啊!"

顾风离还是说不出话来。

倒是旁边的亓云峰看到这情形,赶紧解释道:"阿姨……"

这时候，顾风离突然回神，沉声打断了亓云峰的话，"我们就来你们家。"

"啊？"乔妈瞪大眼睛，"我不认识你们啊！你们是不是找错了地儿？"

"我是专门过来看您的！"顾风离又说。

乔妈再度错愕了一下，仔仔细细地打量了一下顾风离。

"妈，他是我们公司顾总！"乔以陌终于忍无可忍，还是压低了声音，跟乔妈说了一声。

"啊？你们领导啊？"乔妈有点意外，看向乔以陌。

乔以陌表情有点复杂，点了点头。

乔妈小声在乔以陌耳边嘀咕，"红帽儿，领导来了咋还提着东西？"

乔妈心里有点接受不了，给领导送东西还差不多，怎么弄成领导拿着东西来他们家了啊？

乔妈爽朗一笑，赶紧把他们请进来，"陌陌领导来了啊，领导您快进屋，喝杯茶吧，天热了，您累了吧？"

顾风离有点接受不了老人家的热情，只能笑着说："还好。"

乔以陌看看他们，提了蛋糕进了屋里。

一进去，乔妈就指着两个主座说："领导，请上座！"

"您不用客气。"顾风离轻声道。

亓云峰觉得很不好意思，道了一声："阿姨，您别客气，我们领导很平易近人的。"

乔妈有点拘谨，赶紧说："家里乱，不及你们城里人干净，莫嫌弃，莫嫌弃，我去泡茶，我去泡茶。"

"不用忙。"顾风离说。

乔以陌也拉住乔妈，"妈妈，不用忙了，我们顾总应该不会喝咱们家的茶！"

从进院子到此刻，顾风离一声尊称都没有，即便是陌生人，也该称呼一声吧，何况他还是有目的！乔以陌自嘲地想，原来不是自己心狠，真的是不可能，这一刻她是多么庆幸自己远离了这个男人！一个不尊重她家人的男人，就算再优秀，又怎么样呢？更何况这个男人步步为营，欺骗了她这么多次。

"顾总，我先出去检查检查车，您有事打我电话。"亓云峰已经看出顾风离此行的目的了，不敢再打扰，就找理由想躲开。

顾风离没说话，亓云峰已经明白，这是要他走的意思了，他立刻对乔妈说："阿姨，您有时间去城里玩，去了我请您好好玩玩。"

亓云峰说完，礼貌地对乔妈笑了笑，先去车里等着。

乔以陌回头看向顾风离，眼神冷漠。

顾风离也看着她，眼底都是震惊、错愕，以及怜惜，他怎么都没有想到乔以陌会在这样的家庭里长大。这太让他意外，也太震惊了。

乔妈虽然是家庭妇女，但是不傻，她看了看顾风离，又看看乔以陌。

乔以陌立刻道："妈，我们领导想要从村里买山鸡蛋，这才来的，你去问问邻居们有没有卖鸡蛋的。"

"这样啊！"乔妈点点头，"我去问问，你给领导泡茶。"

"嗯！妈，我们等下就走了，你快点，我周末再回来。"

"放心，妈这就去。"乔妈边说边解了围裙，这一抖，屋里全部都是灰尘，顾风离不适地皱了皱眉头。

乔以陌冷眼看他，不是一路人，又何必挣扎着非要走在一起呢？

人，看清了自己的路，才能走下去！

她再一次确定，自己的选择是对的，跟顾风离分手，不会再和好。

"领导您坐着，我这就去帮您问啊！"乔妈说着就走了出去。

屋里只剩下顾风离和乔以陌。

乔以陌微微低头，问了一句："顾总，您要喝茶吗？"

"你……就是在这样的环境里长大的吗？"顾风离终于开口。

乔以陌点点头，"对。"

"你睡在哪里？"他看了一眼屋里，一共只有三间房，一间客厅，东面那间是卧房，西面那间没有床，不知道放的什么，总之是乱七八糟的。

乔以陌指了指院子东面那个矮小的类似仓库一样的房子，总共也就两米多高，摇摇欲坠都快要塌了的样子。

顾风离惊愕。

乔以陌用一种没有感情的声音说道："我就住在那里，十六岁之前，我觉得很快乐，那是属于我自己的地盘，那种快乐是你们不会理解的。"

"你们？"顾风离重复着这两个字。

乔以陌低下头去，"你，曹泽铭，你们都不会懂的。人的快乐，并不以金钱的多少来衡量，什么都没有，反而更容易快乐！"

顾风离突然站了起来，朝那间厢房走去。

院子里有鸭子在叫，他走出去的时候，鸭子一溜烟地跑，边跑边拉，一泡鸭屎就这么赫然拉在了院子里。顾风离吓了一跳，再看看别处，不是鸡屎就是鸭粪，真的太邋遢了！

他往东厢房走去，当他拿下那锈迹斑斑的门锁时，手上是砖红色的锈迹，他犹豫了一下，推开门。

乔以陌也跟着走了过来，她没有阻拦，她只是想要顾风离看清楚，他们不是一个世界里的人，真的没有必要强求。

当门推开的那一刹那，一股难闻的霉味扑鼻而来，顾风离被呛了一下。

这根本就是一间仓库，里面摆了三四个装有几百斤粮食的大缸。在一侧的角落里，有一张小单人床，此刻那床上只有一张半旧的席子，没有床单被褥。一张破桌子，上面放着花生。

他无法想象，她居然跟粮食在一个屋里！

窗户是老式的，木质的窗棂，四处漏风。而夏天，他进来这屋里才一会儿，就觉得里面沉闷得让人喘不过气来，到处都充斥着令人窒息的霉菌味道。

乔以陌就在他身后站着。

他张了张嘴，声音沙哑地问："这……就是你的房间？"

"嗯。"乔以陌点点头，不觉得有什么不妥。

"这怎么能住人？"他完全无法相信。

"为什么不能住人？"乔以陌反问。

他忽然转身，眼神复杂地看着她，那里面承载了太多复杂的情感。

乔以陌抬头，对上他幽深的眸子。她理解他的震惊，第一次来她家知道她住这间屋子的曹泽铭也是这样的神情，好像她长这么大是多么不可思议的事情。

"该看的你都看了，这下你知道我和你有多不合适了吧？"乔以陌坦白地说。

"你以为说这些我就会放开你吗？"他忽然打断她的话，声音急促，胸膛起伏，看起来很激动。

屋里一下子安静下来，呼吸声清晰可闻。

空气里霉味越来越重，呛得人喘不过气来。

"你放与不放，我都走我的路！大不了，我辞职！"她淡淡地说道，目光飘向了窗外。

"你死了这条心吧！"他若是没有看到这环境，或许不会这么心疼，看到了，他的心更疼了。

"你如果再这样，我会去总公司那里告你骚扰我。"

顾风离猛地一僵，瞪大眼睛看着她。

四目相对，空气仿佛凝固住了一般。

微微一愣的顾风离迅速平静了，"总公司董事长是我的一位叔叔，你觉得，你能赢？去了，只会让人以为你想敲诈我。"

"你真的太不讲理了！"乔以陌低吼。

他走了过来，伸出手，轻轻托起她的下巴，他看着她，将她脸上的坚定、决绝和恐惧全部收入眼里。然后，目光慢慢向下，移到那段优雅漂亮的脖颈上，微垂着的视线轻轻一动，他忽然笑了笑，极轻的邪恶气息从唇边逸出，之前一直紧绷着的下颌弧线也终于有些松动。

这样的笑容落在乔以陌的眼里，却是最可怕的信号。她惊了一下，下意识地想要反抗，却已经来不及了。

她的身体被他强有力的手臂禁锢住，随即整个人便被不容反抗地向后压，扯得她如弓箭一般，弯曲了身子，她已然落在了他的怀里。

模糊地意识到即将发生些什么，她开始拳打脚踢地奋力挣扎，可是手脚很快便被他钳制在身后。

他想要控制她的行动简直易如反掌，甚至在压制了她之后，还大有余力对上她的视线，语气轻松而邪恶地说："你这样的孩子就是容易自卑，跟着我，乖乖的，把你的自信找回来。"

乔以陌听到这样的话感到很好笑，她盯着他的眼睛，一字一句地说："顾风离，我不觉得自卑，或许你觉得我在自卑，在矫情，如果你拿我的理智当作我矫情、自卑的话，那么随便你。但是我还是那句话，我们分手了，我和你不合适。"

令人窒息的沈默，她心中渐生不安。过了很久，那道声音越发的冰冷，还有一丝几乎听不出来的痛楚，"就因为我一开始有目的地得到了你，然后骗了你？"

乔以陌苦笑一声,她想说她宁愿被天下人利用,唯独不能忍受他的利用和欺骗。那一句话,她终是没说出来。

顾风离的手骤然使力,他突然低头狠狠地吻上她的唇,带着滔天怒意。

她拼命挣扎,他双臂如铁钳,任她如何努力,还是被他越箍越紧。

一丝血腥气卷入口腔,在喉咙深处蔓延,直抵心尖,不知是她的,还是他的。

他一把将她推在桌边,上面的簸箕跌落下来,花生落了一地,但是他却没有停下来,狂吻如骤雨般落下。

乔以陌身子一阵战栗,在这样的情形下,她竟然还能生出反应,这让她感到屈辱,感到悲哀。

她闭了闭眼睛,一把推开了他,毫不犹豫地抬手,一个响亮的耳光结结实实地甩在了他俊美的面庞上。

顾风离震惊,有那么一瞬,他大脑处于一片空白的状态。他像是受了巨大的打击,薄唇抿成一条直线,心中空茫,对脸上火辣辣的痛,一无所觉。

乔以陌后退好几步,厉声说道:"顾风离,这里是我家,你竟然无耻到在我家里乱来!"

说完,她拉了拉衣服,往外跑去。

顾风离跟着走了出去,在她身后,恨声道:"乔以陌,你真是穷得只剩下自尊了。"

乔以陌脚步一顿,自嘲地一笑,"那是你的认为。你富裕得只剩下强势了,你根本就不懂尊重为何物,仗着自己家庭好,有背景有钱,就不把别人当人看,你才是真正的贫穷。"

顾风离脸色微变,没有反驳,良久才说了句,"我无法说服自己放手。"

她淡淡一笑,已经不屑于分辩,"随便你吧!"

这种漠然的态度比任何无情的话语更能打击一个人的自尊。顾风离站在那里,手指渐渐握紧成拳,眸子里隐隐透着一丝血光。

这时候,大门口突然传来脚步声。

乔以陌惶然朝堂屋奔去。

顾风离站在院子里,看到一个老头儿走了进来。

看到顾风离的一刹那,那老头一怔,接着道:"这位就是陌陌的领导吧?"

顾风离已经猜出来这个老头是谁了，他应该就是乔以陌的父亲吧？

他摇头，苦笑道："您好，我是乔以陌的同事，您可以叫我的名字，我叫顾风离。"

顾风离觉得自己一点领导的样子都没有了，这丫头根本不把他放在眼里，软硬不吃，就是认准了要分手，她还真是绝情得可怕。

乔爸不理会顾风离的话，径直说道："乔以陌她妈说领导来了，叫我赶紧回来招待，领导您今天别走了，我给您杀鸡，晚上喝一场。我们家陌陌给您添麻烦了，以后请您多多照顾。"

虽然不知道女儿现在干什么工作，但是刚才村里的人见他就说乔家来了贵客，提着大包小包的礼品，小伙子还有专车司机，很贵气的样子，乔妈又找到他，说了几句，他就赶紧回来了。

"您不用麻烦了。"顾风离说，"我们一会儿就走。"

"慌啥？来了家了，那说啥也得吃了饭再走。"乔爸说。

"真的不用了。"顾风离道。

这时候，乔以陌站在堂屋门口，低低地喊了一声，"爸！"

乔爸往门口看去，看到乔以陌，难得地，竟笑了起来，慈祥地说道："陌陌，你可回来了，我给泽铭打了好几次电话，你忙啥呢？"

乔以陌愣住，原来曹泽铭没告诉他她的具体情况啊。

"我工作呢。"乔以陌说。

"你这孩子咋不让领导进屋里去啊？"

"是我想在外面转一会儿。"顾风离赶紧说道。

"还是进屋吧！"乔爸指着堂屋说道，"领导，快屋里请！屋里请！"

"您请！"顾风离点点头跟着进去。

乔爸爸从兜里掏出一盒烟来，竟然是小熊猫，他给顾风离递了一根。

顾风离看着他黝黑的大手微微一怔，没有接。

乔爸一愣，笑，"这不是假的，真烟，劲儿够！"

"不是！您抽这个吧！"顾风离从自己兜里掏了烟出来，抽出两支，递过去一支。

乔爸没有客气，接过去。

顾风离给他点燃。

这一次，顾风离没有坐在椅子上，而是搬了个凳子坐下来，那小小的凳子被他坐着，显得很是不搭调。

乔爸也不坐，竟是在屋里蹲下来，抽烟。

顾风离一看他蹲着，他也立刻蹲下来。

乔爸一看他这样，赶紧说："领导你快坐呀，上坐！乔以陌，你咋回事，咋不给你领导泡茶？"

"爸，领导不喝茶."乔以陌直接就拒绝了。

"对，我不渴."顾风离道。

乔爸爸就笑笑，对乔以陌说："陌陌，你去看看你妈，说你们领导来买山鸡蛋，正张罗着呢！你去帮忙。"

乔以陌走出去，乔妈正在大门口，一看她，就低声问："你跟妈说说，这个人真的是来买鸡蛋的？"

"嗯。"乔以陌点头。

结果，乔妈一脚踢过来，踹在乔以陌的屁股上，吓了她一跳，忙叫道："妈！"

她都多大了，还被揍。

乔妈气得直瞪眼，"你当我老眼昏花看不出来啊？你跟这个领导肯定有问题，什么领导去小兵子家里还买礼物的？你妈我好歹也是初中毕业，认识几个字，那东西电视上广告了，很贵的。他凭啥给你送礼？你是不是跟人家处对象了？"

"妈，我……"乔以陌想说没有，可说不出来。

"你敢跟我撒谎，今天我缝上你的嘴！"乔妈一下子就火了。

"妈，我回头跟你说。"乔以陌怕解释不清楚。

"姑姑！姑姑！"突然传来的喊声，让乔以陌惊愕了一下，顾不上跟老妈求饶，就看到一个小小的身影冲过来，"姑姑！"

是她的小侄子乔慕凡，这名字是她取的，羡慕平凡的意思，小名豆子。小家伙今年五岁了，长得虎头虎脑的。见到乔以陌，小家伙开心得不得了，"姑姑，我老想你了，你怎么不来看豆子啊！豆子想跟姑姑一起捉蚂蚱，姑姑烧的蚂蚱可好吃了！"

"就知道吃，记住姑姑说的话了吗？要好好读书，幼儿园老师教的都会了吗？"乔以陌看到侄儿，心情一下子好了很多。

"会了！会了！"豆子很会巴结乔以陌，"姑姑，你给我买好吃的了吗？"

"就知道吃！"乔妈呵斥一声，却又满脸慈祥。

"奶奶，我饿了，我见到姑姑就更饿了！"小家伙嘴甜得很，"你不是也想姑姑吗？你不是天天跟我念叨姑姑吗？"

乔以陌突然想起什么，"今天不是周末，豆子，你怎么不在幼儿园？"

"我妈喊我回来的，说是姑姑来了，叫我来。"豆子毕竟人小，说话不拐弯。

乔以陌一怔，知道嫂子那个人，八成想让孩子从自己这里得到点好处吧。

乔妈叹了口气，"这个凤英真是……一定是看到村头的车了，上次泽铭来也是，从泽铭那里混了一千块钱，你嫂子这个人真是没法说……"

"曹泽铭来时给钱了？"乔以陌错愕。

"嗯。姑姑，泽铭叔叔开他的车子载着我玩，开得可快可快了！"小家伙给她学舌。

乔以陌再度惊讶。

乔妈趁机问："里面这个又是咋回事？他看你的眼神可不是那么单纯，别说来买鸡蛋的，我看他是相中你了。"

乔以陌牵着侄子的手，跟乔妈说："妈，我先给豆子拿零食，回来再说。"

说着，她领着小家伙回去，也不管顾风离和乔爸，就去屋里提了一袋子吃的，急匆匆地往外走。

"没规矩！"乔爸突然怒喝一声，"进屋不知道喊人吗？这么大喇喇的，当自己是爷呢？没看到长辈在吗？"

乔以陌和豆子都吓了一跳，停住脚步。小家伙这时候立刻站直了身子，偷偷抬头，看向爷爷，恭恭敬敬地叫了一声："爷爷！"

"嗯。"乔爸点点头。

小家伙又看看顾风离，讷讷地叫了一声："叔叔！"

"你好！"顾风离看着这孩子，比禅儿大点，很可爱，尤其是在长辈面前那毕恭毕敬的样子，真让人心疼。

"放肆！"乔爸突然又一声怒吼。

小家伙吓得一愣，赶紧喊："爷爷！"

乔爸的脸色阴沉，瞪着孙子。

"爷爷，我错了！"小家伙看爷爷那样子，立刻认错。

顾风离也吓了一跳，心想这老头脾气可真是不一般大啊！

"知道错在哪里了吗？"乔爸微微柔和了一点声音。

小家伙点头，又摇头，这才道："先前是没有叫人，豆子错了！后来，后来我也不知道哪里错了！"

小家伙感到很费解啊，皱着眉头，一副疑惑的样子。

乔爸满意地点点头，指着顾风离说："这个是你姑姑的领导，你怎么能叫叔叔？领导就是领导，叫声领导好！"

"哦。"小家伙赶紧又毕恭毕敬地喊道："领导好！"

顾风离惊愕，他不是傻子，怎么都听出了乔爸的讽刺。他想自己真的小瞧了这老头，不是一般的道行啊，居然这样暗讽他，可是他好像也没有做错什么吧？

乔以陌也愣住了，有些出乎预料，转头看向顾风离。

顾风离微微抬眸，望向乔以陌的方向。

四目相对，眼神碰撞的一瞬间，乔以陌又很快地把目光转向别处，决定不予理会。

顾风离的脸色瞬间铁青，他似乎预感到自己不受欢迎。

乔爸这时候坐下来了，不再蹲着，顾风离被他刚才的冷嘲热讽，弄得后背冷汗直冒。

他知道该称呼这老头一声，可是，他张了张嘴，却喊不出来。

喊叔？好像不合适！

喊岳父？喊不出来！

他很纠结。

乔爸虽然没读过几年书，但也不是文盲，瞅了瞅顾风离，又看看桌上的那几盒礼品，然后抽了口烟。

"领导，你看起来很年轻啊！"乔爸说。

"还成，三十二了。"顾风离还是报了真实的年龄。

乔爸眉毛动了动，"我家陌陌才二十三。领导您真是优秀，年纪轻轻就成了领导啊。我们家陌陌三十二的时候，要是能有您这出息，我死也瞑目了。"

顾风离一愣，说道："乔以陌很优秀。"

乔爸笑笑，"那是啊，红帽儿，哦，陌陌小名叫红帽儿，我这习惯了，老想起她小时候。"

顾风离笑笑，也跟着抽了口烟。

乔爸突然说："领导，你还是坦白说你此行的目的吧！"

顾风离和乔以陌都是一愣。

这时候，乔爸走到自家堂屋的正上首，坐下来，说道："既然来了，总有目的吧？买鸡蛋这样的借口，太笨拙了。"

顾风离一听这话，松了口气，很坦诚地开口，"不瞒您说，我是想追求您的女儿，想娶乔以陌为妻！"

Chapter 30

用生命守护，撬开心之门，走向烟花盛世。

乔爸和乔妈交换了一个眼神。

乔以陌没想到顾风离会这样公然说出来，她也是震惊的，同时也担心地看向乔爸和乔妈。

乔爸不着急说话，先点了一支烟，这才缓缓地开口，"这恐怕不行。"

顾风离错愕。

乔以陌也愣住。

"领导，我们家太穷，高攀不起。"乔爸缓缓地说道，语调不卑不亢，脸上带着淡淡的笑容，边说边抽烟，"我家陌陌可配不上您！"

乔以陌没说话，只是低下头去。

乔妈在旁边低着头，也不说话。

顾风离这时候说："我觉得我们两个很合适，我愿意给她幸福。"

"不瞒领导说，我觉得你给不了我女儿幸福。"乔爸又接着道。

"为什么您会这么觉得？您不觉得您太武断了吗？"

乔爸笑笑，眼睛打量着他，然后道："那好，我就给你摆摆，从我一进门到现在，你虽然对我很客气，但是你没有一副想娶我女儿的诚心。"

顾风离很快反驳，"我怎么没有了？"

"你骨子里就没有看起我们！"乔爸爸笑着指出，"你从进来到现在，见到我，见到她妈，连个叔、婶儿都不喊，你爸妈就教你见了长辈不喊人吗？我们六十多了，算你的长辈吧？我活了六十多岁，真没见过你这么高高在上的领导，人家都说领导谦虚着呢，越是大领导越是平易近人，我看你真的不是，你骨子里就没瞧起我们乡下人！"

顾风离错愕，他刚才一再纠结，他到底喊什么，他好像没有看不起吧？

乔爸爸在顾风离愣住的时候，继续道："最重要的是我女儿对你的态度，我看她挺怕你的，看都不想看你，所以我肯定我女儿她不待见你！"

乔以陌怔然，她从来不知道爸爸会这么的敏锐，同时也没有想到他对自己这么维护。

顾风离还是呆呆地站在那里，乔爸说的话，让他无从反驳。

"你走吧！"乔以陌终于开口，她的声音里带着历经沧桑的荒凉，"我们真的不合适！"

顾风离脸色苍白，过了良久，终于开口，"我真的没有不尊重你们，也没有丝毫看不起你们的意思。如果你们这样觉得的话，我很抱歉，我向你们道歉。"

乔以陌轻声开口，"顾风离，真的别说了，你这样没有意义！"

他又何必呢？

这个世界，谁离开谁活不了呢？

爱情不是人生的全部，希言没有了，他难受一阵子，不也是继续寻找新的目标了吗？

所以，人真的没有必要爱谁一辈子，也做不到！

彼此伤害、彼此折磨没有意思。

他道歉，她心里也挺难受的。他那样的位置，没有必要道歉，别打扰就可以了。

她的话让顾风离的脸色更加苍白，他语速很慢地一字一句地认真说道："陌陌，我不觉得没有意义，相反，我觉得很有意义。我为我的一生幸福负责，我对你负责，我觉得这就是意义！"

乔以陌望着他的眼睛，心有一瞬的窒息。似乎那一刻，她看到了他眼底的真挚，但转瞬，她又否决了，不，他的目的太昭然若揭了，就是给孩子找后妈！

顾风离看看乔以陌，又认真地说道："我认准了你，你对我也有感情，我知道你现在接受不了，我不这样强势，你这样的性子只怕也不会妥协。今天当着二老的面，我还是那句话，我认准你了，就不会改变。"

"我有什么好的，值得你这样？"乔以陌说不出的难受。

"你身上有很多优点，从一开始的千金不移，到现在你坚持原则、不退让底线，你没有野心，你工作认真，不迁怒，当然你缺点也不少，但每个人都有缺点不是吗？"

乔以陌愣了愣，一时间无言。

乔爸和乔妈又对视了一眼。

乔爸笑眯眯的，满是褶子的脸上看不出太多的情绪，只是眼底闪过一抹微光。

这时候，顾风离把视线转向乔爸乔妈，犹豫了良久，然后深呼吸说："我是很认真的，从来没有这么认真过，我跟陌陌之间有点误会，我之前做了对不起她的事。如今，我还是认为我配得起她。但是你们说我看不起你们，我觉得有点冤枉，坦白说，我自己也觉得今天来得唐突，但是最近她一直不理我，我知道我错了。可是她太倔了，不肯给我改正的机会，迫不得已，我才登门造访的。如果二老觉得我没有尊重你们，我真的很抱歉。不是不称呼您二老，只是不知道如何称呼，我想直接叫爸妈，又觉得很唐突。如果您二老不嫌弃的话，我就叫了……爸，妈！"

"我的天！"乔妈错愕地惊呼，"领导，你可别这么叫，我们可受不起啊！"

八字还没一撇呢，爸妈都叫上了，这以后传出去可咋办？

乔以陌也是错愕不已的，她万万没有想到顾风离会叫出这两个字来！

顾风离看着乔爸，等待他的反应，他忽然觉得叫出来这两个称呼，没有想象中的那么费劲。原来一些事，迈出一步，第二步就好办了。一时间，他苍凉的神色里突然多了一抹自信。

"别！别！叫爸妈的确不合适，你还是别叫了！"乔爸也是被惊到了，他摆摆手，"领导，我已经看出来你的诚意了，你对乔以陌是认真的。只是，我们这样的家庭配不上你。如果你觉得我们冤枉了你，那我收回刚才的话，是我们高攀不起！"

"您看，您看出了我的诚意，却又找出另外的理由，我好像无论怎样都不能让您满意吧？"顾风离说，"还有，请您不要叫我领导，我名字是顾风离，你们不嫌弃，可以叫我风离。在您二老面前，我只是个晚辈。"

　　乔爸听到顾风离的话，然后深深地打量了他一会儿，这时候转向了乔以陌，"这件事呢，我们主要看陌陌的意思。她要说行，我们也不反对，只是刚才你说你对不起我的女儿，我想知道你做了什么事对不起我的女儿呢？"

　　"我……"顾风离说着，看向乔以陌。

　　"爸，没有什么，你不要问了，我跟他不合适！"乔以陌突然开口，她不想爸妈知道顾风离有个女儿，是二婚。

　　但是此刻，顾风离不想隐瞒了，因为之前的隐瞒，他被乔以陌这样嫌弃，现在他不想这样了。他也没管乔以陌的意思，就坦白了，"实不相瞒，我是二婚，妻子去世了，留下一个四岁的女儿。"

　　"我的天！"乔妈惊讶得叫出声来，"你结过婚啊？"

　　乔爸也是面容一滞，脸色微变。

　　乔以陌没说话，父母的震惊让她很抱歉，她想带给乔家的是荣耀，可是，很多时候，事与愿违。

　　她可以想象自己若是嫁个二婚男人，全村人，乃至十里八乡会传出怎样的谣言，他们会说她高攀权贵，甘愿当人的后妈。到时候，乔爸、乔妈的脸都不知道往哪里放。

　　顾风离看着他们的表情，心里已经预感到不妙，还是说："我隐瞒了这个，是不想陌陌接受不了离我而去，但是没想到还是被她发现了，所以，她觉得我骗了她。以后，我不想再骗她，即使很丑陋，我也愿意把一切大白于天下！"

　　乔爸猛地抽了口烟，道："她说得好像没有错啊，你自己也说你隐瞒了，对吧，领导？"

　　顾风离一滞，反驳道："您护短也太厉害了！"

　　乔爸一听这话，眉头一皱，同样反驳道："那么二十年后，你女儿长大了，有一天回来跟你说，她想嫁个二婚的，你能同意吗？"

　　顾风离一下子就傻了，被问住了。

　　"你看吧，你自己都犹豫了。都是当爹的，我不想我的女儿嫁二婚的，好像也没有错吧？"乔爸的话让顾风离彻底无语了。

"二婚的男人，就该死吗？"

"哪能呢，领导说这话就不地道了，二婚的男人不该死，但是骗了女孩子，还不知道错误，就真该死了！"

顾风离接着反驳，"如果我一开始说我二婚，她肯定不会同意啊！"

"那是啊！"乔爸说，"多数人不会同意的，不过这年月也不好说，很多人也都愿意的，你长得好，工作好，还愁找不到对象吗？你说你在我们家受我们讥讽，为的什么啊？"

"为了给她幸福！"顾风离沉声道。

一瞬间，乔以陌身体僵硬。

乔爸眸光一滞，倒多了一抹意外。他不动声色地看着顾风离，"我闺女离开你，也许会更幸福！"

"陌陌离开我不会幸福，因为我相信她这辈子都不会忘记我，甚至会因为我而被以后的丈夫嫌弃，我对她现在不只是有感情，还有责任，身为男人义不容辞的责任！她还小，不懂人生冷暖，我想爸妈应该懂！"

乔爸和乔妈看了他良久，最后都没说话。

顾风离回到车里后，乔妈偷偷跟乔以陌说，她很中意这个领导，人有缺点才是人，知错能改才是好同志。

乔以陌还在踌躇，没有原谅顾风离。

回到云海，乔以陌去幼儿园接了禅儿，然后带着她去音像店买动画片。

走到之前那家音像店，那大姐看到乔以陌一顿，"啊！妹子，又见面了！"

"嗯。"乔以陌笑笑，"您这里有《蜡笔小新》吗？"

"呀！这是你的孩子啊？"那大姐笑呵呵地开口，"长得可真像你啊，小美女呢！"

"阿姨好！"小丫头很有礼貌，晃晃乔以陌的手，"妈妈，阿姨说我长得像你。"

乔以陌表情一滞，有点尴尬，却也没有解释。

"《蜡笔小新》在这边呢！"那大姐带着她们去挑。

这时候，乔以陌的手机响了起来。

乔以陌对禅儿说："宝宝，自己找，妈妈去接电话。大姐，麻烦你照顾一下宝宝，我去接个电话。"

"好的，妹子！"

乔以陌走出来，站在路边接电话。

电话是乔爸打来的。

"红帽儿，回去了吗？"

"爸，我回来了。"乔以陌说。

"哦，我告诉你一声，今天你那个领导临走时偷偷留下了两千块钱，你妈在你那屋席子底下发现的，你知道这个事吗？"

乔以陌一愣，有点意外，顾风离什么时候放下的，她怎么不知道？

"那钱太多了，红帽儿，还没跟人家定下来，这钱咱不能要。"乔爸道。

"我知道了，爸，我会还给他的。"其实她也知道，还，顾风离也不会要。

乔以陌心里酸酸的，挂了电话，转身要走，突然驶来一辆小汽车，开着刺眼的灯，她一下子傻了，那车子眼看着就朝自己撞来！

千钧一发之际，她感觉身体被人一把抱紧，跟她一起，滚落在一旁的地上。

接着尖锐的刹车声响起。

乔以陌错愕地抬头，看到那个用整个身体把自己护住的人是顾风离！

而刚才她站的地方，停着一辆白色的轿车，撞在绿化带的冬青上，从车里面下来一个年轻的男人，冲着她着急喊："没事吧？我不是故意的，我真不是故意的。"

乔以陌惊魂未定。

顾风离却是脸色惨白，一双手紧紧地抱着乔以陌。

"顾风离？"乔以陌吓得赶紧喊了一声，"你……你没事吧？"

顾风离没有说话，轻轻地放开乔以陌，然后走到那个青年男子身边，一把抓住他的衣领，一拳就挥了过去。

"啊——"那男人大叫一声，"我不是故意的，是车子故障。"

"你出门不检查车子就随便出来啊？你知不知道刚才差点出了人命？你他妈还敢狡辩，今天我就替天行道非揍死你个混球！"顾风离边骂边揍，一阵拳打脚踢。

这是有史以来，乔以陌第一次见到这样粗暴的顾风离，他居然爆粗口，且这么野蛮，这么恐怖，她想起他的身份，他这样马路上揍人，要被人看到，会影响他形象的。

　　"我赔，我赔你还不行吗？啊！"那男人一阵大叫，"别打了……"

　　"谁差你那点破钱了！"顾风离冷喝一声。

　　"是！是！这位哥，我知道错了！"那人一阵求饶。

　　"风离，我……我没事！"乔以陌惊喊，上前拉住浑身紧绷一脸怒气的顾风离，"我真的没事，你不要这样！风离……"

　　她紧紧地拉住他，后来干脆死死地抱住，顾风离这才松手，低头看看乔以陌，却又忍不住踢了那人一脚。

　　那青年被放开，没站稳，趔趄地倒在地上，许是顾风离那一下揍得太厉害了，吓得也是惊魂未定。

　　顾风离眼神复杂地看着乔以陌，这才检查她的身子，"没事吧？摔到哪儿了吗？"

　　乔以陌心里很乱，在那千钧一发的时刻，他舍命相救，让她无法不心情复杂。

　　也似乎，如一把钥匙，一下子打开了她紧闭的心门。

　　"我没事！"她哽咽了声音，低哑着问他，"为什么要那么做？你知不知道，刚才真的很危险！"

　　顾风离一愣，眸光柔了下来，"一些事，不需要多想，我刚才就想那么做！"

　　那是一种本能，他要保护她的一种本能！

　　乔以陌抬起头，眼圈突然红了，伸出一只手，握拳，捶了他的胸口一下，泪珠子突然掉了下来，"不值得啊！"

　　"哪有那么多值得不值得？哪有那么多理由啊？"他笑了起来，一伸手把她拉过来，抱在怀里。"没事就好！我的小红帽儿。"

　　"你怎么会在这里？你为什么不回去？"她哽咽着问他。

　　"因为我一直在幼儿园对面的巷子里，看你们出来，我不知道你们去哪里，就跟着过来了。没想到会这样，不过幸好我在！"他想起来还是一阵后怕，胳膊紧紧地箍住她。

乔以陌抹了把眼泪，低声问："你吃饭了吗？"

"没有！"他小声道，很委屈的样子。

她一阵无语，心想这真的是个傻瓜，不择手段的傻瓜！

"妈妈……"突然传来的喊声，让乔以陌回神。一看路边有人看他们呢，赶紧推开顾风离，离开他的怀抱。

小丫头哇的一声大哭着跑来，"妈妈……"

乔以陌蹲下身子，抱住飞跑过来的禅儿。

"妈妈，你没事吧？"小丫头吓坏了，泪珠子就跟断了线的珍珠一般，啪啪往下掉，是真的担心她了。

乔以陌摇头，"没事，把宝宝吓到了吧？"

"嗯。"小丫头猛点头，"妈妈！"

乔以陌主动抱住他们两个，轻声道："我们回家吧！"

顾风离闭了闭眼，感觉好似在做梦。

跟顾风离回了玉山花苑，乔以陌给他们做晚餐。

顾风离走到她身后，环住她的身子，轻声呢喃，"谢谢你回来！"

乔以陌的眼睛忽然一阵酸涩，只要想到之前那惊险的一刻，她的泪意就忍不住汹涌而至，一转身搂住顾风离的脖子低低哭了起来。

"傻丫头，怎么哭了？"顾风离环着她，轻拍着她的背，"你还有哪里不满意啊？你说了，我改！"

乔以陌却哭得更厉害，在他怀里摇了摇头，许久之后才哽咽着说："为什么我态度这么坚决，你还要这样坚持？"

顾风离没有想到她会这么问，伸出手给她擦着眼泪，道："因为我就认准你了啊！我认准的事十头牛都拉不回来的。"

"顾风离！"乔以陌的眼泪边擦边哗哗地往下掉。

"呵呵，哭什么啊？以前跟我吵架吵得那么凶都不哭，怎么今天没惹你倒是哭得这么凶了？"顾风离笑，亲了亲她红红的小脸，给她擦干了眼泪，才满足地叹气，"好歹我成功了不是？可见坚持的意义是多么的重要啊！"

乔以陌依偎进他怀里，脸贴在他胸口，听着他怦怦的心跳，感觉很安心，像是倾听世界上最动听的声音，闭着眼睛轻声问道："你这样就不怕到头来竹篮打水一场空吗？"

顾风离轻轻地拥着她，摇头，"可是我总要努力后才知道啊！这不是没空嘛，还打了一条美人鱼。"

他也终于等到了她，不是吗？

夜色阑珊，室内一片寂静。

他微叹口气，"小红帽儿。"

低柔但足以让她听见的声音。

她惊讶地抬头，然后，一个霸道的吻落在她唇上。

某种感觉，飞上了天。

然后，他抱着她离开孩子的房间。

她的手勾住他的脖子，不好意思地红了脸。

"呵呵，可算等到小祖宗睡了！"他暧昧地说。

"你就只想这点事吗？"她目光移向别处，不是不想看，而是不敢看，可是即便不抬头，也能感受到他的目光滚烫地落在她的身上。

"我认为这是表达情感最直接的方式。"他说得冠冕堂皇。

她已经被他放在床上。

他嘴角微微勾着，压上去，似笑非笑地看着她。

乔以陌歪歪头，用余光瞥他，然后，嘴巴止不住地上扬。

这副娇羞的模样在他看来格外让人心动，他低头，情不自禁地吻上她的眼睫，轻声呢喃，"陌陌，我会一直一直喜欢你，直到生命的尽头！"

乔以陌眼睫一颤，没有睁开眼。

对于顾风离对自己的爱，乔以陌其实一直不敢去探究得太深，她怕他只是给孩子找一个后妈，给他自己找一个妻子，如此而已。

但，今天，他那一刻的舍命相救，让她顷刻间打开心门。

或许就是那样简单，就需要那样一个契机，连她自己都难以相信的契机，她居然回转头了，而且是那样的轻易。

原来，人有时候连自己都不了解。

许久之后，他听见她轻声说："风离，今天的我很幸福，谢谢你的坚持，我希望这种幸福会一直延续下去，不要只是一场梦。"

顾风离半响不语，良久，他吻了吻她的黑发，柔声说道："不会是一场梦，如果真的是一场梦，那么梦醒的时候，也必然是我们的人生走到尽头的时候。"

早上醒来的时候，枕边没有了顾风离，眼前只有刺眼的光芒，流动的空气撞开窗帘的缝隙，落在床沿。

乔以陌洗漱完，换了衣服走出卧室，一抬眼，顾风离竟然在厨房里。

乔以陌慢慢地走过去，靠在门边。

顾风离穿着家居服，腰里系着一个围裙，好像是在煮粥，锅里已经在冒气了。

乔以陌走过去，往锅里一瞧，"你煮的什么？"

顾风离看她起来了，嘴角一勾，低头在她唇上一啄，"早安。"

"我来吧，你出去坐着就好了。"乔以陌伸手取下他身上的围裙，他穿这个样子还真是有点滑稽。

顾风离头一低，任她取下围裙，站在旁边看她拿着勺慢慢地搅动，心里一点点喜悦。

他在煮鸡汤粥，昨天的鸡汤，煮了粥，闻起来还真是香。看来这人不只是会玩，还会吃呢！真是没想到。

只是，刚搅了下锅，乔以陌搁在茶几上的手机就响了。

"这么早来电话？"顾风离有点意外，"你比我还忙啊！"

乔以陌也很意外，"你帮我把手机拿过来。"

他去拿电话，一低头看到来电显示，上面只有三个字：曹泽铭。

他微微愣了下，拿着电话进了厨房。

"谁来的？"她问。

"曹泽铭。"

乔以陌一愣，眼一抬，看着顾风离递过来电话。

她接过。

顾风离嘴角一动，走出厨房。

乔以陌瞥了一眼他的背影，没接电话。

良久，电话铃声停了，来了一条信息：陌陌，你带他回了家是吗？

乔以陌没有回曹泽铭的信息。

爱情的路三个人走，注定了拥挤。

早晨八点半，乔以陌正在做报表。

门口传来一道清朗的女声，"打扰一下，请问顾总的办公室在几楼？"

乔以陌抬起头来，还没看清楚来人的长相，就看到赵琳噌地站起来，"哎呀，是婷婷啊，你怎么来了？"

来人正是张婷。

她穿了一件白色的衬衣，一条很简单的黑色西裤，非常简洁、职业化的装束，但令人眼前一亮的是，她在腰间系了根银色的装饰腰链，让人瞬间感觉精英味道十足。

看到乔以陌的刹那，张婷似乎疑惑了下，想了想，却又对乔以陌淡淡地点头一笑。

她表现得大方又得体，赵琳自告奋勇送她上去见顾风离。

回来后，赵琳和王亚樵暧昧地笑谈顾风离跟张婷有门儿。

乔以陌微微低头，面色如常，但内心却因那张婷的突然到来，有点起伏难定。

下午，顾风离打电话告诉她，说要去吃饭，有应酬。

乔以陌已经在赵琳那里得知顾风离要跟张婷一起吃饭。

醉香林。黄昏的暗影里。

身影修长的男人站在人工湖边看着满湖的荷花，不知道在想些什么。

这时，有人走了过来，担忧地问道："泽铭，没事吧？想什么呢？"

曹泽铭望着满湖的荷花，扯了扯唇，轻声道："当时只道是寻常！"

来人一愣，看看他，最后同情地笑了笑，"怎么？还有你搞不定的？"

曹泽铭摇摇头，"没有搞不定的，只有不忍搞定的！"

"那又何必这副样子？"

"因为看到了结局，却又无能为力，既想要那个结果，却又不忍心要那个结果。"曹泽铭看向好友林锐，"林锐，我是不是太优柔寡断了？"

林锐摇头，"泽铭，你不是。只是我以为在女人问题上你不会这样，没想到你却真的让我意外了，见识了什么是所谓的痴情种。那个女孩看不上你，是她的损失，你又何必纠结于此呢？"

曹泽铭目光定定地望着湖中央的荷花，轻声道："她最终会回到我的身边，或许因为有了这个坚定，所以，才会这样甘心去等！"

林锐张了张嘴，最后无语，实在不知道该劝什么好了。

曹泽铭不好意思地笑了笑，"走吧，去商量一下工作的事，是我太儿女情长了，居然在这里耽误时间。"

醉香林就是林锐的产业，两个人往餐厅这边的包房走来，走着走着，竟然在长长的走廊里遇到了顾风离。

顾风离此时正跟张婷说着话，不承想一抬头便看见了曹泽铭。

曹泽铭停下脚步，看着顾风离身边的美女，微微地扯了扯唇，笑着，却没有开口。

顾风离一愣，朝他点了点头，"真巧，在这里遇到你。"

"是挺巧的！"曹泽铭这才开口。

两人的目光相对，曹泽铭的目光看似温和，却透着一股凌厉的审视。

顾风离知道他在怀疑什么，也没有耐心跟他解释，只道："你忙，失陪了！"

顾风离跟张婷进了提前预订好的包间，坐下，喝了两口茶，开门见山地说道："说吧，除了公事外还有什么私事找我？"

张婷一愣，扑哧乐了，"你怎么知道我有私事找你呢？"

"这不像你！"顾风离笑了笑，抿了一口茶。

"我是有私事找你帮忙。"

"说吧，如果我能帮得上忙的话。"

"当然可以！"张婷笑。

"什么忙？"

"帮我约见一下你大哥。"张婷轻声开口。

"我大哥？"顾风离倏地皱眉，错愕地看向她。

"对！"张婷认真地点了点头。

顾风离眸光锐利，"为什么要见我大哥？"

张婷将视线转向窗外，带了一抹幽怨，"我跟顾宁川之间的事一言难尽！我只是想见见他，但是他避而不见！"

"张婷，你跟我大哥，你们……"顾风离觉得有点不可思议，他心中的大哥，怎么可能有男女作风的问题。

　　张婷苦涩一笑，"不然，你以为三十一岁的我，为何到现在还单身？不过你放心，我不是纠缠不休的人，我没找魏静宁就是不想破坏他们夫妻！"

　　顾风离再度错愕，"你这是什么意思？"

　　"我……"张婷轻轻一笑，带着一抹自嘲，"就是传统意义上说的小三！"

Chapter 31

惊天秘密，爱是一本斑斓的画册。

顾风离很意外，"这是真的？"

他忽然有点接受不了，他大哥怎么能那么做呢？他跟大嫂的感情那么好，他们还有个儿子，他怎么会找小三呢？

"你觉得我像是开玩笑的人吗？"张婷反问。

顾风离说不出话来，"你见他想做什么呢？"

"要一个公道！"张婷沉声道。

顾风离头蒙了下，"张婷，很抱歉，这件事，我没办法帮你。"

帮她，就意味着背叛了大嫂。他怎么忍心？大嫂那么好的人，大哥怎么能做出这样的事？他太不能接受了。

"你怕对不起魏静宁？"张婷反问。

顾风离点头，"是的。"

"好吧，我知道了。"张婷笑了笑，"我不会再找你。"

她低下头去，唇边一抹自嘲的笑意。

顾风离看她这样子，又有点担心，"张婷，我大嫂是个好人，我侄儿今年才十岁。"

张婷轻轻一笑，冷声道："顾风离，你一张口就不公平，我知道他们是合法的，你大嫂和侄儿是无辜的，我无权伤害魏静宁和你的侄儿，所以我找了你。我只是想见顾宁川最后一面，问问他为什么这么对我。我顾惜魏静宁的无辜，可是我呢？谁来顾惜我？如果不是觉得你跟顾宁川不一样，你以为我会找你帮我这个忙吗？"

被张婷问得哑口无言，顾风离说不出话来。

"你放心，我不会拆散他们的，我会带着这个秘密到死，但是顾宁川欠我的，一定要给我还回来！"

"你为什么一定要这样呢？你既然已经不想破坏他们的婚姻了，为什么还要见他呢？"

"因为我第四次怀孕了！前三次打了，这一次再打，这辈子就真的不会再有孩子了！"

轰！顾风离的脑海里划过一道惊雷。

张婷闭了闭眼睛，"我是医生，我知道自己的身体经不起折腾了，顾宁川的自私和我的侥幸害得我们走到了这一步，我只想再见他一面，这是我跟他必须要面对的。"

顾风离真的太震惊了。

"顾风离，你能帮我这个忙吗？"张婷看着他，眼底都是恳求。

这一刻，顾风离真的拒绝不了，他忽然觉得自己的大哥很不是东西，让一个女人打胎三次，他还算个人吗？

"可是，我又如何确定你说的话都是真的呢？"顾风离也不是傻子，不能贸然相信。

"因为我没有去找魏静宁，没去找你们的父亲，我只是找了你，你信与不信，都无所谓。把话带给顾宁川吧，就说，我不想鱼死网破，别逼我！"张婷说完，站了起来，大步朝外走去。

"张婷！"顾风离追了出去。

张婷走得不快，她纤细的腰身还看不出有怀孕的迹象，应该是时间不长，加之她本身就瘦，他看着这个背影显瘦却又挺直肩膀的女人，心有不忍，"我会帮你传这个话，你先不要着急，我们寻求一个稳妥的解决方式。"

张婷笑了笑，眼底是哀莫大于心死的空洞，"你能传话就可以了，你放心，魏静宁不会知道的，我知道被欺骗是什么滋味，所以，我不会伤害一个无辜的女人和她的孩子。她也不过是个可怜的被蒙在鼓里的傻女人而已。"

顾风离不知道该对她说什么，在走廊上，只能低声安慰，"我会了解情况的！"

"谢谢！"张婷哽咽了声音，微微垂头，遮掩了自己的尴尬和窘迫，"我先走了，再见！"

张婷离开后，顾风离回到了包间，立刻打了电话给大哥顾宁川，怪不得大哥最近换了电话号码，原来是因为这个啊！

电话很快接起，顾风离沉声开口，"大哥，是我！"

"哦，小四，什么事？"顾宁川的声音从那边传来，一如既往的低沉，冷静，平和。

顾风离皱皱眉，"没什么事，就是想问问你，你说男人这一辈子，会不会爱上两个女人？"其实，他问出这句话的时候，也在心底自嘲，自己何尝不是失去了希言，却又对乔以陌这样抓着不放，自己也是一个不坚定的男人。

那边的顾宁川似乎迟疑了一下，继而淡淡地问道："你爱上了除了希言以外的女人了？"

"嗯。"顾风离也没有说别的，就大方承认了。

"小四，祝贺你，走出了阴影！"顾宁川真挚地祝福，"大哥由衷地为你高兴！"

顾风离一顿，道："大哥，你说我是不是太不道德了？"

"为什么这么感觉？"顾宁川反问。

顾风离道："你不觉得爱上两个女人很不道德吗？"

顾宁川顿了顿，"你什么时候这么婆婆妈妈了，难道你要孤家寡人一辈子吗？希言走了，你要开始新的生活，她会理解你的，不要胡思乱想了！"

"是，我相信她会理解我的，可是如果她没有去世，我在跟她还继续着婚姻的时候，爱上了别人，那样算不算是不道德？"顾风离淡淡地反问。

顾宁川没有出声。

"要想人不知，除非己莫为！"顾风离冷声道，"逃避永远解决不了问题，张婷要见你！"

"我不见！"顾宁川沉声开口，没有否认，也没有承认。

"这么说是真的了，张婷没有陷害你！"顾风离倒抽一口冷气。

"这是我跟她的事，小四，你不要插手！"顾宁川十分坚决地说道。

顾风离的确不想插手，可是，他又怎么能眼睁睁地看着魏静宁受骗，看着张婷这样痛苦？这是顾宁川身为男人该做的！

"我只给你带话，来不来在你，她说怀孕了，这一次如果流产，她这一辈子都不会有孩子了。还有，她不想鱼死网破，你别逼她！至于要怎么办，我也不知道，但是你不能么对待大嫂，顾宁川，做人不能那么没良心！所以，我不知道怎么帮你，你爱来不来，我话带到了！"

说完，顾风离挂了电话。心里乱糟糟的，真的太难受了！没想到吃个饭吃出这么一个秘密来。

回到家的时候，乔以陌正陪着禅儿在看电视，看的是成语故事，小家伙看得很投入，见他回来，甜甜地叫了一声，"顾爸爸，欢迎回家！"

顾风离瞅了瞅两个人，点了点头，扯了个笑容给女儿，有点心不在焉。

乔以陌站起来去接他手里的外卖袋子，忍不住问了句，"怎么了？"

顾风离摇摇头，"没事，就是有点累了。"

这种家丑怎么能说呢，还是不要让乔以陌知道的好。

伸出手抱了抱乔以陌，他柔声在她的耳边说道："陌陌，我这辈子都会对你一心一意的！"

这话，说给乔以陌听，也说给自己听。

乔以陌却有点意外，"你这是怎么了啊？怎么突然说这个？不过你之前的确是三心二意！"

"这你放心，早点嫁给我，我会努力的！"他说得很认真，"陌陌，我们结婚吧！"

她一怔，过了良久，竟然点头了。

顾风离欣喜若狂，说立刻准备婚礼，带她回去见父母。

顾宁川还是来了云海，见到张婷，连余光都没有给她，直接说道："听说你找我？怎么，要死了，见最后一面吗？"

张婷的心再度一疼，没有等顾风离离开，就说："我要生下这个孩子，顾宁川，我要孩子姓顾！"

"威胁我？"顾宁川淡淡一笑，十分欠扁。

"你知道我没有！"她轻声道，"威胁对你从来没有用！"

"这还差不多。"顾宁川再度笑了，"既然知道，又何必找我？上次不是跟你说了，我们之间玩完了！"

张婷激动地走了过去，蹲下身子，抓住他的胳膊，轻声道："顾宁川，你说我该怎么办？"

顾宁川俊美的脸庞上是冷漠的笑意，淡淡地开口，"怎么办？聪明如你，会不知道？"

"顾宁川！"张婷嘴角泛起苦笑，她曾顾及他的家庭，顾及无辜的人，却不承想这个男人竟然会这么冷血！她想起被欺骗的那些年，她跟这个男人缠绵悱恻的那些个夜晚，原来，没有情，只有欲！

她用爱情、身体、尊严、青春换来的只是一场空，爱情的结晶，原来并不是，只是欲望下的产物，她到此刻还顾及这个男人，她自己都忍不住摇头失笑。

顾宁川望着张婷，再度心平气和地微笑着开口，"你知道的，我不会跟宁宁离婚的，这个孩子虽然是我的种，但是我不想要他，所以，你还是打了吧。"

张婷身体僵直，满是错愕地看着他。这就是个魔鬼！

顾风离也呆住了，他从来没想到他的大哥竟然是这样一个人，若不是亲眼所见，他真的不敢相信，这种混账话会从他的大哥嘴里说出来！

"呵呵……"顾宁川轻浮的笑声在耳边响起，他突然站起来，低头居高临下地看着她，轻佻道："让你几次为了我怀孕，真是我的荣幸，但是遗憾的是，我从来没有爱过你！为了感谢你的通情达理，一千万支票送你，我要这孩子和你，永远消失在我的世界里！"

他伸手从自己的衬衣兜里拿出一张折叠好的支票，放在桌上。

那支票，真的太刺眼。

张婷脸色瞬间苍白，没有说话。

顾风离从怔愣中醒过来，他愤怒地低吼，"顾宁川，你还是人吗？"

谁知顾宁川微笑着抬头，看向自己的弟弟，轻佻一笑，道："怎么？我的傻弟弟怜香惜玉了？我看不如送你，你们年纪相当，你帮哥娶了这女人，怎样？以后也方便我们幽会，只是绿帽你戴太委屈了。"

"顾宁川，你浑蛋！"顾风离怒吼一声，已经顾不得理智了，他站起来，走到顾宁川面前，一把扯住顾宁川衣服的领子。

顾宁川依然是带着笑容，沉声道："这种闲事以后少管，这不是你该管的事！"

"我替老爷子教训你这浑蛋！"顾风离挥出一拳，打了过去。

兄弟两人在茶馆大打出手，张婷却不知去向。

之后顾风离因担心张婷，去找她，张婷差点流产，顾风离带她去买了保胎药，她自己注射上。他这才送她回去，给她订了餐。他回去接乔以陌和禅儿，还没有走到家，就接到送餐的电话说没有人接收。

顾风离担心她出事，只好丢下了乔以陌和禅儿在大路边，赶去看张婷，结果她真的割腕了。

他撬开门的时候，张婷就躺在沙发上，手腕上都是血，只是伤口不深。

"我对自己还是下不去手。"脆弱的声音传来，接着，她睁开了眼睛，看向顾风离，语调喑哑，几乎说不出话来。

顾风离松了口气，同时火亮的眼睛怒视着她，"张婷，你至于吗？"

他从她家里找了医药箱，帮她消毒，她割得不深，血流得也不是很多，都已经干在肌肤上了。

他冷着脸帮她擦了酒精，然后包扎了纱布，一句话都没有说。

张婷却自嘲地笑笑，似乎没有力气的样子，她抬眼看向顾风离，"我下不去手，为什么我连死都这么懦弱？"

她的脸色苍白瘦削，在白炽灯的照射下更显得一片暗青，头发凌乱，眼神空洞，看到这样的情景，谁能想到这个女人是个博士，还是个医生，且懂心理学呢！

顾风离低声道："张婷，下不去手就对了，这样没有丝毫意义。我以为你懂，能看得开，没想到你会这样。"

张婷突然控制不住地喊道："我能怎样？他对我那么狠，骗了我还羞辱我！我想要他生不如死，可我做不到！我明明知道他最爱的是魏静宁，明明知道伤害了魏静宁就可以让他生不如死，可是理智告诉我，我不能那样做。魏静宁是无辜的，他们的孩子是无辜的！我是最可耻的小三，我瞎了眼，认识他的时候，还信他是单身，怎么可能呢？你见过这样蠢的心理医生吗？你见过这么蠢的外科医生吗？你知道我有多懊恼自己吗？我懊恼得想去死。"

她这样歇斯底里地吼了出来，顾风离一愣，叹了口气，道："既然你意识到了，又何必为了一个不珍惜你的男人而作践自己呢？你为了那样一个男人作践自己，你觉得值得吗？我告诉你，张婷，顾宁川不会感激你，他只会看轻你！"

张婷听着顾风离这样尖锐的话，突然笑了起来，顺着他说下去，"你说得对，顾宁川不会感激我，只会看轻我！"

顾风离也意识到自己说的话有点重了，便不说了。

张婷闭着眼睛，一阵阵倦怠的睡意如潮水般袭来，她说："你走吧，我没事，我下不去手，你也看到了。"

"那就起来吃点东西。"顾风离把外卖摆在桌上，"既然生活还要继续，那就起来吃饭。"

"我要生下这个孩子。"她说。

顾风离点点头，"有需要我帮忙的地方，尽管开口。"

回到家的时候，乔以陌刚好被曹泽铭送回来，因为顾风离去见张婷，把她和禅儿丢在大路上，结果遇到了曹泽铭，被他载着去吃饭，吃完了才送回来。

三人在楼下遇到，顾风离很是惊讶，乔以陌却没有解释。

曹泽铭说了一句："什么重要的事，让你把自己的女人和孩子丢在大路上？"

顾风离说不出话来。

周三的时候，迟云又打来了电话。

乔以陌一看到那个号码就没接，她不知道迟云找自己做什么，但是很快，迟云的助手小孙来了办公室找她，并且给她看了照片。

小孙把相机递给了乔以陌，沉声道："乔小姐，这是太太让我给您的。她希望您幸福，希望您看了这个后能做出正确的选择。"

乔以陌一张张翻看着照片，照片上的人是顾风离和张婷，地点应该是云海医院的妇产科，照片上显示的时间是周一那天。

乔以陌看到顾风离扶着张婷，张婷的脸色不太好，顾风离还体贴地帮她提了包，两个人俨然是一副做产检的架势。

乔以陌目光呆滞地看着那些照片，心脏紧紧收缩着，最后，她把相机递给小孙，只淡淡地回了一句话，"谢谢你，请帮我转告迟阿姨，以后不要搞这些了，我不太喜欢这种善意的提醒，不过还是谢谢她的提醒，我知道该怎么做！"

小孙见她似乎很平静，就说道："乔小姐，请容我多一句嘴，少爷比任何人都爱你！"

"也同样谢谢你的提醒！"乔以陌的语气客气而疏离，"也帮我转告迟阿姨，我不会嫁给曹泽铭，你回去吧，我还有事要忙。"

小孙张了张嘴，讶异乔以陌这样无动于衷，最后还是拿着相机离开了。

此时的乔以陌却愣在办公室里，她什么都没想，感觉整个人就像失忆了一样，想不起半点不开心或者开心的事，心情也是说不上是好是坏。

今天顾风离不在公司，刘部长只说他出去了，但是没有人知道是公事还是私事。

乔以陌打了他的电话，关机了。

刚放下电话不久，突然又响了起来，乔以陌拿起电话一看，竟然是牛小宝！

牛小宝在电话里似乎有点不好意思，她说："陌陌，你，还生我的气吗？"

那一刻，乔以陌惊讶得说不出话来，还生气吗？其实，那早已不是用"生气"和"不生气"来形容的事了。

接着，牛小宝叹了口气又说："我疯完了，我们还能是朋友吗？"

她的两句话，叫乔以陌难以回答。

如果，在牛小宝那样对待她之后，她还能毫无芥蒂地跟她成为朋友，她真的觉得自己很虚伪。但是，听到牛小宝这样说，她又想起了去年流产的时候，如果没有牛小宝，她不知道有多惨。人就是这样，在挣扎和矛盾里纠结，最后，她很淡然地反问："小宝，你说呢？"

牛小宝一愣，轻声道："陌陌，我是挺对不起你的，我自己清醒后都不好意思找你。这段时间我想得不少，终于明白爱情也是一场宿命，由不得自己。就像曹泽铭遇见你，我遇见曹泽铭，我表哥遇见你，你又遇见另外的人，一切的一切都是宿命。我曾经幻想的，坚持的，执拗的，自以为是的，原来一切都由不得我，不是自己的那个人，永远跟自己不是一条路。很抱歉，迁怒你，说了不该说的话，做了不该做的事。"

乔以陌忽然觉得心底酸酸的，那些之前承受的委屈，难过，因为这一番话而酸楚得想要落泪。

她觉得此时的牛小宝好像在用一种劫后余生的口吻跟自己说话。而这种口吻，比哭诉、比谩骂还要令她心酸。

终于，她心下一软，轻声道："我一直当你是朋友，小宝，过去的就过去吧。"

"那我们能见面吗？"

乔以陌一顿，说："好，下班后见吧。"

顾风离的电话直到下班后还没有打通。

而他此刻正载着张婷去了外地的医院。张婷有流产迹象，周一打他电话也是请他帮忙，他无奈，带她去了外地的医院检查，然后今天还要去抽血。

路上，顾风离对张婷说："你请个阿姨吧，照顾你的起居。"

张婷愣了下，"稳定之后，我就去外地，到时候会请的，这几天麻烦你了。我正在悄悄办理手续，我爸这边不放人，现在也看不出来，我还想再等等，不想他们怀疑。"

顾风离叹了口气，说道："你一定要生下这个孩子吗？"

"是的！"张婷的语气还是那么坚定。

顾风离没再说话。

关于张婷，他真不知道说什么，想跟乔以陌说，又觉得丢人，他曾经信誓旦旦地说顾家的男人多顾家、多专情，原来只是表面而已，而这是大哥的事，他也真的不好多说什么。不帮张婷，又觉得心里过意不去。他虽然不是多管闲事的那种人，但是这样的事，自家大哥作孽，他又怎么能坐视不理呢？所以，他还是决定帮帮张婷。

乔以陌下班后跟牛小宝见面，约在她们常去的商场小吃城那边。

牛小宝瘦了，脸色苍白，一身黑衣，更显纤细。

她站在那里，乔以陌看到她，两个人，四目相对，心中百转千回，不知道一刹那过了多少个春秋。

牛小宝很尴尬，低低地喊道："陌陌。"

乔以陌看着她，心中叹息，为情所困的女人，女人何必为难女人？乔以陌终于还是大度地走过去，然后给了她一个微笑。

牛小宝感动地伸手过来挽住她的胳膊，用一种窘迫愧疚的口吻再度认真地道歉，"陌陌，对不起！"

其实都明白，再多的道歉，也无法弥补那已经造成的伤害了。

乔以陌淡淡一笑道："小宝，人生不是一帆风顺的，友情也是如此。坦白说，我心里有了芥蒂，想必你也如此，我们是最好的朋友，一生还很长，希望我们能一起努力，用我们的智慧和诚心来修补这块伤疤，可以吗，小宝？"

"谢谢！"牛小宝红了眼圈。

虽然言和，可是，谁都知道，她们之间再也没有了从前的默契，而是多了一分客气和疏离。

吃完饭之后，牛小宝说要送她回去，乔以陌拒绝了，牛小宝也没有再勉强。

一个人走在街上，夜风吹拂。

曹泽铭的电话打来的时候，乔以陌正好看到那辆X6停在路边，而车里，下来的人竟然是张婷。

曹泽铭在电话里问："陌陌，你在哪里？"

乔以陌整个人都呆住了！

迟云让小孙送来的照片，她可以不相信，一再从心里给顾风离找理由开脱，可是如今亲眼看到了，她还是受到了不小的打击。

她看到张婷从车里下来，跟顾风离说了什么，然后去了一家商店，顾风离一直等在那里，不久张婷又回去了，上了车子，顾风离开车离去。

乔以陌愣在那里，她距离那辆车子不足二十米，可是，顾风离没有看到她。

电话里传来曹泽铭焦急的声音，"喂！喂！陌陌，你在听吗？"

乔以陌良久才找回了声音，讷讷地说："街上。"

"没有跟顾风离在一起吗？"曹泽铭小心翼翼地问。

乔以陌忽然尖声说道："我跟谁在一起你管不着，不要拿着你们的干预当关心，我不需要你们的假好心！"

乔以陌承认，她疯了。

许久之后，曹泽铭的声音传来，他说："陌陌，我看到你了，我送你回去。"

乔以陌愣住，接着，一阵刹车声响起，她一回头，看到曹泽铭握着电话，眼睛里都是心疼，就那么看着她。

她忽然挂了电话转身就走。

身后有脚步声传来，她加快了脚步，最后几乎是跑了起来，后面的脚步声也在加快，她的胳膊被人一把拉住，"陌陌！"

曹泽铭声音喑哑，带着满满的心疼，"看到了，就去问，为什么不去问？"

乔以陌猛地回过身，用力甩开抓着自己的手，"我不问，我就不问！"

最后几个字，她是红着眼眶喊出来的。连她自己都不知道，为什么会对曹泽铭发这么大的火。

曹泽铭愣愣地看着她，在这夏日的街头，他的脸上都是无奈和痛惜。

许久，他才说："好，你不问，你想怎样就怎样。"

乔以陌看着他，"你为什么一直出现在我面前？"

为什么他总是无处不在？

曹泽铭叹息，"我没有跟踪你，我刚才只是看到了顾风离的车子，然后看到个女人在他车里，没有看到你，所以给你打个电话。我没想到后来会看到你。我如果说这是天注定，你肯定会觉得我狡辩，是吧？其实我只是担心你，陌陌。"

"曹泽铭，你傻不傻？"乔以陌低吼，"我跟那个人好，我跟那个人上床，我爱他，我爱上了他，你为什么还要关心一个爱上别的男人的女人？"

"我一根筋！"他说。

"就算他骗了我，也不会是你！"她吼道。

"我可以等！"他还是那样一根筋。

"曹泽铭，你疯了！"乔以陌忽然觉得对曹泽铭发火，是多么幼稚的行为，可是自己为什么就对他发火了？干他何事呢？

"我倒是希望我疯了，可是，我知道我很清醒，你说我该怎么办？陌陌？"曹泽铭紧抿着唇，光洁的额上垂着几缕头发，眼里透着几丝凄凉。

乔以陌无言，没有了力气，就在路边的花池边坐下来。

曹泽铭居高临下地看着她，小小的身子坐在花池边，蜷缩成一团，可怜兮兮地就像是被人抛弃的孩子。

"你走吧！"她终于安静下来，轻轻地说："我想自己待会儿。"

曹泽铭看着她的头顶，轻声道："陌陌，如果累了，就回来，曹泽铭的怀抱永远只为你一个人敞开。"

她噌地站起来要走，不想听他太多的话。

他一把拉住她，她挣脱，他皱眉，发出一声轻吟，痛苦的轻吟。

乔以陌看到他捂着胃，脸色似乎一瞬间苍白，她愣了下，拧着眉，"你胃病又犯了？"

曹泽铭却松开了她，过了良久说："你走吧，别想不开，我没事。"

他似乎不愿意让她看到他狼狈的那一面，于是转身朝车子走去。

乔以陌也不是铁石心肠，她深吸一口气，走了过去，伸手扶住曹泽铭的胳膊，轻声说："去医院看看吧！"

他脸上有一瞬的僵硬，很快便恢复常态，耸耸肩道："不用，老毛病了，我还没有吃饭，如果可以的话，你就陪我去喝点粥吧！"

乔以陌有些不忍心，沉默了许久才说："走吧，吃完粥，你就回去吧。"

曹泽铭扯了扯唇，点点头。

他们就在附近的一家海鲜粥府用餐，乔以陌没吃，一直安安静静地陪着他。

曹泽铭吃了点东西，可能因为胃病，他吃得并不多，吃完后，他说："我送你回去吧，你回哪里？"

乔以陌一怔，看看他，她已经不忍心去伤害这个人，但是，她知道伤害是唯一的成全，于是说："玉山花苑吧！"

曹泽铭脸色一僵，一声叹息，终究什么都没有说。

回到了玉山花苑。

乔以陌下车，头都没有回，直接进了楼。

洗过澡后，她换了衣服，坐在沙发上，看《蜡笔小新》。

顾风离大概是晚上九点多才回来。

一进门看到乔以陌蜷缩在沙发上的样子，他心里一阵愧疚，帮张婷的忙，帮得忽略了这个丫头，想打电话回来的，结果电话没电了。

乔以陌看到他回来，抬头看了一眼，问了句："回来了？"

"嗯。"他点点头，"你吃饭了吗？"

"嗯。"乔以陌平静地说道："跟牛小宝吃的，之后又遇到了曹泽铭，然后他送我回来的。"

顾风离一愣，几乎是下意识地反问："你怎么还跟曹泽铭在一起？你不是说不会有下次的吗？"

乔以陌望着他只觉得丝丝心疼，她真的想说，你跟张婷在一起又是为了什么呢？

其实都是聪明人，一些事情，何必说得那么透呢？

她至少还承认了，跟谁在一起，没撒谎，没隐瞒。可是他呢？他连说都不敢说。

她平静地说道："在路上遇到的。"

"嗯，知道了，以后不要跟他在一起，他对你别有用心，你不要傻！"他认真地告诉她，然后脱衬衣，准备洗澡。

"我有时候倒是真的希望自己傻！"她忽然说了一句，且语气十分的不耐。

顾风离一愣，下意识地看向她，皱眉问道："怎么了？"

乔以陌笑笑，然后问："你今天干吗去了啊？"

"去总公司参加了个会议。"他说，眼神微微躲闪了一下，会议是参加了，只不过后来去帮张婷办了私事。

"哦，什么会议？"乔以陌继续问。

顾风离温和的眸子微微一变，有点意外，"你很关心我的会议啊？汇报了下市场部的工作。"

乔以陌把头转向窗外，轻声道："没有，开会开到晚上吗？"

"不是，后来遇到个朋友，然后就一起吃了个饭，电话没电了，所以没来得及给你打电话。"他说。

乔以陌也不看他，若有所思，似乎等他继续说点什么。可是，顾风离不开口，像是没有事儿一样。她心中了悟，别人不愿意说的，就是问了，也只是撕破脸而已。

乔以陌胸口一阵发涩，她只是平静地哦了一声。

顾风离似乎看出她情绪不高，于是温和一笑，走了过来，伸手握住她的手，紧紧地握住。

乔以陌恍然抬头，发现他正看着自己，眼中荡漾着一抹柔情，道："怎么这么不高兴？"

乔以陌神色一僵，不自然地别开脸，笑笑，"没有，我挺高兴的。"

"可你看起来不开心。"他说。

"真的没有！"

"没开心的事，就制造开心的事，等我啊！"他邪肆一笑，像大灰狼一样丢给她一个媚眼，去了浴室。

乔以陌错愕，制造？

她家大姨妈来了，只怕要让他失望了。她今天回来洗澡的时候发现的，她的大姨妈一直不规律，那是吃事后避孕药造成的结果。

肚子有些疼，她皱皱眉，关了电视，然后去了禅儿的房间，关门。今晚，她想安静一下。

开了一盏灯，幽幽的灯光下，她躺下来，只觉得心里苦涩。

一种难掩的失望和心痛，让她觉得浑身无力。

顾风离洗完澡出来，找不到人，一抬头看到禅儿的房间关了门，他走过去，敲门。

乔以陌一怔说："我今天睡这间房，你早点休息吧。"

顾风离一顿，不知道她怎么了。他在门口继续拍门，"陌陌，你怎么了？生气了？有事说开吧！"

乔以陌听着这声音，仿佛隔了千山万水一般，真是远啊！

她不想理会，是她说开了，他自己不说，她几次都问了，他就是不说。难道非要问你跟张婷在一起做了什么？

顾风离此时才感觉到乔以陌的不对劲，他用力地拍门，喊着，"陌陌，陌陌，开门！开门！"

乔以陌无奈，只能爬起来，开门。

顾风离还在敲门，结果门突然打开，他的手僵在了半空。

乔以陌抬起眼睛冷冷地看着他。

顾风离站在门口，头发还在滴水，脖子里一条毛巾，身上一块浴巾，他看着她，发现她眼里清冷的光芒，在和他对上的那一瞬，仿佛流星一般，熠然一闪，又迅速地暗淡下去。

他的心不由得漏跳了一拍，皱着眉问："你怎么回事？闹什么别扭啊？怪我这两天没有陪你吗？"

乔以陌微微低头。

他不喜欢她这个表情，于是一伸手勾起她的下巴，"怎么了？小红帽儿？"

她抬头，打下他的手，一字一句地说道："大姨妈来了，烦！不想被打扰，成吗？"

顾风离俯视着她。

她的眼睛很冷，他的语气情不自禁地软了，目光也柔和下来，"大姨妈又来了？不是刚来不久吗？怎么回事？"

她沉声，语气冷了下去，"怎么回事你不知道吗？"

他错愕，没有听懂她的意思。

她没有心情解释，话音一转，说道："顾风离，今天别人告诉我，你跟一个女人在一起。"

顾风离一愣，眼底闪过一抹尴尬的神色，却又瞬间归于平静，他说："曹泽铭说的？"

乔以陌不答。

顾风离忽然伸手勾住她的身子，"是不是曹泽铭告诉你的？"

她猛地推开他，冷声道："够了，顾风离，你真是屡教不改，被人揭穿谎言，你不但不检讨自己，反而找别人的麻烦，你还真是可笑！"

"陌陌！"他忽然有点紧张，伸手抱住她，双臂铁箍似的勒住她，不让她逃脱，"你是不是受了谁的挑拨离间？"

他们的关系本来就很脆弱，还没有牢固到不被人破坏的地步，所以他很担心。

"你觉得把责任推给别人，你觉得如果你我都能坦白点，咱们会被人挑拨离间吗？"她冷声反问他。

顾风离忽然叹息一声，最后无奈地说道："陌陌，我是跟一个女人在一起，但是不是你想的那样。只是朋友，我帮她个忙，纯粹是帮忙。"

乔以陌还是挣扎，都说到这样了，他还是不肯坦白，真是可笑。

不顾她的反抗，顾风离把她抱进了卧室，掀开被子，把她塞了进去。乔以陌躺在枕上，眸子冷得如冰。

"我说过，我最讨厌的就是欺骗，你一再触犯我的底线。就算你们是清白的，但是你欺骗隐瞒我，都是不争的事实！"乔以陌冷声告诉他。

顾风离愣了愣，低头叹息，关了灯，钻进被子里，伸手扣住她。

乔以陌没有想到自己都说出来了，他却是什么都不解释，一句"不是你想的那样"就把她打发了，这真的让她很难理解。

乔以陌伸腿想把他踢开，他却抢先一步摁住她，把她搂在了怀里，大手却是抚上她的小腹，帮她暖着肚子，他说："因为有关别人的隐私，我不能说，陌陌，相信我的为人，好吗？"

乔以陌挣扎了一会儿，最后安静下来。

别人的隐私？

她笑了笑，"顾风离，以后我也跟别人有隐私的时候，希望你也能做到不问，不介意。"

说完这句话，她明显感到他身子的僵硬。

他低下头，黑暗里，看向她。

她也正在看着他。

她的小脸苍白，暗暗的光线里，他看到她的眼睛，隐隐约约，忽明忽暗，带着属于她的倔强和不妥协。

他忽然心里一动，俯下脸，带着惩罚，亲了下去。她紧闭着唇，可是，他不让她拒绝，手上一用力，他就撬开了她的唇。

黑暗中传出喘息声，又夹着偶尔的厮打声，他哑着嗓子低语，"陌陌……"

喘息声就变得更急促。

许久，终于归于平静，他搂着怀里的女人，轻叹一声："我们之间这点信任都没有吗？"

半天没回应，良久，才传来乔以陌的声音，"是啊，我们之间，信任是真的挺少的。"

说着，她就想从他怀里挣脱出来。

顾风离又长叹一声，还是把她收在了怀里，"陌陌，你只记住一点，我们快要结婚了。"

"我记得，可是你记得吗？"她反问。

他怔忪了良久，最后说："陌陌，一些事情，我现在难以启齿，以后告诉你好吗？"

乔以陌不说话了。

最后，两个人都是无言。

她的心里，还是因为他的不解释，而十分难过。

乔以陌知道顾风离是真的不愿意解释，宁可让她难受着也不愿意解释，她忽然觉得，自己或许在他心上并不是那么重要的。

越是遐想的时候心里越是难受，每个人处理伤痕的方式都是不一样的，她不喜欢多说，聪明人，何必言说太多呢？

乔以陌从来不是刨根问底的人，成熟，都是用伤痕堆积起来的。

Chapter 32

为何，你在我的身边，我却觉得你离我越来

越遥远。

乔以陌早上醒来的时候，顾风离正在煮粥，好像是小米粥，专门为她煮的。

她站在厨房的门口，安静地看着里面系着围裙的男人，他的身形高挑挺拔，即使煮粥，也有着浑然天成的优雅举止，甚至还有点内敛的气质，给人的感觉是值得信赖的。

就像明明他有隐瞒，却又让她感受到浓浓的关切。

似乎感受到身后人的目光，顾风离转过头，看到乔以陌，他眼底都是挣扎和歉意，还有难以言说的无奈。

她怔在那里，良久，才说："顾风离，我不想猜测，也不想吵架，我有我的态度和坚持。"

顾风离一怔，点点头，"我懂！"

"你不懂！"乔以陌摇摇头，"我坦白说吧，我不喜欢你给张小姐帮忙，昨晚，我亲眼看到她从你的车上下来，然后又上了车子，我就站在离你们不到二十米的地方，可是，你没有看见我。"

顾风离瞳孔蓦地一缩，诧异地对上乔以陌的眼睛，他怎么不知道？

而她那双美丽的眼睛里，有一抹迷离的凄美，最后归为一片安宁，她只是安静地说道："坦白说，我很受伤。或许正确的做法是，我该走过去告诉你我在你们身后，但是我没有，我的骄傲和自尊不允许我那么做。我知道你也有你的坚持，好吧，我可以不问你们之间有什么，我也相信你们清清白白，但是，以后，有什么事，请别人去帮忙可以吗？我不喜欢你去帮她，可以做到吗？"

她说完了就等他回答。

他的心难以抑制地疼痛着，原来她看到了，一整夜不愿意说，原来所有的反常都是因为这个！他忽然心疼她的隐忍。他的胸腔甚至微微紧绷起来，他不由自主地有些失神，他以为是曹泽铭说的，原来是她亲眼看到的，怪不得她那么生气。

他歉疚地看着她，她的脸小小的，有点苍白，倔强地抿着唇，安宁的目光瞧得他一阵心悸。

她虽没再出声，但这一刹对望，他心疼得不知道说些什么。

乔以陌又说："风离，我可以原谅牛小宝，也可以原谅你，以往我不问，以后请别这样，我不喜欢。还有，恋人之间的分分合合我也不喜欢，我下了决心，就不愿意轻易动摇，一旦动摇，就真的不想再回头。希望你能明白，我也会遵守，以后，所有的暧昧都不玩，安安稳稳地过平静的日子，回报你。同样也希望你这样回报我。"

说完，她笑了笑，算是冰释前嫌。

天知道，她做出这样的选择，需要怎样的勇气。

只是，希望他能够珍惜。

她走到他面前，伸手环住他的腰，头靠在他的背上。

他搅了锅，然后一个转身，长臂一伸将她揽在怀中，"好的，我不再给她帮忙，老婆不喜欢，我便不做。"

终于迎来了见家长的日子，顾风离载着乔以陌去了B城。

一路上，乔以陌十分的紧张。

她问他："我去了说什么啊？"

顾风离就笑她，"就告诉他们，你要嫁给他们的儿子了，让他们对你好着点，不然以后你虐待他们的儿子。"

"顾风离，你有没有正形呀？"乔以陌娇嗔道。

"陌陌，我爸妈其实很好相处的，不用担心。"他笑着道，"就像是在家里一样，他们不会对你要求什么，他们会很疼你的，你以后就是我们顾家最小的那个了。"

"禅儿才是最小的。"

"你是我们这一辈儿里最小的，我妈会很宠你的。"

乔以陌还是有点忐忑，但事实上，当乔以陌到了顾家，见到顾家二老的时候，的确感受到了他们的慈祥，当然还有震惊。

那慈祥的笑容突然僵在脸上，顾爸和顾妈，眼中都有震惊。

顾风离是这么介绍的："爸，妈，这是乔以陌，我要娶的女孩。陌陌，这是我爸妈。"

乔以陌忐忑地叫了一声，"顾伯伯好、顾伯母好，这是我跟风离为二老挑选的礼物，希望二老喜欢。"

说着，递上自己昨晚跟顾风离在云海商场买的礼物给了用人。

用人看到她也是一愣，接着表情都有点尴尬，却又不约而同地什么都没有说。

顾爸是个很高大的男人，有点发福，表情很严肃，他对乔以陌点点头，倒是微微一笑，但视线转向顾风离时，却是凌厉的，甚至是责怪的。

顾妈是个很漂亮的女人，应该有六十多了，保养得不错，看起来也就五十上下，身材保持得也很好，不胖不瘦的，气质很好。

顾妈在震惊过后，率先上前一步拉住乔以陌的手，笑眯眯地道："陌陌是吧？"

乔以陌也笑着回答："是的，伯母。"

"路上累吧？"顾妈牵着她的手到一边，仔仔细细地打量着她，瞧得乔以陌一阵窘迫。

顾妈的这种眼神让她有种说不出的感觉，她似乎从顾妈的眼眶里看到了晶莹的湿润，总之有点奇怪。

因为是傍晚去的，到达的时候已经是晚上八点了，顾家二老等待他们用餐，只是寒暄了几句，就开始吃饭了。

晚饭很素淡，但是却很丰盛。

席间，顾妈一直给乔以陌夹菜，还询问了一下她家里的情况，对她并没有任何的为难之意，这让乔以陌觉得他们很容易相处。

吃过饭，顾妈叫顾风离带乔以陌在二楼的房间休息。这是顾风离的房间，房间很大，一张大床，是老式的，书橱摆了一面墙，乔以陌诧异，她还真不知道他以前这么爱看书。

　　一进门，乔以陌有点紧张，今天要住在这里吗？

　　她还没有反应过来，一回头看到顾风离，他正看着自己，关了门，一脸笑意。

　　她心里一动，刚开始的局促不安都被乔妈的热情给冲淡了，而她今天也似乎放心了许多，因为见过了父母，就意味着一种尘埃落定，心的落定。

　　他们的关系，是不一样的！

　　这一周有点压抑，也有点郁闷，而他们像是好久都没有这么开心地独处过了。这几天他们几乎没有怎么讲过话，她不想冷战，但也好像没有太多话。

　　他也挺寡言少语，所以同睡一张床，交流得也不多。

　　大姨妈来了，他们也不像以前那样亲密了。

　　"我没有那么夸张吧？我爸妈都很喜欢你。"他说。

　　乔以陌点点头，有点不好意思，"你爸妈真的是好人，看起来一点都不难相处。"

　　"是的，除了老头子严肃点。"他说。

　　"那是你爸爸，你这么说不好。"她纠正他的称呼。

　　"是咱爸咱妈！"他伸手来摸她的头，她头一偏还是没有躲过，他的手掌就摸到了她的脸上。

　　她一抬头，他脸上的笑容就收住了，指腹在她的脸上一寸一寸地摩挲着，"陌陌，跟我一直到老，就像爸妈他们一样，斗嘴，吵架，但是不会说分手。"

　　乔以陌还没说话，这时用人来敲门说顾爸找顾风离，顾风离只好过去。

　　书房里，顾风离一进书房，就看到一本书迎面砸了过来。

　　顾风离吓了一跳，"爸，你干吗？"

　　"关门！"顾爸爸刻意压低了怒吼的声音。

　　顾风离关了门。

　　顾妈也皱着眉，很不悦的样子。

　　顾风离看着他们，皱眉，"你们怎么了？"

"我们怎么了？你还有脸问！"顾爸瞪他，"你找了个替身啊？"

顾风离脸色一僵，不说话。

顾妈义正词严地开口，"小四，你这样对待人家女孩不公平，你说实话，你是不是因为她长得像希言才娶她的？"

顾风离还是不说话。

顾妈叹了口气。

顾爸将拐杖用力砸在地上，怒斥一声："混账东西，你良心叫狗吃了啊？做人能这样吗？我怎么教的你？"

"不是你们想的那样！"顾风离终于沉声开口。

"那是怎么回事？为什么那个姑娘长得那么像希言？"顾爸很不耐烦地问，"你说我们该怎么想？你打算让我们怎么想啊？"

"总之真的不是你们想的那样。"顾风离又道。

顾妈看他这么说，也忍不住开口，"小四，陌陌这丫头很安静，是妈妈喜欢的性格，但是，这张脸，跟希言太像了，说真的，我不看好你们。如果没有希言，这将是一件大喜事，但是，因为有了希言在前，妈妈觉得你们不会幸福。"

"妈，你不觉得现在下结论太早了吗？"顾风离不太喜欢听这句话，"您是咒我们？"

"你这孩子怎么说话呢，我们怎么会不希望你好？陌陌很好，你也很优秀，重感情，但是妈妈还是觉得对人家不公平，你怎么能找人家这么好的孩子当替身呢？"

"我没有！"顾风离矢口否认。

"那人家知道跟希言长得像吗？"顾爸又问。

顾风离一愣，陌陌应该知道的吧？曹泽铭不是都说了吗？他点点头，道："她应该是知道的，她见过希言的照片，但是我们没有具体说过这件事。"

"真的知道？"顾妈有点诧异，"如果陌陌知道的话，我觉得她能做到不介意真是难得。说真心话，同样是女人，你妈妈我就没这心胸，我要是知道你爸有个跟我长得很像的前妻，我铁定不要他。"

顾风离一愣，此时，他也在心里嘀咕，乔以陌到底是知道还是不知道呢？知道的话，怎么没有提起那件事？不知道的话，曹泽铭没说吗？他一时间竟然也拿不定主意了。

顾爸一听这话，就皱眉，"扯我干啥啊，说孩子的事儿呢！"

"我这不是将心比心嘛，换位思考下，你紧张什么？难道你有我不知道的前妻？"

顾爸爸绷着脸，"胡说八道！"

顾妈也不管他了，就事论事，"小四，女人可以不介意这个男人之前有过婚姻，但是绝对不可能容忍被人当成替身。小四，你确定不是把陌陌当成了希言的替身？"

"不是替身！"顾风离沉声回答，"妈，我分得清楚，陌陌跟希言有点像，但是她跟希言的性格不一样，希言每天叽叽喳喳、快快乐乐的，安静下来的时间很少，陌陌大多数时候都是安静的，她们是不一样的！"

"你敢肯定你一开始跟人家交往不是因为她长得像希言？"顾爸一下抓住问题要害。

顾风离脸色一僵，没有回答，一开始的确如此。

顾爸一目了然，"你这不回答，看样子是了，你是把人家当成了替身认识的，然后交往一阵子，发现渐渐爱上了人家，是吗？"

"嗯，可以这么说。"顾风离点点头。

"那陌陌知道你的初衷吗？"

"知道后非要分手，我没有同意，又在一起的。"他很诚实地回答，"总之现在，乔爸乔妈都不反对我们，你们就放心吧，我跟陌陌会白头到老的。"

顾爸和顾妈都不说话了。

过了良久，顾妈叹了口气，"你既然认准了，人家也不嫌弃你，那就这么着吧！"说着，顾妈又看向顾爸，"他爸，你觉得呢？"

"就这么简单？"顾爸挑挑眉。

顾风离点头，"爸，我们马上要结婚了，你们该考虑的不是这个，而是赶紧给见面礼，完了提亲，把一切都提上日程来。"

就这样确定下来。

第二天，乔以陌忽然又接到了迟云的电话。她闭了闭眼，深呼吸，稳住情绪，接了电话，"喂！"

"陌陌，我知道你在顾家。顾家的别墅是9号，我在19号，你过来一下吧，我有事找你。"迟云的语气是一贯的命令式的。

"迟阿姨，抱歉，我不过去了。"

"你不想知道车希言的事吗？"迟云忽然说道。

乔以陌又是一愣，"迟阿姨，您究竟为了什么呢？"

"为了泽铭。"迟云毫不掩饰。

乔以陌叹了口气，"我不想过去！"

"即使你只是顾风离找的车希言的替身，你也不过来？"迟云的声音很冷，带着女强人惯有的强势。

乔以陌被"替身"两个字吓到了，她皱了皱眉，仿佛有什么东西在牵引着她的脚步，让她不得不去。

乔以陌到了迟云约定的别墅，这才知道，她居然在B城买了别墅，而且跟顾家离得这么近。

这间别墅跟顾家的一样，一进门就是大厅，不算十分大，因为是老式建筑，倒也很简洁大方。沙发上，迟云正坐在那里，旁边竟然有位帅气的男士，看起来也就是二十三四岁的样子，长着一双勾人的桃花眼，唇角微微上翘。

乔以陌进去后，迟云正在看早间新闻，看到她进来，迟云用遥控器关掉电视，对那位男士道："你先上楼去吧！"

"好的。"那位男士竟然对着乔以陌抛了个媚眼，然后双手插在兜里，上楼去了。

乔以陌吓了一跳，迟云身边的男孩子居然有这么轻佻的举动！

她愣在那里，一时间不知道说什么。

迟云瞥了她一眼，淡淡地问："帅吗？"

乔以陌一愣，回神，恭敬地叫了一声："迟阿姨好！"

"我问你呢？帅吗？"迟云重复刚才的话。

"什么？"乔以陌不解。

迟云轻轻一笑，"男色！"

乔以陌惊愕，愣在原地。

迟云轻笑一声，"陌陌啊，爱情是什么，你懂吗？"

乔以陌倒是没想到迟云会问这个问题，一时间，她不知道该怎么回答。

迟云望着她，轻轻一笑，道："按现代科学的说法，人有生物电流，有磁场。生物电流能够互相感应，只要频率相同，就能擦出火花。一见钟情就是因为爱和被爱的两人的电磁波频率相同。"

"迟阿姨，您到底想说什么？"乔以陌不想听她的长篇大论。

迟云却不以为意，"我只是想告诉你，一个过来人的经验和教训。我也年轻过，也爱过，但是最后呢？孤家寡人。爱情，到最后，不是在仇恨里分道扬镳，就是在相濡以沫里慢慢消磨。真正的爱情，只有很短暂的一段时间，经历过后，人还是要过日子的。"

乔以陌知道，迟云这一生是不幸的，丈夫出轨，她选择了隐忍。乔以陌为梁青做的事情感到羞愧，却不知道如何安慰迟云。因为再多的安慰都是苍白无力的，跟女人寂寞的人生相比，真是太苍白无力了。

"爱情很短暂，丫头，何不选择一个爱你的男人，而非要选择一个不爱你的男人呢？"迟云反问。

乔以陌微微怔忪，良久才说："迟阿姨，或许您说得有道理，或许我走过去之后会后悔，但是人生路如果不亲自走一遭，又如何知道结果是什么呢？"

迟云又是轻轻一笑，"看来，你还是决定选择顾风离了？"

乔以陌没有回答她，只是轻声道："迟阿姨，您有什么话就一起说了吧，我不可以待得太久。"

"嗯。"迟云点点头，从茶几底下拿出一沓照片，递过去。

乔以陌接过来，当看到照片的时候，她呆了。

因为那张脸，是如此的像自己。

穿衣服的风格，完全是顾风离在云海玉山花苑衣橱里的那种，知性，柔媚。

原来如此！

原来顾风离钱包里的那张照片的主人长相是这样的，难怪当初觉得那么眼熟，难怪禅儿一看到她就喊妈妈，难怪顾风离要一而再再而三地纠缠她，原来都是这样！

一张张照片看完，她的脸色已经惨白如雪。

内心深处此起彼伏了太久太久。

迟云一直望着她，没有错过她脸上的每一分表情，终于，她开口道："如今明白了吧？你并不是人家深爱的那个女人，你不过是个替身而已！"

乔以陌觉得自己的脸在微微抽搐，算了，总要面对的，一切都要面对，逃避永远不是解决问题的方式。抱着壮士断腕的悲壮心情，乔以陌微微抬眸，轻轻地清了下嗓子，开口道："迟阿姨，您给我看这个就是要我放弃顾风离，嫁给曹泽铭吗？"

迟云笑笑点头，"对！"

"迟阿姨您这么关心我，真是让我受宠若惊，我受之有愧。"

迟云笑，乔以陌不知道她到底是高兴还是不高兴。有一种人，就是那样，即使她唇角勾起，你还是不知道她究竟在想些什么。

她看不透迟云的真正目的，只能说："迟阿姨，您既然这么关心我，想必也知道我跟顾风离之间的事情了，像我这种残花败柳是配不上曹泽铭的，也不可能成为曹家的人。"

迟云却道："陌陌，你很聪明，懂得自我贬低的人，往往都是把自己摆放得很高的。把自己摆得很高的人，反而是最低贱的。"

"迟阿姨，谢谢您的赞赏，我已经知道了这件事，您还有什么要说的吗？"乔以陌平静地问道，尽管内心早已汹涌澎湃，早已千疮百孔，却还是不得不在迟云面前佯装镇定。

迟云眯起眼睛打量她，也不说话，身子后靠在沙发上，手扶着单人沙发的扶手，轻轻地扣着上面的麻布，一下又一下，即使没有发出声音，可是那种漫不经心的样子，让乔以陌更加心寒。

见迟云没有说话，乔以陌已然站不住了，她轻声道："迟阿姨，如果没事的话，我先走了。"

"慢着！"迟云突然开口。

乔以陌心里一颤，没动。

迟云又是淡淡一笑，"你打算怎么办呢？"

"我没有打算！"乔以陌说的是心里话，这个时候，她的确没有任何打算。

"哦？你一点不生气？"迟云挑眉，"你可是被人拿来当了替身！"

乔以陌抬头，对上迟云那种审视的目光，她轻声地开口，"生气能解决什么问题呢？我不是迟阿姨，没有生气的资本，这点我很清楚！"

"你不喜欢泽铭？"

乔以陌只觉得往事不可追忆，轻声道："泽铭哥很优秀，是我配不上他，迟阿姨不必担心，我不会跟泽铭哥有什么的。"

"这个你之前就说过了，我之前也说过了，我同意你嫁给泽铭，怎么样？"

"即使我跟顾风离同居过，也可以？"乔以陌看向迟云。

迟云淡然地回答："男人可以三妻四妾，女人为什么就不能多个男人？"

这话一出口，乔以陌彻底呆住，这是一向冷漠高贵的迟云说的话吗？

她一时间不知道说什么。

迟云又开口道："是不是觉得我能这么说，很离经叛道？"

"陌陌不敢！"乔以陌恭敬地回答。

"是不敢吗？其实你心里已经这么想了。"迟云直接揭穿她。

乔以陌哑然，无话回答。

"所谓色，男色和女色，都可以称之为色。美色当前，为什么享受的一定是男人呢？女人，也一样可以的！"迟云又道。

乔以陌觉得后背直冒冷汗，她轻声回答："迟阿姨，顾风离和曹泽铭在我眼里从来都不是男色，我不想把他们当成宠，人格上，他们是独立的。"

她忽然想到刚才进屋时候看到的那个漂亮的男人，他难道是迟阿姨养的宠吗？

她一下子瞪大了眼睛，内心都是惊慌。

迟云突然说："顾风离这样的人不值得你嫁，你应该嫁给泽铭，做我的儿媳，辅佐泽铭成就一番事业，梁青的事，我既往不咎。"

乔以陌不知道自己是怎么走出19号别墅的，只觉得每一步都很沉重，阵阵的寒意从脚底蔓延到了四肢百骸，让她觉得即使站在阳光下，也犹如置身冰天雪地中，那些照片，永远比不上此刻的心痛。

原来，他所谓的生命的守护，守护的不是她乔以陌，只是这样一张脸，像极了希言的一张脸！

原来如此啊！

怪不得顾爸和顾妈在看到自己的一刹那，露出震惊的表情。

她怎么那么傻呢？

希言是因为车祸而死，她差点被撞倒，他当然是触景生情，情难自控了！

亏她还敞开了心扉冰释前嫌去接纳他！

原来不过是一个替身啊！

乔以陌靠在路边，纤瘦的双手紧紧地搂住自己瑟瑟发抖的身体，苍白的脸上血色尽褪，只余下一双绝望的眼睛，眼底都是支离破碎的泪痕。

她不知道用了多久才平复了情绪，直到顾风离打来电话，她看着电话，安安静静地接了，"喂？"

"陌陌，你去哪里了？怎么我起来就找不到你了？"他的语气有点急切，有点担心。

可是，现在她听着，都觉得很讽刺，他担心的是自己吗？

乔以陌抹了把眼泪，轻声道："在外面呢，我四处转转，等下就回去了。"

"跑丢了怎么办？快点回来，吃早饭了。"顾风离柔声说道。

"嗯。"乔以陌点点头，"知道了，马上回去。"

"我到门口等你。"

顾风离走出大门，远远地就看到一抹纤细的身影缓缓走来，他嘴角轻扬，沉声道："去哪里了啊？"

乔以陌答道："就是四下转了转。"

顾风离笑着走过去，牵住她的手，目光里有一丝担忧，"陌陌，你的脸色怎么这么难看？哪里不舒服吗？"

乔以陌一抬头，对上他关切的眼眸，她勉强笑着，开口道："刚才遇到一只小狗，被吓了一跳，没事了。"

"不要乱跑了，这边养小宠物的还是不少的，吓到你了吗？"他不疑有他。

"还好，一开始有点害怕，现在好多了。"她再度笑了笑。

"瞧把你吓的，脸色这么苍白，胆子这么小啊？"

"无论如何，我都是个女人，胆子再大也不如男人，是不是？"她的声音，出奇的温柔，像是撒娇一样。

顾风离不由得低下头去，看到她嘴角微微翘着，脸色苍白，鼻尖红红的，似乎哭过的样子，梳好的马尾辫子有一点凌乱，几根发丝不听话地滑落在颊边，有一种不经意的性感。

"陌陌！"他也不管是在家门口，就这么勾住她的腰，竟然把她抱进了家里，然后他低头依然打量着她的脸，他的眼睛此时显得深不可测，黑得如同夜色一般，但是里面燃烧着一把隐火。

她的秀眉缓缓地蹙紧，这个男人，跟自己上床的时候，心里想的是希言吗？

一刹那，心中已然百转千回。

她轻笑，仰着脸，眼睛里像是蒙上了一层薄薄的雾气，但是，又像是雾霭后面隐藏着一抹难以形容的锐利。

她问他："顾风离，你值得我嫁吗？"

顾风离一愣，随即认真地点点头，十分自信地说："陌陌，我觉得我值得你嫁，我保证你一生都不会后悔的！"

乔以陌突然凑近他，然后将唇印了上去。

顾风离微微怔了怔，但还是反应极快地回应过去，夺回主动权。

眼帘轻敛之际，他微微地笑了，那笑意在唇边轻轻漾开。

可惜乔以陌并未看见，她专心地吻着他，近乎绝望地吻着他，确定着什么，但，未果。

"顾风离，我们去旅行好吗？"

"去旅行？"顾风离一愣。

"嗯。"

"去哪里？"

"无论哪里都可以，在结婚前，我们出去玩一周好吗？"

"好！老婆的这点要求还能不答应吗？"他满口答应，"什么时候？"

"结婚前吧！"她说，"我这辈子，还没有去旅行过呢！"

"好！我们去旅行，你说去哪里都好！"

又是一个周末。顾家二老来见了乔爸乔妈，乔以陌把父母接到了自己的福海小区，见面后，双方洽谈了时间，定在一周后结婚。

婚礼不铺张，只请顾家的亲朋，这是乔以陌的要求。

因为不想奢华，所以，不需要太多的准备。

送走彼此的父母后，顾风离要求跟乔以陌一起去领证，乔以陌却说："婚礼后吧，我们先去旅行，等到婚礼后，再领证！"

顾风离也没多想，就答应了。

两人从云海出发，先去了邻县，一个县城接着一个县城地游。

路过邻近T县，那里有一座公园，据说有棵许愿树，他们一起去许愿。

各自买了牌子，写了自己的心愿。

乔以陌坚持不让顾风离看自己写的,顾风离也不让她看。

于是,两个人分别写了三个愿望,都挂在了树上。

阳光明媚,天空很蓝也很高远。

乔以陌坐在车里,隔着茶色的玻璃看向车窗外,轻轻地嘘了一口气,她重重闭上眼睛,唇不自觉地被咬得发白。

她觉得短短数日,她的心似乎在迅速老去,如此的迅猛。

这个城市发展不错,两人选择了一家上好的酒店,打算今晚住在这里。

顾风离已经被乔以陌拒绝了很多次求爱了。她说身体有点累,他顾及她,也就没有强求,今晚,他希望来个不一样的夜晚,也希望能够得逞。

顾风离满怀欣喜地准备好,乔以陌却说想唱歌。

顾风离很兴奋,他还没有听过她唱歌呢,于是,两人在酒店的KTV要了个包厢,一起唱歌。

乔以陌找的歌曲——《相见恨晚》《他不爱我》《决定》。

"你有一张好陌生的脸,到今天才看见,有点心酸在我们之间,如此短暂的情缘……"

"他不爱我,牵手的时候太冷清,拥抱的时候,不够靠近,他不爱我,说话的时候不认真,沉默的时候,又太用心……"

"其实我根本没有看仔细,对感情一点也没有看清,只是从来不曾怀疑而来到这里,早已给你我全部的心,难道不能够把一切证明,你真的明白,何谓真心,也许你并不是我唯一的伴侣啊……"

乔以陌唱得很投入,她的音色不错,曲调不是很顺畅,但是却被音色给掩盖了,加之唱得很有感情,所以,很耐听。

只是一口气唱了这么多,顾风离有点讶异,"陌陌,你今天怎么唱的歌都这么悲伤啊?选首欢快的歌曲好吗?"

乔以陌愣了下,说:"你给我唱《大花轿》吧!"

顾风离一愣,"那个太老了。"

"唱吧,我想听!"

最后,拗不过她,顾风离给她唱了那首欢快的《大花轿》,乔以陌笑了,笑着笑着就流出了眼泪。

顾风离伸手抱住她,把她锁紧在自己的怀里。

她抬起头来，去找他的唇，亲吻上。

他立刻化被动为主动。

瞬间，如胶似漆。

最后，他迫不及待地带着她离开包房，回到楼上的客房，刚开了门，他们就吻着一起朝床边走去，一路，衣衫褪尽……

当他们融为一体的时候，乔以陌的内心是绝望的。

远处公园的许愿树上，两个许愿牌在夜空中随风摆动。

顾风离的愿望是：1.希望跟陌陌走完这漫长的一生，相携相扶，白头到老。2.希望禅儿健康快乐地成长。3.跟陌陌生第二胎，不管是男孩还是女孩，都会好好养在身边给予最真的爱。

乔以陌的愿望：1.慢慢淡忘，从此不再爱风离，希望他一切安好，两不相欠。2.希望天堂里的孩子能够重新找到更好的爸爸妈妈。3.但愿从此再不纠缠。

两张许愿牌在两个方向，如此的近，却又如此的远。

Chapter 33

有些决定，只需要一分钟，却要用一辈子，

去后悔那一分钟。

终于迎来了他们的婚礼。

顾家的亲戚都到了，足足有几十口，包括顾风离的姐姐们，大哥大嫂，还有车明剑。

灿烂的阳光照耀在宽阔的草坪上，让在场的人心情大好。

顾风离更是容光焕发。

打扮一新的新郎顾风离和新娘乔以陌在音乐和祝福声中缓缓走到漫长的红地毯的尽头，司仪说了一番致辞后，乔以陌拿出一张A4打印纸，递给了司仪，请他念一下。

司仪接过去，看了一眼，却是一愣，"新娘，你是不是搞错了？"

乔以陌望着他，轻声说："念吧！"

顾风离心底蓦地一惊，转头问乔以陌，"陌陌，什么？"

"我的自白书。"乔以陌淡淡地回答。

顾风离扑哧乐了，"是对我的表白吗？"

"可以这么说吧，我的心声。"乔以陌道。

司仪很是尴尬，"新娘，这个我不能代念。"

乔以陌伸手拿过话筒，"我自己来吧！"

下面一片哗然，不知道怎么回事。

顾风离也很茫然。

乔以陌拿过话筒，没说话，先是转身，朝着大家鞠躬，九十度的鞠躬，然后十分歉意地开口道："各位长辈、哥哥姐姐、顾家的所有亲戚，我是乔以陌。我想你们看到我今天的样子，应该会很震惊，因为我是如此的像车希言。我很抱歉，请你们来看这样一场闹剧，我也很遗憾以这样的方式来告诉你们我的决定，但我别无选择，如果对你们造成了伤害，我深表歉意。"

所有人都怔住了。

顾风离的脸色瞬间一变，沉声道："陌陌！"

乔以陌不听他的，而是对着话筒继续说道："我，乔以陌，这一生，宁死不会嫁给顾风离这个骗子！我，不是车希言的替身，死，都不会做车希言的替身！"

说完，她转向顾风离，以一种悲天悯人的眼神望着震惊到脸色惨白的顾风离，她说："顾风离，是你逼我用如此极端的方式来做这样的决定，我不怕你的报复，随便你吧。顾伯父，顾伯母，对不起了，伤害了你们，非我所愿。"

说完，乔以陌再度朝着顾爸和顾妈深深地鞠了个躬，眼底都是星光，眨了眨，她把眼泪吞回去，又朝着自己的爸妈开口道："爸，妈，我很抱歉，这样的男人，我不能嫁！对不起你们了！"

顾风离一把扯住乔以陌的手腕。

所有的人都愣在那里，不知道怎么回事。

乔以陌转过脸来，对上他的眼睛，一字一句地说道："顾风离，你如果觉得丢人，可以打我几个耳光，出完气，咱们一笔勾销！"

时至今日，顾风离终于明白乔以陌为什么要在结婚前去一次旅行，原来，她要做的是了断。

他似乎一下子明白了什么，又似乎不明白。他被这突如其来的一幕震惊到了，这是他这一生最难堪的时刻，他承认，他很受打击。她给他的这一打击，几乎是致命的。

曹泽铭此时正在云海医院住院，他的胃炎很严重，尤其在得知乔以陌要跟顾风离结婚的消息后，他就住进了医院。

他早已万念俱灰，不再抱有任何希望。

可是，没有想到，乔以陌的嫂子突然打来电话告诉他，陌陌悔婚了，顾风离把她当成了替身，她在婚礼上悔婚了。

那一刹那，他承认他心底立刻阳光明媚，但瞬间，他的心又沉了下去。她到底做了最决绝的事，他想到过她会极端，却没有想到过，她会这样的极端。

他几乎来不及想，挂掉电话，他就拔掉了还在输液的针头，直接出了病房，不管身后护士的喊叫，打了一辆车就往福海小区赶去。

一路上，他在心里喊了无数次乔以陌的名字，"陌陌……陌陌……你这个傻瓜！"

曹泽铭去了就敲门，可是没有人来开门，对门热心的王阿姨帮他敲开了门，看到乔以陌的刹那，他心疼得几乎要承受不住。

"你走吧！"乔以陌觉得自己浑身都痛，不想说话，她回头看了一眼跑得全身是汗的曹泽铭，"我没事，如果你是想劝我的话，就不必了，我现在不想说话。"

曹泽铭两大步迈过来，一把搂住还在微微战栗的她，心疼地说："陌陌，别害怕，没事儿的，泽铭哥哥在，别怕！"

曹泽铭的臂膀是那么坚定有力，温暖地环住她孱弱的身体。

那一瞬间，乔以陌觉得自己真的没有力气挣扎。

她苦撑良久的意志瞬间就软弱下来，任凭自己依靠在他的怀里，汲取片刻的宁静。

曹泽铭也没有多少力气，胃炎折磨得他这几天瘦了十多斤，支撑着乔以陌走到沙发前，把她放上去。乔以陌蜷缩在上面，冷然地开口，"你早就知道我会有这一天的是吧？"

曹泽铭闻言，脸色一白，眉头拧紧，"陌陌，我预料到了，只是没有想到，你会这样决绝。"

"我该温柔地说分手吗？"乔以陌忽然自嘲地一笑，反问他，"所以，你觉得我会再回到你的怀抱中？"

"陌陌，我是这样希望的。"他承认。

"这不可能，我爱的是顾风离，爱到恨不得杀了他，却不是你！所以，不要再来找我了，我这辈子，就这样了，谁都不嫁。"冰冷的一句话，将曹泽铭最后的期盼打碎。

乔以陌冷淡地转过身，不去看那张神色剧痛的脸，不去看他眼中渐渐被绝望笼罩。

再次见到顾风离，是在公司一位同事的婚宴上。

他站在酒店宴会厅的一角，手里拿着一杯红酒，盯着窗外已经暗黑下去的夜色，面容疏离，冷沉，不知道在想些什么。

乔以陌远远地看着他。

顾风离晃动了一下手中的杯子，坐下来，修长的双腿随意地交叠，一个侧身，对上了乔以陌的视线。

乔以陌一怔，随后走到一角，不再看他。

顾风离也一动没动。

之后，婚宴开始，自助餐的形式。

顾风离没吃饭，一直坐在那个角落里，偶尔喝一口酒，始终没有离开过那里。

两个人，隔空相望，偶尔对视几眼，都是错开视线。

再回到公司，顾风离一次都没有再纠缠她，仿若，真的各安天涯了。

偶尔在楼梯上碰到，她上楼，他下楼。也只是，沉默，然后擦身而过。

以为，不说话，不理会，便不会揪心，可是，依然心痛。

有一天下班，乔以陌快走到家的时候，在路上遇到了张婷，而后，一辆熟悉的车子缓缓停下。

乔以陌沉默地看着顾风离走下来，亲自帮她开车门，张婷嫣然一笑，婀娜的身姿像嫩柳一样轻盈地坐进去，依稀能看到他们的身体在车子里肩并肩挨得那么近，顾风离侧过头不自觉地对她露出个淡淡的笑容，眼睛里是如水的温柔。

乔以陌早就知道自己已经没有资格感慨了，可是，看到之后，还是忍不住难受。

她很庆幸自己那么做了，原来爱，有时候什么都不是。

他的温柔也会毫不吝啬地给予其他的女人，如此的简单，时间也不过是一星期而已。

车子走了，她看不到了，然后迈开步子，一个人往回走，步子轻飘飘的，没有丝毫的力度。

痛苦得把眼睛闭上，可是脑子里却无法控制地浮现出了刚才看到的那一幕。

她不知道怎么走的。

走着走着身重脚轻，眼看着就要倒下去，却在一刹那，身旁一个手臂，坚定地扶住了她。她微微侧头，对上曹泽铭那双关切的眼睛。

他低头注视着她，眼底都是脉脉情意，却没有说话。

她轻声道："送我回去。"

他点头，无言，把她扶上了车子。

曹泽铭说："我带你去吃饭吧，你瘦得太厉害了。"

乔以陌没有拒绝。

醉香林，吃过饭，临走的时候，路过一个包厢的门口。

"是的，我要让这个孩子姓顾……这是顾家的孩子……"张婷的声音让乔以陌定在了原地，她循着声音看过去，发现两个人就站在门口，顾风离背对着她，他没说话。

乔以陌只觉得脑中轰的一声，眼前的一切都变成了黑白色，浑身的血液开始倒流，她不是震惊，而是傻了。茫然地看着他们，一动也动不了。双手冰凉，整个身子都在发麻发痛。

她看到顾风离微微侧了侧身体，满目怜惜地看着那个纤细的女人，女人慢慢地抬起头，他们的目光对在一起，如同情侣，如同知己。

乔以陌不敢看下去了，刚要走，却听顾风离道："好，让他姓顾，我来对你们负责，我们订婚吧，张婷。"

张婷突然哭了，"风离……"

那一刹那，乔以陌再度惊愕，她看到顾风离颤动了下身体，然后轻轻地去拍了下张婷的肩膀。

曹泽铭的手伸过来，握住她冰凉的手。

乔以陌脸色苍白地看向曹泽铭，对上他满是心疼的双眼，她张了张嘴，只说了一句："带我走！"

曹泽铭点点头，伸手拥住她。

而此时，屋里的人，也恰好走出来，四个人面对面，都怔住了。

顾风离整个人呆住了，他没有想到会在这里遇到乔以陌。而他，在震惊过后，也瞬间恢复了平静，他甚至是，伸手牵住了张婷的手。

乔以陌看着他们，眼里的哀伤一点点破碎，无法修补。

曹泽铭视线凌厉地对上顾风离，咬牙说了一句话："顾风离，我还真是错看了你！"

顾风离没有说一句话，没有解释。

张婷也没有说话。

乔以陌回头，把脸埋在了曹泽铭的脖子里，轻轻说道："走吧。"

早已经没有了资格，又何必这样难受呢？

她自己亲自闹到无法收场的地步，又有什么资格生气呢？

她不再是顾风离的谁。

从此，各安天涯，两不相欠。

顾风离一直望着乔以陌的身影消失，久久无法回神。等到回神的刹那，意识到自己还握着张婷的手，瞬间就放下了。

张婷抹了下眼角的泪，终于开口，"顾风离，你真的要这样决定吗？"

"是的。"顾风离点点头，语气里有着冰封的冷漠，"就这样吧，跟你订婚，然后结婚，你们的孩子姓顾。户口的事，你不用担心，他日你想离婚，我们可以悄悄地办理手续，我们的协议，明天律师会送过来，一起签订。"

"可是你不觉得这样太草率了吗？"张婷望着他，这个男人眼底的纠结让她多少有点无奈，但，一些事，很多时候也不得不为自己考虑。更何况，今天，是顾风离找她来的，她是想要孩子姓顾，想要知道顾宁川到底怎么了，可是，她万万没有想到顾风离说要娶她，这让她很意外。但是她也知道，顾风离的提议，只是相互利用。

"没有可是了！"顾风离摇摇头，眼底已经有了某种决定，"如果你不愿意，我也不强求。"

"顾风离！"张婷叹了口气，"你这是报复她，这样，愈演愈烈，你不觉得很残忍吗？可能再也回不去了。"

"早就回不去了。"他已经万念俱灰，"我已经不再想回去了。"

他存心让她万劫不复，他费了心思安排，才把事情安排得滴水不漏。

她可以心狠至此，他也可以，可是此刻，他的心却像被抛至万丈深渊。

是的，今晚，就是一个局。

他，谋划的一个局。

跟张婷约好在乔以陌回家的路上见，算好了时间，存心叫她看到。

但是，却没有算准她会去醉香林。然而，这出戏，早晚都会演，只要她出现的地方，就演一次。

而今天，说了一些话，勾起了张婷的心事，她是真的伤心了，他也是真的安慰她了，但是没想到这么快遇到乔以陌。

遇到了，看到她那张惨白的脸，他的心，痛到了极致。

但是，他要她更痛，他要她知道，他不是非她不可。他爱她，但她没有资本去随意践踏他的尊严。

"顾风离，我是不是可以理解，你们男人越是爱一个女人就越是会刻骨地伤害她呢？"她望着顾风离，想着顾宁川，他们果真是兄弟，伤人的时候，真的是一丘之貉，同样是一点渣儿都不剩。

顾风离面容一怔，想起自己的大哥，闭了闭眼睛，冷声道："男人的尊严永远比一个女人重要，无论多爱，都是如此。"

"原来，你真的爱得很自私。"张婷笑了笑，忽然不知道说什么了。

"难道你不自私吗？这七年，你就没有怀疑过我大哥吗？他是一个三十多、马上快四十的男人，一直单身吗？你没有怀疑过吗？是潜意识里不想去证实，还是沉浸在自己假想的爱情里难以自拔？错的，永远是一个人吗？"

张婷对上顾风离的眼睛，一字一句地说："是，我或许侥幸抱有幻想，所以我为此付出了代价。但是你呢，你别无他法了吗？你以为这是置之死地而后生的危险一步棋，却不知道，你已经把自己推到了万丈深渊。顾风离，悬崖勒马吧！"

"我不认为我错了！"他依然坚持，"以彼之道，还施彼身。"

终于，他还是坚持了自己的想法。

乔以陌在公司听到了一些风言风语，全都是自己跟顾风离的。有一次，在厕所里，她亲耳听见。

"顾总带了一个女人，听说是医院院长的女儿，真有气质，听说他们要结婚了。"

"是呀，郎才女貌，听说那女的是个博士呢！"

"之前不是说顾总要跟乔以陌结婚吗？"

"就是，听说乔以陌之前勾引顾总，中午不回去，在办公室跟顾总苟且，弄得全公司都知道了。"

"乔以陌算什么啊，山鸡怎么能跟凤凰比？人家是正儿八经的千金小姐，她算什么？只能靠身体，男人嘛，送上来不要白不要是吧？"

"这男人都是好色的，睡了的，也未必就真的留住，你看人家张家这位，那是要出身有出身、要模样有模样，跟这个在一起就对了。就说男人找老婆，怎么可能找下贱的女人？找的都是高贵的，自动送上门的，就是不值钱啊！"

"我要是她，就赶紧离开公司，不过话说人家脸皮厚，自然不会离开的，还等着以后谁缺了女人补位呢！"

"哈哈，说得是，我觉得也有这个可能。"

"都说嚼舌根的长舌妇，没想到鑫灏集团这样的大公司也会有，而且这么多，所谓素质，原来不过如此！"乔以陌打开门，面容平静地看着眼前的几个人。

四五个女同事都吓得瞪大了眼睛，谁都没有说话。

乔以陌走了过去，一一扫过她们的脸，然后平静地道："要不要给诸位找个喇叭，去外面广播一下？不好意思，我还要继续留在这里工作。要是磨着了你们的眼珠子，我很抱歉。"

乔以陌讥讽地扯了扯唇，走了出去，同时也在反思，跟这样嚼舌根的人计较，根本没有任何意义，一言不发才是最高水平。只是，终究还是年轻气盛，忍不住去反驳。

深深地吸了口气，她叹息一声，告诉自己，以后再遇到这样的事，不用解释，不必理会就是了。

周末，乔以陌接到了曹泽铭的电话，说是乔爸乔妈来了。

乔以陌去见他们，没想到，乔爸和乔妈一致表态，希望她嫁给曹泽铭。因为全村人都知道她要结婚了，结果出了这样的事情，乔家很没面子。

乔以陌很为难，"爸，妈，到底我这一辈子的幸福重要，还是面子重要？"

"你想要的幸福，我看只有泽铭给得了。你哥哥中意泽铭，你嫂子也中意，你爸爸我一开始就中意，就你妈觉得你跟顾风离合适，你看，到头来还是没成吧？骨子里的东西就是不一样！"

"可是爸，你们怎么就确定我跟曹泽铭合适呢？"

"不合适你怎么天天跟人家在一起？遇到点事就跟人家在一起？我们找不到你，他就一下子找到你了？"

乔爸的反驳让乔以陌无言，是啊，遇到困难和麻烦的时候，曹泽铭都会在她身边。

"陌陌，你闹到这个地步了，已经没有资格重新选择了，泽铭不嫌弃你，你就嫁给他吧，不然以后你也难找对象啊！"乔妈的思想还是很传统的，觉得这时候，对于乔以陌来说，有人不嫌弃，就该嫁了。

"妈妈，我不嫁，不结婚也是错吗？我以后都不嫁人了不行吗？"她觉得有时候真的无法理解父母的思维。

"你说什么混账话！不嫁人，你受得了我们受得了吗？你让我们以后在村里怎么活？我们养大你，是要你当一辈子的老姑娘吗？"乔妈的这句话，在此刻安静的房间里显得格外的犀利，像刀子一样划在她的心头，而乔爸则默默地抽着烟，没说话。

乔以陌呆了，她错愕地看着父母，看着乔爸佝偻着背脊坐在包间里的沙发上，神情憔悴，看着乔妈面容冷漠，眼眶发青。

乔以陌知道，他们都是爱她的，他们逼她，也是希望能看到她幸福。

如果结婚，可以忘记所有，重新开始，让乔爸乔妈放心，让哥哥嫂嫂满意，让曹泽铭幸福的话，起码，她成全了所有人。而这些人，并不是坏人，那么，也算是做了一件功德无量的事。

事到如今，她也许早已经不该去考虑个人得失了。

乔以陌痛苦地闭上眼睛，轻声道："好，我答应你们，跟曹泽铭结婚。"

曹泽铭得知这个消息的时候，第一个反应是震惊。

"陌陌，你不要勉强你自己。你是什么样的人，我很清楚，过去的事我不介意，事实上很多事都是我的错造成的。"曹泽铭看着她的眼睛一字一句地说道，"你想嫁我，不是出自真心，你只是想要成全乔爸、乔妈，你想要他们安心，不再责怪你。可是，陌陌，为了别人而活，这样会很辛苦，我不希望看到这样的你。"

乔以陌的心情变得很复杂，他是如此轻易地看透她内心的挣扎，知己的感觉吗？

"陌陌！"曹泽铭低声呢喃。

乔以陌看向父母，再看向曹泽铭，轻声道："我现在不爱你，我也不想骗你，我想结婚的确是父母的逼迫。但此刻，就在这一秒，我想嫁给你是出自真心！"

因为他真的懂她，她也倦了。

曹泽铭眼中闪过一丝惊喜，同时还有一丝心疼。

曹泽铭当天带她去买了戒指，结果遇到了同事孙艳芬，孙艳芬把这事告诉了顾风离，顾风离突然失控了，来找乔以陌。

他在她家楼下守到了深夜十二点，也没有见到她家亮灯。他有了不好的预感，当晚又动用关系找到了曹泽铭的住处，他本是抱着万分之一的希望去的，没想到，却遇到了，他最不想看到的一幕发生在眼前。

此刻，她刚洗完澡，擦着头发，大半夜的跟曹泽铭在一起，他被震撼了。

顾风离看着乔以陌因为刚洗完澡还泛着红晕的脸，披散的湿发还滴着水珠，滴滴晶莹剔透地落在木地板上，棉质睡裙领口不算大，却足以露出精致的锁骨，目光往下看到那双细长雪白的双腿穿着曹泽铭的拖鞋站在那里。

他觉得，眼前一道白光，炸开了！

乔以陌看着他，也很错愕。她完全没有想到，顾风离会找到曹泽铭的家里来。

这就是所谓的捉奸在床吧！

"乔以陌，你……"顾风离眸中的烈火如熊焰般不能停息，他冲了进来。

门被重重地关上了，几乎是同时，乔以陌就下意识地躲开。

顾风离冲过去，一把抓住她的手腕，那力道很凶猛。

"放开我！"乔以陌尖叫。

曹泽铭走过去，抓住顾风离的手腕，沉声开口，"放开她！"

顾风离不听，烦躁地抓住乔以陌的手腕，拉着就往外走。

"顾风离，你以为歇斯底里、死乞白赖地就可以挽回一切吗？你的手段，我都用过，没有用，请你拿出理智来！"曹泽铭沉声提醒，"这是我家！"

一刹那，顾风离愣在那里。

屋里三人，都愣在那里，各怀心思，气氛沉默而窒息。

顾风离扯了扯衣服领子，低头看着乔以陌，"乔以陌，你就这么对我吗？"

乔以陌微微抬眸，刚才一瞬间她被顾风离的怒气惊到了，但是转瞬，她就平静下来。他还握着她的手腕，很用力，几乎要把她的手骨捏碎。

她望着这个跑来兴师问罪的男人，脸上一片悲哀，"顾风离，你到底要怎样呢？"

"跟我走！"他只有三个字，是命令的语气。

"凭什么呢？"乔以陌反问。

"凭什么你自己知道！"顾风离怒不可遏地大吼一声，脸上尽是不耐之色。

乔以陌心中一怔，不知道他说的是什么意思，"我不知道！"

"你难道没有什么欺骗我的吗？乔以陌？"顾风离继续怒吼。

那一刹那，她看到顾风离幽深的眸光甚是冰冷，他的怒气到了顶点。

而曹泽铭此时也用力，"先放开陌陌再说！"

"与你没有关系，曹泽铭，你也不过是个伪君子！"

曹泽铭轻轻一笑，"你是输不起了吧？输不起的人就变得歇斯底里，之前你的风度哪里去了？不是笑着跟我说看谁笑到最后吗？你的风度呢？"

曹泽铭的话激得顾风离心头的怒火不断扩大，他的眸子冰冷，眼底都是阴霾，他看着乔以陌的眼睛，一字一句地开口，"你到底跟不跟我走？"

乔以陌瞪大眼睛，眼底都是凄楚。

时至今日，顾风离对她，除了指责，除了怨怪，别无其他，她想摇头，整个身体却已经僵滞如雕像般，一动也动不了。她想拒绝他，想说凭什么，可是竟然说不出话来。

她好不容易调整心情，冷静下来准备重新开始的时候，他却再度纠缠。

"乔以陌，伤害我之后，就想这样一走了之吗？"顾风离双目赤红，右手死死地扣住她的手腕。

"顾风离，到底是谁伤害谁呢？"乔以陌别过脸去，不去看他已经扭曲的脸，颤抖着声音低声道，"你到底要怎样才能善罢甘休呢？你跟张婷你们一家三口在一起就好了，做人不能总这样霸道，谁也没有权利爱谁一辈子！"

曹泽铭看他还是不肯松手，直接出拳朝着顾风离挥过去。

顾风离本能地躲避，松开了乔以陌。

曹泽铭把乔以陌护在自己身后，冷声道："顾风离，你带给陌陌的伤害，不是一点两点，你想要谈，等你恢复理智了再细谈，你现在这样，我是绝对不会容许她跟你出去的。"

"你管不着！这是我跟她的事，与你没关系！"顾风离愤然地开口，"她欺骗了我，还一再指责我欺骗了她，她就那么坦荡吗？"

乔以陌一瞬间就明白了顾风离口中所谓的欺骗是什么了。

她唯一欺骗他的一件事，就是孩子的事。

"跟我走！"顾风离说。

"那是不可能的！"乔以陌毫不犹豫地冷声喝道，双手在身侧握成拳头，"我也许骗了你，但我不卑鄙，你是卑鄙，性质不一样。"

"乔以陌，你别后悔，你跟不跟我走？"

"不走！"

"我最后再问你一次，你不好好把握机会，就不要怪我无情！"顾风离浑身散发着冰冷的戾气，眼里都是威胁。

乔以陌的心提到了嗓子眼，被他凛冽的寒气吓到，她的身子不可抑制地颤抖了一下。

然而，就在那一刻，曹泽铭的手伸过来，握住了她的手，他的手心很温暖，裹住她的小手，给予她最有力的支撑。

这幅场景，深深地刺痛了顾风离，他再也没法待下去，带着怒意，狠狠地看了她一眼。然后，转身离去。

乔以陌恍然地看着门关上，松了口气，但同时，她整个人无力得几乎要站不住。

曹泽铭回头，看她，眼底都是怜惜，他低声道："如果你想追出去，现在还来得及。"

乔以陌抬头，看到曹泽铭眼底闪过一抹心疼，她摇摇头，眼中溢满了泪水，几乎是瞬间，她轻轻地伸出手，环住了他的脖子，轻声地道："我不走，他的喜怒哀乐都与我没有任何关系了。"

湿热的眼泪落在了曹泽铭的脖子上，他的手一僵，环住她纤细的腰身，叹了口气，"陌陌，我们离开云海吧。"

乔以陌一怔，哽咽道："天下之大，何处容身呢？逃避真的就可以跨越心底这道坎吗？"

曹泽铭轻轻地笑了笑，"好吧，记得，有我在！"

一大早，乔以陌还是换了衣服去上班。

曹泽铭虽然很担心，但还是尊重了她的选择。他明白，她要跨越的是心里的那道坎，而不是形式上的逃避，他也相信她可以。

乔以陌刚走进公司大门，还没有拐进办公楼，就被一只有力的手拉住，下一秒，她一个踉跄，撞进了一个结实的胸膛。她错愕抬眸，对上顾风离满是怒火的双眼，他的眼底都是血丝。

乔以陌还没来得及说话，就被他拉着上了停靠在转角处的车子。

王亚樵刚好开车进公司大门，看到这一幕，车子差点撞在电线杆上。

乔以陌反抗，"你放开，你要带我去哪里？"

可是，顾风离根本不理会她，把她塞进车里，然后开车一溜烟离去。

奢华的轿车在早晨有些繁乱的道路上穿行，乔以陌无奈又无力地靠在座位上，低声道："顾风离，你到底要带我去哪里？"

他不说话，直接把车子开到了水库的观景台上，在这里，可以看到水库的全景。

"顾风离，我们都是成年人了，请你不要再这么幼稚了！"

他忽然转过脸来，恶狠狠地瞪着她，愤怒炽热的气息喷在她的面颊上，他眼中的寒意刻骨，"乔以陌，我想知道你曾经怀的我的那个孩子哪里去了？"

她没想到他会知道，排山倒海的痛楚袭来，让她几乎晕眩，颤抖着问："如今，再问这个还有什么意义？"

"你欺骗了我！"他怒吼，"你怎么可以不告诉我？我有权利知道，有权利去难受，有权利去心疼。"

她一时无语，那是她最伤的痛，年少轻狂的代价，她都尝到了，而他的指责让她心伤，却也欣慰。

她轻轻地笑了。

他看着她恍惚的笑容，有点错愕。

"你笑什么？"他愤怒地吼道。难道打了他的孩子，就这么开心吗？

他的眸色闪过一抹沉痛，猛地扳过她的脸，然后，狠狠地吻了下去。

四片唇瓣相触，卷起阵阵酥麻，令人心神迷惘。乔以陌的身子僵住，脑海里一片空白，却又瞬间猛地推开他。

她抹去了唇上的热度，那带着一丝烟草味的气息，如今，已经太陌生。

她低下头去，轻声道："顾风离，我笑，是因为欣慰。曾经，我为我们的孩子流失掉而心痛，我以为这只是我一个人的心痛，尽管他或者她只是一段丑陋邂逅和无耻交易的产物，记录着我的不堪和罪孽，但是在我心里，他却是我的宝贝儿，我很心痛他的离去，跟你在一起的时候也会时常去想，如果他是我们爱情的结晶，你会不会善待他？如今，看到你心痛，我欣慰，为他欣慰，谢谢你为他心痛。我很抱歉隐瞒了你，但是，事已至此，一切都没有意义了，我们不要纠缠了，再这样下去，我们两个都会受伤。"

"乔以陌，我做不到！"他是真的做不到。

"忍忍就过去了。"乔以陌轻声道，"我流掉他的时候伤心得以为自己会死去，可是，没有，我还活着！"

"乔以陌，你怀过我的孩子，嫁给我吧！"

"那么张婷呢？你打算让她怎么办？"

"我爱的是你！"顾风离哑着嗓子大吼。

乔以陌忽然打了个寒战，轻声地反问："你又是如何爱我的呢？风离，从一开始，你的接近，就是不公平的。我一开始就不想认识你，我一再的躲避反而激起你的兴趣。我以为你喜欢的是我，可是不是。就算你说不是替身，你喜欢我，我也觉得你更爱的还是你自己。你就算跟我谈恋爱，也是带着目的的，比如禅儿，你们连四岁的孩子都利用。你一直都在强调你的努力，我没有努力过吗？风离，我们都努力过，我也看到过你的努力，只是跟你的自私相比，你的努力微不足道！

"你说爱我，却一再欺骗我，先是刺青，再是照片，再是我跟希言长得像，你爱的是我吗？如果你说是，可是，也请允许我不要，我害怕这样的感情！

"我对你报复，只是想要你我从此不再纠缠，各自平静。我承认我那样做很极端，但是，你还是不肯放手，到底要怎么样呢？你说爱我，却转眼就跟张婷订婚。我告诉你，我已经不生气了，不是虚伪，是绝望。我觉得我们不够相爱，不够深爱，所以没有信任，横亘在我们之间的问题太多太多了！我如果还能走下去，我想除非我是疯了，所以，请你放手吧！"

她说了很多，他却一直狠狠地瞪着她，全身上下都是冷硬，没有半点柔软。

他那样带着赶尽杀绝的眼神，看得她心悸，难受，窒息。

再然后，他压住她，以一种决绝的态度面对她。她靠在车窗上，面无表情，无路可退。他一把捞过她，抱紧她，一点余地都不留，力气大得像是要把她揉碎了一般。

"你昨晚跟曹泽铭是不是在一起了？你百般推托我，就是因为你爱着曹泽铭，对不对？"

"你以为，所有人都跟你一样，除了欲望就是欲望吗？"乔以陌忍不住低喊，"顾风离，你真的太自以为是了！"

"我会让你看到更自以为是的！"他怒吼一声，突然放开她。

他忽然下车，把她也拉下来，然后迫不及待地把她拽到后车厢里，俯身压上她。

"放开我，顾风离，不要让我恨你！"乔以陌眼中溢满了泪水，她用尽全身的力气，拼命地抵抗着他。

她不是那种可以任他予取予求的女人，他以为这样对她，她就会妥协吗？

"陌陌，你没有说不的权利！"他幽深的眼眸凝望着她，笑得绝望而疯狂，"如果你要恨我，那就恨吧，反正你从来都没有真的爱过我，如果恨能让你记得我的话，那就恨吧。"

她悲哀得想笑。

下一刻，他捏着她的下颌，看着她的眼睛，让她与自己对视，他脸上一点表情都没有，却让她心惊。

"我最后一次问你，到底要不要回到我身边？"

乔以陌动了动唇，倔强地开口："不！死都不！"

"好。"他忽然笑了，"那，咱们就去死！"

他说着，又把她从车座上拽起来，然后大力拉着她，直奔水库，在高高的铁栏杆边，看着下面十几米深的水库。

"你要干吗？"她惊了。

顾风离怒极反笑，"你不是死都不肯跟我在一起吗？那么我们就一起去死吧！你怕了？"

乔以陌忽然之间什么话都说不出来，这个人真的疯了，那么她，就该妥协吗？

不！

宁死都不！

"顾风离，我不怕！"她抬起眼睛，一眨不眨地看着他，"对于我来说，死了远比活着幸福。"

"你真的以为我舍不得你吗？"他反问，把她整个人压在了铁栏杆上，眼中都是绝望，"最后的最后一次，你到底要不要回到我这里？！"

乔以陌咬着唇，不再多言。

她的身子被他压在铁栏杆上，腰向后压着，身子已经有一半悬空在栏杆上，下面就是十几米深的水，他想要低头去吻她的唇，可是，她却冷声道："顾风离，我宁死都不会嫁给你，你让我死，那我就死好了，死了也不要跟你在一起！"

说完，她一脚踢开他。

顾风离错愕，他完全没有想到她会突然踹他，他几乎是下意识地就要躲开，结果松了手。

乔以陌的身体坠入了十几米深的水库中，他一下子慌了。

他看着她的身体完全地落入了水中，他觉得自己的脖子好像是被什么卡住了一样，发不出一丝声音。

看到希言浑身是血倒在路边的一刹那，他就是这种感觉，好像突然一脚踩空了，身体一下子失重。

"不！陌陌！"他惊呼着，有几秒的停顿，他也翻过了栏杆，跳了下去。

身子一瞬间没入水中。

他会游泳，却不会跳水，有那么一瞬间，他想要喊陌陌的时候，呛进了一口水，突然，眼前一片漆黑。

气管里都是水，窒息的感觉袭来，他的身子一点一点地下沉，他绝望了，闭上眼，心想就这样去了吧！

一了百了！

乔以陌跌落下去的一瞬间，想过就这样不起来了，从此长眠，不去管爱与不爱，爱恨纠缠。

可是，脑海里有太多的不甘，上天造了她，也许此生就是来受难的，既然如此，她有什么权利去结束自己的生命呢？

闭气快要完的时候，她一脚用力地下踩，身子向上游去。

该感谢哥哥教过的游泳，让她有自救的机会。

只是，当她快游到水面的时候，扑通一声，砸下来一个庞然大物，就在身边。

乔以陌冒出水面，呼了口气，抹了把脸上的水。

水下很凉，虽然是夏天，但是早晨的水并不温暖，加之她又是例假在身，更是难受。台上没有人，看来刚才下来的人是顾风离。

她想，他或许也没有料到她会真的跳下来。她说过她会游泳的，大概他也忘记了吧？她的很多事，他都不记得。

不是她较真，他对她是真的不曾用心过。

她在水面上等了很久，只感觉刚才跌落的地方有气体冒出来，接着，就没有了动静，水面很快趋于平静。

那一刹那，乔以陌来不及多想，整个人深呼吸，转身又游了下去。

当她在水下把已经绝望沉底的顾风离拉出来的时候，他已经没有多少气息了，整个人是昏过去的。

乔以陌心里很难过，她把他拖到了很远的地方，那里有台阶，可以直通上面，她抬不动他，只能把他拖到边上，接着，她大口大口地喘息，然后给他做人工呼吸。

等到他终于有了气息，咳嗽了一阵子，咳出了水，她停在那里，看着他缓缓地睁开眼睛。

当四目相对时，顾风离看到了乔以陌惨白的脸。

她似乎松了口气。

她的头发是湿的，全身都是湿的，他仰起头看着上面，是水库的观景台，而这里是直通下面的台阶，他就躺在上面，身子一半还在水里。

乔以陌就在他的身边。

她俯下脸，怜惜地看着他，轻声道："风离，劫后余生的你，就不要再纠缠于我了，我们从今天开始，重生吧！"

她很平静，所有的温柔全部褪去，只是那样看着他，"你真的太自私了，我的身体被你折磨到了极限，流产的时候落下的后遗症，每次来例假都肚子疼，认识你之后，我吃了很多次事后紧急避孕药，你从来不管我的感受，我吃到例假紊乱。昨晚我没有跟曹泽铭怎样，我来例假了，而他能为我烧一碗热水，你呢？你只会来找我兴师问罪。你又让我在例假期浸入这样冰冷的水里，我的身体大概好不了了！风离，如果你真的爱过我，就请你放过我吧！我这残躯禁不起你的折腾了！"

"陌陌……"他低喊她的名字。

她望着他，微微地笑着，"《泰坦尼克号》里，杰克把生的希望都给了露丝，但是露丝还是再嫁了，这就是人生，谁也不会为谁守身如玉一辈子，我也是如此。刚才生死一瞬间我突然明白了一些事，我不后悔爱过你，直到此刻我依然爱着你，可是从今天开始，我决定爱别人了。再见，我的风离！祝你幸福！"

说完，她站起来，衣服在滴水。她慢慢走上台阶，身后的台阶上都是水，一步一个脚印，记录着她狼狈的过往。

但，她的脚步却异常坚实，每走一步，都是如此的坚定。

顾风离愣在水里，他是安静的，他回头去看她的背影，这才发现，她的衣服湿透了，卫生棉的形状都显露了出来。

他忽然发现，自己，真的太不是人了！

她的指控，每一句，每一件事，他都忽略了。倘若不是死里逃生，他或许不会反思得那么透彻。

责怪她的时候，他又何尝真的反思过！永远是怪她，可是，自己就没有责任吗？

他终于明白，自己真的失去了她，彻彻底底地失去了。

过了良久，他从水里爬出来，然后咳嗽着上台阶。

乔以陌从他车里找到自己的包。

他看着她拿出电话，他声音沙哑地说："我送你吧，陌陌，对不起！"

乔以陌听到这声对不起，身体一僵，最后无言，但是，还是上了车子，她不想置气，伤了自己的身体。

顾风离开车送她去了福海小区，下车的时候，乔以陌回头对他笑了笑，"祝你跟张婷幸福！"

顾风离说不出话来，只觉得窒息般难受。

她微笑着转身，好似破茧成蝶的重获新生。

此时，窗外不知道谁家的阳台飘出了赵传的那首经典老歌，歌词是如此的应景："我终于失去了你，在拥挤的人群中……"

他将头埋在方向盘上，终于无声地哭了起来。

Chapter 34

还君明珠，人在，爱情是否还在呢？

乔以陌如期嫁给了曹泽铭。

婚礼在亲朋好友的祝福声中举行，就在乔以陌要回答"我愿意"三个字的时候，有人跑来喊了一声，说顾总出了车祸。

那一刹那，所有人都看向乔以陌。

但，她却没有动，她迎着曹泽铭的视线，一字一句地说道："我愿意！"

迟云脸色苍白。

乔以陌终于嫁给了曹泽铭。

顾风离的车祸并不严重，只是手臂有些骨折。

顾风离的大嫂来找过乔以陌，希望她去阻止顾风离跟张婷结婚，因为张婷是顾风离哥哥的情妇。乔以陌这才知道，原来，顾风离没有背叛她，只是，已经晚了。

顾风离娶张婷只是为了安置张婷肚子里的孩子，为了孩子上户口，但是，乔以陌还是没有去阻止，她觉得，那已经不关她的事了。

一个月后，再见顾风离，他明显消瘦了很多。

张婷如期嫁给了顾风离，之后不久，听说顾风离的大哥顾宁川淋巴癌去世了，乔以陌唏嘘不已。

日子按部就班，乔以陌跟曹泽铭相敬如宾地过着每一天，没有激情，只有温暖。

迟云打电话找了乔以陌，开门见山要她跟曹泽铭离婚。

乔以陌拒绝了。

跟顾风离的爱情眼里揉不得一粒沙子，跟曹泽铭的婚姻，她终于体会了什么叫包容。自己的位置，就像当初顾风离的位置，原来以一颗宽容的心去爱一个人，她曾经做不到，但是曹泽铭对她做到了。

此刻，曹泽铭正坐在沙发上，而她站在阳台边，他看看她，拍了拍沙发，慵懒地开口，"陌陌，过来！"

乔以陌皱皱眉，只能转身走过去。

走到曹泽铭的身边，他抬起好看的眉眼，问她："看吧，走到我的身边来，并不是那么难。"

她一愣，一个急速的流转，她已经被他压在了宽大的沙发上。

她吓了一跳，低低地叫了起来，"泽铭！"

可是，他此刻看起来充满了野性，T恤里露出惑人的锁骨和精壮结实的胸膛，那张脸，看上去柔软到了极致，眼眸微眯着，浓密纤长的睫毛轻轻颤动着，唇也是胭红胭红的。

猝不及防中，一股强烈的男性气息扑面而来。她条件反射地用力推开，却被更大的力气禁锢住。

头顶上的声音带着一丝情欲的味道，"别逃了，今晚我要吃了你，结婚这么长时间了，你的心理应该调整得差不多了吧？"

乔以陌身体一僵，脸红扑扑的。

他轻轻地叫她，"陌陌。"

像是有魔力牵引着，让她情不自禁地抬起头来看他。

他在灯光下朝她微笑，眸子闪亮若琉璃，他说："陌陌，我们好好过日子吧，像真正的夫妻一样，柴米油盐，吵吵闹闹，床头吵，床尾和。"

乔以陌轻轻地环住他结实的后背，点点头，"好！"

"那今晚不会拒绝我了吧？"他说着，眨巴了下眼睛，那眉眼是如此的惑人。

她抿唇，他抬起她的下巴，凑近，然后开始浅浅地亲吻她，像羽毛一样，轻柔地落在她的唇上。

那样的温柔。

衣服随着他的动作一点点滑落，露出白皙滑腻的肌肤。

她身体微微僵硬，最后却在他的温柔里渐渐柔软，只是那双眼睛空洞得麻木。

当激情缠绵过后，她竟然叹了口气。

他低头看她，当对上那两汪空洞后，他身体一僵，原本极致的欢愉，因为她的这种眼神一扫而空。他搂住她的手一动，轻轻将她松开，"你似乎不愿意，那么，是我，强求了！"

她一愣。

他已经站了起来，拾起衣服，穿上。

乔以陌拿抱枕遮住自己，急急地喊："泽铭！"

曹泽铭穿好衣服，然后抱起她，去了卧室。

"睡吧！"

她诧异地望着他，他的眼中似乎有一丝沉痛，嘴角轻勾，似笑非笑，让人看不出情绪。

"不是那样！"

"跟我做的时候，你居然走神，陌陌，你真是懂得如何践踏男人的自尊心！"说完，他转身走了出去。

门开了，又关上了。

室内一片平静，寂静得让人心慌。

第二天醒来时，曹泽铭已经穿戴整齐，他说："陌陌，我要去北京出差。"

乔以陌愣住，缠绵后，他们分的不只是床，还有房，现在他又跑来说要出差，一切都是那样的猝不及防。

"去多久？"她的声音有点哑。

"一周。"他看着她红肿的眼睛，艰涩地说出两个字。

"我给你收拾衣服。"她说着爬起来。

"不用了，我已经收拾好了。"他说。

她低下头去，表情有点黯然，"为什么昨天没有说？"

"昨晚临时决定的。"他回答得很坦荡。

"不走行吗？"她轻声问，没有去看他的眼睛。

倘若她抬起头对上他的眼睛，说一句恳求的话，他或许会说，好。

可是，她没有看他，他有点失望。

"不行的，陌陌。"

"那吃了早饭再去吧。"她去厨房急着煮东西。

他跟着出来，轻声道："在路上吃，你不用忙了。"

"对不起！"乔以陌低声喊。

曹泽铭摇头，"其实，该说对不起的一直是我。陌陌，是我强求了你太多！"

"不是！"乔以陌摇头，"你没有！是我不好！"

曹泽铭很好，对她的包容、谦让已经是一个男人的极限了，只是她，伤了他的心，那一刹那的游离，无论她承认不承认，都是存在的。

聪明的人，都清楚，那一刹那，有多伤人。

她深深地刺伤了曹泽铭。

她感到无比的懊恼。

"我走了，陌陌。"曹泽铭说完，转身就往外走。

乔以陌在后面张了张嘴，想要喊，泽铭别走。

可是，她喊不出声。

不知道过了多久，她愣在客厅里，一动没动，神情还恍恍惚惚的，不知道想些什么。

她走得很早，吃了一点饭，然后下楼。

她走出小区的时候公车还没有来，她在站牌前等公车。她有想过要回福海小区，但是，她又想，如果回去了，曹泽铭会更伤心。无论他人在北京还是在别处，她都要守着她跟他的家，等他回来。

站牌前只有她一个人，住在这里的都是富人，大都是自己开车上下班，等公车的人很少，尤其是这个点。

顾风离今晚又留在玉山花苑了，他一个人整夜整夜地守着他跟乔以陌曾经住过的房间，缅怀着他们过去的点点滴滴。

一大早要回去看母亲，然后再去上班，没想到途中路过一处公交站台，看到一抹熟悉的身影失魂落魄地站在那里，他的眸子一痛，车子在一刹那停下来。

　　乔以陌听到刹车声抬起头来，那辆车子的车窗滑下来，露出顾风离一张坚毅的侧脸。

　　四目相对，她有点震惊。

　　他对着她说："上车吧！"

　　她没有说话。

　　他又说："我捎着你。"

　　她摇头，"不了，我们并不同路。"

　　并不同路？！

　　顾风离心中痛苦地纠结成一团，"你想去哪里，我都可以送你去，不会强求你同路。"

　　"谢谢，不用了。"她还是坚持。

　　顾风离的心一点点凉下去，他抬头看着她，看到她的眼皮红肿着，憔悴不堪，她似乎哭过了，且很伤心的样子。曹泽铭一大早不送她去上班，叫她一个人坐公车去上班吗？

　　他跟她不同路了，那么曹泽铭呢？那个跟她同路的人去了哪里？

　　顾风离突然打开了车门，朝着乔以陌走来。

　　乔以陌吓了一跳，不自觉地后退，"顾风离，你要干吗？"

　　"挟持你！"他说完，不顾她的反应，抓了她就塞进了车里，车子是掉头去玉山花苑的。

　　乔以陌吓坏了，顾风离阴沉着脸，一路狂奔。

　　很快就到了玉山花苑。

　　他以不可阻挡的气势，挟持着她上了19楼。打开门，把她拉进去。

　　"不要！顾风离，你放开我，我是曹泽铭的妻子了，你不可以这样对我，你凭什么？"

　　他听到这句话时眼神一黯，死死地盯住她的眼睛，突然拦腰将她抱起，往卧室走去。

　　她被他重重摔在床上，几乎不留喘息的时间，他野蛮地按住她，牙齿咬住她的嘴唇，像是一只要把她撕碎的野兽。咸腥的液体流入嘴里，她一定是流血了，呼吸也变得紊乱不堪。他渐渐放开她，抬手擦去她唇上的血迹，她却倔强地扭开了脸，极力压制着喘息，冷声道："顾风离，你想把我变成万劫不复的恶心女人是不是？你今天若是强暴了我，我就从这19楼跳下去！"

她说得决绝，不留一丝余地。

"想死？"他阴沉一笑，大手从她的脸一直抚摸到雪白的脖颈，轻轻掐住，"你什么时候能正视你的内心？你为什么一定要这样的倔？死了就能证明你爱我的心吗？"

她哑然，冷哼，"与你无关。"

他皱眉，"那与曹泽铭有关？这个时候，他怎么不来救你？"

她无助地闭上眼，"顾风离，我跟你没有任何关系了，曹泽铭也不欠你，你要恨就恨我，不要去折磨一个无辜的人。"

"你心疼他？"

"是，我心疼他，因为他是我的丈夫。"她恳求地望着他。

此刻，她温顺地躺着，美丽的面孔带着一种圣洁的光芒，身体妖娆的曲线却有一种邪恶的诱惑，他的唇角勾起一抹冷笑，"那么，我就把你变成婚内出轨的女人，让你一辈子万劫不复。"

乔以陌来不及惊呼，顾风离已经扯下了自己的腰带。她吓坏了，惊慌地拿出电话，去拨曹泽铭的号码。

电话拨通的时候，曹泽铭正在赶往机场的车上，他没有接电话。

这边，顾风离手里握着腰带，眼底都是痛苦，她宁愿求救，也不相信他不是真的要伤害她。罢了，他要的不就是这样吗？他故意放慢了速度，等着她把电话拨出去，他心中痛得几乎要窒息，却还是慢条斯理地看着她慌乱地打电话。

他想要她跟曹泽铭幸福，尽管他心中几次挣扎、翻滚，无数次地想要把她抢回来，可是，真正痛定思痛后，他才发现，他的爱有多自私。倘若，她能跟曹泽铭幸福地生活，他这一生，也算是对得住她了。为此，他宁愿当最大的恶人，只求命运善待这个女孩子。她不幸福，他就做一次他们幸福的推手吧，让她更厌恶自己。

电话连着拨了两次，曹泽铭终究没有狠下心来，接了电话，电话一接通，乔以陌大喊："泽铭，救救我，我被顾风离带到了玉山花苑……"

话只说到这里。

顾风离已经抢走了电话，关机。

"陌陌——"曹泽铭对着电话咆哮，可是电话已经挂断了。

"顾风离！"乔以陌惊呼，拼命地扭动身体，"顾风离，你要陷我于万劫不复吗？你口口声声地说爱我，就是这样爱我的吗？"

那一刹，顾风离猛地僵住了身体，停滞了大约十秒钟，他一把抱起她，进了洗手间。

在巨大的镜子前，顾风离把她放在洗手台上，强迫她回头看着镜子里的自己，他的声音充满了痛苦，"陌陌，你看看镜子里的你，即使到了现在，你脸上的绯红还是为我绽放，你可以强迫你的理智远离我，可是你的身体还有记忆，在我的面前呈现得淋漓尽致，在别人面前，能吗？"

乔以陌喘息着，眼泪不争气地流出来，整个人已经到了崩溃的边缘。

为什么要这样？各自安静地生活不好吗？

而她居然对他还有感觉，这个认知让她难受得想要死去。

顾风离拧着眉头凝望着她，低声道："陌陌，这个样子的你，真的能让曹泽铭幸福，能让你幸福吗？你还能信誓旦旦地说你会幸福吗？"

有一瞬间，乔以陌的脑海里一片空白，她似乎想到了什么，眼泪停止了。

她转过头来，不再看镜子里的自己和他，而是看着他的眼睛。

顾风离低头，避开她审视的目光。

这个动作让乔以陌更加笃定，心中突然无限悲凉，她轻声地呢喃了一句，"风离……你今天是故意这么做的，对不对？你想要我恨你，然后毫无愧疚毫无牵挂地跟曹泽铭幸福……"

顾风离心中一颤，凝望着她。

是的，她猜对了！

为什么到了现在她能看透，开始没有呢？

他心酸得难以自制，低喃着，"小红帽儿……"

这个称呼让她泪如泉涌，忍不住啜泣起来。

"为什么到了现在，我们才真正看清彼此的心呢？"他问得绝望而酸楚。

她心中同样的悲哀和难过。

只是，爱已经成为了往事，谁都无法再回头。

要错，也只能错下去。

"你的小红帽儿已经不存在了，永远不存在了。"她呜咽着，"别娶张婷，找个可以给你幸福的好女人，以后好好地生活吧。四哥，对不起，原谅我曾经那样对待你和我们的感情，是我们共同错过了。"

顾风离的心被揪紧，"除了你，是谁都没有意义了！"

"别娶张婷！"

"陌陌！"顾风离抱紧她，头埋在她的颈窝里，低声问："如果，重新来一次的话，你还会那样急着嫁给曹泽铭吗？"

乔以陌哭着摇头，"别问我，我不知道！"

她真的不知道，倘若重新来一次，此情此景，她还是无法保证自己会做什么。

他说："如果，还有机会重新来一次的话，我一定不会那样逼你，对不起，是我不懂得珍惜你。"

门外突然传来猛烈的踹门声，曹泽铭愤怒地咆哮道："顾风离，你他妈给我开门！"

听到声音，两个人都是一滞。

乔以陌想要推开他，顾风离却一把抱紧她，低头搜寻她的唇，印上一个缠绵悱恻的吻，像是世界末日一般的绝望，然后他说："陌陌，我爱你，幸福给我看，四哥真的放开你了，你也放开四哥，真真正正地放开。从此不再纠缠，只要你幸福，好好的！"

她心中软了下去，眼泪难以抑制地流出来，"我可以，只是请你，真的放弃，真的幸福，顾风离，你要幸福，为了希言，为了禅儿，你要幸福下去！"

说到此处已然泣不成声。

门还在响个不停。

他爱得深沉而悲哀，她爱得无奈而绝望。

曹泽铭最终还是带走了乔以陌，给了顾风离两拳，带着乔以陌离开。

又是一个多月后。

迟云再度打来电话，她对乔以陌直言，"放了泽铭吧，你配不上他，该离婚了。"

乔以陌心中悲凉，却坚定地开口，"迟阿姨，请恕我难以从命。"

"你以为，泽铭真的爱你？一切都不过是得不到的不甘心而已！"

乔以陌再度叹了口气，"迟阿姨，之前我跟顾风离在一起的时候，您要求我回到泽铭身边，等我真的回来了，您又要求我跟他离婚。我想，您恨的不只是我，还有顾风离吧？迟阿姨，您与顾家的恩怨，我不想知道，但是事情已经到了这一步，我是不会离开泽铭的！"

　　"那么即使因此送命呢？"

　　乔以陌闭了闭眼，坚定地回答："那就听天由命吧！"

　　那天下班的时候，乔以陌接到曹泽铭的电话，他的声音很急切，他说："陌陌，去找顾风离，不要让他出门。"

　　"为什么？"乔以陌很意外。

　　"不要问了，可能有危险，等我电话，陌陌。"曹泽铭说完挂断了电话。

　　她一头雾水，再打过去电话，曹泽铭没接。

　　她早已不想跟顾风离有任何联系，但是曹泽铭的话她又不能不听，至于什么危险，她真的不知道。她从办公室跑出来，去了三楼找顾风离，可是，办公室的门是关着的，她敲门也没有人开门。

　　她跌跌撞撞地拿出手机拨打了顾风离的工作号，关机状态，她又打了私人号码，那边很快接起，似乎带了一抹讶异，语气有点急促，"陌陌，你怎么会打电话？"

　　"你在哪里？"乔以陌语速很快地问。

　　"在云海商场附近，怎么了？"

　　"回来！"她急切地说，"泽铭说你有危险！"

　　顾风离一愣，然后说道："我知道了，我知道谁要对付我了。"

　　只是话一出口，砰的一声巨响，从电话里传来，接着是顾风离的一声痛苦的低吟，再然后，电话就断了。

　　"顾风离，顾风离！"乔以陌大喊。

　　十五分钟后，当乔以陌打了车子赶到云海商场的时候，在马路上看到了一起连环车祸。

　　她看到了顾风离的车子，也看到了曹泽铭的车子。一颗心被猛地提起，她赶紧往事发地点跑去，现场已经被警察围住，救护车也赶了过来。

　　乔以陌似乎闻到了空气里令人窒息的血腥味。

　　"不！"她摇着头，低声呢喃，从这里走过去，也就十几米，却像是隔了千山万水，她迈不动腿……

而此时，顾风离正在Q7的车外，紧紧地抱着曹泽铭。曹泽铭浑身是血，他紧紧地抓住顾风离的手，一字一句地道："小心我妈迟云，照顾好陌陌，我把她还给你，不要计较过去，一切在生命面前都不重要了。"

"曹泽铭，你在胡说什么？"顾风离没有想到有人撞了自己的车子，而在他被撞得一阵眩晕后，又来了第二次，但就在同时，又一辆车子拦腰撞上了后面的车子，解救了他，那人正是曹泽铭，而在他解救了顾风离后，却被后面一辆大车撞上……

"顾风离，听我说……我没……时间了……"曹泽铭紧紧地抓住他的手，"你是我的哥哥，我们同一个父亲，我妈……害死了车希言，又想害你跟陌陌……我妈欠你的，我都还给你了，保护好陌陌，陌陌是希言的亲妹妹……"

"我早已经知道你是我的弟弟。"顾风离没有太多的意外，这阵子，他也调查过一些事，只是没有想到希言的死会跟迟云有关系，那场车祸是个阴谋。

"你坚持着点，不要说放弃的话！"顾风离朝着曹泽铭大吼道。

乔以陌已经冲了过来。

警察拦住她，她哭着大喊："让我进去，让我进去！"

顾风离和曹泽铭几乎同时听到了她哭喊的声音，顾风离赶紧对警察喊："让她进来！"

看到曹泽铭的一瞬间，乔以陌完全被吓到了，身上的力气仿佛在瞬间被抽干，她瘫软下去，撑着一口气努力让自己爬到曹泽铭的身边。

"泽铭，泽铭……"她连着喊了好几声。

曹泽铭伸手，她赶紧握住他的手，哭着喊："泽铭，你怎么会这样？你不要丢下我，不要……"

她碰上他的脸，血顺着他的头往下流，他的鼻子也在出血，她吓哭了，"泽铭，我们去医院，去医院……"

"陌陌……回到顾风离的身边，忘记我！"曹泽铭想要伸手抹掉她的眼泪，但是，伸出的手，却僵在了半空。

"不！"乔以陌哭着大喊，"泽铭，你不要离开我，我怀孕了，我怀了你的孩子……"

曹泽铭的眉头皱了起来，似乎有一丝懊恼，一丝纠结，他张了张嘴，想说什么，却再也说不出来。

曹泽铭的眼睛看向顾风离，在血腥味弥漫的空气里，他的眼神越来越空洞，几乎没有了焦距，然而，他却像是拼尽了所有的力气，看着顾风离。

顾风离知道曹泽铭可能不行了，他只能点头道："我答应你，你说的我都答应。"

曹泽铭笑了，然后低低地叫了一声："陌陌……"

再然后，他的手无力地垂了下去……

"不！"乔以陌大喊，几欲昏厥。

她的手握紧曹泽铭的手，与他十指交缠，可是，那温暖的手，却在慢慢地变凉、变硬。

她趴在曹泽铭的身上放声大哭，她终于失去了这个深爱着她的男人。

她抱着他，直到救护车来了，也不放手，就这么抱着他，在大街上，一直到天黑天亮。

无论顾风离怎么劝说，都不放手。

迟云终于来了。

在她知道她用三十年处心积虑谋划了一个局，最后却害死了自己当年当小三生下的亲生儿子，也是她这一辈子唯一的孩子后，她一下子摔在了地上。

曹泽铭终于还是被下葬了，不到三十岁的年龄，如此黯然离去。

迟云未去自首。

顾风离要报警，父亲顾凯悦阻止了他，说这一切都是自己的错，是他当年对不起迟云，才会让她怀恨在心，用了三十年来报复顾家。

顾妈郑瑶光得知真相，无法接受，终于还是跟顾凯悦离了婚。

迟云终究没有逃脱法律的制裁，在她被判刑的前一天，顾凯悦去见她，之后两人跳了楼，死在了一起。

三十多年的恩怨，随着他们的去世，终于了结。

张婷为顾风离故去的大哥顾宁川生了一个儿子，之后跟顾风离正式离婚，一个人带着儿子去了另一个城市，开始了新的生活。

顾宁川的妻子带着儿子也移民了，去了国外生活。

所有的悲欢，都似乎不再重要了，日子还要继续。

乔以陌的肚子一天天大了起来，她辞了职，不再见顾风离，曹泽铭留给她的财产足够她一生衣食无忧了，她现在只想好好地把他们的孩子养大，平静地度过余生。

等待孩子出生的日子里，乔以陌内心一片宁静，她时常会一个人对着肚子说话，告诉孩子很多关于他爸爸的事。

也终于明白，在曹泽铭离开后，她已经深深地爱上了他。

可是，那个人再也不会回来了。

顾风离来找过她几次，可是，她已经很难再动真情，也真的已经爱无能了。

她很喜欢丰子恺作品里的一句话：不乱于心，不困于情。不畏将来，不念过往。如此，安好！

终于到了预产期，乔以陌的阵痛来临。

乔妈慌了手脚，乔以陌下不了楼，顾风离第一时间赶来，抱她下楼。

产房里，顾风离要进去陪她生产，乔以陌拒绝。

她一个人在产房里疼了整整一夜，生下了一个儿子，取名，怀铭。孩子随了乔家的姓，乔怀铭。

顾风离听到这个名字的时候没有丝毫意外。

他也不再提让乔以陌回到他身边的事，只是，后来，他把禅儿送了过来，指着襁褓里的怀铭跟禅儿说："宝宝，这是你的弟弟，以后，要疼弟弟。"

禅儿满口答应，兴奋自己多了个弟弟。

之后，乔以陌从邻居那里听说楼下搬来了一位新住户，她不知道是谁。只是，每一次怀铭感冒拉肚子半夜去医院的时候，顾风离总会第一时间出现。

后来禅儿说漏了嘴，告诉她，爸爸在楼下保护他们母子三人。

得知真相的乔以陌内心依然平静，她身边不乏追求者，却再也没有了春潮起伏的心。

春去冬来，转眼已经三年过去。

这三年，顾风离绝口不提两个人在一起的事。

有一次，在电梯里相遇，四目相对，她眼中没有一丝情爱，只是轻声道："风离，我再也不会爱你了，所以，不要在我身上浪费时间了。"

他笑，很平静，"我觉得我们现在这样很好，只要孩子们能够健康成长，我别无他求。"

怀铭已经会喊爸爸，可惜，没有人让他喊。

一天，从幼儿园回来，怀铭很不开心，问妈妈为什么别人有爸爸，他没有。

乔以陌看着委屈的儿子，心中对曹泽铭的愧疚更深。她告诉儿子："宝宝，你爸爸是这个世界上最勇敢的人，是最爱妈妈和宝宝的，爸爸的心一直跟我们在一起！"

怀铭很喜欢顾风离，只要顾风离出现，他就非常开心。

乔以陌看在眼里，心里隐隐有一丝纠结。

某一天，她对刚回到家的顾风离说："风离，如果你不介意，如果你觉得我们还能在一起的话，那就在一起吧！孩子们需要爸爸和妈妈，这一次，不为你我，只为孩子们，如此，你还愿意跟我结婚吗？"

顾风离突然红了眼圈，他终于等到了这一天。

（全书完）

番外

爱无言，爱倾城，你在，我也在。

乔以陌跟顾风离的婚礼很简单，只有双方家人到场。

这些年顾风离对乔以陌母子的默默守护，两家人都看在眼里，也都知道五年后的顾风离跟五年前的顾风离真的不一样了。

他成熟了！

三十八岁，对于男人来说是个黄金年龄，将近不惑，什么都已经看透，对人生有了新的理解和感悟。

新房是顾风离的大姐顾蓝给他们置办的，四室两厅，很大的房子，禅儿一间，怀铭一间。

婚礼举行完，顾蓝接走了禅儿跟怀铭，给他们留下空间，让他们度过一个没有人打扰的二人世界。

只是，回到家，面对空旷的房间，彼此，又多了几分尴尬和无奈。

往事已矣，很多事无法追溯，也不知道该说什么。

乔以陌只能报以淡淡的微笑，凝望着一身西装却眉目间都是苍凉的男人，她问他："你想吃什么，我去给你煮点。"

在婚礼上，他被灌了不少酒，没吃东西。

他沉默了半天，只是凝望着她，眼底流淌着一抹复杂的情绪。

五年了。

他守在她的身边，不远不近，不逼迫，不强求，却始终在用一种无形的压力桎梏着她。他知道只要一直等下去，她会不忍心，是的，他等到了。

如今，他望着近在咫尺的她，能够再度拥有，已经是上天最大的恩慈了。

两年前，她说过的话，犹言在耳，她说再也不会爱他，她的爱情都给了曹泽铭，他还记得。

不难受是假的，可是，到了如今，他已经觉得，他爱她，是与她无关的事了。

而她终于敞开了心扉，在五年后，嫁给了他。

他深知，做出这一步，她有多艰难。有没有感情，已经不重要了，重要的是，他们肩上的责任。

今晚，是他们的新婚夜。

他已经五年没有过女人了，久到不记得女人的滋味了。

只是，他知道，他还不能操之过急。

见他不说话，一直盯着自己，乔以陌微微垂眸，躲开这炽热的眼神，也许是因为化了妆的缘故，她那张一向冰冷倔强的脸竟然透出了几分娇媚。

而这，对于深爱着乔以陌的顾风离来说，充满了致命的诱惑力。

他很怀念以前的她，不施粉黛，却也心动此刻的她，美丽妖娆。

见他不回答，她又忍不住地问了一句："你饿了吧？想吃点什么？"

"随意吧，什么都可以！"他好半天才给了一句回应，凝视着她的眼神里，依然是一种复杂的情绪，渴望与压制渴望，两种力量在斗争。

"那我去准备，你去洗澡吧。"她说。

他点点头，去了洗手间洗澡换衣服。

洗完澡出来的时候，她已经把四样精致的小菜放在桌上了，她人并不在厨房里。

他看到了丸子，他最爱吃的肉丸子。

他想起第一次吃她做的饭，想起她给他和女儿在幽居苑做过的肉丸子，一个个胖鼓鼓的，很是可爱。

他立在餐桌前，想起过往，记忆如黑白电影一般呼啸而过。

不知道过了多久，身后传来柔软细腻的女声，"不饿吗？干吗一直站着？"

他回神，看到她穿着精致保守的睡衣，擦着头发，脚上一双红色的拖鞋，她还是像个少女一样，楚楚动人，除却眉眼间的沧桑，如今只余下洗尽铅华后的宁静。她的外表，也还是那样的娇俏。

而他自己，已经老了，三十八岁了。

见他不说话，她柔声问："想什么呢？"

他垂眸，诚实地回答："想很多的事，还有今晚如何度过。"

她没说话，走过去，把筷子递给他，"无论如何过，都要吃东西。"

两个人在餐桌前坐下来，一起安静地用餐。

之后，他去洗碗。

她回了卧室。

她知道，从做出这个决定的时候，他们之间就必然会有肌肤接触，这对他们来说，可能有点尴尬。

但是，她也知道，婚姻不是摆设，而她也做好了思想准备。

只是，她等在着卧室里，他洗碗后，却没有走进来。

她等了很久，他还是没有走进卧室。

直到很久很久后，她终于起身出去，寻他。

夜，无比深沉。

阳台上，男人倚窗而坐，左手微微支起搭在窗楞，指间夹着一支烟，目光飘向远处。

窗外，月光如银。

她看到他的身影，孤寂落寞得让人心碎。

这么多年来，他是不是每天都是如此度过？

她立在那里，没有动，不自禁地湿了眼眶。

她不知道如何闯入他的世界，或者，她怕闯入这样的世界。因为他那平静的孤寂，是如此的惊心动魄。

他漂亮的脸上没有太多的表情，那满是沧桑的眼角，早已波澜不惊。他又点了一支烟，并没有回头，对她说道："回屋里睡觉吧，我知道你没有完全准备好。"

他不想趁人之危，禁欲久了，已经不记得那种味道，再说那么多天都过来了，还差那一天吗？

只是，她没有动，却说："我还不困。"

他猛地回头，对上她的眼睛。

她有点恍惚，她似乎看到他眼里全是钻石般的光芒。

她在他身边坐下来，拿过他手里的香烟，抽了一口，"咳咳——"

她被呛到了！

这是她第一次尝这种味道，呛鼻子，一点都不好抽，而男人们似乎都特别喜欢。

他以一种奇怪的眼神望着她。

她把烟熄灭，轻声道："不抽了，可以吗？"

他无法拒绝这种温柔的语气，不自觉地点了点头。

她往他身边靠了靠，轻声道："风离，今天的夜色真的很好。"

他轻声"嗯"了一声，手顺势揽住她的肩头。

她靠在他的怀中，指着窗外的星星，"有人说去世的人，会成为天上的星星。"

他又"嗯"了一声。

她又道："希言姐和泽铭哥会是哪颗呢？"

"最亮的那两颗。"顾风离的声音有点哽咽。

希言被迟云害死，曹泽铭以生命代价挽救了他的生命，并在最后时刻托孤给他，还君明珠，这份情，早已不是世俗所能理解。而曹泽铭的确是自私的，因为他知道，死的那一个，会成为永恒，横亘在活着的人的心中。

他闭了闭眼睛，过了良久，才说："在我们生命的尽头，骨灰下葬的时候，我的埋在希言那里，你的就埋在泽铭那里吧。"

她没说话，却完全理解他的话中意思的，点了点头。

"下辈子，谁也不见谁，忘却彼此。"他说。

她睁着有些潮湿的眼睛，点头，"好。"

"明天，把孩子们接回来吧。"他又说，"没有他们，我不习惯。"

他怕寂寞，他想要孩子们在身边，那样，他可以看着他们，可以笑，可以觉得自己像个人。

"嗯，我去接。"她说。

之后，陷入了沉默里。

谁都知道，彼此再深爱，内心深处始终有一个缺失的大洞，那个洞，填不满。也终于明白，很多事情就是月满则亏，没有十全十美的事。

"很想念他是不是？"顾风离轻声问了句。

她没有回避，点头，"是，很想念。"

"我也想念希言，想念泽铭。"他说。

"想到他们，会觉得命运跟我们开了一个玩笑，让我们每个人内心深处都留了一个无法愈合的伤口，"他说着，又忍不住地拿了烟，然后点燃，"抱歉，我还想抽。"

她没说话，无奈地笑笑。

在烟雾缭绕中，她沉默了良久，说了五个字，"风离，对不起。"

"不用对我感到抱歉，我觉得这样很好。"他的嗓音有些低沉，"你说没有了爱情，其实我们也许早已不需要爱情，做个伴儿到老吧。人生很不容易，我也不想孤独下去了，相信你也是。"

她没说话，他这么说无非是要她放下心里的负担，不要对他愧疚。

他用了五年的时间，默默地守护，不近不远的距离，不是爱的话，又是什么？

敏感如她，从来都懂，只是不愿意去想，不愿意去接受，总觉得他该适合更好的，她不值得。可是，他还是等，一直等下去。

顾妈对她说，你如果再不答应的话，他这辈子都会打光棍儿的。

乔妈告诉她，女人一辈子不容易，不要再蹉跎了，泽铭的遗愿你也不顾了吗？

顾蓝告诉她，平淡的幸福，孩子快乐的成长，给别人带去欢乐，此生就没有白来。

乔爸告诉她，五年，足够考验一个男人的情比金坚了。

只是，脑海里那个身影却很清晰，她知道，她爱上了曹泽铭，无法不去爱，他用生命呵护了她，她怎么忘得掉呢？带着对曹泽铭的亏欠和爱，又如何嫁给顾风离呢？可是，不嫁，对顾风离的折磨更深。她也曾问自己，到底爱谁多一点呢？

没有答案，或许，早就找不到答案了。

"就这样过下去，深夜的时候，家里有人，不再是一个人……"他抽着烟，轻声地呢喃。

他在等她的回答，可是，她却不说话，低着头，抖动的肩头，泄露了她的心情。

许久，他觉得不对劲儿，问她，"陌陌，你怎么了，我不该这样说是吗？"

她抬起脸，脸上挂着两行泪，轻声地说："对不起，风离！"

"别说这三个字，你我之间，不需要！"他说。

彼时，那个人也说过。

"别哭了，我不说那些了。"他望着她的，伸出手抹去她的眼泪。

那泪珠却更多了。

"不是，你说吧，是我不好！风离，你值得更好的，可是，我不够好！原谅我，没有力气再去爱。！"大颗大颗的泪珠落下来，止都止不住。

他把烟熄灭了，揽住她的肩头。

他的下巴抵着她的头顶，手轻轻地抚摸着她的肩头，略微浊重的呼吸，清明可闻，跨越了漫长的静默，终于；他说："能这样，已经很好了。"

能这样相拥，没有肉体的欢愉，只有灵魂的交融，温暖在，也足够了。

之后，他们就这样在阳台上坐了一夜，话不多，一直相拥。天快亮的时候，他把她抱到了床上，自己去了隔壁的房里，睡了几个小时。

乔以陌醒来的时候，发现自己在大床上，而身边，没有丝毫被动过的痕迹。

她知道，他没有在主卧室里休息。

她感动他的体贴，也心疼他的体贴。

出来的时候，看到阳台上，一大两小的身影围在一起，小声在说着什么。

她轻轻地走了过，看到顾风离在给禅儿和怀铭摆弄玩具，好像是怀铭的小汽车。

"爸爸，我以后可以一直叫你爸爸了吗？"怀铭小声问顾风离。

顾风离笑了笑，伸手揉了揉他的额头，"宝贝儿，当然可以，只是一定要记得，你还有另外一个爸爸，叫曹泽铭，他很爱你。"

"可是他都不来看我。"小家伙有点失望。

乔以陌喉头一紧，想起那个温暖的男人，那个给予她一段惊心动魄却又细致甜蜜的婚姻生活的男子，他儿子的爸爸，她的心间溢满了浓浓的思念。

如今，看着眼前这个男人孤单的背影，同样的心疼。他这五年给予的温暖，一点不比泽铭少。

顾风离对小家伙说："不是他不来看你，而是他回不来。"

"为什么？"小家伙十分不理解，为什么不能来呢？

"天堂是个好地方，去了再也不能回来。"

小家伙却抓住他的手臂，"爸爸，我不要那个爸爸，我只要你当我的爸爸。"

顾风离伸手抱抱他，摇了摇头，"宝贝儿，我会一直是你的爸爸，只是那个爸爸更爱你，比我还要爱你，一辈子都不可以忘记那个爸爸，知道吗？"

怀铭纠结地皱眉，"可是我又没有见过他。"

"没见过没有关系，只要在心里记住就好了。"

"好吧。"小家伙依然有些不情愿。

乔以陌知道，其实这样要求一个孩子去记住他从未谋面的爸爸真的很难，尤其身边还有这样关心他的顾爸爸。她没有强求孩子，因为她想等孩子长大了，再告诉他一切，告诉他妈妈做过的事，错的，对的，遗憾的，不悔的，都告诉他。

禅儿如今已经是十岁的孩子了，长得很漂亮，也很懂事，她依然喊顾风离为顾爸爸，喊乔以陌妈妈，大人们之间的事，她似乎也懂了一些。

"顾爸爸，我跟弟弟今天晚上要跟表哥一起去看马戏表演。"禅儿没有忘记被顾爸爸接来时候，大姑妈的嘱咐，今天晚上要带他们去看马戏团的表演。

"姐姐，我要看猴子！"小家伙很兴奋，"大姑妈说有猴子，我可以在马戏结束的时候送花生进去。"

"嘘！"顾风离比了个噤声的手势，"妈妈还没醒，不要太大声。"

"嘘！"两个小家伙跟着比了个噤声的手势。

身后，乔以陌安静地望着他们，恬淡地笑了起来。

不管怎样，他们现在，很像一个家。

一个她，禅儿，怀铭，顾风离都很渴望的家。

有爸爸，有妈妈，有女儿，有儿子。

这样，真的挺好。

顾风离始终没有要求过跟她同房，她知道他一直在等。

她也知道，如今这种柏拉图似的相处方式，对他不公平。

可是，她还在犹豫。

这样的情形，被车明剑了解，他来找她，只说带她去一个地方。

她跟车明剑去了，是墓园。

葬了希言、泽铭的墓园。

可是，车明剑却不是带她去看希言和泽铭的墓，他带她来到了另外一个区域。

当一座墓碑映入眼帘，她看到墓碑上的字时，整个人错愕。

爱子顾惜陌之墓。

父顾风离，母乔以陌。

立碑的时间是五年前，那个时候，曹泽铭还活着，她还是曹泽铭的妻子。

她无法相信自己看到的，她曾以为这是她自己的哀痛，却从来不知道他也哀痛。

一股深沉的哀伤从胸口蔓延开来，眼睛一酸，她把手塞进了嘴里，颤抖着，心，缩成了一团。

孩子，你的爸爸他是爱你的，他以他的方式爱着你，怀念着你，那是妈妈不知道的属于一个男人一个父亲最深沉的方式。

她在这座墓碑前哭得肝肠寸断，车明剑一直在旁边陪着，一直看她哭。

一个小时后，一场酣畅淋漓的痛哭终于过去，乔以陌渐渐平息了自己的心情。

车明剑这才说："陌陌，你跟风离经过了什么只有你们知道，如今我也不是干涉你，只是希望你们幸福，他，其实就只是想给你们母子最好的。"

"不用说了，我明白了。"乔以陌轻声道。

车明剑叹了口气。

乔以陌说："你先去车里等我吧，我想去看看希言和泽铭。"

车明剑迟疑了一下，点了点头，终于离去。

乔以陌去看了希言，又去看了曹泽铭，她在他们的墓碑前屹立了很久，一句话都没有说。

她知道，曹泽铭不会怪她，希言不会怪顾风离，因为他们都是善良的人，都希望自己爱的人幸福。

如今，有没有爱情，还重要吗？

不重要了！

她和顾风离，还有孩子们，都要好好的活着，为了故去的希言，故去的泽铭，努力活好每一天。

车明剑把乔以陌送回了家。

孩子们还在顾蓝那里，小家伙们似乎都习惯住在姑妈那里，不想回来。

她回家的时候，顾风离还没从公司回来，她打了电话，他说他今晚有应酬，要晚一点回来。

她自己简单吃了点东西，煮了点醒酒汤以备不时之需。

果然，应酬之后的顾风离脸上有着微微的红晕，他在门口换鞋，对她说："抱歉，回来晚了，明天说什么都要孩子们回来，不能再玩了，再玩就野了。"

"风离！"乔以陌走了过去，接过他手里的包，挂好。

他解开领带，扯了下纽扣，乔以陌接过去，也一一挂好。

顾风离侧头一看她，立刻怔住，然后望着她红肿的眼睛，轻声问道："又想他了？"

这个"他"她知道是指泽铭。

她没说话。

他了解地笑笑，然后把她拥在怀中，轻声道："以后一起怀念他们吧，别自己偷偷哭，哭坏了眼睛可怎么办？"

她想说，不是的！

她是怀念曹泽铭，但是这眼泪，不是因为泽铭而流，是为了那个墓碑，为了他了解的哀痛。他给的不只是一块墓碑，是对于他们之间曾经那个孩子的认可，尽管那个孩子来的时候是源于一场交易。

她紧紧地抱住了他的腰，脸埋在他的胸膛上。

察觉到她的异样，他有点担心，柔声问："怎么了？"

她摇了摇头，只能无声地紧紧地抱住他的身体，泪水从眼眶中流淌出来，濡湿了他的衬衣。

被那炙热的眼泪烫得心疼，他抱着她颤抖的身体，眼底都是了解，"不用对我愧疚，我不觉得不公平，想他也没有关系。"

如今，他是如此卑微，曾经骄傲的他，现在几乎低到了尘埃里。

她的泪水越来越多，双手紧紧地揪着他的衣服，终于出声："不是的，我只是想到了惜陌，想到了我们的惜陌！"

他身体一僵，然后用力地收紧手臂，无声地述说这一刻绵长而悲哀的痛苦。

"我喜欢那个名字，谢谢你，风离！"

"傻丫头！"他轻声呢喃。

"傻的一直是你！"

是他非她不可，是他一直等待，让打定主意此生不再嫁的她，再也无法看他一个人这样等下去。与他再迈出这一步，有多难，有多痛，没有人知道。

他薄唇微张，颤抖了几下，目光复杂，看了她半晌，才缓慢问道："你今天去看他了？"

她轻轻点头，眼中泪光盈动，声音有些哽咽，"是的，看到了！"

"我知道这样做不能弥补什么，但是，这是我那个时候，唯一能做的。"他一字一句地说道。

她的泪水一串一串滚落下来。

他伸手捧起她消瘦的脸，滚烫的泪水擦过他手上的肌肤，灼伤了酸涩的心。

"陌陌……"他所有的心疼和感激还有愧疚，都在这一声轻唤里。

想说谢谢，却始终没有说出来。

他感激她最后还能包容他理解他嫁给他，这就够了。

"不要这么看着我，也不要感激，以后，所有的幸或者不幸，我们都会一起承担。"她的手轻轻地抚上他的眉眼，语气温柔而真挚。

他们相拥着，目光交缠，最后哭着哭着就笑了。

"去洗澡。"她平复了心情，催促他。

"哦。"他点点头。

"喝了醒酒汤再去洗吧。"她说。

"我没喝醉！"

"喝了会舒服点的。"她去端了过来，不凉不热，刚刚好的温度。

他喝完，去洗澡。

她回到卧室，站在衣橱前，思虑了良久，终于拿出里面最单薄的一件睡衣，那是顾蓝送给她的结婚礼物，说是让她新婚夜穿给顾风离看，可是，他们一直没有圆房，所以她也不曾穿过。

如今，她拿了出来，无声地换上。

顾风离还在洗澡。

她穿了这件单薄的睡衣感觉有点冷，时值深秋，她等了又等，洗完澡的顾风离却没有进卧室，而是去了书房。

他就在这样连门都没有进？

她穿的睡衣给谁看呢？

思及此，她立刻去壁橱里拿了一件长袍睡衣套上，然后开门走了出去。

他没关房门，就在书桌前坐下来，打开电脑，似乎在浏览着什么。

她倚在门边，静静地看着他，这些年，他做的很辛苦吧，眉梢眼角都是疲惫，整个人看上去很孤独。

她的心里微微地酸疼。

似乎有了感觉，他抬头，看到站在门口的女子，裹了一件白色的睡袍，像个仙子般清纯，又看到她眼中一闪而过的心疼，他停下手中的工作，轻轻一笑，戏谑地问了一句："是不是心疼我了？"

她脸一红，转身欲走。

"陌陌！"他飞快地站起来，追了出来，"你是不是有话说啊？"

她却走得更快了，他上前一把拉住她的手腕，一双眸子在灯光下晕染成两团黑墨，溢满了深邃。

那样的眼神，令任何人都无法拒绝。

"怎么了？"他柔声问。

"没事！"她摇头，有点尴尬，不想说，今晚她准备好了，这很难为情。

"可是你不像是没有事的样子。"他没有猜出来，也觉得女人的心思真的不好猜，他只是觉得今晚的她有点不同寻常，不再那样冷，像是周身都被一层温暖覆盖。

她没说话。

他蹙眉，感觉她好像脸红了。

"睡不着是吧？"他又问。

她还是没说话。

"那跟我来书房吧，我还有文件没看完，看完了我们聊聊天。"

他拉着她又进了书房。

"不看不行吗？"她在后面嘀咕了一句。

他一愣，听着这语气，似乎有点撒娇的意味。他觉得自己好像是听错了，因为过去的五年，对于他们来说真的太沉重了，一直觉得自己已经成为她世界里的过客了，从来没有奢望再度拥有，而失去的东西，再寻回，自然就小心翼翼，不敢触碰。想要不敢要，这种心情，让他更犹豫。

他回头，有点狐疑地瞥了她一眼，只见她嘟着唇，那张小嘴嫣红饱满，他的呼吸不由得急促，不自觉地咽了下口水。

他想要她，可是他现在能做的只是平静地、若无其事地用繁忙的工作来稀释自己浓烈的渴望。

"不要看了，太晚了，休息吧。你已经很辛苦了，需要好好休息。"她见他直勾勾地望着自己，忍不住又说了一句，脸上有点火辣辣的。

"心疼我了？"他声音沙哑地问。

她脸一红，没说话。

他看她的样子，伸手拉住她。

她看到他眼中隐隐现出的血丝，青色的眼袋，想到他一直忙忙碌碌，心头骤然绵软，轻声道："是的，一直很心疼。"

即便是她嫁给曹泽铭的时候，也是心疼他的。

下一秒，他猛地把她拽进怀里，动作狠得像是要把她吞到自己的胃里。

她想挣扎，可是却被他紧紧地拥住。

"我……"她的脸色绯红。

"嘘！别说话！"他将头埋在她柔软的发丝间，贪婪地嗅着她身上的气息，半晌也没有说话，好像是在享受这一刻紧紧地拥抱。

外面万家灯火，一片祥和。

屋里一片安静，两个人的呼吸都有点急促。

她的心尖似乎颤抖了一下。

过了许久，听见他轻声道："对不起，我差点失控。"

他说这话的时候，并没有把头抬起来，好像说的是一件很丢脸的事。

她愣了愣，竟莫名的心酸。

"我不想勉强你，可是你知道，男人有时候……"他没说下去。

她的心再度抽了抽，鼻子酸酸的，很感动，也很难过。

"回去睡觉吧，我想再忙一会儿。"

他一松手，她却猛地抱紧他的腰，动作有点急促，有点迫切，让他一下子错愕。

"陌陌……"

"我们是夫妻啊！"她不想再矫情下去，她决定嫁给他的时候就知道这些事都会发生，他是个正常的男人，夫妻义务，她有的！

他突然掐着她的脖子，头猛地俯了下去吻着她的耳朵，却狠狠地说："你这个女人！你这个女人啊！乔以陌，我恨你，恨你，恨你！"

她错愕在那里，浑身僵硬。

她想要推开他，却在刹那，唇被吻住，那样炽热的吻夹杂着怒意、恨意，还有更多的爱意，一起涌了出来，都交缠在这个吻里。

火热的唇瓣狂猛地侵袭着娇嫩红唇，她身子不禁一软，哪里还有力气挣扎，本欲推开他的手紧紧抓住了他的衣襟，气喘吁吁，情不自禁地嘤咛出声，直击他心头，刺激得他愈发猛烈而狂浪。

她眼看着自己沦陷了，眼泪喷涌而出，她在他的怀中颤抖着。

他却托起她的下巴，唇离开了一点，呢喃着喊："可是我爱你，爱你，爱你，爱你……"

她一下子失语，一双泪眼懵懂而心疼地看着他。

他的脆弱，让她溃不成军。

她伸手攀上他的脖子，把脸埋进他的胸膛里，蹭着他的皮肤，拼了命地想把眼泪擦干。

他的内心轰然决堤，揽住她的腰的手臂收得更紧，疯了似的一遍一遍地叫她，"陌陌……"

她哭了好久，他叫了好久。

她哭得终于失去了力气，流干了眼泪，不抽搐了。她没有离开他的怀抱，静静地贴在那里。

他也不动。

两个人以静制静。

终于，她伸手拉下了腰间浴袍的带子，宽大的浴袍滑落，露出精致而性感的蕾丝睡衣。

顾风离错愕，再也控制不住，他一把扯过她，抱起她的身子，往卧室走去。

　　那样大的力气，那样深切的渴望。

　　进了卧室，没有开灯，他把她放在床上，身子压了上去。

　　她也搂住他，用手捧起他的脸，一点一点地吻着他，边吻边说："傻瓜，你这个傻瓜，顾风离，你是这个世界上最大的傻瓜！你为什么要爱上我？我不值得你爱！不值得你爱啊！"

　　她不停地重复，不停地掉泪，不停地吻他。

　　"听着，丫头，我爱你，爱了就是爱了，没有值得不值得！"黑暗里，他的眼中带着无尽怜惜，修长的手指轻轻摩挲着她脸上细腻光滑的肌肤，体贴道："你不用说，我明白。我们还活着，要活好，不枉此生！"

　　她的眼泪还在流淌。

　　当他们再度融合的时候，那种带着刺痛直达心尖的战栗感，让她几欲昏过去，她咬紧牙，默默承受着。最终，在他霸道而凶猛的掠夺中，疼痛感逐渐消失，取而代之的是一波胜过一波的激烈狂潮。

　　窗外灯火依旧，室内却是温暖旖旎。

　　一年后。

　　清明节。

　　顾风离开车载着乔以陌去墓园，车座后面，摆了三束鲜花，玫瑰、百日草、雏菊。

　　到了墓园，他们各自捧了各自的花，去了各自思念的人的墓碑前，车里，是那一束雏菊，没有拿。

　　乔以陌捧着那束百日草，来到了曹泽铭的墓碑前。

　　顾风离捧着玫瑰去看车希言。

　　在墓碑前站定，乔以陌望着墓碑上的照片，声未响起，泪已千行，她轻声地呢喃着："泽铭，我来看你了。我很抱歉，我又跟他在一起了，我知道你放不下我，把我们托付给他是想成全我和他，你的良苦用心我都明白。我遵从了自己的心，在五年后决定跟他过日子，带着我们的孩子，他对宝宝很好，比对禅儿还好。可是，很多时候，我觉得对他不公平，我不知道还没有爱情，或许更多时候已经是溶入血水的亲情了。我想要为他生个孩子，你会怪我吗？你不会的是不是？……泽铭，这一生你给的爱，我还不清了……他对我真的很好很好，你放心吧，我会开心度过生命里的每一天，我们会想念你跟希言……"

她在墓碑前站了很久，说了很久，注视着上面那阳光一般的笑颜，终于深深地一瞥，转身离开。

在返回的路上，她看到阳光下站在那里等候的高大的男人，不经意间，发现他的鬓角竟然有几根银发，三十九岁而已，何时竟然有了银丝，不知道为何，心中是如此酸楚。

顾风离无声地微笑，伸出手，她将手递过去，放在他宽阔的掌心里。

他牵着她的手一起走出墓园，拿了那束雏菊，再返回，一起去另一个墓碑前，顾惜陌，那个他们曾经孕育过的孩子的墓碑前。

乔以陌在心中呢喃：宝宝，如果有缘，希望你还能投胎。

顾风离把墓碑周边打扫干净，小心翼翼的好像怕触痛了什么。

乔以陌看的心疼，因为明白，这里面寄托了他们并不光彩的过去，他们走错迷失的过去，他们曾经差点错过的，无论如何，他跟她一样，是心疼缅怀那个孩子的。

她想要再给他生一个孩子，属于她跟他的，也许，这样，对他才公平。

三个月后的一个早晨，乔以陌在厨房给孩子们做早餐，煎鸡蛋的时候，突然一阵恶心感袭来，她忍不住关了火去了洗手间，悄悄拿试纸试了下，两道红杠。她心中明白，到底怎么回事了，她家亲戚也很久没有来了，今天大概需要去医院确诊了。

在浴室待了良久，平复自己的激动心情，她想，顾风离知道这个消息也会很高兴吧？但是她又怕空欢喜，还是想等去医院确定了之后再告诉他，于是不动声色地洗手再度回到厨房，闻着油烟味又是一阵恶心。

"怎么了？"顾风离听到动静，立刻从卧室出来，"胃不好吗？"

乔以陌摇摇头，"风离，你把鸡蛋煎完，我去喊孩子们，等下你陪我去一趟医院。"

"不舒服？"

"没有，就是想检查下。"

"这就去吧。"他心里着急，担心她生病。

她摇头，"没有大碍，相信我，好吗？"

他望着她的眼睛，终于点点头。

送孩子们去学校后，他开车载她去了医院，也不问，就直奔肠胃科，她却拉住他，指了指楼上。

顾风离皱眉，"怎么了？我们先去挂号。"

"风离，去妇产科。"她说。

顾风离有点不解。

她没说话，拉着他上楼，说了自己的怀疑，顾风离在外面等着，心都要跳出来了。

之后医生开了血液检查，去抽了血，等待着结果。

等待的过程里，顾风离的手心一直在冒汗，乔以陌倒也不着急，拉着他在医院周边闲逛。他有点担心，她却安慰他："运动一下，对身体好，你今天不要去公司了，陪我转转吧。"

"怎样都好！"但是他现在想知道她肚子里到底有没有。

终于等到了十一点出结果，去拿的时候，他一眼看到上面HCG的含量远远高于正常水平，他不知道代表什么，回到妇产科，给大夫看了，大夫笑着恭喜他们，"祝贺你们，怀孕了。密切关注，排除宫外孕，只要不流血，过阵子可以做B超了。"

"谢谢！"顾风离突然一阵哽咽，之后，他一把抱起了乔以陌，就这么抱着下楼了。

"风离，你放我下来。"她喊。

可是他就是不松开，一直抱着她回到停车场，轻轻地放下来，让她坐在车里，他也钻进去，头靠在她的肚子上。

她一顿，伸手轻轻地抚着他的发，只感觉腿上湿漉漉的，一阵滚烫袭来。

她心里一惊，明了那是他的眼泪。一个历经沧桑之后的老男人喜悦而激动的泪水，或许没有人理解，可是，对于她和他来说，这人生真的太不容易了。

她轻轻地抱住他的头，哽咽着柔声道："风离，你猜他是个男孩还是女孩呢？"

他不说话，只是她腿上更热了，眼泪似乎越来越多。

终于，他说："什么都好，我都喜欢！陌陌，我没有想到……"

他没有想到她还肯为他生孩子，这是他从来没有奢望过的。

她拉起他的身子，让他面对自己，她看到他还落着泪的脸，然后凑过去，轻轻地吻上他的泪痕，小声道："我自己也没有想到，我遵从了自己的心，就想这样。"

"谢谢你！"他再度哽咽，然后抱住了她。

八个月后，乔以陌顺产生下一个儿子，取名顾铭言。

那天听说顾风离在产房里陪着乔以陌生产，看到她痛，他哭得稀里哗啦，一时成为产房里的笑话。顾先生却不在意，也不怕别人取笑。

出院的时候，顾妈抱着孩子，顾蓝护着，顾风离抱着乔以陌，裹得严严实实的，禅儿牵着怀铭弟弟的手，一起奔上房车。

别人从后面望去，心生羡慕，这样一家人，如此的温暖。

满月的时候，她抱着孩子，依偎在他的怀中，"风离，谢谢你一直都在，我是这个世界上最幸福的女人！"

因为有两个男人曾经这样深深地爱过她。